CW01024793

СТИВЕН
КИНГ

СТИВЕН КИНГ

ЧУЖАК

Издательство АСT
Москва

УДК 821.111-313.2(73)
ББК 84(7Сое)-44
К41

Stephen King

THE OUTSIDER

Перевод с английского *Т. Покидаевой*

Печатается с разрешения автора и литературных агентств
The Lotts Agency и Andrew Nurnberg.

Кинг, Стивен.

К41   Чужак : [роман] / Стивен Кинг ; [перевод с английского Т. Покидаевой]. — Москва : Издательство АСТ, 2021. — 576 с.

ISBN 978-5-17-121431-9 (С.: Король на все времена)
Фото автора на обложке: Shane Leonard
Художественное оформление и компьютерный дизайн В. Лебедевой

ISBN 978-5-17-121485-2 (С.: КИНО)
Компьютерный дизайн В. Воронина
Cover art © 2020 Home Box Office, Inc. All Rights Reserved.

В парке маленького городка Флинт-Сити найден труп жестоко убитого одиннадцатилетнего мальчика. Все улики, показания свидетелей указывают на одного человека — Терри Мейтленда. Тренер молодежной бейсбольной команды, преподаватель английского, муж и отец двух дочерей — неужели он был способен на такое?

К тому же у Терри есть неопровержимое алиби: на момент совершения преступления он был в другом городе.

Но как мог один и тот же человек оказаться в двух местах одновременно? Или в городе появилось НЕЧТО, способное принимать обличье любого человека?..

Детектив полиции Флинт-Сити Ральф Андерсон и частный сыщик агентства «Найдем и сохраним» Холли Гибни намерены выяснить правду, чего бы им это ни стоило...

УДК 821.111-313.2(73)
ББК 84(7Сое)-44

Рэнду и Джуди Холстон

Мысль придает миру лишь видимость порядка — для тех слабых духом, кого убеждают
такие инсценировки.

*Колин Уилсон. Страна слепых**

* Название первой главы романа Колина Уилсона «Посторон-
ний» (1956). — *Примеч. ред.*

АРЕСТ
14 июля

1

Машина была неприметной, без всяких опознавательных знаков: обыкновенный американский седан, не старый и не новый, — но его принадлежность сразу же выдавали покрышки с черными боковинами и люди в салоне. Двое спереди в синей форме и один сзади — человек-гора в штатском. Двое черных мальчишек — один держал ногу на исцарапанном оранжевом скейтборде, второй засунул свою ярко-зеленую доску под мышку — стояли на тротуаре и наблюдали, как неприметный седан заворачивает на стоянку у входа в парк Эстель Барга. Потом они переглянулись, и первый сказал:

— Это копы.

Второй согласился:

— В натуре копы.

Без лишних слов оба запрыгнули на скейтборды и покатили прочь. Правило было простым: если поблизости появляются копы, пора делать ноги. Жизнь чернокожих тоже кое-что значит, так их учат родители, но полицейские не всегда с этим согласны. Трибуны бейсбольного стадиона взорвались воплями болельщиков и ритмичными аплодисментами. В конце девятого иннинга «Золотым драконам Флинт-Сити» до победы оставалась одна пробежка. Сейчас была их очередь отбивать.

Мальчишки ни разу не оглянулись.

2

Показания мистера Джонатана Ритца [*10 июля, 21:30,*
допрос свидетеля провел детектив Ральф Андерсон]

Детектив Андерсон: Я понимаю, что вы сейчас чувствуете, мистер Ритц, но мне надо знать, что именно вы видели сегодня вечером.

Ритц: Я никогда этого не забуду. Никогда в жизни. Наверное, мне нужно успокоительное. Может быть, «Валиум».
Я в жизни не принимал ничего такого, но теперь бы не отказался. У меня до сих пор ощущение, будто сердце стоит комом в горле. Если ваши криминалисты найдут блевотину на
месте преступления... а они ее точно найдут... то пусть знают, что это моя. И я нисколечко не стыжусь. Любого бы вывернуло наизнанку, если бы он увидел такое.

Детектив Андерсон: Я уверен, что врач обязательно
выпишет вам подходящее успокоительное, когда мы закончим. Думаю, я смогу это устроить, но сейчас мне нужно, чтобы у вас была ясная голова. Вы понимаете?

Ритц: Да. Конечно.

Детектив Андерсон: Расскажите мне все, что вы видели, и на сегодня мы с вами закончим. Вы в состоянии рассказать, сэр?

Ритц: Думаю, да. Сегодня, около шести вечера, я вышел
выгулять Дейва. Это наш бигль. Вечером он ест ровно в пять.
Мы с женой садимся ужинать в половине шестого. К шести
Дейв готов делать свои дела. В смысле, по-маленькому
и по-большому. Я гуляю с собакой, а Сэнди, моя жена, моет
посуду. Это и есть справедливое разделение труда. Справедливое разделение труда — важная составляющая крепкого брака, особенно когда дети выросли и разъехались. Это
наше глубокое убеждение. Кажется, я заговариваюсь?

Детектив Андерсон: Ничего страшного, мистер
Ритц. Рассказывайте, как считаете нужным.

Ритц: Пожалуйста, называйте меня просто Джон. Не
люблю, когда ко мне обращаются «мистер Ритц». Как будто
я крекер. Так меня в школе дразнили: Крекер Ритц.

Детектив Андерсон: Хорошо. Стало быть, вы гуляли с собакой...

Ритц: Все верно. Он что-то почуял... запах смерти, как теперь понимаю... и мне пришлось держать поводок двумя руками, хотя Дейв — мелкий песик. Он так рвался туда, на тот запах... Он...

Детектив Андерсон: Погодите, давайте вернемся немного назад. Вы вышли из дома номер двести сорок девять по Малберри-авеню ровно в шесть часов вечера...

Ритц: Может, даже чуть раньше. Мы с Дейвом спустились с холма, дошли до «Джералда» на углу, где продают всякие деликатесы, свернули на Барнум-стрит и оттуда пошли в Хенли-парк. Который дети между собой называют Хрен-ли-парк. Думают, взрослые не знают. Думают, мы ничего не слышим. Но мы все слышим. Во всяком случае, некоторые из нас.

Детектив Андерсон: Вы всегда ходите этой дорогой на вечерней прогулке с собакой?

Ритц: Иногда мы немного меняем маршрут, чтобы не надоедало, но в парк заходим почти всегда. Дейв любит все нюхать, а там много разных запахов. Рядом есть небольшая стоянка, но по вечерам там почти никогда не бывает машин, если только детишки-старшеклассники не приезжают играть в теннис. Сегодня они не играли, потому что корты грунтовые, а днем был дождь. На парковке стоял только микроавтобус. Белый микроавтобус.

Детектив Андерсон: Фургон?

Ритц: Точно. Без окон, только сзади двойная дверца. На таких микроавтобусах мелкие компании обычно развозят товары. Кажется, это был «эконолайн», но я не ручаюсь.

Детектив Андерсон: На нем были какие-то надписи? Типа рекламы: «Кондиционеры от Сэма», «Пластиковые окна от Боба»?

Ритц: Никаких надписей не было. Просто белый микроавтобус, хотя очень грязный. Сразу видно: давно не мыли. Колеса тоже были в грязи. Наверное, из-за дождя. Дейв обнюхал колеса, и мы пошли в парк по гравийной дорожке, что ведет от стоянки. Где-то через четверть мили Дейв начал лаять и рванулся в кусты справа. Тогда-то он и почуял тот запах. Чуть не вырвал у меня из рук поводок. Я пытался его оттащить, но он не слушался, только рыл лапами землю и лаял. Тогда я укоротил поводок — у меня рулетка, очень удобная штука — и шагнул следом за ним. Теперь он подрос и уже не гоняет белок и бурундуков, как раньше, когда был щенком, но я подумал, что, может быть, он учуял енота. Я как раз собирался вернуть его на дорожку... Пес должен знать, кто здесь хозяин, иначе вконец обнаглеет, и потом с ним не справишься... И вот тут я заметил первые капли крови. На листе березы, на уровне моей груди, то есть футах в пяти от земли. Чуть дальше снова была капля крови, опять на листе, а еще дальше, уже на кусте, — целое разбрызганное пятно. Кровь была еще свежей, красной и влажной. Дейв обнюхал ее и рванул дальше. И да, пока не забыл! Примерно тогда я услышал, как где-то сзади завелся двигатель. Может, я бы и не обратил внимания, но он так громко затарахтел, как будто глушителя вообще не было. Такой, знаете, грохочущий рев.

Детектив Андерсон: Да, я понял.

Ритц: Я не стану с уверенностью утверждать, что это был тот белый микроавтобус, и я возвращался другой дорогой, так что не знаю, уехал он или нет, но мне кажется, это был он. И знаете, что это значит?

Детектив Андерсон: Что же, Джон?

Ритц: Что, может быть, он за мной наблюдал. Убийца. Прятался где-то среди деревьев и наблюдал. У меня прямо мороз по коже, стоит только об этом подумать. В смысле, сейчас. А тогда я еще ничего не знал. Я думал только о крови. И о том, как бы Дейв мне не вырвал плечо из сустава. Мне было страшно, и я не стыжусь в этом признаться. Я уж точно не здоровяк, хотя стараюсь держать себя в форме, но мне уже хорошо за шестьдесят. Да я и в двадцать-то в драки не лез. Но я должен был пойти проверить. А вдруг там кто-то нуждался в помощи?

Детектив Андерсон: Это заслуживает уважения. А вы не помните, в котором часу вы заметили первые капли крови?

Р и т ц: Я не смотрел на часы, но, наверное, было минут двадцать седьмого. Может быть, двадцать пять. Я позволил Дейву вести меня. Но держал его на коротком поводке. У него-то лапы маленькие, он пройдет где угодно, а мне приходилось продираться сквозь заросли. Знаете, как говорят о биглях? Происхождение у них высокое, а хождение низенькое. Он лаял как сумасшедший. Мы вышли на поляну, вроде как на поляну... не знаю, как оно правильно называется. Такой укромный уголок, куда влюбленные парочки ходят потискаться. Там посередине стояла гранитная скамейка, и она была вся в крови. И на земле под скамейкой все было залито кровью. А рядом лежало тело. Тот бедный мальчик. Его голова была повернута в мою сторону, глаза были открыты, а горло... его просто не было. Вместо горла — красная дыра. Его джинсы с трусами были стянуты до лодыжек, и я увидел... наверное, старую сухую ветку... она торчала прямо из его... из его... ну, вы сами знаете.

Д е т е к т и в   А н д е р с о н: Я знаю, но мне нужно, чтобы вы это сказали для занесения в протокол, мистер Ритц.

Р и т ц: Он лежал на животе, и ветка торчала из его заднего прохода. Тоже вся в крови. В смысле, ветка. Часть коры была сорвана, и я разглядел отпечаток руки. Видел ясно как день. Дейв больше не лаял, он скулил, бедный песик. У меня в голове не укладывается, кем надо быть, чтобы сотворить такое. Это, наверное, какой-то маньяк. Вы же поймаете его, детектив Андерсон?

Д е т е к т и в   А н д е р с о н: Да, конечно. Мы обязательно его поймаем.

3

Стоянка у парка Эстель Барга была почти такой же огромной, как парковка у супермаркета «Крогер», куда Ральф Андерсон с женой ездили за продуктами по субботам, и в этот июльский вечер она была заполнена целиком. На многих бамперах красовались наклейки с эмблемой «Золотых драконов», на задних стеклах некоторых машин виднелись надписи мылом: «МЫ ВАС ПОРВЕМ»; «ДРАКОНЫ СОЖРУТ МЕДВЕДЕЙ»; «КЭП-СИТИ, МЫ ИДЕМ»; «В ЭТОМ ГОДУ — НАША ОЧЕРЕДЬ». Со стадиона, где уже включились прожекторы (хотя до темноты было еще далеко), доносились крики и аплодисменты болельщиков.

За рулем неприметной машины без опознавательных знаков сидел Трой Рэмидж, ветеран, отслуживший в полиции двадцать лет. Кружа по стоянке в поисках свободного места, он сказал:

— Каждый раз, когда я сюда приезжаю, задумываюсь: кто такая Эстель Барга?

Ральф не ответил. Он был напряжен, мышцы сводило, кожа горела, сердцебиение зашкаливало. За годы службы в полиции он присутствовал при аресте многих мерзавцев, но тут все было иначе. Особенно жутко. И касалось его напрямую. Вот в чем самый ужас: это касалось его напрямую. Он не должен был производить этот арест — и сам это знал, — но после очередного сокращения бюджета в управлении полиции Флинт-Сити осталось всего три штатных детектива. Джек Хоскинс сейчас в отпуске, рыбачит в какой-то глуши, где ему самое место. Бетси Риггинс, которой давно пора бы уйти в декрет, сопровождает полицию штата к другому объекту в рамках сегодняшней операции.

Ральф очень надеялся, что они не слишком поторопились. Он высказал свои опасения Биллу Сэмюэлсу, прокурору округа Флинт, буквально сегодня, на совещании перед выездом на арест. Сэмюэлс был слишком молод для такой должности — тридцать пять лет, — но принадлежал к правильной политической партии и отличался изрядной уверенностью в себе. Не самоуверенностью, а энтузиазмом.

— Все-таки остаются некоторые шероховатости, которые хотелось бы сгладить, — сказал Ральф на том совещании. — Мы еще не собрали всех данных. К тому же он скажет, что у него есть алиби. Если он не сознается сразу, то наверняка скажет про алиби.

— Если он скажет про алиби, — ответил ему Сэмюэлс, — мы разнесем его алиби в пух и прах. Ты сам знаешь, что так и будет.

Ральф в этом не сомневался, он знал, что убийце не отвертеться, и все же ему хотелось бы провести более детальное расследование, прежде чем дать делу ход. Найти дыры в алиби этого сукина сына, расширить их так, чтобы в каждую можно было проехать на фуре, и вот *тогда* уже производить задержание. В большинстве случаев это была бы стандартная процедура. Но сейчас был особенный случай.

— Три пункта, — сказал Сэмюэлс. — Ты готов меня выслушать?

Ральф кивнул. Как-никак, им еще вместе работать.

— Во-первых, родители в этом городе, особенно родители маленьких детей, сейчас разъярены и напуганы. Им нужно, чтобы убийцу арестовали как можно быстрее, и тогда они снова почувствуют себя в безопасности. Во-вторых, у нас на руках неопровержимые улики. Железобетонные доказательства его вины. Ты согласен по первым двум пунктам?

— Да.

— Отлично, тогда переходим к третьему. Самому главному. — Сэмюэлс подался вперед. — Мы не знаем, делал ли он что-то подобное раньше — хотя, если делал, узнаем, когда начнем копать всерьез, — но мы точно знаем, что он сделал сейчас. Дал волю своим изуверским инстинктам. И стоит такому случиться однажды...

— Это может повториться, — закончил за него Ральф.

— Вот именно. Может быть, и не так скоро после Питерсона, но вполне вероятно. Господи, он же все время с мальчишками. С малолетками. И если он убил кого-то из них, надо действовать быстро. Даже если мы можем лишиться работы. Потому что иначе мы никогда себе этого не простим.

Ральфу уже было трудно простить себе, что он ничего не заметил раньше. Хотя он понимал, что это абсурд. Нельзя посмотреть человеку в глаза на большом пикнике в честь окончания сезона Малой бейсбольной лиги и понять, что он замышляет немыслимое преступление — холит его и лелеет, бережно взращивает у себя в голове. Но от этого было не легче.

Теперь, наклонившись вперед, Ральф сказал Рэмиджу:

— Давай уже где-нибудь встанем. Проверь места для инвалидов.

— Штраф двести долларов, шеф, — заметил сидевший спереди офицер Том Йейтс.

— Думаю, в этот раз нам простят.

— Я пошутил.

Ральф промолчал, он был не в настроении для полицейских острот.

— Вижу свободное место для инвалидов, — объявил Рэмидж. — Даже два места.

Он припарковался, и все трое вышли из машины. Ральф увидел, как Йейтс расстегивает кобуру на поясе, и покачал головой:

— Ты с ума сошел? Там на трибунах полторы тысячи зрителей.

— А если он попытается сбежать?

— Тебе придется его ловить.

Прислонившись к капоту седана, Ральф наблюдал, как два офицера полиции Флинт-Сити направляются в сторону стадиона, прожекторов и переполненных до отказа трибун, рев которых не умолкал, а, наоборот, становился все громче и громче. Решение арестовать убийцу Питерсона как можно быстрее они приняли вместе с Сэмюэлсом (скрепя сердце). Решение арестовать его прямо на матче Ральф принял сам.

Рэмидж оглянулся.

— Ты идешь?

— Нет. Арестуйте его, зачитайте ему права четко и громко и приведите сюда. Том, когда поедем в участок, ты сядешь с ним на заднем сиденье. Я сяду спереди с Троем. Билл Сэмюэлс ждет моего звонка, он нас встретит в участке. Дальше мы им займемся, но арест производите вы.

— Но ведь ты ведешь дело, — сказал Йейтс. — Почему ты не хочешь присутствовать при задержании?

Ральф скрестил руки на груди.

— Потому что подонок, который изнасиловал Фрэнки Питерсона веткой и разорвал ему горло, четыре года тренировал моего сына. Два — в Детской лиге и два — в Малой лиге. Он прикасался к моему сыну, когда показывал, как держать биту, и я за себя не ручаюсь.

— Ясно, — сказал Трой Рэмидж, и они с Йейтсом пошли к стадиону.

— Да, и еще одно, — окликнул их Ральф.

Они обернулись к нему.

— Наденьте на него наручники сразу. Руки спереди.

— Это не по протоколу, шеф, — сказал Рэмидж.

— Я знаю, но мне наплевать. Я хочу, чтобы все видели, как его уводят в наручниках. Ясно?

Когда они ушли, Ральф снял с пояса свой мобильный и набрал Бетси Риггинс.

— Ты на месте?

— Так точно. Сижу в машине перед его домом. Со мной еще четверо ребят из полиции штата.

— Ордер на обыск?

— Зажат в моей потной ладошке.

— Хорошо. — Он уже собирался дать отбой, но тут ему в голову пришла одна мысль. — Бет, а когда тебе надо в роддом?

— Еще вчера. Так что, ребята, давайте быстрее, — сказала она и сама дала отбой.

4

Показания миссис Арлин Стэнхоуп [12 июля, 13:00, допрос свидетеля провел детектив Ральф Андерсон]

Стэнхоуп: Это надолго, детектив?

Детектив Андерсон: Совсем ненадолго. Расскажите мне все, что вы видели днем во вторник, десятого июля, и мы быстро закончим.

Стэнхоуп: Хорошо. Я вышла из «Джералда», где всегда покупаю продукты по вторникам. В «Джералде» все дороже, но я больше не езжу в «Крогер». Я вообще перестала садиться за руль после смерти мужа, потому что не доверяю своим реакциям. Я пару раз попадала в аварии, пусть и мелкие, но мне хватило. До «Джералда» от дома, где теперь у меня квартира... наш с мужем дом я продала и поселилась в квартире... так вот, до «Джералда» всего два квартала, и врач говорит, что мне надо больше ходить пешком. Это полезно для сердца. Значит, я вышла из магазина со своей маленькой тележкой, в которой лежало всего три пакета с покупками, большего я позволить себе не могу, цены сейчас просто жуткие, особенно цены на мясо. Уже и не помню, когда я в последний раз ела бекон... Вышла я и увидела парнишку Питерсона.

Детектив Андерсон: Вы уверены, что это был именно Фрэнк Питерсон?

Стэнхоуп: О, да. Это был Фрэнк. Бедный мальчик, мне так его жаль, но он теперь на небесах и больше не чувствует боли. Хоть какое-то, да утешение. У Питерсонов двое сыновей, и оба рыжие, как морковки, но старший — Оливер, вот как его зовут, — лет на пять старше младшего, если не больше. Раньше он разносил газеты у нас в квартале. У Фрэнка был велосипед с таким высоким рулем и узким седлом...

Детектив Андерсон: Такой тип седла называют бананом.

Стэнхоуп: Не знаю, как его там называют, но велосипед у него ярко-зеленый, как лайм. Ужасный цвет на самом деле. И на седле была наклейка. «Средняя школа Флинт-Сити». Но он-то, бедняжка, уже никогда не пойдет в старшие классы. Бедный мальчик, такое горе...

Детектив Андерсон: Миссис Стэнхоуп, хотите, мы сделаем небольшой перерыв?

Стэнхоуп: Нет, я хочу поскорее закончить. Мне нужно вернуться домой и покормить кошку. Я кормлю ее ровно в три, и она будет голодная. И будет гадать, где я. Но можно у вас попросить бумажную салфетку? Я сейчас явно не в лучшей форме. Спасибо.

Детектив Андерсон: Вы разглядели наклейку на седле велосипеда Фрэнка Питерсона, потому что...

Стэнхоуп: Потому что он на нем не ехал. Он катил его через стоянку у «Джералда», а сам шел рядом. У него цепь порвалась, я видела, как она волочилась по мостовой.

Детектив Андерсон: Вы обратили внимание, как был одет Фрэнк Питерсон?

Стэнхоуп: Он был в футболке с какой-то рок-группой. Я в них не разбираюсь, поэтому не скажу, с какой именно. Если это важно, прошу прощения. И он был в бейсболке «Рейнджеров». Сдвинул ее на макушку, так что были видны его рыжие вихры. Этот ужасный морковный цвет. Такие рыжие парни, они рано лысеют. Но ему, бедному, это уже не грозит. Как печально... Так вот, там на дальнем конце стоянки стоял белый микроавтобус. Из него вышел мужчина и направился к Фрэнку. Он был...

Детектив Андерсон: До него мы еще дойдем, но сначала хотелось бы уточнить насчет микроавтобуса. Это был фургон без окон?

Стэнхоуп: Да.

Детектив Андерсон: На нем были какие-то надписи? Может быть, название компании? Или реклама?

Стэнхоуп: Я не видела никаких надписей.

Детектив Андерсон: Хорошо, теперь давайте поговорим о мужчине, который вышел из микроавтобуса. Вы узнали его, миссис Стэнхоуп?

Стэнхоуп: Конечно, узнала. Это был Терри Мейтленд. В Вест-Сайде все знают тренера Ти. Так его называют даже старшеклассники. Он преподает у них английский. Мой муж тоже преподавал, пока не вышел на пенсию. Его называют тренером Ти, потому что он тренирует ребят в Малой бейсбольной лиге и в молодежной городской команде и ведет футбольную секцию в школе. У них тоже есть своя лига, но я не помню названия.

Детектив Андерсон: Давайте вернемся к тому, что вы видели днем во вторник...

Стэнхоуп: Да я уже почти все рассказала. Фрэнк поговорил с тренером Ти, показал на порванную цепь. Тренер Ти

кивнул, открыл задние дверцы микроавтобуса, хотя это явно
был не его микроавтобус...

Детектив Андерсон: Почему вы так думаете, миссис
Стэнхоуп?

Стэнхоуп: Потому что на нем были оранжевые номера.
Не знаю, какого именно штата, зрение с годами все хуже
и хуже, но я знаю, что в Оклахоме номера сине-белые. И что
там было внутри, я не видела, разглядела только какую-то
длинную зеленую штуку вроде ящика для инструментов. Это
был ящик для инструментов, да, детектив?

Детектив Андерсон: И что было дальше?

Стэнхоуп: Тренер Ти положил велосипед в микроавтобус и закрыл дверцы. Потом похлопал Фрэнка по плечу и сел
за руль. Фрэнк обошел микроавтобус и сел на пассажирское
сиденье. И они оба уехали по Малберри-авеню. Я подумала,
что тренер Ти отвезет парнишку домой. А что еще я должна
была подумать? Терри Мейтленд живет в Вест-Сайде без
малого двадцать лет, у него замечательная семья, жена
и две дочки... Пожалуйста, можно мне еще салфетку? Спасибо. Мы уже почти закончили, да?

Детектив Андерсон: Да, миссис Стэнхоуп, и вы
очень нам помогли. Если не ошибаюсь, до того, как я включил запись, вы говорили, что это было около трех часов дня?

Стэнхоуп: Ровно в три. Когда я вышла из магазина,
часы на здании мэрии пробили три. Я торопилась домой,
кормить кошку.

Детектив Андерсон: И мальчик, которого вы видели
на стоянке, мальчик с рыжими волосами, это был Фрэнк Питерсон?

Стэнхоуп: Да. Питерсоны живут совсем рядом со мной.
Олли, их старший, приносил нам газеты. Я постоянно их
вижу на улице, обоих братьев.

Детектив Андерсон: И мужчина, который положил
велосипед в белый микроавтобус и увез Фрэнка Питерсона,
был Терри Мейтленд, также известный как тренер Терри или
тренер Ти?

Стэнхоуп: Да.

Детектив Андерсон: Вы абсолютно уверены?

Стэнхоуп: Да.

Детектив Андерсон: Спасибо, миссис Стэнхоуп.

Стэнхоуп: Кто бы поверил, что Терри на такое способен! Вы полагаете, были и другие жертвы?

Детектив Андерсон: Возможно, мы это выясним в ходе расследования.

5

Поскольку все матчи Городской молодежной лиги проходили на стадионе Эстель Барга — лучшем бейсбольном стадионе округа и единственном оборудованном прожекторами для вечерних матчей, — судьи определяли, кому достанется преимущество домашней команды, подбрасывая монетку. Терри Мейтленд загадал решку, как делал всегда — суеверие он перенял от собственного тренера, еще когда сам играл в молодежной лиге, — и она выпала. «Мне не важно, как мы начнем игру, мне важно, как мы ее закончим», — всегда говорил он своим мальчишкам.

И сегодня все действительно решалось в самом конце матча. Завершался девятый иннинг, и «Медведи» вели в полуфинале на одну пробежку. «Золотые драконы» уже израсходовали все свои ауты, зато у них были полные базы. Один уок, одна сильная подача, ошибка или отбой в инфилд сравняют счет; отбой в аллею принесет им победу. Под рев трибун, крики и топот на базу отбивающего вышел малыш Тревор Майклз. Ему выдали самый маленький шлем из всех, что нашлись на складе, но он все равно сползал Тревору на глаза, и его приходилось постоянно поправлять. Парнишка нервно покачивал битой.

Терри подумывал перевести его в заменяющие хиттеры, но при своих пяти футах одном дюйме роста Тревор частенько заставлял судью объявлять уок. Да, он не отбивал хоум-раны, но иногда все-таки попадал битой по мячу. Не часто, но попадал. Поставишь его в замену, и мальчишке жить с этим позором весь следующий учебный год. Зато удачный отбой — если сейчас он случится — парень будет потом вспоминать за пивом и барбекю всю оставшуюся жизнь. Терри знал по себе. Он сам был на месте Тревора, давным-давно, на заре времен, еще до того, как в бейсбол стали играть алюминиевыми битами.

Питчер «Медведей» — их клоузер, настоящий стрелок — развернулся и отправил первый мяч прямо в центр базы. Тревор уныло посмотрел ему вслед. Судья объявил первый страйк. Трибуны застонали.

Гэвин Фрик, второй тренер «Драконов», помощник Терри, нервно расхаживал взад-вперед вдоль скамейки запасных, сжимая в руке свернутый в рулон судейский протокол (сколько раз Терри просил его так не делать?), футболка «Золотых драконов» размера XXL туго обтягивала живот размером не меньше XXXL.

— Надеюсь, Тер, ты не ошибся, что выпустил Тревора отбивать, — сказал Гэвин. Пот ручьями стекал у него по щекам. — Он же напуган до полусмерти. Сдается мне, он не сможет отбить мячик этого парня даже теннисной ракеткой.

— Давай подождем и посмотрим, — сказал Терри. — Я чувствую, что у него все получится.

На самом деле он ничего такого не чувствовал.

Питчер «Медведей» распрямился и запустил вторую подачу, но в этот раз мяч взрыл землю перед основной базой. «Дракон» Байбир Пател уже было рванул с третьей базы, болельщики вскочили на ноги, но тут же уселись обратно, когда он тормознул, увидев, что мяч отскочил прямо в ловушку кетчера. Кетчер «Медведей» повернулся к третьей базе, и Терри разглядел выражение его лица даже под маской: *Только попробуй, щенок.* Байбир благоразумно не стал нарываться.

Следующая подача ушла в сторону, но Тревор на всякий случай махнул битой.

— Кончай его, Фриц! — проорала какая-то луженая глотка, не иначе как отец подающего, судя по тому, как резко тот обернулся к трибунам. — Отправь его в *ау-у-у-ут!*

Тревор пропустил и следующую подачу — она была слишком близкой, — но тут судья объявил бол. Теперь уже застонали болельщики «Медведей». Кто-то из них советовал судье купить очки, другой предложил завести собаку-поводыря.

Два на два — у Терри было сильное подозрение, что судьба очередного сезона «Драконов» зависит от исхода следующей подачи. Либо они играют против «Пантер» в финале городского чемпионата и выходят в чемпионат штата — который уже показывают по телевизору, — либо отправляются по домам и встречаются следующий раз только на заднем дворе у Мейтлендов, на традиционном барбекю в честь завершения сезона.

Он посмотрел на Марси и девчонок, сидевших на обычном месте, на пластмассовых стульях у сетчатого забора за домашней базой. Жена — посередине, дочери — с обеих сторон от нее, как две симпатичные подпорки для книг. Все трое помахали ему руками со скрещенными пальцами. Терри подмигнул им, улыбнулся и поднял вверх два больших пальца, хотя на душе у него было скверно. Плохое предчувствие. И не только по поводу матча. Было что-то еще. Какая-то смутная тревога.

Марси улыбнулась ему в ответ, а потом озадаченно нахмурилась. Она посмотрела налево и указала в ту сторону большим пальцем. Терри повернул голову и увидел двух полицейских, шагавших в ногу вдоль линии третьей базы, мимо тренера «Медведей» Барри Халигэна.

— *Тайм-аут!* — крикнул судья на домашней базе, когда питчер «Медведей» уже начал замах. Тревор Майклз опустил биту и отступил на пару шагов — с облегчением, как показалось Терри. При виде полицейских зрители на трибунах притихли. Один из копов убрал руку за спину. Второй положил ладонь на рукоять пистолета в кобуре.

— *Ушли с поля!* — кричал судья. — *Ушли с поля!*

Трой Рэмидж и Том Йейтс не обращали на него внимания. Они приблизились к скамейке запасных «Золотых драконов» и направились прямиком к тому месту, где стоял Терри. Рэмидж снял с ремня пару наручников. Зрители увидели наручники, и по трибунам пробежал вздох, на две трети растерянный, на треть возбужденный: *О-о-о-о-о-о*.

— Эй, ребята! — сказал подбежавший Гэвин, который чуть не упал, споткнувшись о брошенную на землю перчатку Ричи Гэлланта, защитника первой базы. — У нас тут матч!

Йейтс отодвинул его в сторону, качая головой. Трибуны умолкли. Стадион погрузился в мертвую тишину. «Медведи», еще секунду назад полные напряженного ожидания, теперь просто стояли, опустив руки. Кетчер подошел к своему питчеру, и оба растерянно застыли где-то посередине между питчерской горкой и домашней базой.

Терри немного знал полицейского с наручниками; тот иногда приходил вместе с братом на стадион смотреть осенние матчи молодежной футбольной лиги.

— Трой? Что случилось? В чем дело?

На лице Терри Рэмидж увидел лишь искреннее изумление, но он не первый год служил в полиции и знал, что у настоящих подонков этот взгляд — *Кто, я?!* — отработан до автоматизма. А в том, что сейчас перед ним настоящий подонок, можно было не сомневаться. Памятуя инструкции Андерсона (и нисколечко против них не возражая), он возвысил голос, чтобы его было слышно на всех трибунах, где в тот день собралось, как завтра напишут в газетах, тысяча пятьсот восемьдесят восемь человек.

— Теренс Мейтленд, вы арестованы по обвинению в убийстве Фрэнка Питерсона.

Еще одно *о-о-о-о-о* прокатилось по стадиону. На этот раз — громче, как шум нарастающего ветра.

Терри нахмурился, глядя на Рэмиджа. Он понял слова — простые английские слова, составлявшие простое повествовательное предложение, — он знал, кто такой Фрэнк Питерсон и что с ним случилось, но *смысл* этих слов от него ускользал. Он не знал, что на это ответить, кроме как:

— Что?! Ты серьезно?

Именно в эту секунду спортивный фотограф «Голоса Флинт-Сити» сделал снимок, который на следующий день появится на первой полосе. На этом снимке Терри получился с открытым ртом, выпученными глазами и волосами, торчащими во все стороны из-под бейсболки с эмблемой «Золотых драконов». На этом снимке Терри Мейтленд выглядел сломленным и виноватым.

— *Что* ты сказал?

— Руки вперед.

Терри посмотрел на Марси и дочерей, которые замерли на своих стульях, с изумлением глядя на происходящее. Пока с изумлением, ужас придет позже. Байбир Пател вышел с третьей базы и направился к скамье запасных, снимая шлем на ходу. Терри увидел, что у парня текут слезы.

— Вернись на место! — крикнул ему Гэвин. — Матч еще не закончен!

Но Байбир застыл в зоне фола, глядя на Терри и заливаясь слезами. Терри смотрел на него и не верил, что все это происходит на самом деле. *Наверняка это сон, дурной сон.* А потом Том Йейтс схватил его руки и с такой силой дернул вперед, что Терри едва устоял на ногах. Рэмидж защелкнул наручники у него на запястьях. Не пластиковые, а настоящие, стальные, блестевшие в свете вечернего солнца. По-прежнему громко, чтобы слышали все, Рэмидж объявил:

— Вы имеете право хранить молчание и не отвечать на вопросы, но если вы будете говорить, все, что вы скажете, может быть использовано против вас в суде. Вы имеете право на присутствие адвоката на допросах. Вы понимаете свои права?

— Трой? — Терри едва слышал собственный голос. Словно из легких вышел весь воздух. — Что происходит?!

Рэмидж его проигнорировал.

— Вы понимаете свои права?

Марси уже стояла у сетчатого забора и трясла его, просунув пальцы сквозь ячейки. У нее за спиной плакали

Сара и Грейс. Грейс опустилась на колени рядом со стулом Сары. Ее собственный стул лежал на земле.

— Что вы делаете? — крикнула Марси. — Господи, что же вы делаете?! И почему *здесь*?!

— Вы понимаете свои права?

Терри понимал только то, что на него надели наручники и теперь уведомляют его о правах на глазах у почти тысячи шестисот человек, среди которых — его жена и две маленькие дочки. Это был не сон. И не просто арест. По каким-то неясным ему причинам это было публичное унижение. Нужно как можно скорее все это закончить и во всем разобраться. Хотя даже теперь, в потрясении и растерянности, Терри осознавал, что его жизнь вернется в нормальное русло еще очень и очень не скоро.

— Я понимаю, — сказал он и добавил: — Тренер Фрик, не надо.

Гэвин, который уже надвигался на полицейских, сжимая кулаки и багровея лицом, опустил руки и шагнул назад. Он посмотрел на Марси за сетчатым забором, пожал плечами и беспомощно развел ладони.

Все так же громко, словно городской глашатай, сообщающий недельные новости жителям городка Новой Англии, Трой Рэмидж продолжил зачитывать Терри его права. Ральф Андерсон слышал его со стоянки у входа в парк. Трой отлично справлялся. Все это было очень неприятно, и Ральфу, возможно, еще вкатят выговор за этот публичный спектакль, но родители Фрэнка Питерсона его не осудят. Да, они не осудят.

— Если вы не можете оплатить услуги адвоката, он будет предоставлен вам государством. Вы понимаете свои права?

— Да, — ответил Терри. — И я понимаю кое-что еще. — Он повернулся к толпе. — *Я не знаю, почему меня арестовали! Гэвин Фрик остается за главного тренера до окончания матча!* — крикнул он и добавил: — Байбир, возвращайся на третью базу и помни про зону фола.

Раздались жидкие аплодисменты, но именно жидкие. Луженая глотка на верхней части трибун вновь проорала:

— *Что, говорите, он сделал?*

Толпа ответила на вопрос, взорвавшись двумя словами, которые вскоре разнесутся по всему Вест-Сайду и по всему городу: Фрэнк Питерсон.

Йейтс схватил Терри под локоть и повел к выходу со стадиона.

— Проповедовать массам будешь позже, Мейтленд. А сейчас ты отправишься в тюрьму. И знаешь, что я тебе скажу? У нас в штате разрешена смертная казнь, и ее применяют на практике. Хотя ты учитель, ты должен знать.

Они не прошли и двадцати шагов, как подлетевшая к ним Марси Мейтленд схватила Тома Йейтса за руку:

— Господи, что вы творите?!

Йейтс стряхнул ее ладонь, а когда она попыталась схватиться за мужа, Трой Рэмидж отстранил ее, вежливо, но непреклонно. Марси растерянно застыла на месте, а потом увидела Ральфа Андерсона, идущего навстречу своим офицерам. Она знала Ральфа по Малой лиге: Дерек Андерсон играл в команде Терри «Бакалейные львы Джералда». Разумеется, Ральф посещал не все матчи, но когда мог, обязательно приходил. Тогда он еще носил форму. Когда его повысили до детектива, Терри отправил ему электронное письмо с поздравлениями. Теперь Марси бросилась к Ральфу, едва касаясь земли подошвами стареньких теннисных туфель, которые она всегда надевала на матчи Терри, утверждая, что они приносят удачу.

— Ральф! — крикнула она на бегу. — Что происходит? Это ошибка!

— Боюсь, что нет, — сказал Ральф.

Эта часть дела ему не нравилась, потому что ему нравилась Марси. С другой стороны, ему всегда нравился Терри: возможно, Терри Мейтленд изменил жизнь Дерека, придав парнишке чуть больше уверенности в себе, а в одиннадцать лет даже немножко уверенности в себе — это уже очень много. И было еще кое-что. Марси наверняка знала, кем был ее муж, пусть лишь на подсознательном уровне. Мейтленды были женаты давно, а зверства вроде убийства Фрэнка Питерсона не возникают на пустом месте. Такие замыслы формируются постепенно.

— Марси, езжай домой. Прямо сейчас. Лучше оставь дочерей у кого-нибудь из подруг, дома тебя ждет полиция.

Она непонимающе уставилась на него.

Сзади донесся звон алюминиевой биты, попавшей по мячу, но мало кто это заметил. Зрители еще не опомнились от потрясения. Игра интересовала их гораздо меньше, чем странное представление, которому они только что стали свидетелями. А жаль: Тревор Майклз отбил мяч сильнее, чем когда бы то ни было в жизни, даже сильнее, чем на тренировках, когда Терри бросал ему «детские» подачи. К несчастью, мяч полетел прямо к шорт-стопу «Медведей», и тому не пришлось даже подпрыгивать, чтобы его поймать.

Игра закончилась.

6

Показания Джун Моррис [*12 июля, 17:45, допрос свидетеля провел детектив Ральф Андерсон, в присутствии миссис Франсин Моррис*]

Детектив Андерсон: Спасибо, что привели дочь в участок, миссис Моррис. Джун, тебе нравится газировка?

Джун Моррис: Да, спасибо. Вкусная. Я сделала что-то не то?

Детектив Андерсон: Конечно, нет. Я просто хотел кое-что у тебя спросить. О том, что ты видела позавчера.

Джун Моррис: Когда я видела тренера Терри?

Детектив Андерсон: Все верно. Когда ты видела тренера Терри.

Франсин Моррис: Ей уже девять, и мы разрешаем ей ходить к Хелен самой. Хелен — это ее подружка, она живет рядом с нами, на той же улице. Разумеется, она ходит одна, только когда светло. Мы с мужем считаем, что ребенка надо приучать к самостоятельности. Но теперь-то мы никуда не отпустим ее одну. Даже не сомневайтесь.

Детектив Андерсон: Ты его видела вечером, после ужина. Правильно, Джун?

Джун Моррис: Да. На ужин был мясной рулет. А вчера была рыба. Я не люблю рыбу, но ничего не поделаешь.

Франсин Моррис: Ей даже не надо переходить дорогу. Мы думали, что можно отпускать ее одну. У нас очень тихий, приятный район. То есть мне так казалось.

Детектив Андерсон: Да, трудно понять, когда приходит пора давать им больше самостоятельности. Итак, Джун... Ты шла к подружке и проходила мимо стоянки у Хенли-парка, правильно?

Джун Моррис: Да. Хелен со мной...

Франсин Моррис: Мы с Хелен...

Джун Моррис: Мы с Хелен собирались закончить карту Южной Америки. Для конкурса в дневном лагере. Мы раскрашивали разные страны разными цветами, и у нас было почти все готово, но мы забыли про Парагвай, и пришлось начинать все заново. Ничего не поделаешь — надо. Потом мы собирались поиграть в «Энгри бердз» и «Корги хоп» на айпаде Хелен, а потом за мной должен был прийти папа. Потому что тогда уже будет темно.

Детектив Андерсон: В котором часу это было, мэм?

Франсин Моррис: Когда Джун уходила, на местном канале шли новости. Норман смотрел телевизор, я мыла посуду. Значит, между шестью и половиной седьмого. Может быть, в четверть седьмого. Кажется, передавали прогноз погоды.

Детектив Андерсон: Расскажи, что ты видела, Джун, когда проходила мимо стоянки.

Джун Моррис: Тренера Терри, я же сказала. Он живет на нашей улице, в дальнем конце, и однажды, когда у нас потерялась собака, тренер Ти ее нашел. Иногда мы играем с Грейси Мейтленд, но совсем мало. Она на год старше, и ей нравятся мальчишки. Он был весь в крови. Из носа шла кровь.

Детектив Андерсон: Ясно. А что он делал, когда ты его увидела?

Джун Моррис: Он вышел из парка. Увидел, что я на него смотрю, и помахал мне рукой. Я тоже ему помахала и спросила: «Тренер Терри, что с вами случилось?» И он сказал, что ударился носом о ветку. Он сказал: «Не бойся. У меня постоянно идет кровь из носа». А я сказала: «Я не боюсь, но вам придется выбросить эту рубашку, потому что кровь не отстирывается. Так говорит мама». Он улыбнулся и сказал: «Хорошо, что у меня много рубашек». Но кровь была и на брюках. И у него на руках.

Франсин Моррис: Она была так близко к нему. Не могу выкинуть это из головы.

Джун Моррис: Почему? Потому что у него из носа шла кровь? У Рольфа Джейкобса тоже шла кровь из носа, когда он в прошлом году упал с качелей, и я ничуточки не испугалась. Хотела дать ему свой носовой платок, но миссис Гриша отвела его в медпункт.

Детектив Андерсон: Ты стояла близко к нему?

Джун Моррис: Я не знаю. Он был на стоянке, я — на тротуаре. Это близко?

Детектив Андерсон: Я тоже не знаю, но мы обязательно это выясним. Тебе нравится газировка?

Джун Моррис: Вы уже спрашивали.

Детектив Андерсон: Да, точно.

Джун Моррис: Старички вечно все забывают, так говорит дедушка.

Франсин Моррис: Джуни, это невежливо.

Детектив Андерсон: Ничего страшного. Твой дедушка, Джун, говорит мудрые вещи. А что было потом?

Джун Моррис: Ничего. Тренер Ти сел в свой микроавтобус и уехал.

Детектив Андерсон: Какого цвета был микроавтобус?

Джун Моррис: Ну, наверное, если его помыть, то белый, но он был очень грязный. И он сильно гремел и пускал синий вонючий дым. Фу.

Детектив Андерсон: На микроавтобусе были какие-то надписи? Реклама? Название компании?

Джун Моррис: Нет. Просто белый микроавтобус, без надписей.

Детектив Андерсон: Ты заметила, какие у него номера?

Джун Моррис: Нет.

Детектив Андерсон: Куда поехал микроавтобус?

Джун Моррис: По Барнум-стрит.

Детектив Андерсон: Ты уверена, что человек, который сказал, что у него идет кровь из носа, был именно Терри Мейтленд?

Джун Моррис: Конечно, это был тренер Терри. Тренер Ти. Я хорошо его знаю. С ним все в порядке? Он сделал что-то плохое? Мама сказала, что мне не надо читать газеты и смотреть новости по телевизору, но я уверена, что в парке что-то случилось. Сейчас каникулы, а если бы была школа, я бы узнала все сразу. Кто-нибудь разболтал бы. Тренер Терри подрался с каким-то злодеем? И поэтому у него была кровь...

Франсин Моррис: Вы закончили, детектив? Я понимаю, что вам нужны сведения, но мне сегодня укладывать дочку спать.

Джун Моррис: Я сама лягу!

Детектив Андерсон: Да, я закончил. Но, Джун, прежде чем ты уйдешь, давай сыграем в одну игру. Ты любишь играть?

Джун Моррис: Да, наверное. Если игра не скучная.

Детектив Андерсон: Я положу на стол шесть фотографий шести разных людей... вот так... Они все немного похожи на тренера Терри. Я хочу, чтобы ты мне сказала...

Джун Моррис: Вот он. Номер четвертый. Это тренер Терри.

Трой Рэмидж открыл заднюю дверцу седана. Терри обернулся и увидел Марси, застывшую на краю парковки. На ее лице читались боль и растерянность. У нее за спиной на бегу делал снимки фотограф из «Голоса». *Снимай, снимай*, подумал Терри с некоторым злорадством. *Эти снимки не будут стоить и ломаного гроша*. Он крикнул Марси:

— Звони Хоуи Голду! Скажи ему, что меня арестовали! Скажи ему...

Йейтс пригнул голову Терри и затолкал его в машину.

— Давай загружайся. И держи руки на коленях, пока я буду пристегивать твой ремень.

Терри сел в машину. Положил руки на колени. В окно ему было видно огромное электронное табло над трибунами. Его жена возглавляла кампанию по сбору денег на это табло два года назад. Теперь Марси стояла на краю парковки, и Терри никогда в жизни не сможет забыть, какое у нее было лицо. Лицо женщины из страны третьего мира, наблюдающей, как сжигают ее деревню.

Рэмидж уселся за руль, Ральф Андерсон сел спереди, и не успел он захлопнуть дверцу, как машина сорвалась с места. Рэмидж резко развернулся, крутанув руль основанием ладони, и выехал со стоянки на Тинсли-авеню. Они ехали без сирены, но с включенной синей мигалкой на приборном щитке. Терри принюхался: в машине пахло мексиканской едой. Странно, что замечаешь такие детали, когда твой день — вся твоя *жизнь* — вдруг летит под откос, непонятно откуда взявшийся. Терри наклонился вперед.

— Ральф, послушай меня.

Ральф смотрел прямо перед собой, сцепив пальцы в замок.

— Сейчас приедем в участок, вот там и послушаем.

— Да пусть говорит, — сказал Рэмидж. — Сэкономит нам время.

— Трой, заткнись, — бросил Ральф, по-прежнему глядя прямо перед собой. Терри видел, как у него на шее напряглись жилы, образовав две единицы. Одиннадцать.

— Ральф, я не знаю, что привело тебя ко мне и почему ты решил арестовать меня на глазах у половины города, но это какой-то абсурд.

— Все так говорят, — скучающим тоном заметил Том Йейтс. — Держи руки на коленях, Мейтленд. Даже нос не чеши, если зачешется.

В голове у Терри прояснилось — не то чтобы полностью, но хоть чуть-чуть, — и он понял, что лучше послушаться офицера Йейтса (его имя было на бейдже, приколотом к нагрудному карману рубашки). У Йейтса был такой вид, словно он только и ждал повода, чтобы от души врезать задержанному, и не важно, были на том наручники или нет.

Кто-то в этой машине недавно ел энчиладу, Терри был в этом уверен. Возможно, из «Сеньора Джо». Его дочери очень любили этот мексиканский ресторанчик и всегда много смеялись, когда там ели — черт, они все смеялись, — а по дороге домой обвиняли друг друга в порче воздуха.

— Ральф, послушай меня. Пожалуйста.

Ральф вздохнул.

— Ладно, я слушаю.

— Мы все тебя слушаем, — сказал Рэмидж. — Слушаем очень внимательно.

— Фрэнка Питерсона убили во вторник. Во вторник, ближе к вечеру. Это было в газетах и в новостях. Во вторник я был в Кэп-Сити. Весь вторник и большую часть среды. Вернулся домой после девяти вечера в среду. Гэвин Фрик, Барри Халигэн и Лукеш Патель — это отец Байбира — провели тренировки во вторник и в среду, пока меня не было.

На секунду в машине стало тихо. Молчало даже радио. Впрочем, его никто и не включал. В эту секунду Терри поверил — да, он поверил, — что Ральф сейчас велит Трою остановиться. Потом обернется к нему, к Терри, и смущенно скажет: *О боже, вот мы лажанулись!*

Но Ральф сказал совершенно другое. Сказал, даже не обернувшись:

— Ага. Вот и алиби, как и следовало ожидать.

— Что? Я не понимаю...

— Ты умный парень, Терри. Я это знаю с нашей первой встречи, еще когда ты тренировал Дерека в Малой лиге. Я был уверен, что если ты не сознаешься сразу — хотя я на это надеялся, но не особо рассчитывал, — то предложишь какое-то алиби. — Ральф наконец обернулся, и Терри его не узнал, настолько чужим было его лицо. — Я также уверен, что мы разобьем твое алиби в пух и прах. Потому что мы взяли тебя с поличным. И тебе не отвертеться.

— Кстати, а что ты делал в Кэп-Сити? — спросил Йейтс. Внезапно человек, который велел Терри сидеть тихо и даже не чесать нос, заговорил почти дружелюбно, с любопытством. Терри чуть было не начал рассказывать, что он делал в Кэп-Сити, но решил, что лучше не надо. Первое потрясение прошло, мозг потихоньку включался, и Терри понял, что эта пропахшая энчиладой машина была вражеской территорией. Самое время заткнуться и ждать Хоуи Голда. Он приедет в участок, и они вместе во всем разберутся. Это не займет много времени.

И он понял кое-что еще. Он был зол, чертовски зол, и когда они свернули на Мэйн-стрит и подъехали к зданию полицейского управления Флинт-Сити, он дал себе обещание: этой осенью, может быть, даже раньше, человек, сидящий на переднем сиденье — человек, которого Терри считал своим другом, — будет искать себе новую работу. Вероятно, охранником банка где-нибудь в Талсе или в Амарилло.

8

Показания мистера Карлтона Скоукрофта [*12 июля, 21:30, допрос свидетеля провел детектив Ральф Андерсон*]

Скоукрофт: Это надолго, детектив? Потому что ложусь-то я рано. Я ж в техобслуживании на железной дороге, в семь утра надо быть на работе, иначе будут проблемы.

Детектив Андерсон: Я постараюсь закончить быстрее, мистер Скоукрофт, но это серьезное дело.

Скоукрофт: Да, я понимаю. Просто сказать мне особо нечего, и хотелось бы поскорее вернуться домой. Хотя не знаю, смогу ли сегодня заснуть. Я же не попадал в полицейский участок с той самой пьянки, когда мне было семнадцать. Чарли Бортон тогда был начальником. Отцы нас вытащили, но меня наказали до конца лета.

Детектив Андерсон: Спасибо, что пришли. Расскажите, пожалуйста, где вы были и что видели в семь вечера во вторник, десятого июля.

Скоукрофт: Я уже говорил той девушке в приемной. Я был в баре «Шорти» и видел белый микроавтобус и парня, который тренирует детишек в бейсболе и в футболе, тут у нас, в Вест-Сайде. Не помню, как его зовут, но его фотографии часто мелькают в газете, потому что в этом году он подготовил отличную команду Городской молодежной лиги. В газете пишут, что они могут выйти в финал, а то и взять кубок. Морленд, кажется, так его звать? Он был весь в крови.

Детектив Андерсон: Расскажите подробнее, как все было. Как вы его увидели.

Скоукрофт: Ну, закончил я смену, пошел в «Шорти» поесть. Жены у меня нет, дома никто не ждет, а кулинар из меня никакой. По понедельникам и средам я хожу ужинать в закусочную «Флинт-Сити». По пятницам — в стейк-хаус «Бонанза». А по вторникам и четвергам — в «Шорти», обычно беру там ребрышки и кружку пива. Вот, значит, был вторник, и я пошел в «Шорти». Пришел туда в четверть седьмого, примерно так. Парнишка в то время уже был мертв, да?

Детектив Андерсон: Но ближе к семи часам вечера вы выходили на задний двор, верно? За баром «Шорти».

Скоукрофт: Все верно. Мы с Райли Франклином вышли вдвоем. Встретились в баре, вместе поужинали. На задний двор посетители ходят курить. По коридору, между двумя туалетами и наружу, через заднюю дверь. Там стоят пепельницы, все культурно. В общем, мы с Райли поели. Я взял ребрышки, он — чизбургер. Заказали десерт, а пока ждали, пошли покурить. И вот стоим, курим, и подъезжает грязный белый микроавтобус. С нью-йоркскими номерами, я это запомнил. Встает рядом с «субару»... по-моему, это была «субару»… и из кабины выходит он самый. Морленд, или как там его звать.

Детектив Андерсон: Во что он был одет?

Скоукрофт: Ну, я не уверен насчет штанов — может быть, Райли помнит. Кажется, слаксы. А может, и нет. Но рубашка на нем была белая. Я это запомнил, потому что она была вся в крови. На штанах только брызги, а рубашка залита вся. И лицо тоже в крови. Под носом, вокруг рта, на подбородке. Страшное дело. И Райли — он, наверное, уговорил пару кружечек пива еще до того, как пришел я, сам-то я выпил всего одну, — так вот, он говорит: «А как выглядит другой парень, тренер Ти?»

Детектив Андерсон: Он назвал его тренером Ти?

Скоукрофт: Ну да. А тренер, значит, смеется и говорит: «Нет никакого другого. Просто кровь пошла носом. У меня так бывает. Хлещет, как гейзер. Тут где-то поблизости есть медпункт?»

Детектив Андерсон: Он спрашивал про медпункт?

Скоукрофт: Ну да. Он сказал, ему надо к врачу. Может, там что прижечь, я не знаю. Он сказал, с ним такое уже случалось. Ну, я ему и говорю, мол, езжай на Бэррфилд, на втором светофоре свернешь налево, а там уже есть указатель. Ехать около мили. А потом он спросил, можно ли ему оставить свой микроавтобус на стоянке за баром. Вообще, она не для клиентов, а для сотрудников. Там и табличка висит, все написано. Ну, я ему и говорю: «Это не моя стоянка, но если ненадолго, то, наверное, можно». И он говорит… мы еще удивились, как-то странно оно, в наши-то времена… Так вот, он говорит, что оставит ключи в подстаканнике. На случай, если вдруг надо будет его переставить. В смысле, микроавтобус. Райли сказал: «Так его точно угонят, тренер Ти». А он опять повторил, что уйдет ненадолго и мало ли что. Вдруг надо будет его переставить. Знаете, что я думаю? Я думаю, может, он хотел, чтобы микроавтобус угнали. Может, даже мы с Райли. Может такое быть, детектив?

Детектив Андерсон: А что было потом?

Скоукрофт: Он сел в ту зеленую «субару» и укатил. Я снова подумал, что это странно.

Детектив Андерсон: Что в этом странного?

Скоукрофт: Он спросил, можно ли ненадолго оставить микроавтобус на стоянке у бара — как будто боялся, что если бросить его на улице, его заберут на штрафную стоянку, — а его машина все время стояла у бара. Вот это и странно.

Детектив Андерсон: Мистер Скоукрофт, я сейчас покажу вам шесть фотографий шести разных людей. Пожалуйста, назовите человека, которого вы видели у бара «Шорти» во вторник вечером. Они все похожи, поэтому не торопитесь, посмотрите внимательно.

Скоукрофт: Да что тут смотреть? Вот же он. Морленд, или как там его зовут. Я могу идти домой?

9

В неприметной машине без опознавательных знаков никто больше не сказал ни слова. Рэмидж въехал на стоянку у здания полицейского управления и поставил машину на свободное место в ряду, обозначенном табличкой «ТОЛЬКО ДЛЯ СЛУЖЕБНОГО ТРАНСПОРТА». Ральф обернулся к человеку, который тренировал его сына. Бейсболка Терри — бейсболка с эмблемой «Золотых драконов» — съехала набок, как у малолетних рэперов. Футболка с той же эмблемой выбилась из спортивных штанов, лицо блестело от пота. В эту минуту Терри выглядел виновным, как сто чертей. Разве что в его глазах не было и намека на вину. Эти глаза смотрели на Ральфа в упор, с молчаливым упреком.

У Ральфа был вопрос, который не мог ждать.

— Почему именно он, Терри? Почему Фрэнки Питерсон? В этом году он играл у тебя в Малой лиге? Ты давно положил на него глаз? Или просто подвернулась возможность, и ты ею воспользовался?

Терри открыл было рот, чтобы вновь возразить, но понял, что смысла нет. Ральф его слушать не будет. Сейчас точно не будет. Никто из них не собирается его слушать.

Лучше подождать. Да, это трудно, но в итоге может сберечь ему время и силы.

— Ну, давай, — сказал Ральф мягко и буднично. — Ты же хотел что-то сказать, вот и говори. Скажи мне. Объясни. Прямо здесь и сейчас, пока мы не вышли из машины.

— Я дождусь своего адвоката, — ответил Терри.

— Если ты невиновен, — сказал Йейтс, — тебе и не нужен никакой адвокат. Давай, убеди нас в своей невиновности, если сможешь. Мы даже подбросим тебя до дома.

По-прежнему глядя прямо в глаза Ральфу Андерсону, Терри чуть слышно проговорил:

— Ты поступил очень плохо. Ты даже не стал проверять, где я был во вторник вечером, да? От тебя я такого не ожидал. — Он секунду помедлил, как будто задумавшись, и добавил: — *Скотина.*

Ральф не собирался объяснять Терри, что обсудил этот вопрос с Сэмюэлсом, хотя обсуждение длилось недолго. У них маленький городок. Начнешь задавать слишком много вопросов, и слухи мигом дойдут до Мейтленда.

— Это тот редкий случай, когда ничего проверять не нужно. — Ральф открыл свою дверцу. — Пойдем. Пока ждем твоего адвоката, оформим тебя как положено, снимем пальчики, сфотографируем...

— Терри! *Терри!*

Не послушав совета Ральфа, Марси Мейтленд поехала следом за полицейской машиной на своей «тойоте». Джейми Мэттингли, их соседка, сама предложила взять Грейс и Сару к себе. Обе девочки плакали. Джейми тоже.

— Терри, что они делают? И что делать *мне*?

Терри на миг вырвал руку из захвата Йейтса, державшего его за локоть.

— Звони Хоуи!

Больше он ничего не успел сказать. Рэмидж открыл дверь с табличкой «ПОСТОРОННИМ ВХОД ВОСПРЕЩЕН», и Йейтс затолкал Терри внутрь, грубо пихнув его в спину. Ральф на миг задержался в дверях.

— Езжай домой, Марси, — сказал он. — Езжай, пока сюда не набежали газетчики.

Он чуть не добавил: *Мне очень жаль*, но ему не было жаль. Бетси Риггинс с ребятами из полиции штата дожидаются Марси у дома, но ей все равно надо ехать домой. Это самое лучшее, что она может сделать. Единственное, что она может сделать, на самом деле. Возможно, ему бы и стоило ее пожалеть. Хотя бы ради девчонок — уж они точно ни в чем не виноваты, — и все же...

Ты поступил очень плохо. От тебя я такого не ожидал.

Ральф не должен был чувствовать себя виноватым, услышав упрек человека, который изнасиловал и зверски убил ребенка, но почему-то почувствовал. Потом он вспомнил снимки с места происшествия — такие кошмарные, что хотелось ослепнуть. Вспомнил ветку, торчавшую из прямой кишки мальчика. Вспомнил кровавые отпечатки на гладком дереве. Гладком, потому что рука, оставившая отпечатки, с такой силой пихала ветку, что содрала с нее кору.

Билл Сэмюэлс изложил все по пунктам, доступно и просто. Ральф с ним согласился, как согласился и судья Картер, к которому Сэмюэлс обратился за ордерами. Во-первых, в деле все ясно. Нет смысла тянуть резину, когда имеются все улики. Во-вторых, если дать Терри время, он может сбежать, и они должны будут найти его раньше, чем он сам найдет еще одного Фрэнки Питерсона, чтобы изнасиловать и убить.

10

Показания мистера Райли Франклина [*13 июля, 07:45, допрос свидетеля провел детектив Ральф Андерсон*]

Детектив Андерсон: Я покажу вам шесть фотографий шести разных людей, мистер Франклин. Пожалуйста, выберите из них фотографию того человека, которого вы видели на заднем дворе бара «Шорти» вечером во вторник, десятого июля. Не торопитесь. Смотрите внимательно.

Ф р а н к л и н: Да я сразу вижу. Вот он, номер второй. Тренер Ти. Вот ведь как, даже не верится. Он тренировал моего сынишку в Малой лиге.

Д е т е к т и в А н д е р с о н: И моего тоже. Спасибо, мистер Франклин.

Ф р а н к л и н: Для него мало смертельной инъекции. Его надо повесить. И так, чтобы он задохнулся не сразу.

11

Марси заехала на стоянку у «Бургер Кинга» на Тинсли-авеню и достала из сумки мобильный телефон. У нее так тряслись руки, что она уронила его на пол. Наклонившись за ним, ударилась о руль головой и расплакалась снова. Номер Хоуи Голда был у нее в контактах. Не потому, что у Мейтлендов имелись причины держать номер знакомого адвоката в быстром наборе, а потому, что последние два сезона Хоуи на пару с Терри тренировал детскую футбольную команду. Он ответил после второго гудка.

— Хоуи? Это Марси Мейтленд, жена Терри, — зачем-то пояснила она, как будто они не обедали вместе раз в месяц уже второй год, с две тысячи шестнадцатого.

— Марси? Ты плачешь? Что случилось?

Это было настолько чудовищно, что она даже не сразу нашлась что сказать.

— Марси? Ты здесь? Ты попала в аварию?

— Я здесь. Со мной все хорошо. Но Терри... Терри арестовали. Ральф Андерсон арестовал Терри. За убийство того парнишки. Они так сказали. По обвинению в убийстве Фрэнка Питерсона.

— *Что?! Ты издеваешься?*

— Его даже не было в городе! — взвыла Марси. Она и сама понимала, что похожа сейчас на подростка в истерике, но ничего не могла с собой сделать. — Его арестовали. И сказали, что полиция ждет у дома!

— Где Сара и Грейс?

— У Джейми Мэттингли, нашей соседки. С ними все хорошо. — Хотя после того, как у них на глазах арестовали отца и увели прочь в наручниках, с ними уж точно не все хорошо.

Марси потерла лоб и подумала, что, наверное, будет синяк. Она сама удивилась, почему ее это волнует. Потому что, возможно, у дома уже собрались газетчики? Потому что они увидят синяк у нее на лбу и подумают, будто Терри ее ударил?

— Хоуи, ты мне поможешь? Ты нам поможешь?

— Конечно, я помогу. Терри забрали в участок?

— Да! В наручниках!

— Ясно. Я уже еду туда. А ты езжай домой, Марси. Узнай, чего хотят те полицейские. Если у них есть ордер на обыск — а он скорее всего есть, потому что иначе с чего бы им ехать к вам домой, — ознакомься со всеми бумагами, спроси, что именно они ищут, впусти их в дом, но ничего им не говори. Ты меня поняла? Не говори *ничего*.

— Я... да.

— Питерсон был убит в этот вторник, если не ошибаюсь. Так, погоди... — В трубке на заднем плане раздались приглушенные голоса, сначала — голос Хоуи, затем — женский голос. Видимо, Элейн, жены Хоуи. Потом Хоуи снова взял телефон. — Да, во вторник. Где был Терри во вторник?

— В Кэп-Сити! Он ездил...

— Сейчас это не важно. Полиция может задать тебе этот вопрос. Они могут задать тебе кучу вопросов. Скажи им, что будешь молчать по совету вашего адвоката. Ты поняла?

— Д-да.

— Не давай им себя запугать, подловить или уговорить. Они это умеют.

— Да, я поняла.

— Где ты сейчас?

Она знала, она видела вывеску, но все равно решила проверить.

— У «Бургер Кинга». Который на Тинсли. Я заехала на стоянку, чтобы тебе позвонить.

— Ты в порядке? Доедешь сама?

Она чуть не сказала ему, что ударилась головой, но решила промолчать.

— Да.

— Сделай глубокий вдох. Сделай три глубоких вдоха. Потом поезжай домой. Следи за знаками, соблюдай скоростной режим. На всех поворотах включай поворотники. У Терри есть компьютер?

— Конечно. Еще есть айпад, только он им почти не пользуется. И у нас у обоих — ноутбуки. А у девчонок — айпады-мини. И конечно, смартфоны. У нас у всех есть смартфоны. Грейс получила свой на день рождения, три месяца назад.

— Тебе должны предоставить список всего, что будет изъято.

— Они вправду могут забрать наши вещи? — В голосе Марси снова послышались истерические нотки. — Вот так просто взять и забрать?! Мы что, в России или в Северной Корее?!

— Они могут забрать только то, что указано в ордере. Но я хочу, чтобы ты составила свой собственный список. У девчонок смартфоны с собой?

— А ты думал? Они с ними не расстаются.

— Хорошо. Возможно, копы захотят забрать и твой смартфон. Откажись.

— А если они все равно заберут?

Разве это так важно на самом деле?

— Не заберут. Тебе не предъявлено никаких обвинений, и ничего твоего они взять не могут. Езжай домой. Я приеду, как только смогу. Мы во всем разберемся, я тебе обещаю.

— Спасибо, Хоуи. — Она снова расплакалась. — Большое спасибо.

— Пока не за что. И не забудь: скоростной режим, полная остановка на знаках «Стоп», поворотники на всех поворотах. Поняла?

— Да.

— Я еду в участок, — сказал Хоуи и отключился.

Марси включила передачу, потом снова перевела рукоятку на парковку. Сделала глубокий вдох. Затем второй. Третий. *Да, это кошмар, но он скоро закончится. Терри был в Кэп-Сити. Они убедятся, что это правда, и отпустят его домой.*

— А потом, — сказала она в пустоту (машина и вправду была пустой и неуютной без девчонок, хихикающих на заднем сиденье), — мы засудим их всех.

Марси расправила плечи и сосредоточилась. Она поехала домой в Барнум-корт, неукоснительно соблюдая скоростной режим и останавливаясь на каждом знаке «Стоп».

12

Показания мистера Джорджа Черны [13 июля, 08:15, допрос свидетеля провел офицер полиции Рональд Уилберфорс]

Офицер Уилберфорс: Спасибо, что пришли, мистер Черны...

Черны: Правильно Чорны. Пишется Е, а читается О.

Офицер Уилберфорс: А, понятно. Спасибо. Я у себя отмечу. Детектив Ральф Андерсон потом пригласит вас для беседы, но сейчас он опрашивает другого свидетеля и попросил меня записать основные сведения, пока все свежо у вас в памяти.

Черны: Вы уже забрали этот автомобиль? Эту «субару»? Надо его побыстрее изъять, пока никто не испортил улики. А улик там хватает, я вам скажу.

Офицер Уилберфорс: Наши ребята как раз сейчас этим занимаются, сэр. Как я понимаю, сегодня утром вы поехали на рыбалку?

Черны: Ну да. Хотел порыбачить, но даже удочки не расчехлил. Вышел я на рассвете, поехал к Чугунному мосту. Все его так называют: Чугунный. Который на Олд-Фордж-роуд. Знаете, где это?

О ф и ц е р   У и л б е р ф о р с: Да, сэр.

Ч е р н ы: Отличное место для ловли сома. Сомов мало кто ловит. Вид у них неприятный, и еще они люто кусаются иной раз, когда пытаешься снять их с крючка, но моя жена жарит их с солью и лимонным соком, и получается чертовски вкусно. Все дело в лимоне, знаете ли. И сковородка должна быть чугунной. Непременно чугунной.

О ф и ц е р   У и л б е р ф о р с: Стало быть, вы поставили машину прямо у моста...

Ч е р н ы: Да, но не у шоссе. Там есть старый лодочный причал. Пару лет назад кто-то купил тот участок земли, где причал, обнес проволочным забором, повесил табличку «ПРОХОД ЗАПРЕЩЕН». Но так ничего и не построил. Участок пустует, зарастает сорняками. Причал уже наполовину ушел под воду. Я всегда ставлю машину на подъездной дорожке, что ведет к этому сетчатому забору. Вот и сегодня. Приезжаю на место и что я вижу? Забор повален, а на самом краю затонувшей пристани стоит какая-то зеленая машина, так близко к воде, что передние шины наполовину увязли в иле. Я пошел посмотреть, что там и как. Вдруг какой-нибудь парень вчера перебрал в стриптиз-баре и съехал с шоссе. Я подумал, что он, может быть, отрубился и так за рулем и сидит.

О ф и ц е р   У и л б е р ф о р с: Когда вы сказали «стриптиз-бар», вы имели в виду «Джентльмены, для вас» на окраине города?

Ч е р н ы: Ага. Да. Мужики туда ходят, напиваются вусмерть, суют девчонкам в трусы доллары и пятерки, пока не кончатся деньги, а потом пьяными едут домой. Сам я таких развлечений не понимаю.

О ф и ц е р   У и л б е р ф о р с: Ясно. Значит, вы подошли к машине и заглянули внутрь.

Ч е р н ы: Да, к зеленой «субару». Внутри никого не было, но на пассажирском сиденье лежала одежда, вся залитая кровью, и я сразу подумал о том парнишке, которого убили в парке, потому что в новостях говорили, что полиция ищет зеленую «субару» в связи с этим преступлением.

Офицер Уилберфорс: Что вы видели, кроме одежды?

Черны: Кроссовки. Валялись под пассажирским сиденьем. Они тоже были в крови.

Офицер Уилберфорс: Вы что-нибудь трогали? Дергали дверцы?

Черны: Конечно, нет. Мы с женой не пропускали ни одной серии «C.S.I.: Место преступления».

Офицер Уилберфорс: Что вы сделали?

Черны: Позвонил в Службу спасения.

13

Терри Мейтленд сидел в комнате для допросов и ждал. Наручники с него сняли, чтобы его адвокат не поднял шум, когда приедет в участок — а приедет он скоро. Ральф Андерсон стоял, заложив руки за спину, в соседней комнате и разглядывал бывшего тренера своего сына через одностороннее зеркало. Он отпустил Йейтса и Рэмиджа. И переговорил с Бетси Риггинс, которая сообщила, что миссис Мейтленд еще не вернулась домой. Теперь, когда арест состоялся и кровь уже не кипела, Ральф снова задался вопросом, а не слишком ли они поторопились. Терри, конечно же, утверждает, что у него есть алиби, и это алиби, разумеется, не выдержит проверки фактами, и все же...

— Приветствую, Ральф. — Билл Сэмюэлс вошел в комнату, на ходу поправляя галстук. У него были темные волосы — черные, как сапожная вакса, — которые он стриг очень коротко, но на макушке торчал хохолок, из-за чего Билл казался моложе своих лет. Ральф знал, что Сэмюэлс выступал обвинителем по делам об убийстве не меньше шести раз и каждый раз выигрывал дело в суде. На данный момент двое убийц, осужденных стараниями Сэмюэлса (он называл их своими «мальчишками»), сидели в камере смертников в Макалестере. Это было хорошо, всегда полезно иметь в команде юного вундеркинда, но сегодня прокурор округа Флинт до жути напоминал Альфальфу из «Пострелят».

— Привет, Билл.

— Ну, вот и он, — сказал Сэмюэлс, глядя на Терри. — Но мне не нравится, что он в бейсболке «Драконов» и спортивной форме. Тюремная роба пойдет ему больше. А еще больше ему пойдет сидеть в камере смертников в ожидании инъекции.

Ральф ничего не сказал. Он думал о Марси, стоявшей перед полицейским участком, словно потерявшийся ребенок. Заломив руки, она смотрела на Ральфа как на незнакомца. Или как на чудовище. Вот только чудовищем был ее муж.

Сэмюэлс как будто прочел его мысли и спросил:

— Он не похож на чудовище, да?

— Они редко похожи.

Сэмюэлс достал из кармана пиджака несколько сложенных листов бумаги. На одном была копия отпечатков пальцев Терри Мейтленда, взятая из его личного дела в отделе кадров средней школы Флинт-Сити. Таковы правила: у всех новых учителей снимают отпечатки пальцев, прежде чем допустить их к работе с детьми. На остальных двух листах была «шапка» «ЭКСПЕРТНО-КРИМИНАЛИСТИЧЕСКОЕ УПРАВЛЕНИЕ ПОЛИЦИИ ШТАТА». Сэмюэлс встряхнул листами.

— Самое свежее и самое вкусное.

— Из «субару»?

— Ага. Ребята из полиции штата обнаружили больше семидесяти «пальчиков», и пятьдесят семь из них принадлежат Мейтленду. Техник, проводивший сравнение, говорит, что остальные заметно меньше. Возможно, это отпечатки владелицы автомобиля. Она проживает в Кэп-Сити и две недели назад заявила об угоне вот этой самой «субару». Барбара Ниринг. Ее отпечатки были оставлены гораздо раньше, так что всякая связь с убийством Питерсона исключается.

— Хорошо, но нам нужны результаты анализа ДНК. Он отказался сдать образец.

В отличие от отпечатков пальцев взятие мазка со слизистой ротовой полости для анализа ДНК в их штате считалось *посягательством* на права человека.

— Да зачем нам его образец? Риггинс со штатниками привезут его бритву, зубную щетку, соберут все волоски с его подушки.

— Этого мало. Нужен еще образец, взятый в нашем присутствии.

Склонив голову набок, Сэмюэлс внимательно посмотрел на Ральфа. Сейчас окружной прокурор был похож уже не на Альфальфу из «Пострелят», а на очень смышленого грызуна. Или, может быть, на ворону, углядевшую что-то блестящее.

— Ты что, сомневаешься? Только не говори мне, что да. Тем более что сегодня утром ты сам рвался в бой не меньше меня.

Тогда я вспоминал о Дереке, подумал Ральф. *Это было еще до того, как Терри посмотрел мне в глаза, как будто имел на то право. И до того, как он назвал меня скотиной, что не должно было меня задеть, но почему-то задело.*

— Я не сомневаюсь. Просто все развивается слишком стремительно. Я привык выстраивать дело. У меня даже не было ордера на арест.

— Если ты вдруг увидишь, как школьник торгует крэком на городской площади, ты что, не задержишь его без ордера?

— Задержу. Но тут другой случай.

— Не настолько. Но если что, ордер у меня есть. И судья Картер подписал его раньше, чем вы произвели задержание. Проверь факс у себя в кабинете, копию ордера уже должны были переслать. Ну что... пойдем побеседуем с задержанным? — У Сэмюэлса блестели глаза.

— Вряд ли он станет с нами разговаривать.

— Да, скорее всего не станет.

Сэмюэлс улыбнулся, и это была улыбка человека, чьими стараниями двое убийц были приговорены к смертной казни. И уже очень скоро — Ральф в этом не сомневался — к этим двоим добавится третий. Тренер Дерека Андерсона в Малой лиге. Еще один из «мальчишек» Билла Сэмюэлса.

— Но мы-то можем поговорить с *ним*. Можем ему разъяснить, что стены смыкаются и скоро раздавят его в лепешку.

14

Показания мисс Ивы Дождевая Вода [*13 июля, 11:40, допрос свидетеля провел детектив Ральф Андерсон*]

Дождевая Вода: Признайтесь, детектив, я не самая стройная Ива из всех, которых вы видели.

Детектив Андерсон: Мы сейчас обсуждаем не ваши габариты, мисс Дождевая Вода. Мы обсуждаем…

Дождевая Вода: И мои габариты тоже, вы просто не знаете. Собственно, из-за этих моих габаритов я и оказалась в том месте. Обычно в одиннадцать вечера у этого клуба, где голые девки, собирается десяток такси, и из всех водил я — единственная женщина. А все почему? Потому что никто из клиентов, как бы они ни упились, ко мне не полезет. В школе я могла бы играть левым полузащитником, если бы девочек брали в футбольную команду. Да половина из этих ребят, что садятся ко мне в такси, даже не понимают, что я женского пола. И когда выгружаются, тоже не все понимают. Ну, а мне так нормально. Мне, в общем, по барабану. Я просто подумала, вы захотите узнать, что я там делала, у того клуба.

Детектив Андерсон: Да, хорошо. Спасибо.

Дождевая Вода: Но тогда еще не было одиннадцати. Половина девятого, как-то так.

Детектив Андерсон: Вечером во вторник, десятого июля.

Дождевая Вода: Все верно. По вечерам в будни город практически замирает с тех пор, как здешний нефтяной промысел почти зачах. Все таксисты болтаются в гараже, ковыряют в носу, режутся в покер и рассказывают друг другу скабрезные анекдоты, но мне все это не интересно, так что я еду к отелю «Флинт», или к «Холидей-инн», или к «Крестовине». Или вот к «Джентльмены, для вас». Там у них есть стоянка такси. Для тех клиентов, кто недостаточно пьян, чтобы сесть за руль в таком виде. Если я приезжаю пораньше, то обычно бываю первой в очереди. Ну, второй или третьей уж точно. Сижу, жду клиентов, читаю книжки в «Киндле». Бумажные книги особенно не почитаешь, когда стемнеет, а электронная читалка — как раз то, что надо. Величайшее гребаное изобретение, уж простите мой простой лексикон коренных американцев.

Детектив Андерсон: Если бы вы рассказали мне...

Дождевая Вода: Я и рассказываю, но рассказываю по-своему, как меня научили с пеленок, так что молчите и слушайте. Я знаю, что вам надо, и вы это получите. И здесь, и в суде. А потом, когда этого сукина сына-детоубийцу отправят прямиком в ад, я надену свои оленьи шкуры и свои перья и буду плясать, пока не свалюсь с ног. Договорились?

Детектив Андерсон: Договорились.

Дождевая Вода: В тот вечер было еще рано, и я была на стоянке одна. Я не видела, как он входил. У меня есть свои соображения, и ставлю пять долларов, что я права. Я думаю, он пошел туда не для того, чтобы смотреть, как девчонки сверкают пиписьками. Думаю, он зашел в клуб на минуточку, прямо перед тем, как приехала я — может, вот прямо за пару минут, — зашел, чтобы вызвать такси.

Детектив Андерсон: Вы правы, мисс Дождевая Вода. Ваш диспетчер...

Дождевая Вода: Клинт Элленквист. Он дежурил во вторник.

Детектив Андерсон: Все верно. Мистер Элленквист сказал звонившему, чтобы тот проверил стоянку у клуба. Машина скоро подъедет, если уже не подъехала. Звонок поступил в восемь сорок.

Дождевая Вода: Да, как раз в это время. И вот он выходит, направляется к моей машине...

Детектив Андерсон: Вы не помните, как он был одет?

Дождевая Вода: Джинсы, рубашка. Джинсы старые, выцветшие, но чистые. В свете уличных фонарей все цвета как-то меняются, но мне кажется, рубашка была желтой. Да, у него на ремне была пряжка: лошадиная голова. Дикий запад, родео, вся эта хрень. Сперва я подумала, это кто-то со стройки, может быть, из нефтяников. Из тех, кто еще сохранил работу, когда цены на нефть обвалились к чертям. Но когда он наклонился к окну, я увидела, что это Терри Мейтленд.

Детектив Андерсон: Вы в этом уверены?

Дождевая Вода: Богом клянусь. Фонари на стоянке у клуба яркие, как белый день. Их специально поставили, чтобы там не творилось никаких безобразий. К ним же ходят не всякие забулдыги, а джентльмены. К тому же я тренирую баскетбольную Лигу прерий в Юношеской христианской ассоциации. Это смешанные команды, но в основном там мальчишки, девчонок мало. Мейтленд частенько ходил к нам на матчи — не каждую субботу, но достаточно часто, — сидел с родителями на трибунах, наблюдал, как детишки играют. Он мне говорил, что ищет таланты для своей Городской молодежной лиги. Мол, по тому, как ребенок играет в баскетбол, сразу можно понять, есть ли у него способности к большому спорту, и я, как дурочка, ему верила. А он, может, сидел, выбирал, кого из них трахнуть в зад. Оценивал их, как мужики оценивают телок в баре. Вот же скот-извращенец. Ищет таланты, хрена с два!

Детектив Андерсон: Когда он подошел к вашей машине, вы ему сказали, что узнали его?

Дождевая Вода: Ну конечно. Мне как-то несвойственна излишняя скромность. Да вообще никакая не свойственна. Я ему говорю: «Привет, Терри. Твоя жена знает, где ты сегодня развлекался?» А он говорит: «У меня были дела». А я говорю: «Эти дела как-то связаны с полуголыми юными чаровницами?» И он говорит: «Скажите диспетчеру, что взяли пассажира». Я говорю: «Скажу, не переживай. Едем домой, тренер Ти?» И он говорит: «Нет, мэм. Мы едем в Даброу. На вокзал». Я говорю: «Сорок долларов». А он говорит: «Если успеем к поезду в Даллас, то дам еще двадцатку сверху». И я говорю: «Забирайся в машину и держи свой суспензорий, тренер Ти. Мы уже едем».

Детектив Андерсон: Значит, вы привезли его на железнодорожный вокзал в Даброу?

Дождевая Вода: Точно так. Он как раз успевал на ночной поезд Даллас — Форт-Уэрт. Даже с запасом.

Детектив Андерсон: Вы разговаривали по дороге? Я спрашиваю потому, что вы, похоже, любите поговорить.

Дождевая Вода: О да! Мой язык, он как лента на кассе в большом супермаркете в день зарплаты. Спросите любого. Сперва я спросила его о турнире Городской молодежной лиги. Как, мол, настрой? Побьете «Медведей»? И он сказал: «Я надеюсь на лучшее». Прямо как шар предсказаний, да? Он, наверное, думал о том, что сотворил. И о том, как бы побыстрее слинять. Тут явно не до разговоров, когда мысли заняты. Я одного не пойму, детектив. Почему он вернулся во Флинт-Сити? Отчего не сбежал в Мексику?

Детектив Андерсон: Что еще он говорил?

Дождевая Вода: Да почти ничего. Сказал, что попробует подремать. Закрыл глаза, но, думаю, он притворялся. Думаю, он за мной наблюдал. Может быть, что-то задумывал на мой счет. Даже жалко, что он ничего не предпринял. И жалко, что тогда я не знала о том, что он сделал. Уж я открутила бы ему яйца. В прямом смысле слова. Я не шучу.

Детектив Андерсон: А что было, когда вы приехали на вокзал в Даброу?

Дождевая Вода: Я подъехала к главному входу, он швырнул на переднее сиденье три двадцатки. Я хотела ему сказать, мол, передай привет жене, но он уже убежал. Я вот подумала, может быть, он заходил в «Джентльмены», чтобы переодеться в сортире? Наверняка та, другая, одежда была вся в крови?

Детектив Андерсон: Я сейчас покажу вам шесть фотографий шести разных людей, мисс Дождевая Вода. Они все похожи, поэтому не торопитесь...

Дождевая Вода: Я поняла. Вот он. Вот Мейтленд. Можно брать его прямо сейчас, и надеюсь, он окажет сопротивление при аресте. Сохранит деньги налогоплательщиков.

15

Когда Марси Мейтленд училась классе в восьмом, ей иногда снился кошмар, что она заходит в класс голой и все смеются над ней. *Дурочка Марси Гибсон сегодня забыла одеться! Смотрите, все видно!* В старших классах этот кошмар сменился другим, чуть более изощренным: она приходит в школу одетая, но вдруг вспоминает, что сегодня очень важная контрольная, а она совершенно об этом забыла и не подготовилась.

Когда она свернула с Барнум-стрит на Барнум-корт, все бессилие и ужас тех давних кошмаров вернулись, только на этот раз никакого спасения не было. Будильник не зазвонит, и она не проснется, шепча: *Слава богу*. На подъездной дорожке стояла полицейская машина, точная копия той, в которой Терри увезли в участок. За ней — микроавтобус без окон с синей надписью на боку «ПОЛИЦИЯ ШТАТА УПРАВЛЕНИЕ УГОЛОВНОГО РОЗЫСКА», а в начале и конце дорожки — две черные патрульных машины с включенными мигалками. Тут же имелись четверо полицейских. Все как на подбор здоровенные, не меньше семи футов ростом, в фуражках, они стояли, широко раздвинув ноги (*Как будто им яйца мешают*, подумала Марси). Это само по себе погано, но было кое-что похуже. А именно, соседи, которые наблюдали за ними со своих лужаек. Известно ли им, почему к дому Мейтлендов съехалось столько полиции? Да, наверное, известно — проклятие сотовой связи в действии. А если кто-то еще не знает, то ему непременно расскажут.

Один из полицейских шагнул на дорогу и поднял руку. Марси остановилась и опустила стекло.

— Вы Марсия Мейтленд, мэм?

— Да. Я не могу въехать в гараж, эти машины загораживают мне дорогу.

— Припаркуйтесь у тротуара, — сказал он, указав на место позади одной из патрульных машин.

Марси хотелось высунуться из окна и крикнуть ему прямо в лицо: *Это МОЯ подъездная дорожка! МОЙ гараж! Уберите с дороги ваш хлам!*

Но она послушно подъехала к обочине и вышла из машины. Ей срочно нужно было в туалет. Наверное, еще с той минуты, когда на Терри надели наручники, просто она поняла это только сейчас.

Еще один полицейский что-то сказал в микрофон на плече, и из-за угла дома вышла женщина с рацией в руке, гвоздь всей программы сегодняшнего злосчастного сюрреалистического вечера: беременная с огромным животом, в сарафане в цветочек. Она прошла через лужайку Мейтлендов, переваливаясь с ноги на ногу, словно утка, как ходят все женщины на последнем сроке беременности. Она не улыбнулась Марси. У нее на шее висело ламинированное удостоверение. К необъятной груди был приколот полицейский значок Флинт-Сити, который выглядел так же странно, как собачьи галеты на блюде с причастием.

— Миссис Мейтленд? Я детектив Бетси Риггинс.

Она протянула руку, но Марси не стала ее пожимать. Хотя Хоуи уже сказал ей, зачем тут полиция, она все равно спросила:

— Что вам нужно?

Риггинс взглянула куда-то поверх плеча Марси. Там стоял один из полицейских. Явно главный в этой четверке — у него единственного были нашивки на рукаве. Он протянул Марси листок бумаги:

— Миссис Мейтленд, я лейтенант Юнел Сабло. У нас есть ордер на обыск вашего дома с разрешением на конфискацию любой из вещей, принадлежащих вашему мужу, Теренсу Джону Мейтленду.

Она выхватила листок у него из рук. Сверху шла надпись готическим шрифтом «ОРДЕР НА ОБЫСК», дальше — всякая юридическая хрень, а внизу — подпись, которую Марси сначала прочла как «судья Кратер». *Он же давным-давно исчез*, подумала она, сморгнула влагу — то ли пот, то ли слезы — и увидела, что судью звали Картер, не Кратер. На ордере стояло сегодняшнее число, и он был выдан меньше шести часов назад.

Марси перевернула лист и нахмурилась.

— Здесь нет списка того, что вы можете взять. Значит ли это, что вы заберете даже его трусы, если вам так захочется?

Бетси Риггинс, которая знала, что они *заберут* все трусы Мейтленда, которые им удастся найти в корзине для грязного белья, сказала:

— Это оставлено на наше усмотрение, миссис Мейтленд.

— На ваше усмотрение? На ваше *усмотрение*? Мы что, в нацистской Германии?

Риггинс сказала:

— Мы расследуем самое чудовищное преступление, произошедшее в этом штате за все двадцать лет моей службы в полиции, и мы заберем все, что сочтем нужным. Мы любезно дождались, когда вы вернетесь домой...

— Да идите вы к черту со своей любезностью. Если бы я приехала совсем поздно, что бы вы сделали? Выломали бы дверь?

Риггинс явно было неуютно — не из-за вопросов, подумала Марси, а из-за маленького пассажира, который оттягивал ей живот в этот жаркий июльский вечер. Ей бы сейчас сидеть дома, задрав ноги, с включенным кондиционером. Впрочем, Марси было плевать. Голова раскалывалась от боли, мочевой пузырь грозил лопнуть, глаза щипало от слез.

— Лишь в крайнем случае, — сказал полицейский с нашивками на рукаве. — Но имея на то все законные основания, как указано в ордере, который я вам предъявил.

— Впустите нас, миссис Мейтленд, — сказала Риггинс. — Чем быстрее мы начнем, тем быстрее уйдем и перестанем вам досаждать.

— А вот и стервятники налетели, — добавил один из полицейских.

Марси обернулась. Из-за угла показался телевизионный микроавтобус со спутниковой тарелкой на крыше. Следом за ним ехал джип с эмблемой Кей-уай-оу на капоте и еще один микроавтобус, с другого канала.

— Вам тоже стоит зайти в дом, — сказала Риггинс почти умоляюще. — Вряд ли вы захотите остаться на улице и общаться с этой братией.

Марси сдалась. Это была ее первая капитуляция и, скорее всего, далеко не последняя. Все вокруг рушилось. Неприкосновенность жилища. Ее чувство собственного достоинства. Ее детская вера, что с ней не может случиться ничего плохого. А ее муж? Неужели ее заставят отвернуться от Терри? Ну уж нет. То, в чем его обвиняют... это безумие. С тем же успехом можно было бы обвинить Терри в похищении Чарльза Линдберга-младшего*.

— Ладно, пойдемте. Но я ничего вам не скажу, так что даже и не пытайтесь. И не отдам свой телефон. Так сказал мой адвокат.

— Хорошо. — Риггинс взяла Марси под руку, хотя это Марси следовало взять ее под руку, чтобы она не споткнулась и не упала на свой огромный живот.

Джип с эмблемой Кей-уай-оу остановился посреди улицы, и одна из корреспонденток, симпатичная блондиночка, выскочила из машины так быстро, что ее юбка задралась почти до пупа. Полицейские оценили зрелище.

— Миссис Мейтленд! Миссис Мейтленд, всего пара вопросов!

Марси не помнила, как брала сумку, когда выходила из машины, но сумка висела у нее на плече, и Марси без проблем вынула ключ из бокового кармана. Проблемы начались, когда она попыталась вставить ключ в замок. Рука слишком сильно дрожала. Риггинс не забрала ключ

---

* Сын знаменитого авиатора Чарльза Линдберга, похищенный 1 марта 1932 года. Это дело получило широкую огласку, после чего подобные случаи стали рассматриваться в США как преступления федерального значения. — *Примеч. ред.*

у Марси, но накрыла ее руку своей, придавая ей твердости, и ключ наконец-то вошел в скважину.

Из-за спины донеслись крики:

— Миссис Мейтленд, это правда, что вашего мужа арестовали за убийство Фрэнка Питерсона?

— Ни шагу дальше, — сказал один из полицейских. — К дому не подходить.

— *Миссис Мейтленд!*

Они вошли в дом. Это было хорошо, даже в компании с беременным детективом, но дом все равно казался другим, и Марси вдруг поняла, что он уже никогда не будет прежним. Она подумала о женщине, которая выходила из этого дома вместе с двумя дочерьми, смеясь и пребывая в радостном предвкушении, и это было все равно что думать о той, которую ты любила и которая умерла.

У нее подкосились ноги, и она рухнула на низенькую скамеечку в прихожей, куда девчонки садились зимой, чтобы обуться. Где иногда сидел Терри (например, сегодня), в последний раз проверяя состав команды перед тем, как отправиться на стадион. Бетси Риггинс уселась с ней рядом, охнув от облегчения. Ее мясистое правое бедро задело о левое, не такое мясистое бедро Марси. Полицейский с нашивками на рукаве, Сабло, и еще двое копов прошли мимо них, натягивая на ходу синие резиновые перчатки. Все трое были в бахилах точно такого же синего цвета. Марси подумала, что четвертый, наверное, дежурит снаружи, сдерживая толпу. Сдерживая толпу перед их домом в тихом, сонном квартале на Барнумкорт.

— Мне надо сходить в туалет, — сказала она Риггинс.

— Мне тоже, — ответила Риггинс. — Лейтенант Сабло! Можно вас на пару слов?

Полицейский с нашивками на рукаве вернулся в прихожую. Остальные двое прошли в кухню, где они вряд ли отыщут что-то зловещее, разве что половину шоколадного торта в холодильнике.

— У вас есть туалет на первом этаже? — спросила Риггинс у Марси.

— Да, за кладовкой. Терри сам его оборудовал в прошлом году.

— Ясно. Лейтенант, дамы хотят в туалет, так что с него и начните и постарайтесь закончить быстрее. — Риггинс опять обратилась к Марси: — У вашего мужа есть рабочий кабинет?

— Как такового нет. Если ему надо работать, он садится в столовой.

— Спасибо. Значит, после сортира — сразу в столовую, лейтенант. — И снова к Марси: — Пока мы ждем, можно задать вам один вопрос?

— Нет.

Риггинс как будто ее не услышала.

— Вы не замечали ничего странного в поведении вашего мужа в последние недели?

Марси невесело рассмеялась.

— Вы хотите спросить, не планировал ли он убийство? Не ходил ли по дому, потирая руки, пуская слюну и бормоча себе под нос? Похоже, беременность плохо действует вам на мозги, детектив.

— Как я понимаю, ответ отрицательный.

— Правильно понимаете. И пожалуйста, *отвяжитесь* от меня.

Риггинс привалилась спиной к стене и сложила руки на животе, оставив Марси в покое с ее переполненным мочевым пузырем и воспоминаниями о том, что сказал Гэвин Фрик после очередной тренировки, буквально на прошлой неделе: *Чего это Терри в последнее время такой рассеянный? Где-то витает. Может, грипп подцепил?*

— Миссис Мейтленд?

— Да?

— Вы как будто о чем-то задумались.

— Да. Я подумала, что сидеть рядом с вами на этой скамейке очень неуютно. Будто сидишь рядом с пыхтящей печкой.

И без того красные щеки Бетси Риггинс сделались еще краснее. С одной стороны, Марси сама испугалась того, что сказала — это было жестоко и гадко. С другой стороны, она была рада, что сумела нанести удар, который, кажется, попал в цель.

В любом случае Риггинс больше не задавала вопросов.

Время тянулось бесконечно, но наконец Сабло вернулся в прихожую с прозрачным пластиковым пакетом в руках. В пакет были сложены все лекарства из аптечки на первом этаже (только безрецептурные препараты; те немногие таблетки, на которые нужны были рецепты, Мейтленды хранили в аптечках в своих ванных комнатах наверху) и принадлежавший Терри тюбик мази от геморроя.

— Все чисто, — отрапортовал Сабло.

— Вы первая, — сказала Риггинс.

В другой ситуации Марси, конечно же, пропустила бы беременную вперед и потерпела бы еще немножко, но именно что в другой. Она вошла в туалет, закрыла за собой дверь и увидела, что крышка бачка унитаза лежит криво. Господи, что они там искали?! Вероятно, наркотики. Марси села на унитаз и закрыла лицо руками, чтобы не видеть весь остальной беспорядок. А ведь вечером ей надо будет забрать домой Сару и Грейс. Надо будет провести их по двору под светом телевизионных прожекторов, которые наверняка установят, когда стемнеет. При одной только мысли об этом ей делалось плохо. А если не домой, то куда? В отель? Но эти люди (*стервятники*, как выразился полицейский) найдут их и в отеле.

Сделав свои дела, она вышла из туалета, и туда отправилась Бетси Риггинс. Марси проскользнула в столовую, не желая и дальше делить скамейку в прихожей с китообразным детективом. Полицейские потрошили письменный стол Терри — *потрошили* в прямом смысле слова. Все ящики были выдвинуты, большая часть содержимого валялась на полу. Компьютер Терри уже разобрали, на все части налепили желтые наклейки, словно готовясь к гаражной распродаже.

Марси подумала: *Еще час назад у меня было только одно желание. Чтобы «Золотые драконы» прошли в финал.*

Бетси Риггинс вошла в столовую и уселась за стол.

— Ох, как хорошо. И будет хорошо еще целых пятнадцать минут.

Марси открыла рот и чуть было не ляпнула: *Надеюсь, твой ребенок умрет.*

Но вместо этого сказала:

— Хорошо, когда хоть кому-нибудь хорошо. Пусть даже лишь на пятнадцать минут.

16

Показания мистера Клода Болтона [13 июля, 16:30, допрос свидетеля провел детектив Ральф Андерсон]

Д е т е к т и в А н д е р с о н: Ну что, Клод, наверное, здорово приехать в участок, когда за тобой ничего не числится. Так сказать, новый опыт.

Б о л т о н: Знаете, а вообще да. И проехаться в полицейской машине на переднем сиденье, а не на заднем. Девяносто миль в час почти всю дорогу от Кэп-Сити. Мигалки, сирены, все как мы любим. Вы правы. Действительно здорово.

Д е т е к т и в А н д е р с о н: Что вы делали в Кэп-Сити?

Б о л т о н: Осматривал достопримечательности. Раз уж образовалось сразу два выходных, так почему бы и нет? Законом не воспрещается, верно?

Д е т е к т и в А н д е р с о н: Как я понимаю, вы занимались осмотром достопримечательностей вместе с Карлой Джепсон, также известной под сценическим псевдонимом Красотка Пикси.

Б о л т о н: Ну, еще бы вы не понимали, раз уж нас привезли из Кэп-Сити вместе. Кстати, ей тоже понравилась эта поездка. Говорит, круче, чем на автобусе.

Д е т е к т и в А н д е р с о н: И большинство осмотренных вами достопримечательностей было сосредоточено в номере пятьсот девять в мотеле «Вестерн-виста» на шоссе номер сорок?

Б о л т о н: Ну, мы не безвылазно сидели в мотеле. Дважды ходили обедать в «Бонанзу». Кормят там вкусно и дешево.

И еще Карла хотела пройтись по торговому центру, ну, мы и прошлись. У них есть скалодром, и я его сделал на раз.

Детектив Андерсон: Даже не сомневаюсь. Вы знали, что во Флинт-Сити был убит мальчик?

Болтон: Кажется, что-то видел в новостях. Послушайте, вы же не думаете, что я как-то связан с этим убийством?

Детектив Андерсон: Нет, но, возможно, у вас есть информация о человеке, который связан.

Болтон: Откуда бы у меня...

Детектив Андерсон: Вы работаете вышибалой в «Джентльмены, для вас», верно?

Болтон: Я сотрудник службы охраны. Мы не используем термин «вышибала». «Джентльмены, для вас» — заведение высшего класса.

Детектив Андерсон: Не буду спорить. Мне сказали, что вы работали во вторник вечером и ушли домой только в среду, ближе к обеду.

Болтон: Это Тони Росс вам сказал, что я уехал в Кэп-Сити с Карлой?

Детектив Андерсон: Да.

Болтон: Нам сделали скидку в мотеле, потому что владелец — родной дядя Тони. Тони тоже работал во вторник вечером, и я как раз попросил его позвонить дяде. Тони — мой друг и напарник. Мы с ним дежурим на входе с четырех дня до восьми вечера, а с восьми до полуночи — в яме. Яма — зал перед сценой, где сидят джентльмены.

Детектив Андерсон: Мистер Росс также сказал, что около половины девятого вы встретили в клубе знакомого.

Болтон: Вы о тренере Ти? Слушайте, вы же не думаете, что это он убил того парнишку? Тренер Ти — классный мужик, очень порядочный. У него тренировались племянники Тони. В футбольной секции и в Малой лиге. Я удивился, когда увидел его в нашем клубе, но не так чтобы сильно. Вы даже не представляете, кто к нам ходит: банкиры, юристы, даже парочка священнослужителей. Но как говорят в Лас-Вегасе, что происходит в «Джентльменах», остается в...

Детектив Андерсон: Да, я уверен, что тайна клуба — как тайна исповеди.

Болтон: Вот вы сейчас шутите, а так оно и есть. В нашем бизнесе по-другому нельзя.

Детектив Андерсон: Просто для протокола, Клод: тренер Ти — это Терри Мейтленд?

Болтон: Да, конечно.

Детектив Андерсон: Расскажите, как вы с ним встретились в клубе.

Болтон: Ну, мы же не постоянно находимся в яме. У нас есть и другие обязанности. Но в зале дежурим большую часть смены. Смотрим, чтобы никто не хватал наших девчонок. Если вдруг затевается драка, пресекаем ее на корню — когда парни заводятся, из них прет агрессия. Да вы сами, наверное, с этим сталкивались по работе. Но неприятности могут случиться не только в яме, просто там — вероятнее всего. Поэтому мы и дежурим по двое. Один всегда остается в яме, второй курсирует по всему клубу: бар, маленький зальчик с видеоиграми и бильярдом, приватные стриптиз-кабинки и, конечно, сортир. Если кто вдруг приторговывает наркотой, то как раз в туалете, и если мы что-то такое видим, то сразу вышвыриваем их из клуба. И продавцов, и покупателей.

Детектив Андерсон: Говорит человек, отсидевший за хранение наркотиков и за хранение с целью продажи.

Болтон: При всем уважении, сэр, вот сейчас было обидно. Я уже шесть лет как чист. Курс лечения, анонимные наркоманы, все дела. Хотите, сдам вам мочу? Могу прямо сейчас.

Детектив Андерсон: В этом нет необходимости. Я рад, что вы смогли преодолеть пагубную зависимость и начать новую жизнь. Значит, около половины девятого вы курсировали по клубу...

Болтон: Все верно. Я заглянул в бар, потом пошел проверить сортир — и в коридоре увидел тренера Ти. Он как раз вешал трубку. Там у нас два телефона-автомата, но один не работает. Он был...

Детектив Андерсон: Клод? Что-то вы отключились.

Болтон: Просто думаю, вспоминаю. Вид у него был какой-то странный. Как будто пришибленный. Вы правда считаете, что он убил того парнишку? Я-то подумал, что все потому, что он в первый раз оказался в таком интересном месте, где юные барышни раздеваются перед публикой. Иногда так бывает, мужики словно тупеют. Или, может, он был под кайфом. Я сказал: «Привет, тренер Ти. Как команда, готова к бою?» А он смотрит так, будто видит меня впервые, хотя я ходил на все матчи детской футбольной команды, когда там играли Стиви и Стэнли, и подробно ему объяснял, как проводить двойной реверс, а он сказал, что они так не делают, мол, слишком сложный прием для детишек. Хотя если в школе их учат делению в столбик, то уж двойной реверс они в состоянии освоить, как думаете?

Детектив Андерсон: Вы уверены, что это был Терри Мейтленд?

Болтон: О господи, да. Он сказал, что команда настроена на победу и что он зашел на минуточку, только вызвать такси. Ну, типа, как мы говорим, что читаем «Плейбой» исключительно из-за статей, если жена вдруг обнаружит журнал в туалете. Но я ничего не сказал. В «Джентльменах» клиент всегда прав, при условии, что он не пытается хватать девок за сиськи. Я сказал ему, что на стоянке наверняка есть такси. Может, и не одно. Он ответил, что диспетчер сказал то же самое, поблагодарил меня и ушел.

Детектив Андерсон: Как он был одет?

Болтон: Джинсы, желтая рубашка. На ремне — пряжка в виде лошадиной головы. Дорогие кроссовки. Я это запомнил, потому что кроссовки и вправду были крутые. Явно не из дешевых.

Детектив Андерсон: Вы были единственным, кто видел его в клубе?

Болтон: Нет, я видел, как ему махали, когда он шел к выходу. Два-три человека. Не знаю, кто это был, и вряд ли вы их найдете, потому что не каждый признается, что посещает подобные заведения. Такие дела. Я не удивился, что его узнали. Терри у нас вроде как знаменитость. Пару лет назад ему даже вручили какую-то награду, я видел в газете. Флинт-Сити только что называется Сити, а вообще это маленький городок, где почти все всех знают, по крайней мере, в лицо. И все, у кого есть сыновья с хоть какой-нибудь склонностью к спорту, знают тренера Ти по бейсбольной или футбольной секции.

Детектив Андерсон: Спасибо, Клод. Вы мне очень помогли.

Болтон: Я помню еще кое-что. Вроде бы ерунда, но вообще стремно, если он и вправду убил того мальчика.

Детектив Андерсон: Я слушаю.

Болтон: Это была случайность. Он направлялся к выходу, чтобы найти такси, так? А я протянул ему руку и сказал: «Хочу поблагодарить вас, тренер, за все, что вы сделали для племянников Тони. Они хорошие ребята, но чуток буйные, может быть, из-за того, что их родители разводятся. С вами они занимались делом, а так бы болтались по городу и точно нарвались бы на неприятности». Кажется, он удивился. Потому что сначала отпрянул, но потом все же пожал мою руку. Рукопожатие у него было крепкое. Видите эту царапинку у меня на руке? Он случайно задел меня ногтем мизинца. Ранка уже зажила, да и была пустяковой, но на секунду я вспомнил свои наркоманские времена.

Детектив Андерсон: Почему?

Болтон: Некоторые ребята — обычно «Ангелы ада» или «Апостолы дьявола» — специально отращивают на мизинце длинный ноготь. Я сам видел такие ногти. Покруче, чем у тех императоров в Древнем Китае. Некоторые байкеры даже украшают их эмблемами и черепушками. И называют кокаиновым ногтем.

17

После ареста на бейсбольном матче у Ральфа уже не было возможности сыграть доброго полицейского в сценарии «добрый полицейский/злой полицейский», поэтому он просто стоял, прислонившись к стене в комнате для допросов, и молча слушал. Он приготовился к новой порции укоризненных взглядов, но Терри лишь мельком взглянул на него, совершенно без всякого выражения, и сосредоточил внимание на Билле Сэмюэлсе, который уселся на один из трех стульев на другой стороне стола.

Глядя на Сэмюэлса, Ральф начал понимать, почему тот так быстро поднялся до таких высот. Когда они оба стояли по другую сторону зеркала, окружной прокурор просто выглядел слегка несолидным для своей должности. Теперь, сидя напротив насильника и убийцы Фрэнка Питерсона, Сэмюэлс казался еще моложе, словно стажер в юридической фирме, которому поручили (скорее всего из-за путаницы в документах) провести допрос матерого преступника. Даже смешной хохолок на макушке лишь добавлял достоверности его образу неопытного юнца, который искренне радуется тому, что ему поручили настоящее дело. *Ты можешь рассказать мне все,* говорили его широко распахнутые, заинтересованные глаза. *Потому что я тебе поверю. Я впервые играю с большими ребятами и ничего не знаю.*

— Здравствуйте, мистер Мейтленд, — сказал Сэмюэлс. — Я работаю в окружной прокуратуре.

Неплохое начало, подумал Ральф. *Ты и есть окружная прокуратура.*

— Вы только зря тратите время, — сказал Терри. — Я не буду ничего говорить, пока не приедет мой адвокат. Скажу только, что в скором будущем вас ждет большое судебное разбирательство за необоснованный арест.

— Я понимаю, что вы расстроены. В такой ситуации каждый расстроится. Возможно, у нас получится все уладить прямо сейчас. Вы же можете мне сказать, что вы делали в то время, когда был убит Питерсон? В прошлый вторник, после обеда. Если вы были где-то в другом месте, тогда...

— Да, я был в другом месте, — перебил его Терри. — Но прежде чем обсуждать это с вами, я хочу обсудить все с моим адвокатом. Его зовут Ховард Голд. Когда он приедет, я хочу поговорить с ним с глазу на глаз. Как я понимаю, это мое право? Поскольку, согласно презумпции невиновности, я ни в чем не виновен, пока не доказано обратное?

Быстро он взял себя в руки, подумал Ральф. *Такое под силу не всякому закоренелому преступнику.*

— Все верно, — сказал Сэмюэлс. — Но если вы невиновны...

— Даже и не пытайтесь, мистер Сэмюэлс. Меня сюда привезли вовсе не потому, что вы славный парень.

— На самом деле я славный парень, — совершенно серьезно ответил Сэмюэлс. — Если здесь какая-то ошибка, я не меньше вас заинтересован в том, чтобы ее исправить.

— У вас на макушке торчит хохолок, — заметил Терри. — Надо что-то с ним сделать. А то вы похожи на Альфальфу из старых комедий, которые я смотрел в детстве.

Ральф, конечно, не рассмеялся, но уголок его рта все-таки дернулся. Он ничего не мог с этим поделать.

На миг выбитый из колеи, Сэмюэлс провел рукой по макушке, приглаживая хохолок. Тот на секунду улегся, затем снова поднялся.

— Вы уверены, что не хотите все прояснить прямо сейчас? — Сэмюэлс наклонился вперед. Его искреннее выражение лица явно говорило о том, что Терри совершает большую ошибку.

— Уверен, — ответил Терри. — И уверен, что подам на вас в суд. Даже не знаю, какая может быть компенсация за то, что вы сотворили сегодня — и не только со мной, но и с моей женой и детьми, — но я это выясню.

Еще пару секунд Сэмюэлс просидел в той же позе — наклонившись вперед, глядя на Терри в упор с искренней надеждой в глазах, — потом резко встал. Его взгляд посуровел.

— Хорошо, мистер Мейтленд. Вы можете поговорить со своим адвокатом, это ваше право. Никакой прослушки. Никакой аудио- и видеозаписи. Мы даже задернем занавеску. Если вы поторопитесь, то мы закончим уже сегодня. Завтра мне рано вставать на гольф.

Терри словно ослышался.

— *Гольф?*

— Он самый. Игра, в которой нужно загнать маленький мячик в лунку. Я не силен в гольфе, но в *этой* игре я силен, мистер Мейтленд. И уважаемый мистер Голд подтвердит, что мы можем держать вас под стражей без предъявления обвинений сорок восемь часов. Но вряд ли это понадобится. Если мы ничего не выясним, то уже в понедельник утром состоится суд, на котором вам будут предъявлены официальные обвинения. К тому времени сообщение о вашем аресте пройдет в новостях по всему штату, и на суд съедутся репортеры. Я уверен, фотографы постараются вас заснять в выгодном свете.

Сказав свое предположительно последнее слово, Сэмюэлс прошествовал к выходу (Ральф подумал, что замечание Терри насчет хохолка все-таки его задело). Но прежде чем он открыл дверь, Терри сказал:

— Слушай, Ральф.

Ральф обернулся. Терри был абсолютно спокоен, что в сложившихся обстоятельствах можно считать выдающимся достижением. Или нет. Иногда настоящие социопаты проявляют непрошибаемое спокойствие после первоначального шока. Ральф уже с таким сталкивался.

— Я не буду ничего обсуждать, пока не приедет Хоуи, но кое-что я тебе все же скажу.

— Мы вас слушаем. — Сэмюэлс очень старался не выдать своего нетерпения, но изменился в лице, когда услышал следующие слова Терри:

— У Дерека был лучший дрэг-бант из всех, кого я тренировал.

— Не надо, — сказал Ральф. Он сам слышал, как ярость дрожит в его голосе, словно вибрато. — Давай не будем об этом. Не хочу слышать, как ты произносишь имя моего сына. Ни здесь, ни сейчас, никогда.

Терри кивнул:

— Я понимаю. Мне тоже, знаешь ли, не хотелось, чтобы меня взяли под стражу на глазах у жены, дочерей и еще тысячи человек, многие из которых — мои соседи. Так что чуть-чуть потерпи и послушай. Ты мерзко со мной обошелся, так что слушай.

Ральф открыл дверь, но Сэмюэлс прикоснулся к его плечу, покачал головой и указал взглядом в угол, где горел красный огонек включенной видеокамеры. Ральф закрыл дверь и снова повернулся к Терри, скрестив руки на груди. Он не сомневался, что месть Терри за публичный арест будет довольно болезненной, но Сэмюэлс был прав. Пусть лучше подозреваемый говорит, чем замыкается и молчит до приезда своего адвоката. Слово за слово, одно за другое, а там, глядишь, что-то и промелькнет.

Терри сказал:

— Когда Дерек играл в Малой лиге, он был там почти самым мелким. Четыре фута десять дюймов, от силы одиннадцать. Я потом его видел — сказать по правде, в прошлом году я пытался заполучить его в нашу команду Городской молодежной лиги, — и он уже тогда вырос дюймов на шесть. К окончанию школы он будет выше тебя, можешь не сомневаться.

Ральф молчал.

— Вот такая малявка — и никогда не боялся брать биту и выходить на базу. А ведь многие боятся. Но Дерек сам рвался в бой и вставал даже против ребят, швырявших мяч как бог на душу положит. Несколько раз ему здорово прилетало, но он не отступал.

Да, это правда. Ральф видел синяки на теле сына после некоторых матчей: на бедре, на ягодице, на руке, на плече. Однажды даже на затылке. Эти синяки сводили Джанет с ума, и ее совершенно не утешало, что Дерек, как и положено, играет в шлеме; каждый раз, когда Дерек вставал на позицию отбивающего, она вцеплялась в руку Ральфа, царапая кожу ногтями, в страхе, что единственный сын когда-нибудь все же получит мячом между глаз и впадет в кому. Ральф уверял ее, что этого не случится, но был рад не меньше Дженни, когда Дерек решил, что ему больше подходит теннис. Мячи там помягче.

Терри наклонился вперед и даже слегка улыбнулся.

— Обычно такие мелкие пацаны добывают команде уоки — как раз на это я и надеялся сегодня, когда выставил Тревора Майклза отбивать, — но Дерек был не из таких. Он бросался на все подряд. Вправо, влево, над головой, в землю — он все равно махал битой. В команде его про-

звали Мельница Андерсон, потом переиначили в Мыльни-
цу, и прозвище прилипло. Ну, на какое-то время.

— Очень интересно, — сказал Сэмюэлс. — Но может
быть, лучше поговорим о Фрэнке Питерсоне?

Терри не сводил взгляда с Ральфа.

— Короче говоря, я понял, что уока от него не до-
бьешься, и решил научить его банту. Многие мальчики
его возраста — лет десяти-одиннадцати — не рискуют отбивать бантом. Ну, то есть они понимают, как это делается, но не хотят выставляться с битой вперед, особенно
если питчер знает свое дело. Ведь может попасть по паль-
цам, а это ох как неприятно. Но только не Дерек. Смелости твоему парню точно не занимать. Кроме того, он еще
и носится как угорелый, и много раз так бывало, что
я просил его выполнить «дохлый» бант, а он в итоге брал
хит за базу.

Ральф не кивнул и вообще никак не проявил интереса, но он знал, о чем говорит Терри. Он видел эти банты
и сам вопил как оглашенный, когда его сын несся по
полю, словно клюнутый жареным петухом.

— Главное было научить его ставить биту под нужным
углом, — сказал Терри, выставив руки перед собой для
наглядности. На ладонях осталась засохшая грязь, видимо, еще с тренировки перед сегодняшним матчем. — На-
правишь влево, и мяч летит к третьей базе. Скосишь вправо — к первой. Не надо далеко выносить биту, чаще всего пользы от этого никакой, только вручишь мяч питчеру
на блюдечке. Просто в последнюю долю секунды надо
немножко ее подтолкнуть — и готово. Он быстро ухватил
идею. Ребята перестали звать его Мыльницей и дали новое прозвище. Когда ближе к концу игры кто-то из наших
занимал первую или третью базу, противники понимали,
что он сбросит мяч. Никаких кривляний — как только
питчер заканчивал бросок, бита уже летела через базу,
и вся скамья запасных — да и мы с Гэвином — вопили:
«Давай, Дерек! Жми!» Так его и называли весь год после
победы в окружном чемпионате, Жми-Андерсон. Ты знал
об этом?

Нет, Ральф не знал. Может быть, потому, что такие вещи не выносятся за пределы команды. Но он знал, что в то лето Дерек изрядно подрос. Он стал больше смеяться и подолгу задерживаться с ребятами после матчей вместо того, чтобы сразу плестись к машине, понурив голову.

— Он всего добивался сам — тренировался как проклятый, пока не начало получаться, — но именно я уговорил его попытаться. — Терри помедлил и тихо добавил: — А ты так со мной обошелся. У всех на глазах.

Ральф почувствовал, что у него горят щеки. Он открыл было рот, чтобы ответить, но Сэмюэлс вывел его из комнаты, чуть ли не вытолкнул за дверь. На пороге Сэмюэлс на миг задержался и бросил через плечо:

— Это не Ральф так с тобой обошелся, Мейтленд. Это ты сам так с собой обошелся.

Когда они снова встали у одностороннего зеркала в соседней комнате, Сэмюэлс спросил, все ли с Ральфом в порядке.

— Со мной все в порядке, — ответил Ральф. Его щеки горели до сих пор.

— Эти ребята умеют залезть к тебе в душу. Не все, конечно. Но есть мастера. Ты же сам знаешь, да?

— Да.

— И ты знаешь, что это он? У меня еще не было дела, где все так прозрачно и очевидно.

Вот это меня и беспокоит, подумал Ральф. *Раньше не беспокоило, а теперь беспокоит. Я понимаю, что Сэмюэлс прав, и все равно что-то меня беспокоит.*

— Ты обратил внимание на его руки? — спросил Ральф. — Когда он показывал, как учил Дерека держать биту, ты видел его руки?

— Ну да. А что с ними?

— На мизинцах нет длинных ногтей, — сказал Ральф. — Ни на правой руке, ни на левой.

Сэмюэлс пожал плечами:

— Может, он их состриг. Ты уверен, что с тобой все в порядке?

— Да, — ответил Ральф. — Просто я...

Дверь между административными помещениями и отделением для задержанных зажужжала и распахнулась. Человек, быстро зашагавший по коридору, был одет по-домашнему, в старые джинсы и футболку с эмблемой Техасского христианского университета, рогатой лягушкой, но квадратный портфель в руках сразу выдавал адвоката.

— Привет, Билл, — сказал он. — Привет и тебе, детектив Андерсон. Кто из вас мне объяснит, почему вы арестовали почетного гражданина, которого в две тысячи пятнадцатом выбрали человеком года во Флинт-Сити? Это просто ошибка, которую мы сейчас быстро исправим, или вы тут совсем охренели?

Ховард Голд прибыл в участок.

18

Кому: *Окружному прокурору Уильяму Сэмюэлсу*
Начальнику полиции Флинт-Сити Родни Геллеру
Шерифу округа Флинт Ричарду Дулину
Капитану Эйвери Рудольфу, отделение № 7 полиции штата
Детективу Ральфу Андерсону, полицейское управление Флинт-Сити

От кого: *Лейтенанта Юнела Сабло, отделение № 7 полиции штата*

Дата: *13 июля*

Тема: *Транспортный узел Фогель, Даброу*

По запросу ОП Сэмюэлса и детектива Андерсона сегодня, 13 июля, я прибыл на транспортный узел Фогель в 14:30. Фогель — главный узел наземного транспорта в южной части штата, где располагаются станции трех крупнейших компаний автобусных пассажирских перевозок («Грейхаунд», «Трейлуэйз» и «Мид-Стейт»), а также железнодорожный вокзал и ряд агентств по прокату автомобилей («Херц», «Эйвис», «Энтерпрайз», «Аламо»). Поскольку во всех зонах транспортного узла установлены камеры видеонаблюдения, я направился прямо в отдел безопасности, где меня встретил Майкл Кэмп, начальник охраны Фогеля. Он был предупрежден и уже все подготовил. Записи с камер видеонаблюдения хранятся в течение 30 суток, и база данных полностью компьютеризирована, что дало мне возможность просмотреть записи с 16 камер, сделанные вечером 10 июля.

По словам мистера Клинтона Элленквиста, диспетчера таксопарка Флинт-Сити, бывшего на дежурстве вечером 10 июля, водитель Ива Дождевая Вода позвонила в 21:30 и сообщила, что доставила пассажира на место. Ночной поезд в Даллас, на который, согласно показаниям мисс Дождевая Вода, должен был сесть объект текущего расследования, прибыл на станцию в 21:50. Пассажиры сошли с поезда на платформу 3. Посадка новых пассажиров, на той же платформе 3, началась в 21:57. Поезд отправился в 22:12. Время установлено точно, поскольку прибытия и отправления поездов отмечает компьютер.

Мы с мистером Кэмпом просмотрели записи со всех 16 камер, сделанные 10 июля с 21:00 (чтобы перестраховаться) до 23:00, то есть примерно еще 50 минут после отправления поезда Даллас — Форт-Уэрт. Копии всех интересующих нас фрагментов я сохранил себе на айпад и предоставлю их вместе с подробным докладом, но в силу срочности и чрезвычайного характера ситуации (по заявлению ОП Сэмюэлса) считаю необходимым сообщить вкратце самое основное:

21:33: Объект наблюдения входит в здание железнодорожного вокзала через северный вход, где таксисты обычно высаживают пассажиров. Проходит через вестибюль. Желтая рубашка, синие джинсы. Багажа нет. Его лицо четко видно в записи в течение 2–4 секунд, когда он смотрит на большое табло с электронными часами (стоп-кадры отправлены на электронные адреса ОП Сэмюэлса и детектива Андерсона).

21:35: Объект останавливается у газетного киоска в центре главного вестибюля. Покупает книгу в обложке, расплачивается наличными. Названия книги не видно, киоскер не помнит, но можно попробовать выяснить, если потребуется. На этих кадрах видна пряжка на ремне в виде конской головы (стоп-кадры отправлены на электронные адреса ОП Сэмюэлса и детектива Андерсона).

21:39: Объект выходит из здания железнодорожного вокзала на Монтроз-авеню (южный вход). Этим входом, хотя и открытым для публики, в основном пользуются сотрудники Фогеля, так как с той стороны здания располагается служебная автостоянка. На ней установлены две камеры слежения. Объект не зафиксирован в записях с этих камер, но при просмотре мы с мистером Кэмпом оба заметили скользнувшую сбоку тень. Возможно, это был наш объект, направлявшийся вправо, в сторону служебной дорожки.

Объект не приобретал билета на поезд Даллас — Форт-Уэрт ни в кассах вокзала, ни в билетных автоматах, ни за наличные, ни по банковской карте. Просмотрев несколько раз запись с камеры на платформе 3, я могу с большой долей уверенности утверждать, что объект не выходил на платформу и не садился в поезд.

Из чего я делаю вывод, что поездка объекта в Даброу, вероятно, являлась попыткой проложить ложный след и сбить с толку возможных преследователей. Я полагаю, что объект вернулся во Флинт-Сити либо с помощью неизвестного нам сообщника, либо поймав попутку. Также не исключено, что он попросту угнал машину. В полицейское управление Даброу не поступало ни одного заявления об угоне автомобиля из кварталов, прилегающих к Фогелю, вечером 10 июля. Но как говорит мистер Кэмп, машина могла быть угнана с долгосрочной автостоянки. В этом случае ее пропажа обнаружится только через неделю, если не больше.

Запись с камер видеонаблюдения на долгосрочной автостоянке также имеется и при необходимости будет предоставлена следствию, однако зона покрытия этих камер не охватывает всю площадь стоянки. Кроме того, мистер Кэмп говорит, что эти камеры часто ломаются и в скором времени будут полностью заменены. Я думаю, что на данный момент нам лучше заняться расследованием по другим направлениям.

С уважением,

лейтенант *Ю. Сабло*

См. прикрепленные файлы

19

Ховард Голд пожал руки Сэмюэлсу и детективу Андерсону. Потом внимательно посмотрел сквозь стекло на Терри Мейтленда в его футболке с эмблемой «Золотых драконов» и счастливой бейсболке, которую тот всегда надевал на матчи своих команд. Терри сидел, расправив плечи и высоко держа голову. Спина прямая, руки спокойно лежат на столе. Он не ерзал, не дергался, не бросал нервные взгляды по сторонам. И совершенно не производил впечатления виновного, подумал Ральф.

Наконец Голд повернулся обратно к Сэмюэлсу.

— Говори, — сказал он, словно подал команду собаке.

— Да пока нечего говорить, Ховард. — Сэмюэлс рассеянно пригладил хохолок на макушке. Тот секунду лежал, потом снова поднялся. Ральфу вспомнилась коронная фраза Альфальфы, над которой они с братом хихикали в детстве: *Друзей, которых встречаешь всего раз в жизни, встречаешь всего раз в жизни.* — Только скажу, что это не ошибка. И мы не охренели.

— Что говорит Терри?

— Пока ничего, — сказал Ральф.

Голд повернулся к нему, сверкнув голубыми глазами из-за стекол круглых очков.

— Ты не понял, Андерсон. Я имею в виду, не сегодня. Я знаю, что он ничего не сказал вам сегодня, он же должен соображать. Я имею в виду, на предварительном допросе. Все равно он мне расскажет, так что можно не делать из этого тайны.

— Не было предварительного допроса, — сказал Ральф. И он совершенно не должен был стыдиться своих решений, только не с расследованием, которое заняло всего четыре дня. Но Ральф все равно чувствовал себя неуютно. Отчасти из-за того, что Хоуи Голд обратился к нему по фамилии, как будто они никогда не угощали друг друга пивом в «Оглобле» через дорогу от здания окружного суда. У него вдруг возникло совершенно нелепое желание сказать Хоуи: *Не смотри на меня, смотри на этого парня рядом со мной. Это он жал на газ.*

— Что?! Погоди. Погоди, дай подумать.

Засунув руки в передние карманы джинсов, Голд принялся раскачиваться на месте, с мыска на пятку, с пятки на мысок. Ральф видел это не раз, в окружном и районном судах, и теперь мысленно взял себя в руки. Когда в перекрестном допросе участвовал Хоуи Голд, это был не самый приятный опыт. Но Ральф никогда не держал зла на Хоуи. Это был просто рабочий момент, одно из необходимых движений процессуальной пляски.

— То есть ты арестовал его на глазах у двух тысяч зрителей, даже не дав ему шанса *объясниться*?

Ральф сказал:

— Ты отличный адвокат защиты, но даже сам Господь Бог не сумел бы добиться оправдательного приговора для Мейтленда. Кстати, на стадионе было от силы полторы тысячи человек. Две тысячи там не поместятся при всем желании. Трибуны обвалятся.

Голд проигнорировал эту убогую попытку разрядить обстановку. Теперь он смотрел на Ральфа так, словно тот был насекомым какого-то нового вида.

— Но его арестовали в общественном месте, в момент, можно сказать, его апофеоза...

— Апофигея, — улыбнулся Сэмюэлс.

Голд проигнорировал и его тоже. Он по-прежнему смотрел на Ральфа.

— Ты мог бы выставить скрытое оцепление стадиона и арестовать его дома, уже после матча. Но его взяли под стражу прилюдно, на глазах у жены и дочерей. Это было осознанное решение. Что на тебя нашло? Господи, что на тебя *нашло*?

Ральф почувствовал, что у него опять горят щеки.

— Ты действительно хочешь знать, адвокат?

— Ральф, — сказал Сэмюэлс, предостерегающе положив руку ему на плечо.

Ральф стряхнул его ладонь.

— Я не присутствовал при аресте. Отправил двух офицеров, а сам ждал у машины. Потому что боялся, что придушу его голыми руками прямо там, на стадионе. Что подкинуло бы тебе работенки. — Он шагнул к Голду, намеренно вторгаясь в его личное пространство, чтобы тот перестал раскачиваться на месте. — Он заманил Фрэнка Питерсона к себе в машину и отвез в Хенли-парк. Изнасиловал веткой дерева и убил. Хочешь знать, *как он его убил?*

— Ральф, это не подлежит разглашению! — пискнул Сэмюэлс.

Ральф не обратил на него внимания.

— Предварительная экспертиза установила, что он разорвал мальчику горло *зубами*. И возможно, *съел* вырванные куски. После чего так возбудился, что спустил штаны и залил спермой все бедра парнишки. Видит бог, это самое жуткое, самое зверское, самое *немыслимое* убийство из всех, что нам приходилось расследовать. Вероятно, он долго вынашивал планы. Ты не видел, что было на месте преступления. Такое и в страшном сне не приснится. И все это сотворил Терри Мейтленд. *Тренер Ти*. Который не так давно трогал своими руками руки моего сына, когда показывал, как держать биту для банта. Он мне сейчас рассказал. Как будто это снимает с него вину.

Голд уже не смотрел на него как на редкое насекомое. Сейчас у Хоуи было такое лицо, словно он нашел у себя во дворе артефакт, оставленный на Земле космическими пришельцами. Ральфу было все равно.

— У тебя тоже есть сын... Томми, да? Он занимается в детской футбольной секции, которую ведет Терри. И ты пошел туда вторым тренером как раз потому, что там играет твой сын. Терри и его тоже трогал руками. А теперь ты собираешься его защищать?

— Ральф, давай ты сейчас замолчишь, — сказал Сэмюэлс.

Голд прекратил раскачиваться, но явно не собирался сдавать позиции и по-прежнему разглядывал Ральфа чуть ли не с антропологическим интересом.

— Даже не вызвал его для беседы... — выдохнул он. — Даже не допросил. Я никогда... *Никогда*...

— Да ладно тебе, Хоуи, — сказал Сэмюэлс с напускной бодростью. — Ты видел все. Многое даже дважды.

— Мне надо с ним поговорить, — отрывисто произнес Голд. — Отключайте свои записывающие хреновины и закрывайте шторку.

— Хорошо, — сказал Сэмюэлс. — У вас есть пятнадцать минут, а потом мы к вам присоединимся. Послушаем, что скажет тренер.

Голд заявил:

— Мне нужен час, мистер Сэмюэлс.

— Полчаса. Затем мы либо запишем его признание — что предположительно станет решающим фактором в выборе между смертельной инъекцией и пожизненным заключением в Макалестере, — либо он отправится в камеру до суда, который назначен на понедельник. Выбирайте. Но если ты думаешь, что это решение далось нам легко, то ты ошибаешься.

Голд подошел к двери. Ральф провел карточкой по считывающему устройству. Двойной замок щелкнул, и дверь открылась. Адвокат вошел в комнату для допросов. Ральф вернулся к одностороннему зеркалу. Сэмюэлс внутренне напрягся, когда Мейтленд поднялся навстречу Голду, протянув к нему руки. Но лицо Мейтленда выражало только облегчение, без всякой агрессии. Он обнял Голда, и тот бросил портфель на стол и тоже обнял Мейтленда.

— Крепкие дружеские объятия, — бросил Сэмюэлс. — Какая прелесть.

Голд повернул голову, словно услышал его слова, и указал пальцем на камеру с горящим красным огоньком.

— Выключите ее, — донесся его голос из динамика. — И звук тоже. И задерните шторку.

Выключатели располагались на настенной панели, рядом с аппаратурой для аудио- и видеозаписи. Ральф щелкнул рычажками. Красный огонек на камере в комнате для допросов погас. Ральф кивнул Сэмюэлсу, и тот закрыл шторку на смотровом зеркале. Шелест, который она издала, пробудил у Ральфа неприятные воспоминания. Трижды — еще до того, как Билл Сэмюэлс получил должность окружного прокурора, — Ральф присутствовал при исполнении смертного приговора в Макалестере. Там была точно такая же шторка (может быть, произведенная той же компанией!) на окне между камерой для казни и смотровой комнатой. Ее открывали, когда свидетели входили в смотровую комнату, и закрывали, когда врач констатировал смерть осужденного. Она издавала такой же неприятный шорох.

— Я пока сбегаю в «Зоуни» за гамбургером, — сказал Сэмюэлс. — Слишком нервничал и не пообедал. Тебе чего-нибудь взять?

— Возьми кофе. Без молока, одна порция сахара.

— Ты уверен? Я пробовал кофе в «Зоуни». Его не зря называют «Черной смертью».

— Я рискну, — ответил Ральф.

— Хорошо. Я вернусь минут через пятнадцать. Если они управятся раньше, без меня не начинайте.

Без него не начнут, можно не сомневаться. Уже было понятно, что теперь этим шоу заправляет Билл Сэмюэлс. Вот и хорошо, решил Ральф. Пусть вся слава достанется Сэмюэлсу, если в таком жутком деле можно говорить о славе. Ральф сел на стул рядом с копировальным аппаратом, тихонько жужжавшим в спящем режиме. Глядя на задернутую занавеску, попытался представить, о чем говорит Терри Мейтленд со своим адвокатом, какое он измышляет алиби.

Ральф поймал себя на мысли об огромной индейской женщине, которая забрала Мейтленда у клуба «Джентльмены, для вас» и отвезла на вокзал в Даброу. *Я тренирую баскетбольную Лигу прерий в Юношеской христианской ассоциации*, сказала она. *Мейтленд частенько ходил к нам на матчи, сидел с родителями на трибунах, наблюдал, как детишки играют. Он мне говорил, что ищет таланты для своей Городской молодежной лиги...*

Она его знала, и он тоже должен был ее знать. Колоритную даму таких габаритов трудно забыть. И все же в такси он обратился к ней «мэм». Почему? Потому что помнил ее в лицо, но не помнил, как ее зовут? Возможно, но как-то маловероятно. Ива Дождевая Вода — имя запоминающееся.

— Ну, у него был стресс, — пробормотал Ральф, обращаясь то ли к себе, то ли к дремлющему копировальному аппарату. — К тому же...

Всплыло еще одно воспоминание, а вместе с ним — объяснение, почему Мейтленд назвал Иву «мэм». Это последнее объяснение нравилось Ральфу гораздо больше. Его младший брат Джонни (между ними было три года разницы) совсем не умел играть в прятки. Частенько он попросту забегал в спальню и набрасывал на голову одеяло, рассуждая примерно так: если я не вижу Ральфи, то и Ральфи меня не видит. Могло быть такое, что человек, только что совершивший убийство, прибег к этому детскому «волшебству»? *Если я не знаю тебя, то и ты меня тоже не знаешь.* Логика совершенно безумная, да, но ведь и преступление было не самым обычным. Такое мог совершить только безумец. И тогда это многое объясняет. Например, почему Мейтленд подумал, что ему все сойдет с рук, и вернулся во Флинт-Сити, где его знали практически все.

Но были еще показания Карлтона Скоукрофта. Ральф очень живо представил, как Хоуи Голд берет ручку и подчеркивает ключевой фрагмент в показаниях Скоукрофта, готовя свою заключительную речь в суде. Возможно, стянув идею у адвоката Оу-Джея Симпсона. *Раз перчатка ему не подходит, значит, надо его оправдать*, сказал Джонни Кокран. *Раз он не знал, надо его отпустить*, может сказать Голд.

Конечно, это не сработает. Тут совсем другой случай, и все же...

По словам Скоукрофта, Мейтленд объяснил кровь у себя на лице и одежде кровотечением из носа. Мол, с ним такое бывает. *Хлещет, как гейзер*, сказал Терри. *Тут где-то поблизости есть медпункт?*

Вот только Терри Мейтленд прожил во Флинт-Сити всю жизнь, за исключением четырех лет, которые провел в колледже. Зачем ему указатели, чтобы проехать в больницу? Зачем он вообще спрашивал, где больница? Он сам должен был знать.

Сэмюэлс вернулся с завернутым в фольгу гамбургером, кока-колой и бумажным стаканчиком кофе для Ральфа.

— Тут пока тихо?

— Ага. У них есть еще двадцать минут, по моим часам. Когда они закончат, я все же попробую его уломать, чтобы он сдал мазок на анализ ДНК.

Сэмюэлс развернул гамбургер и с опаской приподнял верхнюю булочку.

— О господи, — сказал он. — Похоже на пробы, которые парамедики соскребают с обгоревших тел. — Но все равно начал есть.

Ральф подумал, что, может быть, стоит сказать Сэмюэлсу о разговоре Терри с Ивой Дождевой Водой и о странном вопросе Терри насчет медпункта, но промолчал. Подумал, что, может быть, стоит упомянуть еще одну странность: Терри даже не попытался изменить внешность, пусть хотя бы с помощью темных очков, — но опять промолчал. Он уже поднимал эти вопросы, и Сэмюэлс от них отмахнулся, вполне резонно заметив, что они не имеют значения, когда есть показания многочисленных свидетелей и вполне однозначные данные криминалистической экспертизы.

Кофе был мерзким, как и предсказывал Сэмюэлс, но Ральф все равно его выпил, и тут как раз Голд нажал кнопку вызова, чтобы его выпустили из комнаты для допросов. Когда Ральф Андерсон увидел лицо адвоката, у него что-то оборвалось в животе. На лице Голда не было злости, тревоги или того театрального возмущения, которое так мастерски изображают некоторые адвокаты, когда понимают, что их подопечный в глубоком дерьме. Нет, Хоуи смотрел с сочувствием, и это сочувствие было искренним.

— Ой-вей, — сказал он. — У вас, парни, большие проблемы.

20

ГОРОДСКАЯ БОЛЬНИЦА ФЛИНТ-СИТИ
ОТДЕЛЕНИЕ ПАТОЛОГИЧЕСКОЙ АНАТОМИИ И СЕРОЛОГИИ

Кому: *Детективу Ральфу Андерсону*
       Лейтенанту Юнелу Сабло
       Окружному прокурору Уильяму Сэмюэлсу
От кого: *Доктора Эдварда Богана*
Дата: *14 июля*
Тема: *Группа крови и ДНК*

<u>Кровь:</u>

Образцы крови были взяты на анализ с ряда предметов.

Первый предмет: ветка дерева, посредством которой было совершено анальное насилие над жертвой, Фрэнком Питерсоном, белым ребенком мужского пола, 11 лет от роду. Ветка имеет следующие размеры: примерно 22 дюйма в длину и 3 дюйма в диаметре. Слой коры на нижней половине ветки полностью содран, предположительно из-за грубых манипуляций преступника (см. прикрепленное фото). На этом гладком участке обнаружены четкие отпечатки пальцев; они были сфотографированы и сняты криминалистами полиции штата, после чего улику для последующей экспертизы передали мне лично в руки детектив Ральф Андерсон (полицейское управление Флинт-Сити) и сотрудник полиции штата Юнел Сабло (отделение № 7). Соблюдение правил передачи и хранения вещественных доказательств подтверждаю.

Кровь на последних 5 дюймах нижнего, гладкого, участка ветки относится к группе 0 с положительным резус-фактором, совпадающей с группой крови убитого, что подтверждает участковый врач Фрэнка Питерсона, Гораций Коннолли. Многочисленные следы крови 0(+) присутствуют на всей поверхности ветки, что обусловлено так называемым «отплеском», или «оттоком», когда кровь жертвы, подвергаемой грубому сексуальному насилию, брызжет вверх. Есть все основания предполагать, что брызги отплеска попали на кожу и одежду преступника.

На ветке также присутствует кровь, относящаяся к другой, более редкой группе. Группа АВ(+) (встречается только у 3% населения). Я считаю, что это кровь преступника, и предполагаю, что он мог пораниться, орудуя веткой (очевидно, с немалым усилием).

Многочисленные следы крови группы 0(+) были обнаружены на водительском сиденье, рулевом колесе и приборной панели микроавтобуса «эконолайн» 2007 года выпуска, брошенного на служебной автостоянке у бара «Шорти» (Мэйн-стрит, дом 1124). Незначительные следы крови группы АВ(+) обнаружены на рулевом колесе микроавтобуса. Образцы крови для последующей экспертизы передали мне лично в руки сержант Элмер Стэнтон и сержант Ричард Спенсер из отдела криминалистики полиции штата. Соблюдение правил передачи и хранения вещественных доказательств подтверждаю.

Большое количество крови группы 0(+) обнаружено на одежде (рубашка, брюки, носки, кроссовки «Адидас», мужские трусы), извлеченной из «субару» 2011 года выпуска, найденной на заброшенном лодочном причале близ шоссе № 72 (также известном как Олд-Фордж-роуд). На левом манжете рубашки присутствуют незначительные следы крови группы АВ(+). Эти образцы для последующей экспертизы передали мне лично в руки сотрудник полиции штата Джон Корита (отделение № 7) и сержант Спенсер (ОКПШ). Соблюдение правил передачи и хранения вещественных доказательств подтверждаю. На момент подготовки настоящего доклада в салоне «субару» не обнаружено следов крови группы АВ(+). Возможно, ее обнаружат позже, однако не исключено, что все царапины и порезы, полученные злоумышленником в ходе совершения преступления, уже не кровоточили к тому моменту, когда он покинул «субару». Также не исключено, что он воспользовался бинтом или лейкопластырем, однако это представляется маловероятным, исходя из того, что количество собранных образцов крови группы АВ(+) слишком мало. Скорее всего это были лишь мелкие царапины.

Я настоятельно рекомендую как можно скорее установить группу крови вероятных подозреваемых ввиду относительной редкости группы AB(+).

ДНК:

Очередь образцов, ожидающих экспертизы ДНК в Кэп-Сити, всегда велика, и при обычных обстоятельствах результаты могут быть получены лишь по прошествии нескольких недель и даже месяцев. Однако в связи с отягчающими обстоятельствами — крайней жестокостью данного преступления и малым возрастом жертвы — образцы, взятые на месте преступления, будут переданы на экспертизу во внеочередном порядке.

Наиболее важный из этих образцов — сперма, обнаруженная на ягодицах и бедрах жертвы. Однако имеются также образцы кожи, взятые с ветки, посредством которой был совершен акт насилия над несовершеннолетним Питерсоном, и образцы крови, о которых было подробно рассказано выше. Результат ДНК-экспертизы спермы, найденной на месте преступления, будет готов на следующей неделе. Сержант Стэнтон предположил, что, возможно, и раньше, но я не раз сталкивался с делами, требующими экспертизы ДНК, и могу с большой долей уверенности утверждать, что необходимые вам результаты будут готовы не раньше следующей пятницы, даже в таком неотложном деле.

Позволю себе добавить несколько слов вне протокола. Я не раз имел дело с вещдоками в рамках расследования убийств, но с таким зверским убийством столкнулся впервые. Лицо, совершившее данное преступление, необходимо немедленно взять под стражу.

Продиктовано в 11:00 доктором Эдвардом Боганом

21

Хоуи Голд закончил приватную беседу с Терри в 20:40, на десять минут раньше отведенного срока. К этому времени к Ральфу и Биллу Сэмюэлсу присоединились Трой

Рэмидж и Стефани Гулд, сотрудница управления, заступившая на дежурство в 20:00. У нее с собой имелся запаянный полиэтиленовый пакет с набором для взятия образцов ДНК. Пропустив мимо ушей *ой-вей большие проблемы* Голда, Ральф спросил у адвоката, не согласится ли его подзащитный сдать мазки слизистой для ДНК-экспертизы.

Хоуи придерживал дверь в комнату для допросов мыском ботинка, чтобы она не закрылась.

— Терри, они хотят взять образцы ДНК. Ты не против? Они все равно так или иначе их раздобудут, а мне надо кое-кому позвонить.

— Хорошо, — сказал Терри. У него под глазами уже обозначились темные круги, но его голос звучал спокойно. — Давайте сделаем все, что нужно, чтобы я смог выйти отсюда еще до полуночи.

Судя по голосу и выражению лица, он был абсолютно уверен, что его отпустят. Ральф с Сэмюэлсом переглянулись. Сэмюэлс приподнял брови и стал еще больше похож на Альфальфу.

— Позвони моей жене, — попросил Терри. — Скажи ей, что у меня все в порядке.

Хоуи улыбнулся.

— Это первый звонок в моем списке.

— Там в конце коридора хорошо ловит, — сказал Ральф.

— Я знаю, — кивнул Хоуи. — Я уже здесь бывал. Это вроде реинкарнации. — Он повернулся к Терри: — Ничего им не говори, пока я не вернусь.

Офицер Рэмидж взял у Терри два мазка, по одному с каждой щеки, и поднес их к камере, прежде чем убрать в пробирки. Офицер Гулд сложила пробирки в пакет, поднесла его к камере и заклеила красной наклейкой для вещдоков. Потом расписалась на бланке о передаче вещественных доказательств. Теперь Рэмидж и Гулд отнесут образцы в тесную каморку, служившую хранилищем вещдоков в управлении полиции Флинт-Сити. Там их снова предъявят камере наблюдения и занесут в базу данных. Два других офицера, возможно, из полиции штата, завтра

доставят их в лабораторию в Кэп-Сити. Правила передачи и хранения вещественных доказательств будут неукоснительно соблюдены. Соблюдение правил передачи
и хранения вещественных доказательств подтверждаю,
как сказал бы доктор Боган. Звучит малость по-идиотски,
но это не шутка. Ральф не мог допустить, чтобы произо-
шла хоть какая-то накладка. Никаких слабых звеньев.
Никаких лазеек. Только не в этом деле.

Окружной прокурор Сэмюэлс собрался было войти
в комнату для допросов, но Ральф его удержал. Ему хотелось послушать, что скажет Хоуи по телефону. Хоуи быстро переговорил с женой Терри — Ральф слышал, как он
сказал: *Все будет хорошо, Марси*, а потом позвонил еще
кому-то, сообщил, где находятся дочери Терри, и напомнил, что у дома Мейтлендов на Барнум-корт собралась
толпа репортеров и действовать следует соответственно.
Потом он вернулся в комнату для допросов.

— Ладно, давайте попробуем разобраться.

Ральф и Сэмюэлс уселись за стол напротив Терри.
Стул между ними остался пустым. Хоуи решил не садиться. Он встал рядом со своим подзащитным и положил
руку ему на плечо.

Улыбаясь, Сэмюэлс начал:

— Вы любите маленьких мальчиков, тренер?

Терри ответил без промедления:

— Я люблю всех детей. Не только мальчиков, но и девочек. У меня у самого две дочки.

— Я уверен, что ваши дочери любят спорт. Наверняка
занимаются в какой-нибудь секции. Да и как же иначе,
когда папа — тренер? Но вы, насколько я знаю, не тренируете девчоночьи команды. Ни баскетбол, ни софтбол, ни
лакросс. Вы тренируете только мальчиков. Летом — бейсбол, осенью — футбол, зимой — баскетбол. Хотя на баскет-
боле, как я понимаю, вы просто зритель. Все эти субботние
поездки на матчи... Поиск талантов, да? Посмотреть, по-
добрать перспективных ребят для своей Городской лиги.
А заодно, быть может, оценить, как они смотрятся в спортивных трусах.

Ральф ждал, что Хоуи пресечет эту речь, но Хоуи молчал. Пока молчал. Его лицо сделалось абсолютно пустым. Его взгляд перемещался, от одного говорящего к другому. *Наверное, он мастерски играет в покер*, подумал Ральф.

Терри вдруг заулыбался.

— Это вам Ива сказала про баскетбол. Да, больше некому. Крутая барышня, да? Вы бы слышали, как она вопит на субботних матчах. «*Блокируй соперника, удерживай мяч, а теперь ЗАЛУПИ ЕГО В ДЫРКУ!*» Как у нее дела?

— Это вы мне скажите, — ответил Сэмюэлс. — Вы же с ней виделись во вторник вечером.

— Я не...

Хоуи сжал плечо Терри, не давая ему продолжить.

— Может, уже прекратим этот допрос с пристрастием? Просто скажите нам, почему вы забрали Терри.

— А вы скажите, где были во вторник вечером, — парировал Сэмюэлс. — Вы уже начали говорить, так что можете продолжать.

— Я был...

Но Хоуи Голд снова сжал плечо Терри, на этот раз крепче.

— Нет, Билл, так не пойдет. Скажите нам, на каких основаниях его обвиняют, иначе я обращусь к прессе и сообщу им, что вы арестовали по обвинению в убийстве Фрэнка Питерсона одного из самых уважаемых жителей Флинт-Сити, облили грязью его доброе имя, опозорили перед всеми, напугали его супругу и дочерей, но не желаете сказать почему.

Сэмюэлс взглянул на Ральфа, который только пожал плечами. Если бы здесь не было прокурора, Ральф уже перечислил бы все улики в надежде на быстрое чистосердечное признание.

— Давай, Билл, — сказал Хоуи. — Этому человеку пора домой, к семье.

Сэмюэлс улыбнулся, но его взгляд остался жестким. Это была не улыбка, а волчий оскал.

— С семьей он увидится на суде, Ховард. В понедельник.

Ральф буквально чувствовал, как цивилизованная беседа расползалась по швам, и винил в этом Билла, которого привело в бешенство и само преступление, и человек, его совершивший. Да, тут любой бы взбесился... но гнев плуга не тянет, как говаривал дедушка Ральфа.

— Пока мы не начали, у меня вопрос, — сказал Ральф с напускной бодростью в голосе. — Всего один. Разрешите, адвокат? Мы все равно это выясним.

Хоуи, кажется, был рад отвлечься от Сэмюэлса.

— Ладно, давай свой вопрос.

— Терри, ты знаешь, какая у тебя группа крови?

Терри взглянул на Хоуи, который пожал плечами, и снова повернулся к Ральфу.

— Конечно, знаю. Я шесть раз в год сдаю кровь в Красный Крест, потому что у меня достаточно редкая группа.

— Эй-би положительная?

Терри растерянно моргнул.

— Откуда ты знаешь? — Потом, видимо, понял, каким будет ответ, и поспешно добавил: — Но не *самая* редкая. Самая редкая — это эй-би отрицательная. Один процент населения. Люди с такой группой крови в Красном Кресте наперечет, уж поверь мне.

— Когда речь заходит о чем-то редком, я сразу думаю об отпечатках пальцев, — сказал Сэмюэлс с нарочито скучающим видом. — Наверное, потому, что они постоянно фигурируют в суде.

— Где редко когда принимаются во внимание присяжными, — заметил Хоуи.

Сэмюэлс пропустил его реплику мимо ушей.

— В мире нет двух людей с одинаковыми отпечатками пальцев. Даже у однояйцевых близнецов отпечатки немного разнятся. У тебя совершенно случайно нет однояйцевого близнеца, Терри?

— Ты хочешь сказать, что на месте убийства Питерсона нашли мои отпечатки? — Лицо Терри выражало лишь недоверие, причем вполне искреннее. Надо отдать ему должное, подумал Ральф; он отличный актер и, похоже, будет играть свою роль до конца.

— У нас столько твоих отпечатков, что и не сосчитать, — сказал Ральф. — В белом микроавтобусе, на котором ты увез мальчика Питерсона. И на его велосипеде, обнаруженном в кузове микроавтобуса. И на ящике с инструментами, который тоже был в микроавтобусе. И в «субару», на которую ты пересел на стоянке у бара «Шорти». — Ральф сделал паузу. — И на ветке, которой ты изнасиловал малыша Питерсона, причем с такой силой, что смерть могла бы наступить от одних внутренних повреждений.

— И чтобы снять отпечатки, нам не понадобился порошок или ультрафиолет, — сказал Сэмюэлс. — Они сделаны кровью парнишки.

На этом месте большинство обвиняемых — процентов девяносто пять — раскололись бы как миленькие, несмотря на присутствие адвоката. Но только не Терри. На его лице читалось лишь потрясение и удивление, но никак не вина.

Наконец Хоуи заговорил:

— Хорошо, у вас есть отпечатки пальцев. Но отпечатки можно подделать.

— Если их мало, то да, — сказал Ральф. — Но семьдесят штук? Или восемьдесят? Кровью? На самом орудии преступления?

— Еще у нас есть показания свидетелей, — сказал Сэмюэлс и принялся перечислять, загибая пальцы: — Люди видели, как ты увез Питерсона со стоянки у «Джералда». Люди видели, как ты затащил его велосипед в белый микроавтобус. Видели, как Питерсон сел в кабину рядом с тобой. Видели, как ты вышел из парка, где произошло убийство, и ты был весь в крови. Я мог бы продолжить, но моя мама всегда говорила, что надо оставить немножечко на потом.

— Показания свидетелей далеко не всегда достоверны, — заметил Хоуи. — Отпечатки пальцев, и те сомнительны, а свидетели... — Он покачал головой.

— В большинстве случаев я, может, и согласился бы, — сказал Ральф. — Но в данном случае — нет. Один из свидетелей очень верно подметил, что Флинт-Сити — маленький городок, где почти все всех знают. Опять же, не факт, но Вест-Сайд — тесно сплоченный район, и мистера Мейтленда там хорошо знают. Терри, женщина, которая видела тебя у «Джералда», узнала тебя в лицо, и девочка, которая видела, как ты выходил из Хенли-парка, тоже тебя знает. Не потому, что живет по соседству, а потому, что однажды ты помог ей найти потерявшуюся собаку.

— Джун Моррис? — искренне удивился Терри. — *Джунни?*

— Есть и другие свидетели, — сказал Сэмюэлс. — Много свидетелей.

— Ива? — Терри задохнулся, словно его ударили под дых. — И она тоже?

— Много свидетелей, — повторил Сэмюэлс.

— И каждый выбрал твою фотографию из шести предложенных, — добавил Ральф. — Без малейших сомнений.

— А на той фотографии мой подзащитный точно был не в бейсболке с эмблемой «Золотых драконов» и не в футболке с надписью «Тренер Ти»? — спросил Хоуи. — И проводивший допрос офицер часом не стучал по снимку пальцем?

— Ты же все понимаешь, — сказал ему Ральф. — Во всяком случае, я на это надеюсь.

— Это какой-то кошмар, — выдохнул Терри.

Сэмюэлс сочувственно улыбнулся.

— Согласен. И чтобы этот кошмар закончился, всего-то и нужно, чтобы ты сказал, почему так поступил.

Как будто на это может быть причина, понятная нормальному человеку, подумал Ральф.

— Возможно, чистосердечное признание повлияет на решение суда. — Голос Сэмюэлса стал почти вкрадчивым. — Но его надо сделать до того, как придут результаты анализа ДНК. Образцов у нас много, и когда они совпадут с твоими мазками... — Он умолк и пожал плечами.

— Скажи нам, — проговорил Ральф. — Не знаю, что это было — временное помешательство, диссоциативная фуга, компульсивное сексуальное поведение или что-то еще. Просто скажи нам. — Он сам слышал, что повышает голос, подумал было приглушить громкость, но решил этого не делать. — *Будь мужиком и скажи!*

Терри произнес, обращаясь больше к самому себе, чем к собеседникам по ту сторону стола:

— Не понимаю, как такое возможно. Во вторник меня даже не было в городе.

— И где ты был? — спросил Сэмюэлс. — Давай, рассказывай. Я люблю занимательные истории. Еще в старших классах прочел всю Агату Кристи.

Терри взглянул на Голда, и тот кивнул. Но Ральфу показалось, что теперь Хоуи встревожился. Сообщение о группе крови и отпечатках пальцев его явно расстроило, причем сильно, а свидетельские показания — еще сильнее. Может быть, самым сильным поводом для расстройства стала малышка Джун Моррис, чью потерявшуюся собаку нашел добрый, надежный тренер Ти.

— Я был в Кэп-Сити. Уехал в десять утра во вторник, вернулся в среду, уже поздно вечером. Где-то в половине десятого. Для меня это поздно.

— И наверняка ездил совсем один, — сказал Сэмюэлс. — Решил побродить в одиночестве, собраться с мыслями, так? Подготовиться к большой игре?

— Я...

— Ты ездил в Кэп-Сити на своей машине или на белом микроавтобусе? Кстати, а где ты прятал микроавтобус? И как тебе удалось угнать микроавтобус с нью-йоркскими номерами? У меня есть свои соображения, но надо сначала послушать тебя. Вдруг ты их подтвердишь. Или, наоборот, опровергнешь...

— Так вы будете слушать? — Невероятно, но Терри опять улыбался. — Может быть, вы боитесь услышать то, что я сейчас собираюсь сказать. Может, правильно боитесь. Вы по пояс в дерьме, мистер Сэмюэлс, и дерьмо прибывает.

— Да неужели? Тогда почему именно я выйду из этой комнаты и поеду домой, когда мы закончим допрос?

— Не кипятись, — тихо произнес Ральф.

Сэмюэлс резко повернулся к нему. Хохолок у него на макушке качнулся, но теперь в этом не было ничего смешного.

— А как же мне не кипятиться, детектив? Мы сидим в одной комнате с человеком, который изнасиловал ребенка веткой, а потом разорвал ему горло зубами, как... как чертов каннибал!

Голд посмотрел прямо в камеру под потолком и сказал, обращаясь к будущим присяжным и судьям:

— Перестаньте вести себя как рассерженный капризный ребенок, господин окружной прокурор, или я прекращу этот допрос прямо сейчас.

— Я был не один, — сказал Терри, — и мне ничего не известно о белом микроавтобусе. Я ездил в Кэп-Сити с Эвереттом Раундхиллом, Билли Квэйдом и Дебби Грант. Иными словами, всей кафедрой английского языка средней школы Флинт-Сити. Моя машина была в мастерской, потому что сломался кондиционер, и мы взяли машину Эва. Он заведующий кафедрой, и у него «БМВ». Просторный салон, много места. Мы отправились от здания школы, ровно в десять утра.

Сэмюэлс как будто завис, озадаченный таким неожиданным поворотом, поэтому вполне очевидный вопрос задал Ральф:

— И что там было в Кэп-Сити, из-за чего четверо учителей английского языка помчались туда посреди летних каникул?

— Харлан Кобен, — ответил Терри.

— Кто такой Харлан Кобен? — спросил Билл Сэмюэлс. Судя по всему, его интерес к детективным романам ограничился Агатой Кристи.

Ральф знал, кто такой Харлан Кобен. Он сам не слишком любил подобную литературу, но его жена любила.

— Автор детективов?

— Да, — сказал Терри. — Существует объединение учителей английского языка из трех штатов, профессиональная группа по интересам. Каждый год, летом, они проводят трехдневную конференцию. Во время учебного года на три дня не вырвешься, а летом все могут собраться. Там проходят различные семинары, читаются лекции, работают дискуссионные клубы. В общем, как на любой конференции. Каждый год в другом городе. В этом году была очередь Кэп-Сити. Только учителя тоже люди. Кто-то в отпуске, кто-то работает даже летом. У всех свои дела и заботы. У меня, например, Малая лига и Городская молодежная лига. Самый разгар чемпионата. Поэтому на конференции стараются приглашать известных писателей. Ну, чтобы был дополнительный стимул собрать народ. Обычно встреча с писателем назначается на второй день.

— И в этот раз он пришелся на прошлый вторник? — уточнил Ральф.

— Да. Конференция проходила в «Шератоне». С понедельника, девятого июля, по среду, одиннадцатого июля. Я не посещал эти мероприятия уже лет пять, но когда Эв сказал, что в этом году выступает Кобен и что все наши хотят поехать, я договорился с Гэвином Фриком и отцом Байбира Патела, чтобы они провели тренировки во вторник и в среду. Конечно, нехорошо бросать команду перед самым полуфиналом, но у меня были еще четверг и пятница, и я не мог пропустить Кобена. Я прочел все его книги. У него интересные сюжеты и хорошее чувство юмора. К тому же тема в этом году была острой. Чтение взрослой популярной литературы с седьмого по двенадцатый класс. Страсти кипят уже несколько лет. Особенно в нашей части страны.

— Вводную часть опускаем, — сказал Сэмюэлс. — Давай сразу к сути.

— Хорошо. Мы приехали. Пообедали на банкете, послушали выступление Кобена, поучаствовали в вечерней дискуссии, которая началась в восемь. Переночевали в гостинице. У Эва и Дебби были отдельные номера, а мы с Билли Квэйдом поделили расходы и взяли двухместный номер. Это он предложил. Сказал, делает новую пристройку к дому и приходится экономить. Они за меня поручатся.

Они все подтвердят. — Терри взглянул на Ральфа и поднял руки ладонями вперед. — *Я был там*. Вот в чем суть.

Долгая тишина.

Наконец Сэмюэлс спросил:

— Когда началось выступление Кобена?

— В три часа, — сказал Терри. — В три часа дня, во вторник.

— Надо же, как удачно, — едко произнес Сэмюэлс.

Хоуи Голд улыбнулся:

— Но не для вас.

Три часа дня, подумал Ральф. Почти в то же время Арлин Стэнхоуп, по ее утверждению, видела, как Терри Мейтленд увозит Фрэнка Питерсона на краденом белом микроавтобусе. Нет, не почти. Ровно в три. Миссис Стэнхоуп говорила, что слышала, как часы на здании мэрии пробили три.

— Он выступал в большом конференц-зале «Шератона»? — спросил Ральф.

— Да. Прямо напротив банкетного зала.

— И ты уверен, что выступление началось ровно в три?

— Да, ровно в три. Только сначала председатель учительского объединения выступила с вводной речью. Минут на десять, не меньше.

— А сколько длилась лекция Кобена?

— Минут сорок пять. Потом он еще отвечал на вопросы. Все закончилось, думаю, около половины пятого.

Мысли кружились в голове Ральфа, как бумажки, подхваченные сквозняком. Никогда в жизни он не был так озадачен. Им следовало заранее проверить все перемещения Терри во вторник, но теперь, задним числом, уже ничего не исправишь. К тому же они все согласились — Ральф, Сэмюэлс и Юн Сабло из полиции штата, — что не стоит расспрашивать про Мейтленда перед арестом, чтобы тот ничего не заподозрил. И при стольких вещественных доказательствах в предварительном следствии не было необходимости. То есть так представлялось вначале. Но теперь...

Ральф посмотрел на Сэмюэлса, однако помощи не дождался. На лице прокурора отражалось лишь недоумение, смешанное с подозрением.

— Вы совершили большую ошибку, джентльмены, — сказал Хоуи Голд. — Думаю, вы уже сами поняли.

— Нет никакой ошибки, — возразил Ральф. — У нас есть его отпечатки, у нас есть показания свидетелей, знающих его лично, и скоро придут первые результаты ДНК-экспертизы. Они наверняка совпадут, и это решит дело.

— Да, кстати. У нас тоже уже совсем скоро будут первые результаты, — сказал Голд. — Пока мы тут сидим, мой детектив проводит собственное расследование, и почему-то я не сомневаюсь, что оно будет успешным.

— Что? — рявкнул Сэмюэлс.

Голд улыбнулся:

— Зачем портить сюрприз? Давайте дождемся доклада Алека. Если мой подзащитный говорит правду, тогда новые сведения пробьют еще одну дыру в вашем баркасе, Билл. Который и так уже дал течь.

Алек, о котором шла речь, Алек Пелли, бывший детектив полиции штата, теперь вышел на пенсию и работал в качестве частного сыщика исключительно на адвокатов по уголовным делам. Его услуги стоили дорого, но он отлично справлялся с работой. Однажды за кружечкой пива Ральф спросил у Пелли, почему тот перешел на темную сторону. Пелли ответил, что в свое время его стараниями были осуждены как минимум четыре человека, которые, как он понял уже потом, были невиновны, и теперь он искупает свои грехи. «К тому же, — добавил он, — если не играть в гольф, то на пенсии сдохнешь со скуки».

Нет смысла гадать, какие именно сведения добывает сейчас Пелли... при условии, что это не блеф адвоката защиты. Ральф посмотрел на Терри и опять не увидел виноватого выражения у него на лице. Только тревогу, злость и растерянность человека, арестованного по обвинению в преступлении, которого он не совершал.

Но он-то как раз *совершил* преступление. На это указывают все улики, и результаты ДНК-экспертизы вобьют последний гвоздь в его гроб. Его алиби — искусно сконструированный ложный след, призванный запутать следствие и позаимствованный прямиком из романов Агаты Кристи (или Харлана Кобена). Завтра утром Ральф займется демонтажем этой конструкции, начав с опроса коллег Терри и проверки всего расписания учительской конференции, с упором на время начала и окончания выступления Кобена.

Но одно слабое место в алиби Терри можно было нащупать уже сейчас. В три часа дня Арлин Стэнхоуп наблюдала, как Фрэнк Питерсон садится в белый микроавтобус к Терри. Джун Моррис видела, как Терри — весь в крови — выходит из Хенли-парка примерно в половине седьмого. (Мама Джун говорила, что когда дочь выходила из дома, на местном канале как раз начинался прогноз погоды.) Стало быть, остается пробел в три с половиной часа, которых более чем достаточно, чтобы проехать семьдесят миль из Кэп-Сити до Флинт-Сити.

Допустим, на стоянке у «Джералда» миссис Стэнхоуп видела не Терри Мейтленда, а кого-то другого. Допустим, это был сообщник, похожий на Терри. Или, может быть, просто *одетый*, как Терри: в футболке и бейсболке «Золотых драконов». Вроде не слишком правдоподобно, но если принять во внимание почтенный возраст миссис Стэнхоуп... и ее очки с толстенными стеклами...

— Мы закончили, джентльмены? — спросил Голд. — Потому что если вы все-таки собираетесь задержать мистера Мейтленда, то меня сегодня вечером ждет много дел. Первым пунктом программы стоит общение с прессой. Не самое мое любимое занятие, но...

— Врешь, — кисло сказал Сэмюэлс.

— Но, быть может, я сумею отвлечь их от дома Терри, чтобы его дочки вернулись домой, не столкнувшись с настырными репортерами. И эта семья хоть немного побудет в покое, которого вы опрометчиво ее лишили.

— Прибереги красноречие для телекамер, — сказал Сэмюэлс. Он указал пальцем на Терри, тоже играя на будущих судей и присяжных: — Твой подзащитный истязал и убил ребенка, и если от этого пострадала его семья, то виноват только он сам.

— В голове не укладывается, — сказал Терри. — Вы меня даже не допросили перед арестом. Не задали ни единого вопроса.

— Что ты делал после выступления Кобена, Терри? — спросил Ральф.

Терри покачал головой. Не в знак отрицания, а словно пытаясь отогнать неприятные мысли.

— После его выступления? Я встал в очередь вместе со всеми. Но мы были в самом конце. Спасибо Дебби. Она отлучилась в уборную и попросила, чтобы мы ее подождали. Ну, чтобы не разделяться. Ждать пришлось долго. Когда закончилось выступление, уже после вопросов слушателей, многие парни ломанулись в сортир, но женщины всегда возятся дольше, потому что... ну, из-за кабинок. Мы с Эвом и Билли ждали ее у книжного киоска. Когда она вышла, очередь уже вытянулась в коридор.

— Какая очередь? — спросил Сэмюэлс.

— В какой глуши вы живете, мистер Сэмюэлс? Очередь, чтобы взять *автограф*. У каждого было по экземпляру его новой книги, «Я говорил, что так будет». Она входила в стоимость билета на конференцию. Мой экземпляр лежит дома. С автографом и датой. Я вам с радостью покажу. Если вы еще не забрали его с остальными моими вещами. Когда подошла наша очередь, время близилось к шести.

Если так, подумал Ральф, то его воображаемая дыра в алиби Терри только что схлопнулась до размеров булавочного укола. Из Кэп-Сити до Флинт-Сити теоретически можно доехать за час. Ограничение скорости на шоссе — семьдесят миль в час, и дорожный патруль не почешется, если ты не разогнался до восьмидесяти пяти или даже девяноста. Но как тогда Терри успел совершить убийство? Разве что Питерсона убил сообщник, двойник Терри, и оставил повсюду отпечатки пальцев Терри, в том числе и на ветке. Могло быть такое? Ответ: нет, не могло. И зачем бы Терри вдруг понадобился сообщник, который неотличимо похож на него и одевается точно так же? Ответ: совершенно незачем.

— Твои коллеги все время были рядом с тобой, пока вы стояли в очереди? — спросил Сэмюэлс.

— Да.

— Автограф-сессия проходила в том же конференц-зале?

— Да.

— А что вы все делали после того, как получили автографы?

— Мы пошли ужинать в компании учителей из Брокен-Эрроу, с которыми познакомились в очереди.

— Куда вы пошли ужинать? — спросил Ральф.

— В «Файрпит». Это стейк-хаус кварталах в трех от отеля. Пришли туда около шести. Перед ужином выпили пива, после ужина взяли десерт. Хорошо провели время, — почти мечтательно произнес Терри. — Нас было человек девять. Мы все вместе вернулись в отель, потом поучаствовали в вечерней дискуссии. О том, как читать с детьми книги вроде «Убить пересмешника» или «Бойни номер пять». Эв и Дебби ушли раньше, а мы с Билли досидели до конца.

— До которого часа? — спросил Ральф.

— Где-то до половины десятого.

— А потом?

— Мы с Билли выпили по кружке пива в баре отеля. Потом поднялись в номер и легли спать.

Слушал выступление известного автора детективов, когда похищали Фрэнка Питерсона, подумал Ральф. Ужинал в компании как минимум восьми человек, когда Питерсона убили. Участвовал в дискуссии о запрещенных книгах, когда Ива Дождевая Вода, по ее собственному утверждению, везла его из Флинт-Сити на вокзал в Дабро. Терри наверняка понимает, что мы опросим его коллег, найдем тех учителей из Брокен-Эрроу, переговорим с барменом в «Шератоне». Он наверняка понимает, что мы просмотрим записи с камер видеонаблюдения в отеле и проверим на подлинность автограф в его экземпляре последнего бестселлера Харлана Кобена. Терри неглупый мужик. Он *наверняка* понимает.

Вывод — что при проверке его история подтвердится — был неизбежен и совершенно невероятен.

Сэмюэлс лег грудью на стол, выпятив подбородок вперед.

— И ты думаешь, мы поверим, что во вторник ты все время был с кем-то с трех часов дня до восьми вечера? *Все время?*

Терри посмотрел на него, как умеют смотреть только школьные учителя: *Мы оба знаем, что ты дебил, но я не скажу этого вслух, чтобы не смущать тебя перед одноклассниками.*

— Конечно, нет. Я ходил в туалет перед самым началом выступления Кобена. И еще раз — в ресторане. Оба раза без всякого сопровождения. Может быть, вам и удастся убедить судей, что я смотался во Флинт, убил бедного Фрэнка Питерсона и вернулся обратно в Кэп-Сити за полторы минуты, которые мне понадобились, чтобы опорожнить мочевой пузырь. Но что-то я сомневаюсь.

Сэмюэлс посмотрел на Ральфа. Ральф пожал плечами.

— На сегодня у нас больше нет к вам вопросов, — сказал Сэмюэлс. — Мистера Мейтленда доставят в окружную тюрьму, где он будет находиться под стражей до суда в понедельник.

Терри опустил плечи.

— Ты намерен идти до конца, — сказал Голд. — Ты и вправду намерен идти до конца.

Ральф думал, что Сэмюэлс снова взорвется, но на сей раз окружной прокурор его удивил. Голос Сэмюэлса прозвучал почти так же устало, как выглядел Мейтленд:

— Да ладно, Хоуи. Ты сам понимаешь, что у меня нет выбора, при таких-то уликах. А когда совпадет ДНК, это будет конец игры.

Он снова лег грудью на стол, вторгаясь в личное пространство Терри.

— У тебя еще есть шанс избежать смертного приговора, Терри. Шанс небольшой, но он есть. Я тебе очень советую им воспользоваться. Прекрати разыгрывать комедию и сознайся. Ради Фреда и Арлин Питерсонов, потерявших сына самым ужасным из возможных способов. Облегчи свою душу, покайся. Тебе станет легче.

Терри не отстранился от Сэмюэлса, на что тот, возможно, рассчитывал. Наоборот, он наклонился вперед, и уже сам Сэмюэлс отпрянул, словно боялся подхватить от Терри какую-то заразу.

— Мне не в чем сознаваться, сэр. Я не убивал Фрэнка Питерсона. Я никогда не обижу ребенка. Вы взяли не того, кто вам нужен.

Сэмюэлс вздохнул и поднялся из-за стола.

— Что ж, у тебя был шанс. А теперь... помоги тебе Бог.

22

ГОРОДСКАЯ БОЛЬНИЦА ФЛИНТ-СИТИ
ОТДЕЛЕНИЕ ПАТОЛОГИЧЕСКОЙ АНАТОМИИ И СЕРОЛОГИИ

Кому: *Детективу Ральфу Андерсону*

Лейтенанту полиции штата Юнелу Сабло

Окружному прокурору Уильяму Сэмюэлсу

От кого: *Доктора Ф. Акерман, главного патологоанатома*

Дата: *12 июля*

Тема: *Дополнение к отчету о вскрытии/СТРОГО КОНФИДЕНЦИАЛЬНО*

В ответ на ваш запрос излагаю свое мнение.

Хотя Фрэнк Питерсон мог пережить, а мог и не пережить акт содомии, отмеченный в отчете о вскрытии (произведено 11 июля лично мной при участии доктора Элвина Баркленда в качестве ассистента), непосредственной причиной смерти, вне всяких сомнений, является большая потеря крови.

Следы зубов обнаружены на лице Питерсона, а также на горле, плече, груди и правом боку. Характер ранений вкупе с фотоснимками места убийства предполагает следующую последовательность действий: Питерсона грубо швырнули спиной на землю и укусили не менее шести раз. Возможно, больше. Данное действие производилось в состоянии крайнего возбуждения. Потом его перевернули на живот и подвергли насилию. К тому времени Питерсон почти наверняка был без сознания. Либо во время акта насилия, либо сразу по окончании преступник эякулировал.

Я обозначила это письмо пометкой «Строго конфиденциально», потому что в случае разглашения некоторых аспектов данного дела пресса наверняка поднимет шумиху, причем не только местная, но и общенациональная. У Питерсона отсутствуют некоторые части тела, а именно: мочка правого уха, правый сосок, фрагменты трахеи и пищевода. Возможно, преступник забрал их с собой как трофеи. Это в лучшем случае. Также не исключено, что преступник их съел.

Вы занимаетесь этим делом и поступите так, как считаете нужным, но я настоятельно рекомендую не только скрыть приведенные выше факты (равно как и мое последующее заключение) от прессы, но и не упоминать их в суде, если они не потребуются для вынесения обвинительного приговора. Можно представить реакцию родителей на информацию такого рода, но лучше, наверное, не представлять. Прошу прощения, если я вышла за рамки своих полномочий, но в данном случае это было необходимо. Я врач, старший судмедэксперт округа, но также я мать.

И как мать я прошу вас: разыщите преступника, надругавшегося над этим ребенком, и арестуйте его как можно скорее. Если он избежит наказания, то почти наверняка сделает это снова.

Фелисити Акерман, доктор медицины
Главный патологоанатом
городской больницы Флинт-Сити
Старший судмедэксперт округа Флинт

23

Служебный зал в здании полицейского управления Флинт-Сити был довольно просторным, но четыре человека, ожидавшие Терри Мейтленда, казалось, заполнили собой все пространство: два офицера полиции штата и два сотрудника службы охраны в окружной тюрьме, все как на подбор широкоплечие и мощные. При всем потрясении из-за произошедшего (и *продолжавшего* происходить) Терри стало смешно. Окружная тюрьма располагалась в четырех кварталах отсюда, всего в полумиле, а ему снарядили такой конвой.

— Руки вперед, — сказал один из сотрудников тюрьмы.

Терри вытянул руки. У него на запястьях щелкнула новая пара наручников. Он посмотрел на Хоуи, и ему вдруг стало страшно, как в тот день, когда мама в первый раз привела его, пятилетнего, в детский сад и отпустила его руку. Хоуи сидел за столом и говорил с кем-то по мобильному телефону, но, увидев, что Терри на него смотрит, тут же прервал разговор и подошел к нему.

— Не прикасайтесь к заключенному, сэр, — сказал офицер, надевший на Терри наручники.

Голд как будто его не услышал. Обняв Терри за плечи, тихо произнес:

— Все будет хорошо.

А потом — сам удивившись тому, что сделал, — поцеловал Терри в щеку.

Этот поцелуй Терри унес с собой, когда четверо стражей закона вывели его на улицу, где ждали тюремный фургон и патрульный полицейский автомобиль с включенной мигалкой. И репортеры. Они ждали с особенным нетерпением. Включились телевизионные прожектора, затрещали камеры, вопросы посыпались, словно пули: *Вам было предъявлено обвинение, вы это сделали, вы невиновны, вы признались в содеянном, что вы скажете родителям Фрэнка Питерсона.*

Все будет хорошо, сказал Голд, и Терри цеплялся за эти слова, как утопающий — за соломинку.

Но все было плохо.

ИЗВИНЕНИЯ И СОЖАЛЕНИЯ
14–15 июля

1

Портативная полицейская мигалка, которую Алек Пелли держал на приборной панели своего «эксплорера», была не совсем законной, поскольку Алек уже не служил в полиции. С другой стороны, он являлся действующим членом полицейского резерва Кэп-Сити, так что, может быть, никаких нарушений и не было. В любом случае сейчас она очень ему помогла. Он добрался из Кэп-Сити до Флинта за рекордное время и постучался в дверь дома номер 17 на Барнум-корт ровно в четверть десятого вечера. Здесь не было никаких репортеров, но чуть дальше по улице горели яркие телевизионные прожектора. Как понял Алек, перед домом Мейтлендов. Похоже, не все падальные мухи слетелись к свежему мясу на импровизированной пресс-конференции Хоуи. Впрочем, Алек этого и не ждал.

Дверь открыл низенький коротышка с волосами песочного цвета. Брови нахмурены, губы сжаты в ниточку. Полная боевая готовность послать незваных гостей на три буквы. У него за спиной стояла женщина, зеленоглазая блондинка, дюйма на три выше мужа и намного красивее, даже без макияжа и с припухшими от слез глазами. Сейчас она не плакала, но кто-то в доме тихонько плакал. Ребенок. Одна из дочек Мейтленда, решил Алек.

— Мистер и миссис Мэттингли? Я Алек Пелли. Хоуи Голд вам звонил?

— Да, — ответила женщина. — Входите, мистер Пелли.

Алек хотел шагнуть через порог, однако Мэттингли, дюймов на восемь ниже гостя, но совершенно бесстрашный, преградил ему дорогу.

— У вас есть какой-нибудь документ, удостоверяющий личность?

— Да, конечно. — Алек мог бы показать водительские права, но отдал предпочтение удостоверению полицейского резерва. Мэттингли вовсе ни к чему знать, что его нынешние дежурства сводятся в основном к благотворительным акциям в роли почетного охранника на рок-концертах, родео, борцовских турнирах и гонках пикапов, проходящих в «Колизее» трижды в год. Также он иногда подменял заболевших штатных контролеров, следивших за соблюдением правил парковки в деловом центре Кэп-Сити. Это было несколько унизительно для человека, который когда-то руководил бригадой из четырех детективов полиции штата, но Алек не возражал; он не любил сидеть дома. К тому же Библия учит, что «Бог гордым противится, а смиренным дает благодать» (Послание Иакова, глава четвертая, стих шестой).

— Спасибо. — Мистер Мэттингли отступил в сторону, освобождая Алеку проход, и одновременно протянул руку. — Том Мэттингли.

Алек пожал ему руку, приготовившись к крепкому рукопожатию. И не был разочарован.

— Обычно я не такой подозрительный. У нас тихий район. Но я сразу сказал Джейми, что пока Сара и Грейс у нас в доме, нам надо быть предельно осторожными. Многие злятся на тренера Ти, и поверьте мне на слово, это только начало. Когда о том, что он сделал, узнает весь город, будет в тысячу раз хуже. Рад, что вы их у нас заберете.

Джейми Мэттингли с упреком взглянула на мужа.

— Что бы ни сделал отец... если он вообще что-то сделал... девочки не виноваты. — Она повернулась к Алеку. — Они совершенно раздавлены, особенно Грейс. Они видели, как их отца уводили в наручниках.

— А скоро они узнают почему, — сказал Том Мэттингли. — В наше время от детей ничего не скроешь. Чертов

Интернет, чертов «Фейсбук», чертов «Твиттер». — Он покачал головой. — Джейми права. Невиновен, пока не доказано обратное. Но его арестовали публично, а когда так бывает... — Он тяжко вздохнул. — Хотите пить, мистер Пелли? Джейми сделала чай со льдом.

— Спасибо, но я лучше скорее отведу девочек домой. Их ждет мама.

И это будет лишь первый пункт в списке дел на сегодняшний вечер. Перед тем как шагнуть под ослепительный свет телевизионных прожекторов, Хоуи снова позвонил Алеку и отдал распоряжения с пулеметной скоростью. Когда Алек доставит дочерей Мейтленда домой, ему надо будет вернуться в Кэп-Сити и позвонить нужным людям (и попросить их об услуге). Причем звонить лучше прямо с дороги, чтобы не терять драгоценного времени. Снова в строю, и это прекрасно — уж всяко лучше, чем выписывать штрафы за неправильную парковку на Мидленд-стрит, — но это будет непростое задание.

Девочки оказались в комнате, которая, судя по чучелам рыб на обшитых сосновыми досками стенах, была берлогой Тома Мэттингли. На большом плоском экране скакал Губка Боб, но звук был приглушен. Дочки Мейтленда сидели на диване, тесно прижавшись друг к другу. Обе — по-прежнему в бейсболках и футболках «Золотых драконов», на их лицах — черная и золотая краска (наверное, мама раскрасила их перед матчем, до того, как привычная жизнь круто перевернулась, встав на дыбы и отобрав у них папу), однако у младшей краска совсем растеклась от слез.

Увидев в дверях незнакомого мужчину, старшая девочка еще крепче прижала к себе плачущую сестренку. Алек любил детей, хотя своих у него не было, и безотчетное действие Сары Мейтленд ранило его в самое сердце: ребенок защищает ребенка.

Алек шагнул в комнату.

— Сара? Я друг Хоуи Голда. Ты его знаешь, да?

— Да. С папой все хорошо? — Ее голос звучал очень тихо и хрипло, как бывает, когда человек долго плакал.

Грейс вообще не смотрела на Алека; она сидела, уткнувшись лицом в плечо старшей сестры.

— Да. Он попросил меня отвести вас домой.

Это была не совсем правда, но сейчас не время вдаваться в тонкости.

— Он уже дома?

— Пока нет. Но дома ждет мама.

— Мы могли бы и сами дойти, — тихо произнесла Сара. — Тут совсем близко. Я могла бы взять Грейс за руку.

По-прежнему пряча лицо, Грейс Мейтленд покачала головой.

— Но не вечером, когда темно, — сказала Джейми Мэттингли.

И не сегодня, мысленно добавил Алек. И не завтра, и не послезавтра. И еще много-много дней и вечеров.

— Пойдемте, девчонки, — с деланой (и откровенно фальшивой) бодростью произнес Том Мэттингли. — Я вас провожу.

На крыльце, под ярким светом лампы, Джейми Мэттингли казалась еще бледнее и худее, чем прежде. Буквально за три часа она превратилась из мамы-наседки в пациентку онкологического отделения.

— Это ужасно, — сказала она. — Как будто мир перевернулся с ног на голову. Слава богу, что наша дочка сейчас в летнем лагере. Сегодня мы были на матче лишь потому, что Сара и Морин — лучшие подружки.

При упоминании подруги Сара Мейтленд расплакалась. Увидев слезы сестры, Грейс заплакала еще горше. Алек поблагодарил Мэттингли и повел девочек к своей машине. Они шли медленно, понурив головы и держась за руки, как детишки из сказки, заблудившиеся в темном лесу. Алек освободил переднее пассажирское сиденье от обычных завалов, и сестры втиснулись туда вдвоем. Грейс снова уткнулась лицом в плечо Сары.

Алек не стал заставлять их пристегиваться. Ехать было всего ничего, меньше четверти мили. Яркий телевизионный прожектор освещал подъездную дорожку и лужайку перед домом Мейтлендов. Там осталась всего одна съемочная группа. Судя по логотипу на фургоне со спутниковой тарелкой, филиал Эй-би-си из Кэп-Сити. Четверо или пятеро парней стояли рядом с фургоном и пили кофе из пенопластовых стаканчиков. Когда «эксплорер» Алека свернул на подъездную дорожку, они побросали стаканчики и схватились за камеры.

Алек опустил стекло на водительской двери и крикнул голосом, каким обычно кричал «лицом к стене, руки за голову»:

— *Не снимать! Этих детей не снимать!*

Это остановило их на две секунды, но только на две. С тем же успехом можно было просить комаров не кусаться. Алек помнил те времена, когда все было иначе (те стародавние времена, когда джентльмены еще придерживали дверь для леди), но с тех пор многое изменилось. Единственный репортер, решивший остаться на Барнум-корт — какой-то латинос, чье лицо было смутно знакомо Алеку, кажется, ведущий прогноза погоды по выходным, любитель галстуков-бабочек, — уже схватился за микрофон и проверял закрепленный на ремне аккумулятор.

Дверь дома Мейтлендов открылась. Сара увидела маму и собралась выскочить из машины.

— Подожди, Сара, — сказал Алек и потянулся к пакету на заднем сиденье. Уезжая из дома, он захватил с собой два больших полотенца и теперь дал их девочкам. — Закройте лица. Все, кроме глаз. — Он улыбнулся. — Как грабители банков в кино, ага?

Грейс непонимающе уставилась на него, но Сара быстро сообразила, что надо делать, и набросила одно полотенце сестре на голову. Алек помог Грейс закрепить его так, чтобы оно закрывало ей рот и нос. Со своим полотенцем Сара справилась самостоятельно. Они выбрались из машины и бегом бросились к дому, придерживая полотенца под подбородком. Они были совсем не похожи на грабителей банков; они были похожи на карликов-бедуинов, застигнутых песчаной бурей. И на самых печальных, самых отчаявшихся детей из всех, кого Алеку доводилось видеть.

Лицо Марси Мейтленд не было спрятано под полотенцем, поэтому оператор снимал ее.

— Миссис Мейтленд! — крикнул ей Галстук-Бабочка. — Вы можете прокомментировать арест вашего мужа? Вы с ним говорили?

Алек встал перед камерой (ловко перекрыв обзор оператору, когда тот попытался взять другой ракурс) и сказал, обращаясь к Галстуку-Бабочке:

— Ни шагу дальше, hermano*, иначе сам задашь Мейтленду свои вопросы. Из соседней камеры.

Галстук-Бабочка изобразил оскорбленное достоинство.

— Кого вы назвали hermano? Я выполняю свою работу.

— Докучаете расстроенной женщине и двум маленьким детям, — сказал Алек. — Отличная у вас работа.

Но его собственная работа на Барнум-корт уже закончилась. Миссис Мейтленд забрала дочерей и увела их в дом. Внутри они в безопасности. Насколько это вообще возможно при сложившихся обстоятельствах. Хотя у Алека было ощущение, что эти две девочки еще очень долго не будут чувствовать себя в безопасности.

Когда Алек вернулся к машине, к нему подбежал Галстук-Бабочка, сделав знак оператору, чтобы тот продолжал снимать.

— Кто вы, сэр? Как вас зовут?

— Это не ваше дело. И оставьте в покое этих людей, хорошо? Они здесь вообще ни при чем.

Он понимал, что мог бы с тем же успехом говорить по-русски. Любопытные соседи уже высыпали на улицу, чтобы посмотреть очередной эпизод драмы на Барнум-корт.

Алек сдал назад и поехал на запад, прекрасно понимая, что оператор снимает его номера и очень скоро телевизионщики узнают, кто он такой и на кого работает. Невелика новость, но она станет вишенкой на торте, ко-

---

* Брат (*исп.*).

торый преподнесут телезрителям в вечерних новостях. Он на секунду задумался о том, что сейчас происходит в доме Мейтлендов: испуганная и растерянная мать пытается успокоить испуганных и растерянных дочерей, чьи лица все еще раскрашены в цвета папиной команды.

— Он это сделал? — спросил Алек у Хоуи, когда тот позвонил и вкратце изложил ситуацию. Это не имело значения. Работа есть работа. Но все равно хотелось бы знать. — Как ты думаешь?

— Я не знаю, что и думать, — ответил Хоуи. — Но я знаю, куда ты поедешь, когда проводишь Сару и Грейс домой.

После первого указателя на съезд на шоссе Алек позвонил в «Шератон» в Кэп-Сити и попросил к телефону портье, с которым имел дело в прошлом.

Черт, он имел дело почти со всеми.

2

Ральф и Билл Сэмюэлс сидели в кабинете у Ральфа, расслабив галстуки и расстегнув воротнички. Телевизионные прожектора у входа в полицейский участок погасли всего минут десять назад. На стационарном телефоне Ральфа горели все четыре кнопки, но на входящие звонки отвечала Сэнди Макгилл. И будет отвечать до одиннадцати вечера, когда ее сменит Джерри Малден. На данный момент работа Сэнди была простой, хоть и однообразной: *У полицейского управления Флинт-Сити пока нет комментариев. Ведется расследование.*

Ральфу хватало мобильного телефона. Он как раз завершил очередной разговор и убрал телефон в карман.

— Юн Сабло с женой поехали в гости к ее родителям. Это в северной части штата. Он говорит, что и так уже дважды откладывал эту поездку, и на сей раз у него не было выбора, иначе пришлось бы потом всю неделю спать на диване в гостиной. Говорит, что диван неудобный. Он возвращается завтра. И конечно, придет на суд.

— Значит, пошлем в «Шератон» кого-то другого, — сказал Сэмюэлс. — Плохо, что Джек Хоскинс сейчас в отпуске.

— Это как раз хорошо, — сказал Ральф, и Сэмюэлс рассмеялся.

— Да уж, тут не поспоришь. Наш Джеки, может, и не худший детектив во всем штате, но он близок к этому званию. Ты знаешь всех детективов в Кэп-Сити. Звони по списку, пока не вызвонишь кого-то живого.

Ральф покачал головой:

— Туда должен ехать Сабло. Он в курсе дела, и он — наше контактное лицо в полиции штата. Лучше сейчас их не злить, особенно после всего, что выяснилось сегодня. Все пошло не совсем так, как мы ожидали.

Это было еще мягко сказано. Преуменьшение года, если не века. Искреннее изумление Терри и отсутствие всякого чувства вины потрясло Ральфа больше, чем его невероятное алиби. Могло ли чудовище у него внутри не только убить мальчика, но и стереть память о содеянном? А потом? Заполнить пропуск подробной вымышленной историей об учительской конференции в Кэп-Сити?

— Если мы не пошлем кого-нибудь прямо сейчас, этот мужик, который работает на Голда...

— Алек Пелли.

— Именно. Он раньше нас доберется до записей с камер отеля. Если они сохранились.

— Должны сохраниться. По правилам, записи хранятся тридцать дней.

— Ты точно знаешь?

— Ага. Но у Пелли нет ордера.

— Да ладно тебе. Ты и вправду считаешь, что ему нужен ордер?

Нет, если честно, Ральф так не считал. Алек Пелли прослужил детективом в полиции штата больше двадцати лет. За это время у него появилось много полезных контактов, и, работая на Ховарда Голда, успешного адвоката по уголовным делам, он уж точно их поддерживает.

— Твоя идея публичного ареста теперь уже не выглядит такой уж хорошей, — сообщил Сэмюэлс.

Ральф угрюмо посмотрел на него:

— Ты ее поддержал.

— Но без энтузиазма, — сказал Сэмюэлс. — Давай начистоту. Между нами, девочками. Раз уж нас больше никто не слышит. У тебя в этом деле личный интерес.

— Да, — согласился Ральф. — Я не спорю. Но раз уж мы говорим начистоту, между нами, девочками, я напомню тебе, если ты вдруг забыл, что ты очень даже восторженно поддержал эту идею. Осенью у тебя выборы, и громкий, сенсационный арест явно не повредит твоим шансам.

— Я об этом даже не думал, — сказал Сэмюэлс.

— Хорошо. Ты не думал о выборах, ты согласился с мнением большинства, но если ты считаешь, что идея ареста на стадионе связана исключительно с моим сыном, посмотри еще раз фотографии с места убийства, вспомни, что написала Фелисити Акерман в дополнении к отчету о вскрытии. Такие парни никогда не ограничатся одним разом.

На щеках Сэмюэлса вспыхнули алые пятна.

— По-твоему, я об этом не думал? Господи, Ральф. Я сам назвал его каннибалом, открытым текстом. *Под запись.*

Ральф провел ладонью по щеке. Щека кололась щетиной.

— Какой смысл спорить, кто что сказал и что сделал. И не важно, кто первым просмотрит запись с камер в отеле. Пусть даже Пелли. Он же не унесет ее в кармане, да? И не сотрет.

— Да, — сказал Сэмюэлс. — И вряд ли она что-то докажет. Может быть, на каких-то фрагментах там будет мужчина, *похожий* на Мейтленда...

— Верно. Но доказать, что это именно он, на основе лишь нескольких кадров будет весьма затруднительно. Особенно против наших улик. У нас показания свидетелей и отпечатки пальцев. — Ральф встал и открыл дверь. —

Запись с камер отеля — не самая важная вещь. Мне нужно сделать один звонок. Давно пора.

Сэмюэлс вышел в приемную следом за Ральфом. Сэнди Макгилл говорила с кем-то по телефону. Ральф подошел к ней и полоснул себя пальцем по горлу. Сэнди повесила трубку и выжидающе уставилась на него.

— Эверетт Раундхилл, — сказал Ральф. — Заведующий кафедрой английского языка в средней школе Флинт-Сити. Найди мне его номер.

— У меня есть его номер, — ответила Сэнди. — Он звонил уже дважды, просил соединить его с главным следователем. Я сказала, что придется встать в очередь. — Она взяла стопку бумаг из лотка с надписью «ПОКА ТЕБЯ НЕ БЫЛО» и предъявила их Ральфу. — Думала положить вам на стол, на завтра. Да, я знаю, что завтра воскресенье, но я всем говорю, что вы наверняка выйдете на работу.

Глядя в пол, Билл Сэмюэлс очень медленно произнес:

— Раундхилл звонил сам. Причем дважды. Мне это не нравится. Очень не нравится.

3

В субботу вечером Ральф вернулся домой без четверти одиннадцать. Он открыл гаражную дверь пультом, въехал в гараж и снова нажал кнопку на пульте. Дверь с дребезжанием послушно встала на место. Ну, хоть что-то в этом безумном мире еще остается нормальным и подчиняется логике. Нажимаешь кнопку А, и если в устройстве В не сдохли батарейки, то гаражная дверь С открывается и закрывается.

Ральф выключил двигатель, но не стал выходить из машины. Он еще долго сидел в темноте, стуча обручальным кольцом по рулю, вспоминая песенку времен своей бурной юности. *Стрижка и бритье? Изволь! Шлюхи тянут ля-бемоль!*

Открылась дверь, ведущая на кухню, и в гараж заглянула Джанет. Она была в домашнем халате и в смешных розовых тапочках в виде кроликов, которые Ральф в шутку преподнес ей на прошлый день рождения. Настоящим подарком была поездка в Ки-Уэст, где они замечательно провели время — только вдвоем, — но сейчас этот отпуск, как и все остальные отпуска, превратился в смутное воспоминание, эфемерное, как послевкусие от сахарной ваты. А тапочки-кролики из однодолларового магазина остались, совершенно дурацкие тапочки с крошечными глазками-бусинками и болтающимися ушами. Увидев жену в этих тапочках, Ральф чуть не расплакался. Ощущение было такое, что он постарел лет на двадцать с того страшного дня, когда вошел на поляну в Хенли-парке и увидел окровавленный труп ребенка, который, наверное, боготворил Бэтмена и Супермена.

Ральф вышел из машины и крепко обнял жену, прижавшись своей колючей щекой к ее гладкой щеке. Он молчал, потому что боялся заговорить. Боялся, что если заговорит, то не сможет сдержать слез.

— Милый, — сказала она. — Ты его взял. Что не так?

— Может быть, ничего, — ответил Ральф. — Может быть, все не так. Я должен был предварительно его допросить. Но я был так уверен!

— Пойдем в дом. Я заварю чай, и ты все мне расскажешь.

— После чая я не смогу заснуть.

Она чуть отстранилась и пристально посмотрела на него. Сейчас, в пятьдесят, ее глаза были такими же темными и красивыми, как в двадцать пять.

— А ты собираешься спать? — Когда он не ответил, она добавила: — Дело закрыто.

Дерек уехал в летний лагерь в Мичигане, так что в доме они были одни. Когда они вошли в кухню, Дженни спросила, хочет ли Ральф посмотреть вечерние новости на местном канале, но Ральф покачал головой. Для полного счастья ему не хватало десятиминутного репортажа о том, как доблестная полиция Флинт-Сити взяла за жабры опасного извращенца. Дженни заварила чай и сделала тосты из сладкого хлеба с изюмом. Ральф уселся за кухонный стол и, глядя на свои руки, рассказал жене все. Эверетта Раундхилла он приберег напоследок.

— Он был зол, как сто чертей, — сказал Ральф. — И поскольку именно я ему перезвонил, то вся его ярость обрушилась на меня.

— То есть он подтвердил алиби Терри?

— До единого слова. Раундхилл встретился с Терри и двумя другими учителями — Квэйдом и Грант — у здания школы. Ровно в десять утра во вторник, как они договаривались. Они приехали в Кэп-Сити и заселились в «Шератон» около одиннадцати сорока пяти, получили свои карточки участников конференции и как раз успели на общий банкет. Раундхилл говорит, что после банкета он потерял Терри из виду примерно на час, но он считает, что с ним был Квэйд. В любом случае в три часа дня они опять собрались все вчетвером. И как раз в это время миссис Стэнхоуп видела, как Терри сажает Фрэнка Питерсона в грязный белый микроавтобус в семидесяти милях к югу от Кэп-Сити.

— Ты говорил с Квэйдом?

— Да. Уже по дороге домой. Он не злился в отличие от Раундхилла, который грозился, что дойдет до министра юстиции и потребует провести полномасштабное расследование. Он просто не верил. Он был потрясен. Он сказал, что после банкета они с Терри пошли в букинистический магазин под названием «Второе издание», посмотрели там книжки, потом вернулись в отель на выступление Кобена.

— А что сказал Грант?

— Грант — это *она*. Дебби Грант. Я ей не дозвонился. Ее муж сказал, что она куда-то ушла с подругами, а когда она ходит встречаться с подругами, то всегда отключает телефон. Я позвоню ей завтра утром. Но я уверен, что она подтвердит слова Раундхилла и Квэйда. — Он откусил маленький кусочек тоста и положил остальное на тарелку. — Это я виноват. Если бы я допросил Терри во вторник вечером, после того, как его опознали Стэнхоуп и девочка Моррисов, мы бы уже тогда поняли, что здесь какая-то неувязка, и эта история не попала бы на телевидение и в Интернет.

— Но у тебя уже были данные по отпечаткам пальцев, и экспертиза уже подтвердила, что это отпечатки Терри Мейтленда, так?

— Да.

— Отпечатки в микроавтобусе, отпечатки на ключе зажигания микроавтобуса, отпечатки в машине, которую он бросил на пристани, на ветке, которой он...

— Да.

— И показания свидетелей. Тот человек у бара «Шорти» и его приятель. И водитель такси. И вышибала в стрип-клубе. Они все его опознали.

— Да, и теперь, когда он арестован, я уверен, что у нас будут и другие свидетели, в тот вечер видевшие его в «Джентльмены, для вас». По большей части холостяки, у которых нет жен и которым не надо никому объяснять, что они делали в клубе. Но я все равно поспешил. Может быть, стоило позвонить в школу, проверить все его передвижения в день убийства, но мне показалось, что это бессмысленно. Сейчас летние каникулы. Что бы мне сказали в школе? «Он в отпуске»?

— И ты боялся, что если начнешь задавать вопросы, он поймет, что вы взяли след.

Раньше это представлялось вполне очевидным, но теперь вдруг показалось глупым. Хуже того: безответственным.

— Я и раньше совершал ошибки, но не такие серьезные. А тут я как будто ослеп.

Дженни решительно покачала головой.

— Помнишь, что я тебе ответила, когда ты описал мне, как планируешь провести задержание?

— Да.

Действуй. Его надо побыстрее изолировать от детей.

Это были ее слова.

Они долго молчали, глядя друг на друга через кухонный стол.

— Это невозможно, — наконец произнесла Дженни.

Ральф навел на нее палец.

— Ты сейчас изложила самую суть проблемы.

Дженни задумчиво отпила чаю, глядя на мужа поверх чашки.

— В древности люди верили, что у каждого есть двойник. У Эдгара Аллана По есть рассказ на эту тему. Называется «Вильям Вильсон».

— Во времена По еще не было дактилоскопии и ДНК-экспертизы. У нас пока нет результатов анализа ДНК, но уже скоро будут. Если они совпадут с его ДНК, значит, это был он и у меня, видимо, все в порядке. Если не совпадут, то меня точно сдадут в психушку. После того как погонят с работы и привлекут к суду за неправомерный арест.

Дженни поднесла было тост ко рту, потом опустила.

— У тебя есть его отпечатки пальцев. И ДНК совпадет, я уверена. Но, Ральф... у тебя нет отпечатков и ДНК из Кэп-Сити. Может быть, Терри Мейтленд убил мальчика *здесь*, а на той конференции был *двойник*?

— Если ты хочешь сказать, что у Терри Мейтленда есть потерявшийся в детстве близнец с точно такими же отпечатками пальцев и ДНК, то это невозможно.

— Я говорю о *другом*. У тебя нет никаких подтвержденных экспертизой доказательств, что в Кэп-Сити был именно Терри. Если Терри был *здесь*, а все улики указывают на это, значит, в Кэп-Сити был кто-то *другой*. Это единственное разумное объяснение.

Ральф понимал ее логику, и в детективных романах, которые Дженни читала запоем — в романах Агаты Кристи, Рекса Стаута или Харлана Кобена, — это была бы кульминация последней главы, когда мисс Марпл, Ниро Вульф или Майрон Болитар разоблачают очередного преступника. Есть один непреложный факт, неопровержимый, как сила тяжести: человек не может находиться в двух местах одновременно.

Но если Ральф доверяет показаниям *здешних* свидетелей, значит, следует доверять и свидетелям, которые утверждают, что Мейтленд был с ними в Кэп-Сити. У него нет оснований не доверять этим людям. Раундхилл, Квэйд и Грант работают с Мейтлендом в одной школе. Они видят его каждый день. Как-то не верится, что трое учителей покрывают насильника и убийцу ребенка. Также не верится, что они провели больше суток в компании двойника, настолько похожего на Мейтленда, что никто ничего не заподозрил. И даже если *он сам* поверит, вряд ли Билл Сэмюэлс убедит в этом присяжных и судей, особенно если у Терри будет такой искусный защитник, как Хоуи Голд.

— Пойдем спать, — сказала Джанет. — Я дам тебе снотворное и помассирую спину. Не зря говорят, утро вечера мудренее.

— Ты так думаешь? — спросил он.

4

Пока Джанет Андерсон массировала мужу спину, Фред Питерсон и его старший сын (теперь, когда Фрэнки не стало, его единственный сын) убирали посуду и приводили в порядок гостиную и кабинет. Хотя это были поминки, последующая уборка совершенно не отличалась от обычной уборки после любого большого семейного торжества.

Олли удивил Фреда. Он был типичным угрюмым подростком, занятым только собой, и обычно даже не убирал свои грязные носки из-под журнального столика, если ему не напомнить трижды, но сегодня он сам вызвался помогать отцу, когда в десять вечера Арлин проводила последних гостей из нескончаемого потока. Ближе к семи друзья и соседи начали потихоньку расходиться, и Фред надеялся, что к восьми все закончится — видит Бог, у него голова разболелась кивать на все заверения, что Фрэнки сейчас на небесах, — но потом пришла новость, что Терри Мейтленда арестовали за убийство Фрэнки, и к ним опять повалили толпы сочувствующих. Эта вторая волна гостей и вправду напоминала гулянку, пусть даже и мрачную. Вновь и вновь Фред выслушивал, что а) в это трудно поверить, б) тренер Ти всегда казался таким *приличным* человеком и в) смертельная инъекция в Макалестере для него слишком мягкое наказание.

Олли носился туда-сюда между гостиной и кухней, собирал стаканы и грязные тарелки и загружал их в посудомоечную машину с таким знанием дела, какого Фред от него никак не ожидал. Когда машина наполнилась, Олли ее запустил, а сам принялся ополаскивать и складывать в раковину оставшиеся тарелки, чтобы отправить их в мойку вторым заходом. Фред собрал всю посуду со стола в кабинете и со столика для пикника на заднем дворе, куда гости ходили курить. Сегодня в доме у Питерсонов побывало не меньше пятидесяти человек: все соседи, сочувствующие из других частей города, отец Брикстон и его многочисленные почитательницы (его *оголтелые фанатки*, подумал Фред) из церкви Святого Антония. Они шли бесконечным потоком, скорбящие и зеваки.

Фред и Олли занимались уборкой молча, каждый был погружен в свои мысли, каждый переживал свое горе. Они столько часов принимали искренние соболезнования — да, справедливости ради надо сказать, что все соболезнования были искренними, даже от незнакомых людей, — что у них уже не осталось душевных сил, чтобы утешить друг друга. Может быть, это странно. Может быть, это печально. Может быть, это и есть пресловутая ирония судьбы. Фред слишком устал и был слишком подавлен, чтобы размышлять об этом.

Все это время мать убитого мальчика сидела на диване в гостиной. Сидела, глядя в одну точку, в своем лучшем шелковом платье, которое надела к приходу гостей, и обнимала себя за полные предплечья, словно ей было холодно. Она не сказала ни слова с тех пор, как последняя гостья — старая миссис Гибсон из соседнего дома, которая вполне предсказуемо ушла позже всех — наконец-то сообразила, что пора и честь знать.

Набралась впечатлений, теперь можно идти домой, сказала Арлин Питерсон мужу, закрыв переднюю дверь на замок и тяжело привалившись к ней.

Арлин Келли была тоненькой, как тростинка, и невероятно красивой в облаке белых кружев, когда предшественник отца Брикстона обвенчал ее с Фредом в церкви Святого Антония. После рождения Олли она осталась такой же красивой и стройной, но это было семнадцать лет назад. А когда родился Фрэнк, она как-то резко начала полнеть и теперь находилась на грани ожирения... хотя Фред по-прежнему считал ее очень красивой, и ему не хватило духу передать ей слова доктора Коннолли, сказанные на последней диспансеризации: *С вашим железным здоровьем, Фред, вы запросто проживете еще лет пятьдесят, если не станете падать с крыши или выскакивать на дорогу перед мчащимся грузовиком, но у вашей жены диабет второго типа, и ей нужно сбросить как минимум полсотни фунтов, чтобы оставаться более-менее здоровой. Вы должны ей помочь. В конце концов, у вас обоих есть ради чего жить.*

Но теперь, когда они потеряли Фрэнки, который не просто умер, а был убит, почти все, ради чего они жили, вдруг оказалось таким несущественным и даже глупым. Единственным, что осталось по-настоящему важным, был их старший сын Олли, и даже в своем неизбывном горе Фред понимал, что им с Арлин надо будет особенно бережно относиться к нему в ближайшие недели и месяцы. Олли тоже скорбел. Сегодня он взял на себя свою долю (и даже больше) уборки после печального ритуала в память о безвременно ушедшем Франклине Викторе Питерсоне, но завтра ему пора начинать вновь становиться мальчишкой. Это случится не сразу, но когда-нибудь он станет прежним. И они с Арлин должны ему в этом помочь.

В следующий раз, когда увижу носки Олли под журнальным столиком, я возрадуюсь всей душой, пообещал себе Фред. *И я прерву это жуткое, неестественное молчание, как только придумаю, что сказать.*

Но ничего подходящего в голову не приходило. Когда Олли зашел в кабинет, волоча за собой пылесос — вяло и безучастно, словно спал на ходу, — Фред подумал (не подозревая о том, как сильно ошибается), что хуже уже точно не будет.

Стоя в дверях кабинета, он наблюдал, как Олли пылесосит ковер все с той же необъяснимой сноровкой, которой никто бы в нем не заподозрил. Крошки от крекеров и сладкого печенья исчезали бесследно, будто их и не было вовсе, и Фред наконец-то нашел, что сказать:

— А я тогда займусь гостиной.

— Да мне не трудно, — ответил Олли. Его глаза были красными и припухшими. При довольно значительной разнице в возрасте — семь лет — Олли и Фрэнки были на удивление близки. Хотя, может быть, ничего удивительного в этом не было. Может быть, именно благодаря этой разнице между братьями не возникло соперничества, и Олли стал для Фрэнки кем-то вроде второго отца.

— Я знаю, — сказал Фред. — Но мы разделим работу поровну.

— Хорошо. Только не говори мне, что так хотел бы Фрэнки. Иначе мне придется тебя задушить шлангом от пылесоса.

Фред улыбнулся. Может быть, это была не первая его улыбка после того, как в прошлый вторник в их дверь постучал полисмен, но, наверное, первая искренняя.

— Договорились.

Олли закончил с ковром в кабинете и передал пылесос отцу. Когда Фред включил пылесос в гостиной, Арлин поднялась с дивана и, ни на кого не глядя, ушла в кухню. Фред с Олли переглянулись. Олли пожал плечами. Фред тоже пожал плечами и продолжил уборку. Люди пришли поддержать Питерсонов в их горе, и Фред был искренне им благодарен, но, боже правый, какой же они оставили бардак! Он утешал себя мыслью, что было бы намного хуже, если бы здесь проходили ирландские поминки, но Фред бросил пить после рождения Олли, и с тех пор у них дома вообще не держали спиртного.

Из кухни донесся неожиданный звук: смех.

Фред с Олли снова уставились друг на друга. Олли бросился в кухню, где смех его матери — поначалу вполне естественный и нормальный — уже перешел в истерический хохот. Фред быстро выключил пылесос и поспешил следом за сыном.

Арлин Питерсон стояла, прислонившись к кухонной раковине, и рыдала от смеха, держась за свой необъятный живот. Ее лицо было красным, как при очень высокой температуре. По щекам текли слезы.

— Мама? — встревоженно спросил Олли. — Что с тобой?

Хотя Фред и Олли более-менее привели в порядок гостиную и кабинет, здесь, на кухне, работы еще оставался непочатый край. Разделочные столы по обеим сторонам раковины и обеденный стол в угловой нише были заставлены недоеденными запеканками и пирогами, пластиковыми контейнерами с салатами и остатками самых разных кушаний, завернутых в алюминиевую фольгу. На плите стояло блюдо с частично съеденной курицей и большой соусник с засохшей подливой, похожей на бурую грязь.

— Жратвы нам хватит на месяц! — выдавила Арлин сквозь смех. Она согнулась пополам, захлебываясь от хохота, потом резко выпрямилась. Ее щеки стали почти фиолетовыми. Ярко-рыжие волосы, унаследованные старшим сыном, стоявшим сейчас перед ней, и младшим, который лежал в земле, выбились из-под заколок и разметались вокруг ее побагровевшего лица кудрявой короной. — Плохие новости: Фрэнки мертв! Хорошие новости: мне теперь не придется ходить в магазин *еще... очень... долго!*

Она взвыла от смеха. Этот звук был бы уместен в психушке, а не у них на кухне. Фред понимал, что надо как-то ее успокоить, подойти и обнять, однако ноги не слушались. Они словно приросли к полу. Первым с места сдвинулся Олли. Но не успел он приблизиться к матери, как она запустила в него недоеденной курицей. Олли пригнулся. Курица пролетела через всю кухню, роняя кусочки начинки, и ударилась в стену с противным влажным хрустом. На стене под часами осталось большое жирное пятно.

— Мама, не надо. Хватит.

Олли попытался обнять ее за плечи, но она вырвалась, метнулась к разделочному столу, по-прежнему завывая от смеха, схватила двумя руками тарелку с лазаньей — принесенную кем-то из почитательниц отца Брикстона — и вывалила ее содержимое себе на голову. Холодные макароны запутались у нее в волосах и рассыпались по плечам. Саму тарелку Арлин зашвырнула в гостиную.

— *Фрэнки мертв, а у нас тут гребаный итальянский буфет!*

Фред все же заставил себя шагнуть к жене, но она увернулась и от него тоже. Она смеялась, как разгоряченная, перевозбужденная девчонка, играющая в салки. Она схватила пластиковый контейнер с маршмэллоу. Начала поднимать, но уронила его себе под ноги. Смех резко оборвался. Арлин схватилась за левую грудь, одной рукой приподняв ее снизу, а второй прижав сверху. Растерянно посмотрела на мужа широко распахнутыми, полными слез глазами.

Эти глаза, подумал Фред. *Я когда-то влюбился в эти глаза.*

— Мама? Мама, что с тобой?

— Ничего, — сказала она и добавила после секундной паузы: — Кажется, что-то с сердцем. — Она наклонилась, глядя на курицу и маршмэллоу под ногами. С ее волос посыпались макароны. — Смотрите, что я наделала.

Арлин резко вдохнула, судорожно хватая ртом воздух. Фред попытался ее подхватить, но она была слишком тяжелой, и он ее не удержал. Еще до того, как Арлин осела на пол, ее щеки побелели.

Олли закричал и упал рядом с ней на колени.

— Мама! Мама! *Мама!* — Он испуганно обернулся к отцу. — Кажется, она не дышит!

Фред оттолкнул сына:

— Звони в «Скорую».

Больше не глядя на Олли, Фред положил руку на шею жены и попытался нащупать пульс. Пульс был, но сбивчивый, нехороший: *тук-тук, туктуктук, тук-туктук*. Фред оседлал Арлин, обхватил правой рукой свое левое запястье и принялся ритмично давить ей на грудь. Он не знал, правильно делает или нет. Так ли делают непрямой массаж сердца? Он совершенно в этом не разбирался, но когда Арлин открыла глаза, его собственное сердце подпрыгнуло к горлу и бешено заколотилось. Арлин очнулась, и теперь все будет хорошо.

Это не сердечный приступ. Она просто перевозбудилась. И потеряла сознание. Кажется, это называется истерический обморок. Но мы посадим тебя на диету, моя дорогая, и на день рождения я тебе подарю специальный браслет для подсчета...

— Я намусорила, — прошептала Арлин. — Извини.

— Не разговаривай, береги силы.

Олли уже звонил в «Скорую», с телефона на кухне. Он говорил быстро и громко, почти кричал. Диктовал адрес. Просил поторопиться.

— Вам придется опять убираться в гостиной, — сказала Арлин. — Прости меня, Фред. Мне очень жаль.

Но прежде чем Фред успел повторить, что ей не надо сейчас разговаривать, а надо просто лежать, пока она не почувствует себя лучше, Арлин сделала еще один шумный, судорожный вдох, а на выдохе вдруг обмякла. Ее глаза закатились, показались налитые кровью белки, превратившие ее лицо в застывшую маску смерти из фильма ужасов. Фред потом будет пытаться забыть это жуткое зрелище, но тщетно.

— Папа? Они уже едут. С ней все в порядке?

Фред не ответил. Он продолжал свою бестолковую реанимацию, горько жалея о том, что так и не выбрал время пойти на курсы оказания первой помощи. В его жизни вдруг оказалось так много всего, о чем он жалел. Сейчас он отдал бы свою бессмертную душу за возможность вернуться в прошлое. Всего на одну паршивую неделю.

Нажать, отпустить. Нажать, отпустить.

Все будет хорошо, мысленно говорил он жене. *С тобой все будет хорошо. Не может быть, чтобы твоими последними словами стало «Мне очень жаль». Я этого не допущу.*

Нажать, отпустить. Нажать, отпустить.

5

Марси Мейтленд с радостью согласилась взять Грейс в постель, едва та спросила, можно ли ей сегодня спать с матерью, но когда Марси предложила Саре присоединиться к ним, старшая дочь покачала головой.

— Ладно, — сказала Марси. — Но если вдруг передумаешь, приходи.

Прошел час, потом второй. Самая страшная в жизни Марси суббота перетекла в самое страшное воскресенье. Она размышляла о Терри, который сейчас должен был лежать рядом и крепко спать (может быть, ему снился бы предстоящий финал чемпионата Городской молодежной лиги; после победы над «Медведями» у «Драконов» были хорошие шансы взять кубок). Но Терри в тюрьме. Наверное, тоже не спит? Да, конечно, не спит.

Она знала, что предстоит трудное время, но Хоуи им поможет. Хоуи восстановит справедливость. Терри однажды сказал ей, что старина Хоуи Голд — лучший адвокат защиты на всем юго-западе и когда-нибудь ему точно предложат должность в Верховном суде штата. С учетом железного алиби Терри Хоуи просто не может не выиграть дело. Но каждый раз, когда Марси пыталась утешить себя этой мыслью и даже почти засыпала, она вспоминала Ральфа Андерсона, этого подлеца и Иуду, которого считала другом, и вся сонливость сходила на нет. Когда все закончится, они подадут в суд на полицию Флинт-Сити за неправомерный арест, незаконное заключение под стражу, очернение репутации и унижение человеческого достоинства — Хоуи подскажет, за что еще, — и когда Хоуи начнет свою массированную атаку, Марси позаботится о том, чтобы Ральф Андерсон оказался в зоне обстрела. Можно ли подать иск лично против него? Засудить его так, чтобы он лишился работы и всего, что имеет? Она очень надеялась, что да. Она очень надеялась, что им удастся пустить Ральфа по миру, и его женушку тоже, и их сыночка, с которым столько возился Терри, — чтобы они побирались на улицах с миской для подаяний. Конечно, в нынешние прогрессивные и вроде как просвещенные времена что-то подобное вряд ли возможно, но Марси нравилось представлять, как эти трое, облаченные в завшивленное рванье, нищенствуют на улицах Флинт-Сити, и эта картина, опять же, никак не давала заснуть, отзываясь в сознании яростью и злорадством.

Часы на прикроватном столике показывали четверть третьего, когда в дверях появилась ее старшая дочь в огромной футболке «Оки-Сити тандер», из-под которой четко виднелись ее ноги.

— Мам? Ты спишь?

— Нет, не сплю.

— Можно к тебе?

Марси откинула легкое одеяло и подвинулась. Сара прилегла рядом и, когда Марси ее обняла и поцеловала в макушку, горько расплакалась.

— Тише, не плачь. А то разбудишь сестренку.

— Я не могу не плакать. Я все думаю о тех наручниках. Извини.

— Тогда плачь тихонько.

Марси обнимала дочь, пока та не затихла. Минут через пять она решила, что Сара уснула, и сама попыталась заснуть. Теперь, когда обе дочери были рядом, может быть, у нее получится хоть немного поспать. Но потом Сара перевернулась на другой бок, лицом к маме. Ее мокрые глаза блестели в темноте.

— Его ведь не посадят в тюрьму?

— Конечно, нет, — ответила Марси. — Он не сделал ничего плохого.

— Но невиновных людей *тоже* сажают в тюрьму. Иногда они сидят в тюрьме много лет, пока кто-нибудь не докажет, что они ни в чем не виноваты. И они выходят на волю уже совсем *старыми*.

— С твоим папой такого не произойдет. Он был в Кэп-Сити, когда случилось... то, за что его арестовали.

— Я знаю, за что его арестовали, — сказала Сара, вытирая глаза. — Я не *глупая*.

— Конечно, нет, солнышко.

Сара беспокойно заворочалась.

— Наверное, у них были причины.

— Может быть, они думают, что у них есть причины. Но они ошибаются. Мистер Голд им все объяснит, и папу отпустят.

— Хорошо. — Долгая пауза. — Но я не хочу ходить в летний лагерь, пока все не закончится. И Грейси тоже не надо туда ходить.

— Вас никто не заставляет ходить в лагерь. Пока побудете дома, а осенью, когда начнется учебный год, все это станет лишь воспоминанием.

— Плохим воспоминанием, — сказала Сара и шмыгнула носом.

— Да, согласна. А теперь давай спать.

Сара заснула. Марси, согретая присутствием обеих дочерей, тоже заснула, но ей снились плохие сны. В этих снах Терри опять и опять уводили те двое полицейских, и Байбир Пател беззвучно плакал, а Гэвин Фрик стоял потрясенный и не верил в происходящее.

6

До полуночи в окружной тюрьме было шумно, как в зоопарке во время кормежки: пьяные горланили песни, пьяные горько рыдали, пьяные стояли у решеток и громко переговаривались друг с другом. Кажется, где-то завязалась драка, хотя Терри не понимал, как такое может быть: все камеры были одиночными. Разве что драчуны лупили друг друга через решетку. Где-то в дальнем конце коридора какой-то мужик во весь голос выкрикивал первую фразу шестнадцатого стиха третьей главы Евангелия от Иоанна:

— *Ибо так возлюбил Бог мир! Ибо так возлюбил Бог мир! Ибо так возлюбил Бог НАШ ГРЕБАНЫЙ МИР!*

Пахло мочой, говном, каким-то едким дезинфицирующим средством и макаронами с жирным соусом, которые, видимо, были на ужин.

Я впервые в жизни попал в тюрьму, изумлялся Терри. *Прожил на свете сорок лет и угодил в тюрьму, в тюрягу, за решетку, в каменный мешок. Подумать только.*

Ему хотелось испытать злость и гнев, *праведный* гнев, и, наверное, завтра гнев все-таки грянет — завтра, когда взойдет солнце и пошатнувшийся мир снова встанет на место, — но сейчас, в три часа ночи с субботы на воскресенье, когда пьяные вопли и песни сменились храпом, пердежом и редкими стонами, Терри чувствовал только стыд. Как будто он *и вправду* сделал что-то плохое. Вот только если бы он действительно сделал то, в чем его обвиняли, он бы не чувствовал никакого стыда. Будь он чудовищем или больным извращенцем, способным сотворить с ребенком такую мерзость, он бы чувствовал только отчаяние зверя, попавшегося в капкан и готового сказать и сделать все, что угодно, лишь бы вырваться на свободу. Или нет? Откуда ему знать, что мог бы думать и чувствовать такой человек? С тем же успехом можно пытаться понять, что творится в голове космического пришельца.

Он не сомневался, что Хоуи Голд его вытащит. Даже теперь, в самый темный, в самый глухой ночной час, все еще пребывая в растерянности после того, как его жизнь изменилась за считаные минуты, он в этом не сомневался. Но он понимал, что ему никогда не отмыться до конца. Его отпустят с извинениями — если не завтра, то на суде в понедельник, если не на суде, то на следующем этапе, видимо, это будет слушание Большого жюри в Кэп-Сити, — но он знал, что увидит в глазах своих учеников, когда в следующий раз войдет в класс, и, вероятно, на его карьере детского спортивного тренера можно будет поставить крест. Руководящие органы наверняка отыщут какой-нибудь благовидный предлог, чтобы снять его с должности, если он не уйдет сам. Потому что после таких обвинений ему уже никогда не быть полностью невиновным в глазах соседей в Вест-Сайде, в глазах всего города. Для всех он останется человеком, которого арестовали за убийство Фрэнка Питерсона. Человеком, за чьей спиной люди будут шептаться: *Нет дыма без огня.*

Будь он один, он бы как-нибудь справился. Что он всегда говорит своим мальчишкам, когда те возмущаются, что судья не прав? *Успокоились, собрались и играем. Играем дальше.* Но дело в том, что не ему одному надо собраться и играть дальше. Клеймо останется и на Марси. Косые взгляды и шепоток за спиной на работе и в бакалейной лавке. Подруги, которые вдруг перестанут звонить. За исключением, может быть, Джейми Мэттингли, но у него были сомнения даже насчет нее.

И у него есть две дочери. Сара и Грейс станут либо изгоями, либо мишенями для злых изощренных насмешек, на которые способны только дети их возраста. Он надеялся, что Марси хватит ума держать девчонок поближе к себе, пока не закончится этот кошмар — пусть лишь для того, чтобы не подпускать к ним репортеров, — но даже осенью, после того, как его оправдают, на них все равно останется черная метка. *Видите этих девчонок? Их папу арестовали за то, что он убил мальчика и засунул ему в задницу палку.*

Он лежал на своей койке. Смотрел в темноту. Вдыхал тюремную вонь. Размышлял: *Нам придется уехать. Может быть, в Талсу. Может быть, в Кэп-Сити. А может, и вовсе в Техас. Наверняка мне удастся устроиться на работу, пусть и не тренером по бейсболу, футболу или баскетболу. У меня хорошие рекомендации. Меня не могут не взять на работу, хотя бы опасаясь иска о дискриминации.*

Вот только арест — и причина ареста — будут следовать за ними повсюду, как шлейф густой вони. Особенно это коснется его дочерей. Хватит и одного «Фейсбука», чтобы их отследить и навсегда заклеймить позором. *Отцу этих девчонок сошло с рук убийство.*

Он понимал, что не надо об этом думать. Сейчас надо отставить все мрачные мысли и попытаться хотя бы немного поспать. И ему не должно быть стыдно за себя лишь потому, что кто-то другой — Ральф Андерсон, если точнее — совершил ужасную ошибку. Посреди ночи подобные вещи всегда представляются хуже, чем есть. Вот о чем следует помнить. К тому же в его нынешнем положении — он сидит в камере окружной тюрьмы, обряженный в мешковатую арестантскую робу с надписью УИН* на спине, — его страхи неминуемо разрастутся до размеров колесной платформы на уличных шествиях. Утром все будет казаться не таким мрачным. Он был в этом уверен.

Да.

Но ему все равно было стыдно.

Терри спрятал лицо в ладонях.

7

Хоуи Голд проснулся в половине седьмого. Не потому, что у него были какие-то дела в это воскресное утро, и не потому, что ему нравилось рано вставать. Как у многих мужчин после шестидесяти, его предстательная железа увеличилась вместе с пенсионным счетом, а мочевой пузырь, кажется, дал усадку вместе с либидо. Он бы, может, поспал и подольше, но стоило только открыть глаза, как его мозг рванул с места в карьер, и заснуть снова не получилось бы при всем желании.

Стараясь не потревожить Элейн, которая еще спала и видела сны — будем надеяться, что хорошие, — он тихонько поднялся с кровати и прошлепал босиком в кухню, чтобы сварить себе кофе и проверить сообщения на мобильном. Вчера перед тем, как лечь спать, он оставил телефон на кухонном столе, предварительно отключив звук. Ночью, в 01:12, пришло сообщение от Алека Пелли.

Хоуи как раз уселся за стол с чашкой кофе и миской хлопьев с изюмом, когда в кухню, зевая, вошла Элейн.

— Доброе утро, милый. Все хорошо?

— Время покажет. А пока ждем... Хочешь, сделаю тебе яичницу?

---

* Управление исполнения наказаний. — *Здесь и далее, кроме особо оговоренных случаев, примеч. пер.*

— Он предлагает мне завтрак. — Элейн налила себе кофе. — Поскольку сегодня не мой день рождения и не День святого Валентина, это кажется подозрительным.

— Мне нужно как-то убить время. Пришло сообщение от Алека, но он просит звонить не раньше семи.

— Хорошие новости или плохие?

— Не знаю. Так ты будешь яичницу?

— Да. Из двух яиц. Только глазунью, а не болтунью.

— Ты же знаешь, что я всегда разбиваю желтки.

— Поскольку я буду сидеть и смотреть, то, так и быть, воздержусь от критических замечаний. И еще я бы не отказалась от тоста.

Как ни странно, но разбился только один желток. Хоуи поставил тарелку на стол, и Элейн сказала:

— Если этого мальчика убил Терри Мейтленд, значит, мир сошел с ума.

— Мир *давно* сошел с ума, — ответил Хоуи. — Но Терри его не убивал. У Терри есть алиби, крепкое, как буква «С» на груди Супермена.

— Тогда почему его арестовали?

— Потому что они уверены, что у них есть доказательства, крепкие, как буква «С» на груди Супермена.

Она на секунду задумалась.

— Необоримая сила встретила недвижимый объект?

— Ни того ни другого не существует, дорогая.

Хоуи посмотрел на часы. Без пяти семь. Наверное, уже можно звонить. Он набрал мобильный номер Алека.

Алек ответил после третьего гудка.

— Ты слишком рано, а я сейчас бреюсь. Можешь перезвонить через пять минут? Иными словами, ровно в семь, как я и просил.

— Нет, — сказал Хоуи. — Но я подожду, когда ты сотрешь пену с лица. Со стороны того уха, у которого держишь телефон. Как тебе такой вариант?

— Ты суровый начальник, — заметил Алек, но добродушно, несмотря на ранний час и на то обстоятельство, что его отрывают от дела, которым большинство мужчин предпочитают заниматься в тишине и спокойствии, наедине с собственными мыслями. Что дало Хоуи надежду. У него уже был неплохой материал для работы, но дополнительное подспорье никогда не помешает.

— Хорошие новости или плохие?

— Дай мне пару секунд, ладно? У меня весь телефон в этой дряни.

Алек провозился чуть дольше, секунд пять-шесть, но ожидание окупилось с лихвой.

— Новости хорошие, шеф. Для нас — хорошие, для прокурора — плохие. Очень плохие.

— Ты просмотрел видеозаписи из отеля? Много ли там кадров и со скольких камер?

— Записи я просмотрел, кадров много. — Алек выдержал паузу, и Хоуи понял, что тот улыбается. Это чувствовалось по голосу. — Но есть кое-что получше. И *намного*.

8

Джанет Андерсон проснулась в четверть седьмого и обнаружила, что муж уже встал. В кухне пахло свежим кофе, но Ральфа там не было. Дженни выглянула в окно и увидела, что он сидит за столиком для пикников на заднем дворе — по-прежнему в своей полосатой пижаме — и пьет кофе из большой синей кружки, которую подарил ему Дерек на прошлый День отца. На боку кружки было написано: «У ВАС ЕСТЬ ПРАВО ХРАНИТЬ МОЛЧАНИЕ, ПОКА Я ПЬЮ КОФЕ». Дженни налила кофе себе, вышла во двор к мужу и поцеловала его в щеку. Днем наверняка будет жарко, но сейчас, ранним утром, на улице было прохладно, свежо и приятно.

— Все размышляешь об этом деле? Оно никак тебя не отпускает?

— Оно еще долго нас не отпустит, — сказал Ральф. — Всех, кто им занимался.

— Сегодня воскресенье, — заметила Дженни. — День отдыха. И тебе нужно как следует отдохнуть. Мне не нравится, как ты выглядишь. Если верить статье, которую я прочла на прошлой неделе в «Нью-Йорк таймс», в разделе «Здоровье», ты — кандидат на сердечный приступ.

— Умеешь ты подбодрить человека.

Она вздохнула.

— Чем займешься в первую очередь?

— Свяжусь с той учительницей, Деборой Грант. Просто для галочки. Я уверен, она подтвердит, что Терри был с ними в Кэп-Сити. Хотя не исключено, что она заметила что-то странное. Что-то, чего не заметили Раундхилл и Квэйд. Женщины более наблюдательны.

Дженни сочла эту идею сомнительной, может быть, даже сексистской, но сейчас было не время спорить. Она решила вернуть разговор к вчерашней теме.

— Терри был *здесь*. Он *совершил* преступление. Но все равно надо проверить Кэп-Сити. Нужны какие-то вещественные доказательства. Как я понимаю, образцов ДНК вы уже не найдете. Но отпечатки пальцев?

— Можно попробовать снять отпечатки в номере, где останавливались Мейтленд и Квэйд. Но они уехали в среду утром. После них в номере была уборка, и туда въехал кто-то другой. Возможно, не один раз.

— Однако проверить все-таки не помешает. Бывают добросовестные горничные, но большинство просто перестилают постели, быстренько протирают журнальный столик и называют это уборкой. Что, если вы обнаружите отпечатки мистера Квэйда, но ни одного отпечатка Терри Мейтленда?

Ральфу понравилось, как загорелись ее глаза — вспыхнули азартом начинающего детектива, — и ему было жаль, что придется его приглушить.

— Это ничего не докажет. Хоуи Голд заявит в суде, что *отсутствие* отпечатков не является доказательством вины, и будет прав.

Она обдумала его слова.

— Ладно, но мне все равно кажется, что надо проверить номер в отеле и собрать все отпечатки, какие есть. Ты можешь это устроить?

— Да. И это хорошая мысль. — По крайней мере еще одна галочка. — Я выясню, в каком номере они останавливались, и если он сейчас занят, попытаюсь уговорить администрацию «Шератона» переселить тех постояльцев в какой-нибудь другой номер. Думаю, они пойдут нам навстречу и не станут мешать следствию. Мы снимем все отпечатки, какие найдем. Но больше всего меня интересует запись с камер видеонаблюдения в дни конференции. Детектив Сабло — он возглавляет расследование от полиции штата — вернется в город только сегодня вечером, так что, наверное, мне придется поехать туда самому. Человек Голда и так уже опередил нас на много часов, но тут ничего не поделаешь.

Она взяла его за руку.

— Только пообещай мне, что хоть на минутку сможешь забыть о делах и насладиться сегодняшним днем. Это единственный день, который есть у тебя сегодня.

Он улыбнулся и легонько сжал ее руку.

— Я все думаю об этих автомобилях, которыми Мейтленд пользовался во вторник. Когда похищал Питерсона и когда уезжал из города.

— Микроавтобус «эконолайн» и «субару».

— Да. С «субару» все более-менее ясно. Его угнали с муниципальной стоянки. Такие угоны — обычное дело в последнее время. Эти новые бесключевые замки зажигания — лучшие друзья угонщиков. Когда в замке нет ключа, а твои мысли заняты чем-то другим — а мысли всегда чем-то заняты, мы все вечно в делах и заботах, — легко забыть электронный брелок в машине. Особенно если слушаешь музыку в наушниках или разговариваешь по телефону. Машина, может, и пискнет, но ты все равно не услышишь. Владелица «субару» — Барбара Ниринг — оставила свой брелок в подстаканнике, а парковочный талон — на приборной доске. Она приехала в восемь утра, а когда вышла с работы в пять вечера, машину уже увели.

— А вахтер на стоянке не помнит, кто на ней уезжал?

— Конечно, нет. Это большая пятиэтажная стоянка, там постоянно кто-то приезжает, а кто-то уезжает. На выезде установлена видеокамера, но они хранят записи не больше двух суток. А вот микроавтобус...

— Что с микроавтобусом?

— Он принадлежит некоему Карлу Джеллисону, плотнику и разнорабочему из Спейтенкилла, штат Нью-Йорк. Это маленький городок между Поукипзи и Нью-Палцем. У него самый обычный замок зажигания, и владелец не забывал в нем ключа. Но был запасной ключ, в магнитной коробочке под задним бампером. Кто-то нашел эту коробку и угнал микроавтобус. Билл Сэмюэлс считает, что вор приехал из штата Нью-Йорк в Кэп-Сити... или в Даброу... или даже сюда, во Флинт-Сити... и бросил микроавтобус с ключом в замке. Терри его обнаружил, снова угнал и где-то спрятал. Может, в каком-то сарае за городом. Видит бог, у нас вокруг много заброшенных ферм. Как в две тысячи восьмом начали закрывать нефтяные вышки, так с тех пор народ и разъезжается кто куда. Потом Терри оставил микроавтобус на стоянке у «Шорти» с ключом в замке. Наверное, надеялся — и вполне обоснованно, — что его угонят по третьему разу.

— Только его не угнали, — сказала Дженни. — Вы его конфисковали. Вместе с ключом. А на ключе нашли отпечатки пальцев Терри Мейтленда.

Ральф кивнул.

— Там *везде* отпечатки. Этому микроавтобусу десять лет, и последние лет пять его точно не мыли внутри. Если вообще когда-нибудь мыли. Мы уже идентифицировали многие отпечатки: Джеллисон, его сын, жена, двое парней из его плотницкой бригады. Еще в четверг нам переслали все данные из полиции штата Нью-Йорк, благослови их Господь. От других штатов, от *большинства* штатов, мы бы ждали их до сих пор. И конечно, там есть отпечатки Терри Мейтленда и Фрэнка Питерсона. Четыре отпечатка Питерсона — на внутренней стороне пассажирской двери. Поверхность изрядно засаленная, и они четкие, как новая монетка. Вероятно, уже на стоянке у Хенли-парка Терри пытался вытащить мальчика из кабины, а тот сопротивлялся и хватался за дверь.

Дженни поморщилась.

— Есть и другие, пока не опознанные отпечатки. Мы передали их в общую базу еще в среду утром, но не факт, что удастся их идентифицировать. Видимо, какие-то отпечатки принадлежат первому вору, угнавшему микроавтобус из Спейтенкилла. А все остальные могут принадлежать кому угодно, от приятелей Джеллисона до автостопщиков, которых вор подбирал по пути. Но самые свежие — отпечатки Мейтленда и Питерсона. Первый угонщик меня не волнует, хотя *хотелось бы* знать, где он бросил микроавтобус. — Ральф помолчал и добавил: — Знаешь, все это странно.

— Странно, что Терри не стер отпечатки?

— Не только это. Зачем он вообще угнал микроавтобус и «субару»? Зачем угонять чьи-то машины, чтобы вроде как замести следы, если собираешься открыто расхаживать по всему городу? Он же совсем не скрывался.

Дженни слушала мужа с нарастающей тревогой. Будучи его женой, она не могла задать вопрос, который напрашивался сам собой: «Если ты сомневался, то зачем было арестовывать его прямо на стадионе? Зачем было так торопиться?» Да, она поддержала Ральфа и одобрила его решение, может быть, даже чуть-чуть подтолкнула к нему, но у нее не было всей информации. *Свой вклад, пусть и малый, я все же внесла*, подумала она... и снова поморщилась.

Словно прочитав ее мысли (а после четверти века совместной жизни Ральф, возможно, и вправду научился читать ее мысли), он сказал:

— Я не жалею о сделанном, если вдруг ты об этом подумала. Мы все обсудили с Биллом Сэмюэлсом. Он говорит, что не надо искать смысла в действиях Мейтленда. Потому что смысла может и *не быть*. Сэмюэлс говорит, что Терри сделал все именно так, как сделал, потому что у него сорвало крышу. Побуждение к преступлению — *потребность* в преступлении, хотя на суде я бы не стал употреблять эту формулировку — копилось в нем уже давно. Похожие случаи известны. Билл говорит, Терри планировал что-то такое и постепенно готовился, но в прошлый втор-

ник увидел Фрэнка Питерсона на стоянке у магазина, и все
его планы полетели к чертям. У него что-то замкнуло
в мозгах, и доктор Джекил превратился в мистера Хайда.

— Сексуальный садист, впавший в неистовство, —
пробормотала она. — Терри Мейтленд. Тренер Ти.

— Это все объясняет, — чуть ли не с вызовом произнес Ральф.

Она могла бы ответить: *Может быть, и объясняет. Но
потом-то, насытившись, он должен был успокоиться. Об
этом вы с Биллом не думали? Почему он все равно не стер
свои отпечатки и, как ты верно заметил, открыто расхаживал по всему городу? Это действительно очень странно.*

— В микроавтобусе кое-что обнаружилось. Под водительским сиденьем, — сказал Ральф.

— Да? И что же?

— Клочок бумаги. Похоже, обрывок меню. Это может
быть никак не связано с нашим делом, но мне все-таки
хочется изучить его. Я уверен, его положили вместе с другими вещественными доказательствами. — Ральф вылил
остатки кофе на землю и поднялся из-за стола. — Но первым делом хотелось бы просмотреть записи с камер
в «Шератоне». За вторник и среду. И записи с камер того
ресторана, где Терри, как он утверждает, ужинал в большой компании учителей.

— Если там будут хорошие крупные планы его лица,
пришли мне скриншоты, — сказала Дженни и, увидев,
как Ральф удивленно приподнял брови, добавила: —
Я давно знаю Терри, и если в Кэп-Сити был кто-то другой, я это сразу пойму. — Она улыбнулась. — Женщины
наблюдательнее мужчин. Ты сам так сказал.

9

Сара и Грейс Мейтленд почти не притронулись к завтраку. Хуже того, они не притащили за стол свои телефоны и мини-планшеты. Полиция не отобрала у них
электронные устройства, но утром девчонки включили их

на пять минут, а потом сразу выключили и оставили наверху, у себя в комнатах. Что бы они ни увидели в новостях и социальных сетях, им не хотелось читать дальше. После завтрака Марси пошла в гостиную и выглянула в окно. На улице стояли патрульная машина полиции Флинт-Сити и два фургончика местного телевидения. Марси задернула шторы. Впереди был целый день. Долгий пустой день. И она совершенно не представляла, чем его занять.

Ответ пришел со звонком Хоуи Голда. Он позвонил в четверть девятого, и его голос звучал на удивление бодро.

— После обеда поедем к Терри. Вместе. Обычно посетители допускаются только по предварительному уведомлению за двадцать четыре часа, с письменного разрешения начальника тюрьмы, но я пробился сквозь эти бюрократические препоны. Хотя все равно получил разрешение только на бесконтактное свидание. Его держат в крыле особо строгого режима. Это значит, мы будем общаться с ним через стекло. Но все не так страшно, как показывают в кино. Ты увидишь.

— Ладно. — У Марси перехватило дыхание. — Во сколько?

— Я заеду за тобой в половине второго. Подготовь его лучший костюм и какой-нибудь темный галстук. Это для завтрашнего суда. Можешь собрать ему что-нибудь вкусное. Фрукты, орехи, конфеты. Сложи все в прозрачный пакет, поняла?

— Да. А девочки? Они тоже...

— Нет, девочки останутся дома. В окружной тюрьме детям не место. Найди кого-нибудь, кто за ними присмотрит. На случай, если репортеры совсем обнаглеют. И скажи им, что все хорошо.

Марси не знала, кого попросить посидеть с девочками. После вчерашнего ей не хотелось опять беспокоить Джейми, которая и так очень им помогла. Но у дома дежурит полиция, и если их попросить, они же сумеют сдержать репортеров? Да, наверное.

— А все хорошо? Правда?

— Думаю, да. Алек Пелли расколошматил в Кэп-Сити большую пиньяту, и все призы достались нам. Сейчас я пришлю тебе ссылку. Сама решай, показывать девочкам или нет. Но лично я показал бы.

Спустя пять минут Марси, Сара и Грейс уже сидели на диване в гостиной, глядя в мини-планшет Сары. Конечно, большой экран был бы лучше, но полиция конфисковала компьютер Терри и оба ноутбука. Впрочем, и на планшете все было видно. Вскоре все трое смеялись, кричали от радости и хлопали друг друга по ладоням.

Это не просто свет в конце тоннеля, подумала Марси. *Это, черт возьми, целая радуга.*

10

Тук-тук-тук.

Сначала Мерл Кессиди подумал, что этот стук ему снится. Мерлу часто снились кошмары, в которых отчим готовился задать ему взбучку. У этого лысого гада была привычка стучать по кухонному столу сначала костяшками пальцев, потом — кулаком, задавая вопросы, неизменно ведущие к новой порции традиционных вечерних побоев: *Где ты шлялся? Зачем ты носишь часы, если вечно опаздываешь на ужин? Почему матери не помогаешь? Зачем тащишь в дом столько книг, если вообще не садишься делать чертовы уроки?* Если мама пыталась протестовать, он ее не слушал. Если пыталась вмешаться, он ее грубо отталкивал. А потом этот кулак, с нарастающей силой стучавший по столу, обрушивался на Мерла.

Тук-тук-тук.

Мерл открыл глаза, чтобы вырваться из кошмарного сна, и успел подумать с горькой иронией: он в полутора тысячах миль от своего вечно сердитого отчима, как минимум в полутора тысячах миль... и все равно близко-близко. В каждом сне, каждую ночь напролет. Впрочем, с тех пор как он сбежал из дома, ему редко удавалось поспать целую ночь.

Тук-тук-тук.

Это был полицейский. Постукивал своей дубинкой. Терпеливо, беззлобно. Он махнул Мерлу свободной рукой, мол, опусти-ка стекло.

Спросонья Мерл не сразу сообразил, где находится. Потом увидел большой гипермаркет на другой стороне огромной стоянки, почти пустой в этот ранний час, и тут же все вспомнил. Эль-Пасо. Он в Эль-Пасо. В баке его теперешнего «бьюика» почти не осталось бензина, а в кошельке почти не осталось денег. Мерл заехал на стоянку у гигантского «Уолмарта», чтобы пару часов поспать. В надежде, что утром придумает, что делать дальше. Но теперь, вероятно, никакого «дальше» уже не будет.

Тук-тук-тук.

Мерл опустил стекло.

— Доброе утро, офицер. Я поздно выехал из дома, понял, что засыпаю прямо за рулем, и заехал сюда, чтобы чуть-чуть подремать. Я думал, так можно. Но если нельзя, прошу меня извинить.

— Какой вежливый молодой человек. — Полицейский улыбнулся, и у Мерла на миг появилась надежда. Улыбка была приветливой. — Многие так делают. Хотя в основном взрослые люди, а не четырнадцатилетние пацаны.

— Мне восемнадцать, просто я мелковатый для своего возраста. — Но Мерл вдруг почувствовал невероятную усталость, никак не связанную с недосыпом, накопившимся за последние недели.

— Да-да, а меня все принимают за Тома Хэнкса. Иногда даже просят автограф. Покажите, пожалуйста, ваши права и документы на машину.

Еще одна попытка. Слабая, как последняя предсмертная конвульсия.

— Они были в куртке. А куртку украли, пока я ходил в туалет. В «Макдоналдсе».

— Ясно-ясно. А вы сами откуда?

— Из Феникса, — неубедительно пробормотал Мерл.

— Ясно-ясно, а тогда почему у вас оклахомские номера?

Мерл молчал, исчерпав все ответы.

— Выходи из машины, сынок. И хотя вид у тебя грозный, как у маленького щеночка, срущего под дождем, держи руки так, чтобы я их видел.

Мерл без особого сожаления выбрался из машины. Он неплохо поездил. На самом деле отлично поездил, если подумать. Он сбежал из дома в апреле, и за это время его могли повязать уже дюжину раз, но не повязали. Теперь все закончилось. И что с того? Куда он ехал? В общем-то никуда. Куда угодно. Лишь бы подальше от лысого гада.

— Как тебя звать, малыш?

— Мерл Кессиди. Мерл — сокращенно от Мерлина.

Немногочисленные ранние покупатели украдкой поглядывали на них и шли мимо, спеша приобщиться к круглосуточным чудесам «Уолмарта».

— Да-да, как того чародея. У тебя есть какой-нибудь документ, Мерл?

Мерл вытащил из кармана старый, потертый кошелек с замшевой прострочкой. Мамин подарок на его восьмой день рождения. Тогда они еще жили вдвоем — только мама и Мерл, — и все было очень даже неплохо. Сейчас в кошельке лежала одна бумажка в пять долларов и две по доллару. Из отделения с прозрачным окошком, где Мерл хранил несколько маминых фотографий, он достал ламинированную карточку со своим фото.

— Молодежный христианский союз Поукипси, — задумчиво произнес полицейский. — Так ты из Нью-Йорка?

— Да, сэр.

Этого «сэра» отчим вбил в него намертво.

— Из Поукипси?

— Нет, сэр. Не оттуда, но рядом. Есть такой маленький городок Спейтенкилл, что значит «озеро, которое брызгается». Ну, или так говорит мама.

— Да, интересно. Каждый день узнаешь что-то новое. И давно ты в бегах, Мерл?

— Уже три месяца.

— Кто учил тебя водить машину?

— Мой дядя Дэйв. На поле за городом. Я хороший водитель. И на механике, и на автоматике, мне без разницы. Дядя Дэйв умер. От сердечного приступа.

Полицейский задумался, постукивая краем ламинированной карточки по ногтю большого пальца. Не *тук-тук-тук*, а *тык-тык-тык*. Мерлу он нравился, этот дяденька-полицейский. По крайней мере пока.

— Да уж, водитель ты точно хороший, раз прикатил из Нью-Йорка в эту пыльную приграничную дыру. И много машин ты угнал по дороге, Мерл?

— Три. Нет, четыре. Это четвертая. Только первая была не легковушка, а микроавтобус. Нашего соседа из дома напротив.

— Четыре, — проговорил полицейский, задумчиво глядя на стоявшего перед ним чумазого пацана. — И как же ты финансировал это сафари на юг?

— Что?

— Где ты спал? Что ты ел? Где брал деньги?

— Спал я в машинах. А деньги крал. — Мерл понурил голову. — Из сумок у тетенек. Когда получалось вытащить кошелек. Иногда они не замечали, а когда замечали... Я быстро бегаю. — Тут он расплакался. Он часто плакал на своем сафари на юг, как выразился полицейский. В основном по ночам. Но *те* слезы не приносили ему облегчения. А *эти* принесли. Мерл не знал почему, да и не хотел разбираться.

— Три месяца, четыре машины, — сказал полицейский, продолжая постукивать карточкой Мерла по ногтю большого пальца. — От чего ты бежишь, сынок?

— От моего отчима. И если вы вернете меня домой, к этому лысому гаду, я опять убегу. При первой возможности.

— Так-так, понятно. Сколько тебе лет на самом деле, Мерл?

— Двенадцать. Но в следующем месяце будет тринадцать.

— Двенадцать. Охренеть и не встать. Ты поедешь со мной, Мерл. Подумаем, что с тобой делать.

В полицейском участке на Харрисон-авеню в ожидании сотрудника социальной службы Мерлина Кессиди сфотографировали, обработали средством от вшей и взяли у него отпечатки пальцев. Отпечатки сразу же переслали в общую электронную базу. Это была обычная процедура.

11

Когда Ральф прибыл в полицейский участок Флинт-Сити, собираясь позвонить Деборе Грант, а потом взять патрульную машину и ехать в Кэп-Сити, там его ждал Билл Сэмюэлс. Вид у него был больной. Даже его хохолок как-то поник.

— Что случилось? — спросил Ральф, имея в виду: *что еще?*

— Алек Пелли прислал сообщение. Со ссылкой на сайт.

Он достал из портфеля айпад (разумеется, большой айпад профессиональной линейки), открыл сообщение и передал планшет Ральфу. Пелли написал: **Ты уверен, что будешь предъявлять обвинения Т. Мейтленду? Сначала сходи по ссылке.** Ссылка прилагалась, и Ральф ее открыл.

Она вела на сайт местного «Канала 81». «МЫ РАБОТАЕМ ДЛЯ ВАС!» Сразу под заголовком шел блок видео. Репортажи с заседаний городского совета. Торжественное открытие отремонтированного моста. Обучающий ролик «ВАША БИБЛИОТЕКА, И КАК ЕЮ ПОЛЬЗОВАТЬСЯ». Сюжет под названием «ПОПОЛНЕНИЕ В ЗООПАРКЕ КЭП-СИТИ». Ральф вопросительно посмотрел на Сэмюэлса.

— Прокрути ниже.

Ральф так и сделал — и обнаружил сюжет, озаглавленный «ХАРЛАН КОБЕН ВЫСТУПАЕТ НА КОНФЕРЕНЦИИ УЧИТЕЛЕЙ ИЗ ТРЕХ ШТАТОВ». Значок воспроизведения располагался поверх стоп-кадра с женщиной в больших очках, с прической, столь обильно политой лаком, что, казалось, запусти ей в голову бейсбольным мячом, и мяч отскочит, не повредив череп. Женщина стояла за кафедрой. У нее за спиной виднелась эмблема отеля «Шератон». Ральф развернул видео на весь экран.

— Всем добрый день! Рада приветствовать всех собравшихся! Я Джозефин Макдермотт, нынешний президент объединения учителей английского языка из трех штатов. Мне *очень* приятно, что вы нашли время приехать на нашу ежегодную конференцию для обмена опытом и обсуждения насущных вопросов. И конечно, для дружеского общения за кружечкой пива по окончании ежедневных официальных мероприятий. — Послышались вежливые смешки. — В этом году нас особенно много, и хотя мне хотелось бы думать, что это связано с моим личным неотразимым очарованием... — снова вежливый смех, — все же, полагаю, дело в нашем потрясающем госте, который выступит перед нами сегодня...

— В одном Мейтленд не соврал, — сказал Сэмюэлс. — Тетенька явно любит поговорить. Обсудила почти все книги этого парня. Переключись на девять минут тридцать секунд. Там она закругляется.

Ральф провел пальцем по бегунку таймера в нижней части экрана. Он уже знал, что сейчас увидит. Он *не хотел* этого видеть — и в то же время хотел. Его словно заворожило.

— Леди и джентльмены, встречайте нашего гостя, *мистера Харлана Кобена*!

Из-за кулис вышел лысый джентльмен, такой высокий, что когда он нагнулся, чтобы пожать руку миссис Макдермотт, показалось, будто взрослый мужчина приветствует маленькую девочку, нарядившуюся в мамино платье. Руководство «Канала 81» сочло это событие достаточно интересным, чтобы снимать его двумя камерами, и теперь картинка переключилась на зрителей, которые приветствовали Кобена бурными аплодисментами. За ближайшим к сцене столом сидели трое мужчин и одна женщина. Ральф почувствовал, как внутри все оборвалось. Он прикоснулся к экрану, поставив ролик на паузу.

— Господи, — выдохнул Ральф. — Это он. Терри Мейтленд с Раундхиллом, Квэйдом и Грант.

— Исходя из имеющихся у нас доказательств, я не понимаю, как это возможно, но он и вправду чертовски похож на Мейтленда.

— Билл... — На секунду у Ральфа перехватило дыхание. Он был совершенно ошеломлен. — Билл, Мейтленд тренировал моего сына. Это не кто-то похожий. Это *он*.

— Кобен говорил сорок минут. В основном камера направлена на него, но есть и общие планы зала. Когда зрители смеются над его шутками — он остроумный мужик, надо отдать ему должное, — или просто внимательно слушают. Мейтленд — если это Мейтленд — присутствует в большинстве этих кадров. Но главный сюрприз поджидает на пятьдесят шестой минуте. Переключи сразу туда.

Ральф переключился на пятьдесят четвертую минуту, для подстраховки. Кобен отвечал на вопросы зрителей.

— В своих книгах я не использую мат ради мата, — говорил он, — но иногда мат оправдан и даже необходим. Человек, саданувший молотком себе по пальцу, не скажет: «Экий я, право, неловкий». — Смех в зале. — У нас есть время еще на пару вопросов. Давайте вы, сэр.

Камера повернулась к зрителю, готовящемуся задать следующий вопрос. Это был Терри Мейтленд, крупным планом. Если прежде Ральф надеялся, что в Кэп-Сити был не сам Терри, а его двойник, как предположила Дженни, то теперь все надежды рассыпались в прах.

— Вы всегда знаете, кто преступник, когда приступаете к новой книге, мистер Кобен, или иногда это становится неожиданностью даже для вас?

Камера повернулась обратно к Кобену, который улыбнулся и сказал:

— Это очень хороший вопрос.

Но прежде чем именитый писатель успел дать очень хороший ответ, Ральф вернулся к картинке с Терри, вставшим, чтобы задать свой вопрос. Секунд двадцать смотрел на экран, потом молча вручил планшет Сэмюэлсу.

— Ба-бах, — сказал Сэмюэлс. — Лопнуло наше дело.

— Еще не готов результат ДНК-экспертизы, — возразил Ральф... вернее, услышал свой голос словно со стороны. У него было странное чувство, будто он отделился от собственного тела. Наверное, что-то похожее ощущают боксеры как раз перед тем, как рефери остановит бой. — И мне еще надо переговорить с Деборой Грант. Потом я поеду в Кэп-Сити и займусь старой доброй детективной работой. Так сказать, оторву зад от стула и пойду в народ. Пообщаюсь с сотрудниками отеля и с официантами в «Файрпит», где они ужинали после лекции. — Он вспомнил свой утренний разговор с Дженни и добавил: — Еще надо проверить, не обнаружатся ли какие-то вещественные доказательства.

— Ты понимаешь, насколько это маловероятно? В большом городе, в крупном отеле, через несколько дней после нужной нам даты?

— Я понимаю.

— А ресторан, может быть, окажется закрыт. — Сэмюэлс говорил с интонациями обиженного ребенка, которого отпихнул кто-то из старших мальчишек и он грохнулся на асфальт и разбил коленку. Ральф уже начал осознавать, что ему не особенно нравится Сэмюэлс. Он все больше походил на слабака.

— Если он рядом с отелем, то наверняка будет открыт.

Сэмюэлс покачал головой, по-прежнему глядя на стоп-кадр с Терри Мейтлендом.

— Даже если ДНК совпадет... в чем я уже сомневаюсь... ты не первый год служишь в полиции и должен знать, что присяжные редко выносят обвинительное заключение на основании анализа ДНК и отпечатков пальцев. Дело Оу-Джея Симпсона — яркий тому пример.

— Показания свидетелей...

— Голд разнесет их в пух и прах. Стэнхоуп? Старая и полуслепая. «Верно ли, миссис Стэнхоуп, что вы сдали свои водительские права еще три года назад и с тех пор не садились за руль?» Джун Моррис? Ребенок, который увидел окровавленного человека на другой стороне улицы. Скоукрофт был нетрезв, как и его приятель. Клод Болтон отсидел срок за хранение наркотиков, которые сам же и употреблял. Лучшее, что у нас есть, это Ива Дождевая Вода, но открою тебе секрет: народ в этом штате по-прежнему недолюбливает индейцев и не особенно им доверяет.

— Но мы зашли так далеко, что отступать уже поздно, — заметил Ральф.

— Похоже на то.

Потом они долго молчали. Сквозь открытую дверь кабинета было видно, что в приемной участка сейчас почти пусто, как всегда и бывало воскресным утром в этом крошечном юго-западном городке. Ральф подумывал, не сказать ли Сэмюэлсу, что это видео отвлекло их от самого главного: убит ребенок, и все улики указывают на то, что они взяли убийцу. Те обстоятельства, что во время убийства Мейтленд якобы находился в семидесяти милях отсюда, еще предстоит прояснить. И пока они с этим не разберутся, им обоим не будет ни отдыха, ни покоя.

— Если хочешь, поедем в Кэп-Сити вместе.

— Я не могу, — сказал Сэмюэлс. — Сегодня у нас с бывшей женой и детьми запланирована поездка на озеро Окома. Она хочет устроить пикник. У нас только-только наладились отношения, и не хотелось бы их испортить.

— Ладно, как скажешь. — Все равно предложение шло не от чистого сердца. Ральфу хотелось побыть одному. Хотелось спокойно подумать о деле, которое раньше казалось простым и понятным, а теперь обернулось, что называется, полной задницей.

Он поднялся из-за стола. Билл Сэмюэлс убрал в портфель свой айпад и тоже поднялся.

— Из-за этого дела мы оба можем лишиться работы, Ральф. Если Мейтленда оправдают, он подаст на нас в суд. Ты сам знаешь, что так и будет.

— Поезжай на пикник. Съешь пару сэндвичей. Это еще не конец.

Сэмюэлс вышел из кабинета первым, и что-то в его походке, во всей его позе — плечи опущены, портфель уныло шлепает по колену — взбесило Ральфа.

— Билл?

Сэмюэлс обернулся.

— В нашем городе изнасиловали ребенка. С особой жестокостью. Либо до, либо после его *искусали* до смерти. У меня до сих пор в голове не укладывается, как такое возможно. Думаешь, родителей этого мальчика должно волновать, потеряем ли мы работу и подадут ли на нас в суд?

Сэмюэлс ничего не сказал. Он прошел через пустую приемную и вышел на улицу, залитую ярким солнечным светом. Сегодня отличный день для пикника, но Ральф почему-то сомневался, что окружной прокурор весело проведет время.

12

Фред и Олли прибыли в больницу Милосердия буквально через три минуты после «Скорой», доставившей Арлин Питерсон. Несмотря на поздний час, в приемной было полно людей: с синяками и кровотечениями, пьяных и плачущих, сетующих и кашляющих, — как всегда и бывает в больницах в ночь с субботы на воскресенье. Но к девяти утра воскресенья приемный покой почти опустел. Остался только мужчина с рукой, перевязанной окровавленным бинтом. Женщина, державшая на коленях ребенка, трясшегося в ознобе, — оба смотрели «Улицу Сезам» по телевизору, висевшему на стене. Девочка-подросток с кудрявыми волосами, сидевшая с закрытыми глазами и прижимавшая руки к животу.

И Олли с Фредом. Последние из семьи Питерсонов. Около шести утра Фред задремал прямо на стуле, но Олли сидел и смотрел на двери лифта, в котором увезли наверх его маму. Он был уверен, что если заснет, мама умрет. «Неужели ты не мог пободрствовать хоть один час?» — спросил Иисус у Петра, и это был очень хороший вопрос. Вопрос, на который нет правильного ответа.

В десять минут десятого двери лифта открылись, и в приемную вышел тот самый врач, с которым они говорили, когда примчались в больницу. Он был в синей хирургической форме и в мокрой от пота синей шапочке, украшенной пляшущими красными сердечками. Выглядел он усталым, а когда увидел Фреда и Олли, дернулся в сторону, словно хотел избежать встречи. Олли сразу все понял. Ему не хотелось будить отца ради страшной новости, но это было бы неправильно. Все-таки папа знал и любил маму дольше, чем Олли живет на свете.

— Что? — спросил Фред, когда Олли легонько потряс его за плечо. — Что такое?

А потом он увидел врача, который снял свою шапочку, обнажив голову со слипшимися от пота каштановыми волосами.

— Джентльмены, мне очень жаль, но миссис Питерсон скончалась. Мы пытались ее спасти, и поначалу я думал, что все получится, но повреждения оказались фатальными. Мне действительно очень жаль.

Фред смотрел на врача, словно не верил услышанному, а потом закричал. Кудрявая девочка открыла глаза и уставилась на него. Ребенок съежился на коленях у матери.

Очень жаль, подумал Олли. Это у нас фраза дня. Еще в начале недели мы были семьей, а теперь мы с папой остались вдвоем. Очень жаль. По-другому и не скажешь.

Фред рыдал, закрыв лицо руками. Олли обнял отца.

13

После обеда, к которому ни Марси, ни девочки почти не притронулись, Марси поднялась в спальню, чтобы собрать одежду для Терри. Он составлял половину их пары, но его вещи занимали лишь четверть шкафа. Терри был школьным учителем, тренером по бейсболу и футболу, организатором сбора средств на благотворительность, когда возникала такая надобность — а надобность возникала всегда, — мужем и отцом. Он отлично справлялся со всеми своими обязанностями, но платили ему только в школе, и его гардероб нельзя было назвать шикарным.

Синий костюм был самым лучшим, он подчеркивал цвет глаз Терри, но уже заметно поизносился, и никто, более-менее понимающий в мужской моде, не принял бы его за «Бриони». Костюм был куплен в обычном универмаге, четыре года назад. Марси вздохнула, достала его из шкафа и сложила в портплед вместе с белой рубашкой и темно-синим галстуком.

В дверь позвонили.

Это был Хоуи, одетый в элегантный костюм намного лучше того, который только что упаковала Марси. Хоуи обнял девчонок и поцеловал Марси в щеку.

— Вы привезете папу домой? — спросила Грейси.

— Не сегодня, но скоро, — ответил Хоуи, забирая у Марси портплед. — А туфли взяла?

— Господи, я такая растяпа.

Черные туфли вполне подходили, хотя их надо было почистить. Но время уже поджимало. Марси сунула туфли в пакет и вернулась в гостиную.

— Я готова.

— Хорошо. Шагаем бодро и не обращаем внимания на койотов. Девчонки, закройте дверь на замок и никому не открывайте, пока не вернется мама. И не отвечайте на телефон, если звонят с незнакомого номера. Ясно?

— С нами все будет в порядке, — сказала Сара. Но вид у нее был растерянный и подавленный. И у нее, и у Грейси. Марси подумала, возможно ли, чтобы девочки предподросткового возраста похудели за одну ночь? Нет, так не бывает.

— Ну, вперед, — энергично произнес Хоуи.

Они вышли из дома. Хоуи — с костюмом в чехле, Марси — с туфлями в пакете. Репортеры снова столпились на краю лужайки. *Миссис Мейтленд, вы уже говорили с мужем? Что вам сказали в полиции? Мистер Голд, как Терри Мейтленд отреагировал на обвинения? Вы будете ходатайствовать об освобождении под залог?*

— На данный момент у нас нет никаких комментариев, — сообщил Хоуи и с каменным лицом проводил Марси к своей машине под светом телевизионных прожекторов (в которых совершенно не было необходимости в этот ясный июльский день, подумала Марси). Выезжая на улицу, Хоуи опустил стекло и обратился к одному из двух полицейских, дежуривших у дома Мейтлендов:

— Девочки остались дома. Проследите, пожалуйста, чтобы их не беспокоили.

Полицейские ничего не ответили, только смотрели на Хоуи совершенно пустыми или враждебными глазами. Марси склонялась к последнему.

Облегчение и радость, которые она испытала, просмотрев тот сюжет — благослови, Боже, «Канал 81», — никуда не исчезли, но перед ее домом по-прежнему стояли телевизионные фургоны, и репортеры размахивали микрофонами. И Терри по-прежнему в тюрьме. В окружной тюрьме. В самой этой фразе было что-то пугающее, что-то из песен-кантри об одиночестве и тоске. Незнакомые люди обыскали их дом и унесли все, что сочли нужным. Но хуже всего были пустые лица полицейских, которые даже не удостоили Хоуи ответом. Это было гораздо страшнее телевизионных прожекторов и орущих репортеров. Бездушная машина, затянувшая в свой механизм ее семью. Хоуи говорил, что они выберутся из этой передряги целыми и невредимыми, но пока этого не произошло.

Еще нет.

14

Охранница с сонными глазами быстро обыскала Марси, велела ей высыпать все содержимое сумочки в пластмассовую корзину и пройти через рамку металлодетектора. Перед досмотром она забрала их водительские права, сложила в маленький прозрачный пакетик и пришпилила кнопкой к доске объявлений, к другим таким же пакетикам.

— Костюм и туфли, пожалуйста.

Марси отдала ей пакет и чехол.

— Когда я завтра приду за ним, я хочу, чтобы он был в костюме и выглядел идеально, — сообщил Хоуи, проходя через рамку, которая запищала.

— Мы обязательно скажем его лакею, — отозвался охранник, стоявший за рамкой. — А теперь выньте из карманов все, что осталось, и попробуйте еще раз.

Хоуи и вправду забыл достать из кармана брелок с ключами. Он отдал их охраннице и снова прошел через рамку. Теперь все было нормально.

— Я здесь бывал уже пять тысяч раз, если не больше, и каждый раз забываю достать ключи, — сказал он Марси. — Наверное, это что-то по Фрейду.

Она нервно улыбнулась в ответ, но ничего не ответила. У нее пересохло в горле, и она боялась заговорить.

Другой охранник провел их через дверь, потом — по короткому коридору к еще одной двери. Они вошли в комнату для свиданий, с коричневым ковролином на полу. Здесь играли дети. Заключенные в коричневых робах общались с женами, подругами и матерями. Крупный человек с большим багровым родимым пятном на одной щеке и заживающим порезом на другой помогал своей маленькой дочке расставлять мебель в кукольном домике.

Это сон, подумала Марси. *Просто очень реальный. Сейчас я проснусь рядом с Терри и расскажу ему, что мне приснилось, как его посадили в тюрьму за убийство. И мы вместе посмеемся.*

Один из заключенных, не скрываясь, показал на нее пальцем. Сидевшая рядом с ним женщина уставилась на Марси во все глаза и что-то шепнула своей соседке. Охранник, сопровождавший Марси и Хоуи, возился с магнитным замком на двери в дальнем конце комнаты для свиданий. Дверь никак не открывалась, и Марси не могла отделаться от мысли, что охранник специально не торопится. Ей казалось, что на нее смотрят все. Даже дети.

Наконец дверь открылась. За ней оказался небольшой коридор, в который выходили крошечные кабинки с перегородками из какого-то материала, похожего на матовое стекло. В одной из этих кабинок сидел Терри. Увидев мужа, утонувшего в коричневой тюремной робе, которая была ему велика, Марси расплакалась. Она вошла в кабинку и посмотрела на Терри, отделенная от него толстой перегородкой из оргстекла. Марси прижала ладонь к перегородке, и Терри тоже прижал ладонь к перегородке со своей стороны. В оргстекле были просверлены дырочки, расположенные по кругу, как в трубках старых телефонных аппаратов.

— Не плачь, милая. Иначе я тоже заплачу. И пожалуйста, сядь.

Марси села на скамейку, и Хоуи пристроился рядом с ней.

— Как девчонки?

— Нормально. Они за тебя очень переживают, но сегодня им уже полегче. У нас есть очень хорошие новости. Ты знал, что выступление мистера Кобена снимали для репортажа на сайте городского телеканала?

Терри растерянно моргнул, потом рассмеялся.

— Знаешь, кажется, та председательница что-то такое сказала в своей вступительной речи, но она говорила так долго и нудно, что я почти сразу же отключился. Охренеть.

— Я бы даже сказал, охренеть и не встать, — произнес Хоуи с улыбкой.

Терри подался вперед, почти коснувшись лбом перегородки.

— Марси... Хоуи... когда Кобен отвечал на вопросы, я тоже задал ему вопрос. Я понимаю, что вряд ли... Но может, у них сохранилась аудиозапись? Если да, то, наверное, можно как-то распознать голос. Чтобы они убедились, что это я.

Марси с Хоуи переглянулись и рассмеялись. Смех нечасто звучал в комнате для свиданий с заключенными из крыла особо строгого режима, и охранник, стоявший в конце коротенького коридора, поднял взгляд, нахмурившись.

— Что? Что я такого сказал?

— Терри, есть *видеозапись*, на которой ты задаешь свой вопрос, — сказала Марси. — Ты понимаешь? *Есть видеозапись.*

Кажется, на секунду Терри растерялся. Потом вскинул кулаки и потряс ими в воздухе у висков, как всегда делал на матчах, когда его команда выигрывала очко или отлично держала защиту. Марси, не задумываясь, повторила победный жест мужа.

— Вы уверены? На сто процентов? Это слишком хорошо, чтобы быть правдой.

— Это правда, — улыбнулся Хоуи. — Кстати, на записи выступления ты появляешься в кадре с полдюжины раз, когда они дают общие планы зала. Вопрос, который ты задал в конце, — это лишь вишенка на торте. Шапка взбитых сливок на банановом сплите.

— Значит, дело закрыто? Завтра меня отпустят?

— Давайте не будем опережать события. — Улыбка Хоуи померкла. — Пока что мы можем точно сказать, что завтра состоится суд, и у обвиняющей стороны куча вещественных доказательств, которыми они весьма гордятся...

— Как же так?! — взорвалась Марси. — Как *можно* обвинять Терри, когда он был *там*?! Запись это *доказывает*!

Хоуи поднял руку.

— Этот вопрос мы обсудим потом, хотя уже сейчас можно сказать, что наши карты побьют их карты. Побьют *легко*. Однако в действие были приведены определенные механизмы.

— Да, машина, — сказала Марси. — Уж кому, как не нам, это знать, да, Терри?

Терри кивнул.

— Я как будто попал в роман Кафки. Или в «Тысяча девятьсот восемьдесят четыре» Оруэлла. И утянул с собой тебя и девочек.

— Эй, — сказал Хоуи. — Ты никого никуда не тянул, это вас утянули. Ребята, мы все уладим. Дядюшка Хоуи вам обещает, а дядюшка Хоуи всегда выполняет свои обещания. Завтра в девять утра ты предстанешь перед судом в лице судьи Хортона. Ты будешь выглядеть собранным и элегантным в прекрасном костюме, который тебе принесла жена и который сейчас висит в кладовой. Я хочу встретиться с Биллом Сэмюэлсом и попробовать договориться насчет залога. Сегодня, если получится. Или завтра, перед судом. Ему не понравится мое предложение, он будет настаивать на домашнем аресте, но мы добьемся полного освобождения, потому что к тому времени кто-то из журналистов обнаружит запись «Канала восемьдесят один», и проблемы обвиняющей стороны сделаются достоянием общественности. Вероятно, для подтверждения залога тебе придется подписать закладную на дом, но тут ты ничем не рискуешь, если не собираешься срезать электронный браслет и пуститься в бега.

— Я не собираюсь никуда бежать, — угрюмо произнес Терри. Его щеки налились румянцем. — Как там сказал кто-то из генералов на Гражданской войне? «Я буду сражаться и держать рубеж, даже если придется потратить на это все лето».

— Ладно, и каким будет следующий бой? — спросила Марси.

— Я скажу окружному прокурору, что не стоит передавать дело на рассмотрение Большого жюри. Наши доводы возобладают, и ты будешь свободен.

Будет ли? — подумала Марси. *Будем ли мы все свободны? Ведь они утверждают, что у них есть его отпечатки пальцев и показания свидетелей, которые видели, как он похищал того мальчика, а потом выходил из парка весь в крови. Будет ли Терри свободен, пока настоящий убийца разгуливает на воле?*

— Марси, — улыбнулся ей Терри. — Не переживай. Ты же знаешь, что я всегда говорю ребятам: по одной базе зараз.

— Хочу вас кое о чем спросить, вас обоих, — сказал Хоуи. — Выстрел в небо, но мало ли...

— Давай, спрашивай.

— Они утверждают, что у них есть вещественные доказательства и данные экспертизы, хотя результаты анализа ДНК еще не готовы...

— Они *не могут* совпасть, — сказал Терри. — Это невозможно.

— Я бы сказал то же самое и об отпечатках пальцев, — заметил Хоуи.

— Может быть, его кто-то подставил, — выпалила Марси. — Я понимаю, что это уже паранойя, но... — Она пожала плечами.

— Но почему? — спросил Хоуи. — Собственно, это и есть мой вопрос. Вы можете вспомнить хоть одного человека, который так сильно вас ненавидит, что не поленился бы все это затеять?

Терри и Марси задумались, каждый на своей стороне мутной перегородки, и покачали головами.

— Вот и я не могу, — сказал Хоуи. — Жизнь редко копирует романы Роберта Ладлэма. И все-таки у них есть доказательства, настолько убедительные, что они поспешили с арестом, о чем, я уверен, теперь жалеют. Боюсь, даже если я вытащу тебя из этой машины, *тень* от машины все равно останется.

— Я почти всю ночь думал о том же, — ответил Терри.

— Я до сих пор об этом думаю, — откликнулась Марси.

Хоуи наклонился вперед, сцепив пальцы в замок.

— Было бы очень неплохо, если бы у нас имелись вещественные доказательства в противовес их доказательствам. Запись «Канала восемьдесят один» — это веский аргумент. Плюс показания твоих коллег. Возможно, нам этого хватит. Но я жадный. Мне нужно больше.

— Вещественные доказательства из одного из крупнейших отелей в Кэп-Сити спустя четыре дня? — спросила Марси, не подозревая о том, что почти слово в слово повторяет сказанное Биллом Сэмюэлсом. — Вряд ли там что-то найдется.

Терри о чем-то задумался, сосредоточенно хмурясь.

— *Может быть*, и найдется.

— Терри? — тут же насторожился Хоуи. — Ты что-то вспомнил?

Терри улыбнулся.

— Возможно, там кое-что есть. Вполне возможно.

15

«Файрпит» был открыт, и Ральф сначала пошел туда. Двое сотрудников из вторничной вечерней смены работали и сегодня: администратор зала и стриженый официант, который, похоже, едва дорос до того, чтобы покупать себе пиво. От администратора помощи не было никакой («В тот вечер у нас было столпотворение, детектив»), а официант хоть и вспомнил, что обслуживал большую компанию учителей, не сказал ничего определенного, когда Ральф показал ему фотографию Терри. Он вроде как помнил похожего мужчину, но не стал бы ручаться, что на фотографии именно он. Он даже был не очень уверен, что тот мужчина был с компанией учителей.

— Может, он просто заказывал острые крылышки в баре.

Вот как-то так.

В «Шератоне» сначала было не лучше. Ральф убедился, что Теренс Мейтленд и Уильям Квэйд останавливались в номере 644: заселились во вторник, съехали в среду. Администратор отеля показал ему копию чека, но там была подпись Квэйда. Он также сказал, что после отъезда Мейтленда и Квэйда в 644-м сменилось несколько постояльцев и в номере ежедневно проводилась уборка.

— И мы предлагаем вечернюю уборку, — добавил он, сыпанув соли на рану. — То есть обычно номер убирают дважды в день.

Да, детективу Андерсону любезно разрешили просмотреть записи с камер видеонаблюдения. Это Ральф и сделал, не выказав недовольства, что Алек Пелли тоже получил разрешение их просмотреть. (Поскольку Ральф не служил в полиции Кэп-Сити, следовало соблюдать дипломатию.) Запись была цветной и вполне четкой. В «Шератоне» Кэп-Сити стояло лучшее оборудование. Ральф увидел человека, очень похожего на Терри, в вестибюле, в сувенирной лавке, в спортзале в среду утром и в коридоре у конференц-зала, в очереди за автографом. И если записи из вестибюля и сувенирной лавки еще могли вызвать сомнения, то две другие сомнений не оставляли, по крайней мере у Ральфа. Человек, занимавшийся на тренажерах и ждавший в очереди, был Терри Мейтлендом, тренером, научившим Дерека делать бант, благодаря чему сын Ральфа из Мыльницы превратился в Жми-Андерсона.

Ральф вспомнил утренний разговор с женой. Та сказала, что вещественные доказательства из Кэп-Сити — это и есть пресловутый недостающий кусочек головоломки, счастливый билет. *Если Терри был здесь*, сказала она, имея в виду Флинт-Сити, где он совершил преступление, *значит, в Кэп-Сити был кто-то другой. Это единственное разумное объяснение.*

— Нет никакого разумного объяснения, — пробормотал он, глядя на экран, на стоп-кадр с человеком, очень похожим на Терри Мейтленда, который смеялся над чем-то, стоя в очереди за автографом вместе с заведующим кафедрой английского языка средней школы Флинт-Сити, Эвереттом Раундхиллом.

— Что вы сказали? — спросил парень из службы охраны отеля, который показывал Ральфу записи.

— Ничего.

— Вам еще что-нибудь показать?

— Нет, но спасибо за предложение.

Это была идиотская затея. Какой смысл просматривать записи из отеля, если есть репортаж «Канала 81», снявшего все выступление Кобена? Человек, задавший вопрос в самом конце, был Терри Мейтлендом, и никем иным. Все всяких сомнений.

Однако сомнения все равно оставались. То, как Терри поднялся, чтобы задать свой вопрос... Словно знал, что его будут снимать. *Идеальное* алиби. Безупречное. Как будто специально подстроено. А может, и вправду подстроено? Может быть, это какой-то фокус, поразительный, но вполне объяснимый? Ральф не понимал, как такое возможно, но ведь тот же Дэвид Копперфильд как-то «прошел» сквозь Китайскую стену, и Ральф видел это по телевизору. И *если так*, значит, Терри не просто убийца, а убийца, который над ними смеется.

— Детектив, хочу предупредить, — сказал парень из службы охраны. — У меня распоряжение от Харли Брайта — это наш шеф, — что копии этих записей следует передать адвокату по имени Ховард Голд.

— Мне все равно, что вы с ними сделаете, — ответил Ральф. — Хоть отправьте по почте Саре Пэйлин на Аляску. Я еду домой.

Да. Хорошая мысль. Сейчас он вернется домой, они с Дженни сядут на заднем дворе и уговорят на двоих упаковку пива: четыре банки — ему, две банки — ей. Главное — постараться не сойти с ума, размышляя над этим чертовым парадоксом.

Охранник проводил его до двери в коридор.

— В новостях говорят, вы поймали убийцу того парнишки.

— В новостях много чего говорят. Спасибо, что уделили мне время, сэр.

— Всегда рад оказать помощь полиции.

Если бы ты чем-то помог, подумал Ральф.

Он спустился на первый этаж и уже направлялся к выходу из отеля, как вдруг ему в голову пришла мысль. Раз уж он тут, надо проверить еще одно место. По словам Терри, после выступления Кобена Дебби Грант пошла в туалет и застряла надолго. «Мы с Эвом и Билли ждали ее у книжного киоска», — так сказал Терри.

Книжный киоск больше напоминал крошечную сувенирную лавку. Женщина за прилавком — сильно накрашенная, с седеющими волосами — перекладывала дешевую бижутерию в стеклянной витрине. Ральф показал ей удостоверение и спросил, работала ли она в прошлый вторник после обеда.

— Милый, — сказала она, — я работаю *каждый день*, если не болею. С печатной продукции мне не положена дополнительная комиссия, а с керамики и украшений — да.

— Вы не помните этого человека? Он был на конференции учителей, в прошлый вторник и среду. — Ральф показал ей фотографию Терри.

— Конечно, я его помню. Он смотрел книгу об округе Флинт. Первый, кто обратил на нее внимание за бог знает сколько времени. Это не я ее приобрела. Когда я начала здесь работать в две тысячи десятом, книга уже была. По-хорошему, ее давно надо убрать, вот только чем заменить? Все, что выше и ниже уровня глаз, стоит на полках годами. Непреложный закон торговли. Но внизу книжки хотя бы дешевые, а наверху — дорогие. С фотографиями, на глянцевой бумаге.

— Какую именно книгу, миссис... — Ральф покосился на ее бейдж. — Миссис Левелл?

— Вот эту. — Она показала. — «Иллюстрированная история округа Флинт, округа Дорей и области Каннинг». Язык сломаешь, пока только название выговоришь, да?

Ральф посмотрел на книжные стеллажи рядом с полкой, на которой стояли сувенирные чашки и тарелки. Один стеллаж был отведен под журналы, другой — под книги, в основном дешевые издания в обложках и новинки современной литературы в переплетах. На верхней полке стояло с полдюжины огромных подарочных томов. Дженни называла такие издания интерьерными книгами. Они были запаяны в пленку, чтобы их зря не листали и не замусоливали страницы. Ральф подошел к стеллажу. Терри Мейтленду, который был выше его на три дюйма, наверняка не пришлось задирать голову или вставать на цыпочки, чтобы взять книгу с полки.

Он потянулся за книгой, но передумал и повернулся обратно к миссис Левелл.

— Расскажите мне все, что помните.

— Об этом парне? Да что тут рассказывать. После лекции вся толпа ринулась в сувенирную лавку, это я помню. А ко мне почти никто не зашел. Вы же знаете почему?

Ральф покачал головой, стараясь не проявлять нетерпения. Похоже, он что-то нащупал и, кажется, даже знал, что именно. *Будем надеяться.*

— Никто не хотел потерять место в очереди. И у каждого был экземпляр новой книги Кобена. Было что почитать, пока ждешь. Но те три джентльмена зашли ко мне. Один — который толстый — купил новый роман Лизы Гарднер, в переплете. Двое других просто смотрели. Потом заглянула их приятельница, сказала, что она готова, и они ушли. За автографами, как я понимаю.

— Но один из них — который высокий — проявил интерес к книге об округе Флинт?

— Да, хотя, мне думается, его больше интересовал Каннинг. Он же сказал, что его семья родом оттуда?

— Я не знаю, — ответил Ральф. — Это вы с ним общались.

— Да, он именно так и сказал. Он взял книгу, увидел ценник — семьдесят девять долларов девяносто девять центов — и поставил ее на место.

Да, вот оно.

— А после него еще кто-то смотрел эту книгу? Брал ее в руки?

— Эту книгу? Вы шутите!

Ральф встал на цыпочки и взял запаянную в пленку книгу. Он держал ее с двух сторон, ладонями. На обложке была фотография с эффектом сепии: какая-то старинная похоронная процессия. Шесть ковбоев, все как один в старых помятых шляпах и с кобурами на поясах, заносили простой деревянный гроб на запыленное кладбище. У выкопанной могилы их ждал священник (тоже с кобурой) с Библией в руках.

Миссис Левелл заметно оживилась.

— Вы хотите ее купить?

— Да.

— Тогда давайте ее сюда, я пробью.

— Лучше я сам подержу. — Ральф развернул книгу ценником к миссис Левелл, чтобы та считала штрих-код.

— С налогом выходит восемьдесят четыре доллара четырнадцать центов. Но пусть будет ровно восемьдесят четыре.

Ральф положил книгу на край прилавка, чтобы расплатиться карточкой. Потом убрал чек в нагрудный карман и снова взял книгу, держа ладонями с двух сторон, за корешок и обрез. Бережно, словно чашу для святого причастия.

— Он держал эту книгу в руках, — сказал Ральф, но не для того, чтобы лишний раз удостовериться в словах миссис Левелл, а чтобы подтвердить свою невероятную удачу. — Вы уверены, что человек с фотографии, которую я вам показал, держал эту книгу в руках?

— Взял ее с полки, сказал, что фотография на обложке была сделана в Каннинге. Потом увидел цену и поставил книгу на место. Как я вам и говорила. Это что, улика?

— Я не знаю, — ответил Ральф, глядя на похоронную процессию на обложке. — Но скоро узнаю.

16

Тело Фрэнка Питерсона доставили в «Похоронное бюро братьев Донелли» в четверг после обеда. Организацией похорон занималась Арлин Питерсон. Некролог, цветы, панихида в пятницу, сами похороны, заупокойная служба на кладбище, субботние поминки — она все взяла на себя. Но по-другому и быть не могло. Фред и в лучшие-то времена совершенно терялся, когда надо было улаживать какие-то социально-бытовые дела. Он просто этого не умел.

Но теперь мне придется делать все самому, сказал себе Фред, когда они с Олли вернулись домой из больницы. *Потому что больше некому. И тот парень из «Донелли», он мне поможет. Они там знают, что надо делать.* Только откуда взять деньги на *еще одни* похороны сразу же после первых? Покроет ли эти расходы страховка? Он не знал. Этими вопросами у них в семье занималась Арлин. Они сразу договорились: он зарабатывает деньги, она заполняет квитанции. Надо будет посмотреть у нее в столе, поискать полис. При одной только мысли об этом на него навалилась усталость.

Они сели в гостиной. Олли включил телевизор. Шел какой-то футбольный матч. Они смотрели его без особого интереса; им больше нравился американский футбол. Наконец Фред поднялся, сходил в прихожую и принес старую записную книжку Арлин, лежавшую на столике у телефона. Открыл букву «Д», и да, там был телефон братьев Донелли, записанный неровным, дрожащим почерком, так не похожим на обычный четкий и аккуратный почерк Арлин. Но она бы и не стала записывать в книжку номер похоронной конторы *до того*, как умер Фрэнк. Никому из Питерсонов даже в голову не приходило, что этот номер может понадобиться им *так скоро*.

Глядя на записную книжку жены, старую книжку в потертой, выцветшей красной обложке, Фред думал о том, сколько раз наблюдал, как Арлин записывает в нее телефоны и адреса, раньше — с почтовых конвертов, в последнее время — из Интернета. Он тихо заплакал.

— Я не могу, — прошептал он. — Не могу. Не так быстро после Фрэнки.

Комментатор в телевизоре завопил: «ГОЛ!», — и игроки в красных футболках принялись прыгать друг на друга и обниматься. Олли выключил телевизор и протянул руку к записной книжке:

— Давай мне. Я все сделаю.

Фред посмотрел на него красными от слез глазами. Олли кивнул:

— Все нормально, пап. Честное слово. Я обо всем позабочусь, а ты приляг, отдохни.

Фред так и сделал, хотя понимал, что нельзя взваливать такую ношу на плечи семнадцатилетнего сына. Он дал себе слово, что обязательно выполнит свою долю обязанностей, а как же иначе? Но сейчас ему нужно было немного поспать. Он действительно очень устал.

17

В то воскресенье Алек Пелли сумел освободиться от своих собственных семейных обязанностей только в половине четвертого. Он приехал в «Шератон» в Кэп-Сити уже после пяти, но солнце все равно жарило так, словно хотело прожечь дыру в небе. Алек припарковался прямо перед отелем, дал десятку гостиничному парковщику и попросил не отгонять машину на стоянку, потому что он скоро вернется. В книжном киоске Лоретт Левелл вновь перекладывала украшения в витрине. Алек пробыл там недолго. Он вышел на улицу, присел на капот своего «эксплорера» и позвонил Хоуи Голду.

— Я опередил Андерсона с записями из отеля и телерепортажем о лекции, а он опередил меня с книгой. Купил ее и унес. Не повезло.

— Черт, — сказал Хоуи. — Откуда он вообще узнал о книге?

— Думаю, он о ней и не знал. Думаю, это просто стечение обстоятельств. Удача плюс старая добрая сыскная работа. Продавщица из книжного киоска говорит, что в день лекции Кобена эту книгу смотрел один парень, взял ее с полки, увидел цену — почти восемьдесят баксов — и поставил на место. Судя по всему, она не знает, что это был Мейтленд. Я так понимаю, новости она не смотрит и газет не читает. Она рассказала об этом Андерсону, и Андерсон купил книгу. Она говорит, он держал ее за бока, ладонями.

— В надежде снять отпечатки, которые не совпадут с отпечатками Терри, — сказал Хоуи. — И сделать вывод, что кто бы там ни держал книгу, это был *не* Терри. На суде не прокатит. Это же магазинная книга. Бог знает сколько людей держали ее в руках.

— Хозяйка киоска с этим не согласится. Она говорит, книга стояла на полке не один год и к ней никто даже не прикасался.

— Не имеет значения. — Судя по голосу, Хоуи нисколько не беспокоился, зато Алек беспокоился за двоих. Вроде бы малость, и все же... Мелкий изъян в деле, которое так замечательно складывалось. *Возможный* изъян, напомнил себе Алек, и Хоуи справится с ним без труда; судьи не слишком-то обращают внимание на то, чего *нет*.

— Я просто тебе сообщаю, шеф. Чтобы ты знал. Ты мне за это платишь.

— Ладно, теперь я знаю. Ты же придешь завтра в суд?

— Конечно, приду, — сказал Алек. — Ты говорил с Сэмюэлсом об освобождении под залог?

— Говорил. Разговор был коротким. Сэмюэлс сказал, что он против. Всеми фибрами души. Вот прямо так и сказал. И что он приложит все силы, чтобы этого не случилось.

— Господи, у него вообще есть кнопка «Выключить»?

— Хороший вопрос.

— Но ты сумеешь добиться, чтобы Мейтленда все-таки выпустили под залог?

— Шансы довольно хорошие. А были бы вещественные доказательства, так я бы и вовсе не сомневался.

— Если Мейтленда все-таки выпустят, скажи ему, пусть не разгуливает по городу. Сейчас почти у всех дома оружие, а он нынче не самый популярный парень во Флинт-Сити.

— Его все равно будут держать под домашним арестом до следующего судебного заседания, и полиция будет следить за домом. — Хоуи вздохнул. — Жалко, что мы упустили книгу.

Закончив разговор, Алек сел в машину и погнал домой, чтобы успеть приготовить попкорн до начала «Игры престолов».

18

Вечером Ральф Андерсон и детектив Юнел Сабло из полиции штата встретились с окружным прокурором Уильямом Сэмюэлсом прямо у него дома в северной части города, где располагались почти фешенебельные кварталы больших частных домов, которые разве что самую малость недотягивали до гордого звания городских особняков. Уже смеркалось. Две дочери Сэмюэлса играли в салочки под струями садовых разбрызгивателей на заднем дворе. Бывшая жена Сэмюэлса приготовила ужин. Сэмюэлс сидел за столом в замечательном настроении, то и дело поглаживал бывшую жену по руке, а иногда так и вовсе держал ее за руку, и она вроде бы не возражала. *На редкость теплые отношения для разведенной пары*, подумал Ральф, и хорошо, если так. Однако ужин закончился, бывшая засобиралась домой и пошла звать девчонок, и Ральф ни капельки не сомневался, что радужное настроение Сэмюэлса не продержится долго.

«Иллюстрированная история округа Флинт, округа Дорей и области Каннинг», упакованная в прозрачный полиэтиленовый пакет из кухонного шкафчика Ральфа, лежала на журнальном столике в кабинете. Фотография похоронной процессии казалась размытой под тонким слоем дактилоскопического порошка. У корешка на лицевой стороне обложки виднелся единственный отпечаток большого пальца — четкий, как дата на новой монетке.

— И еще четыре на задней обложке, такие же четкие, — сказал Ральф. — Так обычно и держат тяжелую книгу: большой палец сверху, остальные четыре — снизу, немного растопыренные, чтобы распределить вес. Я мог бы снять «пальчики» прямо в Кэп-Сити, но у меня не было отпечатков Терри для сравнения. В общем, я взял все необходимое в участке и вполне справился дома.

Сэмюэлс удивленно приподнял бровь:

— Ты забрал из вещественных доказательств его дактилоскопическую карту?

— Нет, я снял копию.

— Ну, давай. Не томи, — сказал Сабло.

— Они совпадают, — сообщил Ральф. — Отпечатки на этой книге принадлежат Терри Мейтленду.

Сэмюэлс помрачнел. Мистер Солнышко, сидевший за ужином рядом с бывшей женой, исчез. Его место занял мистер Затяжной-Ливень-Местами-Град.

— Нельзя быть уверенным без компьютерного сравнения.

— Билл, я делал эту работу, когда ничего подобного еще не было. — *Когда ты еще ходил в школу и пытался заглядывать девчонкам под юбки на переменах.* — Здесь отпечатки Мейтленда, и компьютерное сравнение это подтвердит. Смотрите сами. — Ральф достал из кармана стопку маленьких карточек и разложил их на столе в два ряда. — Вот отпечатки Мейтленда, которые мы сняли вчера в участке. А вот отпечатки Мейтленда с пленки на книге. Что скажете?

Сэмюэлс и Сабло склонились над столом, внимательно изучая два ряда карточек, справа и слева. Сабло поднял взгляд первым.

— Я соглашусь.

— А я нет, — сказал Сэмюэлс. — Нужно компьютерное сравнение.

Он процедил это сквозь зубы, из-за чего его голос звучал натянуто и неестественно. В других обстоятельствах это, наверное, было бы смешно.

Ральф ответил не сразу. Ему было действительно любопытно, что собой представляет Билл Сэмюэлс, и он надеялся (будучи оптимистом, Ральф всегда надеялся на лучшее), что его первоначальное впечатление об этом человеке — что он со всех ног бросится наутек, столкнувшись с яростной контратакой, — все-таки окажется ошибочным. Бывшая жена Сэмюэлса вроде бы очень неплохо к нему относилась, дочки явно его любили, однако это не говорило о его характере в целом. Нередко бывает, что человек на работе и дома — это две совершенно разные личности, тем более когда речь идет о человеке амбициозном, столкнувшимся с неожиданными препятствиями, способными разрушить все его грандиозные планы. Ральфу было не все равно, как поведет себя Сэмюэлс в такой ситуации. В этом деле они с Сэмюэлсом, так сказать, связаны одной цепью, а значит, победу или поражение им придется делить на двоих.

— Это невозможно, — сказал Сэмюэлс и провел рукой по макушке, приглаживая хохолок, который сегодня вел себя прилично и не торчал. — Он не мог находиться в двух местах одновременно.

— Но именно так оно и выходит, — возразил Сабло. — До сегодняшнего дня у нас не было вещественных доказательств из Кэп-Сити. А теперь они есть.

Сэмюэлс вдруг оживился:

— Может быть, он подержал эту книгу в какой-нибудь другой день, заранее. Специально приехал в Кэп-Сити. Готовил алиби. — Очевидно, Сэмюэлс уже забыл свое предыдущее предположение, что убийство Фрэнка Питерсона было совершено в состоянии аффекта человеком, который утратил контроль над низменными порывами.

— Нельзя исключать и такой вариант, — согласился Ральф, — но я видел немало отпечатков пальцев и могу сразу сказать, что эти совсем свежие. Все бороздки видны очень четко. Так может быть только со свежими, недавними отпечатками.

Сабло тихо, почти неслышно, произнес:

— Mano*, как будто берешь еще карту при двенадцати на руках и хватаешь фигуру.

— Что? — Сэмюэлс резко повернулся к нему.

— Блек-джек, — пояснил Ральф. — Он имеет в виду, что лучше бы мы ее не нашли. Не брали прикуп.

Они обдумали сказанное. Когда Сэмюэлс заговорил, его голос звучал небрежно, почти шутливо:

— Представим такую гипотетическую ситуацию. А если бы ты не нашел никаких отпечатков? Или нашел только несколько смазанных пятен, не поддающихся идентификации?

— Лучше нам бы не стало, — сказал Сабло. — Но не стало бы и хуже.

Сэмюэлс кивнул.

— В этом случае — чисто гипотетическом — Ральф просто выкинул бы деньги на ветер, купив дорогущую книгу. Он сказал бы себе, что идея была неплохая, но она себя не оправдала. Книгу он бы оставил себе, поставил бы дома на полку, для красоты. Предварительно сняв с нее пленку, конечно. Ну, а пленку он точно бы выбросил.

---

* Рука (*исп.*).

Сабло смотрел то на Сэмюэлса, то на Ральфа. Его лицо не выражало никаких эмоций.

— А эти карточки с отпечатками? — спросил Ральф. — Их-то куда?

— Какие карточки? — спросил Сэмюэлс. — Я не вижу никаких карточек. Юн, ты их видишь?

— Даже не знаю, — ответил Сабло.

— Ты предлагаешь уничтожить вещественные доказательства, — сказал Ральф.

— Вовсе нет. Я говорю чисто гипотетически. — Сэмюэлс снова пригладил хохолок, которого не было. — Но тут есть о чем задуматься, Ральф. Ты заехал в участок, но снимал «пальчики» у себя. Твоя жена была дома?

— Дженни была в книжном клубе.

— О том и речь. И вот еще что: книга в обычном пакете из супермаркета. Без маркировки. Значит, ее не вносили в вещдоки.

— *Пока* не вносили, — возразил Ральф, но теперь, вместо того чтобы раздумывать о разных гранях личности Билла Сэмюэлса, ему поневоле пришлось задуматься о разных гранях своей собственной личности.

— Я просто хочу сказать, что, вероятно, ты тоже не исключал для себя такую гипотетическую возможность.

Так ли это на самом деле? Если по-честному, Ральф не знал. И если действительно что-то такое было, то *почему* у него возникли подобные мысли? Потому что он хотел избежать уродливой черной отметины на своей безупречной карьере теперь, когда дело не просто пошло вкривь и вкось, а грозило опрокинуться с ног на голову?

— Нет, — сказал он. — Книгу внесут в базу вещественных доказательств и приобщат к делу. Потому что убит ребенок, Билл. И по сравнению с его смертью все, что произойдет с нами, — это такая хрень...

— Я согласен, — сказал Сабло.

— Ты-то да, — произнес Сэмюэлс. — Лейтенант Юн Сабло уцелеет при любом раскладе.

— Кстати, о раскладах, — сказал Ральф. — Что с Терри Мейтлендом? А вдруг мы действительно взяли не того человека?

— Нет, — возразил Сэмюэлс. — Все улики указывают на него.

На этой ноте они распрощались. Ральф вернулся в участок, внес «Иллюстрированную историю округа Флинт, округа Дорей и области Каннинг» в базу вещественных доказательств и убрал в сейф для вещдоков. Он был рад от нее избавиться.

Уже на выходе из здания управления у него зазвонил мобильный телефон. На экране высветилась фотография жены, и Ральф встревожился, услышав ее голос.

— Дженни, ты плакала?

— Звонил Дерек. Из лагеря.

У Ральфа екнуло сердце.

— С ним все в порядке?

— Да. *Физически* с ним все в порядке. Но ему написали друзья, рассказали о Терри. Он очень расстроился. Он говорит, это наверняка какая-то ошибка. Тренер Ти никогда бы такого не сделал.

— Ага. Это все? — Он зашагал к машине, на ходу выуживая из кармана ключи.

— Нет, не *все*, — с жаром проговорила она. — Ты где?

— Был в участке. Уже собираюсь домой.

— Можешь сначала заехать в тюрьму? Поговорить с ним?

— С Терри? Да, наверное, могу. Если он захочет со мной разговаривать. Но зачем?

— Забудь на секунду обо всех уликах и ответь мне на один вопрос, честно и откровенно. Хорошо?

— Ну, давай...

Издалека слышался шум машин на шоссе. Сверчки стрекотали в траве у кирпичного здания, где Ральф проработал так много лет. Безмятежные летние звуки. Он уже понял, о чем она спросит.

— *Ты сам* веришь, что Терри Мейтленд убил того мальчика?

Ральф подумал о странностях в показаниях свидетелей. Человек, которого Ива Дождевая Вода везла из Флинт-Сити в Даброу, обращался к ней «мэм», хотя должен был знать ее имя. Человек, бросивший белый микроавтобус на служебной стоянке у бара «Шорти», спрашивал дорогу до ближайшего травмпункта, хотя Терри Мейтленд прожил во Флинт-Сити всю жизнь. Ральф подумал об учителях — сослуживцах Мейтленда, — которые клятвенно утверждали, что Терри был с ними и во время похищения, и во время убийства. Но потом он подумал о том, как убедительно все получилось, когда Терри не просто задал вопрос мистеру Харлану Кобену, а еще и *как нарочно* поднялся на ноги, чтобы его точно заметили и сняли. Даже отпечатки пальцев на книге... как-то уж слишком удачно они появились.

— Ральф? Ты еще здесь?

— Я не знаю, — ответил он. — Если бы я тоже работал тренером вместе с ним, как Хоуи... Но я лишь наблюдал, как он тренирует Дерека. Так что я отвечаю на твой вопрос честно и откровенно: я просто не знаю.

— Тогда поезжай к нему, — сказала Дженни. — Посмотри ему прямо в глаза и *спроси* у него самого.

— Сэмюэлс меня прибьет, если узнает, — заметил Ральф.

— Мне плевать на Сэмюэлса, но на нашего сына мне не плевать. И тебе тоже. Сделай это для Дерека, Ральф. Сделай это для нашего сына.

19

Как оказалось, у Арлин Питерсон была оформлена ритуальная страховка, так что проблема расходов на похороны разрешилась сама собой. Олли нашел все необходимые документы в нижнем ящике маминого стола, в папке, лежавшей между «ИПОТЕКОЙ» (которая была уже почти полностью выплачена) и «ГАРАНТИЯМИ НА БЫТОВЫЕ ПРИБОРЫ». Он позвонил в похоронное бюро, и человек с мягким голосом профессионального плакальщика — может быть, кто-то из братьев Донелли, может быть, нет — поблагодарил его и сообщил, что «ваша матушка прибыла». Как будто она добралась туда самостоятельно. На такси. Профессиональный плакальщик спросил, нужен ли Олли бланк для некролога в газете. Олли ответил, что не нужен. Перед ним на столе уже лежало два чистых бланка. Видимо, мама — аккуратная и скрупулезная даже в горе — сделала несколько фотокопий с бланка, который ей дали для некролога Фрэнки. На случай, если ошибется, когда будет писать. На вопрос, не заедет ли Олли завтра в контору, чтобы обговорить все детали, связанные с погребением, он ответил, что нет. Этим займется его отец.

Когда вопрос об оплате маминых похорон был решен, Олли уткнулся лбом в стол и заплакал. Он плакал тихо, чтобы не разбудить папу. Когда слезы иссякли, он заполнил бланк для некролога печатными буквами, потому что почерк у него был хреновый. Справившись с этой нелегкой задачей, он пошел в кухню и встал в дверях, глядя на царивший там беспорядок: спагетти, рассыпанные по линолеуму, куриная тушка на полу под часами, все эти блюда и пластиковые контейнеры на столах. Как всегда говорила мама после больших семейных торжеств: *будто тут свиньи кормились*. Олли достал из-под раковины большой плотный пакет для мусора и сгреб туда все, начав с недоеденной куриной тушки, смотревшейся как-то особенно жутко. Потом он вымыл пол. Когда все заблестело и засияло (еще одно мамино выражение), Олли вдруг понял, что проголодался. В этом было что-то неправильное, некрасивое, и тем не менее факт оставался фактом. Олли подумал, что люди — по сути, животные. Даже когда у тебя умирают мама и младший брат, тебе надо есть, а потом высирать съеденное. Организм требует своего. Олли открыл холодильник и обнаружил, что тот забит под завязку все теми же кастрюльками, пластиковыми контейнерами и тарелками с мясной нарезкой. Он выбрал пастуший пирог и сунул его в микроволновку. Пока пирог разогревался, Олли просто стоял, прислонившись к разделочному столу и чувствуя себя посторонним в своей собственной голове, и тут в кухню спустился отец. Волосы Фреда свалялись и торчали во все стороны. *Ты опять весь всклокоченный*, сказала бы Арлин Питерсон. Отцу не помешало бы побриться. Его глаза были опухшими и какими-то мутными.

— Я принял таблетку из маминых запасов и проспал слишком долго, — сказал он.

— Ничего страшного, пап.

— Ты вымыл кухню. Мне надо было тебе помочь.

— Все нормально, не переживай.

— Твоя мама... похороны... — Фред умолк, не находя слов, и Олли заметил, что у отца расстегнута ширинка. От этого зрелища его сердце наполнилось пронзительной жалостью. Но он не заплакал. Кажется, он уже выплакал все слезы. По крайней мере на ближайшее время. Ну, хоть какая-то радость. *Прямо подарок судьбы*, подумал Олли.

— Об оплате можно не волноваться, — сказал он отцу. — У нее была ритуальная страховка, у вас обоих есть полисы, и она уже... там. Ну, на месте. В конторе. — Он не сказал «в *похоронной* конторе», потому что боялся, что отец снова не выдержит и заплачет. И тогда *он сам* тоже не выдержит и заплачет.

— Ага, хорошо. — Фред сел за стол и прижал ладонь ко лбу. — Я сам должен был этим заняться. Это моя работа. Моя обязанность. Я не думал, что буду так долго спать.

— Ты поедешь к ним завтра. Выберешь гроб, ну, и все остальное.

— К ним — это куда?

— К братьям Донелли. Как и с Фрэнком.

— Она умерла, — растерянно проговорил Фред. — Даже страшно подумать.

— Да, — согласился Олли, хотя сам только об этом и думал. Как она извинялась, до самого конца. Как будто была виновата, хотя она ни в чем не была виновата. Ни в чем. — В конторе сказали, что тебе надо приехать, чтобы решить все вопросы. Ты сможешь поехать?

— Конечно. Завтра мне станет лучше. А чем так вкусно пахнет?

— Пастушьим пирогом.

— Его мама готовила или кто-то принес?

— Я не знаю.

— Пахнет все равно вкусно.

Они поели на кухне. Олли собрал со стола тарелки и сложил в раковину, потому что в посудомоечной машине уже не было места. Потом они с отцом перебрались в гостиную. Теперь по И-эс-пи-эн шел бейсбол. «Филлис» против «Метс». Они смотрели матч молча, каждый в коконе своего горя, и каждый на собственный лад осторожно ощупывал края дыры, образовавшейся в его жизни, и искал, за что схватиться, чтобы не свалиться за край. Чуть позже Олли вышел на заднее крыльцо и сел на ступеньку, глядя на звезды. Звезд было много. Еще Олли увидел один метеор, один космический спутник и несколько самолетов. Он думал о том, что его мама мертва и больше уже никогда не увидит всего того, что сейчас видит он. Это было нелепо и странно. Когда он вернулся в гостиную, в матче начался девятый иннинг при равном счете, а отец крепко спал в кресле. Олли поцеловал его в темя. Фред даже не шелохнулся.

20

По дороге в тюрьму Ральф получил сообщение от Киндермана из отдела компьютерной криминалистики полиции штата. Ральф сразу же остановился и перезвонил. Киндерман ответил на первом гудке.

— Вы что, трудитесь даже по воскресеньям? — спросил Ральф.

— Ну, что сказать? Мы маньяки, — ответил Киндерман. На заднем плане Ральф слышал рев музыки. Какой-то тяжелый металл. — К тому же я всегда говорю, что хорошие новости могут и подождать, а плохие следует сообщать сразу. Мы еще не закончили проверять жесткие диски Мейтленда на предмет скрытых файлов... эти развратники-педофилы, они умные гады, умеют скрываться... но на поверхности все чисто. Никакой детской порнухи, вообще никакой порнографии. Ни на стационарном компе, ни на ноуте, ни на айпаде, ни в телефоне. Прямо он весь такой в белом пальто.

— А что история посещений?

— Ничего интересного. Интернет-магазины вроде «Амазона», новостные издания и блоги типа «Хаффингтон пост», с полдюжины спортивных сайтов. Он следит за результатами Главной лиги и, кажется, болеет за «Тампа-Бэй рейс». Уже одно это наводит на мысли, что у него непорядок с головой. Он смотрит «Озарка» на «Нетфликсе» и «Американцев» на «Айтьюнс». «Американцев» я сам смотрю.

— Продолжайте искать.

— Мне за это и платят.

Ральф припарковался у окружной тюрьмы, под табличкой «ТОЛЬКО ДЛЯ СЛУЖЕБНОГО ТРАНСПОРТА». Вынул из бардачка свою личную карточку «При исполнении» и положил ее на приборную доску. Сотрудник службы тюремной охраны — Л. КИН, согласно именному бейджу, — уже ждал его и проводил в комнату для допросов.

— Это противоречит регламенту, детектив. Сейчас почти десять вечера.

— Да, я в курсе, который час, и я приехал сюда не развлекаться.

— Окружной прокурор знает, что вы здесь?

— Это не входит в круг ваших полномочий, офицер Кин.

Ральф уселся за стол и стал ждать, согласится ли Терри выйти к нему. На компьютерах Терри Мейтленда не нашли никакой порнографии, в доме тоже не обнаружилось залежей порно. Но как сказал Киндерман, педофилы — умные гады и умеют скрываться.

Только он почему-то совсем не скрывался. И очень неумно оставил повсюду свои отпечатки.

Ральф знал, что сказал бы на это Сэмюэлс: Терри впал в исступление. Когда-то (казалось, очень давно) Ральф счел это вполне логичным.

Кин привел Терри. Тот был в коричневой тюремной робе и дешевых пластиковых шлепанцах. Руки в наручниках были спереди.

— Снимите с него браслеты, офицер.

Кин покачал головой:

— Не положено.

— Под мою ответственность.

Кин невесело улыбнулся:

— Нет, детектив, ваша ответственность тут не действует. Я здесь на службе, сейчас моя смена, и если он вдруг перемахнет через стол и задушит вас раньше, чем мы успеем его оттащить, то ответственность будет на мне. Но вот что я вам скажу: я не буду пристегивать его к столу. Пойдет?

Терри улыбнулся, словно хотел сказать: *Видишь, что мне приходится выносить?*

Ральф вздохнул.

— Вы можете идти, офицер Кин. И спасибо.

Кин ушел, но Ральф знал, что он будет наблюдать за ними через одностороннее зеркало. И возможно, слушать их разговор. Сэмюэлсу, разумеется, сообщат. По-другому и быть не может.

Ральф посмотрел на Терри.

— Да не стой ты столбом. Сядь, ради бога.

Терри сел, положив руки на стол. Цепь наручников звякнула.

— Хоуи Голд не одобрил бы эту встречу, — сказал он, продолжая улыбаться.

— Сэмюэлс тоже, так что мы квиты.

— Что тебе нужно?

— Мне нужно понять. Если ты невиновен, то почему у меня есть показания полдюжины свидетелей, которые тебя опознали? Почему твои отпечатки — повсюду: и на ветке, посредством которой надругались над мальчиком, и в микроавтобусе, на котором его похитили?

Терри покачал головой. Он больше не улыбался.

— Я тоже не понимаю. Но благодарю Бога, Его единородного сына и всех святых, что могу доказать, что был в Кэп-Сити. А если бы я не мог, Ральф? Думаю, мы оба знаем, что было бы тогда. Еще до конца лета я бы сидел в камере смертников в Макалестере, и через два года мне бы сделали смертельный укол. Может быть, даже раньше, потому что наши суды предвзяты и не заинтересованы в установлении истины, а твой друг Сэмюэлс разносил бы мои апелляции, как бульдозер — песчаные замки.

У Ральфа чуть было не сорвалось с языка: *Он мне не друг.* Но вместо этого он сказал:

— Меня интересует этот белый микроавтобус. Который с нью-йоркскими номерами.

— Тут я ничем не могу помочь. В последний раз я был в Нью-Йорке в свой медовый месяц, то есть шестнадцать лет назад.

Теперь улыбнулся Ральф.

— Этого я не знал. Но я знаю, что в последнее время ты точно там не был. Мы проверили все твои передвижения за последние полгода. Единственная поездка — в Огайо, в апреле.

— Да, в Дейтон. На весенних каникулах у девчонок. Я хотел повидаться с отцом, и они захотели поехать со мной. Марси тоже.

— Твой отец живет в Дейтоне?

— Если это можно назвать жизнью. Это долгая история, никак не связанная с нынешним делом. Никакие зловещие белые микроавтобусы там не замешаны, даже наш собственный автомобиль не замешан. Мы летели на самолете. И туда, и обратно. Не знаю, откуда в том микроавтобусе мои отпечатки, но я его не угонял. Я его даже не видел. Я не надеюсь, что ты мне поверишь, но это правда.

— Никто не думает, что ты угнал микроавтобус в Нью-Йорке, — сказал Ральф. — Билл Сэмюэлс полагает, что вор, угнавший микроавтобус, бросил его где-то в окрестностях Флинт-Сити, оставив ключ в замке зажигания. Ты угнал *уже угнанный* микроавтобус и прятал его где-то неподалеку, пока не созрел... сделать то, что сделал.

— Как-то слишком хитро для человека, который даже не скрывался.

— На суде Сэмюэлс скажет, что ты возбудился и впал в помешательство. И присяжные ему поверят.

— Даже после того, как Эв, Билли и Дебби дадут показания? Даже после того, как Хоуи предъявит запись выступления Кобена?

Ральф не хотел касаться этих вопросов. По крайней мере сейчас.

— Ты знал Фрэнка Питерсона?

Терри невесело рассмеялся:

— Хоуи настоятельно рекомендует, чтобы я не отвечал на такие вопросы.

— Значит, ты не ответишь?

— Ну, почему же? Отвечу. Я знал его ровно настолько, чтобы при встрече сказать: «Привет». Я знаю в лицо почти всех детишек в Вест-Сайде. Но *знакомы* мы не были, если ты понимаешь, что я хочу сказать. Он учился в начальной школе и спортом не занимался. Хотя, конечно, нельзя было не замечать его рыжую шевелюру. Как знак «Стоп», видно издалека. Они с братом оба рыжие, как морковки. Олли играл у меня в Малой лиге, но не перешел в Городскую лигу, когда ему исполнилось тринадцать. Он неплохо справлялся, и удар у него был достаточно сильный, но он потерял интерес. Так бывает. Некоторые уходят.

— То есть ты не положил глаз на Фрэнки?

— Нет, Ральф. Я не питаю сексуального интереса к детям.

— И ты не увидел его со сломанным велосипедом на стоянке у «Джералда» и не сказал себе: «Ага! Вот он, мой шанс»?

Терри посмотрел на Ральфа с таким осуждением, что тому сделалось не по себе. Но Ральф не отвел взгляда. Секунду спустя Терри вздохнул, поднял скованные руки и крикнул одностороннему зеркалу:

— Мы закончили.

— Еще нет, — возразил Ральф. — У меня остался последний вопрос, и я хочу, чтобы ты ответил на него, глядя мне прямо в глаза. Это ты убил Фрэнка Питерсона?

Взгляд Терри не дрогнул.

— Я его не убивал.

Офицер Кин увел Терри. Ральф сидел и ждал, когда Кин вернется за ним и проводит наружу, через три запертых двери между этой комнатой для допросов и свежим воздухом на свободе. Он получил ответ на вопрос, который просила задать Дженни, и ответ, который Терри дал, глядя Ральфу в глаза, был таким: *Я его не убивал.*

Ральфу хотелось поверить Терри.

Но он *не мог.*

СУД
16 июля

1

-Н ет, — сказал Хоуи Голд. — Нет, нет и нет.

— Это для его собственной безопасности, — возразил Ральф. — Ты что, не видишь...

— Я вижу снимок на первой полосе в газете. Вижу сюжет, прошедший по всем новостям на всех каналах. Как мой подзащитный входит в здание суда в бронежилете поверх пиджака. Иными словами, словно он *уже* признан виновным. Как будто мало наручников.

В тюремной комнате для посещений, где к сегодняшнему утру все игрушки убрали в разноцветные пластмассовые коробки, а стулья составили на столы, перевернув вверх ногами, собрались семь человек. Хоуи Голд стоял рядом с Терри Мейтлендом. Лицом к ним стояли окружной шериф Дик Дулин, Ральф Андерсон и Вернон Гилстрап, помощник окружного прокурора. Сэмюэлса здесь не было, он ждал их в суде. Шериф Дулин молча держал на вытянутых руках бронежилет с обвиняюще яркой желтой надписью «УИНОФ», что означало «Управление исполнения наказаний округа Флинт».

Два дюжих сотрудника службы тюремной охраны (назови их надзирателями, и они оскорбятся) стояли у двери, ведущей в главный вестибюль. Эти двое сопровождали Терри все утро: один из них наблюдал, как Терри брился одноразовой бритвой, второй тщательно обыскал все карманы костюма и рубашки, которые передала Марси, не забыв прощупать шов на обратной стороне синего галстука.

Помощник ОП Гилстрап посмотрел на Терри:

— Что скажешь, приятель? Рискнешь подставиться под пулю? По мне, так и ладно, я только за. Сэкономим деньги налогоплательщиков на твое содержание до казни.

— Что вы себе позволяете? — возмутился Хоуи.

Гилстрап, старожил юриспруденции, который почти наверняка выйдет на пенсию (с весьма неплохим пенсионным обеспечением), если Билл Сэмюэлс проиграет предстоящие выборы, лишь ухмыльнулся.

— Эй, Митчелл, — окликнул Терри. Один из охранников, стоявших у двери — тот, кто следил за тем, как Терри бреется, чтобы заключенный не попытался перерезать себе горло одноразовой бритвой, — приподнял брови, но не расцепил скрещенных на груди рук. — Как там на улице? Жарко?

— Когда я пришел, было восемьдесят четыре, — ответил Митчелл. — По радио говорили, что к полудню будет около ста*.

— Никаких бронежилетов, — сказал Терри шерифу и улыбнулся, отчего его лицо преобразилось и стало совсем молодым. — Я не хочу предстать перед судьей Картером мокрым, как мышь. Я тренировал его внука.

Гилстрап почему-то встревожился, достал из внутреннего кармана блокнот и что-то в нем записал.

— Пойдемте, — сказал Хоуи и взял Терри под руку.

У Ральфа зазвонил мобильный. Он вынул его из чехла, прикрепленного на ремне слева (справа была кобура с табельным оружием), и посмотрел на экран.

— Одну минутку. Мне надо ответить на этот звонок.

— О боже, — сказал Хоуи. — Мы идем в суд или в цирк с конями?

Ральф пропустил его слова мимо ушей и отошел в дальний конец комнаты, к торговым автоматам с закусками и напитками. Там он встал под табличкой «ТОЛЬКО

---

* 29 и 38 °C соответственно.

ДЛЯ ПОСЕТИТЕЛЕЙ», быстро переговорил по телефону и вернулся к остальным.

— Ладно, пойдемте.

Офицер Митчелл надел на Терри наручники.

— Не туго? — спросил он.

Терри покачал головой.

— Тогда вперед.

Хоуи снял пиджак и набросил его на руки Терри, скрывая наручники. Охранники вывели Терри из комнаты. Гилстрап шел впереди, вышагивая важно и неестественно, словно марионетка.

Хоуи подошел к Ральфу и сказал, понизив голос:

— Это полная задница.

Ральф ничего не ответил, и Хоуи продолжил:

— Ладно. Не хочешь со мной разговаривать — и не надо. Но после сегодняшнего суда и до заседания Большого жюри нам нужно будет собраться всем вместе и все обсудить. Мне, тебе, Сэмюэлсу. Пелли тоже будет присутствовать, если ты не возражаешь. Сегодня все факты еще не дойдут до широкой публики, но они до нее *дойдут*, и тогда подключатся не только местные телеканалы и пресса. Си-эн-эн, «Фокс», Эм-эс-эн-би-си, интернет-блоги — они все примутся смаковать странности. Этакое дело Симпсона в сочетании с «Изгоняющим дьявола».

Да, и Ральф ни капельки не сомневался, что Хоуи сделает все, чтобы так и случилось. Если он сможет переключить внимание репортеров на тот странный факт, что человек, обвиняемый в преступлении, словно бы находился в двух местах одновременно, то само преступление отойдет на второй план, пусть даже убили ребенка. Изнасиловали, и убили, и, возможно, частично съели.

— Я знаю, о чем ты думаешь, Ральф. Но я тебе не враг. Разве только в том случае, если тебе наплевать на правду и ты будешь любой ценой добиваться, чтобы Терри признали виновным, но я в это не верю. Это Сэмюэлс рвется в бой, а не ты. Разве тебе не хочется знать, как все было на самом деле?

Ральф ничего не ответил.

Марси Мейтленд ждала в вестибюле и, стоя между беременной Бетси Риггинс и рослым Юном Сабло из полиции штата, казалась такой растерянной и маленькой. Увидев мужа, Марси рванулась к нему. Риггинс попыталась ее удержать, но Марси сбросила ее руку. Сабло просто стоял и наблюдал. Марси успела лишь быстро поцеловать Терри в щеку, а потом офицер Митчелл взял ее за плечи и вежливо, но непреклонно отвел в сторону, поближе к шерифу, который так и держал в руках бронежилет, будто не знал, что с ним делать.

— Пожалуйста, не подходите к нему, миссис Мейтленд, — сказал Митчелл. — Это запрещено.

— Я люблю тебя, Терри, — крикнула Марси, когда Терри повели на выход. — И девочки просили передать, что они тебя любят.

— Я вас тоже люблю, — отозвался Терри. — Скажи им, все будет хорошо.

Его вывели из здания, под жаркое солнце и под массированный обстрел из двух дюжин вопросов, заданных одновременно. Для Ральфа, который пока находился внутри, эти смешавшиеся голоса репортеров звучали скорее как ругань.

Ральф подумал, что надо отдать Хоуи должное за упорство. Адвокат не сдавался.

— Ты порядочный человек, Ральф. Никогда не брал взяток, никогда не подделывал доказательств, всегда шел только честным путем.

Но вчера вечером чуть было не уничтожил вещественное доказательство, подумал Ральф. *Да, если бы там не было Сабло... Если бы мы были только вдвоем с Сэмюэлсом...*

Взгляд Хоуи стал почти умоляющим.

— У тебя еще не было дела, подобного этому. Ни у кого из нас не было. И теперь речь не только о мальчике. Его мать тоже мертва.

Ральф, который сегодня утром не включал телевизор, резко обернулся к Хоуи.

— *Что?!*

Хоуи кивнул.

— Вчера ночью. Сердечный приступ. Получается, это уже вторая жертва. Неужели тебе не хочется разобраться? Неужели не хочется знать, кто настоящий убийца?

Ральф больше не мог сдерживаться.

— Я уже *знаю*. И потому, что я знаю, я кое-что скажу тебе, Хоуи. Чтобы ты тоже знал. Сейчас мне звонил доктор Боган из отделения патологической анатомии и серологии нашей городской больницы. У них еще нет результатов полного анализа ДНК — они будут готовы не раньше чем через две недели, — но уже есть результат ДНК спермы, обнаруженной на ногах мальчика. ДНК совпадает с образцом, взятым у Терри в субботу. Твой подзащитный убил Фрэнка Питерсона, изнасиловал его и изорвал его тело зубами. И так от всего этого возбудился, что кончил прямо на труп.

Он быстро пошел прочь, а Хоуи остался стоять на месте, временно утратив дар речи. Вот и прекрасно, пусть переварит услышанное. Хотя основной парадокс так и не разрешился. ДНК не врет. Но и коллеги Терри Мейтленда тоже не врут. В этом Ральф был уверен. Добавьте к этому отпечатки на книге из «Шератона» и видео с сайта «Канала 81».

Ральф Андерсон никак не мог соотнести одно с другим, и это противоречие сводило его с ума.

2

До 2015 года суд округа Флинт заседал в здании рядом с окружной тюрьмой, что было очень удобно. Заключенных, которым должны были предъявить обвинения, просто переводили через двор из одного здания в другое, как переростков-детишек, вышедших на прогулку (хотя, разумеется, дети обычно не ходят гулять в наручниках). Но теперь рядом строили административно-общественный центр, а заключенных приходилось везти за шесть кварталов в новое здание суда, девятиэтажную коробку из стекла и бетона, которую местные остряки окрестили Курятником.

На улице перед входом в тюрьму стояли наготове две полицейских машины с включенными мигалками, синий автозак и сияющий черный джип Хоуи. Рядом с последним стоял Алек Пелли, похожий на шофера в своем черном костюме и темных очках. На другой стороне улицы, за полицейскими перегородками, толпились репортеры, операторы с телекамерами и зеваки. Некоторые — с плакатами. На одном было написано: «СМЕРТЬ ДЕТОУБИЙЦЕ». На другом: «МЕЙТЛЕНД, ТЫ БУДЕШЬ ГОРЕТЬ В АДУ». Марси замерла на крыльце, с ужасом глядя на эти плакаты.

Сотрудники службы тюремной охраны встали на нижней ступеньке крыльца. Они сделали свое дело. Шериф Дулин и помощник ОП Гилстрап, ответственные за сегодняшнюю процедуру, сопроводили Терри к полицейской машине, стоявшей во главе колонны. Ральф и Юнел Сабло направились ко второй полицейской машине. Хоуи взял Марси за руку и повел ее к своему «эскалейду».

— Опусти голову. Пусть они фотографируют твою макушку.

— Эти плакаты... Хоуи, эти *плакаты*...

— Забудь о них, просто иди за мной.

Из-за жары окна в синем автозаке были открыты. Заключенные, чьи суды тоже были назначены на сегодня — в основном нарушители общественного порядка, — увидели Терри. Они прильнули к сеткам на окнах и принялись вопить, перекрикивая друг друга:

— Эй, пидор!

— Как твой болт вообще там поместился?

— Смерть тебе, Мейтленд!

— Ты у него отсосал, прежде чем откусить ему член?

Алек обошел «эскалейд», чтобы открыть пассажирскую дверцу, но Хоуи покачал головой и указал взглядом на заднюю дверцу со стороны тротуара. Он хотел, чтобы Марси села как можно дальше от толпы, собравшейся на другой стороне улицы. Марси стояла, низко опустив голову, волосы полностью закрывали ее лицо, но, усаживая ее в машину, Хоуи услышал, как она плачет.

— *Миссис Мейтленд!* — выкрикнул кто-то из репортеров, толпившихся за полицейским барьером. — *Вы знали, что он собирается это сделать? Вы пытались его остановить?*

— Не смотри туда, не отвечай, — велел Хоуи. Если бы еще можно было сказать: «Не слушай!» — Все под контролем. Просто скорее садись, и поедем.

Когда Марси села в машину, Алек шепнул на ухо Хоуи:

— Замечательно, да? Половина всего отделения полиции в отпусках, а наш бесстрашный шериф если и способен пресечь массовые беспорядки, то лишь на ежегодном пикнике общества защиты лосей.

— Садись за руль, — сказал Хоуи. — Я сяду с Марси.

Когда они расселись и закрыли все двери, вопли с улицы сделались тише. Колонна, которую возглавлял полицейский автомобиль, тронулась — медленно, как похоронный кортеж. Алек пристроился за автозаком. Хоуи увидел, что репортеры уже мчатся по улице, не обращая внимания на жару. Им надо успеть добежать до Курятника к прибытию Терри. Телевизионщики наверняка уже там. Их фургоны со спутниковыми тарелками стоят, припаркованные друг за другом, словно стадо пасущихся мастодонтов.

— Они его ненавидят, — сказала Марси. Сегодня она почти не красилась, разве что самую капельку, чтобы скрыть темные круги под глазами, но теперь тушь потекла и размазалась по щекам, сделав ее похожей на енота. — Он не сделал им ничего плохого, но эти люди его ненавидят.

— Все изменится, когда Большое жюри снимет с него обвинения, — ответил Хоуи. — А так и будет. Я это знаю, и Сэмюэлс тоже знает.

— Ты уверен?

— Уверен. Есть дела, Марси, в которых сложно найти хоть одно обоснованное сомнение. А наше дело *целиком состоит* из сомнений. На таких основаниях никак нельзя вынести обвинительный приговор.

— Я не об этом. Ты уверен, что люди изменят свое отношение?

— Конечно, изменят.

В зеркале заднего вида Хоуи заметил, как поморщился Алек. Но иногда можно — и даже нужно — соврать. Иногда ложь необходима, и тут был как раз такой случай. Пока не найдут настоящего убийцу Фрэнка Питерсона — если вообще найдут, — жители Флинт-Сити будут убеждены, что Терри Мейтленд обманул правосудие и избежал наказания за убийство. И будут относиться к нему соответственно. Но сейчас Хоуи надо было сосредоточиться на предстоящем суде.

3

Пока Ральф занимался обычными повседневными делами — обсуждал с Дженни, что будет на ужин, ездил с ней в магазин, отвечал на вечерние звонки Дерека из лагеря (сейчас они стали реже, сын уже не так сильно скучал по дому), — все было более-менее нормально. Но когда ему приходилось сосредотачиваться на деле Терри — вот как сейчас, — его сознание переключалось в какой-то *сверх*режим, словно разум пытался уверить себя, что все осталось таким же, как прежде: верх — это верх, низ — это низ, и лоб покрылся испариной только из-за душной жары в машине с неисправным кондиционером. Следует дорожить каждым прожитым днём, потому что жизнь коротка, это Ральф понимал, но перебор есть перебор. Когда исчезали все фильтры сознания, вместе с ними исчезала и общая картина. За деревьями не видно было леса. При обострениях не видно было даже деревьев. Только кору.

Они подъехали к зданию окружного суда. Ральф поставил машину позади машины шерифа, прижавшись к ней почти вплотную и зачем-то сосчитав все блики солнца на заднем бампере Дулина: все четыре горячих на вид пятна. Журналисты, наблюдавшие за выходом Терри Мейтленда из окружной тюрьмы, уже прибывали на место и вливались в толпу, что заполнила всю лужайку перед крыльцом. Ральф видел эмблемы каналов на рубашках телерепортеров и операторов, видел темные пятна пота у них под мышками. Хорошенькая блондинка, ведущая новостей с «Канала 7» Кэп-Сити, прибыла с растрепанной прической. Ручейки пота промыли дорожки в ее плотном телевизионном гриме.

Здесь тоже стояли полицейские ограждения, но напирающая толпа уже свалила несколько перегородок. Около дюжины полицейских — из управления Флинт-Сити и из управления окружного шерифа — изо всех сил старались сдержать толпу, рвавшуюся на крыльцо и на дорожку к нему. Ральф подумал, что дюжины явно мало, причем *очень* мало, но летом людей всегда не хватает. Летом все хотят в отпуск.

Даже не думая извиняться, репортеры расталкивали зевак, стремясь занять наиболее выигрышные места на лужайке. Блондинка с «Канала 7» попыталась пробиться поближе к крыльцу, сверкая своей знаменитой на весь округ улыбкой, и получила по голове плакатом. На плакате была неумело нарисована игла от шприца, под которой шла надпись: «МЕЙТЛЕНД, ДАВАЙ НА УКОЛ». Оператор, сопровождавший ведущую, оттолкнул парня с плакатом, в процессе чуть не сбив с ног пожилую женщину, которую случайно задел плечом. Еще одна женщина подхватила старушку, не дав ей упасть, и со всей силы огрела оператора сумкой по голове. Ральф заметил (не мог не заметить), что сумка была из *искусственной* крокодиловой кожи ярко-красного цвета.

— Налетели стервятники, — сказал Сабло. — Быстро они набежали. Быстрее, чем удирают тараканы, когда включишь свет.

Ральф только молча покачал головой, с нарастающей тревогой глядя на беснующуюся толпу и пытаясь увидеть ее как единое целое, но восприятие обострилось настолько, что отдельные яркие фрагменты реальности никак не желали складываться в общую картинку. Когда шериф Дулин вышел из машины (его коричневая форменная рубашка выбилась из-под ремня и оголила розовый жировой валик на боку) и открыл заднюю дверцу, чтобы выпустить Терри, кто-то крикнул:

— *Казнить! Казнить!*

Вопль был мгновенно подхвачен толпой, которая принялась скандировать, словно на стадионе:

— *КАЗНИТЬ! КАЗНИТЬ! КАЗНИТЬ!*

Терри застыл, глядя на вопящих людей. Прядь тщательно зачесанных назад волос упала ему на лоб над левой бровью. (Ральфу казалось, что он может сосчитать каждый волосок.) На лице Терри были написаны боль и растерянность. *Это люди, которых он знает*, подумал Ральф. *Люди, чьих детей он учит в школе. Люди, чьих детей он тренирует. Люди, которых он приглашает к себе домой на барбекю в честь окончания спортивных сезонов. И все эти люди желают ему смерти.*

Одно из заграждений с грохотом рухнуло на асфальт. Люди хлынули на дорожку, ведущую к главному входу в здание: несколько репортеров с диктофонами и блокнотами наготове и несколько горожан, на чьих лицах явно читалось желание вздернуть Терри Мейтленда на ближайшем столбе. Двое полицейских, обеспечивающих порядок, метнулись к пролому и достаточно бесцеремонно запихали всех вырвавшихся обратно за ограждение. Третий полицейский поднял упавшую перегородку и поставил ее на место. Но уже было понятно, что ограждение долго не простоит. Ральф видел, что как минимум две дюжины человек снимают происходящее на камеры телефонов.

— Пойдем, — сказал он Сабло. — Надо быстрее провести его внутрь, пока путь свободен.

Они выскочили из машины и почти бегом направились к крыльцу. Сабло сделал знак Дулину и Гилстрапу, чтобы те поторопились. Теперь Ральф увидел, что Билл Сэмюэлс стоит в дверях здания суда, и вид у него совершенно ошеломленный... Но почему? Разве он не предвидел, что все именно так и будет? Разве этого не предвидел шериф Дулин? Да и сам Ральф тоже хорош... Почему он не настоял, чтобы Терри провели через заднюю, служебную дверь?

— *Граждане, не напирайте!* — крикнул Ральф. — *Сейчас начнется судебный процесс! Не будем мешать правосудию!*

Гилстрап и шериф повели Терри к крыльцу, держа его за локти с двух сторон. Ральф успел заметить (опять), какой жуткий у Гилстрапа клетчатый пиджак, и мельком подумать, что, возможно, его выбирала жена. Если так, то, наверное, она втайне ненавидит мужа. Теперь заключенные в автозаке — им придется ждать на жаре в душном автобусе и мариноваться в собственном поту, пока не закончится суд над главной звездой сегодняшнего дня, — тоже присоединились к воплям толпы. Одни кричали: *«Казнить! Казнить!»* — другие попросту завывали, словно койоты, и колотили кулаками по сетке на открытых окнах.

Ральф повернулся к «эскалейду» Хоуи и предостерегающе поднял руку ладонью вперед. Он надеялся, что Хоуи и Алек Пелли поймут его и удержат Марси в машине, пока Терри не проведут внутрь. Пока не успокоится разгоряченная толпа. Но это не помогло. Задняя дверца открылась, и Марси выскочила на тротуар, увернувшись от Хоуи Голда так же легко, как увернулась от Бетси Риггинс в вестибюле окружной тюрьмы. Она бросилась следом за Терри, и Ральф обратил внимание на ее туфли на низком каблуке и порез от бритвы на ноге. *Видимо, у нее дрожали руки*, подумал он. Когда она выкрикнула имя Терри, все телекамеры повернулись к ней. Всего камер было пять, их объективы напоминали огромные остекленевшие глаза. Кто-то швырнул в Марси книгу. Ральф не смог разглядеть названия, но узнал зеленую суперобложку. «Пойди поставь сторожа» Харпер Ли. Его жена читала этот роман для обсуждения в книжном клубе. В полете суперобложка слетела с одного края. Книга попала Марси в плечо и отскочила. Марси, кажется, ничего не заметила.

— Марси! — закричал Ральф, бросившись ей навстречу со своего места у крыльца. — Марси, сюда!

Она растерянно огляделась, может быть, высматривая его, а может, и нет. Она как будто спала наяву. Услышав имя жены, Терри резко остановился и обернулся к ней. Шериф Дулин потянул его за собой, но Терри стоял как вкопанный.

Хоуи добрался до Марси раньше Ральфа. Когда он взял ее под руку, здоровенный мужик в комбинезоне автомеханика опрокинул ограждение и выскочил на дорожку перед Марси.

— Ты его покрывала, сука? Ты, гадина, его покрывала?

Хотя Хоуи уже исполнилось шестьдесят, он был в хорошей физической форме. К тому же излишней робостью он не страдал. Ральф наблюдал, как Хоуи пригнулся и со всей силы ударил здоровяка в правый бок, отшвырнув его в сторону.

— Давай помогу, — сказал Ральф.

— Я сам о ней позабочусь, — отозвался Хоуи. Его лицо побагровело до самых корней редеющих волос. Он приобнял Марси за талию. — Нам не нужна твоя помощь. Лучше быстрее заведите его в помещение. Быстрее! Господи, вы о чем вообще думали? Это же цирк какой-то.

Ральф хотел было ответить, что цирк затеял не он, а шериф, но промолчал. Потому что отчасти *он тоже* приложил к этому руку. А Сэмюэлс? Возможно, он это предвидел? Возможно, даже надеялся, что так и будет, потому что сегодняшние события гарантированно получат широкое освещение в СМИ?

Он обернулся как раз в ту секунду, когда какой-то мужик в ковбойской рубашке ловко обогнул одного из полицейских, пытавшихся сдержать толпу, подлетел к Терри и смачно плюнул ему в лицо. Ральф не дал мужику убежать: успел поставить ему подножку, и тот грохнулся на асфальт. Ральф сумел прочитать, что написано на ярлыке у него на джинсах: «ЛЕВАЙС БУТКАТ». Сумел разглядеть на правом заднем кармане бледный кружок, протертый жестянкой со снюсом*. Он подозвал к себе ближайшего полицейского из оцепления.

---

* Сосательный табак, который не курят, а держат во рту, и никотин всасывается со слюной.

— Арестуйте его и посадите в патрульную машину.

— Все н-н-наши машины стоят с д-д-другой стороны, — ответил полицейский. Он был из управления шерифа, на вид немногим старше сына Ральфа.

— Тогда посадите его в автозак!

— Я не могу бросить пост и...

Ральф его не дослушал, потому что увидел нечто невероятное. Пока Дулин и Гилстрап таращились на толпу, Терри помог мужику в ковбойской рубашке подняться на ноги и что-то сказал ему. Ральф не расслышал, что именно, хотя его обострившийся слух, казалось, улавливал все звуки Вселенной. Ковбойская Рубашка кивнул и пошел прочь, зажимая плечом кровоточащую ссадину на щеке. Потом Ральф будет не раз вспоминать этот крошечный эпизод большого спектакля. Будет прокручивать его в голове вновь и вновь долгими бессонными ночами: Терри в наручниках помогает подняться на ноги мужику, который плюнул ему в лицо. Прямо сцена из Библии.

Толпа — страшная штука. Особенно — агрессивно настроенная толпа. Несколько человек уже прорвались на крыльцо, и полицейским никак не удавалось согнать их с гранитных ступеней. Двое судебных приставов — тучный мужчина и высокая сухопарая женщина — вышли из здания, чтобы помочь полицейским очистить крыльцо. Кто-то поддался на уговоры и ушел сам, но на место ушедших тут же ринулись новые поборники справедливости.

Теперь — Боже, храни королеву — Гилстрап с Дулином затеяли спор. Гилстрап кричал, что Терри надо отвести обратно в машину и дождаться, пока не восстановят порядок. Дулин не соглашался. Он был за то, чтобы вести Терри в здание, причем немедленно. И Ральф был согласен с шерифом.

— Идите внутрь, — сказал он. — Мы с Юном вас прикроем.

— Достаньте оружие, — выпалил Гилстрап. — Тогда они сами освободят нам проход.

Это было не только грубое нарушение всех служебных инструкций, но и чистой воды безумие, что понимали и Дулин, и Ральф. Шериф и помощник ОП опять взяли Терри за локти и повели к зданию. Хорошо хоть дорожка к крыльцу была свободна. Ральф видел кусочки слюды, блестевшие в сером асфальте. *Эти искры теперь отпечатаются на сетчатке*, подумал он. *И будут стоять у меня перед глазами, как маленькие созвездия.*

Синий автозак закачался на рессорах. Ликующие арестанты раскачивали его изнутри, продолжая кричать: «*Казнить! Казнить!*» — вместе с толпой. Сработала автомобильная сигнализация: два молодых парня вскарабкались на чей-то «камаро» и принялись плясать, один — на крыше, второй — на капоте. Ральф видел, что камеры снимают толпу, и точно знал, как будут выглядеть жители Флинт-Сити в глазах всего штата, когда эти кадры пройдут в шестичасовых новостях: как стая гиен. Он различал каждого человека в толпе. Каждый был четкой, рельефной и гротескной фигурой. Ральф видел, как блондинку-ведущую с «Канала 7» снова огрели по голове плакатом с иглой. Видел, как она покачнулась и упала на колени. Видел, как она встала. Видел, как ее хорошенькое лицо изумленно перекосилось, когда она прикоснулась рукой к голове и недоверчиво уставилась на свои пальцы, испачканные кровью. Ральф видел мужчину с татуировками на руках, желтой банданой на голове и лицом, сплошь покрытым рубцами, напоминавшими шрамы от давних ожогов, с которыми не смогли справиться хирурги. *Загоревшийся жир*, подумал Ральф. *Наверное, он был в изрядном подпитии и пытался поджарить себе отбивную.* Ральф видел мужчину, который размахивал ковбойской шляпой, будто пришел на родео. Ральф видел, как Хоуи ведет Марси к крыльцу. Оба идут, склонив головы, словно навстречу сильному ветру. Какая-то женщина перегнулась за ограждение и показала Марси средний палец. Ральф это видел. Он видел мужчину с холщовой почтальонской сумкой через плечо, в вязаной шапке, натянутой до самых бровей, несмотря на жару. Он видел, как кто-то толкнул тучного судебного пристава, и тот чуть не грохнулся с лестницы. И грохнулся бы, если бы широкоплечая чернокожая женщина не схватила его за ремень. Ральф видел молоденького парнишку, посадившего к себе на плечи подругу. Девушка потрясала кулаками и громко смеялась. Одна бретелька ее бюстгальтера упала на локоть. Бретелька была ярко-желтой. Ральф видел мальчика с заячьей губой. Мальчик был в футболке с портретом улыбающегося Фрэнка Питерсона и надписью: «ПОМНИ О ЖЕРТВЕ». Ральф видел, как люди размахивают плакатами. Видел раскрытые, вопящие рты — сплошные белые зубы и красная атласная подкладка. Он слышал, как кто-то сигналит велосипедным клаксоном: *уу-уу-уу*. Ральф посмотрел на Сабло, который стоял, широко раскинув руки, и пытался сдержать толпу. На лице детектива полиции штата ясно читалось: *Вот говно.*

Дулин с Гилстрапом наконец подвели Терри к крыльцу. К ним присоединились Хоуи и Марси. Хоуи что-то крикнул помощнику окружного прокурора, потом наорал на шерифа. Из-за рева толпы Ральф не слышал, что он им сказал, но сказанное явно придало им ускорения. Марси рванулась к мужу. Дулин ее оттолкнул. Кто-то выкрикнул: «Умри, Мейтленд, умри!» — и толпа подхватила эту новую речовку и принялась скандировать ее на все лады, пока провожатые Терри вели его вверх по крутым ступенькам.

Ральф вновь натолкнулся взглядом на человека с холщовой почтальонской сумкой с выцветшей, словно смытой дождем надписью красными буквами: «ЧИТАЙТЕ "ГОЛОС ФЛИНТ-СИТИ"». На человека, почему-то надевшего вязаную шапку в это жаркое летнее утро, когда температура еще до полудня перевалила за восемьдесят. На человека, который зачем-то полез в свою сумку. Внезапно Ральф вспомнил беседу с миссис Стэнхоуп, пожилой дамой, видевшей, как Фрэнк Питерсон садился в белый микроавтобус к Терри Мейтленду. *Вы уверены, что это был именно Фрэнк Питерсон?* — спросил тогда Ральф. *О да, сказала она, это был Фрэнк. У Питерсонов двое сыновей, и оба рыжие, как морковки.* Волосы, выбивавшиеся из-под вязаной шапки, были рыжими. Рыжими, как морковка.

Раньше он разносил газеты у нас в квартале, сказала миссис Стэнхоуп.

Человек в вязаной шапке вынул руку из сумки, и в руке была не газета.

Ральф резко втянул в себя воздух, одновременно выхватив из кобуры табельный «глок».

— *У него пистолет! ПИСТОЛЕТ!*

Люди, стоявшие рядом с Олли, заорали и бросились врассыпную. Помощник ОП Гилстрап, державший Терри за локоть, увидел направленный в их сторону старомодный длинноствольный «кольт», тут же выпустил руку Терри, как-то по-жабьи присел и попятился. Шериф тоже отпустил Терри, но лишь для того, чтобы достать свой пистолет... вернее, попытаться достать. Он забыл расстегнуть страховочный ремешок, и пистолет так и остался в кобуре.

Ральф был не в лучшей позиции для стрельбы. Блондинка-ведущая с «Канала 7», еще не опомнившаяся после удара по голове, стояла почти на прямой линии между Олли и Ральфом. По ее левой щеке текла тоненькая струйка крови.

— *Ложитесь, дамочка, ложитесь!* — крикнул ей Сабло. Он уже стоял на одном колене, держа свой собственный «глок» в вытянутой правой руке и поддерживая ее левой.

Терри схватил жену за плечи — насколько позволила цепь наручников — и оттолкнул от себя за долю секунды до того, как Олли выстрелил поверх плеча блондинки-ведущей. Та пронзительно взвизгнула и зажала ладонью ухо, несомненно, оглохшее. Пуля чиркнула по голове Терри — сбоку, чуть выше уха. Его волосы взметнулись, кровь хлынула на плечо, заливая пиджак, который Марси так тщательно выгладила вчера днем.

— *Брата тебе было мало, ты убил и маму тоже!* — выкрикнул Олли и выстрелил снова. В этот раз пуля попала в «камаро» на другой стороне улицы. Парни, плясавшие на машине, с воплями бросились прочь.

Сабло взлетел вверх по лестнице, схватил блондинку-ведущую, повалил на ступени, а сам упал сверху.

— *Ральф, давай!* — крикнул он.

Теперь ничто не загораживало обзор, но именно в ту секунду, когда Ральф сделал выстрел, на него налетел кто-то из зрителей, спешивших убраться подальше от лестницы. Пуля, предназначавшаяся Олли Питерсону, разбила вдребезги камеру на плече у кого-то из операторов. Тот уронил камеру и отпрянул, прижав руки к лицу. Сквозь пальцы текла кровь.

— *Гад!* — крикнул Олли. — *Убийца!*

Он выстрелил в третий раз. Терри пошатнулся и сошел с лестницы на дорожку. Он подпирал подбородок скованными руками, словно ему вдруг пришла в голову мысль, требовавшая серьезных раздумий. Марси подбежала к нему и обхватила за талию. Дулин все еще возился с упрямым страховочным ремешком, никак не желавшим расстегиваться. Гилстрап мчался по улице, только пятки сверкали. Фалды уродского клетчатого пиджака развевались у него за спиной. Ральф прицелился и выстрелил снова. В этот раз его никто не толкал, и лоб Олли Питерсона провалился, будто по нему со всей силы ударили молотком. Девятимиллиметровая пуля разорвала парню мозг, его глаза вылезли из орбит, точно у изумленного мультяшного человечка, колени подогнулись, и Олли упал на свою почтальонскую сумку. Револьвер выскользнул из обмякшей руки и пролетел несколько ступенек, прежде чем замереть.

Теперь мы можем спокойно подняться, подумал Ральф, так и застыв в стойке стрелка. *Путь свободен. Все чисто.* Вот только крик Марси: «*Кто-нибудь, помогите ему! Господи, да помогите же моему мужу!*» — подсказывал, что им больше незачем подниматься по этим ступеням. Ни сегодня, ни, возможно, уже никогда.

4

Первая пуля Олли Питерсона лишь слегка оцарапала Терри голову: рана кровавая, но поверхностная, из тех, что оставляют шрамы и темы для разговоров. Но третья пуля вошла в грудь слева, и белая рубашка под синим пиджаком покраснела.

Его бы спас бронежилет, подумал Ральф. *Если бы он не отказался его надеть.*

Терри лежал на асфальте. Его глаза были открыты. Губы шевелились. Хоуи попытался присесть на корточки рядом с ним, но Ральф резко выбросил руку и оттолкнул адвоката. Хоуи упал на спину. Марси вцепилась в мужа и причитала:

— Все не так плохо, Тер, все будет хорошо, не уходи.

Ральф уперся ладонью в упругую грудь Марси и оттолкнул ее тоже. Терри Мейтленд еще был в сознании, но времени оставалось в обрез.

На него упала чья-то тень: кто-то из этих чертовых операторов с какого-то чертова телеканала. Юн Сабло схватил оператора за пояс и оттащил прочь. Оператор не удержался на ногах и упал на асфальт, держа камеру на вытянутых руках, чтобы не разбилась.

— Терри, — сказал Ральф. Он видел, как капли пота срываются с его лба, падают на лицо Терри и смешиваются с кровью из раны на голове. — Терри, сейчас ты умрешь. Ты меня понимаешь? Он тебя застрелил. *Сейчас ты умрешь.*

— *Нет!* — закричала Марси. — *Ему нельзя умирать! Девочкам нужен отец! Ему нельзя умирать!*

Она снова рванулась к Терри, и на этот раз ее удержал Алек Пелли, очень бледный и очень серьезный. Хоуи поднялся на колени, но уже не пытался вмешаться.

— Куда... он попал?

— Пуля вошла в грудь, Терри. Прямо в сердце. Может, чуть выше. Тебе надо сделать предсмертное заявление. Надо признаться, что ты убил Фрэнка Питерсона. Давай, облегчи свою совесть.

Терри улыбнулся, и из уголков его рта потекла струйка крови.

— Но я его не убивал, — произнес он. Тихо, почти шепотом, но его было хорошо слышно. — Я его не убивал, и скажи-ка мне, Ральф... как ты облегчишь свою совесть?

Его глаза закрылись и тут же вновь распахнулись. В них что-то промелькнуло и исчезло. Ральф поднес пальцы ко рту Терри. Ничего.

Он обернулся к Марси Мейтленд. Это было непросто, потому что его голова почему-то вдруг сделалась очень тяжелой, как будто весила тысячу фунтов.

— Мне очень жаль, — сказал он. — Ваш муж скончался.

Шериф Дулин уныло проговорил:

— Если бы он надел бронежилет... — И покачал головой.

Новоиспеченная вдова пораженно уставилась на Дулина, но набросилась на Ральфа Андерсона, вырвавшись от Алека Пелли, у которого в левой руке остался только кусок ее блузки.

— *Это ты виноват! Если бы ты не затеял этот арест на глазах всего города, они бы здесь не собрались! С тем же успехом ты мог бы и собственноручно его застрелить!*

Ральф позволил ей расцарапать ему левую щеку и только потом схватил за руку. Он позволил ей пустить ему кровь, потому что, быть может, заслужил это... и, быть может, здесь не было никаких «быть может».

— Марси, — сказал он. — В него стрелял брат Фрэнка Питерсона, и *он* был бы здесь в любом случае. Независимо от того, где мы арестовали бы Терри.

Алек Пелли и Хоуи Голд помогли Марси подняться на ноги, стараясь случайно не наступить на тело ее мужа.

— Может, и так, детектив Андерсон, — сказал Хоуи. — Но он бы не смог затеряться в толпе, если бы здесь не собралась хренова туча народу.

Алек лишь молча посмотрел на Ральфа с холодным, как камень, презрением. Ральф обернулся к Юнелу, но Юн отвел взгляд и нагнулся, чтобы помочь встать на ноги рыдающей блондинке-ведущей с «Канала 7».

— Что ж, по крайней мере ты получил предсмертное заявление, — сказала Марси и продемонстрировала Ральфу свои ладони, испачканные в крови мужа. — Да? — Не дождавшись ответа от Ральфа, она отвернулась и увидела Билла Сэмюэлса. Тот наконец вышел на крыльцо и теперь стоял на верхней ступеньке вместе с двумя судебными приставами. — *Он сказал, что никого не убивал!* — крикнула ему Марси. — *Сказал, что он невиновен! Мы все это слышали, сукин ты сын! Уже умирая, мой муж сказал,* **ЧТО ОН НЕВИНОВЕН!**

Сэмюэлс ничего не ответил, просто развернулся и ушел обратно в здание.

Сирены. Сигнализация «камаро». Возбужденный гул голосов. Стрельба закончилась, и толпа собиралась вновь. Люди хотели увидеть тело. Сфотографировать его и выложить на свои страницы в «Фейсбуке». Пиджак Хоуи, который адвокат набросил на руки Терри, чтобы скрыть наручники от прессы и телекамер, лежал на земле, весь в грязи и крови. Ральф поднял его и накрыл лицо Терри. Марси взвыла, как раненый зверь. Потом он подошел к лестнице, сел на ступеньку и уткнулся лбом в колени.

СЛЕДЫ НА ПЕСКЕ И КАНТАЛУПА
18–20 июля

1

Ральф не сказал Дженни о своих самых черных подозрениях относительно окружного прокурора — что тот, возможно, надеялся на праведный гнев горожан, собравшихся в понедельник у здания суда, — поэтому Дженни не указала Биллу Сэмюэлсу на дверь, когда тот пришел к Андерсонам в среду вечером, но все же дала понять, что не особенно рада его появлению.

— Он на заднем дворе, — сказала она и вернулась в гостиную, где Алекс Требек как раз объявил следующий вопрос участникам телеигры «Рискуй!». — Ты знаешь дорогу.

Сэмюэлс, который сегодня был в джинсах, кроссовках и простой серой футболке, пару секунд потоптался в прихожей, размышляя, как лучше поступить, и пошел следом за Дженни в гостиную. Перед телевизором стояло два кресла. Одно сейчас пустовало — то, которое было больше и казалось более уютным. Сэмюэлс взял с журнального столика пульт и приглушил звук. Дженни продолжала смотреть на экран, где участники викторины перешли к категории «Литературные злодеи». На экране высветился вопрос: *Она хотела, чтобы Алисе отрубили голову.*

— Это легкий вопрос, — сказал Сэмюэлс. — Червонная Королева. Как он, Дженни?

— А ты как думаешь?

— Мне очень жаль, что все так обернулось.

— Наш сын узнал, что его отца отстранили от службы, — сказала она, по-прежнему глядя на экран. — Прочел в Интернете. Он, конечно, расстроился. И еще он расстроился из-за того, что его любимого тренера застрелили перед зданием суда. Он хочет вернуться домой. Я попросила его подождать пару дней, вдруг передумает. Я не хотела говорить ему правду. Что его отец еще не готов с ним встречаться.

— Его не отстранили от службы. Это внеочередной отпуск. Оплачиваемый. Так положено после любого инцидента со стрельбой.

— Одно и то же, как ни назови. — Теперь на экране высветился вопрос: *Эта сестра была гнусной*. — Он говорит, что сможет вернуться на службу только через полгода, да и то если согласится пройти обязательное психологическое обследование.

— С чего бы ему не согласиться?

— Он подумывает об отставке.

Сэмюэлс поднес руку к макушке, но сегодня его хохолок не торчал и приглаживать было нечего.

— В таком случае мы сможем открыть свой бизнес. В городе не хватает приличных автомоек.

Дженни все-таки обернулась к нему:

— В каком смысле?

— Я решил не выставлять свою кандидатуру на следующих выборах.

Она одарила его бледной улыбкой, которую можно было назвать улыбкой только с очень большой натяжкой.

— Хочешь уйти по собственному желанию, пока тебя не прокатили на выборах?

— Можно и так сформулировать, — ответил он.

— Да, именно так я и сформулирую, — сказала Дженни. — Иди к нему, мистер Пока-Еще-Окружной-Прокурор, и не стесняйся предложить партнерство. Но будь готов увернуться, когда в тебя запустят чем-нибудь тяжелым.

2

Ральф сидел в шезлонге с банкой пива в руке. Рядом стоял пенопластовый термоконтейнер. Когда хлопнула дверь из кухни во двор, Ральф обернулся, увидел Сэмюэлса и вновь уставился на черемуху, росшую за забором.

— Поползень, — сказал он, ткнув пальцем. — Сто лет не видел поползней.

Шезлонг был только один, и Сэмюэлс присел на скамейку за длинным столом для пикников. Прежде он не раз сиживал за этим столом, но при более радостных обстоятельствах. Он посмотрел на дерево за забором.

— Я не вижу.

— Вон, полетел, — сказал Ральф, когда птичка вспорхнула с ветки.

— По-моему, это воробей.

— Тебе надо проверить зрение. — Ральф достал из контейнера банку «Шайнера» и протянул Сэмюэлсу.

— Дженни сказала, ты думаешь уйти в отставку.

Ральф пожал плечами.

— Если ты переживаешь за психологическое обследование, то ты пройдешь его влет. Ты выполнял свой служебный долг.

— Дело не в этом. И даже не в операторе. Ты знаешь, что с ним случилось? Когда пуля разбила камеру — моя первая пуля, — один осколок попал ему в глаз.

Сэмюэлс это знал, но ничего не сказал, лишь отпил пива, хотя ненавидел «Шайнер».

— Возможно, он потеряет глаз, — сказал Ральф. — Офтальмологи в клинике в Оки-Сити пытаются его спасти, но пока непонятно, получится или нет. Как ты думаешь, одноглазый оператор сможет работать? Вероятно, возможно или без шансов?

— Ральф, тебя толкнули, когда ты стрелял. И послушай, если бы тот оператор не держал камеру перед лицом, то, возможно, был бы мертв. Это уже большой плюс.

— Да вообще до хрена всяких плюсов. Я звонил его жене, хотел извиниться. Она сказала: «Мы подадим в суд на полицейское управление Флинт-Сити, а когда отсудим у города десять миллионов долларов, предъявим иск лично вам». После чего бросила трубку.

— У них ничего не получится. У Питерсона был пистолет, и ты просто делал свою работу.

— А тот оператор делал свою.

— Это разные вещи. У него был выбор.

— Нет, Билл, — Ральф резко обернулся к нему, — у него была *работа*. И это был поползень, черт побери. Не воробей.

— Ральф, послушай меня. Мейтленд убил Фрэнка Питерсона. Брат Питерсона убил Мейтленда. Да, это был самосуд. Но многие люди считают, что справедливый. Правосудие фронтира. И почему нет? Не так давно этот штат *был* фронтиром.

— Терри сказал, что он его не убивал. Он так сказал перед смертью.

Сэмюэлс поднялся из-за стола и принялся расхаживать взад-вперед.

— А что он должен был говорить, когда рядом рыдала его жена? «Да, все верно: я изнасиловал мальчика, искусал его до смерти — не обязательно в таком порядке, — а потом облил его спермой»?

— Там было много свидетелей. И они все подтвердят, что именно сказал Терри.

Сэмюэлс подошел к Ральфу и встал над ним.

— В образце спермы — его ДНК, а ДНК *перекрывает все*. Мальчика убил Терри. Не знаю, как он сумел провернуть все остальное, но убил мальчика он.

— Ты пришел убедить в этом меня или себя самого?

— Мне не надо себя убеждать. Я пришел, чтобы сказать, что нам известно, кто первым угнал белый микроавтобус «эконолайн».

— Разве теперь это важно? — спросил Ральф, но Сэмюэлс наконец-то увидел в его глазах проблески интереса.

— Если ты спрашиваешь о том, стало ли что-то понятнее в этом деле, то нет. Но история удивительная. Ты хочешь послушать?

— Ну да.

— Его угнал двенадцатилетний парнишка.

— *Двенадцатилетний?* Ты шутишь?

— Нет, не шучу. И он был в бегах несколько месяцев. Доехал аж до Эль-Пасо, где его обнаружил полицейский патруль. Он спал на стоянке у «Уолмарта» в украденном «бьюике». В общей сложности он угнал четыре машины, но микроавтобус был первым. Он доехал на нем до Огайо, а там уже бросил и увел другую машину. Ключи он оставил в замке зажигания, как мы и предполагали. — Последнюю фразу Сэмюэлс произнес не без гордости, и Ральф подумал, что это и вправду приятно: хоть один из их домыслов подтвердился.

— Но нам по-прежнему неизвестно, как этот микроавтобус попал в наши края? — спросил Ральф. Что-то свербило у него в мозгу. Какая-то маленькая деталь.

— Нет, — сказал Сэмюэлс. — Это просто еще одна загадка, которая разрешилась. Я подумал, ты захочешь узнать.

— Ну вот, теперь знаю.

Сэмюэлс отпил пива и поставил банку на стол.

— Я решил не выставлять свою кандидатуру на следующих выборах.

— Нет?

— Нет. Пусть этот ленивый ублюдок Ричмонд получит должность, и посмотрим, как людям понравится, что он преспокойно кладет под сукно восемьдесят процентов всех дел, поступающих в прокуратуру. Я сказал о своем решении твоей жене, но она не проявила сочувствия.

— Если ты думаешь, будто я ей говорил, что это только твоя вина, Билл, то ты ошибаешься. Я не сказал о тебе ни единого дурного слова. Да и с чего бы? Это я предложил арестовать его на стадионе, и в пятницу я так и скажу паразитам из отдела внутренних расследований.

— Ничего другого я и не ожидал.

— Но как я, возможно, уже отмечал, ты не пытался меня отговорить.

— Мы были уверены в его виновности. Я *по-прежнему* уверен в его виновности, несмотря на предсмертное заявление. Мы не стали разбираться, есть ли у него алиби, потому что он знает всех в этом городе, и мы боялись его спугнуть.

— И просто не видели в этом смысла, но, как оказалось, мы сильно ошиблись...

— Ладно, я понял. И мы были убеждены, что он очень опасен, особенно для несовершеннолетних мальчишек, а в субботу они его окружали со всех сторон.

— Надо было вести его в суд через заднюю дверь, — сказал Ральф. — Я должен был настоять, чтобы его провели через заднюю дверь.

Сэмюэлс так решительно покачал головой, что его присмиревший было хохолок снова вскочил.

— Не взваливай на себя чужую ответственность. Доставка заключенных в суд — это обязанность окружного шерифа.

— Меня бы Дулин послушал. — Ральф допил пиво, бросил пустую банку в контейнер и посмотрел на Сэмюэлса в упор: — И тебя тоже. Думаю, ты и сам знаешь.

— Все, дело прошлое. Или давно минувших дней. Или как там оно говорится? Да один хрен. Дело закрыто. То есть, как понимаю, официально оно остается открытым, но...

— Официально оно ОНП, открыто, но приостановлено. И останется таковым, даже если Марси Мейтленд предъявит гражданский иск к полицейскому управлению города и заявит, что ее муж был убит в результате нашей халатности. И это дело она может выиграть.

— Она собирается подавать в суд?

— Я не знаю. Мне не хватает смелости ей позвонить. Возможно, Хоуи знает.

— Надо будет с ним поговорить. Попробовать урегулировать ситуацию. Так сказать, успокоить бурные воды.

— Ты сегодня прямо кладезь народной мудрости.

Сэмюэлс взял со стола банку пива, поморщился и поставил на место. Он увидел, что Дженни Андерсон наблюдает за ними из кухни. Просто стоит у окна и смотрит, с непроницаемым лицом.

— Моя мама верила в «Судьбу».

— Я тоже, — мрачно произнес Ральф. — Терри — яркий тому пример. Этот Питерсон появился буквально из ниоткуда. Из *ниоткуда*.

Сэмюэлс улыбнулся.

— Я имею в виду не судьбу в смысле предопределения, а бульварный журнал, где печатались разные истории о привидениях, НЛО и все в таком духе. Когда я был маленьким, мама читала мне некоторые рассказы. Мне особенно запомнилась одна история. Она называлась «Следы на песке». Там говорилось о молодоженах, которые отправились в свадебное путешествие в пустыню Мохаве. Поход с палаткой, романтика, все дела. И вот как-то ночью они поставили палатку в тополиной роще, а утром молодая жена проснулась, и мужа не было рядом. Она вышла из рощи, за которой уже начинались пески, и увидела его следы. Она его позвала, но он не ответил.

Ральф провыл, как в фильме ужасов: *Ооооооуу-ооооуу.*

— Она пошла по следам. К первой дюне, потом ко второй. Следы становились свежее. Она подошла к третьей дюне...

— Потом к четвертой и пятой! — перебил его Ральф. — *И она до сих пор бродит в пустыне и ищет пропавшего мужа!* Билл, мне жаль прерывать твою увлекательную историю, но я, пожалуй, пойду съем кусок пирога, приму душ и лягу спать.

— Нет, послушай меня. На третьей дюне следы обрывались. На дальнем склоне, прямо посреди спуска. Обрывались — и все. Дальше был лишь нетронутый песок. С тех пор она его больше не видела.

— И ты в это веришь?

— Нет, я знаю, что так не бывает. Но дело не в вере. Это метафора. — Сэмюэлс попытался пригладить упрямый хохолок, а тот, разумеется, не послушался. — Мы шли по следам *Терри,* потому что это наша работа. Наш долг, если тебе больше нравится это слово. Мы шли по следам, пока они не оборвались в понедельник утром. Остались ли в этом деле загадки? Да. Мы их когда-нибудь разгадаем? Скорее всего нет. Если только вдруг не обнаружится новая информация. Иногда так бывает. Нам до сих пор неизвестно, что стало с Джимми Хоффой. Нам неизвестно, что стало с командой «Марии Целесты». Нам неизвестно, были ли у Освальда сообщники, когда он стрелял в Джона Кеннеди. Иногда следы обрываются, и приходится с этим жить.

— Но есть большая разница, — возразил Ральф. — Женщина в твоей истории о следах на песке может верить, что ее муж еще жив. Она может верить до самой старости. А когда оборвались следы Терри, он сам никуда не исчез. В конце цепочки следов, по которым шла Марси, обнаружился ее мертвый муж. Завтра она его хоронит. В сегодняшней газете был некролог. Как я понимаю, на похоронах будут только она с дочерьми. Не считая полсотни стервятников-репортеров за кладбищенской оградой, которые станут их фотографировать и выкрикивать свои вопросы.

Сэмюэлс вздохнул.

— Ладно, я еду домой. Про парнишку, угнавшего микроавтобус, я тебе рассказал — кстати, его зовут Мерлин Кессиди, — а остальное ты слушать не хочешь.

— Нет, подожди. Сядь, — сказал Ральф. — Ты рассказал мне историю, теперь моя очередь. Но это будет история не из журнала, где печатают всякие выдумки. Это история из жизни. Из моей собственной жизни. Это чистая правда.

Сэмюэлс снова уселся за стол.

— Когда *я* был маленьким, — начал Ральф, — лет в десять-одиннадцать, примерно в возрасте Фрэнка Питерсона, мама иногда покупала канталупы на фермерском рынке. Тогда я любил канталупы. У них был насыщенный, сладкий вкус, с которым арбузу не сравниться. И вот как-то раз мама приносит три или четыре штуки в авоське, а я спрашиваю: «Можно, я съем кусочек?» И она говорит: «Да, конечно. Только вычисти семечки в раковину». Про семечки можно было и не напоминать, потому что я знал, как чистят и режут дыни. Ты меня слушаешь?

— Да. Как я понимаю, ты сильно порезался?

— Нет. Но мама подумала, что порезался, потому что я так заорал, что, наверное, меня было слышно в соседнем доме. Она прибежала на кухню, а я даже не мог говорить. Просто стоял, открыв рот, и показывал пальцем на разрезанную пополам канталупу, лежавшую на разделочном столе. Там внутри копошились личинки и мухи. Действительно копошились. Я никогда в жизни не видел *столько* личинок. Мама схватила баллончик со средством от насекомых, обрызгала дыню, потом завернула в бумажные полотенца и сразу вынесла на помойку. С тех пор я не ем канталупы, даже смотреть на них не могу. Вот тебе *моя* метафора о Терри Мейтленде, Билл. С виду та канталупа была абсолютно нормальная. Не рыхлая, не гнилая. Кожура была целой. Но эти личинки как-то проникли внутрь.

— В жопу твою канталупу, — сказал Сэмюэлс, — и в жопу метафору. Я еду домой. А ты все же подумай, Ральф. Не торопись подавать в отставку. Твоя жена мне сказала, что я спешу уйти с должности, пока меня не прокатили на выборах, и, возможно, она права. Но ты не зависишь от мнения избирателей. Только от трех старых копов из отдела внутренних расследований и психолога, чья частная практика явно дышит на ладан, и он вынужден работать за гроши на государство. И еще одно: если ты выйдешь в отставку, люди еще сильнее укрепятся в мысли, что мы облажались.

Ральф посмотрел на него и рассмеялся, громко и от души.

— Но мы облажались. Разве ты еще не понял, Билл? Мы облажались по полной программе. Мы купили канталупу, которая с виду была *хорошей*, а когда мы разрезали ее на глазах всего города, внутри она оказалась червивой. Их там быть не могло, этих личинок, но они были.

Сэмюэлс встал и пошел к дому. Открыл дверь в кухню и уже на пороге обернулся к Ральфу. Его хохолок торчал на макушке задорной пружинкой. Сэмюэлс показал пальцем на черемуху за забором:

— Это был *воробей*, черт возьми!

3

Вскоре после полуночи (примерно в то время, когда последний из Питерсонов учился вязать висельный узел по статье в «Википедии») Марси Мейтленд проснулась от криков, доносившихся из спальни ее старшей дочери. Сначала кричала Грейс — мать всегда различает голоса детей, — потом к ней присоединилась Сара. Впервые после ареста Терри девочки спали не с Марси, а у себя. Но конечно, они захотели лечь вместе. И наверное, теперь еще долго будут спать вдвоем в одной комнате. Это нормально.

Но истошные крики посреди ночи — это совсем не нормально.

Марси не помнила, как добежала до спальни Сары. Она помнила только, как вскочила с постели, и вот она уже стоит на пороге комнаты и смотрит на дочерей, которые сидят на кровати, тесно прижавшись друг к другу, в свете полной июльской луны за окном.

— Что случилось? — спросила Марси, оглядываясь в поисках взломщика. Сначала ей показалось, что он (конечно, это был он) притаился в углу, но потом она разглядела, что это всего лишь куча одежды.

— Это она! Это Грейси! — крикнула Сара. — Она меня напугала! Она говорит, что здесь кто-то был! Какой-то человек!

Марси села на кровать и обняла плачущую Грейс, по-прежнему озираясь по сторонам. Может, он прячется в шкафу? Услышал, что Марси идет, и спрятался в шкаф? Или под кровать? При этой мысли вернулись все детские страхи. Затаив дыхание, Марси ждала, что сейчас чья-то рука схватит ее за ногу. В другой руке будет нож.

— Грейс? Грейси? Кого ты видела? Где он был?

Грейс захлебывалась слезами и не могла произнести ни слова, но указала пальцем на окно.

Марси поднялась и на ватных ногах подошла к окну. Полиция еще наблюдает за домом? Хоуи говорил, что какое-то время они будут проводить регулярные обходы, но это не значит, что они станут дежурить у дома *все* время. К тому же окно спальни выходит на задний двор. Окна *всех* спален выходят либо на задний двор, либо на боковой дворик между их домом и домом Гандерсонов. А Гандерсоны уехали в отпуск.

Окно было закрыто и заперто. Двор — Марси казалось, что в ярком свете луны она различает каждую травинку, — был пуст.

Она снова села на кровать и погладила Грейс по спутанным волосам, мокрым от пота.

— Сара? Ты что-нибудь видела?

— Я... — Сара на секунду задумалась. Она по-прежнему обнимала младшую сестренку, которая рыдала, уткнувшись лицом ей в плечо. — Нет. Сначала мне показалось, что я что-то видела мельком в окне. Но это, наверное, потому, что Грейси кричала: «Он там, за окном!» Но никого там не было. — Она еще крепче прижала к себе сестру. — Слышишь, Грейс? Никого.

— Тебе приснился плохой сон, малыш, — сказала Марси. И добавила про себя: *Возможно, первый из многих.*

— Он там *был*, — прошептала Грейси.

— Значит, он умеет летать, — заявила Сара с удивительной рассудительностью для ребенка, которого только что напугали, разбудив громкими криками. — Мы на втором этаже!

— Ну и пусть на втором. Я его видела. У него были короткие черные волосы дыбом. И лицо все в комках, будто из пластилина. А вместо глаз была солома.

— Кошмар, — буднично сообщила Сара, словно закрывая тему.

— Так, девчонки, — сказала Марси, стараясь скопировать этот сдержанный, будничный тон, — сегодня вы спите со мной.

Девочки не стали возражать, и после того, как все трое улеглись на большую кровать в спальне Марси, десятилетняя Грейс заснула буквально через пять минут.

— Мама? — прошептала Сара.

— Что, солнышко?

— Я боюсь папиных похорон.

— Я тоже.

— Я не хочу идти, и Грейс тоже не хочет.

— Значит, нас уже трое, малыш. Но мы пойдем. Мы будем храбрыми, да? Ради папы.

— Я так сильно по нему скучаю, что не могу думать ни о чем другом.

Марси поцеловала тоненькую жилку, бившуюся на виске Сары.

— Давай спать, солнышко.

Сара вскоре заснула, а Марси еще долго лежала без сна, смотрела в потолок и размышляла о Грейс. О том, как та повернулась к окну в своем сне, который казался таким реальным.

А вместо глаз была солома.

4

В начале четвертого утра (примерно в то время, когда Фред Питерсон вышел из дома на задний двор, держа в левой руке табуретку и перекинув веревочную петлю через правое плечо) Джанет Андерсон проснулась по нужде. Мужа в кровати не было. Сделав свои дела, Дженни спустилась в гостиную и увидела, что Ральф сидит в большом кресле папы-медведя и смотрит на темный экран выключенного телевизора. Глядя на него проницательным взглядом жены, она снова отметила про себя, как сильно он похудел с тех пор, как в парке нашли тело Фрэнка Питерсона.

Она подошла и положила руку ему на плечо.

Он не обернулся.

— Билл Сэмюэлс сказал кое-что, что никак не дает мне покоя.

— Что именно?

— В том-то и дело, что я не знаю. В голове крутится, но не дается.

— Что-то насчет парнишки, угнавшего микроавтобус?

Перед сном, когда они уже лежали в постели, Ральф пересказал Дженни свой разговор с Сэмюэлсом, потому что история двенадцатилетнего мальчишки, который доехал из штата Нью-Йорк до Эль-Пасо, угнав по дороге несколько машин, и вправду была поразительной. Может быть, не такой поразительной, как истории из журнала «Судьба», но все же довольно диковинной. «Можно представить, как он ненавидит отчима», — заметила Дженни и выключила свет.

— Да, наверное. *Что-то* насчет него, — сказал Ральф теперь. — И там был обрывок какой-то бумаги, под сиденьем в микроавтобусе. Я собирался проверить, что это может быть, но потом столько всего навалилось, и стало не до того. Кажется, я тебе о нем не говорил.

Она улыбнулась и взъерошила ему волосы, которые, как и тело под пижамой, словно истончились с весны.

— Говорил. Ты сказал, что это, наверное, обрывок меню.

— Я уверен, что он хранится с остальными вещдоками.

— Да, ты уже говорил.

— Думаю завтра заехать в участок и взглянуть еще раз. Тогда я, может быть, вспомню, что именно меня зацепило в рассказе Билла.

— По-моему, это хорошая мысль. Иначе ты скоро чокнешься от безделья. Знаешь, я перечитала тот рассказ По. Рассказчик, Вильям Вильсон, говорит, что верховодил в школе. А потом появился еще один мальчик, с точно таким же именем.

Ральф поднес ее руку к губам и рассеянно поцеловал.

— Ну, ничего странного в этом нет. Может быть, Вильям Вильсон — не такое распространенное имя, как Джо Смит, но это все-таки не Збигнев Бжезинский.

— Да, но потом выясняется, что они родились в один день. И одеваются одинаково. И что хуже всего, они очень похожи внешне. Люди их путают. Тебе это что-нибудь напоминает?

— Да.

— Так вот, уже после школы первый Вильям Вильсон постоянно встречает второго, и эти встречи всегда плохо заканчиваются для первого, который пошел по кривой дорожке и винит в этом второго. Ты меня слушаешь?

— Слушаю. И неплохо справляюсь, если учесть, что сейчас четверть четвертого утра.

— Так вот, в самом конце первый Вильям Вильсон убивает второго. Закалывает рапирой. А потом видит в зеркале, что заколол себя самого.

— Потому что, как я понимаю, никакого второго Вильсона не было вовсе.

— Он был. Его многие *видели*. Но в самом конце у первого Вильяма Вильсона случилась галлюцинация, и он покончил с собой. Потому что больше не мог выносить эту двойственность, как мне кажется.

Она ждала, что Ральф фыркнет и рассмеется, но он серьезно кивнул.

— Да, все логично. На самом деле отличная психологическая зарисовка. Особенно для... Когда это было написано? В середине девятнадцатого века?

— Да, где-то так. В колледже у нас был спецкурс по американской готике, и мы читали много рассказов По, включая и «Вильяма Вильсона». Наш преподаватель говорил, что многие ошибочно думают, будто По сочинял фантастические истории о сверхъестественном, хотя на самом деле он писал реалистические рассказы о психических расстройствах.

— Но тогда еще не было ни дактилоскопии, ни ДНК-экспертизы, — сказал Ральф, улыбнувшись. — Пойдем спать. Наверное, теперь я сумею заснуть.

Но Дженни его удержала:

— Подожди, муж мой. Сперва я задам тебе один вопрос. Может быть, потому, что сейчас глубокая ночь и мы здесь вдвоем. И никто не услышит, если ты надо мной посмеешься. Но лучше не смейся, потому что мне будет грустно.

— Я не буду смеяться.

— Может быть, будешь.

— Не буду.

— Ты пересказал мне историю Билла о следах, которые вдруг оборвались посреди пустыни, и свою историю о каналупе с червями внутри, которых там не должно было быть. Но вы оба говорили метафорами. Точно так же, как «Вильям Вильсон» — это метафора раздвоенной личности... ну, или так думал наш преподаватель. Но если отбросить метафору, что остается?

— Я не знаю.

— Необъяснимое, — сказала она. — И мой вопрос очень прост. Что, если ответ на загадку двух Терри лежит в области сверхъестественного?

Ральф не стал смеяться. Ему не хотелось смеяться. В столь поздний час смеяться не хочется в принципе. Или в столь ранний час. Всему свое время.

— Я не верю в сверхъестественное. Ни в привидений, ни в ангелов, ни в божественную природу Иисуса Христа. Я хожу в церковь, но лишь потому, что там спокойно и иногда получается добиться внутренней тишины и прислушаться к себе. И еще потому, что так принято. Я всегда думал, что ты сама ходишь в церковь по тем же причинам. Или из-за Дерека.

— Мне бы хотелось верить в Бога, — сказала она, — потому что очень не хочется верить в то, что после смерти уже ничего не будет. Хотя это логично: раз мы приходим из небытия, то в небытие и уйдем. Но я верю в звездное небо над головой и в бесконечность Вселенной. В великое Там Наверху. Я верю, что в каждой горстке песка здесь, внизу, заключены бессчетные миры, потому что бесконечность работает в обе стороны. Я верю, что за каждой мыслью в моей голове, стоит еще дюжина мыслей, о которых я даже не подозреваю. Я верю в свое сознание и подсознание, хотя даже не знаю, что это такое. И я верю Артуру Конан Дойлу, который придумал Шерлока Холмса и вложил в его уста такие слова: «Если отбросить все невозможное, то, что останется, и есть истина, какой бы невероятной она ни казалась».

— Это не тот Конан Дойл, который верил в фей? — спросил Ральф.

Дженни вздохнула.

— Пойдем наверх и учиним безобразие. И тогда, быть может, нам обоим удастся заснуть.

Ральф охотно поднялся в спальню, но даже когда они с Дженни занимались любовью (за исключением момента оргазма, когда все мысли уносятся прочь), он постоянно ловил себя на мыслях о фразе Шерлока Холмса. Умная фраза. Логичная. Но можно ли перефразировать ее так: *Если отбросить все естественное, то, что останется, и есть сверхъестественное?* Нет, нельзя. Ральф не поверил бы ни одному объяснению, выходящему за рамки законов материального мира. Не только как полицейский детектив, но и как человек. Фрэнка Питерсона убил реальный, живой преступник, а не призрак из книжки комиксов. И что у нас остается, каким бы невероятным оно ни казалось? Только одно. Фрэнка Питерсона убил Терри Мейтленд, ныне покойный.

5

В ту июльскую ночь со среды на четверг луна взошла ярко-оранжевой и огромной, как гигантский тропический фрукт. Но ближе к утру, когда Фред Питерсон вышел на задний двор и вскарабкался на табуретку, на которую столько раз закидывал ноги во время воскресных трансляций футбольных матчей, луна превратилась в холодную серебряную монетку высоко в небе.

Фред набросил петлю на шею и подтянул узел так, чтобы тот лег сбоку под нижней челюстью, согласно инструкции из статьи в «Википедии» (снабженной наглядной иллюстрацией). Другой конец веревки он привязал к ветке черемухи, точно такой же, как за забором на заднем дворе у Ральфа Андерсона, хотя эта черемуха была старше и росла здесь с тех времен, когда американский бомбардировщик сбросил свой смертоносный груз на Хиросиму (поистине сверхъестественное событие для японцев, которые наблюдали за взрывом издалека и поэтому не испарились на месте).

Неустойчивая табуретка качалась у него под ногами. Он слушал стрекот сверчков, подставляя вспотевшие, разгоряченные щеки легкому ночному ветерку — прохладному и приятному после жаркого дня, в преддверии еще одного жаркого дня, которого Фред уже не увидит. Отчасти его решение покончить с собой, оборвав род Питерсонов из Флинт-Сити, объяснялось надеждой, что Фрэнк, Арлин и Олли ушли не слишком далеко. Возможно, он еще успеет их догнать. Но главной причиной была невыносимая мысль о том, что завтра утром ему предстоит хоронить сразу двух близких людей, чьим погребением занимается та же контора — братья Донелли, — которая организует похороны человека, виновного в их смерти. Фред понимал, что ему просто не хватит на это сил.

Он в последний раз оглядел двор и спросил себя, вправду ли хочет *этого*. Ответ был «да», и Фред без дальнейших раздумий отпихнул ногой табуретку, ожидая услышать треск ломающихся позвонков, прежде чем перед ним откроется тоннель света — тоннель, где в конце его встретит семья, и они все вместе уйдут к другой, лучшей жизни, в которой никто не насилует и не убивает невинных детей.

Треска не было. Видимо, Фред невнимательно читал статью в «Википедии» и пропустил тот кусок, где говорилось, что нужен довольно большой перепад высоты, чтобы сломать шею мужчине весом двести пять фунтов*. Он не умер мгновенно, он стал задыхаться. Когда веревка сдавила горло и глаза Фреда вылезли из орбит, в нем проснулся инстинкт выживания — вспыхнул ярким светом, взревел в голове тревожной сиреной. Буквально за три секунды тело взяло верх над мозгом, и желание умереть сменилось бешеной волей к жизни.

Фред поднял руки, схватился за веревку и потянул со всей силы. Натяжение чуть-чуть ослабло, и ему удалось сделать вдох — судорожный, неглубокий, потому что петля по-прежнему давила на горло, узел врезался сбоку под подбородок, как воспаленная железа. Держась за веревку одной рукой, он потянулся другой к ветке. Царапнул ее снизу, сбив кусочки коры, которые посыпались ему на голову, но схватиться за ветку не смог.

---

* 93 кг.

Он был неспортивным мужчиной средних лет, вся его физическая активность ограничивалась походами к холодильнику за очередной банкой пива во время просмотра футбольных матчей с участием его любимых «Далласских ковбоев», но даже в школе на физкультуре ему никогда не удавалось подтянуться на турнике больше пяти раз. Он почувствовал, что рука соскальзывает с веревки, и схватился за нее другой рукой. Ему удалось сделать еще один судорожный вдох. Его ноги болтались в восьми дюймах от земли. Один тапок слетел и упал на траву. Потом слетел и второй. Фред попытался позвать на помощь, но сумел издать только тихий, едва различимый хрип... да и кто бы услышал его в такой час? Любопытная старая миссис Гибсон из соседнего дома? Она сейчас дрыхнет без задних ног, зажав в руке четки, и видит сны о преподобном отце Брикстоне.

Руки соскользнули. Ветка затрещала. Дыхание остановилось. Он ощущал, как кровь, запертая в голове, пульсирует и грозит разорвать ему мозг. Он услышал свой собственный сдавленный хрип и подумал: *Все должно было быть по-другому.*

Он махал руками, пытаясь нащупать веревку над головой. Так утопающий рвется к поверхности из глубин омута. Перед глазами поплыли черные пятна. Нет, не пятна, а споры. Они прорастали огромными черными поганками. Но прежде чем лес ядовитых грибов захлестнул все пространство, Фред успел разглядеть в лунном свете какого-то человека. Он стоял на террасе, по-хозяйски положив руку на печь-барбекю, на которой сам Фред больше не приготовит ни одного стейка. Или, может быть, это был не человек. Лицо было смазанным, смятым, словно его наспех вылепил слепой скульптор. А вместо глаз торчали соломины.

6

Джун Гибсон — соседка, приготовившая лазанью, которую Арлин Питерсон вывалила себе на голову перед тем, как с ней случился сердечный приступ, — в эту ночь не спала. И не думала об отце Брикстоне. Ее мучили боли. Ишиас снова дал о себе знать. В последний раз он проявился три года назад, и она уже тешила себя надеждой, что противная хворь излечилась сама собой, однако боли вернулись, как непрошеный гость, нагло обосновавшийся в ее теле, словно у себя дома. Все началось с характерного онемения под левым коленом после субботних поминок у Питерсонов, и, зная симптомы, она упросила доктора Ричленда выписать ей рецепт на оксикодон. Впрочем, таблетки почти не помогали. Боль пробивала всю левую ногу от поясницы до щиколотки, где болело особенно сильно, как будто ее стянули колючей проволокой. А самым поганым в ишиасе — по крайней мере в ее случае — было то, что когда ложишься, становится еще хуже. Поэтому она и сидела в гостиной перед телевизором, в халате поверх пижамы, вполглаза смотрела рекламу комплекса упражнений для сексуального пресса и раскладывала пасьянс на айфоне, который ей подарил сын на День матери.

Здоровье у старой Джун Гибсон было уже не то, зрение с годами испортилось, но глухотой она не страдала. А так как телевизор работал почти без звука, она явственно услышала выстрел в соседнем дворе и вскочила на ноги, не обращая внимания на боль, пронзившую всю левую половину тела.

Господи боже, Фред Питерсон застрелился.

Схватив свою трость, она захромала к задней двери, скрюченная в три погибели, словно старая ведьма с клюкой. В холодном, безжалостном лунном свете она даже с крыльца разглядела лежавшего на траве Питерсона. Он все-таки не застрелился. У него на шее была петля, и веревка змеилась к валявшейся рядом обломившейся ветке, к которой ее привязали.

Отшвырнув трость — все равно та бы только мешала, — миссис Гибсон бочком спустилась с крыльца и преодолела девяносто футов, что отделяли ее задний двор от двора Питерсонов, почти бегом, позабыв о своем воспаленном седалищном нерве, разрывавшем левую ногу пронзительной болью от ягодицы до пятки.

Она упала на колени рядом с мистером Питерсоном, охватив одним взглядом и его синюшно-багровое раздувшееся лицо, и вывалившийся язык, и веревочную петлю, почти утонувшую в распухшей шее. С трудом она просунула пальцы под веревку и потянула со всей силы, из-за чего нога снова взорвалась болью. Крик вырвался сам собой: звонкий, протяжный, на грани слез. В доме напротив зажегся свет, но миссис Гибсон этого не заметила. Веревка все-таки поддалась, слава Богу, и Сыну Его Иисусу, и Деве Марии, и всем святым. Миссис Гибсон ждала, что сейчас мистер Питерсон сделает вдох.

Но он не дышал.

Миссис Гибсон всю жизнь проработала кассиром в городском филиале Первого национального банка, вышла на пенсию в положенные шестьдесят два года, закончила курсы домашних сиделок и получила сертификат, дающий право работать по новой специальности. Это была неплохая прибавка к пенсии, и миссис Гибсон ударно трудилась до семидесяти четырех лет, после чего все же ушла на заслуженный отдых. В обязательную программу курсов входила первая медицинская помощь, в том числе искусственное дыхание. И теперь миссис Гибсон склонилась над мистером Питерсоном, запрокинула его голову, зажала пальцами ноздри, резким рывком открыла ему рот, сделала глубокий вдох и прижалась губами к его губам.

Она была на десятом вдохе и боролась с головокружением, когда к ней подошел мистер Джаггер из дома напротив и постучал пальцем по ее костлявому плечу.

— Он мертв?

— Нет, и я его вытащу, — сказала миссис Гибсон. Она схватилась за карман своего халата и нащупала сквозь ткань твердый прямоугольник. Мобильный телефон. Достала его и не глядя швырнула за спину. — Вызывай «Скорую». И если я хлопнусь в обморок, тебе придется меня заменить.

Она не хлопнулась в обморок. На пятнадцатом вдохе — когда у нее окончательно потемнело в глазах — Фред Питерсон задышал сам. Хриплый судорожный вдох. И еще один. Миссис Гибсон ждала, что сейчас он откроет глаза, а не дождавшись, подняла ему одно веко. Под веком была только белая склера в красной сетке лопнувших сосудов.

Фред Питерсон сделал еще один, третий, вдох и опять перестал дышать. Миссис Гибсон поняла, что пора приступать к закрытому массажу сердца. Она не знала, поможет он или нет, но уж точно не повредит. Боль в спине и ноге отпустила. Может ли ишиас пройти от потрясения? Конечно, нет. Что за глупая мысль. Это адреналин, и когда его уровень снизится, боль вернется с удвоенной силой.

Вой приближающейся сирены всколыхнул предрассветную темноту.

Миссис Гибсон продолжила закачивать воздух в рот Фреду Питерсону (ее самый близкий контакт с мужчиной после смерти мужа в две тысячи четвертом году), делая паузу каждый раз, когда понимала, что вот-вот потеряет сознание. Мистер Джаггер не предложил ее подменить, а она и не просила. Все, что происходило до приезда «Скорой», происходило исключительно между ней и Питерсоном.

Иногда, когда она прерывалась, чтобы перевести дух, мистер Питерсон делал шумный, судорожный вдох. Иногда нет. Занятая своим делом, миссис Гибсон едва заметила, что подъехала «Скорая», высветив пульсирующим красным маячком зазубренный обломок ветки на стволе черемухи, где пытался повеситься мистер Питерсон. Один из врачей помог миссис Гибсон встать на ноги, и — о чудо! — ноги почти не болели. Это было прекрасно. И пусть это чудо продлится недолго, она приняла его с искренней благодарностью.

— Теперь мы о нем позаботимся, миссис, — сказал врач. — Вы замечательно справились.

— Точно, — согласился мистер Джаггер. — Ты спасла его, Джун! Ты спасла ему жизнь!

Вытерев с подбородка теплую слюну — ее собственную, смешанную со слюной Питерсона, — миссис Гибсон сказала:

— Может быть. А может быть, было лучше его не трогать.

7

В четверг в восемь утра Ральф косил траву на лужайке за домом. Впереди его ждал целый день вынужденного безделья, и он решил выкатить газонокосилку, чтобы хоть чем-то себя занять... хотя мысли сейчас были заняты совершенно другим. Мысли носились по кругу, как белка в колесе: изуродованное тело Фрэнка Питерсона, показания свидетелей, записи с камер видеонаблюдения, ДНК, толпа у здания окружного суда. Да, толпа. По какой-то причине ему никак не давала покоя съехавшая бретелька бюстгальтера той девчонки, сидевшей на плечах парня и потрясавшей кулаками: ярко-желтая тоненькая полоска.

Он едва услышал, как зазвонил мобильный. Выключил газонокосилку и ответил на звонок, стоя посреди лужайки в старых кроссовках, припорошенных мелкими обрезками травы.

— Андерсон слушает.

— Это Трой Рэмидж, шеф.

Один из двух полицейских, производивших арест Терри Мейтленда. Теперь Ральфу казалось, что это было давным-давно. Как говорится, в другой жизни.

— Что-то случилось, Трой?

— Я звоню из больницы. Мы тут с Бетси Риггинс.

Ральф улыбнулся. Он так отвык улыбаться, что почти забыл, как это делается.

— Она рожает?

— Нет, еще нет. Это по просьбе начальства. Потому что ты временно отдыхаешь, а Джек Хоскинс еще рыбачит на озере Окома. Ну, а я ее сопровождаю.

— А что случилось?

— Ночью «Скорая» привезла Фреда Питерсона. Он пытался повеситься на дереве у себя во дворе, но ветка сломалась. Соседка, миссис Гибсон, можно сказать, вытащила его с того света. Сделала искусственное дыхание и спасла ему жизнь. Она сейчас здесь, в больнице, пришла узнать, как у него дела, и нас отправили взять у нее показания. Так положено, но тут все ясно как божий день. Видит бог, у него были причины покончить с собой.

— В каком он состоянии?

— В крайне тяжелом. Врачи говорят, мозговая активность минимальна. Шансы, что он выйдет из комы, примерно один к ста. Бетси сказала, что надо тебе сообщить.

На секунду Ральфу показалось, что сейчас его вывернет хлопьями с молоком, съеденными на завтрак, и он поспешил отвернуться от газонокосилки, чтобы в случае чего ее не забрызгать.

— Шеф? Ты тут?

Ральф сглотнул подступившую к горлу молочно-рисовую кислятину.

— Да, я тут. Где сейчас Бетси?

— В палате у Питерсона, вместе с миссис Гибсон. Детектив Риггинс попросила меня позвонить, и мне пришлось выйти, потому что в реанимационных палатах нельзя пользоваться телефонами. Врачи предлагали им перейти в кабинет, но Гибсон сказала, что будет беседовать с детективом Риггинс только в присутствии Питерсона. Как будто считает, что он их услышит. Милая старушка, но мучается со спиной, сразу видно по ее походке. Честно сказать, мне не очень понятно, зачем она примчалась в больницу. Это не сериал «Хороший доктор», и вряд ли стоит рассчитывать на чудесное исцеление.

Ральф подумал, что это как раз понятно. Миссис Гибсон наверняка обменивалась с Арлин Питерсон кулинарными рецептами, и Олли с Фрэнки росли у нее на глазах. Может быть, Фред Питерсон однажды помог ей расчистить двор после особенно сильного снегопада, которые во Флинт-Сити бывают нечасто, но все же бывают. Она пришла в знак скорби и уважения. Возможно, даже из-за чувства вины, что не дала Питерсону спокойно уйти и своими стараниями обрекла его на бессрочное прозябание между жизнью и смертью в больничной палате, где за него будет дышать специальный аппарат.

Весь ужас последних восьми дней обрушился на Ральфа, как штормовая волна. Убийца не удовольствовался жизнью одного мальчика; он забрал всю семью Питерсонов. Всех подчистую.

Нет, не «убийца». К чему анонимность? У убийцы есть имя. Терри. Их убил Терри. *Других подозреваемых у нас нет.*

— В общем, Бетси сказала, что надо тебе сообщить, — повторил Рэмидж. — И кстати, во всем надо видеть хорошие стороны. Раз уж Бетси сейчас в больнице, может, заодно и родит. Чтобы два раза не бегать.

— Передай ей, пусть едет домой, — сказал Ральф.

— Вас понял. И... Ральф? Мне очень жаль, что все так получилось у здания суда. Хреновое шоу.

— Это ты верно заметил, — согласился Ральф. — Спасибо, что позвонил.

Он продолжил косить лужайку, неторопливо шагая за старенькой тарахтящей газонокосилкой (давно пора съездить в «Хоум депо» и купить новую; и теперь, когда неожиданно образовалось так много свободного времени, у него больше нет оправданий откладывать эту поездку). Когда работы осталось на пару минут, у Ральфа опять зазвонил телефон. Он подумал, что это, наверное, Бетси, но ошибся. Хотя в этот раз тоже звонили из городской больницы Флинт-Сити.

— Мы еще не получили все данные по ДНК-экспертизе, — сказал доктор Эдвард Боган, — но уже есть результаты по образцам, взятым с ветки, которой насиловали ребенка. Кровь, чешуйки кожи с руки преступника, оставшиеся на коре, когда он... ну, вы понимаете...

— Да, — сказал Ральф. — Так что с результатами? Говорите уже, не томите.

— Я затем и звоню, детектив. Образцы, взятые с ветки, совпадают с контрольными образцами слизистой Мейтленда.

— Ясно, доктор Боган. Спасибо. Передайте, пожалуйста, всю информацию начальнику нашего управления Геллеру и лейтенанту Сабло из полиции штата. Я сейчас в принудительном отпуске и до конца лета вряд ли вернусь на службу.

— Возмутительно.

— Таковы правила. Я не знаю, кому Геллер передаст дело — Джек Хоскинс в отпуске, Бетси Риггинс в декрете, и роды могут начаться в любую минуту, — но кого-нибудь он найдет. Да и дело, по сути, закрыто. Мейтленд мертв. Осталось только заполнить все пробелы.

— Пробелы — это важно, — сказал Боган. — Жена Мейтленда, возможно, захочет предъявить гражданский иск. Когда ее адвокат ознакомится с результатами ДНК-экспертизы, он сам будет ее отговаривать. Надо совсем уже стыд потерять, чтобы с вами судиться. Ее муж изуверски убил ребенка, надругался с особой жестокостью, и если она ничего не знала... если она даже не подозревала о его наклонностях... значит, она человек невнимательный и равнодушный. Всегда есть какие-то признаки. Сексуальный садист так или иначе себя проявит. Всегда. По-хорошему, вас надо представить к награде, а не отправлять в принудительный отпуск.

— Спасибо на добром слове.

— Я говорю то, что думаю. Мы ждем оставшихся результатов. Образцов еще много. Держать вас в курсе, когда появятся новые данные?

— Да, спасибо.

Возможно, шеф Геллер вызовет Хоскинса из отпуска раньше времени, но от Хоскинса мало толка, даже когда он трезвый, что в последнее время случается редко.

Завершив разговор, Ральф докосил лужайку и закатил газонокосилку в гараж. Ему вспомнился еще один рассказ По. История о человеке, замурованном заживо в винном погребе. Сам рассказ Ральф не читал, но видел фильм.

Во имя всего святого, Монтрезор! — крикнул человек, которого замуровывали, и тот, кто его замуровывал, согласился: *Во имя всего святого.*

В деле Терри Мейтленда замурованным оказался Терри, только вместо кирпичей были анализы ДНК, а сам он был уже мертв. Да, имелись противоречивые доказательства, и это внушало тревогу, но теперь у них есть ДНК из Флинт-Сити и нет ДНК из Кэп-Сити. Есть отпечатки на книге из киоска в отеле, но отпечатки можно подделать. Это не так просто, как представляется в детективных сериалах, но вполне возможно.

А как же свидетели, Ральф? Трое учителей, которые знали его много лет.

Не бери в голову. Сосредоточься на ДНК. Веское доказательство. Самое убедительное из всех.

В том фильме Монтрезора изобличил черный кот, которого тот случайно замуровал вместе со своей жертвой. Кошачьи вопли привлекли внимание гостей. Наверное, это тоже была метафора: черный кот как голос совести самого убийцы. Но иногда сигара — это просто сигара, а кот — просто кот. Нет никаких оснований вновь и вновь вспоминать взгляд умирающего Терри или его заявление перед смертью. Как очень верно заметил Сэмюэлс, рядом с Терри была жена.

Ральф присел на верстак, чувствуя себя слишком усталым для человека, который всего лишь постриг траву на крошечной лужайке за домом. Его никак не отпускали картинки, мелькавшие в голове. Стоп-кадры последних секунд перед выстрелами. Перекошенное лицо блондинки-ведущей, когда та поняла, что у нее идет кровь — ранка скорее всего пустяковая, но для рейтинга самое то. Человек с обожженным лицом и татуированными руками. Мальчик с заячьей губой. Кусочки слюды на асфальте, искрящиеся причудливыми созвездиями. Желтая бретелька бюстгальтера, сползшая с плеча молодой девушки. Особенно бретелька. Как будто это была подсказка. Указание на что-то еще, что-то важное. Но иногда бретелька — это просто бретелька.

— И человек не может находиться в двух местах одновременно, — пробормотал он.

— Ральф? Ты что, разговариваешь сам с собой?

Он вздрогнул и поднял взгляд. В дверях стояла Дженни.

— Похоже на то. Больше здесь никого нет.

— Здесь есть *я*, — сказала она. — У тебя все хорошо?

— Нет, не все, — ответил он и рассказал ей о Фреде Питерсоне. Она заметно расстроилась.

— Господи, как же так? Если он не придет в себя, это конец всей семье.

— Семье конец в любом случае. — Ральф поднялся на ноги. — Чуть позже съезжу в участок, изучу ту бумажку. Обрывок меню или что там это такое.

— Но сначала марш в душ. От тебя пахнет травой и маслом.

Он улыбнулся и отдал честь.

— Есть, сэр!

Она встала на цыпочки и чмокнула его в щеку.

— Ральф? Ты справишься, даже не сомневайся. Я знаю: ты обязательно справишься.

8

Ральф не знал многих нюансов принудительного отпуска, поскольку никогда раньше с этим не сталкивался. Например, он не знал, разрешено ли ему вообще находиться в участке, поэтому поехал туда во второй половине дня, когда ежедневная деловая активность уже шла на спад и жизнь в управлении замирала. Когда он вошел в общий зал, там было практически пусто. Только Стефани Гулд, еще в штатском, заполняла отчеты на одном из старых компьютеров, которые городской совет давно обещал заменить, а Сэнди Макгилл за диспетчерским столом читала «Пипл». Шефа Геллера на месте не было.

— Привет, детектив, — сказала Стефани. — А что ты здесь делаешь? Ты же вроде на отдыхе.

— Да вот соскучился по работе.

— Могу тебя загрузить прямо сейчас, — предложила она, похлопав по стопке папок рядом с компьютером.

— Может быть, в другой раз.

— Мне очень жаль, что все так получилось. Нам всем очень жаль.

— Спасибо.

Он подошел к Сэнди и попросил ключ от хранилища вещественных доказательств. Она тут же выдала ему ключ, даже не оторвавшись от своего журнала. На стене у двери в тесную комнатушку, где хранились вещдоки, висела дощечка с листом и ручкой. У Ральфа мелькнула мысль плюнуть на правила и пройти так, но он все-таки записал на листке свое имя, дату и время — 15:30. Собственно, у него не было выбора. Гулд и Макгилл знают, что он приходил в управление, и знают зачем. Если кто-нибудь спросит, что он делал в хранилище вещдоков, он честно ответит как есть. Его же не отстранили от службы, а просто отправили в отпуск.

В крошечной комнате размером чуть больше стенного шкафа было жарко и душно. Флуоресцентные лампы мигали. Как и древние компьютеры, эти лампы давно нуждались в замене. Флинт-Сити, получавший дотации из федерального бюджета, обеспечивал полицейское управление необходимым оружием — и даже более того. Кому какое дело, что инфраструктура разваливается?

Если бы убийство Фрэнка Питерсона произошло в те времена, когда Ральф только начал служить в полиции, вещдоков по делу Мейтленда набралось бы на четыре больших коробки, если не на все шесть, но компьютерный век творит чудеса компрессии, и теперь все уместилось в две. Плюс ящик с инструментами из микроавтобуса. Стандартный набор молотков, гаечных ключей и отверток. Ни на одном инструменте, ни на самом ящике отпечатков Терри не было. Из чего Ральф сделал вывод, что этот ящик уже находился в микроавтобусе на момент угона, и Терри не стал проверять его содержимое, когда взял «эконолайн» для своих черных целей.

Одна из коробок с вещдоками была обозначена «МЕЙТЛЕНД, ДОМ». Вторая — «МИКРОАВТОБУС/"СУБАРУ"». Именно эта коробка и была нужна Ральфу. Он разрезал ленту. Теперь уже можно: Терри мертв.

После непродолжительных поисков Ральф выудил из коробки прозрачный полиэтиленовый пакетик с бумажным обрывком. Треугольный кусочек голубого листа. Сверху жирными черными буквами было написано: «ТОММИ И ТАП». На этом надпись обрывалась. В верхнем углу был нарисован пирог, от которого поднимался пар. Наверное, потому Ральф и решил, что это обрывок меню какого-то ресторана, хотя сам рисунок в памяти не отложился. Но засел в подсознании. Как там сказала Дженни в их сегодняшнем ночном разговоре? *Я верю, что за каждой мыслью в моей голове стоит еще дюжина мыслей, о которых я даже не подозреваю.* Если это правда, Ральф отдал бы немалые деньги, чтобы ухватить мысль, притаившуюся за желтой бретелькой. Потому что там явно скрывалась какая-то важная мысль, он был в этом почти уверен.

И еще в одном он был почти уверен: в том, как именно этот клочок бумаги оказался на полу под водительским сиденьем. Кто-то сунул меню под дворники всех машин, припаркованных в том квартале, где стоял угнанный микроавтобус. Водитель — может быть, парнишка, который угнал его первым, еще в Нью-Йорке, а может быть, следующий угонщик — просто сорвал листовку, поленившись поднять дворник, и не заметил, что под ним остался оборванный уголок. Потом, уже на ходу, заметил. Потянулся и вытащил, но не стал выкидывать за окно, а бросил на пол, себе под ноги. Возможно, он был человеком воспитанным, хоть и вором, и считал неприемлемым мусорить на дорогах. Возможно, сзади ехал полицейский патруль, и угонщику не хотелось привлекать к себе лишнее внимание даже из-за такой мелочи. Также возможно, что он *попытался* выкинуть бумажку в окно, но ветер задул ее обратно в кабину. Ральфу приходилось расследовать ДТП (в том числе одно очень скверное), где фигурировали окурки, неудачно выброшенные в окно.

Он достал из кармана свой верный блокнот (привычка — вторая натура, даже в принудительном отпуске) и написал на чистой странице: «ТОММИ И ТАП». Потом поставил коробку «МИКРОАВТОБУС/"СУБАРУ"» обратно на полку, вышел из хранилища вещдоков — не забыв отметить на листке у двери точное время ухода — и запер дверь. Отдавая ключ Сэнди, показал ей открытый блокнот. Она мельком взглянула на запись, оторвавшись от последних похождений Дженнифер Энистон.

— Тебе это что-нибудь говорит?

— Нет. — И она снова уткнулась в журнал.

Ральф подошел к Стефани Гулд, которая все еще заполняла отчеты на компьютере и чертыхалась себе под нос всякий раз, когда нажимала не ту клавишу, что происходило довольно часто. Стефани заглянула в блокнот и пожала плечами.

— Кажется, «тап» — это какой-то старинный британский жаргон, что-то связанное с сексом. Больше мне ничего в голову не приходит. А это важно?

— Не знаю. Может, и нет.

— Ну, так загугли.

Дожидаясь, пока загрузится его собственный допотопный компьютер, Ральф решил обратиться в справочное бюро, на котором был женат. Дженни взяла трубку после первого гудка и сразу ответила на вопрос:

— Это могут быть Томми и Таппенс. Миляги-детективы из романов Агаты Кристи. Она писала о них, когда не писала об Эркюле Пуаро или мисс Марпл. Если я права, это скорее всего окажется ресторан, которым владеют пожилые супруги, непременно британцы. И там наверняка подают бабл-энд-скуик.

— Бабл и *что*?

— Не важно.

— Может быть, это не важно, — повторил он. Но может, и важно. Вот и приходится копаться в дерьме, чтобы понять, важно оно или нет; собственно, почти вся сыскная работа — это раскопки дерьма, да простит нас Шерлок Холмс.

— Но мне все равно любопытно. Когда вернешься домой, расскажешь. Кстати, купи по дороге апельсиновый сок.

— Хорошо, я заеду в «Джералд», — сказал Ральф и отключился.

Он открыл «Гугл», вбил в строку поиска «ТОММИ И ТАППЕНС», секунду подумал и добавил «РЕСТОРАН». Компьютеры в управлении были старыми, но новый роутер работал шустро. Через пару секунд на экране появились результаты поиска. Первым шел кафе-бар «Томми и Таппенс» на бульваре Нортвудс в Дейтоне, штат Огайо.

Дейтон. Что-то насчет Дейтона. О нем, кажется, упоминалось в ходе этого прискорбного дела. Если да, то когда? И в каком контексте? Ральф откинулся на спинку стула и закрыл глаза. И если деталь, связанная с желтой бретелькой, упрямо от него ускользала, то с Дейтоном он разобрался мгновенно. Да, конечно. Последний разговор с Терри Мейтлендом. Они говорили о белом микроавтобусе, и Терри сказал, что в последний раз он был в Нью-Йорке в свой медовый месяц. Но этой весной Терри ездил в Огайо. Как раз в Дейтон.

На весенних каникулах у девчонок. Я хотел повидаться с отцом. А когда Ральф спросил: *Твой отец живет в Дейтоне?* — Терри ответил: *Если это можно назвать жизнью.*

Он позвонил Сабло.

— Юн, привет. Это я.

— Привет, Ральф, как тебе отдыхается?

— Замечательно. Ты бы видел мою лужайку. Я слышал, тебе будет объявлена благодарность за то, что ты прикрыл своим телом великолепную, хоть и безмозглую тушку той телеведущей.

— Вроде бы ходят такие слухи. Жизнь неплохо обходится с сыном бедного мексиканского фермера.

— Ты вроде бы говорил, что твой отец владеет крупнейшим в Амарилло автосалоном.

— Может, и говорил. Но когда выбираешь между легендой и правдой, всегда выбирай легенду. Этому учит нас мудрый Джон Форд в «Человеке, который застрелил Либерти Вэланса». Чем я могу быть полезен?

— Сэмюэлс говорил тебе о парнишке, который первым угнал микроавтобус?

— Да. Удивительная история. Кстати, ты знал, что парнишку зовут Мерлин? И тут точно не обошлось без чародейства: доехать до южного Техаса аж из Нью-Йорка!

— Ты можешь связаться с полицией Эль-Пасо? Там его странствия завершились, но Сэмюэлс говорил, что паренек бросил микроавтобус в Огайо. Я хочу выяснить, где именно в Огайо. Возможно, в Дейтоне? И если да, то не рядом ли с кафе-баром «Томми и Таппенс» на бульваре Нортвудс?

— Думаю, что смогу все узнать.

— Сэмюэлс говорил, что этот маг Мерлин был в бегах несколько месяцев. Можешь попробовать выяснить, *когда* он бросил микроавтобус? Вдруг это было в апреле?

— Да, наверное, смогу. А зачем, можно спросить?

— Терри Мейтленд был в Дейтоне в апреле. Навещал отца.

— Да ну? — Судя по голосу, Юна очень заинтересовала эта информация. — Один?

— Нет, с семьей, — сказал Ральф. — И они летели туда и обратно.

— Значит, голяк.

— Скорее всего. Но что-то в этой истории определенно настраивает сознание на медитативный лад.

— Как-то оно сложновато для сына бедного мексиканского фермера, детектив.

Ральф вздохнул.

— Ладно, попробую все разузнать.

— Спасибо, Юн.

Буквально в ту же секунду, когда Ральф закончил разговор, в общий зал вошел шеф Геллер со спортивной сумкой на плече. Вид у него был бодрый и свежий, будто только что из душа. Ральф помахал ему рукой и получил в ответ хмурый взгляд.

— Тебе не положено здесь находиться, детектив.

Вот и ответ на *один* из вопросов.

— Иди домой. Подстриги лужайку.

— Уже подстриг, — сказал Ральф, поднявшись из-за стола. — На очереди уборка в подвале.

— Вот и займись. — Геллер помедлил в дверях своего кабинета. — И, Ральф... Мне очень жаль, что все так получилось. Мне действительно очень жаль.

Все только это и говорят, подумал Ральф, выходя в послеполуденный зной.

9

Юн позвонил в четверть десятого вечера, когда Дженни была в душе. Ральф все записал. Информации было не так уж много, но достаточно, чтобы навести на весьма интересные размышления. Уже через час Ральф лег в постель и заснул глубоким, нормальным сном — впервые с того злополучного утра, когда Терри Мейтленда застрелили на ступенях здания суда. Он проснулся в четыре утра, вырвавшись из сновидения, в котором молоденькая девчонка яростно потрясала кулаками, сидя на плечах своего парня. Ральф резко сел на кровати, все еще в полусне. Он даже не понимал, что кричит, пока испуганная жена не схватила его за плечи.

— Что с тобой, Ральф?

— Не бретелька! *Цвет* бретельки!

— Ты о чем? — Она снова встряхнула его за плечи. — Тебе что-то приснилось? Что-то плохое?

Я верю, что за каждой мыслью в моей голове стоит еще дюжина мыслей, о которых я даже не подозреваю. Именно так она и сказала. И этот сон — который уже забывался, растворяясь в беспамятстве, — был как раз из таких.

— Я ухватил эту мысль, — сказал он. — Во сне я ее ухватил.

— Какую мысль? Что-то связанное с Терри?

— Что-то связанное с той девушкой. Бретелька ее бюстгальтера была ярко-желтой. Но не только бретелька. Было еще что-то желтое. Во сне я вспомнил, что именно, но теперь... — Ральф спустил ноги с кровати и обхватил руками колени. Сегодня было жарко, и он спал в одних трусах. — Теперь снова забыл.

— Ничего, еще вспомнишь. Ложись. Ты меня напугал.

— Извини. — Ральф снова лег.

— Ты сможешь заснуть?

— Я не знаю.

— Что сказал лейтенант Сабло?

— А я разве не говорил? — спросил Ральф, прекрасно зная, что не говорил.

— Нет, и я не стала расспрашивать. Ты явно о чем-то задумался, и я не хотела тебе мешать.

— Я все расскажу утром.

— Раз уж ты меня напугал до полусмерти, можешь рассказать прямо сейчас.

— Да рассказывать особенно нечего. Юн вышел на парнишку через полицейского, который его арестовал. Офицеру понравился мальчик, он его вроде как взял под свое крыло. В данный момент юный мистер Кессиди находится в интернате в Эль-Пасо. Ему предстоит предстать перед судом по делам несовершеннолетних. За угон автомобилей. Но пока неизвестно, где это будет. Скорее всего в округе Датчесс в Нью-Йорке, но они не торопятся его забирать, а он сам не горит желанием возвращаться. Так что сейчас он в подвешенном состоянии, так сказать, в правовом вакууме, и Юн говорит, что малец только рад. Домой ему совершенно не хочется. Отчим частенько его бьет. Мать делает вид, будто ничего не происходит. В общем, стандартное семейное насилие.

— Бедный ребенок. Неудивительно, что он сбежал. И что с ним будет?

— Ну, в конце концов его отправят домой. Колеса правосудия вращаются медленно, но верно. Ему назначат какой-то условный срок или, может быть, зачтут пребывание в интернате. Местной полиции сообщат о ситуации в его семье, но со временем все вернется на круги своя. Уроды, которые издеваются над детьми, иногда берут тайм-аут, но редко останавливаются.

Он лежал, заложив руки за голову, и думал о Терри, который не проявлял никакой склонности к насилию, даже ни разу не толкнул судью на поле.

— Парнишка, как выяснилось, был в Дейтоне, — сказал Ральф. — И к тому времени он уже начал нервничать из-за микроавтобуса. Он оставил его на общественной стоянке, потому что она бесплатная, потому что там нет дежурного и потому что в паре кварталов оттуда он приметил «Макдоналдс». Он не помнит, проезжал ли кафе «Томми и Таппенс», но помнит, что видел парня в футболке с надписью «Томми и что-то там» на спине. У парня была стопка голубых листочков, которые он запихивал под дворники машин, припаркованных у тротуара. Парень приметил мальца — Мерлина — и предложил ему два доллара, чтобы тот рассовал рекламки под дворники машин на стоянке. Мерлин сказал: «Нет, спасибо» — и пошел в «Мак» обедать. Когда он вернулся к микроавтобусу, парня с листовками уже не было, но под дворниками всех машин на стоянке торчали голубые меню. Мерлин перепугался. Почему-то решил, что это плохой знак, и подумал, что пора сменить машину.

— Если бы он тогда не испугался, его бы, наверное, поймали гораздо раньше, — заметила Дженни.

— Да, ты права. В общем, он решил пройтись по стоянке и поискать незапертые машины. Он сказал Юну, что его удивило, как много людей не запирает свои машины.

— Тебя бы это не удивило.

Ральф улыбнулся:

— Люди такие беспечные. Он нашел пять или шесть незапертых машин, и в последней был запасной ключ, спрятанный под козырьком. Эта машина подходила ему идеально: неприметная черная «тойота», каких на дорогах тысячи. Но прежде чем укатить прочь, наш юный Мерлин вернулся к микроавтобусу и оставил ключ в замке зажигания. Как он сказал Юну, надеялся, что кто-нибудь угонит микроавтобус, потому что, цитирую: «Это собьет копов с моего следа». Как будто он матерый убийца, объявленный в розыск в шести штатах, а не сбежавший из дома ребенок, который никогда не забывает включать поворотник.

— Он так сказал? — Похоже, ее это развеселило.

— Да. И кстати, ему все равно пришлось бы вернуться к микроавтобусу, чтобы взять стопку картонок. Он их клал на сиденье, чтобы казаться выше за рулем.

— Мне нравится этот парнишка. Дерек бы до этого не додумался.

Мы никогда не дали бы ему повода, подумал Ральф.

— Ты не знаешь, он оставил меню под дворником микроавтобуса?

— Юн спросил, и парнишка сказал, что, конечно, оставил. Зачем ему эта бумажка?

— Значит, листовку сорвал — и забыл обрывок, который потом оказался в кабине, — тот, кто угнал микроавтобус со стоянки в Дейтоне.

— Скорее всего. И вот, собственно, почему я задумался. Парнишка сказал, это было в апреле. Наверное, в апреле. Я бы не стал доверять его словам. Думаю, он не особенно следил за временем. Но он сказал Юну, что это было весной. На деревьях уже появились листья, но было еще не жарко. Так что, *возможно*, это действительно был апрель. А в апреле Терри приезжал в Дейтон, чтобы навестить отца.

— Только он был с семьей, и туда и обратно они летели на самолете.

— Да. Это можно назвать совпадением. Однако потом тот же микроавтобус появился во Флинт-Сити, и как-то трудно поверить в два совпадения с участием одного и того же микроавтобуса «форд-эконолайн». Юн высказал мысль, что, возможно, у Терри был сообщник.

— Точная копия его самого? — Дженни выразительно приподняла бровь. — Брат-близнец по имени Вильям Вильсон?

— Да, мысль дурацкая, я понимаю. Но все равно как-то странно. Смотри: Терри в Дейтоне, и микроавтобус в Дейтоне. Терри возвращается во Флинт-Сити, и микроавтобус вдруг возникает во Флинт-Сити. Для такого стечения обстоятельств есть какое-то название, но я не помню.

— Может быть, конфлюэнция?

— Мне надо поговорить с Марси, — сказал Ральф. — Расспросить ее о той поездке в Дейтон. Обо всем, что она сможет вспомнить. Только она не захочет со мной разговаривать, и мне вряд ли удастся ее упросить.

— Но ты постараешься?

— Да, постараюсь.

— А теперь сможешь заснуть?

— Думаю, да. Люблю тебя.

— Я тебя тоже.

Он уже засыпал, когда Дженни, пытаясь подстегнуть его память, вдруг громко и резко произнесла:

— Если это не бретелька, то что?

На миг перед мысленным взором Ральфа явственно предстала надпись «НЕМОГУ». Только буквы были синевато-зелеными, а не желтыми. Он сразу понял, что это важно, и попытался ухватить промелькнувшую мысль, но та ускользнула.

— Не могу, — сказал он.

— Не можешь вспомнить? — уточнила Дженни. — Ну, ничего. Еще вспомнишь. Я тебя знаю.

Они оба заснули. В следующий раз Ральф проснулся в восемь утра, и за окном пели птицы.

10

К десяти утра пятницы Сара и Грейс дошли до альбома «Вечер трудного дня», и Марси уже опасалась и вправду сойти с ума.

Девчонки нашли в гараже проигрыватель Терри — купленный по дешевке на «Ибее», уверял Терри жену, — вместе с любовно собранной коллекцией виниловых альбомов «Битлз». Они утащили проигрыватель и пластинки в комнату Грейс и начали со «Встречайте Битлз!».

— Мы послушаем все пластинки, — сказала Сара маме. — В память о папе. Если ты не возражаешь.

Марси сказала, что не возражает. Что еще можно было сказать, глядя на их серьезные бледные лица и покрасневшие от слез глаза? Только она не учла, как болезненно эти песни ударят по ней самой. Девчонки, конечно, знали их все до единой; когда Терри работал в своей мастерской в гараже, у него постоянно играла музыка, британские группы, которые он не слышал вживую, потому что поздновато родился, но все равно очень любил. «Серчерс», «Зомби», «Дэйв Кларк Файв», «Кинкс», «Ти Рекс» и — конечно же — «Битлз». В основном «Битлз».

Девчонки тоже любили все эти группы и песни, потому что их любил папа, но они даже не подозревали о связанном с ними спектре эмоций. Они не слушали «Зову тебя по имени», целуясь на заднем сиденье автомобиля отца Терри: губы Терри обжигают шею Марси, его рука — у нее под свитером. Они не слушали «Любовь нельзя купить» (которая прямо сейчас доносилась сверху), сидя на диване в самой первой квартире, где Терри и Марси стали жить вместе. Девчонки, которых тогда не было и в помине, не держались за руки за просмотром «Вечера трудного дня» на стареньком видеомагнитофоне, купленном за двадцать долларов на барахолке: великолепная четверка вовсю развлекается на черно-белой записи, прекрасная и юная, и Марси знает, что выйдет замуж за парня, который сейчас держит ее за руку, пусть даже он сам еще этого не понял. Был ли Джон Леннон уже мертв, когда они смотрели ту старую запись? Застрелен прямо на улице, как ее муж?

Она не знала, не могла вспомнить. Знала только, что они с Сарой и Грейс достойно держались на похоронах, но теперь похороны состоялись, и впереди ждала долгая жизнь матери-одиночки (какое ужасное слово), а веселая музыка, доносившаяся из комнаты Грейс, рвала Марси сердце. Каждая строчка, каждый искусный рифф Джорджа Харрисона были как свежая рана. Дважды Марси вставала из-за кухонного стола, где сидела за чашкой остывшего кофе. Дважды подходила к подножию лестницы и делала вдох, чтобы крикнуть: *Хватит! Выключите проигрыватель!* И дважды возвращалась обратно в кухню. Дочери тоже скорбели.

Поднявшись в третий раз, Марси подошла к кухонному комоду и выдвинула нижний ящик. Она была почти уверена, что там ничего нет, но в дальнем углу обнаружилась пачка «Винстона». В пачке остались три сигареты. Нет, даже четыре. Марси бросила курить на пятый день рождения младшей дочери. Она взбивала крем для торта Грейси, и ее скрутил приступ жуткого кашля. Вот тогда Марси и поклялась себе бросить курить. Навсегда. Но почему-то не выкинула оставшиеся сигареты, а спрятала в ящик комода, словно какая-то темная и дальновидная частичка ее души уже тогда знала, что когда-нибудь они ей понадобятся.

Они уже старые, им пять лет. Наверняка прогоркли. Будешь кашлять, пока не отключишься.

Вот и славно. Так даже лучше.

Она достала из пачки одну сигарету, уже предвкушая затяжку. *Курильщики никогда не бросают, просто делают перерывы*, подумала Марси. Она подошла к лестнице и прислушалась. «Я люблю ее» сменилась «Скажи почему» (извечный вопрос). Она представила, как девчонки сидят на кровати Грейс. Не разговаривают, просто слушают. Может быть, держатся за руки. Причащаются к таинству. Принимают дары от папы, которого больше нет. Папины пластинки, купленные в Интернете и в магазине звукозаписи в Кэп-Сити, «Обрати время вспять». Он держал их в руках, как когда-то держал дочерей.

В углу гостиной стояла пузатая печка, которую они топили только в самые студеные зимние вечера. Марси подошла к печке и вслепую нащупала на полке коробку спичек. Вслепую, потому что на той же полке стояли фотографии в рамках, смотреть на которые у нее пока не было сил. Может быть, силы появятся через месяц. Может быть, через год. Сколько времени нужно, чтобы оправиться от самого первого, самого острого приступа горя? Наверняка ответ можно найти в Интернете, на «Веб Эм-Ди». Но Марси боялась смотреть.

Хорошо хоть настырные репортеры отбыли восвояси после похорон, спеша вернуться в Кэп-Сити для освещения какого-то свежего политического скандала. Теперь не придется выходить на заднее крыльцо, где ее могли бы заметить девчонки, если бы выглянули в окно. Не надо, чтобы они видели, как мама курит. В гараже тоже нельзя курить: девочки почувствуют дым, когда придут за новой порцией пластинок.

Марси открыла переднюю дверь и едва не налетела на Ральфа Андерсона, который стоял на крыльце и как раз готовился постучать.

11

Ужас в глазах Марси — как будто она увидела чудовище, может быть, зомби из одноименного сериала, — оглушил Ральфа. Он заметил ее растрепанные волосы, пятно на отвороте халата (который был ей велик; наверное, это был халат Терри), слегка погнутую сигарету в руке. И кое-что еще. Она была красивой женщиной, но теперь заметно подурнела. Он никогда бы не подумал, что такое возможно.

— Марси...

— Нет. Тебе здесь не место. Уходи. — Ее голос звучал глухо, надрывно, словно ей не хватало воздуха.

— Мне нужно с тобой поговорить. Пожалуйста, выслушай меня.

— Ты убил моего мужа. Нам с тобой не о чем разговаривать.

Она хотела захлопнуть дверь, но Ральф удержал ее рукой.

— Я его не убивал, хоть и сыграл свою роль. Если хочешь, зови меня соучастником. Я не должен был арестовывать его на глазах у всего города. Это было неверное решение. У меня были свои причины, но, как оказалось, я ошибся. Я...

— Убери руку. Сейчас же. Или я вызываю полицию.

— Марси...

— *Не называй меня так.* После всего, что ты сделал, ты *не вправе* обращаться ко мне по имени. Я сейчас не кричу в полный голос только потому, что мои дочки сидят наверху и слушают пластинки своего мертвого отца.

— Пожалуйста. — Ральф чуть не добавил: «Не заставляй меня умолять», — но это были бы неправильные слова. Этого было мало. — Я тебя умоляю. Давай поговорим.

Она подняла руку с сигаретой и рассмеялась страшным, безжизненным смехом.

— Я думала, что теперь, когда все гниды и вши расползлись, я могу выйти на собственное крыльцо и спокойно покурить. И смотрите, кто к нам пришел. Самая *главная* гнида, всем гнидам гнида. Я повторяю в последний раз, мистер Гнида, который убил моего мужа. *Пошел... на хрен... отсюда.*

— А если убийца — не он?

Ее глаза расширились, рука, давившая на дверь, вдруг ослабла, пусть ненадолго.

— Если не он?! Господи боже, он же *сказал*, что никого не убивал! Он так сказал перед смертью! Что еще тебе нужно? Телеграмму от архангела Гавриила, переданную лично в руки?

— Если это не он, то настоящий убийца все еще на свободе, и он уничтожил не только вашу семью, но и семью Питерсонов.

Она на секунду задумалась, потом сказала:

— Оливер Питерсон мертв, потому что тебе и этому сукину сыну Сэмюэлсу надо было устроить цирк. И его убил ты. Разве нет, детектив Андерсон? Выстрелом в голову. Завалил парня на месте. Прошу прощения, *мальчика.*

Она захлопнула дверь у него перед носом. Ральф поднял было руку, чтобы постучать, но передумал и пошел прочь.

12

Марси стояла, дрожа мелкой дрожью, со своей стороны двери. У нее подгибались колени. Она кое-как доковыляла до скамеечки в прихожей, куда домочадцы и гости садились, чтобы снять грязную обувь. Наверху убитый Джон Леннон пел о том, что он будет делать, когда вернется домой. Марси растерянно уставилась на сигарету у себя в руке, словно не понимая, как она там оказалась. Потом сломала ее пополам и убрала в карман халата (это действительно был халат Терри). *Ну, хоть что-то хорошее: он не дал мне вернуться к этой пакостной привычке,* подумала она. *Наверное, стоит послать ему открытку с благодарностью.*

Удивительно, как ему только хватило наглости прийти к ней домой после того, как он разрушил ее семью. Какой *наглостью* нужно обладать. И все же...

Если это не он, то настоящий убийца все еще на свободе.

И как ей теперь с этим справляться, если она даже не может найти в себе силы зайти на «Веб Эм-Ди» и посмотреть, сколько времени длится первая стадия горя? Что ей теперь делать? И почему *она* должна что-то делать? Это не ее дело, не ее ответственность. Полиция арестовала не того человека и продолжает упрямо настаивать на своей правоте, хотя они проверили алиби Терри и знают, что оно крепкое, как скалы Гибралтара. Пусть теперь они ищут настоящего убийцу, если им хватит смелости. Ее дело — продержаться сегодняшний день и не сойти с ума, а потом — когда-нибудь в будущем, о котором пока трудно думать, — понять, как жить дальше. Остаться здесь, в этом городе, где половина жителей убеждена, что человек, убивший ее мужа, сделал богоугодное дело? Отдать своих дочерей на растерзание этому обществу каннибалов, известному под названием «средняя школа», где человека высмеивают и травят даже за то, что он ходит не в тех кроссовках?

Я правильно сделала, что прогнала Андерсона. Как можно было впустить его в дом? Да, он говорил искренне — мне показалось, что искренне, — и все равно... Как можно было впустить его в дом после всего, что он сделал?

Если это не он, то настоящий убийца...

— Замолчи, — прошептала она. — Пожалуйста, замолчи.

...все еще на свободе.

И что, если он совершит новое убийство?

13

Большинство жителей Флинт-Сити из среднего и высшего класса были уверены, что Ховард Голд родился в богатой или по крайней мере вполне обеспеченной семье.

И хотя Хоуи совсем не стыдился своего простого происхождения, он не разубеждал этих людей. На самом деле он был сыном бродячего деревенского парня, временами — ковбоя, временами — всадника на родео, колесившего по всему юго-западу на трейлере «Эйрстрим» вместе с женой и двумя сыновьями, Ховардом и Эдвардом. Ховард сам оплатил свою учебу в университете, потом помог оплатить обучение Эдди. Он содержал престарелых родителей (Эндрю Голд не скопил ни гроша), и у него оставалось достаточно денег на жизнь.

Он был членом Ротари-клуба и закрытого загородного клуба «Роллинг-Хиллс», водил важных клиентов в лучшие рестораны Флинт-Сити (таких в городе было два) и поддерживал самые разные благотворительные проекты, в том числе — содержание стадиона в парке Эстель Барга. Самым крупным клиентам он посылал на каждое Рождество стильные подарочные наборы от «Гарри и Дэвида», а когда приглашал их на обеды, то заказывал лучшие вина. Но, сидя в одиночестве у себя в кабинете — как, например, в эту пятницу, — он предпочитал простую, незамысловатую пищу, к которой привык с детства, когда переезжал с семьей из Оклахомы в Небраску и обратно в Оклахому, под песни Клинта Блэка по радио, в трейлере, где он занимался по учебникам рядом с матерью, вынужденный пропускать школу в связи с очередным переездом. Он был уверен, что его желчный пузырь когда-нибудь взбунтуется и положит конец этим одиноким трапезам, которые повергли бы в ужас сторонников здорового питания, но ему было уже за шестьдесят, а его желчный пузырь даже ни разу не пискнул, так что благослови, боже, хорошую наследственность. Когда зазвонил телефон, Хоуи как раз доедал сэндвич с яичницей и майонезом и большую порцию картофеля фри, зажаренного почти до черноты — именно так, как он любил, — и щедро политого кетчупом. На краю стола ждал своей очереди кусок яблочного пирога с тающим шариком мороженого.

— Ховард Голд слушает.

— Это Марси, Хоуи. Утром ко мне приходил Ральф Андерсон.

Хоуи нахмурился.

— К тебе домой? Ему там нечего делать. Он сейчас в принудительном отпуске. И неизвестно, когда вернется к делам, если вообще вернется. Хочешь, я позвоню шефу Геллеру и пожалуюсь?

— Нет, не надо звонить. Я захлопнула дверь у него перед носом.

— Молодец!

— Но мне как-то не по себе. Он сказал одну фразу, и она никак не идет у меня из головы. Ховард, скажи мне правду. Ты думаешь, Терри убил того мальчика?

— Конечно, нет. Я уже говорил. Хотя есть доказательства его виновности, также есть доказательства его невиновности, причем их немало. На суде с него сняли бы все обвинения. Но это не главное. Главное, мы знали Терри и знали, что он никогда бы не совершил такого. К тому же мы слышали его предсмертное заявление.

— Люди скажут, что он не хотел признавать свою вину, потому что я была рядом. Возможно, они уже так говорят.

Милая, подумал Хоуи, *я не уверен, что он вообще знал, что ты рядом.*

— Думаю, он сказал правду.

— Я тоже так думаю. Но это значит, что настоящий убийца все еще на свободе и рано или поздно убьет еще одного ребенка.

— Это Андерсон навел тебя на такие мысли? — спросил Хоуи. Он отодвинул подальше тарелку с сэндвичем. У него совершенно пропал аппетит. — В общем, я не удивлен. Давить на чувство вины — это известный полицейский прием, но зря он испробовал его на тебе. Ты имеешь полное право жаловаться. Пусть ему вкатят выговор как минимум. Ты же только что похоронила мужа!

— Но он говорил правильно.

Может быть, подумал Хоуи, *но тогда возникает вопрос: зачем он говорил это тебе?*

— И есть еще кое-что, — сказала она. — Если они не найдут настоящего убийцу, нам с девчонками придется уехать из города. Будь я одна, я бы как-нибудь вытерпела шепотки за спиной и косые взгляды, но несправедливо требовать этого от девчонок. Ехать нам некуда, разве что к моей сестре в Мичиган, но я не хочу стеснять Дебру и Сэма. У них двое детей, а дом небольшой. Значит, придется начинать все сначала на новом месте, а я не смогу, Хоуи. Я устала. Кажется, я... сломалась.

— Я понимаю. Чего ты от меня хочешь?

— Позвони Андерсону. Скажи ему, что я согласна ответить на его вопросы. Пусть приходит сегодня вечером к нам домой. Но я хочу, чтобы ты тоже присутствовал. Ты и тот детектив, который работает на тебя. Если он свободен и захочет прийти. Сделаешь?

— Конечно, если ты хочешь. И я уверен, что Алек тоже придет. Но я хочу... не то чтобы предостеречь, просто предупредить, чтобы ты была настороже. Я уверен, что Ральф чувствует себя ужасно из-за всего, что случилось, и, наверное, он извинялся...

— Он сказал, что он меня умоляет.

Это было неожиданно, но, возможно, вполне в духе Ральфа.

— Он неплохой человек, — сказал Хоуи. — Хороший мужик, совершивший большую ошибку. Но имей в виду, Марси, он по-прежнему очень заинтересован в том, чтобы доказать, что Питерсона убил Терри. Если он это докажет, то сохранит свою должность. Если он этого не докажет, то все равно сохранит свою должность. Но если проявится настоящий убийца, то Ральфу придется уйти из полиции и устроиться на полставки охранником где-нибудь в супермаркете в Кэп-Сити. И это еще без учета судебных исков, которые на него наверняка подадут.

— Я понимаю, но...

— Я еще не договорил. Он будет задавать вопросы о Терри. Может быть, это просто пальба наугад, но, возможно, у него есть какие-то зацепки, которые, как ему видится, все же могут связать Терри с убийством. Ты по-прежнему хочешь, чтобы я устроил вам встречу?

Марси помолчала, затем ответила:

— Джейми Мэттингли — моя самая близкая подруга на Барнум-корт. Она взяла девчонок к себе после ареста Терри, но теперь она не отвечает на мои звонки и удалила меня из друзей на «Фейсбуке». Моя лучшая подруга официально убрала меня из друзей.

— Она передумает.

— Да. Если найдут настоящего убийцу. Тогда она приползет на коленях. Может быть, я прощу ее за то, что она прогнулась под мужа — потому что все так и было, — а может быть, не прощу. Но это решение я сумею принять только тогда, когда все изменится к лучшему. *Если* изменится. Вот поэтому я и хочу встретиться с Андерсоном. Ты будешь рядом, ты меня защитишь. И мистер Пелли тоже. Я хочу знать, почему Андерсону хватило смелости заявиться ко мне домой.

14

В тот же день, в четыре часа дня, старенький пикап «додж» с грохотом несся по проселочной дороге в пятнадцати милях к югу от Флинт-Сити. Следом за ним тянулся хвост густой пыли. Пикап промчался мимо заброшенной мельницы со сломанными крыльями, мимо давно опустевшего фермерского дома с зияющими дырами на месте окон, мимо старого кладбища, которое местные называли Ковбойским погостом, мимо огромного валуна с поблекшей надписью: «ТРАМП СДЕЛАЕМ АМЕРИКУ СНОВА ВЕЛИКОЙ ТРАМП». В кузове грохотали оцинкованные молочные бидоны. За рулем сидел семнадцатилетний парень по имени Дуги Элфман и то и дело проверял свой мобильный. Когда он добрался до выезда на шоссе номер 79, индикатор сигнала выдал две полоски, и Дуги решил, что этого хватит. Он остановился у перекрестка, вышел из машины и оглянулся. Дорога была пуста. Конечно, пуста. Но у него все равно отлегло от сердца. Он позвонил отцу. Кларк Элфман ответил после второго гудка.

— Ну что? Были бидоны в амбаре?

— Да, — сказал Дуги. — Я взял две дюжины, но их надо будет помыть. Они воняют скисшим молоком.

— А седло взял?

— Его не было, пап.

— Ладно. Не лучшая новость недели, но я, в общем, и не надеялся. Ты чего звонишь, сынок? И где ты сейчас? Связь плохая, как будто ты на обратной стороне луны.

— Я на семьдесят девятом шоссе. Слушай, пап, там в амбаре кто-то ночевал.

— В смысле, бродяги или хиппи?

— Нет. Там чисто — никаких пивных банок, оберток и пустых бутылок, — и непохоже, чтобы кто-то нагадил, разве что прошел четверть мили до ближайших кустов. И никаких следов костра.

— Слава богу, — выдохнул старший Элфман. — На такой-то жаре. Тогда что же там *было*? В общем-то это не важно, там и красть уже нечего, а сами амбары вот-вот развалятся.

Дуги нервно топтался на месте, продолжая оглядываться на дорогу. Да, дорога пустовала, но лучше бы пыль оседала скорее.

— Там были джинсы, с виду совсем-совсем новые. Были трусы, тоже вроде бы новые. И дорогие кроссовки — такие, с гелем в подошве, — тоже новые. Только они чем-то испачканы. И сено, в котором они лежали, тоже испачкано.

— Чем испачкано? Кровью?

— Нет, не кровью. Я не знаю, что это было, но сено от него почернело.

— Нефть? Моторное масло?

— Нет, *оно само* было не черное, просто сено от него почернело. Я не знаю, что это такое.

Но он знал, на что были похожи эти засохшие пятна на джинсах и на трусах; он мастурбировал с четырнадцати лет по три, а то и по четыре раза в день и спускал на старое полотенце, которое потом стирал под колонкой на заднем дворе, когда родителей не было дома. Иногда он забывал постирать полотенце сразу, и сперма затвердевала на нем точно такой же коркой.

Вот только той гадости было как-то уж *слишком много*, да и кто стал бы спускать на новенькие крутые кроссовки, которые даже на распродаже стоят сто сорок долларов? При других обстоятельствах Дуги взял бы их себе. Но они были заляпаны этой хренью. И было еще кое-что...

— В общем, плюнь и забудь. Езжай домой, — сказал старший Элфман. — Хоть бидоны забрал, и то хорошо.

— Нет, пап, надо сообщить в полицию. Там на джинсах — ремень, а на ремне — серебряная пряжка в виде лошадиной головы.

— Для меня это ничего не значит, сынок, но для тебя, видимо, значит.

— В новостях говорили, что у Терри Мейтленда была такая же пряжка, когда его видели на вокзале в Даброу. После того как он убил мальчика.

— В новостях?

— Да, пап.

— Вот черт. Жди там, на шоссе. Я тебе перезвоню. Думаю, полиция приедет. И я тоже приеду.

— Скажи, что я встречу их на стоянке у «Бидлз».

— У «Бидлз»... Это ж пять миль в сторону Флинта!

— Знаю. Но я не хочу здесь оставаться.

Пыль наконец осела, дорога по-прежнему оставалась пустынной, но Дуги все равно было не по себе. Пока он разговаривал с отцом, по шоссе не проехало ни одной машины. Ему хотелось быть поближе к людям.

— Что случилось, сынок?

— В амбаре, где я нашел одежду — я уже собрал бидоны и высматривал то седло, о котором ты мне говорил, — я вдруг почувствовал что-то странное. Как будто кто-то за мной наблюдал.

— Наверное, ты просто переволновался. Человек, который убил того мальчика, мертв.

— Да, я знаю. Но все равно скажи копам, что я их встречу у «Бидлз» и провожу сюда, но не останусь здесь один. — Дуги дал отбой прежде, чем отец успел возразить.

15

Встреча с Марси была назначена на сегодня, на восемь вечера. Хоуи Голд позвонил Ральфу и сказал, что Марси согласна с ним поговорить и что на встрече будут присутствовать сам Хоуи и Алек Пелли. Ральф спросил, можно ли привести с собой Юна Сабло, если Юн сможет приехать.

— Ни в коем случае, — ответил Хоуи. — Приведешь лейтенанта Сабло или кого-то еще, даже свою очаровательную жену, и все сразу отменится.

Ральф согласился. А что еще было делать? Чтобы как-то убить время до вечера, он пошел разбирать вещи в подвале, но в основном просто тупо перетаскивал коробки с места на место. Потом Дженни позвала его ужинать. До встречи в доме Мейтлендов оставалось еще два часа. Ральф резко поднялся из-за стола.

— Съезжу в больницу к Фреду Питерсону.

— Зачем?

— Я чувствую, что должен съездить.

— Я поеду с тобой, если хочешь.

Ральф покачал головой:

— Оттуда я сразу отправлюсь на Барнум-корт.

— Ты себя не щадишь. Пуп себе надрываешь, как говорила моя бабушка.

— Да все нормально.

Дженни улыбнулась, мол, меня не проведешь, потом встала на цыпочки и чмокнула его в щеку.

— Позвони мне. Что бы ни случилось — звони.

Ральф улыбнулся:

— Зачем звонить? Я приеду и все расскажу.

16

Когда Ральф входил в вестибюль больницы, он едва не столкнулся в дверях с Джеком Хоскинсом, третьим детективом полицейского управления Флинт-Сити, которого сейчас вообще не должно было быть в городе. Хоскинс — худощавый, с преждевременной сединой в волосах, мешками под глазами и красным носом — еще даже не переоделся после рыбалки (его походный наряд состоял из штанов и рубашки цвета хаки, с многочисленными карманами), но прицепил к ремню служебную бляху.

— Что ты здесь делаешь, Джек? Я думал, ты в отпуске.

— Меня сорвали на три дня раньше, — сказал Хоскинс. — Я примчался меньше часа назад. Даже домой не заехал. Все мои снасти, удочки, сети так и валяются в багажнике. Шеф говорит, в городе нужен хотя бы один детектив на действительной службе. У Бетси Риггинс сегодня начались роды. Она здесь, на пятом этаже. В родильном отделении. Я поговорил с ее мужем, и он сказал, что это надолго. Как будто он что понимает. Ну, а ты... — Хоскинс выдержал паузу для пущего эффекта. — Ты в глубокой заднице, Ральф.

Джек Хоскинс даже не пытался скрыть злорадство. В прошлом году, когда решался вопрос о прибавке к зарплате Хоскинса, Ральфа и Бетси Риггинс попросили заполнить аттестационные листы. Бетси, как самая младшая и по возрасту, и по званию, все сделала правильно и дала Джеку хорошую характеристику. Ральф вернул бланк шефу Геллеру, написав только два слова: *Мнения нет*. Это ничего не решило, Хоскинс все равно получил прибавку, но отсутствие мнения было мнением, причем вполне однозначным. Предполагалось, что Хоскинс не должен был видеть эти листочки, и, возможно, он их и не видел, но слухи о том, как его охарактеризовал Ральф Андерсон, до него, безусловно, дошли.

— Ты заходил к Фреду Питерсону?

— Ну да. Заходил. — Джек выдвинул нижнюю губу и сдул со лба жидкие волосы. — Там у него вся палата в мониторах, и линии на них почти ровные. Думаю, он не выкарабкается.

— Что ж, с возвращением.

— Да ну на хрен, Ральф. У меня оставалось еще три дня отпуска, окунь клевал как сумасшедший, и у меня даже не было времени переодеться, так и хожу в этой рубашке, провонявшей рыбьими потрохами. Мне звонили и Геллер, и шериф Дулин. Теперь придется тащиться на этот унылый пустырь под названием область Каннинг. Как я понимаю, твой приятель Сабло уже там. Я даже не знаю, когда доберусь до дома. Часам к десяти, если не к одиннадцати.

Ральф мог бы сказать: *Я в этом не виноват*, но кого же еще винить Хоскинсу? Бетси за то, что она забеременела в прошлом ноябре?

— Что там в Каннинге?

— Джинсы, трусы и кроссовки. Какой-то парнишка нашел их в амбаре, где собирал молочные бидоны по поручению отца. Еще ремень с пряжкой в виде конской башки. Думаю, они уже подогнали передвижную криминалистическую лабораторию, и я там нужен, как быку вымя, но шеф...

— На пряжке наверняка обнаружатся отпечатки, — перебил его Ральф. — И может, там будут следы от протекторов микроавтобуса или «субару».

— Не учи папочку чесать яйца, — сказал Джек. — Я носил бляху детектива, когда ты еще был салагой-патрульным. — Подтекст был вполне очевиден: *И буду носить, когда ты станешь охранником в «Саутгейте».*

Хоскинс ушел. Ральф был этому только рад. Он жалел лишь об одном: что не может сам поехать в Каннинг. Новые улики на данном этапе будут весьма кстати. Хорошо, что Сабло уже там, вместе с ребятами из криминалистической лаборатории. Они закончат большую часть работы к тому времени, когда до них доберется Джек и наверняка где-нибудь напортачит, как это было минимум в двух предыдущих случаях, о которых знал Ральф.

Сначала он поднялся на пятый этаж, но в приемной родильного отделения было пусто. Видимо, роды происходили быстрее, чем ожидал Билли Риггинс, новичок в таких делах. Ральф перехватил в коридоре куда-то спешившую медсестру и попросил передать Бетси наилучшие пожелания.

— Передам, когда будет возможность, — ответила медсестра. — Но сейчас она занята. Этот маленький человечек очень спешит появиться на свет.

Ральф на секунду представил себе окровавленное, искалеченное тело Фрэнка Питерсона и подумал: *Если бы этот маленький человечек знал, в каком мире ему предстоит родиться, он бы не торопился. Он бы накрепко засел внутри.*

Он спустился на лифте на третий этаж, в отделение реанимации. Фред, последний из семьи Питерсонов, лежал в палате номер 304. Его шея была забинтована, ее поддерживал жесткий корсет. Аппарат для искусственного дыхания посвистывал, маленькая гармошка под маской ритмично сжималась и разжималась. Линии на мониторах были почти ровными, как и сказал Джек Хоскинс. Цветов в палате не наблюдалось (Ральф подумал, что в отделение реанимации, наверное, нельзя приносить цветы), но к изножью койки были привязаны два воздушных шара. Ральф старался не смотреть на эти шары с веселыми, ободряющими надписями. Он слушал свист аппарата, дышавшего за Фреда. Смотрел на почти ровные линии на мониторах и вспоминал слова Джека: *Думаю, он не выкарабкается.*

Ральф присел на стул рядом с койкой. Ему вспомнилась одна история из его школьных дней, из тех времен, когда нынешний предмет экология еще назывался природоведением. Они изучали загрязнение окружающей среды. Мистер Грир налил в стакан минеральную воду из бутылки. Потом попросил ученицу — это была Мисти Трентон, всегда ходившая в восхитительно коротких юбках, — подойти к его столу и отпить из стакана. Она так и сделала. Мистер Грир взял пипетку, набрал чернил из чернильницы и выдавил каплю в стакан. Класс завороженно наблюдал, как эта капля опускалась на дно, оставляя за собой тоненький ярко-синий шлейф. Мистер Грир взболтал воду в стакане, и вода сделалась бледно-голубой. «А сейчас ты бы выпила эту воду?» — спросил мистер Грир у Мисти. Она так решительно покачала головой, что у нее с волос слетела заколка, и все засмеялись, включая Ральфа. Но теперь ему было совсем не смешно.

Еще две недели назад в семье Питерсонов царил порядок. А потом все испортила одна капля чернил. Можно сказать, что этой каплей стала велосипедная цепь: если бы она не порвалась в тот день, Фрэнки Питерсон вернулся бы домой целым и невредимым. Но он *также* вернулся бы домой целым и невредимым — катил бы сломавшийся велосипед рядом с собой, — если бы Терри Мейтленд не поджидал его на стоянке у продуктового магазина. *Терри* был этой каплей чернил. Терри, а не велосипедная цепь. Это он уничтожил всю семью Питерсонов. Терри или его двойник.

Если отбросить метафору, сказала Дженни, *остается необъяснимое. Сверхъестественное.*

Но так не бывает. Сверхъестественное существует в кино или в книгах, но уж никак не в реальной жизни.

Да, не в реальной жизни, где никчемные пьяницы вроде Джека Хоскинса получают прибавку к зарплате. Весь опыт, накопленный Ральфом за почти пятьдесят лет жизни, отвергал эту мысль. Отметал саму возможность чего-то подобного. И все же сейчас, сидя у койки Фреда Питерсона (или того, что осталось от Фреда Питерсона), Ральф не мог не признать, что смерть парнишки имела поистине дьявольские последствия: она погубила всю семью. И не только семью Питерсонов. Марси и ее дочерям тоже крепко досталось, и еще неизвестно, сумеют ли они оправиться после такого удара.

Ральф мог бы сказать себе, что подобный ущерб сопутствует любому жестокому злодеянию. Он наблюдал это неоднократно. Но ему почему-то казалось, что в этом деле присутствовал некий личный интерес. Как будто на этих людей нацеливались специально. Да и по Ральфу тоже ударило. И по Дженни. Даже по Дереку, который скоро вернется из лагеря и обнаружит, что многие вещи, которые он принимал как должное — работа отца, например, — оказались под угрозой.

Аппарат для искусственного дыхания посвистывал. Грудь Фреда Питерсона поднималась и опускалась. Время от времени он издавал странные звуки, до жути похожие на сдавленные смешки. Словно все это — шутка мироздания, но оценить ее можно только в коме.

Ральф понял, что больше не выдержит. Он вышел из палаты и чуть ли не бегом бросился к лифту.

17

Оказавшись на улице, он сел на скамейку в тени и позвонил в участок. Трубку взяла Сэнди Макгилл. Ральф спросил, есть ли новости из области Каннинг, и ответом было неловкое молчание. Когда Сэнди все-таки заговорила, ее голос звучал смущенно:

— Я не должна обсуждать с тобой работу, Ральф. Шеф Геллер отдал распоряжение. Извини.

— Ничего страшного, — сказал Ральф, поднимаясь на ноги. Его тень была длинной, как тень повешенного, и, конечно, он сразу подумал о Фреде Питерсоне. — Приказ есть приказ.

— Спасибо за понимание. Джек Хоскинс вернулся из отпуска и сейчас едет туда.

— Нет проблем. — Ральф дал отбой и пошел к машине, убеждая себя, что проблем действительно нет; Юн будет держать его в курсе.

Наверное.

Он сел в машину и включил кондиционер. Пятнадцать минут восьмого. Домой ехать поздно, к Мейтлендам — рано. Остается только бесцельно кружить по городу. И размышлять. О том, как Терри назвал Иву Дождевую Воду «мэм». Как Терри выспрашивал дорогу до ближайшего медпункта, хотя прожил во Флинт-Сити всю жизнь. Как Терри делил номер с Билли Квэйдом, что оказалось весьма удачно для алиби. Как Терри поднялся из-за стола, чтобы задать вопрос мистеру Кобену, что оказалось еще удачнее. Ральф размышлял о единственной капле чернил, окрасивших воду в стакане в бледно-голубой цвет, о следах на песке, обрывавшихся прямо посреди пустыни, о личинках, копошащихся в канталупе, которая с виду была нормальной. О том, что если человек *начинал* задумываться о возможности сверхъестественного, то ему следовало задуматься о собственном душевном здоровье, а думать о собственном душевном здоровье было плохо. Все равно что думать о собственном сердцебиении: если ты о нем думаешь, значит, уже есть проблемы.

Ральф включил радио и принялся искать музыку поэнергичнее, переключаясь с одной станции на другую, пока не нашел «Бум-бум» группы «Энималз». Он кружил по городу и ждал, когда придет время ехать к Мейтлендам на Барнум-корт. И вот наконец время пришло.

18

Алек Пелли открыл Ральфу дверь и проводил его в кухню. Наверху гремела музыка. Снова «Энималз». На этот раз — их главный хит. «Дом восходящего солнца». *Он многих несчастных парней загубил*, завывал Эрик Бердон. *Клянусь, я сам из таких.*

Конфлюэнция, подумал Ральф. Слово Дженни.

Марси и Хоуи Голд сидели на кухне и пили кофе. На столе стояла еще одна чашка, там, где сидел Алек. Ральфу кофе не предложили. *Я пришел в стан врагов*, подумал он, садясь.

— Спасибо, что согласилась со мной поговорить.

Марси ничего не сказала, лишь подняла чашку дрожащей рукой.

— Моей клиентке все это неприятно, — заявил Хоуи, — так что давай побыстрее закончим. Ты сказал Марси, что хочешь с ней поговорить...

— Что ему *нужно* со мной поговорить, — перебила его Марси. — Он сказал: нужно.

— Принято к сведению. О чем тебе нужно с ней поговорить, детектив Андерсон? Если ты хотел извиниться, то извиняйся, но прими к сведению, что мы оставляем за собой право действовать в рамках закона.

Несмотря ни на что, Ральф еще не был готов извиняться. Никто из этих троих не видел окровавленную ветку, торчавшую из заднего прохода Фрэнка Питерсона, а он видел.

— У нас появилась новая информация. Возможно, она несущественна, но на какие-то мысли наводит. Я пока не разобрался, на какие именно. Моя жена назвала это конфлюэнцией.

— А можно конкретнее? — попросил Хоуи.

— Выяснилось, что белый микроавтобус, на котором похитили Фрэнка Питерсона, был угнан парнишкой немногим старше самого Фрэнки. Его зовут Мерлин Кессиди. Он сбежал из дома, где его обижал отчим. По дороге из Нью-Йорка в Техас, где его арестовали, он угнал несколько автомобилей. Микроавтобус он бросил в Дейтоне, Огайо. В апреле. Марси... миссис Мейтленд... вы с семьей были в Дейтоне в апреле.

Марси с грохотом поставила чашку на стол.

— О нет. Не надо вешать на Терри еще и это. Туда и обратно мы летели на самолете и все время были вместе, кроме тех раз, когда он навещал отца. На этом все, и мне кажется, тебе пора уходить.

— Да, — сказал Ральф, — мы знаем, что вы ездили в Дейтон все вместе и что вы летели на самолете. Просто... разве это не странно? Ваше семейство в Дейтоне, и микроавтобус в Дейтоне, а потом тот же микроавтобус вдруг появляется здесь, во Флинт-Сити. Терри мне говорил, что он его не угонял, даже ни разу не видел. Мне хочется ему верить. Его отпечатки — повсюду в салоне, но мне все равно хочется ему верить. И у меня почти получилось поверить.

— Что-то я сомневаюсь, — сказал Хоуи. — Не надо разыгрывать доброго полицейского.

— Может быть, вы мне поверите и даже станете немного доверять, если я скажу, что у нас есть вещественное доказательство из Кэп-Сити, подтверждающее алиби Терри? Его отпечатки на книге из киоска в отеле. Показания свидетельницы, что он оставил эти отпечатки примерно в то время, когда был похищен Фрэнк Питерсон.

— Ты что, смеешься? — изумленно спросил Алек Пелли.

— Нет. — Хотя Терри был мертв, а дело — приостановлено, Билл Сэмюэлс все равно разъярится, если узнает, что Ральф рассказал Марси и ее адвокату об «Иллюстрированной истории округа Флинт, округа Дорей и области Каннинг». Но для себя Ральф решил, что не уйдет с этой встречи, не получив хоть какие-то ответы.

Алек присвистнул.

— Однако!

— Значит, ты *знаешь*, что он был в Кэп-Сити! — воскликнула Марси. У нее на щеках вспыхнули два красных пятна. — Ты *должен* знать!

Но Ральф не хотел сейчас забредать в эти дебри; он и так слишком долго там пробыл.

— Терри упомянул ту поездку в Дейтон, когда мы с ним говорили в последний раз. Он сказал, что хотел повидаться с отцом, но произнес это «хотел» с какой-то странной гримасой. Я спросил: «Твой отец живет в Дейтоне?» И он ответил: «Если это можно назвать жизнью». Что бы это могло значить?

— Это значит, что Питер Мейтленд страдает болезнью Альцгеймера и старческим слабоумием, — сказала Марси. — Он проживает в дейтонском пансионате Хейсмана. Это специальный пансионат для пожилых пациентов с деменцией, филиал медицинского центра «Киндред».

— Ясно. Наверное, Терри было тяжело его навещать.

— Очень тяжело, — согласилась Марси. Она немного оттаяла. Ральф мысленно поздравил себя с тем, что еще не утратил навыков работы с людьми, но это все-таки был не допрос с глазу на глаз с подозреваемым. И Хоуи, и Алек Пелли держались настороже, готовые остановить Марси в любой момент, если им вдруг покажется, что она ступает на скрытую мину. — И не только потому, что Питер его не узнавал. Они уже много лет почти не общались.

— Почему?

— Это относится к делу, детектив? — спросил Хоуи.

— Я не знаю. Может быть, нет. Но поскольку мы не в суде, господин адвокат, может, ты все же позволишь Марси ответить на мой вопрос?

Хоуи посмотрел на Марси и пожал плечами. *Решай сама.*

— Терри был единственным ребенком Питера и Мелинды, — сказала Марси. — Как ты знаешь, он вырос во Флинт-Сити и прожил здесь всю жизнь, за исключением четырех лет, которые провел в Университете Огайо.

— Где вы с ним и познакомились? — спросил Ральф.

— Да. Питер Мейтленд работал в местном отделении «Чири петролеум», когда здесь еще добывали нефть. Он влюбился в свою секретаршу и развелся с женой. Развод проходил со скандалом, и Терри принял сторону матери. Сразу сказал, что останется с ней. Терри... у него всегда было обостренное чувство справедливости, с самого детства. Он ненавидел предателей и считал, что отец предал маму. И Питер действительно ее предал. Он пытался оправдываться, и от этого Терри презирал его еще больше. Короче говоря, Питер женился на секретарше — ее звали Долорес — и попросил о переводе в штаб-квартиру компании.

— Которая располагалась в Дейтоне.

— Да. Питер не пытался добиться совместной опеки. Он понимал, что Терри сделал свой выбор. Но Мелинда сама уговаривала Терри хоть иногда видеться с Питером, мотивируя это тем, что мальчику надо знать своего отца. Терри ездил к нему в Дейтон, но лишь для того, чтобы угодить маме. Он так и не простил отца за предательство.

Хоуи сказал:

— Да, это похоже на Терри, которого я знал.

— Мелинда умерла в две тысячи шестом. От сердечного приступа. Вторая жена Питера умерла два года спустя, от рака легких. Терри продолжал ездить в Дейтон, один-два раза в год, и поддерживать более-менее ровные отношения с отцом. Исключительно в память о маме, я так понимаю. В две тысячи одиннадцатом — да, кажется, в две тысячи одиннадцатом — Питер стал рассеянным и забывчивым. Тапочки оставлял в душе, ключи от машины клал в холодильник, все в таком духе. Терри как единственный близкий родственник оформил опеку и устроил его в пансионат Хейсмана. Это было в две тысячи четырнадцатом.

— Такие пансионаты стоят дорого, — заметил Алек. — Кто платит?

— Страховая компания. У Питера Мейтленда была очень хорошая страховка. Долорес настояла. Питер всю жизнь дымил как паровоз, и, наверное, она надеялась получить круглую сумму, когда он умрет. Но она умерла раньше. Может быть, от пассивного курения.

— Ты так о нем говоришь, будто он уже мертв, — сказал Ральф. — Питер Мейтленд скончался?

— Нет, он еще жив. — Она повторила слова своего мужа: — Если это можно назвать жизнью. Он даже бросил курить. В пансионате курение запрещено.

— Как долго вы пробыли в Дейтоне в ваш последний визит?

— Пять дней. Терри навещал отца трижды.

— Вы с дочерьми с ним не ходили?

— Нет. Терри этого не хотел, да и я сама не хотела. Питер не проявил бы себя особо заботливым дедом, и Грейс вряд ли смогла бы это понять.

— Чем вы занимались, пока Терри навещал отца?

Марси улыбнулась.

— Ты так говоришь, будто Терри все время проводил с отцом, но это было не так. Он заезжал к нему ненадолго, всего на час. Может, на два, но не больше. А все остальное время мы были вместе. Когда Терри ездил к отцу, мы с девчонками оставались в отеле. У них есть закрытый бассейн, и девочкам нравилось плавать. Один раз я их сводила в картинную галерею, один раз — на утренний сеанс мультфильмов Диснея. Там рядом с отелем был кинотеатр. Мы ходили туда еще несколько раз, но уже всей семьей. И в Музей авиации тоже ездили вчетвером, и в Музей научных открытий. Девчонкам там очень понравилось. Это был самый обычный семейный отдых, детектив Андерсон, просто Терри иногда оставлял нас на пару часов, чтобы исполнить свой сыновний долг.

И возможно, угнать микроавтобус, подумал Ральф.

Очень даже возможно — Мерлин Кессиди и семейство Мейтлендов вполне могли находиться в Дейтоне в одно и то же время, — но неправдоподобно. Как говорится, притянуто за уши. Даже если Терри и угнал микроавтобус, остается вопрос, как он приехал на нем во Флинт-Сити. И зачем ему было угонять машину в Дейтоне? Как будто в окрестностях Флинта не хватает машин; взять тот же «субару» Барбары Ниринг.

— А где вы питались? В ресторанах, я так понимаю? — спросил Ральф.

Хоуи подался вперед, но промолчал.

— Мы заказывали еду прямо в номер. Там вкусно кормили, Саре с Грейс нравилось. Но иногда мы ходили в ресторан при отеле.

— Вы не бывали в кафе под названием «Томми и Таппенс»?

— Нет. Я бы запомнила кафе с таким названием. Один раз мы ужинали в «Айхопе» и пару раз в «Крекер бэррел», а что?

— Ничего, — сказал Ральф.

Хоуи проницательно улыбнулся, но ничего не сказал и снова откинулся на спинку стула. Алек сидел с каменным лицом, скрестив руки на груди.

— У тебя все? — спросила Марси. — Я устала от этого разговора. Устала от тебя.

— С вами не происходило ничего необычного, пока вы были в Дейтоне? Может быть, кто-то из дочерей потерялся, или Терри сказал, что встретил старого друга, или *ты сама* встретила старую подругу, или пришла неожиданная посылка...

— Прилетел НЛО? — предположил Хоуи. — Человек в черном плаще передал зашифрованное сообщение? «Рокетс» станцевали на автостоянке?

— Не смешно, господин адвокат. Хочешь — верь, хочешь — нет, но я пытаюсь найти решение.

— Нет, ничего необычного не было. — Марси поднялась из-за стола и принялась собирать кофейные чашки. — Терри навестил отца, мы замечательно провели каникулы, мы прилетели домой. Мы не бывали в кафе под названием «Томми что-то-там» и не угоняли микроавтобус. А теперь...

— Папа поцарапался.

Все обернулись к двери. На пороге стояла Сара Мейтленд, усталая, бледная и слишком хрупкая в своих джинсах и футболке с эмблемой «Рейнджеров».

— Сара, что ты здесь делаешь? — Марси поставила чашки на разделочный стол и подошла к дочери. — Я же просила вас с Грейси побыть наверху, пока мы разговариваем.

— Грейс уже спит, — ответила Сара. — Вчера ночью она опять просыпалась из-за этих глупых кошмаров о человеке с соломой вместо глаз. Надеюсь, сегодня ей ничего не приснится. Если она снова проснется, придется дать ей «Бенадрил».

— Я уверена, что сегодня все будет хорошо. Иди наверх.

Но Сара не ушла. Она смотрела на Ральфа, однако в ее взгляде не было недоверия и неприязни, как во взгляде Марси. Она смотрела на Ральфа с таким сосредоточенным любопытством, что ему стало не по себе. Хоть он и выдержал ее взгляд, это было непросто.

— Мама говорит, вы убили моего папу, — сказала Сара. — Это правда?

— Нет. — И тут извинения все-таки прозвучали. Ральф сам удивился, насколько легко ему это далось. — Но я приложил к этому руку, о чем теперь очень жалею.

Я совершил ошибку и теперь буду мучиться до конца своих дней.

— Наверное, это хорошо, — сказала Сара. — Наверное, так вам и надо. — Она повернулась к маме. — Я иду к себе, но если Грейс снова будет кричать посреди ночи, я лягу спать в ее комнате.

— Сара, пока ты не ушла... Расскажи мне об этой царапине, — попросил Ральф.

— Это случилось в больнице, когда он навещал своего папу, — сказала Сара. — Медсестра сразу же обработала ранку. Намазала «Бетадином» и заклеила пластырем. Просто царапина, ничего страшного. Папа сказал, ему было не больно.

— Иди наверх, — повторила Марси.

— Ладно.

Они наблюдали, как она босиком идет к лестнице. Поставив ногу на нижнюю ступеньку, Сара обернулась:

— Тот ресторан «Томми и Таппенс» был совсем рядом с отелем. Я видела вывеску, когда мы ездили в музей.

19

— Расскажи мне об этой царапине, — попросил Ральф.

Марси встала, уперев руки в бедра.

— Зачем? Это важно для дела? Какая-то пустяковая царапина?

— Просто ему больше не о чем спрашивать, — сказал Алек. — Но мне тоже интересно послушать.

— Если ты устала... — начал было Хоуи.

— Нет, все в порядке. Это и *вправду* была пустяковая царапина. Когда он ездил к отцу во второй раз... Нет... — Марси задумчиво нахмурилась. — В третий раз, последний. Потому что на следующий день мы уже улетали домой. Когда Терри выходил из палаты, он налетел на санитара. Или санитар налетел на него. Терри говорил, они оба не смотрели, куда идут. В другой ситуации они извинились бы и разошлись, но уборщица на этаже как раз вымыла пол, он еще не успел высохнуть и был скользким. Санитар поскользнулся, схватил Терри за руку, чтобы не упасть, но все равно грохнулся. Терри помог ему встать, спросил, все ли с ним хорошо, и тот парень сказал, что да. Уже в вестибюле, на выходе, Терри заметил, что у него на запястье кровь. Видимо, санитар поцарапал его ногтем, когда схватил за руку. Медсестра продезинфицировала царапину и заклеила пластырем, как и сказала Сара. Собственно, вот и все. Это как-то поможет тебе раскрыть дело?

— Нет, — ответил Ральф. Однако тут что-то было, и он почему-то не сомневался, что в отличие от желтой бретельки эту связь — конфлюэнцию, как сказала бы Дженни, — он уловит. Но ему потребуется помощь Юна Сабло. Ральф поднялся из-за стола. — Спасибо, что уделила мне время, Марси.

Она одарила его холодной улыбкой.

— Для тебя — миссис Мейтленд.

— Понятно. И, Ховард, спасибо, что ты все устроил. — Ральф протянул ему руку, и на секунду она одиноко повисла в воздухе.

Наконец Хоуи все же пожал ему руку.

— Я тебя провожу, — сказал Алек.

— Думаю, я в состоянии найти выход.

— В этом я даже не сомневаюсь, но поскольку я тебя встретил, значит, должен и проводить.

Они вышли в прихожую, и Алек открыл дверь. Ральф шагнул через порог и удивился, когда Алек вышел на крыльцо следом за ним.

— Так что там с царапиной?

Ральф посмотрел ему прямо в глаза:

— Ты о чем?

— А то ты не знаешь! Я видел, как ты изменился в лице.

— У меня несварение. Бывает, прихватит в самый неподходящий момент, особенно если переволноваться. Встреча выдалась суровой. Хоть и не такой суровой, как взгляд этой девочки. Я себя чувствовал букашкой под лупой.

Алек прикрыл входную дверь. Ральф уже спустился на две ступеньки, но из-за его роста они с Алеком сейчас стояли лицом к лицу, почти вровень.

— Скажу тебе одну вещь, — начал Алек.

— Ну давай. — Ральф мысленно подобрался.

— С арестом ты облажался по полной программе. Думаю, ты уже сам это понял.

— Чего мне сейчас не хватает, так это еще одной взбучки. — Ральф повернулся, чтобы уйти.

— Я еще не закончил.

Ральф снова обернулся к нему, наклонив голову и расставив ноги. Бойцовская стойка.

— Я сам бездетный. Мэри не может иметь детей. Но если бы у меня был сынишка, ровесник твоего сына, и если бы у меня имелись веские доказательства, что человек, тренирующий моего сына — человек, которого мой сын уважает, практически боготворит, — на самом деле — сексуальный маньяк-педофил, на твоем месте я сделал бы то же самое, если не хуже. Я хочу сказать, что понимаю, почему у тебя перемкнуло в мозгах.

— Спасибо, Алек. Лучше от этого мне не станет, но все равно спасибо.

— Позвони, если вдруг передумаешь и все же захочешь рассказать об этой царапине. Может быть, мы на одной стороне.

— До свидания, Алек.

— До свидания, детектив. Береги себя.

20

Он рассказывал Дженни, как прошла встреча, и тут у него зазвонил телефон. Это был Юн.

— Мы можем встретиться завтра, Ральф? Там было кое-что странное, в том амбаре, где нашли одежду Мейтленда, в которой его видели на вокзале. Много странного на самом деле.

— Скажи сейчас.

— Нет. Я еду домой. Устал как собака. И мне надо подумать, уложить все в голове.

— Хорошо, давай завтра. Где?

— Где-нибудь в тихом, уединенном месте. Не надо, чтобы нас видели. Ты в принудительном отпуске, а я официально уже не веду это расследование. Да и нет никакого расследования. Теперь, когда Мейтленд мертв.

— Что будет с одеждой?

— Ее отправят в Кэп-Сити на экспертизу. Потом передадут в департамент шерифа округа Флинт.

— Ты что, издеваешься? Ее надо приобщить к вещдокам по делу Мейтленда. К тому же Дик Дулин не в состоянии даже сморкнуться без четких инструкций сверху.

— Может, и так. Но область Каннинг относится к ведению округа, а не города и, стало быть, попадает под юрисдикцию шерифа. Я слышал, шеф Геллер отправил в Каннинг какого-то детектива, но просто из вежливости.

— Хоскинса.

— Да, так его звали. Он еще не доехал, а когда доедет, здесь уже никого не будет. Наверное, он заблудился.

Или засел где-нибудь в баре, подумал Ральф, *что более вероятно*.

Юн сказал:

— Эта одежда осядет в хранилище для вещдоков в департаменте окружного шерифа и пролежит там до конца двадцать первого века. Такое ощущение, что всем наплевать. Типа Мейтленд виновен, Мейтленд мертв, дело закрыто.

— Я еще не готов закрыть дело, — сказал Ральф и улыбнулся, когда Дженни, сидевшая рядом с ним на диване, подняла вверх два больших пальца. — А ты?

— Иначе стал бы я тебе звонить? Где завтра встречаемся?

— У вокзала в Даброу есть кофейня. «Ложечка О'Мэлли». Сможешь ее найти?

— Наверняка.

— В десять утра?

— Давай в десять. Если что-то изменится, я позвоню.

— У тебя есть протоколы допроса свидетелей?

— Все в моем ноутбуке.

— Тогда не забудь захватить свой ноутбук. Все мои материалы остались в участке, а меня туда не пускают. Мне нужно многое тебе рассказать.

— Аналогично, — ответил Юн. — Может быть, мы еще докопаемся до правды, Ральф, но я не уверен, что нам понравится эта правда. Тут такой темный лес...

На самом деле, подумал Ральф, завершив беседу, *тут канталупа. И внутри полно червей.*

21

По пути на ферму Элфманов Джек Хоскинс заехал в «Джентльмены, для вас» и взял в баре водку с тоником, рассудив, что заслужил эту маленькую приятность, раз уж ему не дали догулять отпуск. Первый стакан он опрокинул залпом, сразу же заказал еще порцию и уже смаковал каждый глоток. Две стриптизерши на сцене, все еще полностью одетые (что в «Джентльмены, для вас» означало трусики и лифчики), лениво обжимались на сцене, отчего у Хоскинса случилась умеренной силы эрекция.

Когда он достал из кармана бумажник, бармен только махнул рукой:

— За счет заведения.

— Спасибо.

Джек оставил чаевые на барной стойке и ушел если не в приподнятом настроении, то уж точно не в таком поганом, как раньше. Усевшись в машину, он первым делом открыл бардачок, взял упаковку мятных конфет и забросил в рот две штуки. Говорят, что от водки нет запаха, но это полная чушь.

Дорога к ферме была перекрыта желтой полицейской лентой — лентой полиции округа, а не города. Хоскинс вышел из машины, выдернул из земли один столбик, к которому была привязана лента, проехал ограждение и снова выбрался из машины, чтобы вернуть столбик на место. *Вот же геморрой*, подумал он, и геморрой только усугубился, когда Хоскинс подъехал к скоплению ветхих построек посреди чистого поля — большому амбару и трем сараям — и обнаружил, что там никого нет. Он хотел позвонить в полицейский участок, чтобы поделиться своим возмущением хоть с кем-нибудь, пусть даже с Сэнди Макгилл, которую он считал исключительно тупой сучкой. Но рация только трещала помехами, и, конечно же, в этой дыре не было сотовой связи.

Хоскинс взял фонарик и вышел из машины, главным образом для того, чтобы размять ноги; все равно делать тут было нечего. Это было дурацкое поручение, и в данном случае дураком выступил он. Дул сильный ветер. Сухой, жаркий ветер — лучший друг лесных пожаров. Впрочем, леса поблизости не наблюдалось. Была только чахлая тополиная рощица рядом со старой водяной колонкой. Листья шуршали на ветру, тени деревьев метались по земле в бледном свете луны.

Вход в амбар тоже был перегорожен желтой полицейской лентой. Одежду, найденную в амбаре, уже давно разложили по маркированным полиэтиленовым пакетам и увезли на экспертизу в Кэп-Сити, и все равно при одной только мысли о том, что Мейтленд побывал здесь вскоре после убийства пацана, Хоскинсу сделалось не по себе.

В каком-то смысле, подумал Джек, *я повторяю его маршрут. Мимо лодочного причала, где он переоделся и бросил окровавленную одежду, потом — в «Джентльмены, для вас». Оттуда он поехал в Даброу, но сделал крюк и вернулся... сюда.*

Открытая дверь амбара зияла разинутой пастью. Хоскинсу не хотелось к ней приближаться: не в темноте и не в одиночку. Да, Мейтленд мертв, и привидений не существует, но Хоскинсу все равно не хотелось подходить к двери. Однако же он заставил себя подойти и посветить фонариком внутрь.

В дальнем углу амбара кто-то стоял.

Джек сдавленно вскрикнул, схватился за кобуру на ремне и только потом вспомнил, что оставил свой табельный «глок» в сейфе в машине. Он уронил фонарик, наклонился за ним и почувствовал, как водка ударила в голову: недостаточно, чтобы опьянить, но достаточно, чтобы вызвать легкую дурноту и дрожь в ногах.

Он снова посветил фонариком внутрь и рассмеялся. Там никого не было. То, что он принял за человеческую фигуру, оказалось всего лишь старым хомутом, сломанным пополам.

Пора выбираться из этого мрачного места. Может быть, зарулить в «Джентльмены», пропустить еще стаканчик на сон грядущий, а потом сразу домой в кро...

Кто-то стоял у него за спиной, и это не было иллюзией. Джек видел тень, длинную тонкую тень. И кажется, слышал чье-то дыхание.

Сейчас он меня схватит. Надо упасть и откатиться.

Но он не мог даже пошевелиться. Он как будто оцепенел. Почему он не уехал сразу, как только увидел, что здесь никого нет? Почему не достал пистолет из сейфа? Зачем он вообще выходил из машины? Внезапно Джек понял, что сейчас умрет. В этой унылой глуши, в конце проселочной дороги в области Каннинг.

И тут к нему прикоснулись. Рука, горячая, словно грелка, наполненная кипятком, ощупывала его затылок, шею. Он хотел закричать и не смог. Крик бился в груди, запертый так же надежно, как табельный «глок» в сейфе. Сейчас к первой руке присоединится вторая, и его начнут душить. Вот сейчас...

Однако руку убрали. Саму руку — но не пальцы. Кончики пальцев легко, даже игриво скользили по коже, оставляя жгучие следы.

Джек не знал, сколько он так простоял, не в силах пошевелиться. Может быть, двадцать секунд; может быть, пару минут. Ветер дул все сильнее, трепал его волосы, ласкал разгоряченную шею, как эти жуткие пальцы. Тени тополей судорожно метались по земле, словно стайка испуганных рыб. Человек — или не человек — стоял у него за спиной, отбрасывая длинную тонкую тень. Прикасался к нему, гладил.

А потом пальцы и тень исчезли.

Джек обернулся, и запертый в груди крик все же прорвался наружу — громкий, протяжный, — когда очередной порыв ветра взметнул фалды его пиджака и они раздулись с резким хлопающим звуком. Перед ним...

Не было ничего.

Только заброшенные сараи и голое поле.

Никто не стоял у него за спиной. Никто не прятался в темном сарае. Никто не трогал его за шею; это был просто ветер. Он поспешно вернулся к машине, то и дело оглядываясь на ходу. Один раз, второй, третий. Он уселся за руль, сжимаясь в комок всякий раз, когда в зеркале заднего вида мелькали тени деревьев, раскачивающихся на ветру, и завел двигатель. Промчался обратно по узкой грунтовой дороге со скоростью пятьдесят миль в час, мимо старого кладбища и заброшенной фермы. На этот раз он не стал останавливаться перед желтой лентой, а просто проехал насквозь. Выбрался на шоссе номер 79, скрипя шинами по асфальту, и рванул в сторону Флинт-Сити. К тому моменту, когда он въехал в город, ему удалось убедить себя, что ничего не случилось. Там, у заброшенного амбара, ничего не случилось. И боль, пульсирующая в затылке, тоже ничего не значила.

Вообще ничего.

ЖЕЛТЫЙ ЦВЕТ
21—22 июля

1

В субботу в десять утра в «Ложечке О'Мэлли» было практически пусто. Только два старика с кружками кофе сидели за шахматной доской у двери и единственная официантка пялилась, как завороженная, в маленький телевизор над барной стойкой. По телевизору шла реклама какой-то клюшки для гольфа.

Юнел Сабло сидел за столиком в дальнем углу. Сегодня он был одет в полинявшие джинсы и футболку, облегавшую его мускулистый торс (у Ральфа такого торса не было года с две тысячи седьмого). Юн смотрел телевизор, но, увидев Ральфа, махнул рукой.

Когда Ральф уселся за столик, Юн сказал:

— Странно, что официантку интересует именно эта клюшка.

— По-твоему, женщины не играют в гольф? Что за мужской шовинизм, amigo?

— Я знаю, что женщины играют в гольф, но эта клюшка полая. Суть в том, что если тебе приспичит у четырнадцатой лунки, можешь в нее поссать. К ней даже прилагается передничек, чтобы прикрыть хозяйство. С женщиной это не сработает.

К ним подошла официантка принять заказ. Ральф заказал омлет и ржаные тосты, сосредоточенно глядя в меню, потому что боялся расхохотаться. Он совершенно не ожидал, что будет бороться со смехом сегодня утром, но мысль о передничке так его развеселила, что он все-таки не сдержался и издал тихий, сдавленный смешок.

Официантка сразу поняла, в чем дело:

— Да, наверное, это смешно, но не в том случае, когда твой муж помешан на гольфе и страдает воспалением простаты, а ты не знаешь, что ему подарить на день рождения.

Ральф встретился взглядом с Юном, и они оба не выдержали и рассмеялись так громко, что игравшие в шахматы старики с неодобрением посмотрели в их сторону.

— Будете что-то заказывать, молодой человек? — спросила официантка у Юна. — Или только пить кофе и потешаться над клюшкой-«девяткой»?

Юн заказал huevos rancheros, яйца по-деревенски. Когда официантка ушла, он сказал Ральфу:

— Мы живем в странном мире, полном всяческих странностей. Ты согласен?

— Согласен. Если учесть, для чего мы встретились. Ну, рассказывай, что было странного в области Каннинг.

— Много всего.

Юн открыл сумку — кожаную сумку через плечо, из тех, которые Джек Хоскинс уничижительно называл бабскими, — и достал мини-айпад в потертом, видавшем виды футляре. Ральф давно заметил, что все больше копов пользуются для работы новомодными гаджетами. Наверное, году к две тысячи двадцатому, самое позднее — к две тысячи двадцать пятому эти штуки полностью заменят традиционные бумажные блокноты. Что ж, прогресс не стоит на месте. И ты либо мчишься вперед вместе с ним, либо плетешься в хвосте. Ральф и сам предпочел бы получить на день рождения планшет вместо клюшки для гольфа.

Юн постучал по экрану и открыл нужный файл.

— Вчера ближе к вечеру парнишка по имени Дуглас Элфман нашел в старом амбаре брошенную одежду. Он видел новости по телевизору и узнал по описанию пряжку в виде лошадиной головы. Он позвонил отцу, и тот сразу вызвал полицию. Я прибыл на место вместе с передвижной лабораторией примерно без четверти шесть. Джинсы-то ладно, они и в Африке джинсы, но пряжку я узнал сразу. Смотри сам.

Он вывел на весь экран фотографию крупным планом и развернул айпад к Ральфу. С первого взгляда было понятно, что эта самая пряжка красовалась на ремне Терри на записях с камер видеонаблюдения транспортного узла Фогель в Даброу.

Ральф задумчиво произнес:

— Ладно, еще одно звено в цепочке. Он бросил микроавтобус у бара «Шорти». Пересел в «субару». Потом бросил «субару» у Чугунного моста, переоделся в чистое...

— Джинсы «Левайс пятьсот один», трусы, белые спортивные носки, дорогущие пафосные кроссовки. И ремень с фигурной пряжкой.

— Ага. Испачканную кровью одежду он оставил в «субару», пошел в «Джентльмены, для вас» и взял такси до вокзала в Даброу. Но почему-то не сел в поезд. Вопрос: почему?

— Может, пытался запутать следы. Или же... У меня есть одна совершенно безумная идея. Хочешь послушать?

— Хочу, — сказал Ральф.

— Я думаю, Мейтленд *собирался* сбежать. Собирался сесть в поезд Даллас — Форт-Уэрт, а потом рвануть дальше. Может быть, в Мексику. Может быть, в Калифорнию. Глупо было бы оставаться во Флинт-Сити, ведь его многие видели после убийства. Вот только...

— Что?

— Он не мог уехать из города перед полуфинальным матчем. Не мог бросить своих ребят перед такой ответственной игрой, когда решалась судьба финала.

— Идея и вправду безумная.

— Еще безумнее, чем убийство мальчика?

Ральф не знал, что на это ответить, но ему не пришлось отвечать, потому что им принесли заказ. Когда официантка отошла, Ральф спросил:

— Отпечатки на пряжке?

Юн вывел на экран еще одну фотографию крупным планом. На этом снимке блестящая серебристая пряжка была присыпана белым дактилоскопическим порошком. Ральф разглядел несколько перекрывавших друг друга отпечатков пальцев, напоминавших старые обучающие диаграммы танцевальных шагов.

— У криминалистов есть образцы отпечатков Мейтленда, — сказал Юн. — Они прямо на месте запустили программу сличения, и отпечатки совпали. Но вот первая странность, Ральф. Завитки и бороздки отпечатков на пряжке какие-то бледные, местами линии полностью прерываются. Совпадений достаточно, чтобы предъявить в качестве доказательства на суде, но техник, который работал с программой — у него большой опыт в таких делах, — сказал, что они напоминают отпечатки очень старого человека. Лет восьмидесяти. Если не девяноста. Я спросил, не могло ли быть так, что Мейтленд торопился переодеться и быстрее свалить и потому его отпечатки смазались. Он сказал, что такое возможно, но по его лицу было видно, что сам он в это не верит.

— Ну, — сказал Ральф, отломив вилкой кусок омлета. Разыгравшийся аппетит, как и внезапный приступ веселья по поводу гольф-клюшки двойного назначения, стали для него приятным сюрпризом. — Это *странно*, но вряд ли существенно.

А про себя подумал: интересно, как долго еще он собирается отмахиваться от «несущественных» странностей, что постоянно всплывали в ходе расследования?

— Там были еще чьи-то отпечатки, — сказал Юн, — тоже смазанные и нечеткие. Настолько нечеткие, что их даже не стали пересылать в национальную базу данных ФБР. Но на всякий случай сравнили с неопознанными отпечатками, снятыми в микроавтобусе. И смотри, что получилось...

Он передал айпад Ральфу. Тот внимательно рассмотрел два набора отпечатков: один был обозначен «МИКРОАВТОБУС / НЕОПОЗНАННЫЙ СУБЪЕКТ», второй — «РЕМЕННАЯ ПРЯЖКА / НЕОПОЗНАННЫЙ СУБЪЕКТ». Похожи, но не настолько, чтобы предъявлять их в суде в качестве доказательства. Тем более если их будет оспаривать такой адвокат, как Хоуи Голд. Однако сейчас Ральф был не в суде, и ничто не мешало ему признать, что неопознанные отпечатки на пряжке и в микроавтобусе принадлежат одному и тому же субъекту. Тем более что это сходилось с той информацией, которую он вчера получил от Марси Мейтленд. Сходилось не идеально, но достаточно близко для детектива в принудительном отпуске, которому не надо отчитываться в своих действиях перед начальством... и перед окружным прокурором в горячий предвыборный период.

Пока Юн ел свои huevos rancheros, Ральф рассказал ему о вчерашней встрече с Марси. Рассказал почти все, придержав одну вещь на потом.

— Наверняка в микроавтобусе есть отпечатки того парнишки, который угнал его первым, — завершил он свой рассказ.

— Да, их уже опознали. Полиция Эль-Пасо переслала нам отпечатки Мерлина Кессиди. Они совпали с некоторыми «бесхозными» отпечатками из микроавтобуса. В основном на ящике с инструментами. Наверное, Кессиди его открывал. Проверял, нет ли там чего ценного. Но его отпечатки достаточно четкие, и это не они. — Он ткнул пальцем в экран с расплывчатыми неопознанными отпечатками.

Ральф наклонился вперед, отодвинув тарелку в сторону.

— Ты понимаешь, что это значит? Мы знаем, что Терри не угонял микроавтобус в Дейтоне, потому что Мейтленды летели домой на самолете. Но если эти отпечатки из микроавтобуса и отпечатки на пряжке *действительно* принадлежат одному и тому же человеку...

— Думаешь, у него все-таки был сообщник? Который пригнал микроавтобус из Дейтона во Флинт-Сити?

— Может быть, — сказал Ральф. — Другого объяснения я не вижу.

— Сообщник, похожий на Терри как две капли воды?

— Ну вот, опять, — вздохнул Ральф.

— И на пряжке есть отпечатки обоих, — продолжал Юн. — Это значит, что Мейтленд и его двойник носили один и тот же ремень. Может быть, один и тот же комплект одежды. Хотя размер-то у них одинаковый, да?

Близнецы-братья, разлученные при рождении. Вот только по всем документам выходит, что Терри Мейтленд был единственным ребенком в семье.

— Что еще у вас есть?

— Еще много всего. Странного и удивительного. — Он передвинул стул так, чтобы сесть рядом с Ральфом, отобрал у него айпад, положил на стол и вывел на экран новый снимок: сваленная в кучу одежда рядом с пластмассовой меткой для вещдоков с цифрой 1. — Видишь пятна?

— Ага. Это что?

— Без понятия, — сказал Юн. — Криминалисты тоже не знают, но один из них высказал предположение, что это может быть сперма. И я вроде как с ним согласен. На фотографии плохо видно, но...

— *Сперма?* Ты шутишь?

К ним опять подошла официантка. Ральф перевернул айпад экраном вниз.

— Джентльмены, кому подлить кофе?

Добавки попросили оба. Когда официантка ушла, Ральф снова принялся рассматривать снимок одежды, увеличив изображение.

— Юн, оно в паху джинсов, на обеих штанинах, на отворотах...

— И на трусах, и на носках, — сказал Юн. — И на кроссовках, внутри и снаружи. Застыло глянцевой коркой, как глазурь на керамике. Не знаю, что это такое, но его наберется достаточно, чтобы заполнить полую клюшку-«девятку».

Ральф не рассмеялся.

— Это не может быть сперма. Даже Джон Холмс в свои лучшие годы...

— Я знаю. И от спермы не бывает такого.

Он перелистнул фотографию на экране. Общий план пола в амбаре. Еще одна пластмассовая метка для вещественных доказательств (уже с цифрой 2) лежит рядом с раскиданной кучкой соломы. Во всяком случае, Ральф подумал, что это солома. Но почему-то почти вся черная.

Ближе к левому краю снимка виднеется третья метка, размещенная на разлохмаченном тюке сена, явно провалявшемся здесь очень долгое время и тоже черном с одного бока, как будто его щедро облили чем-то едким.

— Это одно и то же вещество? — спросил Ральф. — Ты уверен?

— На девяносто процентов. И на чердаке есть еще. Если это сперма, то такая ночная поллюция достойна войти в «Книгу рекордов Гиннесса».

— Не может быть, — глухо произнес Ральф. — Это что-то другое. Во-первых, от спермы солома не чернеет. Так не бывает.

— Я тоже так думаю. Но я всего лишь сын бедного мексиканского фермера.

— Однако криминалисты проводят экспертизу.

Юн кивнул.

— Прямо сейчас.

— И ты сообщишь мне результаты?

— Конечно. Теперь ты понимаешь, почему я сказал, что чем дальше, тем больше странностей.

— Дженни назвала это необъяснимым. — Ральф кашлянул, прочищая горло. — И не просто необъяснимым, а *сверхъестественным*. Она именно так и сказала.

— Моя Габриэла предполагает то же самое, — ответил Юн. — Может быть, это женское. Или наше, мексиканское.

Ральф удивленно приподнял брови.

— Sí, señor*, — сказал Юн и рассмеялся. — Моя жена рано осталась без матери, и ее воспитывала abuela**. Габи выросла на старинных легендах и сказках. Когда я обсуждал с ней расследование, она сразу вспомнила страшилище, которым в Мексике пугают непослушных детишек. Вроде как был человек, умиравший от туберкулеза, и один мудрый старик, ermitaño***, живущий в пустыне, сказал ему, что он сможет вылечиться, если будет пить кровь де-

---

* Да, сеньор (*исп.*).
** Бабушка (*исп.*).
*** Отшельник (*исп.*).

тей и растирать грудь и интимные части тела их жиром. Он так и сделал — и превратился в чудовище, и теперь живет вечно. Якобы он забирает только вредных и непослушных детей. Хватает их и запихивает в большой черный мешок. Габи мне рассказала, что, когда ей было лет семь, ее брат заболел скарлатиной и к ним домой пришел доктор, отчего у нее случилась истерика.

— Потому что у доктора был черный чемоданчик.

Юн кивнул.

— Не могу вспомнить, как его звали, это страшилище. Вертится на языке, но никак не дается. Теперь буду мучиться.

— Ты хочешь сказать, что убийца — чудище из детской страшилки?

— Конечно, нет. Хоть я и сын бедного мексиканского фермера, ну, или преуспевающего владельца крупнейшего в Амарилло автосалона, я все-таки не atontado*. Фрэнка Питерсона убил человек, простой смертный, как мы с тобой, и почти наверняка это был Терри Мейтленд. Всему должно быть разумное объяснение, и когда мы его найдем, все встанет на свои места, и я снова смогу спать спокойно. Потому что от всех этих странностей мне как-то, знаешь, не по себе. — Он взглянул на часы. — Мне пора. Я обещал Габи свозить ее в Кэп-Сити на ярмарку ремесел. У тебя остались вопросы? Хотя бы один должен быть, потому что еще одна странность буквально бросается в глаза.

— У амбара были следы каких-нибудь автомобилей?

— Я сейчас говорил о другом, но, кстати, да. Были. Хотя нам они не помогут: слишком смазанные. Судя по ширине колеи, это мог быть тот белый микроавтобус, на котором Мейтленд похитил парнишку. Для «субару» широковато.

— Ясно. Слушай, у тебя в этом волшебном планшете сохранены все протоколы допроса свидетелей? Пока ты не ушел, открой мне протокол Клода Болтона. Он рабо-

---

* Идиот (*исп.*).

тает вышибалой в «Джентльмены, для вас». Хотя само слово ему не нравится, как я помню.

Юн открыл файл, покачал головой, открыл еще один файл и передал айпад Ральфу.

— Прокрути вниз.

Ральф так и сделал, случайно промотал дальше, чем нужно, вернулся и нашел, что искал.

— Вот. Болтон сказал: «Я помню еще кое-что. Вроде бы ерунда, но вообще стремно, если он и вправду убил того мальчика». Болтон сказал, что Мейтленд его поцарапал. Он поблагодарил Терри за то, что тот много сделал для племянников его друга. Они пожали друг другу руки, и Терри случайно задел Болтона ногтем мизинца по тыльной стороне ладони. Оцарапал до крови. Болтон сказал, что он сразу вспомнил свои наркоманские времена. У него были знакомые байкеры, которые специально отращивали на мизинцах такие длинные ногти, чтобы загребать кокаин. Так у них было модно.

— И это важно, потому что... — Юн выразительно посмотрел на часы.

— Может быть, и не важно. Может быть, это... — Он чуть было не сказал «несущественно», но удержался. Чем чаще он произносил это слово, тем меньше оно ему нравилось. — Может быть, и не важно, — повторил он. — Но как-то странно. Моя жена называет подобные совпадения конфлюэнцией. Когда Терри навещал отца в больнице в Дейтоне, его поцарапали точно так же. — Ральф вкратце рассказал Юну, как санитар поскользнулся на мокром полу, схватился за Терри и случайно его поцарапал.

Юн на секунду задумался и пожал плечами.

— Наверняка это обычное совпадение. И мне действительно надо идти, иначе гнев Габриэлы падет на мою бедную голову, и всем чертям станет тошно. И все-таки ты кое-что пропустил. Твой приятель Болтон тоже об этом упоминал. Прокрути вверх, и найдешь.

Но Ральфу не надо было ничего искать. Он и сам уже сообразил.

— Джинсы, трусы, носки и кроссовки... А рубашки-то нет.

— Именно, — сказал Юн. — Либо это была его самая любимая рубашка, либо у него не нашлось чистой на смену.

2

На полпути к Флинт-Сити Ральф наконец понял, чем его зацепила та желтая бретелька.

Он заехал на стоянку у винного супермаркета и позвонил Юну. Звонок сразу переключился на голосовую почту. Ральф не стал оставлять сообщение. Пусть человек отдохнет в свои законные выходные. Тем более Ральф уже понял, что *этими* мыслями ему не хотелось делиться ни с кем. Может быть, только с женой.

Бретелька бюстгальтера была не единственным яркожелтым пятном, которое он выхватил взглядом из толпы в те секунды обостренного восприятия перед гибелью Терри; просто потом все смешалось в его сознании, когда Олли Питерсон вытащил револьвер из полинявшей почтовой сумки. Тут что угодно забудешь.

Голова человека с обожженным лицом и татуировками на руках была повязана желтой банданой, вероятно, скрывавшей шрамы на обезображенном черепе. Но точно ли это была бандана? А вдруг не бандана, а что-то другое? Например, недостающая рубашка? Та самая желтая рубашка, в которой Терри приехал на вокзал в Даброу?

Я совсем головой повернулся, подумал Ральф, и, может быть, так оно и было... но его подсознание (те скрытые мысли за осознанными мыслями) буквально вопило об этом уже столько дней.

Он закрыл глаза и попытался вспомнить, что конкретно видел в те последние две-три секунды жизни Терри. Некрасивая усмешка симпатичной блондинки-ведущей, глядящей на свои пальцы, испачканные в крови. Плакат с иглой от шприца и надписью: «МЕЙТЛЕНД, ДАВАЙ НА

УКОЛ». Мальчик с заячьей губой. Женщина, перегнувшаяся через ограждение, чтобы показать Марси средний палец. И мужчина в жутких ожогах, как будто Бог взял большой ластик и стер ему почти все лицо, оставив только комки спекшейся плоти, кусочки непропеченной розовой кожи и две дыры на том месте, где раньше был нос, прежде чем огонь изукрасил его лицо яростными татуировками, по сравнению с которыми татуировки на руках казались бледными набросками. И сейчас, в этом воспоминании, Ральф увидел на голове обожженного человека не бандану, а что-то побольше... что-то вроде накидки, закрывавшей не только голову, но и плечи.

Да, это могла быть рубашка. Но тогда все равно остается вопрос: *та* ли это рубашка? Та ли это рубашка, в которой Терри мелькнул на записях видеокамер на вокзале в Даброу? И можно ли это выяснить?

Ральф решил, что, наверное, можно. Но ему потребуется помощь Дженни, которая разбиралась в компьютерах гораздо лучше мужа. И наверное, пора перестать воспринимать Ховарда Голда и Алека Пелли как врагов. «Может быть, мы на одной стороне», — сказал ему Пелли вчера на крыльце дома Мейтлендов. И возможно, Алек был прав. Очень даже возможно.

Ральф снова выехал на дорогу и погнал домой на предельной разрешенной скорости.

3

Ральф с женой сидели на кухне перед ноутбуком Дженни. В Кэп-Сити работало пять телестудий: четыре телевизионных канала и «Канал 81», вещавший через Интернет и передававший исключительно местные новости, заседания городского совета и различные общественные мероприятия (например, речь Харлана Кобена на конференции учителей, где так удачно засветился Терри Мейтленд). Репортеры от всех пяти телестудий присутствовали в понедельник у здания суда, все вели съемку, и в каждом из репортажей были общие планы толпы. Когда прозвучал первый выстрел, все телекамеры, разумеется, повернулись к Терри: к раненому Терри с окровавленной головой, который сперва оттолкнул жену с линии огня, а после третьего выстрела он упал и уже не поднялся. К тому моменту камера Си-би-эс уже отключилась — именно эту камеру Ральф разбил своей пулей, когда кто-то толкнул его под руку. В результате чего оператор лишился глаза.

Они просмотрели все записи дважды. Дженни повернулась к мужу, сжав губы в тонкую линию. Она ничего не сказала. Ей и не надо было ничего говорить.

— Давай еще раз посмотрим «Восемьдесят первый канал», — сказал Ральф. — Там все смазано после стрельбы, но до стрельбы у них были лучшие общие планы.

— Ральф. — Дженни прикоснулась к его руке. — С тобой все в...

— Да, со мной все в порядке. — На самом деле это была неправда. У него было такое чувство, словно мир опрокинулся и он сейчас опрокинется вместе с ним, соскользнет к самому краю и сорвется в пустоту. — Включи их сюжет, пожалуйста. И выруби звук. Чтобы не отвлекаться на комментарии репортера.

Она не стала спорить и включила ролик. Толпа у здания суда. Люди размахивают транспарантами. Люди беззвучно кричат, раскрывая и закрывая рты, словно рыбы, выброшенные из воды. В какой-то момент камера резко дернулась в сторону, но не успела заснять человека, плюнувшего в лицо Терри, зато успела заснять, как Ральф сбил его с ног. В таком контексте все это смотрелось как неспровоцированное нападение. Терри помог своему обидчику подняться на ноги (*Прямо сцена из Библии*, так Ральф подумал тогда, и точно такая же мысль промелькнула у него теперь), а потом камера вновь повернулась к толпе. Ральф смотрел на экран, где двое судебных приставов — низкорослый тучный мужчина и высокая сухопарая женщина — пытались согнать зрителей со ступеней. Блондинка-ведущая с «Канала 7» поднялась на ноги, по-прежнему с изумлением разглядывая свои пальцы, испачканные

в крови. Олли Питерсон стоял, вцепившись двумя руками
в почтовую сумку. Из-под его вязаной шапки выбивались
огненно-рыжие пряди волос. До того, как он станет звездой этого шоу, оставались считаные секунды. В кадре возник мальчик с заячьей губой. Оператор «Канала 81» задержал камеру на футболке парнишки с портретом Фрэнка
Питерсона. Потом камера сдвинулась...

— Поставь на паузу, — сказал Ральф.

Они с Дженни разглядывали застывшую картинку, немного смазанную из-за быстрых движений оператора, пы-
тавшегося охватить все и сразу.

Ральф постучал пальцем по экрану.

— Видишь этого парня в ковбойской шляпе?

— Ага.

— Тот обожженный мужик стоял рядом с ним.

— Да, — сказала она... но как-то странно. Ральф в
жизни не слышал у Дженни такого нервного, насторожен-
ного голоса.

— Клянусь, он там был. Я его видел своими глазами.
Я был в таком состоянии, словно под ЛСД или мескали-
ном, и я *видел все*. Давай еще раз просмотрим остальные
сюжеты. Здесь самые лучшие общие планы, но «Фокс»
тоже снимал толпу, и...

— Нет. — Она выключила ноутбук и закрыла крышку. — Человека, которого ты видел, Ральф, нет в этих сю-
жетах. Ты сам это знаешь.

— Думаешь, я совсем чокнулся? Да? Думаешь,
у меня... этот... как его...

— Нервный срыв? — Она опять прикоснулась к его
руке. — Конечно, нет. Если ты говоришь, что видел его,
значит, ты его видел. Если ты говоришь, что он закрывал
голову от солнца желтой рубашкой, значит, наверное, так
и было. У тебя был очень тяжелый месяц. Может быть,
самый тяжелый за все время службы. Но я доверяю твоей
наблюдательности. Просто... теперь ты сам видишь... —
Она умолкла. Ральф ждал. Наконец она сбивчиво произнесла: — В этом деле так много странностей, и чем больше ты выясняешь, тем больше странностей в нем появля-

ется. Каких-то очень нехороших странностей. Меня это пугает. Эта история Юна... она меня тоже пугает. По сути, это история о вампире. Я читала «Дракулу» еще в школе, но я помню, там было написано, что вампиры не отражаются в зеркалах. А если какое-то существо не отражается в зеркалах, оно скорее всего не отразится и в записи с видеокамер.

— Но это же бред. Вампиров не существует. Ни вампиров, ни привидений, ни ведьм...

Дженни так резко хлопнула ладонью по столу, что Ральф даже вздрогнул. Звук был похож на выстрел.

— Ральф, проснись! Открой глаза! Вот оно, у тебя перед носом! А ты не видишь! Терри Мейтленд находился в двух местах одновременно! Если ты перестанешь искать этому объяснение и просто примешь как данность...

— Я не могу принять это как данность. Это противоречит всему, во что я верил всю жизнь. Если я соглашусь с чем-то подобным, тогда я точно сойду с ума.

— Черта с два ты сойдешь. Ты у нас крепкий. Но тебе и не нужно об этом задумываться, вот о чем я говорю. Терри мертв. Дело можно закрыть.

— А если это не Терри убил Фрэнки Питерсона, а мы возьмем и закроем дело? Что тогда будет с Марси? Что тогда будет с ее девочками?

Дженни поднялась из-за стола и подошла к окну над раковиной, выходившему на задний двор.

— Дерек снова звонил, — сказала она, сжав кулаки. — Он по-прежнему хочет вернуться домой.

— Что ты ему сказала?

— Что ему надо остаться в лагере до конца смены, то есть до середины августа. Хотя мне бы хотелось, чтобы он вернулся пораньше. Но я все-таки уговорила его остаться в лагере, и знаешь почему? — Она обернулась к Ральфу. — Потому что я не хочу, чтобы он возвращался в город, пока ты продолжаешь копаться в этой мешанине. Потому что сегодня, когда стемнеет, мне будет страшно. А вдруг это *и вправду* какое-то сверхъестественное существо? Вдруг оно узнает, что ты его ищешь, Ральф?

Ральф подошел к ней, обнял, прижал к себе и почувствовал, что она вся дрожит. *Она действительно в это верит*, подумал он.

— Юн рассказал мне историю о чудовище из детской сказки. Сам Юн уверен, что убийца — живой человек. И я с ним согласен.

Она прошептала, уткнувшись лицом ему в грудь:

— Тогда почему ни в одном из сюжетов нет того человека с обожженным лицом?

— Я не знаю.

— Конечно, я переживаю за Марси. — Дженни подняла взгляд, и Ральф увидел, что она плачет. — И за ее девочек. И за Терри, уж если на то пошло... и за Питерсонов... Но больше всего я переживаю за тебя и за Дерека. Кроме вас, у меня больше никого нет. Зачем тебе это расследование? Давай ты сейчас догуляешь свой отпуск, пройдешь это психологическое обследование и забудешь все, как страшный сон. Перевернешь эту страницу, откроешь новую.

— Я не знаю, — ответил Ральф, хотя он знал. Просто не хотел говорить это Дженни в ее теперешнем состоянии. Он был еще не готов перевернуть эту страницу.

Еще не готов.

4

В тот вечер он долго сидел за столиком для пикников на заднем дворе, курил «Типарильо» и смотрел на небо. Звезд не было видно, но Ральф различал очертания луны за пеленой облаков. Правда частенько бывает такой же, думал он. Туманный круг бледного света за облаками. Иногда свет пробивается сквозь облака; иногда тучи сгущаются, и свет гаснет совсем.

Но в одном можно не сомневаться: когда наступает ночь, этот худой туберкулезник из детской сказочки Юна Сабло становится более убедительным. Не *правдоподобным* — Ральф никогда не поверил бы в существование такой твари, как не поверил бы в существование Санта-Клауса, — но вполне представимым. Да, Ральфу было нетрудно представить себе этого персонажа, этакого смуглого брата Слендермена, кошмара американских девчонок-подростков. Высокий, угрюмый, в черном костюме, с лицом, как будто светящимся в темноте, с большим мешком за плечом — в такой мешок запросто поместился бы ребенок, если бы свернулся калачиком, прижав колени к груди. По словам Юна, этот мексиканский страшила продлевал себе жизнь, выпивая кровь детишек и растираясь их жиром... не совсем то, что произошло с Фрэнки Питерсоном, но очень близко к тому. Возможно, убийца — может быть, Мейтленд, может быть, тот неопознанный субъект, оставивший смазанные отпечатки, — *и вправду* считал себя то ли вампиром, то ли каким-то другим сверхъестественным существом? Тот же Джефри Дамер верил, что создает зомби, когда убивал бездомных парней.

Но это никак не проясняет вопрос, почему ни в одном из сюжетов теленовостей нет того мужика с обожженным лицом.

Дженни позвала его:

— Ральф, иди в дом. Сейчас будет дождь. Можешь курить свою вонючую гадость на кухне, если тебе совсем невмоготу.

Ты зовешь меня в дом вовсе не из-за дождя, подумал Ральф. *Ты просто боишься. Боишься, что этот уродец из сказки Юна бродит где-то поблизости, в темноте за пределами круга света от фонаря во дворе.*

Глупость, конечно. Но он понимал ее тревогу. Ему самому было тревожно. Как там сказала Дженни? *Чем больше ты выясняешь, тем больше странностей появляется в этом деле. Каких-то очень нехороших странностей.*

Ральф вошел в дом, затушил сигариллу под краном, взял свой телефон, который как раз полностью зарядился, и позвонил Хоуи.

— Сможешь зайти ко мне завтра с мистером Пелли? Хочу кое-что вам рассказать. Вы наверняка не поверите, но я все равно расскажу. Приходите к обеду. Я возьму сэндвичи в «Рудиз».

Хоуи сразу принял приглашение. Завершив разговор, Ральф обернулся к двери и увидел, что Дженни стоит на пороге, скрестив руки на груди.

— Все-таки не бросишь?

— Нет, милая. Извини. Не могу.

Она вздохнула.

— Но ты же будешь осторожен, правда?

— Я буду *очень* осторожен.

— Да уж постарайся. Иначе я тебя собственноручно пристукну. И не надо брать сэндвичи в «Рудиз». Я что-нибудь приготовлю.

5

В воскресенье шел дождь, поэтому они уселись в столовой, которую Андерсоны использовали редко: Ральф, Дженни, Хоуи и Алек. Юн Сабло остался дома в Кэп-Сити и присоединился к ним по «Скайпу» на ноутбуке Хоуи Голда.

Сначала Ральф коротко перечислил факты, уже известные всем присутствующим, потом передал слово Юну, который рассказал Хоуи и Алеку о находках в амбаре Элфманов. Когда он закончил, Хоуи сказал:

— Я уже ничего не понимаю. То есть абсолютно.

— Тот человек ночевал в заброшенном амбаре? — спросил Алек у Юна. — Думаешь, он там скрывался?

— Это рабочая версия, — ответил Юн.

— Тогда это точно не Терри, — сказал Хоуи. — В субботу он весь день пробыл в городе. Утром возил дочерей в бассейн, сразу после обеда поехал на стадион. Как тренер домашней команды он должен был убедиться, что поле готово к матчу. У нас есть свидетели. Куча свидетелей.

— А с вечера субботы до утра понедельника, — вставил Алек, — он сидел в камере в окружной тюрьме. Но ты, Ральф, и сам это знаешь.

— У Терри всегда и везде есть свидетели, — согласился Ральф. — Собственно, в этом и был корень проблемы, и мы к этому еще вернемся. Я хочу кое-что вам показать. Юн уже видел. Он просмотрел записи сегодня утром. Но *прежде* чем он сел смотреть, я задал ему один вопрос. Тот же вопрос я сейчас задам вам. Вы не заметили мужчину с изуродованным лицом в толпе у здания суда? У него на голове было что-то вроде банданы, но я пока не скажу, что именно. Кто-то из вас его видел?

Хоуи ответил, что нет. Все его внимание было сосредоточено на Терри и Марси. Однако Алек Пелли оказался более наблюдательным.

— Да, я его видел. И вправду жуткое зрелище. Как будто он побывал в сильном пожаре и чудом выжил. А на голове у него... на голове... — Он вдруг замолчал, его глаза расширились.

— Давай, договаривай, — сказал Юн из своей гостиной в Кэп-Сити. — Облегчи душу, amigo.

Алек принялся растирать виски, словно у него разболелась голова.

— Тогда я подумал, что это бандана или платок. Может быть, у человека сгорели все волосы и не отросли из-за шрамов, вот он и прикрыл голову от солнца. Но это могла быть рубашка. Думаешь, это та самая рубашка, которой недосчитались в амбаре? Та рубашка, в которой Терри засветился на камерах на вокзале в Даброу?

— Молодец, — сказал Юн. — Возьми с полки пирожок.

Хоуи хмуро взглянул на Ральфа:

— Ты все еще пытаешься выставить Терри виновным?

Вместо Ральфа ответила Дженни, которая до этого слушала молча:

— Он пытается докопаться до правды. Хотя лично мне кажется, что это не лучшая мысль.

— Алек, посмотри эти записи, — сказал Ральф. — И найди на них того человека с ожогами.

Ральф включил ролик «Канала 81», потом — ролик «Фокса», затем, по просьбе Алека (тот так низко склонился над ноутбуком Дженни, что почти касался носом экрана), еще раз ролик «Канала 81». Наконец Алек выпрямился.

— Его здесь нет. Но это невозможно.

Юн сказал:

— Он стоял рядом с парнем, который размахивал ковбойской шляпой, верно?

— Кажется, да, — согласился Алек. — Рядом с тем парнем и чуть выше блондинки-ведущей, которую треснули по башке транспарантом. Я вижу блондинку и мужика с транспарантом... но *его* я не вижу. Как же так?

Ему никто не ответил.

Хоуи сказал:

— Давайте вернемся к отпечаткам пальцев. Сколько разных наборов было в микроавтобусе, Юн?

— Наши спецы говорят, полдюжины.

Хоуи застонал.

— Спокойно, все не так страшно. Личности четырех мы уже установили. Фермер из Нью-Йорка, владелец микроавтобуса. Старший сын фермера. Парнишка, угнавший микроавтобус. И Терри Мейтленд. Остается один неопознанный человек с четкими отпечатками — может быть, кто-то из друзей фермера или кто-то из его младших детишек — и один неопознанный человек со смазанными отпечатками.

— С теми же, что и на пряжке ремня?

— Возможно, но мы не уверены на сто процентов. Там есть несколько вполне различимых линий, но не настолько четких, чтобы эти отпечатки могли служить убедительным доказательством на суде.

— Ладно, я понял. Позвольте задать вам вопрос, джентльмены. Всем троим. Может ли человек, пострадавший при пожаре, человек с сильными ожогами — не только на лице, но и на руках — оставить такие нечеткие отпечатки? Смазанные до полной неузнаваемости?

— Да, — в один голос ответили Юн и Алек, но ответ Юна чуть запоздал, потому что шел через компьютер.

— Проблема в том, — сказал Ральф, — что у того обожженного человека в толпе у здания суда были татуировки на тыльной стороне ладоней. Если у него обгорели кончики пальцев, то и татуировки должны были сгореть. Разве нет?

Хоуи покачал головой:

— Не обязательно. Допустим, на мне загорелась одежда и я пытаюсь сбить пламя руками. Но я не буду бить тыльной стороной ладони. — Он похлопал себя по широкой груди, чтобы проиллюстрировать свою мысль. — Я бью ладонью.

Все на секунду умолкли. Потом очень тихо, почти неслышно Алек Пелли произнес:

— Тот обожженный мужик был у здания суда. Я готов в этом поклясться на Библии. На стопке Библий.

Ральф сказал:

— Предположительно криминалисты полиции штата сумеют установить вещество, от которого почернело сено в амбаре. Мы можем что-нибудь сделать, пока ждем результатов? Я открыт для предложений.

— Можно проверить Дейтон, — ответил Алек. — Мы знаем, что Мейтленд был в Дейтоне, и там же был микроавтобус. Возможно, именно там и найдутся ответы хотя бы на некоторые вопросы. Сам я туда полететь не могу — много дел, сроки горят, — но я знаю одного подходящего человека. Я ему позвоню и спрошу, есть ли у него время.

На том они и порешили.

6

Десятилетняя Грейс Мейтленд плохо спала после гибели отца, а когда ей все-таки удавалось заснуть, ее мучили кошмары. В воскресенье днем вся накопившаяся усталость навалилась на нее мягкой, сонливой тяжестью. Пока мама с сестрой пекли торт, Грейс поднялась к себе в спальню и прилегла на кровать. День был дождливым и пасмурным, но все равно светлым. И это было хорошо. Теперь Грейс стала бояться темноты. Снизу, из кухни, доносились приглушенные голоса мамы и Сары. И это тоже было хорошо. Грейс закрыла глаза, как ей показалось, всего на секунду, хотя, наверное, на самом деле прошел не один час, потому что дождь за окном стал сильнее, а свет сделался серым и тусклым. Вся комната наполнилась сумрачными тенями.

Кто-то сидел у нее на кровати и смотрел на нее. Мужчина в джинсах и зеленой футболке. С татуировками на руках. Эти татуировки начинались на тыльной стороне ладоней и поднимались до рукавов футболки. Змеи и крест, кинжал и череп. Лицо мужчины уже не было смятым, словно его неумело вылепил из пластилина ребенок, но Грейс все равно сразу его узнала. Это был тот самый человек, кого она видела ночью за окном спальни Сары. По крайней мере теперь у него были глаза, а не соломины на месте глаз. И не просто глаза, а глаза ее папы. Грейс узнала бы эти глаза где угодно. Она не поняла, происходит ли это на самом деле или ей снится сон. Если снится, то пусть. Это лучше обычных кошмаров. Чуть-чуть лучше.

— Папа?

— А кто же, — ответил незнакомец с папиными глазами. Его зеленая футболка превратилась в форменную футболку «Золотых драконов», и вот тогда-то Грейс и убедилась, что это сон. Футболка «Драконов» на секунду сменилась белым халатом, а потом снова стала зеленой футболкой. — Я люблю тебя, Грейси.

— Голос совсем не похож, — сказала Грейс. — Ты только притворяешься папой.

Незнакомец наклонился к ней. Грейс отшатнулась, не в силах оторвать взгляд от папиных глаз. Голос был не похож, а глаза — очень похожи, один в один. Но все равно этот был вовсе не папа.

— Я хочу, чтобы ты ушел, — сказала она.

— Конечно, хочешь. А грешники в аду хотят холодной воды со льдом. Тебе грустно, Грейс? Ты скучаешь по папе?

— Да! — воскликнула Грейс и заплакала. — Уходи! Это не настоящие папины глаза. Ты притворяешься!

— Не жди от меня сочувствия, — сказал незнакомец. — Мне-то как раз хорошо, что тебе грустно. Я надеюсь, тебе будет грустно еще очень долго. И ты будешь плакать. *Уа-уа*, как маленькая.

— Пожалуйста, уходи.

— Малышка хочет соску? Малышка написала себе в штанишки и стала вся *мокренькая*? Малышка плачет *уа-уа*?

— *Замолчи!*

Он выпрямился.

— Хорошо, я уйду, если ты сделаешь для меня одну вещь, — сказал он. — Сделаешь кое-что для меня, Грейси?

— Что?

Он объяснил, а потом Сара разбудила ее и сказала, что уже можно идти есть торт. Значит, это был просто сон, плохой сон, и ей *не нужно ничего делать*. Но лучше все-таки сделать, решила Грейс, чтобы этот сон никогда больше не повторился.

Она заставила себя съесть кусочек торта, хотя у нее совсем не было аппетита. А когда мама с Сарой сели смотреть какой-то дурацкий романтический фильм по телевизору, Грейс объявила, что не любит глупые фильмы про любовь и лучше пойдет играть в «Энгри бердз» у себя в комнате. Но, поднявшись наверх, она пошла не в свою комнату, а в спальню родителей (теперь, как это ни грустно, только мамину спальню) и взяла мамин мобильный телефон, лежавший на комоде. В списке контактов не было дяденьки-полицейского, зато был мистер Голд. Ему она и позвонила, держа телефон двумя руками, чтобы он не дрожал. Она молилась, чтобы мистер Голд взял трубку, и он взял трубку.

— Марси? Что-то случилось?

— Нет, это Грейс. Я взяла мамин телефон.

— Здравствуй, Грейс. Рад тебя слышать. Зачем ты звонишь?

— Я не знаю, как позвонить детективу. Который арестовал моего папу.

— Зачем тебе...

— У меня для него сообщение. Его передал тот человек... Да, я знаю, что он мне приснился, но все-таки сделаю, как он велел. Я скажу вам, а вы скажете детективу.

— Какой человек? Кто передал сообщение, Грейс?

— Когда я его видела в первый раз, у него вместо глаз была солома. Он сказал, что больше не будет ко мне приходить, если я передам сообщение детективу Андерсону. Он пытался заставить меня поверить, что у него — папины глаза, но это были не папины глаза, не совсем папины. Его лицо стало лучше, но оно все равно жутко страшное. Я не хочу, чтобы он возвращался, пусть даже во сне. Вы же скажете детективу Андерсону? Вы ему скажете, да?

Она обернулась и увидела маму, которая молча стояла в дверном проеме. Грейс подумала, что ее наверняка будут ругать, но ей было все равно.

— Что я должен ему сказать, Грейс?

— Чтобы он остановился. Если он не хочет, чтобы случилось что-то плохое, скажите ему, чтобы он остановился.

7

Марси, Сара и Грейс расположились на диване в гостиной. Марси сидела посередине и обнимала девочек за плечи. Хоуи Голд устроился в мягком кресле, которое раньше (до того, как мир перевернулся с ног на голову) было креслом Терри. В комплекте с креслом шел пуфик для ног. Ральф Андерсон подтащил его к дивану и сел. Пуфик был низким, а сам Ральф — высоким, и его колени оказались почти на уровне ушей. Наверное, со стороны он смотрелся комично. Ну и пусть, решил Ральф. Если Грейс Мейтленд хоть чуточку развеселится, это будет уже хорошо.

— Да, сон действительно страшный, Грейс. Ты уверена, что это был *сон*?

— Конечно, это был сон, — сказала Марси. Ее лицо было бледным и напряженным. — В доме не было посторонних. Никто не смог бы подняться наверх незамеченным.

— Даже если бы мы не увидели, как он вошел, мы бы точно его услышали, — добавила Сара, но ее голос звучал как-то робко. Испуганно. — У нас очень скрипучая лестница.

— Ты здесь лишь для того, чтобы успокоить мою дочь, — заявила Марси. — Так займись этим.

Ральф сказал:

— Как бы там ни было, сейчас он ушел. Да, Грейс?

— Да, — уверенно ответила Грейс. — Он ушел. Он сказал, что уйдет насовсем, если я передам вам сообщение. Я думаю, он уже не вернется, ни во сне, ни вообще.

Сара театрально вздохнула и произнесла:

— Какое *счастье*.

— Тише, детка, — сказала Марси.

Ральф достал из кармана блокнот.

— Опиши мне того человека из сна. Потому что теперь я уверен, что это был сон, но я детектив, и мне нужно записать его приметы. У нас так положено. Ты запомнила, как он выглядел?

Хотя Марси Мейтленд не питала добрых чувств к Ральфу — и теперь уже вряд ли изменит свое отношение, — сейчас в ее взгляде читалась искренняя благодарность.

— Лучше, — сказала Грейс. — Он выглядел лучше. Лицо было нормальное, а не как ком пластилина.

— Таким она его видела в первый раз, — пояснила Сара Ральфу. — Она так *говорит*.

Марси сказала:

— Сара, сходи с мистером Голдом на кухню и принеси нам всем по кусочку торта.

Сара взглянула на Ральфа:

— И ему тоже торт? Теперь мы с ним дружим?

— Торт для всех! — объявила Марси, ловко увильнув от ответа. — По законам гостеприимства. Иди, милая.

Сара встала с дивана и подошла к Хоуи.

— Меня выгоняют.

— Я составлю тебе компанию, — ответил Хоуи. — Разделю с тобой пурду.

— Что разделите?

— Не бери в голову, детка.

Они вместе ушли на кухню.

— Только, пожалуйста, покороче, — сказала Марси Ральфу. — Ты здесь лишь потому, что за тебя попросил Хоуи. Он сказал, это важно. Сказал, это может быть связано... в общем, ты знаешь.

Ральф кивнул, не сводя взгляда с Грейси.

— Тот человек, у которого было лицо как комок пластилина, когда ты его видела в первый раз...

— И вместо глаз — соломины, — сказала Грейс. — Они торчали наружу, как в мультиках. А на месте зрачков были дырки.

— Ясно. — В блокноте Ральф записал: *Соломины вместо глаз?* — А что у него с лицом? Почему ты говоришь, что оно было как ком пластилина? Может быть, из-за сильных ожогов?

Грейс на секунду задумалась.

— Нет. Оно было такое... как будто еще недолепленное. Такое... знаете...

— Недоделанное? — подсказала Марси.

Грейс кивнула и сунула в рот большой палец. Ральф подумал: *Эта десятилетняя девочка, сосущая палец... ребенок с недетской болью в глазах... эта боль на моей совести*. Да, именно так. И никакие неопровержимые улики, на основании которых он действовал, этого не изменят.

— Как он выглядел сегодня, Грейс? Тот человек, который тебе приснился.

— У него были короткие черные волосы. Они торчали, как иглы у дикобраза. И черная маленькая бородка. И глаза как у папы. Но все-таки не совсем как у папы. И на руках были татуировки. Я точно не помню какие. Но помню, что там были змеи. Сначала его футболка была зеленой, потом превратилась в папину тренерскую футболку с золотым драконом, а потом — в длинную белую рубашку. У маминой парикмахерши, миссис Герсон, точно такая же длинная рубашка.

Ральф посмотрел на Марси, и та пожала плечами.

— Наверное, она имеет в виду халат.

— Да, — сказала Грейс. — Белый халат. А потом он опять превратился в зеленую футболку, и я поняла, что это сон. Только... — У нее задрожали губы, из глаз потекли слезы. — Он говорил всякие злые слова. Сказал, он рад, что мне грустно. И назвал меня плаксой.

Она разрыдалась, прижавшись к маме. Марси посмотрела на Ральфа поверх головы дочери, и сейчас в ее глазах не было ни злости, ни ярости, а только страх за своего ребенка. *Она знает, что это был не просто сон*, подумал Ральф. *Она видит, что я задавал Грейс вопросы не просто так.*

Когда девочка успокоилась, Ральф сказал:

— Спасибо, Грейси, что ты рассказала мне свой сон. А теперь все хорошо, да? Все закончилось.

— Да, — ее голос был хриплым от слез. — Он ушел. Я сделала, как он велел, и больше он не придет.

— Торт будем есть здесь, в гостиной, — сказала Марси. — Грейси, иди, помоги сестре все принести.

Когда Грейс ушла, Марси произнесла:

— Им обеим сейчас тяжело, особенно Грейс. Я бы сказала, что это все из-за стресса. Но Хоуи так не думает. И ты тоже, как я понимаю. Да?

— Миссис Мейтленд... Марси... Я не знаю, что думать. Вы проверили комнату Грейс?

— Конечно, проверила. Сразу, как только она мне сказала, зачем позвонила Хоуи.

— Никаких признаков проникновения?

— Никаких. Окно было закрыто. Замки нетронуты, сетка на месте. И Сара права насчет нашей лестницы. Дом у нас старый, все ступеньки скрипят.

— Вы проверяли кровать? Грейс говорит, он сидел у нее на кровати.

Марси невесело рассмеялась.

— Как там поймешь? Она все время мечется во сне с тех пор, как... — Она закрыла лицо рукой. — Это какой-то кошмар.

Ральф поднялся и шагнул к ней. Он хотел просто ее успокоить, но она вся напряглась и отшатнулась от него.

— Пожалуйста, не садись рядом со мной. И не трогай меня. Тебе здесь не рады, детектив. Я бы вообще не пустила тебя на порог, но мне нужно, чтобы моя младшая дочь не кричала сегодня во сне.

Ральф не знал, что на это сказать, но ему повезло: Хоуи, Сара и Грейс вернулись в гостиную. Марси украдкой, очень быстро вытерла глаза и улыбнулась Хоуи и девчонкам.

— Ура! Прибыл торт!

Ральф взял предложенный ему кусочек и сказал «спасибо». Он думал о том, что рассказал Дженни все, что знал сам об этом поганом деле, но о сне Грейси Мейтленд жене лучше не знать. Нет, лучше не надо.

8

Алек Пелли предполагал, что нужный номер есть у него в списке контактов, и номер действительно был. Но когда Алек позвонил по нему, механический голос сообщил, что данного номера не существует. Алек нашел свою старую записную книжку (когда-то она, словно верный товарищ, сопровождала его повсюду, но теперь, с наступлением компьютерной эры, лежала, заброшенная и забытая, в нижнем ящике стола) и позвонил по другому номеру.

— Детективное агентство «Найдем и сохраним», — произнес голос в трубке. Решив, что это автоответчик — ведь был вечер воскресенья, — Алек ждал, когда включится запись с объявлением часов работы, за которым последует перечисление дополнительных номеров для соединения по конкретным вопросам и наконец приглашение оставить свое сообщение после сигнала. Но все тот же голос, теперь слегка раздраженный, добавил: — Говорите, я слушаю.

Алек узнал этот голос, но не смог вспомнить имя его обладательницы. Сколько времени прошло с тех пор, как он говорил с ней по телефону в последний раз? Два года? Три?

— Я вешаю трубку...

— Не надо. Меня зовут Алек Пелли, я пытаюсь дозвониться до Билла Ходжеса. Я с ним работал несколько лет назад, когда только-только уволился из полиции штата. Дело актера Оливера Мэддена, который угнал самолет у техасского нефтепромышленника...

— Дуайта Крэмма. Я помню. И помню вас, мистер Пелли, хотя мы ни разу не виделись лично. С сожалением замечу, что мистер Крэмм несвоевременно оплатил наши услуги. Мне пришлось высылать ему счет как минимум полдюжины раз, а потом пригрозить судебным разбирательством. Надеюсь, вам повезло больше.

— Пришлось потрудиться, — ответил Алек, улыбнувшись воспоминаниям. — Первый чек был отклонен, но второй прошел. Вы Холли, да? Извините, не помню вашу фамилию, но Билл очень хорошо о вас отзывался.

— Холли Гибни, — сказала она.

— Очень приятно поговорить с вами снова, мисс Гибни. Как теперь лучше связаться с Биллом? Я звонил ему на мобильный, но он, наверное, сменил номер.

Ответа не было.

— Мисс Гибни? Вы меня слышите?

— Да, — сказала она. — Я вас слышу. Билл скончался два года назад.

— О господи. Мне очень жаль. Сердце? — Алек встречался с Ходжесом — всего однажды, в основном они общались по телефону и электронной почте — и знал, что тот страдал лишним весом.

— Рак поджелудочной железы. Теперь я управляю агентством вместе с Питером Хантли. Он был напарником Билла, когда они служили в полиции.

— Что ж, рад за вас.

— Нет, не надо за меня радоваться. Дела идут очень даже неплохо, но лучше бы я осталась обычным сотрудником, а Билл был жив и здоров. Рак — дерьмовая штука.

Алек уже собрался попрощаться и завершить разговор. Потом он не раз задавался вопросом, как бы все обернулось, если бы он так и поступил. Но он вспомнил, что говорил ему об этой женщине Билл, когда они занимались поисками угнанного самолета Дуайта Крэмма: *Холли малость чудаковатая, страдает легким обсессивно-компульсивным расстройством и плохо ладит с людьми, но она очень умная и наблюдательная. Из нее получился бы классный полицейский детектив.*

— Я хотел нанять Билла для частного расследования, — сказал Алек. — Но может быть, вы сами возьметесь за это дело? Он действительно был о вас очень высокого мнения.

— Мне приятно это слышать, мистер Пелли, но вряд ли я вам подойду. «Найдем и сохраним» занимается в основном розыском пропавших людей и сбежавших после залога заключенных. — Она помедлила и добавила: — Также надо принять во внимание, что мы от вас далековато, если только вы не звоните откуда-то с северо-востока.

— Нет, я звоню из дома. Но мне нужно кое-что выяснить в Огайо, а сам я поехать никак не могу — неотложные дела требуют моего присутствия здесь. Вы далеко от Дейтона?

— Одну секунду, — сказала она и ответила почти сразу: — Двести тридцать две мили, согласно «МэпКвесту». Это очень хорошая программа. Что именно вам надо выяснить, мистер Пелли? И прежде чем вы ответите, я хочу сразу предупредить, что если предполагаются какие-то насильственные действия, я не возьмусь за это дело. Я решительно не одобряю насилия.

— Никакого насилия, — заверил он. — То есть насилие *было* — убит ребенок, — но это произошло здесь, у нас, и человек, арестованный по подозрению в убийстве, уже мертв. Возможно, его обвинили ошибочно, но чтобы прояснить этот вопрос, в частности, нужно перепроверить его поездку в Дейтон. Он был в Дейтоне в апреле, вместе с семьей.

— Ясно. А кто будет платить за услуги агентства? Вы?

— Нет. Адвокат по имени Ховард Голд.

— Можно задать вам один деликатный вопрос? Адвокат Голд не имеет привычки задерживать платежи, как Дуайт Крэмм?

Алек улыбнулся:

— Ни в коем случае.

Хотя платежи будут идти *через* Хоуи, все услуги агентства «Найдем и сохраним» — при условии, что мисс Холли Гибни возьмется за дейтонское расследование, — в итоге оплатит Марси Мейтленд, которая сможет позволить себе эти расходы. Страховую компанию вряд ли обрадует необходимость выплачивать страховку семье человека, подозреваемого в убийстве, но поскольку Терри не дошел до суда и не был признан виновным, у них нет оснований отказать Марси в выплате. Также Хоуи от имени Марси подает иск на полицию Флинт-Сити: иск о смерти в результате противоправных действий. Хоуи говорил Алеку, что вполне можно рассчитывать на компенсацию с шестью нулями. Крупный банковский счет не вернет Марси мужа, но у нее будут деньги на независимое расследование, и на новый дом (если Марси решит уехать), и на высшее образование для дочерей. Деньги не излечивают печаль, размышлял Алек, но дают человеку возможность печалиться с относительным комфортом.

— Расскажите подробнее об этом деле, мистер Пелли, и я решу, возьмусь за него или нет.

— Это будет довольно долго. Я могу позвонить завтра, в рабочее время, если вам так удобнее.

— Мне удобно сейчас. Подождите секундочку, я только выключу фильм.

— Я мешаю вам отдыхать.

— Ничего страшного. Я видела «Тропы славы» как минимум дюжину раз. Один из лучших фильмов Кубрика. Намного сильнее «Сияния» и «Барри Линдона», на мой взгляд. Но разумеется, он был гораздо моложе, когда снимал «Тропы». Молодые художники более склонны к рискованным экспериментам, как я считаю.

— Я не особый любитель кино, — сказал Алек, вспомнив слова Ходжеса: малость чудаковатая и страдает легким обсессивно-компульсивным расстройством.

— Кино украшает мир, как я думаю. Одну секунду... — Музыка, негромко игравшая на заднем плане, стихла совсем. Потом Холли опять взяла трубку. — Расскажите, что нужно сделать в Дейтоне, мистер Пелли.

— Только я сразу должен предупредить, что это история не только долгая, но и очень странная.

Она рассмеялась. Ее смех был сочнее и звонче размеренной, сдержанной речи, отчего ее голос как будто помолодел.

— Странности меня не пугают, поверьте. Мы с Биллом... впрочем, не важно. Но если нам предстоит долгая беседа, то называйте меня просто Холли. Я переключаюсь на громкую связь, чтобы освободить руки. Одну секунду... Ага. Уже можно рассказывать, я вас слушаю.

Алек начал рассказ. Ему было слышно, как Холли стучит по клавишам, делая записи. Уже по ходу беседы Алек понял, что не зря обратился к мисс Гибни. Она задавала хорошие, дельные вопросы. Странности этого дела, похоже, и вправду ее не пугали. Да, очень жаль, что Билл Ходжес умер, но Алек подумал, что, кажется, нашел очень даже неплохую замену.

В самом конце он спросил:

— Вас это интересует?

— Да. Мистер Пелли...

— Алек. Вы — Холли, я — Алек.

— Хорошо, Алек. Агентство «Найдем и сохраним» возьмется за это дело. Регулярные отчеты о ходе расследования вы будете получать либо по телефону, либо по электронной почте, либо по «ФейсТайму», который, с моей точки зрения, гораздо удобнее «Скайпа». Когда будет собрана вся информация, я пришлю вам полный, подробный отчет.

— Спасибо. Это очень...

— Да. Я сейчас продиктую вам номер счета, чтобы вы перевели нам аванс, который мы обсуждали.

ХОЛЛИ
22–24 июля

1

О
на положила на стол рабочий телефон (который всегда брала на ночь домой, из-за чего Пит постоянно над ней подшучивал) и секунд тридцать просто сидела перед компьютером. Потом нажала кнопку на своем фитнес-браслете, чтобы проверить пульс. Семьдесят пять в минуту, выше нормы на десять ударов. В общем, неудивительно. История Пелли о деле Мейтленда изрядно ее взбудоражила и увлекла. Такого волнения она не испытывала с тех пор, как было покончено с усопшим (и кошмарным) Брейди Хартсфилдом.

Хотя это не совсем соответствовало действительности. После смерти Билла ее вообще ничто не будоражило и не увлекало. Пит Хантли — хороший, надежный напарник, но сейчас, у себя дома, наедине с собой, все-таки можно было признаться, что он слегка скучноват. Пит вполне доволен рутинной работой: искать угнанные машины и потерявшихся домашних животных, разыскивать людей, пропавших без вести, сбежавших из-под залога и уклоняющихся от алиментов. И хотя Холли не соврала Алеку Пелли (она действительно не выносила насилия, в кино — да, но не в жизни; причем не выносила физически, до рези в животе), когда они с Биллом выслеживали Хартсфилда, она чувствовала себя живой и настоящей, как никогда. Так же было и с Моррисом Беллами, безумным фанатом, убившим своего любимого писателя.

В Дейтоне не будет никаких брейди хартсфилдов и моррисов беллами, и это очень хорошо, потому что Пит сейчас в отпуске в Миннесоте, а Джером, юный друг Холли, поехал с семьей в Ирландию.

«Ежели буду в Бларни, поцелую там за тебя Камень красноречия», — сказал он в аэропорту с карикатурным ирландским акцентом, таким же кошмарным, как и его «гарлемский» акцент, с которым он иногда говорил исключительно с целью ее позлить.

«Лучше не надо, — ответила она. — Подумай, сколько на нем микробов. Фу!»

Алек Пелли думал, что меня отпугнут странности, размышляла она с улыбкой. *Он думал, я скажу: «Это невозможно, люди не могут находиться в двух местах одновременно и не исчезают с записей телекамер. Это либо розыгрыш, либо мистификация, либо выдумка». Но Алек Пелли не знает — и я ему не скажу, — что люди еще как могут находиться в двух местах одновременно. Тот же Брейди Хартсфилд, у него это запросто получалось. А когда Брейди наконец умер, его сознание было в теле другого человека.*

— Нет ничего невозможного, — сказала она пустой комнате. — Возможно все. Мир полон странностей и загадок.

Она открыла поисковик и нашла адрес бара «Томми и Таппенс». Ближайший к бару отель — «Фэйрвью» — располагался на бульваре Нортвудс. Возможно, Мейтленд с семьей останавливался именно в этом отеле? Надо будет спросить у Алека Пелли в электронном письме, но скорее всего так и есть, памятуя о том, что говорила старшая дочка Мейтленда. Холли перешла на сайт бронирования отелей и увидела, что в дейтонском «Фэйрвью» есть свободные и вполне приличные номера за девяносто два доллара в сутки. Она подумала, а не снять ли ей номер-люкс, но решила, что лучше не надо. Ни к чему раздувать счет на оплату текущих расходов. Это плохая практика и кривая дорожка.

Она позвонила в «Фэйрвью» (с рабочего телефона, поскольку это обоснованные расходы), забронировала себе номер на трое суток, начиная с завтрашнего дня, потом открыла в компьютере «Мэт кранчер», с ее точки зрения, лучшую программу для решения повседневных задач. Время заселения в «Фэйрвью»: три часа дня. Средняя скорость ее «приуса» на скоростном междугороднем шоссе с оптимальным расходом топлива: 63 мили в час. Один раз надо будет остановиться, чтобы заправиться и пообедать... обед в придорожном кафе, без сомнения, будет не самым качественным, но тут уже ничего не поделаешь... добавим еще сорок пять минут на неизбежные пробки из-за дорожных работ...

— Надо выехать в десять утра, — сказала она вслух. — Нет, лучше без десяти десять. Чтобы подстраховаться.

Чтобы подстраховаться вдвойне, она открыла «Уэйз» на телефоне и нашла альтернативный маршрут. На всякий случай.

Она приняла душ (чтобы не тратить на это время с утра), надела ночную рубашку, почистила зубы, не забыв о зубной нити (согласно последним исследованиям, чистка зубов зубной нитью не защищает от кариеса, но Холли уже привыкла к этому ритуалу и будет пользоваться зубной нитью до конца своих дней), сняла заколки и разложила их в ряд, а затем пошла в гостевую спальню, шлепая по полу босыми ногами.

Там располагалась фильмотека, вся заставленная шкафами с DVD-дисками: и покупными в красочных магазинных коробках, и записанными самой Холли на DVD-приводе последней модели. Среди нескольких тысяч фильмов (сейчас их было 4375) Холли легко нашла нужный, потому что диски стояли в алфавитном порядке. Она положила коробку с диском на прикроватную тумбочку, чтобы не забыть его завтра, когда будет собирать вещи.

Потом она опустилась на колени, закрыла глаза и сложила руки для молитвы. Утренние и вечерние молитвы ей посоветовал ее психолог, и когда Холли начала возражать, что вообще-то не верит в Бога, ей было сказано, что озвучивать свои тревоги и планы, обращаясь к гипотетической высшей силе, все равно помогает. Даже при полном отсутствии веры. И молитвы действительно помогали.

— Это опять Холли Гибни, и я по-прежнему делаю все, что могу. Господи, если ты есть, пожалуйста, храни Пита, пока он рыбачит на озере, потому что только законченный идиот поедет рыбачить на лодке, не умея плавать. Пожалуйста, храни семью Робинсонов в Ирландии, и если Джером действительно хочет поцеловать Камень красноречия, заставь его передумать. Я пью «Буст», чтобы набрать вес, потому что доктор Стоунфилд говорит, что я слишком худая. Мне совершенно не нравится этот напиток, но в каждой банке содержится двести сорок калорий, если верить надписи на этикетке. Я принимаю «Лексапро» и не курю. Завтра я еду в Дейтон. Пожалуйста, пусть я доеду благополучно, не нарушая правил движения. И пожалуйста, помоги мне с расследованием на основе имеющихся фактов. Факты, кстати, весьма интересные. — Она секунду подумала. — Я по-прежнему очень скучаю по Биллу. На сегодня, наверное, все.

Она нырнула в постель и уже через пять минут крепко спала.

2

Холли подъехала к отелю «Фэйрвью» в 15:17. Не идеально, но тоже неплохо. Она могла бы приехать на пять минут раньше, но стоило только свернуть с шоссе, как все светофоры ополчились против нее. Номер оказался вполне приличным. Банные полотенца на двери в ванной висели слегка кривовато, но Холли исправила этот маленький недочет сразу, как только сходила в туалет и вымыла руки. В номере был телевизор, но не было DVD-плеера. Впрочем, за девяносто два доллара в сутки Холли и не ожидала такой роскоши. Когда ей захочется посмотреть взятый с собой фильм, она воспользуется ноутбуком. Низкобюджетный, снятый дней за десять, этот фильм точно не требовал высочайшего разрешения и стереозвука.

Бар «Томми и Таппенс» располагался буквально в двух шагах от отеля. Холли увидела вывеску сразу, как только вышла из-под навеса над гостиничным крыльцом. Она подошла к бару и изучила меню, выставленное в окне. В левом верхнем углу меню красовалась картинка с дымящимся пирогом. Под картинкой шла надпись: **«ПИРОГ С МЯСОМ И ПОЧКАМИ — НАШЕ ФИРМЕННОЕ БЛЮДО».**

Холли прогулялась до конца квартала и вышла к автостоянке, заполненной на три четверти. На въезде висела табличка: «МУНИЦИПАЛЬНАЯ АВТОСТОЯНКА. ВРЕМЯ ПАРКОВКИ — НЕ БОЛЕЕ 6 ЧАСОВ». Она прошлась по стоянке, но не увидела ни талончиков на приборных досках стоявших там автомобилей, ни меловых отметок на шинах. Стало быть, тут никто не следил за соблюдением шестичасового лимита. Все строилось на доверии. В Нью-Йорке это бы не прокатило, но, возможно, в Огайо честных людей было больше. При полном отсутствии контроля нельзя узнать, долго ли здесь простоял белый микроавтобус, брошенный Мерлином Кессиди. Но можно с большой долей уверенности предположить, что недолго, поскольку дверь была не заперта, а ключи соблазнительно торчали в замке зажигания.

Холли вернулась в «Томми и Таппенс», представилась администратору и сказала, что расследует уголовное дело и собирает информацию о человеке, который приезжал в Дейтон прошлой весной и жил где-то в этом районе. Как оказалось, администратор была совладелицей ресторана и с готовностью согласилась помочь следствию, тем более что до вечернего наплыва посетителей оставался еще целый час. Холли спросила, не помнит ли она, в какой именно день они распространяли свои рекламные листовки с меню.

— А что сделал тот человек? — спросила администратор. Ее звали Мэри, не Таппенс, и ее акцент был явно ближе к Нью-Джерси, чем к Ньюкаслу.

— Не могу вам сказать, — ответила Холли. — Тайна следствия. Думаю, вы понимаете.

— Конечно, я помню тот день, — сказала Мэри. — Было бы странно его не запомнить.

— Почему странно?

— Когда мы только открылись два года назад, у нас было другое название. «У Фредо». Знаете, как в «Крестном отце»?

— Да, — ответила Холли. — Хотя Фредо больше известен по «Крестному отцу-два». Особенно по той сцене, где брат Майкл целует его и говорит: «Я знаю, что это был ты, Фредо. Ты разбил мне сердце».

— Об этом мне ничего не известно, но я знаю, что в Дейтоне около двухсот итальянских ресторанов, и мы не выдерживали конкуренции. Поэтому мы перешли на английскую кухню — даже не кухню, а просто еду: рыба с картошкой, сосиски с пюре, тосты с фасолью — и поменяли название на «Томми и Таппенс», как в детективах Агаты Кристи. Мы рассудили, что терять нам уже нечего. И знаете что? Все получилось. Я сама была в шоке, в хорошем смысле. В обед у нас заняты все столы, и по вечерам тоже, почти каждый день. — Она придвинулась ближе, и Холли отчетливо уловила запахом джина. — Хотите, открою вам тайну?

— Я люблю тайны, — честно ответила Холли.

— Пироги с мясом и почками мы покупаем в Парамусе. В замороженном виде. И просто разогреваем в микроволновке. И знаете что? Ресторанному критику из «Дейтон дейли ньюс» очень понравился наш пирог. Он дал нам пять звезд! Честное слово, я не шучу! — Она придвинулась еще ближе к Холли и прошептала: — Поклянитесь, что никому не расскажете. Иначе мне придется вас убить.

Холли застегнула невидимую «молнию» на губах и повернула невидимый ключ. Этому жесту она научилась у Билла Ходжеса.

— Значит, когда вы сменили название и меню и открылись заново... или за несколько дней до открытия...

— Джонни, мой благоверный, хотел разложить те листовки аж за неделю до открытия, но я сказала, что не надо. За неделю люди забудут. И мы их разложили за день до открытия. Наняли парнишку и отпечатали побольше бумажек, чтобы хватило на девять ближайших кварталов.

— Включая автостоянку в конце улицы?

— Да. Это важно?

— Вы не посмотрите в календаре, какого числа это было?

— Мне не надо смотреть календарь. У меня все в голове. — Она постучала себя по лбу. — Девятнадцатого апреля. В четверг. Мы открылись — то есть открылись *сызнова* — в пятницу.

Холли сдержала порыв поправить грамматику Мэри, поблагодарила ее и собралась уходить.

— Вы так и не скажете, что сделал тот человек?

— Прошу прощения, но я не хочу потерять работу.

— Ну ладно. Тогда приходите к нам на обед, если задержитесь в городе.

— Непременно, — ответила Холли, вовсе не собираясь сюда приходить. Бог его знает, что еще в их меню покупалось в замороженном виде в Парамусе.

3

Следующим пунктом программы был визит в дейтонский пансионат Хейсмана и разговор с отцом Терри Мейтленда (при условии, что тот вообще в состоянии разговаривать). Но даже если и не в состоянии, возможно, у нее получится поговорить с кем-то из медицинского персонала. Однако на это еще будет время, а сейчас Холли включила ноутбук и отправила Алеку Пелли электронное письмо, озаглавленное «ОТЧЕТ ГИБНИ № 1».

Кафе-бар «Томми и Таппенс» распространял свои рекламные листовки на территории девяти кварталов в четверг, 19 апреля. В ходе беседы с совладелицей бара МЭРИ ХОЛЛИСТЕР я убедилась, что дата названа верно. Таким образом, мы знаем точную дату, когда МЕРЛИН КЕССИДИ бросил микроавтобус на муниципальной стоянке неподалеку от бара. Обратите внимание, что МЕЙТЛЕНД с семьей прибыл в Дейтон около полудня в субботу, 21 апреля. Я почти уверена, что к тому времени микроавтобуса уже не было на стоянке. Завтра я собираюсь связаться с местным отделом дорожной полиции (в надежде на более точную информацию) и посетить дейтонский пансионат Хейсмана. Если будут вопросы, пишите мне на почту или звоните на мобильный.

Холли Гибни
«Найдем и сохраним»

Покончив с делами, Холли спустилась в ресторан при отеле и взяла легкий ужин (она даже не рассматривала вариант заказать еду в номер: это всегда неоправданно дорого). В списке фильмов гостиничного кабельного телевидения нашлось кино с Мэлом Гибсоном, которого Холли еще не видела. Она заказала его для просмотра за 9,99 доллара, которые не собиралась включать в отчет о расходах. Фильм оказался довольно посредственным, но Гибсон старался, как мог. Она записала название и продолжительность фильма в свой нынешний киношный дневник (на сегодняшний день Холли успела заполнить больше двух дюжин таких дневников), дав ему три звезды. Удостоверившись, что дверь ее номера заперта на оба замка, она прочитала вечернюю молитву (как обычно, закончив свое обращение к Богу тем, что очень сильно скучает по Биллу) и легла в постель. Холли проспала восемь часов, и ей ничего не снилось. Во всяком случае, ничего, что осталось бы в памяти.

4

Следующим утром — после кофе, бодрящей трехмильной прогулки, завтрака в ближайшем кафе и горячего душа — Холли позвонила в полицейское управление Дейтона и попросила соединить ее с отделом дорожной полиции. Ждать пришлось на удивление недолго, офицер Линден почти сразу взял трубку и спросил, чем он может быть полезен. Холли это понравилось. Всегда приятно общаться с вежливым полицейским. Хотя справедливости ради надо сказать, что на Среднем Западе таких большинство.

Она назвала себя, сказала, что ее интересует белый микроавтобус «эконолайн», брошенный на муниципальной стоянке на бульваре Нортвудс в апреле, и спросила, регулярно ли здешняя полиция проверяет неохраняемые городские автостоянки.

— Да, конечно, — ответил офицер Линден. — Но не для того, чтобы выявлять нарушителей лимита времени. Все-таки мы полицейские, а не контроллеры парковок.

— Я понимаю, — сказала Холли. — Но вы наверняка проверяете городские стоянки на предмет брошенных автомобилей, числящихся в угоне?

Линден рассмеялся.

— Видимо, ваше агентство специализируется на розыске угнанных автомобилей?

— И лиц, сбежавших из-под залога. Это наш хлеб с маслом.

— Тогда вы знаете, как это работает. Нас особенно интересуют дорогие машины, которые слишком долго стоят на парковках в черте города и на долгосрочной стоянке в аэропорту. «Денали», «эскалейды», «ягуары», «бумеры». Вы сказали, у этого белого микроавтобуса были нью-йоркские номера?

— Да.

— Такой микроавтобус скорее всего не привлек бы внимания в первый день — люди из штата Нью-Йорк *приезжают* в Дейтон, как бы странно это ни звучало, — но если бы он был на той же стоянке и на следующий день... Да, его бы могли запримети́ть.

До приезда Мейтлендов все равно оставались целые сутки.

— Спасибо, офицер.

— Если нужно, я могу проверить штрафную стоянку.

— Не нужно. В следующий раз этот микроавтобус объявился в тысяче милях к югу отсюда.

— Можно спросить, почему он вас интересует?

— Конечно, — сказала Холли. В конце концов, это был сотрудник полиции. — Он был использован для похищения ребенка, которого потом убили.

5

Теперь Холли была уверена на девяносто девять процентов, что микроавтобус угнали с муниципальной автостоянки еще до того, как Терри Мейтленд с семьей прилетел в Дейтон 21 апреля. Ладно, одно дело сделано. Дальше по плану: дейтонский пансионат Хейсмана. Длинное невысокое здание пансионата располагалось на ухоженной зеленой территории площадью не меньше четырех акров. Роща отделяла его от корпусов медицинского центра «Киндред», в ведении которого, вероятно, и находился пансионат, приносивший немалую прибыль; место было явно не из дешевых. *У Питера Мейтленда были либо хорошие сбережения, либо хорошая страховка, либо и то и другое,* с одобрением подумала Холли. В этот ранний утренний час почти все гостевые парковочные места были свободны, но Холли поставила свой «приус» в дальнем конце стоянки. У нее была норма — 12 000 шагов в день, и она никогда не упускала возможности пройтись пешком.

Она на минутку замешкалась на крыльце, наблюдая за тремя санитарами, которые вывели на прогулку трех пациентов (один из которых вроде бы даже вполне понимал, кто он и где он), потом вошла внутрь. Просторный вестибюль с высоким потолком производил благоприятное впечатление, но за ароматами воска для пола и полироли Холли различила слабый запах мочи, доносившийся из глубин здания. И был еще один запах — странный, тяжелый. Назвать его запахом утраченных надежд было бы глупо и как-то слишком драматично, но именно таким он и казался. *Наверное, потому, что все свои ранние годы я провела, глядя на дырку от бублика, а не на сам бублик,* подумала Холли.

На стойке регистратуры стояла табличка: «ВСЕМ ПОСЕТИТЕЛЯМ НЕОБХОДИМО ОТМЕТИТЬСЯ У ДЕЖУРНОГО АДМИНИСТРАТОРА». Администратор (миссис Келли, согласно еще одной маленькой табличке на стойке) радушно улыбнулась Холли:

— Доброе утро. Чем я могу вам помочь?

Поначалу все шло хорошо, но когда Холли спросила, можно ли ей повидаться с Питером Мейтлендом, миссис Келли заметно напряглась. Она по-прежнему улыбалась, но ее взгляд сделался настороженным и холодным.

— Вы его родственница? Член семьи?

— Нет. Я *друг* семьи.

Холли подумала, что в этом есть доля правды. Она работает на адвоката миссис Мейтленд, а значит, по сути, на саму миссис Мейтленд, и если ты занимаешься сбором данных, которые помогают восстановить доброе имя покойного мужа вдовы, то, наверное, ты и есть друг семьи. В каком-то смысле.

— Боюсь, ничего не получится, — сказала миссис Келли. Она все еще улыбалась, но исключительно ради приличия. — Если вы не член семьи, я буду вынуждена попросить вас уйти. У нас не положено пускать посторонних. И в любом случае мистер Мейтленд все равно вас не узнает. Этим летом его состояние заметно ухудшилось.

— Именно летом или после визита Терри весной?

Теперь миссис Келли даже не улыбалась.

— Вы журналист? — спросила она. — Если да, вы обязаны сообщить мне об этом в соответствии с действующим законодательством, и я попрошу вас немедленно покинуть наше учреждение. Если вы откажетесь уходить, я вызову охрану, и вас выведут принудительно. Мы достаточно натерпелись от вашей братии.

А вот это уже интересно. Возможно, что никакой связи с делом Мейтленда тут нет. Но все равно надо проверить. В конце концов, миссис Келли общалась с Холли вполне любезно, пока та не заговорила о Питере Мейтленде.

— Я не журналист.

— Я поверю вам на слово. Но поскольку вы не являетесь родственницей пациента, я все равно попрошу вас уйти.

— Хорошо, — сказала Холли и направилась к выходу, но тут ей в голову пришла одна мысль, и она обернулась к администратору. — А если Терри, сын мистера Мейтленда, позвонит и поручится за меня? Это как-то поможет?

— Наверное, — нехотя произнесла миссис Келли. — Но ему придется ответить на некоторые вопросы, чтобы я убедилась, что это именно мистер Мейтленд, а не кто-то из ваших *коллег*, выдающий себя за него. Возможно, мисс Гибни, вам это покажется паранойей, но нам *столько всего* пришлось вытерпеть. И я очень ответственно подхожу к исполнению своих обязанностей.

— Я понимаю.

— Может быть, понимаете. Может быть, нет. Но в любом случае разговаривать с Питером бесполезно. Полиция уже пыталась. У него Альцгеймер, последняя стадия. Спросите у младшего мистера Мейтленда, он вам скажет.

Младший мистер Мейтленд ничего мне не скажет, миссис Келли, потому что он уже неделю как мертв. Но вы об этом не знаете, да?

— Когда полиция пыталась поговорить с Питером Мейтлендом в последний раз? Я интересуюсь как друг семьи.

Миссис Келли секунду подумала и сказала:

— Я вам не верю. И не буду отвечать на ваши вопросы.

Билл давно бы уже очаровал миссис Келли, и она прониклась бы к нему доверием и симпатией, а под конец разговора они обменялись бы электронной почтой и пообещали бы поддерживать связь на «Фейсбуке», но Холли при всех своих, несомненно, блестящих мыслительных способностях до сих пор не освоила навыки социального взаимодействия, которые ее психолог называл «работой с людьми». Она ушла, слегка раздосадованная, но не разочарованная.

Расследование становилось все интереснее и интереснее.

6

В этот ясный, солнечный вторник, около одиннадцати утра, Холли сидела в парке Эндрю Дина на скамейке в тени, неторопливо потягивала латте из «Старбакса» и размышляла о странной беседе с миссис Келли.

Миссис Келли не знала, что Терри мертв. Возможно, никто из сотрудников пансионата об этом не знал, что, впрочем, неудивительно. Убийства Фрэнка Питерсона и Терри Мейтленда произошли в крошечном городке, за сотни миль от Дейтона; даже если и были какие-то сообщения в федеральных СМИ, то на неделе, когда сторонник ИГИЛ застрелил восемь человек в торговом центре в Теннесси, а сильный торнадо практически до основания разрушил небольшой город в Индиане, новости из Флинт-Сити разве что промелькнули где-то ближе к концу новостной ленты «Хаффингтон пост» и тут же канули в небытие. Да и Марси Мейтленд вряд ли стала бы сообщать свекру о гибели сына, если учесть нынешнее состояние мистера Мейтленда-старшего.

Вы журналист? — спросила у Холли миссис Келли. *Мы достаточно натерпелись от вашей братии.*

Стало быть, в дейтонском пансионате Хейсмана побывала толпа журналистов, а также полиция, и миссис Келли пришлось иметь с ними дело. Однако полиция и журналисты приходили не из-за Терри Мейтленда, иначе миссис Келли знала бы, что его нет в живых. Так из-за чего же весь этот шум?

Холли отставила в сторону стаканчик с кофе, достала из сумки айпад, включила его и проверила индикатор сигнала. Пять полос. Хорошо. Значит, ей не придется возвращаться в «Старбакс». Она оплатила доступ к архивам местной газеты (и сразу внесла эту сумму в отчет о текущих расходах) и начала поиск с 19 апреля, когда Мерлин Кессиди бросил белый микроавтобус на муниципальной стоянке и когда этот микроавтобус почти наверняка со стоянки угнали. Холли внимательно прочитала все новости, но в тот день не было никаких происшествий, связанных с дейтонским пансионатом Хейсмана. Как и в следующие пять дней. Хотя других происшествий хватало: несколько ДТП, две кражи со взломом, пожар в ночном клубе, взрыв на автозаправочной станции, скандал, связанный с хищением общественных средств сотрудником городской школьной администрации, объявление о розыске двух пропавших сестер (белых) из Тротвуда, разбирательство по делу полицейского, застрелившего безоружного подростка (черного), осквернение стен синагоги свастикой.

А потом, 25 апреля, заголовок статьи, занимавший всю первую полосу, буквально кричал, что Эмбер и Джолин Ховард, пропавшие девочки из Тротвуда, найдены мертвыми и изувеченными в овраге неподалеку от их дома. Неназванный полицейский источник сообщил, что «над обеими девочками был совершен варварский акт насилия». В том числе и сексуального.

25 апреля Терри Мейтленд был в Дейтоне. Разумеется, он был с семьей, но...

26 апреля, когда Терри Мейтленд в последний раз навещал отца в пансионате, и 27 апреля, когда Мейтленды улетели домой во Флинт-Сити, ничего нового о расследовании убийства не сообщалось. Однако в субботу, 28 апреля, полиция объявила, что они уже допросили подозреваемого. Через два дня подозреваемый был арестован. Его звали Хит Холмс. Ему было тридцать четыре года, он проживал в Дейтоне и работал санитаром в пансионате Хейсмана.

Холли подхватила стаканчик с кофе, выпила почти половину большими глотками и уставилась в одну точку широко раскрытыми глазами. Потом измерила пульс. Сто десять ударов в минуту, и дело было не только в хорошей порции кофеина.

Вернувшись к просмотру архива «Дейли ньюс», она прокрутила весь май и начало июня, уже зная, на что обращать внимание. В отличие от Терри Мейтленда Хит Холмс пережил первое судебное заседание, где ему было предъявлено обвинение, и точно так же, как Терри (Дженни Андерсон назвала бы это *конфлюэнцией*), не дождался вынесения приговора по делу об убийстве Эмбер и Джолин Ховард. 7 июня он покончил с собой в камере окружной тюрьмы в Монтгомери.

Холли снова измерила пульс. Сто двадцать ударов в минуту. Но она все равно допила свой латте. Жизнь вообще штука рискованная.

Билл, мне ужасно тебя не хватает. Как было бы здорово вместе взяться за это расследование. С тобой и с Джеромом. Втроем мы бы загнали эту лошадку как нечего делать.

Но Билл мертв, Джером отдыхает в Ирландии, а сама Холли ни на шаг не приблизилась к разгадке. В одиночку она не справлялась. Впрочем, это не значит, что ее дела в Дейтоне завершены. Нет, еще нет.

Она вернулась в отель, заказала в номер сэндвич (черт с ними, с расходами), открыла ноутбук и добавила новые сведения к той информации, которую записала во время телефонного разговора с Алеком Пелли. Пока она пристально вглядывалась в экран, листая записи, ей вспомнилась старая мамина фраза: *«Мейсис» и «Гимбелс» не делятся тайнами**. Дейтонская полиция не знала об убийстве Фрэнка Питерсона, полиция Флинт-Сити не знала об убийстве сестер Ховард. Да и зачем им было знать? Убийства произошли в разных частях страны, с интервалом в несколько месяцев. Никто не знал, что Терри Мейтленд приезжал в Дейтон как раз во время убийства тех девочек, никто не знал о связи обоих подозреваемых с дейтонским пансионатом Хейсмана. Через каждое дело проходит информационная магистраль, а тут она обрывалась как минимум в двух местах.

— Но *я-то* знаю, — произнесла Холли вслух. — По крайней мере *хоть что-то* знаю. Вот только...

Стук в дверь заставил ее вздрогнуть. Холли впустила в номер официанта, принесшего сэндвич, расписалась на чеке, добавила десять процентов чаевых (предварительно

---

* Популярное выражение в 1930—1960 годах в США. «Мейсис» и «Гимбелс» — две конкурирующие сети универмагов. — *Примеч. ред.*

убедившись, что чаевые не включены в счет) и вытолкала парнишку за дверь. Потом принялась мерить шагами комнату, на ходу жуя сэндвич с беконом, салатом и помидорами и почти не чувствуя вкуса.

Она явно не знала чего-то, что *требовалось* знать. Ей никак не давала покоя мысль, что в этом пазле не хватает каких-то кусочков, *критически* важных для того, чтобы картинка сложилась. Не потому, что Алек Пелли намеренно скрыл от нее информацию. Ей даже в голову не приходило, что он стал бы что-то скрывать. Но возможно, он просто не придал значения важным фактам, которые счел незначительными.

Наверное, можно было бы позвонить миссис Мейтленд, но та будет печалиться и плакать, и Холли придется ее утешать, а она этого не умеет. Однажды, не так давно, она помогла сестре Джерома Робинсона справиться с трудной жизненной ситуацией, но обычно Холли совершенно терялась в таких делах. К тому же разум вдовы наверняка затуманен горем, и она может выпустить из внимания какие-то важные детали — крошечные фрагменты, необходимые для полноты картины, как те три-четыре кусочка пазла, которые всегда падают со стола, и приходится искать эти сбежавшие кусочки, чтобы собрать картинку целиком.

Если кто-то и знает все факты по делу Мейтленда, то это Ральф Андерсон, детектив, проводивший расследование. Он допросил большинство свидетелей, он присутствовал при аресте Мейтленда. После знакомства с Биллом Ходжесом Холли зауважала полицейских детективов. Конечно, не все полицейские детективы одинаково хороши; Холли была невысокого мнения об Изабель Джейнс, ставшей напарницей Пита Хантли, когда Билл уволился из полиции, и тот же Ральф Андерсон совершил большую ошибку, арестовав Мейтленда в общественном месте. Но даже хорошие детективы не застрахованы от ошибок, и Пелли упомянул в разговоре о смягчающих обстоятельствах: Терри Мейтленд тесно общался с сыном Андерсона. Если судить по допросам свидетелей, которые проводил Андерсон, детектив он довольно толковый. Да, это именно тот человек, у которого могут найтись недостающие кусочки пазла.

Надо будет об этом подумать, но позже. Сейчас на повестке дня стоял повторный визит в дейтонский пансионат Хейсмана.

7

Она подъехала к пансионату в половине третьего, на этот раз — с левой стороны здания, где стояли таблички «СЛУЖЕБНАЯ АВТОСТОЯНКА» и «НЕ ЗАНИМАЙТЕ МЕСТА ДЛЯ КАРЕТ "СКОРОЙ ПОМОЩИ"». Холли нашла место в самом дальнем конце стоянки и припарковалась задним ходом, чтобы было удобнее наблюдать за служебными дверями. Без четверти три начали съезжаться сотрудники вечерней смены, которым предстояло трудиться с трех до одиннадцати. Сотрудники завершившейся дневной смены начали выходить ближе к трем: в основном санитары, несколько медсестер, двое мужчин в дорогих с виду костюмах — вероятно, врачи. Один из них уехал на «кадиллаке», второй — на «порше». Да, точно врачи. Холли тщательно рассмотрела всех остальных и наметила себе цель: медсестру средних лет в блузке с танцующими плюшевыми медвежатами. Ее машиной оказалась старенькая «хонда-сивик» с пятнами ржавчины на дверях. Треснувшая задняя фара была залеплена изолентой, на бампере красовалась поблекшая наклейка «Я ГОЛОСУЮ ЗА ХИЛАРИ». Прежде чем сесть в машину, женщина закурила. Машина у нее была старая, а сигареты — дорогие. Тем лучше.

Холли поехала следом за ней. Через три мили к западу город закончился, и начались пригородные районы, поначалу приятные и симпатичные, дальше — уже не такие приятные и симпатичные. Здесь женщина свернула на подъездную дорожку к типовому дому на длинной улице, где точно такие же дома лепились почти вплотную друг к другу. На крошечных лужайках у многих домов валялись дешевые пластмассовые игрушки. Холли припарковалась у тротуара, прочла коротенькую молитву, испросив себе силы, терпения и мудрости, и вышла из машины.

— Мэм? Сестра? Можно к вам обратиться?

Женщина обернулась. Лицо у нее было в морщинах, в волосах виднелась ранняя седина, характерная для заядлых курильщиков, поэтому определить ее возраст было трудно. Может быть, сорок пять. Может, пятьдесят. Обручальное кольцо отсутствовало.

— Я могу вам помочь?

— Да, и я заплачу за помощь, — сказала Холли. — Сто долларов наличными, если вы мне расскажете о Хите Холмсе и о его связи с Питером Мейтлендом.

— Вы за мной ехали всю дорогу от пансионата?

— Да, если честно.

Женщина нахмурилась:

— Вы журналистка? Миссис Келли сказала, что приходила какая-то женщина-журналистка, и грозилась уволить любого, кто будет с ней разговаривать.

— Это я приходила. Но я не журналистка. Я частный сыщик. И миссис Келли никогда не узнает, что вы со мной говорили.

— Покажите документы.

Холли протянула ей водительские права и лицензионную карточку детективного агентства «Найдем и сохраним». Женщина тщательно изучила их и отдала обратно.

— Я Кэнди Уилсон.

— Очень приятно.

— Ну да. Только тут дело такое: раз уж я с вами рискую лишиться работы, это выйдет в две сотни. — Она на секунду задумалась и добавила: — Две с полтиной.

— Хорошо, — сказала Холли. Наверное, можно было бы сторговаться на двухстах долларах или даже на ста пятидесяти, но торговаться (*рядиться*, как говорила мама) она не умела. К тому же дамочка явно нуждалась в деньгах.

— Пойдемте в дом, — предложила Уилсон. — А то соседи у нас любопытные.

8

Дом пропах табачным дымом, и Холли впервые за много лет захотелось курить. Уилсон уселась в кресло, которое, как и задняя фара ее старенькой «хонды», было залеплено изолентой. Рядом с креслом стояла большая напольная пепельница. Холли не видела таких пепельниц с тех самых пор, как умер ее дед (от эмфиземы). Уилсон достала из кармана нейлоновых брюк пачку сигарет и щелкнула зажигалкой «Бик». Она не предложила сигарету Холли, что было понятно, с учетом цен на курево. Холли была благодарна: она могла не устоять перед соблазном.

— Деньги вперед, — сказала Кэнди Уилсон.

Холли, которая не забыла остановиться у банкомата по дороге в пансионат, достала из сумки бумажник и отсчитала оговоренную сумму. Уилсон пересчитала банкноты и убрала их в тот же карман, где лежали сигареты.

— Надеюсь, Холли, о нашей беседе и вправду никто не узнает. Бог свидетель, мне нужны эти деньги. Мой козел-муженек, когда собрался сбежать, снял все деньги с нашего общего счета. А с миссис Келли шутки плохи. Она как те драконы в «Игре престолов».

Холли снова изобразила, как закрывает рот на замок: застегнула невидимую «молнию» на губах и повернула невидимый ключ. Кэнди Уилсон улыбнулась и, похоже, слегка успокоилась. Оглядела гостиную, темную, тесную и обставленную в стиле раннеамериканских дворовых распродаж.

— Уродское место. У нас был милый домик на западной стороне. Конечно, не особняк, но уж получше этой халупы. А мой муж, скотина, втихаря его продал и, как говорится, уплыл в закат. Вот уж точно: не тот слепой, кто не видит, а тот, кто не желает видеть. Даже жалко, что у нас нет детей. Уж я бы их настроила против него.

Будь здесь Билл, он бы знал, что на это ответить, а Холли не знала. Поэтому она достала из сумки блокнот и сразу перешла к делу:

— Хит Холмс работал санитаром в пансионате.

— Все верно. Красавчик Хит, так мы его называли. Вроде как в шутку, но не совсем. Он был такой... не Крис Пайн, конечно, и не Том Хиддлстон, но очень даже ничего. И человек приятный. Его все любили. Что лишний раз подтверждает: чужая душа — потемки. В этом я убедилась, когда муженек подставил меня, но он хотя бы не изнасиловал и не искалечил ни одной маленькой девочки. А те сестрички... даже страшно подумать. Видели их фотографию в газете?

Холли кивнула. Две симпатичные светловолосые девочки, с одинаковыми прелестными улыбками. Одной было десять, другой — двенадцать. В точности как дочерям Терри Мейтленда. Еще одно совпадение. Вроде как совпадение. Возможно, просто случайность. Но шепоток в голове Холли, твердивший, что дело Мейтленда и дело Холмса — это не два разных дела, а, по сути, одно, становился все громче. Еще несколько фактов, еще несколько недостающих кусочков — и шепоток превратится в вопль.

— Кто на такое способен? — спросила Уилсон и сама же ответила: — Только чудовище, больше никто.

— Долго вы с ним проработали, мисс Уилсон?

— Зовите меня Кэнди. Людям, которые оплачивают мне коммуналку на следующий месяц, я разрешаю звать себя по имени. Я проработала с ним семь лет. И ничего даже не заподозрила.

— В газете написано, что его не было в городе, когда убили тех девочек.

— Да, он был в отпуске. Ездил к матери в Реджис. Это в тридцати милях отсюда. И его мать сказала полиции, что он все время был с ней, никуда не уезжал. — Уилсон закатила глаза.

— Там еще говорилось, что у него есть судимость.

— Ну да, но ничего серьезного. Прокатился с друзьями на угнанной тачке, когда ему было семнадцать. — Уилсон нахмурилась, глядя на свою сигарету. — Вообще-то они не должны были писать об этом в газете. Он тогда был подростком, а такие судимости не разглашаются. Если бы они разглашались, его бы, наверное, не приняли на работу в пансионат, даже после армии и пятилетнего стажа в военном госпитале. Хотя, может, и приняли бы, я не знаю. Но скорее всего — нет.

— Кажется, вы хорошо его знали.

— Я его не защищаю, ни в коем случае. Мы с ним частенько сиживали в баре, но не вдвоем, не подумайте. Просто в компании сослуживцев. Раньше мы иногда заходили в «Трилистник» после работы. Когда у меня еще были деньги, чтобы угостить всю компанию в свой черед. Но те деньки уже в прошлом. Мы называли себя «Забывчивая пятерка», как в том...

— Кажется, я поняла, — сказала Холли.

— Да уж, наверняка поняли. Мы знали все анекдоты про больных Альцгеймером. Анекдоты довольно обидные. А пациенты у нас в большинстве своем милые люди, и мы в общем-то и не смеялись над ними, просто смешили друг друга, чтобы... Я даже не знаю...

— Чтобы снять напряжение после смены? — подсказала Холли.

— Да, точно. Хотите пива, Холли?

— Да, спасибо. — Холли не любила пиво, и когда принимаешь «Лексапро», не рекомендуется употреблять алкоголь, но она хотела поддержать разговор.

Уилсон сходила на кухню и принесла две банки «Бад лайт», одну из которых вручила Холли. Стакан она не предложила.

— Да, я знала, что у него есть судимость, — сказала она, снова плюхнувшись в кресло, залатанное изолентой. Кресло устало вздохнуло. — Мы все знали. Алкоголь распускает языки. Но это не имело ничего общего с тем ужасом, который он сотворил в апреле. Я до сих пор не могу поверить. Я же с ним целовалась под венком из омелы на прошлогодней рождественской вечеринке. — Она то ли действительно вздрогнула, то ли сделала вид.

— Значит, его не было в городе двадцать третьего апреля...

— Ну, наверное. Я знаю только, что это было весной. У меня как раз началась весенняя аллергия, — сказала

Уилсон, закурив очередную сигарету. — Он говорил, что поедет в Реджис. Сказал, они с мамой хотят заказать панихиду по отцу, на годовщину его смерти. «Поминальную службу», так он это назвал. Может быть, он и вправду поехал в Реджис, но вернулся сюда и убил тех сестричек из Тротвуда. Тут никаких сомнений нет. Его видели в городе, и есть запись с камеры на заправке, где он заправлялся.

— Какая у него была машина? — спросила Холли. — Микроавтобус?

Это был наводящий вопрос. Билл бы этого не одобрил, но она не смогла удержаться.

— Я не знаю. В газетах вроде бы не писали. Наверное, его джип. У него был «тахо», весь навороченный. Особые шины. Хромированные детали. И закрытый кузов. Может, он их туда и уложил. Чем-то накачал, чтобы спали, пока он не будет готов ими... попользоваться.

— Уф, — не удержалась Холли.

Кэнди Уилсон кивнула:

— Вот-вот. О таком лучше не думать, но оно само лезет в голову. По себе знаю. И они обнаружили его ДНК, как вам, наверное, известно, потому что об этом писали в газетах.

— Да.

— И *я сама* его видела на той неделе, когда все случилось. Он заходил на работу, хотя его отпуск еще не закончился. Я тогда в шутку спросила: «Что, так быстро соскучился по работе?» Он ничего не ответил, лишь улыбнулся какой-то странной улыбкой и пошел в крыло Б. Я никогда раньше не видела, чтобы он так улыбался. Уже потом мне пришло в голову, что, может быть, у него под ногтями еще оставалась их кровь. Может быть, даже на члене и яйцах. Господи, прямо дрожь пробирает при одной только мысли...

Холли тоже пробрала дрожь, но она ничего не сказала. Она отпила пива и спросила, какого числа это было.

— Так вот с ходу не вспомню, но уже после того, как пропали те девочки. Хотя погодите. Сейчас скажу точно. Как раз на тот день я записывалась к парикмахеру. На окрашивание волос. И с тех пор не была в парикмахерской, как вы, наверное, уже заметили. Одну секунду.

Уилсон подошла к столику в углу гостиной, взяла ежедневник, пролистала его и сказала:

— Вот. Салон красоты «Дебби». Двадцать шестого апреля.

Холли записала дату в блокнот и поставила рядом большой восклицательный знак. Именно в этот день Терри в последний раз навещал отца. А на следующий день Мейтленды улетели домой во Флинт-Сити.

— Питер Мейтленд знал мистера Холмса?

Уилсон рассмеялась:

— Дорогая, Питер Мейтленд уже никого не *знает*. Еще в прошлом году у него бывали периоды просветлений, и даже в этом году, зимой, он еще добирался до кафетерия и просил шоколад — дольше всего они помнят те вещи, которые больше всего любили. Но теперь Мейтленд просто сидит и глядит в одну точку. Если со мной приключится такая пакость, я наемся таблеток и умру сразу. Пока мозги не отключатся окончательно и я еще буду помнить, что надо делать с таблетками. Но если вас интересует, знал ли Мейтленда Хит, то уж будьте уверены: знал. Большинству санитаров без разницы, каких пациентов обслуживать, но Хит обычно всегда сам просил, чтобы его ставили на нечетные номера в крыле Б. Он говорил, что не бросит «своих» стариков, что они его все-таки узнают, пусть даже у них почти не осталось мозгов. Мейтленд у нас в палате Б-пять.

— Мистер Холмс заходил к мистеру Мейтленду в тот день, когда вы его видели?

— Уж наверняка. Я кое-что знаю, о чем не писали в газетах, но на суде, если бы суд состоялся, это была бы решающая улика.

— Что именно, Кэнди? Что именно? Что?

— Когда полиции стало известно, что он побывал в пансионате после убийства, они обыскали все крыло Б и особенно тщательно — палату Мейтленда, потому что Кэм Мелински видел, как Хит оттуда выходил. Кэм —

наш уборщик. Он мыл полы в коридоре, и Хит, когда вышел от Мейтленда, поскользнулся и грохнулся прямо на задницу.

— Это точно, Кэнди? Вы уверены?

— Да. И вот, собственно, к чему я веду. Пенни Прюдомм, моя лучшая подруга из медсестер, слышала, как кто-то из копов разговаривал по телефону сразу после обыска в палате Б-пять. Он сказал, что они нашли волосы. *Светлые*. Что скажете?

— Я скажу, что их должны были отправить на ДНК-экспертизу. Проверить, не принадлежат ли они одной из сестер Ховард.

— Это уж наверняка. Все как в «Месте преступления».

— Но о результатах в газетах не сообщали? — спросила Холли.

— Не сообщали. Но вы же знаете, *что* полиция нашла в подвале в доме у миссис Холмс, да?

Холли кивнула. Об *этой* находке в газетах писали, и можно представить, что чувствовали родители, читая это. Видимо, кто-то проговорился, и информация просочилась в газету. Возможно, и на телевидение.

— Многие сексуальные маньяки хранят у себя сувениры на память, — сказала Кэнди со знанием дела. — Я видела в «Криминалистах» и «Дате». Типичное поведение психопатов.

— Однако вам Хит Холмс никогда не казался психопатом.

— Они умело скрывают свои наклонности, — зловеще сообщила Кэнди Уилсон.

— Но он почему-то не стал скрываться после убийства. Его видели люди. Есть запись с камеры видеонаблюдения.

— И что с того? У него сорвало крышу, а чокнутым психам вообще на все плевать.

Уверена, что детектив Андерсон и прокурор округа Флинт говорили ровно то же самое о Терри Мейтленде, подумала Холли. *Хотя некоторые серийные убийцы — сексуальные маньяки, как их назвала Кэнди Уилсон, — могут скрываться годами. Тот же Тед Банди. Или Джон Уэйн Гейси.*

Холли поднялась на ноги.

— Спасибо, что уделили мне время.

— Главное, чтобы миссис Келли не узнала о нашем с вами разговоре.

— Она ничего не узнает.

Холли уже шагнула за порог, но тут Кэнди сказала:

— Вы же знаете о его матери, да? Знаете, что она сделала, когда Хит покончил с собой в тюрьме?

Холли остановилась, сжимая в руке ключи от машины.

— Нет.

— Это произошло через месяц после того, как он повесился в камере. Она тоже повесилась. У себя дома, в подвале.

— О боже. Она не оставила записку?

— Не знаю, — сказала Кэнди, — но как раз в том подвале копы нашли эти трусики, все в крови. С Винни, Тигрой и Крошкой Ру. Когда твой единственный сын сотворил такой ужас, и без записки все ясно.

9

Когда Холли не знала, что делать дальше, она почти всегда заходила поесть в «Айхоп» или в «Денниз». И там и там завтраки подавали с утра до вечера — привычную пищу, которую можно вкушать обстоятельно и неспешно, не отвлекаясь на винные карты и докучливых официантов. Рядом с отелем как раз был «Айхоп».

Усевшись за маленький столик в углу, она заказала порцию блинчиков (самую маленькую), яичницу и картофельные оладьи (в «Айхопе» они всегда вкусные). В ожидании заказа она открыла ноутбук и попыталась найти телефон Ральфа Андерсона. В открытом доступе *его* не было, что, в общем, и неудивительно; номера сотрудников полиции обычно не вносятся в телефонные справочники. Впрочем, Холли почти не сомневалась, что сумеет добыть его номер, даже если он нигде не зарегистрирован — Билл научил ее, как это делается, — и ей было *необходимо* поговорить с Андерсоном, потому что она уже не сомневалась: им обоим есть что сказать друг другу. Обменяться кусочками пазла, которых им не хватает.

— Он «Мейсис», я «Гимбелс», — пробормотала она.

— Что вы сказали? — переспросила официантка, принесшая заказ.

— Я говорю, что ужасно проголодалась, — ответила Холли.

— Вот и славно. — Официантка поставила тарелки на стол. — И не сочтите за грубость, вам надо кушать побольше. Вы очень худенькая.

— У меня был друг, который говорил то же самое, — сказала Холли, и ей вдруг захотелось плакать. Из-за этой вот фразы: *У меня был друг*. Прошло уже столько времени, и, наверное, время действительно лечит, но, господи боже, как же медленно заживают некоторые раны. И разница между *есть друг* и *был друг* — это непреодолимая пропасть.

Она ела медленно, густо поливая сиропом каждый блинчик. Это был не натуральный кленовый сироп, но все равно вкусный, и было приятно сидеть в кафе и никуда не спешить.

Под конец трапезы она приняла окончательное решение. Не стоит звонить детективу Андерсону, не поставив в известность Пелли. Такой звонок будет против всех правил, и ее могут уволить. Отстранить от расследования. А ей хотелось — как говорил Билл — раскопать это дело. И самое главное, это было бы неэтично.

Подошла официантка, предложила добавку кофе. Холли не отказалась. В том же «Старбаксе» добавку не предлагают бесплатно, а кофе в «Айхопе» если и не отменный, то вполне неплохой. Как и сироп. *Как я сама*, подумала Холли. Психолог ей говорил, что себя надо хвалить. Это полезно для повышения самооценки. *Я, конечно, не Шерлок Холмс — и не Томми и Таппенс, если на то пошло, — но я неплохой детектив, и я знаю, что надо де-*

лать. Мистер Пелли, возможно, начнет возражать, а я не-
навижу спорить с людьми, но если надо, я тоже смогу воз-
разить. Я включу своего внутреннего Билла Ходжеса.

Держа в голове эту мысль, она позвонила Алеку Пелли. Когда он взял трубку, Холли сказала:

— Терри Мейтленд не убивал Питерсона.

— Что? Я не ослышался?..

— Нет, не ослышались. Я обнаружила много интересного здесь, в Дейтоне, мистер Пелли, но прежде чем я составлю отчет, мне нужно поговорить с детективом Андерсоном. У вас нет возражений?

Вопреки опасениям Холли Пелли не стал возражать.

— Мне нужно переговорить с Хоуи Голдом, а он, в
свою очередь, согласует этот вопрос с Марси. Но я думаю,
они оба не будут против.

Холли расслабилась и отпила кофе.

— Хорошо. Если можно, решите это как можно скорее и дайте мне его номер. Мне хотелось бы поговорить
с ним уже сегодня.

— Но зачем? Что вы обнаружили?

— Позвольте задать вам вопрос. Вы не знаете, не происходило ли чего необычного в дейтонском пансионате
Хейсмана в тот день, когда Терри Мейтленд в последний
раз навещал отца перед отъездом?

— Необычного в каком плане?

— В любом. — На этот раз Холли сумела удержаться
от наводящих вопросов. — Может, вы и не знаете. Но
может быть, знаете. Рассказал ли Терри что-нибудь жене,
когда вернулся из пансионата в отель?

— Да вроде бы нет... разве что он столкнулся с кем-то
из санитаров на выходе из палаты. Санитар поскользнулся на мокром полу и упал. Но это просто случайность,
и ничего страшного не произошло. Никто из них не по-
страдал.

Холли так крепко стиснула телефон, что у нее хруст-
нули пальцы.

— Вы мне об этом не говорили.

— Я не думал, что это важно.

— Вот поэтому мне и нужно поговорить с детективом Андерсоном. Тут есть какие-то недостающие детали. Одну из них я сейчас получила от вас. У него могут быть и другие. Также он может добыть информацию, которую не могу добыть я.

— Вы хотите сказать, что случайное столкновение с санитаром имеет какое-то отношение к делу? Какое именно?

— Сначала дайте мне поговорить с детективом Андерсоном. *Пожалуйста*.

Пелли долго молчал, потом сказал:

— Хорошо, я посмотрю, что можно сделать.

Официантка принесла чек, когда Холли уже убирала телефон в карман.

— Напряженный был разговор?

Холли улыбнулась:

— Спасибо вам за прекрасное обслуживание.

Официантка ушла. Общая сумма в чеке составила восемнадцать долларов двадцать центов. Холли сунула под тарелку пять долларов чаевых. Больше, чем рекомендуется, но у нее было замечательное настроение.

10

Она только успела вернуться в отель, как у нее зазвонил мобильный. «НЕИЗВЕСТНЫЙ НОМЕР», — высветилось на экране.

— Алло? Вы позвонили Холли Гибни. С кем я говорю?

— Это Ральф Андерсон. Алек Пелли дал мне ваш номер, мисс Гибни, и рассказал, чем вы сейчас занимаетесь. Мой первый вопрос: вы *понимаете*, за что взялись?

— Да.

У Холли имелось немало сомнений и поводов для тревоги — даже после стольких лет интенсивной психотерапии, — но конкретно сейчас она была совершенно уверена.

— Что ж, может, и так. Или нет. У меня все равно нет возможности это проверить.

— Верно, — согласилась с ним Холли. — По крайней мере прямо сейчас.

— Алек говорит, вы сказали ему, что Терри Мейтленд не убивал Фрэнка Питерсона. Он говорит, вы, похоже, вполне уверены в своих словах. И мне любопытно, откуда такая уверенность, если вы — в Дейтоне, а Питерсона убили здесь, во Флинт-Сити.

— Оттуда, что в Дейтоне произошло очень похожее убийство, когда Мейтленд был здесь. Убили не мальчика, а двух девочек. Сценарий тот же: изнасилование и нанесение увечий. Человек, арестованный по подозрению в убийстве, утверждал, что он в это время находился в гостях у матери, в другом городе в тридцати милях от Дейтона, и мать подтвердила его слова, но в то же самое время его видели в Тротвуде, в пригороде Дейтона, где были похищены девочки. Есть запись с камеры видеонаблюдения. Вам это ничего не напоминает?

— Напоминает, но это и неудивительно. Почти у любого убийцы обнаруживается что-то вроде алиби. Вы, наверное, с этим не сталкивались по работе — Алек мне рассказал, чем в основном занимается ваше агентство, — но наверняка знаете из теленовостей.

— Человек, подозреваемый в убийстве тех девочек, работал санитаром в дейтонском пансионате Хейсмана, и хотя он тогда ушел в отпуск, он приходил на работу как минимум один раз. На той же неделе, когда мистер Мейтленд был в Дейтоне и навещал своего отца. Во время последнего визита мистера Мейтленда в пансионат — а именно двадцать шестого апреля — эти двое предполагаемых убийц столкнулись друг с другом. В прямом смысле слова.

— Вы что, смеетесь? — почти крикнул Андерсон.

— Нет, не смеюсь. Без балды, как говорил мой бывший партнер по агентству «Найдем и сохраним». Как вам такой поворот?

— Пелли сказал вам, что тот санитар поцарапал Мейтленда, когда упал? Схватил его за руку и случайно царапнул ногтем?

Холли молчала. Она думала о фильме, который лежал в ее дорожной сумке. Она не имела привычки к самовосхвалению — как раз наоборот, — но, похоже, это была гениальная догадка. Впрочем, Холли с самого начала не сомневалась, что дело Мейтленда будет не самым обычным делом. Главным образом потому, что ей довелось повстречаться с этим чудовищем, Брейди Уилсоном Хартсфилдом. Подобные встречи значительно расширяют твои представления о мире.

— И это не единственный случай с царапиной, — задумчиво произнес Ральф. — Был еще один. Здесь, во Флинт-Сити. После убийства Фрэнка Питерсона.

Еще один недостающий кусочек.

— Расскажите мне, детектив. Расскажите, расскажите!

— Я думаю... лучше не по телефону. Вы можете прилететь к нам? Мы сядем все вместе и поговорим. Вы, я, Алек Пелли, Хоуи Голд и детектив из полиции штата, который тоже работал над делом. И может быть, Марси. Да, Марси тоже.

— Я думаю, это хорошая мысль. Но мне нужно будет сначала переговорить с моим клиентом, мистером Пелли.

— Лучше сразу звоните Хоуи Голду. Я вам дам его номер.

— По регламенту...

— Алек работает на Хоуи, так что регламент не пострадает.

Холли на секунду задумалась.

— Вы можете связаться с управлением полиции Дейтона и с окружным прокурором Монтгомери? Я не смогу получить всю необходимую мне информацию об убийстве сестер Ховард и о Хите Холмсе — так звали того санитара, — но вы, наверное, сможете.

— Суд над тем человеком уже состоялся? Если нет, то скорее всего информация по его делу не подлежит разглашению...

— Мистер Холмс мертв. — Холли секунду помедлила. — Как и Терри Мейтленд.

— Господи, — пробормотал Ральф. — Это ж сколько еще будет странностей?

— Много, — уверенно ответила Холли.

— Много, — повторил он. — Личинки в канталупе.

— Что вы сказали?

— Не важно. Позвоните мистеру Голду, хорошо?

— Я все-таки думаю, что лучше сначала позвонить мистеру Пелли. На всякий случай.

— Ну, если вам так спокойнее. И, мисс Гибни... Похоже, вы знаете свое дело.

Это заставило ее улыбнуться.

11

Алек Пелли дал добро, и Холли сразу же позвонила Хоуи Голду. Теперь она нервно ходила по номеру из угла в угол и как одержимая проверяла свой пульс, безостановочно нажимая кнопку фитнес-браслета. Да, мистер Голд тоже думал, что было бы здорово, если бы Холли смогла прилететь во Флинт-Сити, и нет, ей не надо лететь эконом-классом.

— Возьмите билет в бизнес-класс, — сказал он. — Там больше места для ног.

— Хорошо. — У нее кружилась голова. — Так и сделаю.

— Вы действительно думаете, что Терри не убивал Питерсона?

— Да. И Хит Холмс не убивал этих девочек, — сказала она. — Я думаю, это был кто-то другой. Я думаю, это был чужак.

ВИЗИТЫ
25 июля

1

Джек Хоскинс, детектив полицейского управления Флинт-Сити, проснулся в два часа ночи с тремя бедами сразу: похмельем, солнечным ожогом и желанием посрать. *Не надо было обжираться в «Трес молинос»,* подумал он... или все-таки не в «Трес молинос»? Вроде бы там — энчилада со свининой и острый сыр, — но полной уверенности у него не было. Это могла быть и «Асьенда». Ночь прошла как в тумане.

С водкой надо бы притормозить. Отпуск закончился.

Да, причем раньше срока. Потому что в их тухлом участке остался всего один действующий детектив. Иногда жизнь бывает гадкой сукой. Не так уж и редко.

Он встал с кровати и поморщился: это движение отдалось в голове тупой болью. Потрогал солнечный ожог сзади на шее. Кое-как снял трусы, схватил с тумбочки газету и поплелся в сортир. Сидя на унитазе в ожидании, когда хлынет полужидкий поток, как всегда бывало часов через шесть после того, как он съедал что-нибудь мексиканское (пора бы сделать выводы), он раскрыл «Голос Флинт-Сити» на странице с комиксами, единственной стоящей странице во всей местной газетке.

Он щурился, вчитываясь в мелкий шрифт на картинках «Лохматых историй», и вдруг услышал, как зашуршала душевая шторка. Он поднял голову и увидел темный силуэт за напечатанными ромашками. Его сердце подпрыгнуло к горлу и застряло там бешено бьющимся комом. Кто-то стоял в его ванне. Незваный гость. И не просто какой-то упоротый наркоман, который забрался в ванную через окно и спрятался в единственном более-менее подходящем месте, когда в спальне зажегся свет. Нет. Это был тот, кто стоял у него за спиной у заброшенного амбара в области Каннинг. Джек сразу понял, что это он. Воспоминания о той жуткой встрече (если встреча и вправду *была*) накрепко засели в его голове, и он почти ждал этого... *возвращения*.

Ты сам знаешь, что это бред. Ты думал, что видел кого-то в амбаре, а когда посветил на него фонариком, оказалось, что это не человек, а какое-то сломанное фермерское оборудование. Теперь тебе кажется, что кто-то прячется в ванне за шторкой, но его якобы голова — это просто головка душа, а его якобы руки — просто массажная щетка на длинной ручке, заткнутая за поручень на стене. А шторка шуршала от сквозняка или вообще не шуршала, а тебе просто послышалось.

Он закрыл глаза. Потом снова открыл и уставился на шторку в дурацких ромашках, из тех совершенно уродских шторок, которые могут понравиться только бывшим женам. Сейчас, когда он окончательно проснулся, реальность вновь утвердилась в своих правах. Просто головка душа, просто массажная щетка. Он идиот. Да еще *с бодуна*, каковой только усугубляет идиотизм. Он...

Шторка опять зашуршала. И зашуршала она потому, что та длинная штука, которая, как Джеку хотелось бы верить, была его старой массажной щеткой, вдруг отрастила плотные пальцы-тени и притронулась к пластику. Головка душа повернулась сама собой и как будто уставилась на него сквозь полупрозрачную занавеску. Газета, выпавшая из рук Хоскинса, с тихим шлепком приземлилась на кафельный пол. Кровь застучала в висках. Ожог сзади на шее запульсировал жгучей болью. Кишечник опорожнился, и ванная наполнилась едкой вонью последней трапезы Джека. Похоже, и вправду *последней*. Рука потянулась к краешку шторки. Еще секунда — в лучшем случае две, — и шторку отдернут, и Джек окажется лицом к лицу с жутким кошмаром, по сравнению с которым все его самые страшные сны покажутся сладкими грезами.

— Нет, — прошептал он. — Нет. — Хоскинс попробовал встать с унитаза, но ноги подкосились, и он снова плюхнулся на стульчак. — Не надо, пожалуйста. Нет, не надо.

Рука схватилась за краешек шторки, но пока что не стала ее отдергивать. На руке была татуировка. «НЕМОГУ».

— Джек.

Он не мог ответить. Он сидел голый на унитазе, остатки поносной жижи еще извергались из задницы тонкими струйками, сердце стучало, как взбесившийся мотор. Джеку казалось, оно сейчас выскочит, разорвет ему грудь изнутри и последним, что он увидит в своей земной жизни, будет его же собственное сердце, судорожно колотящееся на полу в ванной и брызжущее кровью ему на ноги и на страницу комиксов в «Голосе Флинт-Сити».

— Это не солнечный ожог, Джек.

Ему хотелось грохнуться в обморок. Отключиться и просто упасть, и если он ударится головой и получит сотрясение мозга или даже проломит череп, то хрен бы с ним. Главное, он спасется от этого ужаса. Но сознание упрямо держалось. Сумрачная фигура за шторкой не исчезала. Не исчезали пальцы на шторке и поблекшие синие буквы: «НЕМОГУ».

— Прикоснись к своей шее, Джек. Если не хочешь, чтобы я тебе показался, если не хочешь, чтобы я сдвинул шторку, сделай, как я говорю.

Хоскинс медленно поднял руку и притронулся к горящему участку кожи на шее. Прикосновение отдалось вспышкой невыносимой боли, пронзившей виски и плечи. Он посмотрел на свою руку: на ней была кровь.

— Это рак, — сказал ночной гость, скрытый полупрозрачной шторкой. — Он у тебя в горле, в носовых пазухах, в лимфоузлах. Он у тебя в *глазах*, Джек. Он выедает тебе *глаза*. Скоро ты его увидишь, серые шишечки раковых клеток, плавающие перед глазами. Знаешь, когда ты его получил?

Конечно, Джек знал. Когда это кошмарное существо прикоснулось к нему у амбара в Каннинге. Когда оно его *приласкало*.

— Я тебе его дал, но могу и забрать. Хочешь, чтобы я его забрал?

— Да, — прошептал Джек и расплакался. — Заберите его. *Пожалуйста*, заберите.

— Если я тебя кое о чем попрошу, ты же выполнишь мою просьбу?

— Да.

— Выполнишь без раздумий?

— Да!

— Я тебе верю. Ты же не дашь мне повода в тебе усомниться?

— Нет! *Нет!*

— Хорошо. А теперь подотрись. От тебя смердит.

Рука с «НЕМОГУ» отпустила шторку, но сам ночной гость остался на месте. Хоскинс чувствовал на себе пристальный, тяжелый взгляд этого человека. Нет, не человека. Это был кто угодно, только не человек. Хоскинс потянулся за туалетной бумагой, смутно осознавая, что заваливается на бок, а окружающий мир тускнеет и сжимается в точку. И это было хорошо. Он грохнулся на пол, но не почувствовал боли. Он отключился еще в падении.

2

Дженни Андерсон проснулась в четыре утра, как всегда, с переполненным мочевым пузырем. Обычно она пользовалась туалетом, примыкавшим к их с Ральфом спальне, но с тех пор, как застрелили Терри Мейтленда, Ральф плохо спал по ночам, а сегодняшней ночью он был особенно беспокоен. Дженни встала с кровати и пошла в ванную в конце коридора, рядом с комнатой Дерека. Сделав свои дела, она даже не стала спускать воду в унитазе, чтобы шум не разбудил мужа. Ничего страшного. До утра подождет.

Господи, дай ему еще пару часов, подумала Дженни, выходя из ванной. *Еще пару часов спокойного сна, больше я ни о чем не прошу...*

Она резко остановилась посреди коридора. Когда она выходила из спальни, свет внизу не горел. Да, она шла в полусне, но все равно заметила бы свет. Наверняка бы заметила.

Ты уверена?

Нет, не уверена. Не совсем. Но сейчас свет горел. Белый, приглушенный. Лампочка над плитой в кухне.

Дженни подошла к лестнице и встала на верхней ступеньке, глядя на свет внизу и задумчиво хмурясь. Включили ли они охранную сигнализацию, когда пошли спать? Да. У них в доме было такое правило: перед сном включать сигнализацию. Вчера вечером Дженни включила ее сама, а Ральф потом дважды проверил. Эти проверки, как и бессонница Ральфа, начались после гибели Терри Мейтленда.

Дженни не знала, что делать. Может быть, все-таки разбудить Ральфа? Нет, лучше не надо. Ему нужно поспать. Может быть, стоит вернуться в спальню и взять табельный пистолет мужа из коробки на верхней полке в шкафу? Но дверцы шкафа скрипят, и этот скрип точно разбудит Ральфа. И вообще, что за приступы паранойи? Скорее всего свет горел и тогда, когда она шла в туалет. Просто она не обратила внимания. Или, может, там что-то с контактом и лампочка включилась сама собой. Дженни бесшумно спустилась по лестнице, машинально сместившись чуть левее на третьей сверху ступеньке и чуть правее — на девятой, чтобы не наступить на скрипучие доски.

Она подошла к двери в кухню и осторожно заглянула внутрь, чувствуя себя глупо и в то же время совсем не глупо. Потом вздохнула и сдула челку со лба. В кухне никого не было. Дженни вошла и шагнула к плите, чтобы выключить свет, но вдруг резко остановилась. У кухонного стола обычно стояло четыре стула: три для членов семьи и один «гостевой». Сейчас их было не четыре, а три. Одного не хватало.

— Стой где стоишь, — раздался чей-то голос. — Если сдвинешься с места, я тебя убью. Если закричишь, я тебя убью.

Она застыла на месте. Сердце бешено заколотилось в груди, волосы на затылке встали дыбом. Если бы Дженни только что не сходила в туалет, она бы, наверное, описалась. Налила бы изрядную лужу на пол. Взломщик, проникший к ним в дом, сидел в гостиной на «гостевом» стуле, стоявшем так, что из кухни были видны только ноги незваного гостя, от колен и ниже. Полинявшие джинсы и мокасины на босу ногу. На лодыжках — какие-то красные пятна. Может быть, псориаз. Все остальное скрывалось в тени. Дженни видела лишь силуэт в темноте. Ей удалось разглядеть только то, что у гостя широкие плечи, а сам он сидит, слегка сгорбившись, но не как от усталости, а будто натренированные мышцы не дают ему распрямиться. Удивительно, как обостряется восприятие, когда тебя парализует от страха. Пронзительный ужас отключил в мозгу Дженни способность отсортировывать факты, и она все поняла. Она знала, кто этот пришелец. Настоящий убийца Фрэнка Питерсона. Человек, искусавший ребенка, как дикий зверь, и изнасиловавший его веткой дерева. И теперь этот убийца проник к ней в дом, и она стоит перед ним в своей летней пижаме с короткими шортиками, и ее затвердевшие от страха соски наверняка выпирают из-под тонкой майки.

— Слушай меня, — сказал он. — Ты слушаешь?

— Да, — прошептала Дженни и покачнулась, готовая упасть в обморок. Она испугалась, что потеряет сознание прежде, чем он ей скажет, зачем пришел. Если это случится, он ее убьет. А потом просто уйдет. Или поднимется в спальню и убьет Ральфа. Спросонья Ральф даже не успеет понять, что происходит.

И Дерек вернется домой сиротой.

Нет. Нет. *Нет.*

— Что... что вам нужно?

— Скажи своему мужу, что здесь, во Флинт-Сити, все кончено. Скажи ему, пусть остановится. Скажи, если он остановится прямо сейчас, все вернется в нормальное русло. А если не остановится, я его убью. Я поубиваю их всех.

Он протянул руку из темноты к тусклому свету от единственной лампы над кухонной плитой. Большую руку. Сжал кулак.

— Что написано у меня на руке? Прочти вслух.

Дженни уставилась на поблекшие синие буквы. Попыталась заговорить и не смогла. Язык как будто распух и прилип к нёбу.

Гость наклонился вперед. Она увидела его глаза под широким выпуклым лбом. Черные, очень короткие волосы, торчавшие во все стороны. Черные глаза смотрели на Дженни и пронзали ее насквозь, словно пытались проникнуть ей в сердце и в мысли.

— Тут написано: «НАДО», — сказал он. — Видишь, да?

— Д-д-д...

— Так вот, тебе *надо* сказать ему, чтобы он остановился. — Ярко-красные губы шевелились в обрамлении черных усов и бородки. — Скажи ему, если он сам или кто-то еще попытается меня разыскать, я убью их и брошу их потроха в пустыне грифам на корм. Ты меня поняла?

Да, попыталась сказать она, но голос пропал окончательно. Ноги подогнулись, и она поняла, что сейчас рухнет на пол, и выставила руки, чтобы смягчить удар, но не успела узнать, помогло ли ей это, потому что отключилась еще в падении, и все кануло в темноту.

3

Джек проснулся в семь утра. Яркое летнее солнце светило в окно на кровать. Пели птицы. Джек резко сел и принялся затравленно озираться по сторонам, смутно осознавая, что голова раскалывается после вчерашней попойки.

Он вскочил с кровати, открыл ящик тумбочки, достал револьвер — «патфайндер» тридцать восьмого калибра, приобретенный для самообороны, — и прошел через комнату, высоко поднимая ноги и держа дулом вверх у правой щеки. Отпихнув ногой трусы, валявшиеся на полу, он подошел к двери в ванную, которая оказалась распахнутой настежь. Здесь он помедлил, прижавшись спиной к стене у дверного проема. Доносившийся из ванной запах был уже слабым, но знакомым: запах последствий вчерашней мексиканской еды. Значит, ночью он все-таки бегал в сортир; хотя бы *это* ему не приснилось.

— Тут есть кто-нибудь? Если да, отвечайте. У меня револьвер, и я буду стрелять.

Тишина. Джек сделал глубокий вдох, оторвался от стены и развернулся лицом к дверному проему. Пригнувшись, выставил револьвер перед собой и обвел дулом крошечное помещение. Унитаз с поднятой крышкой и опущенным сиденьем. На полу — газета, раскрытая на странице комиксов. Душевая шторка задернута. За полупрозрачным пластиком виднеются смутные силуэты. Но это всего лишь поручень на стене, массажная щетка, головка душа.

Ты уверен?

Пока у Джека не сдали нервы, он поспешно шагнул вперед, поскользнулся на коврике рядом с ванной и схватился за шторку, чтобы не грохнуться. Шторка сорвалась с колечек и упала ему на голову, закрыв лицо. Он завопил благим матом, содрал с себя шторку, отшвырнул ее прочь и навел револьвер на пустую ванну. Да, абсолютно пустую. Никаких незваных гостей. Никаких чудовищ из кошмаров. Джек внимательно осмотрел ванну. Он никогда не отдраивал ее дочиста, и если бы кто-то стоял в его ванне, на засохших потеках шампуня и мыла наверняка остались бы следы. Но никаких следов не было. Значит, все-таки сон. Очень яркий кошмар.

Но он все равно проверил окно в ванной и все три входных двери. Все закрыто, все заперто на замки и щеколды.

Ладно. Можно расслабиться. Ну, почти. Джек вернулся в ванную, на всякий случай проверил шкафчик для полотенец (ничего подозрительного) и с отвращением пнул валявшуюся на полу шторку. Давно пора заменить это убожество. Он сегодня же съездит в хозяйственный магазин и купит новую шторку.

Он рассеянно потянулся почесать зудящий ожог на шее и зашипел от боли, едва прикоснувшись к обожженному месту. Встал перед зеркалом над раковиной, повернулся к нему спиной и, повернув голову, попробовал разглядеть шею сзади. Разумеется, у него ничего не вышло. Он открыл верхний ящик под раковиной, но нашел только бритвенные принадлежности, пару расчесок, начатый рулон пластыря и древний тюбик «Миконазола», еще один сувенир эпохи Греты. Как и эта дурацкая шторка для ванны.

Он нашел, что искал, в нижнем ящике. Зеркальце с отломанной ручкой. Джек стер с него пыль, встал, прижавшись задом к краю раковины, и поднял зеркальце. Вся его шея сзади была ярко-красной, в мелких пупырышках-волдырях. Откуда вообще взялся этот ожог? Джек мазался кремом от солнца, и нигде больше ожогов не было.

Это не солнечный ожог, Джек.

Хоскинс тихонечко заскулил. Разумеется, не было никаких странных ночных гостей, прячущихся в его ванне, не было никаких жутких пришельцев с татуировками «НЕМОГУ» на руках — *разумеется*, не было, — но одно он знал точно: в их семье имелась врожденная предрасположенность к раку кожи. От рака кожи умерла его мать. И один из дядьев. *У многих рыжих такая беда*, — сказал отец после того, как ему самому удалили несколько папиллом с левой руки, несколько предраковых родинок с голеней и базальноклеточную карциному с затылка.

Джек хорошо помнил огромную черную родинку (постоянно растущую) на щеке дяди Джима; он хорошо помнил кровавые язвы, разъедавшие кожу на маминой левой руке и груди. Кожа — самый большой орган тела, и когда ее поражает болезнь, это зрелище не для слабонервных.

Хочешь, чтобы я его забрал? — спросил ночной гость, прятавшийся за шторкой.

— Это был сон, — сказал Хоскинс вслух. — В Каннинге я сильно перепугался, а вчера вечером опять обожрался этой мексиканской еды, и поэтому мне приснился кошмар. Вот и весь сказ.

Но он все равно очень тщательно проверил, нет ли каких-нибудь уплотнений под мышками, под челюстью и в носу. Ничего. Только солнечный ожог на шее. Но почему-то лишь на шее, и больше нигде. Только эта саднящая полоса воспаленной кожи. Крови там не было — вроде как подтверждение того, что разговор с ночным гостем ему приснился, — но были какие-то странные волдыри. Наверное, стоит сходить к врачу, и он обязательно сходит к врачу... но подождет пару дней. Может быть, все пройдет само собой.

Если я тебя кое о чем попрошу, ты же выполнишь мою просьбу? Выполнишь без раздумий?

Кто стал бы раздумывать? — подумал Джек, глядя в зеркальце на свою шею. Если в противном случае тебя сожрет заживо рак, никто не станет раздумывать.

4

Дженни проснулась у себя в спальне, в их с Ральфом спальне. Поначалу она не могла понять, почему у нее во рту медный привкус паники, словно она едва избежала серьезной беды, и почему ее руки выставлены ладонями вперед, словно она защищается от какой-то опасности. Ральфа в постели не было. Дженни услышала шум воды в душе и подумала: *Это был сон. Очень жуткий и очень реальный кошмар, но все равно просто сон.*

Только ей почему-то не стало легче. Видимо, потому, что она сама в это не верила. Этот сон не бледнел, не стирался из памяти при пробуждении, как обычно бывает со всеми снами, даже самыми страшными. Она помнила все: как увидела свет на первом этаже, как ночной гость сидел в темной гостиной, как он ей угрожал. Она помнила руку, показавшуюся из темноты. Руку, сжавшуюся в кулак, чтобы Дженни смогла прочитать бледную синюю татуировку между костяшками пальцев: «НАДО».

Тебе надо сказать ему, чтобы он остановился.

Она встала с кровати и быстро вышла из комнаты. В кухне свет над плитой не горел, и все четыре стула стояли на своих местах за обеденным столом. По идее это должно было ее успокоить.

Но не успокоило.

5

Когда Ральф вошел в кухню, на ходу заправляя рубашку в джинсы одной рукой и держа кроссовки в другой, он увидел, что жена сидит за столом и смотрит в одну точку. На столе ничего не было — ни чашки с кофе, ни стакана с соком, ни миски с хлопьями. Ральф спросил, все ли в порядке.

— Нет, — ответила Дженни. — Ночью к нам в дом проник человек.

Ральф застыл на месте, уронив кроссовки и не дозаправив рубашку.

— *Что?!*

— Человек. Мужчина. Который убил Фрэнка Питерсона.

Ральф огляделся по сторонам, сразу проснувшись.

— Когда? Ты о чем говоришь?

— Сегодня ночью. Он уже ушел, но он просил кое-что тебе передать. Ты лучше сядь, Ральф.

Он сел, и она все ему рассказала. Он слушал молча, глядя ей прямо в глаза. Он видел, что она сама верит в то, что сейчас говорит. Когда она закончила, он поднялся из-за стола и подошел к задней двери, чтобы проверить датчик охранной сигнализации.

— Сигнализация включена, Дженни. И дверь заперта. Во всяком случае, *эта* дверь.

— Я знаю, что она включена. И все двери заперты. Я проверяла. И окна тоже.

— Тогда как...

— Я не знаю, но он был в доме.

— И сидел прямо там. — Ральф указал на дверь в гостиную.

— Да. Как будто хотел оставаться в тени.

— И ты говоришь, он был крупным мужчиной?

— Да. Может быть, не таким крупным, как ты — я не уверена насчет роста, потому что он сидел, — но у него были широкие плечи и сам он был мускулистый. Как будто ежедневно по три часа занимается в зале. Или толкает штангу на тюремном дворе.

Ральф подошел к двери в гостиную и встал на колени в том месте, где дощатый пол кухни смыкался с ковром в гостиной. Дженни знала, что именно он ищет, и знала, что он ничего не найдет. Она уже проверяла, и эта проверка ее не переубедила. Человек в здравом уме всегда отличит сны от реальности. Даже в тех случаях, когда реальность выходит за грани нормального. Раньше она и сама сомневалась (и знала, что Ральф сомневается до сих пор), но теперь уже нет. Теперь она многое поняла.

Он поднялся на ноги.

— Ковер совсем новый. Если бы на нем стоял стул, а на стуле сидел человек, пусть даже очень недолго, на ковре должны были остаться отметины от ножек. Но их там нет.

Она кивнула:

— Я знаю. Но он был в доме.

— Что ты хочешь сказать? Что это был призрак?

— Я не знаю, призрак он или нет, но знаю, что он был прав. Тебе надо остановиться. Иначе случится что-то плохое. — Она подошла к мужу и посмотрела ему в глаза. — Что-то ужасное.

Он взял ее за руки.

— У нас было трудное время, Дженни. Не только у меня, но и у тебя тоже...

Она отстранилась.

— Не надо, Ральф. Не начинай. Он был *здесь*, у нас в доме.

— Ладно, допустим, что был. Но он не первый, кто мне угрожал. Любой полицейский, который хоть чего-то стоит, получает угрозы.

— Он угрожал не только тебе! — Дженни очень старалась не закричать. Она чувствовала себя героиней фильма ужасов, которой никто не верит, что Джейсон, или Фредди, или Майкл Майерс вернулся. — Он был у нас *в доме*!

Ральф мог бы опять привести те же доводы: запертые двери, закрытые окна, включенная сигнализация. Он мог бы напомнить жене, что сегодня утром она проснулась в своей постели, в целости и сохранности. Но он понял по ее лицу, что все слова бесполезны. А спорить с женой в ее теперешнем состоянии ему не хотелось.

— У него были ожоги, Дженни? Как у того человека, которого я видел у здания суда?

Она покачала головой.

— Ты уверена? Ты говорила, что он прятался в темноте.

— В какой-то момент он наклонился вперед, и я сумела его рассмотреть. — Она зябко поежилась. — Широкий лоб, нависший над глазами. Глаза очень темные. Может быть, черные. Может быть, карие или темно-синие. Волосы очень короткие. Черные, с легкой проседью. Борода-эспаньолка. Очень яркие, красные губы.

Описание показалось ему знакомым, но Ральф не стал доверять своему ощущению; возможно, это было ошибочное суждение, вызванное лихорадочной убежденностью Дженни. Видит бог, он хотел верить жене. И если бы нашлось хоть одно фактическое доказательство...

— Погоди. Его ноги! Он был в мокасинах на босу ногу, и у него на лодыжках были какие-то красные пятна. Я подумала, что это псориаз. Но наверное, это могли быть ожоги.

Ральф включил кофеварку.

— Даже не знаю, что тебе сказать, Дженни. Ты проснулась в кровати, все двери и окна закрыты, нет никаких признаков взлома...

— Однажды ты разрезал целую с виду дыню, а внутри было полно личинок, — сказала она. — Это было, ты сам мне рассказывал. Тогда почему ты не веришь *мне*?

— Даже если бы я верил, я все равно бы не смог остановиться. Неужели ты не понимаешь?

— В одном этот человек был прав. *Все закончилось.* Фрэнк Питерсон мертв. Терри мертв. Ты вернешься на службу, и мы... мы сможем... смогли бы...

Она не договорила, потому что поняла по лицу мужа: слова бесполезны. Дело было не в том, что он ей не верил. Просто она увидела в его глазах разочарование. Он искренне не понимал, как она могла думать, что он сможет бросить расследование и спокойно жить дальше. Арест Терри Мейтленда на стадионе во время матча стал первой упавшей костяшкой домино, запустившей цепную реакцию насилия и горя. А теперь они с женой ссорятся из-за какого-то несуществующего человека. И по мнению Ральфа, во всем виноват он один.

— Если ты не собираешься останавливаться, — сказала она, — то носи с собой оружие. А я буду все время держать при себе пистолет, который ты мне подарил три года назад. Тогда я подумала, что это глупый подарок, но, наверное, ты был прав. Да, наверное, ты ясновидящий.

— Дженни...

— Будешь яичницу?

— Буду. — Ему совсем не хотелось есть, но если единственное, чем он мог порадовать жену сегодняшним утром, — это съесть приготовленную ею еду, значит, так он и поступит.

Она достала из холодильника яйца и сказала, по-прежнему стоя к Ральфу спиной:

— Я хочу, чтобы наш дом по ночам охраняла полиция. Им не обязательно дежурить у нас во дворе от заката до рассвета, но пусть кто-нибудь патрулирует улицу. Ты сможешь это устроить?

Вряд ли полиция защитит нас от призрака, подумал Ральф... но он давно был женат и знал, что ответить:

— Думаю, да.

— И надо сказать Хоуи Голду и всем остальным. Даже если это прозвучит глупо.

— Дженни...

Но она не дала ему договорить.

— Он сказал, что убьет и тебя, и всех остальных. Сказал, бросит ваши потроха в пустыне грифам на корм.

Ральф чуть не ответил, что хотя грифы и вправду встречаются в их краях (особенно в дни вывоза мусора), поблизости от Флинт-Сити никаких пустынь нет и в помине. Одно это может служить доказательством, что Дженни просто приснился сон. Но Ральф не стал этого говорить. Она вроде бы начала успокаиваться, и он не хотел вновь ее растревожить.

— Хорошо, я им скажу, — пообещал он. И собирался сдержать обещание. Требовалось говорить начистоту. Выложить на стол все карты, сколь угодно безумные. — Ты же знаешь, что сегодня вечером у нас встреча в офисе Хоуи Голда? С женщиной из детективного агентства, которую Алек Пелли нанял собрать информацию о пребывании Терри в Дейтоне.

— С той, которая утверждает, что Терри невиновен?

На этот раз Ральф подумал и опять не сказал вслух (похоже, долгие браки состоят из сплошных недосказанностей), что Ури Геллер тоже утверждал, будто может гнуть ложки силой мысли.

— Да. Она прилетит сюда. Возможно, все это окажется бредом, но она долгое время работала вместе с заслуженным полицейским детективом в отставке и по телефону говорила вполне разумные вещи, так что, возможно, она действительно что-то нашла в Дейтоне. Она была очень уверена в своих суждениях.

Дженни принялась разбивать яйца.

— Ты не остановился бы, даже если бы оказалось, что сигнализацию закоротили и замок на двери взломан, а на полу остались следы того человека. Ты все равно продолжал бы.

— Да. — Она заслужила правду.

Дженни обернулась к нему, держа в руке деревянную лопатку, словно оружие.

— Могу я сказать, что, по-моему, ты ведешь себя как последний дурак?

— Ты можешь сказать что угодно, но при этом, пожалуйста, не забывай, что независимо от того, виновен Терри или нет, его убили. И это отчасти моя вина.

— Ты...

— Тише, — перебил ее Ральф. — Я говорю важные вещи и хочу, чтобы ты поняла.

Она замолчала.

— И *если* он невиновен, значит, детоубийца до сих пор на свободе.

— Я все понимаю, но, возможно, здесь действуют силы далеко за пределами твоего понимания. Далеко за пределами человеческого понимания.

— Ты хочешь сказать, сверхъестественные? Я в такое не верю. И никогда не поверю.

— Верь во что хочешь, — ответила она, вновь повернувшись к плите. — Но он был здесь, у нас в доме. Я видела его лицо и видела татуировку у него на руке. Слово «НАДО». Он был... ужасен. Другого определения я не подберу. А ты мне не веришь, и мне хочется закричать, или запустить тебе в голову сковородкой, или... я даже не знаю что.

Он подошел к ней и обнял за талию.

— Я верю, что *ты сама* веришь. Честное слово. И я тебе обещаю: если из нашей сегодняшней встречи не выйдет ничего путного, тогда я серьезно задумаюсь о прекращении расследования. Я понимаю, что всему есть предел. Так будет нормально?

— Наверное, да. Во всяком случае, пока. Я знаю, что ты совершил ошибку с арестом на стадионе. Я знаю, что ты пытаешься как-то ее искупить. Но вдруг ты совершаешь еще более серьезную ошибку, продолжая расследование?

— А если бы там, в Хенли-парке, был Дерек? — спросил Ральф. — Ты бы тоже сказала, что дело надо закрыть?

Это был удар ниже пояса, но удар справедливый. Потому что если бы там, в Хенли-парке, был Дерек, Дженни не успокоилась бы, пока Ральф не достал бы человека, который это сделал — или *тварь*, — из-под земли. И помогала бы ему.

— Ну ладно. Твоя взяла. Но есть еще кое-что, и это не обсуждается.

— Что?

— Сегодня вечером я пойду с тобой. На эту встречу. Только не надо мне говорить, что это сугубо полицейское дело, потому что мы оба знаем, что это неправда. А теперь ешь яичницу.

6

Дженни отправила Ральфа в магазин со списком покупок, поскольку независимо от того, кто побывал у них дома минувшей ночью — человек, призрак или просто персонаж очень яркого сна, — мистеру и миссис Андерсон все равно надо было питаться. На полпути к супермаркету у Ральфа случилось озарение. Озарение вполне ожидаемое, потому что все факты уже имелись в наличии — в прямом смысле слова у Ральфа перед глазами, в протоколах допроса свидетелей. Неужели Ральф лично допрашивал настоящего убийцу Фрэнка Питерсона в качестве свидетеля, после чего поблагодарил его за содействие и отпустил домой? Это казалось невероятным, если принять во внимание все улики, указывающие на Терри, и все же...

Он остановился у обочины и позвонил Юну Сабло.

— Не волнуйся, вечером я приеду, — сказал Юн. — Я уж точно не пропущу новости из Огайо. И я уже занялся Хитом Холмсом. Пока информации мало, но до вечера, думаю, будет больше.

— Хорошо. Но я звоню не поэтому. Сможешь добыть полицейское досье на Клода Болтона? Он работает вышибалой в «Джентльмены, для вас». В досье в основном будет хранение наркотиков, может, один-два ареста за хранение с целью продажи, все в таком духе.

— Это тот вышибала, который предпочитает, чтобы его называли сотрудником службы охраны?

— Да, это наш Клод.

— А что с ним такое?

— Вечером объясню. Пока могу сказать только одно: похоже, есть некая цепь событий, ведущих от Холмса к Мейтленду, а от Мейтленда — к Болтону. Может, я ошибаюсь, но вряд ли.

— Ральф, ты меня убиваешь. Скажи сейчас!

— Сейчас еще рано. Я хочу быть уверен. И мне нужно еще кое-что. В досье Болтона должна быть запись о татуировках. Я уверен, что у него что-то набито на пальцах. Во время допроса я не приглядывался к его рукам. Ты же знаешь, как это бывает. Особенно когда допрашиваешь человека, отсидевшего срок.

— Ты смотришь ему в лицо.

— Да, всегда только в лицо. Потому что если такие ребята, как Болтон, начинают темнить, это сразу понятно. Как будто они держат табличку: *Вру, не краснея*.

— Думаешь, Болтон врал, когда говорил, что Мейтленд заходил в клуб, чтобы позвонить? Но та дама-таксист вроде как подтверждает его показания.

— Тогда я об этом не думал, но теперь появились новые данные. Попробуй выяснить, какие там у него татуировки. Если они вообще есть.

— А что, *по-твоему*, у него там набито?

— Я пока не хочу говорить, но если я прав, это должно быть в досье. Сможешь прислать мне фотографию, если там что-то будет?

— Да запросто. Дай мне пару минут.

— Спасибо, Юн.

— Собираешься побеседовать с мистером Болтоном?

— Пока нет. Не хочу, чтобы он знал, что я интересуюсь его персоной.

— Но вечером ты все расскажешь?

— Все, что смогу.

— Это важно для дела?

— Хочешь честный ответ? Я не знаю. Уже есть какие-то результаты по той штуке, которую вы обнаружили
на одежде и на сене в амбаре?

— Пока нет. В общем, я понял. Пойду собирать информацию о Болтоне.

— Спасибо.

— Ты сам сейчас где?

— Еду в супермаркет. Жена отправила за покупками.

— Надеюсь, ты не забыл взять купоны.

Ральф улыбнулся, глядя на стянутую резинкой толстую пачку купонов, лежавшую на пассажирском сиденье.

— Как будто Дженни даст мне забыть, — сказал он.

7

Он вышел из магазина с тремя пакетами продуктов,
сложил их в багажник и проверил мобильный. Два сообщения от Юна Сабло. Одно — с вложенным фото. Его
Ральф открыл первым. На снимке из полицейского досье
Клод Болтон (здесь он выглядел намного моложе того
человека, которого Ральф допрашивал как свидетеля по
делу Мейтленда) был то ли пьян, то ли под кайфом. От-
сутствующий взгляд, щеки исцарапаны, к подбородку
что-то прилипло, то ли кусочек яичницы, то ли блевоти-
на. Ральф вспомнил, что говорил Болтон о тех временах:
тогда он активно ходил на собрания анонимных наркоманов, но теперь завязал и не употребляет наркотики уже
лет пять или шесть. Может, и так. Может, нет.

Во втором письме Юн прислал выписки из протоко-
лов задержаний. Болтона забирали в полицию неоднократно, в основном за мелкое хулиганство, и особых при-
мет у него было много. В том числе: шрам на спине, шрам
на левом боку под грудной клеткой, шрам на правом виске и около двух дюжин татуировок. Орел, нож с окровавленным острием, русалка, череп с горящими свечами

в глазницах и много других замысловатых картинок, совершенно неинтересных Ральфу. Зато его очень заинтересовали слова на пальцах Клода Болтона: «НЕМОГУ» на правой руке, «НАДО» — на левой.

На руках обожженного человека в толпе у здания суда тоже были какие-то татуировки, но те же самые или нет? Ральф закрыл глаза и попробовал вспомнить, но у него ничего не вышло. Он знал, что многие заключенные набивают подобные парные татуировки на пальцах; возможно, видели что-то похожее в фильмах. Особой популярностью пользовались «ЛЮБОВЬ» и «НЕНАВИСТЬ», а также «ДОБРО» и «ЗЛО». Джек Хоскинс однажды рассказал Ральфу, что лично видел одного малолетнего грабителя с крысиной рожей, который набил у себя на руках «ТРАХАТЬ» и «СОСАТЬ». Джек еще предположил, что это явно не лучший выбор, чтобы завлекать девчонок.

В одном Ральф был уверен: на плечах и предплечьях того обожженного человека никаких татуировок не было. У Клода Болтона их имелось в избытке, но если огонь обезобразил человеку лицо, то мог сжечь и кожу на руках. Вот только...

— Только у здания суда точно был не Болтон, — пробормотал Ральф, открывая глаза. — Это не мог быть Болтон. У него нет ожогов.

Это ж сколько еще будет странностей? — спросил он во вчерашнем разговоре с мисс Гибни. Та ответила: *Много*. И оказалась права.

8

Уже после того, как они с Дженни разобрали покупки, Ральф попросил ее взглянуть на одну фотографию в его телефоне.

— Зачем?

— Просто посмотри, ладно? И помни, что снимок сделан довольно давно и человек мог измениться.

Он вручил ей телефон. Она секунд десять смотрела на снимок из полицейского досье, потом вернула телефон Ральфу. Он заметил, как сильно она побледнела.

— Это он. Теперь он пострижен короче и отрастил бородку, не только усы. Но это он. Тот человек, который был у нас в доме. Который сказал, что убьет тебя, если ты не прекратишь расследование. Как его зовут?

— Клод Болтон.

— Ты его арестуешь?

— Может быть, но не сейчас. К тому же я в принудительном отпуске, и у меня вроде как нет никаких полномочий.

— Тогда что ты будешь делать?

— Прямо сейчас? Попробую выяснить, где он и что с ним.

Первым, о ком он подумал, был Юн Сабло, но Юн сейчас занят поиском информации о дейтонском убийце, Хите Холмсе, и, наверное, не стоит его отрывать. Потом Ральф подумал о Джеке Хоскинсе и тут же отбросил эту идею. Хоскинс не только алкаш, но еще и болтун. Однако был еще один человек, который мог помочь.

Ральф позвонил в городскую больницу, узнал, что Бетси Риггинс благополучно уехала домой со своим маленьким свертком счастья, и перезвонил ей на домашний номер. Спросив, как себя чувствует новорожденный (и выслушав десятиминутную лекцию по всем насущным вопросам, от грудного вскармливания до высокой стоимости подгузников), он попросил Бетси выручить собрата по цеху и сделать пару официальных звонков «при исполнении». Он объяснил, что ему нужно.

— Это по делу Мейтленда? — спросила она.

— Слушай, Бетси, с учетом моей нынешней ситуации давай скажем так: меньше знаешь — крепче спишь.

— Если это по делу Мейтленда, у тебя могут быть неприятности. И у *меня* могут быть неприятности, если я стану тебе помогать.

— Если ты беспокоишься из-за шефа Геллера, то он ничего от меня не узнает.

Она долго молчала. Он ждал. Наконец Бетси сказала:

— Знаешь, мне очень жалко жену Мейтленда. Она мне напоминает людей из телерепортажей о взрывах, устроенных террористами-смертниками. Когда уцелевшие бродят вокруг, все в крови, и не понимают, что произошло. Это ей как-то поможет? То, что ты сейчас делаешь?

— Может быть, — сказал он. — И больше я ничего не хочу говорить.

— Хорошо, я попробую что-нибудь сделать. Джон Зеллман не полный идиот, а лицензию на стрип-клуб требуется продлевать ежегодно. Хотя бы поэтому он пойдет нам навстречу. Я позвоню, если вдруг ничего не получится. Но я думаю, что получится и он позвонит тебе сам.

— Спасибо, Бетси.

— Только пусть все останется между нами, Ральф. Я собираюсь вернуться на службу, когда закончится декретный отпуск. Скажи, что ты меня услышал.

— Я тебя услышал.

9

Джон Зеллман, владелец клуба «Джентльмены, для вас», позвонил Ральфу через пятнадцать минут. В его голосе не было раздражения — лишь любопытство, — и он сразу выразил готовность оказать всяческое содействие. Да, он уверен, что Клод Болтон был на работе, когда похитили и убили того несчастного парнишку.

— Откуда такая уверенность, мистер Зеллман? Я думал, что его смена начинается с четырех.

— Да, но конкретно в тот день он пришел на работу пораньше. Около двух. Он хотел взять отгул, чтобы съездить в Кэп-Сити с одной из наших стриптизерш. Сказал, у нее какие-то личные проблемы. — Зеллман фыркнул. — По мне, так проблемы как раз у него. Очень большие проблемы в штанах.

— С девушкой по имени Карла Джепсон? — уточнил Ральф, листая протокол допроса Болтона на своем айпаде. — Также известной под псевдонимом Красотка Пикси?

— Да, с ней, — ответил Зеллман и рассмеялся. — Она у нас пользуется успехом. Некоторым мужикам нравится, когда у девчонки нет сисек, не спрашивайте меня почему. У них с Клодом вроде как завертелся роман, но это все ненадолго. Ее муж сидит в Макалестере — за подделку чеков, как я понимаю, — и к Рождеству должен выйти. Клод ей вообще не нужен, она просто проводит с ним время, пока ждет мужа. Я ему тысячу раз говорил, но вы же знаете, мужики думают не головой, а *головкой*.

— Стало быть, вы уверены, что именно в этот день он пришел на работу пораньше. Десятого июля.

— Да, уверен. Я отметил, что он пришел раньше. Потому что он должен был отработать отгулы. Я бы не стал оплачивать Клоду два дня в Кэп-Сити за две недели до отпуска — прошу заметить, *оплачиваемого*.

— Возмутительно. Вы не думали его уволить?

— Не думал. По крайней мере он честно сказал, что и как. И послушайте, Клод — хороший работник, а они нынче редки, как зубы у курицы. Ведь кто обычно идет в службу охраны? Либо дятлы, которые с виду крутые, а если дело доходит до драки, сразу же притухают. Либо бешеные отморозки, которые психуют и сами бросаются на посетителей, если кто косо на них посмотрит. Клод при необходимости уложит любого, но вообще он умеет решить дело миром. Умеет их успокоить. Найти подход. Видимо, научился на тех собраниях, которые посещает.

— Анонимные наркоманы. Он мне говорил.

— Да, он этого не скрывает. Даже гордится. И в общем, правильно делает. Не у всех получается завязать. Это цепкая гадость. Вцепится и не отпустит.

— Но он держится, да? Не сорвался ни разу?

— Если бы сорвался, я бы сразу увидел. Уж я наркоманов знаю. Поверьте мне, детектив Андерсон. В «Джентльменах» все чисто.

У Ральфа были сомнения на этот счет, но он не стал их высказывать.

— Значит, ни разу?

Зеллман рассмеялся.

— Они все срываются, по крайней мере в самом начале. Но он точно не употребляет с тех пор, как работает у меня. Он даже не пьет, вообще не пьет. Я однажды спросил почему. Он сказал, алкоголь — тот же наркотик. Сказал, если он чего-нибудь выпьет, даже слабоалкогольного пива, ему захочется чего-то покрепче, и еще крепче, и еще. — Зеллман помедлил и добавил: — Может, он был полным уродом, когда употреблял наркоту, но теперь он не такой. Он человек честный, порядочный. В нашем бизнесе, где прибыль идет от спиртного и бритых писек, такие люди — большая редкость.

— Я понял. Значит, Болтон сейчас в отпуске?

— Да. С воскресенья. На десять дней.

— Он куда-то поехал?

— Он поехал в Техас. В какой-то маленький городок рядом с Остином. Он там родился. Подождите секунду, сейчас уточню. Я достал его личное дело, прежде чем звонить вам. — В трубке послышался приглушенный шелест, и Зеллман продолжил: — Мэрисвилл. Городок называется Мэрисвилл. Скорее придорожный поселок, если судить по рассказам Клода. У меня есть точный адрес, потому что раз в две недели я отсылаю туда часть его зарплаты. Его маме. Она уже старенькая и больная. У нее эмфизема. Клод поехал уговаривать ее переселиться в пансионат, где за ней будет уход, но он не слишком надеялся на успех. Он говорит, его мама упрямая, как сто козлищ. По правде сказать, я не знаю, где он возьмет деньги на пансионат. У него не такая большая зарплата. Вообще-то правительство должно заботиться о стариках и помогать простым, честным парням вроде Клода. Но хрена с два оно будет заботиться и помогать.

И это говорит человек, который наверняка голосовал за Дональда Трампа, подумал Ральф.

— Что ж, большое спасибо, мистер Зеллман.

— Можно спросить, для чего он вам понадобился?

— Нужно задать ему несколько дополнительных вопросов, — сказал Ральф. — Ничего особенного.

— Расставить все точки над «i»?

— Совершенно верно. Вы сказали, у вас есть адрес.

— Ну да. Я же шлю туда деньги. Есть ручка?

Ральф открыл приложение «Заметки» на своем верном айпаде.

— Диктуйте.

— Почтовый ящик триста девяносто семь, Рурал-Стар-рут, дом два, Мэрисвилл, штат Техас.

— А как зовут его маму?

Зеллман весело рассмеялся:

— Люба. Красивое имя, да? Люба Энн Болтон.

Ральф поблагодарил его еще раз и завершил разговор.

— Ну что? — спросила Дженни.

— Подожди, — сказал Ральф. — Не видишь? Я думаю.

— Все, умолкаю. Только спрошу: сделать тебе чай со льдом, пока будешь думать?

Она улыбалась. Ральф подумал: как хорошо, что она улыбается. Это был шаг в правильном направлении.

— Да, конечно.

Он открыл карты в айпаде (как он раньше вообще без него обходился?) и выяснил, что Мэрисвилл располагался примерно в семидесяти милях к западу от Остина. Просто точка на карте. Единственная достопримечательность на всю округу — нечто под названием Мэрисвиллский провал.

Потягивая чай со льдом, Ральф обдумывал свои следующие шаги. Затем позвонил Горацию Кинни из техасского дорожного патруля. Теперь Кинни стал капитаном и в основном сидит в офисе, но Ральф не раз с ним работал на межштатных расследованиях, когда тот был еще простым патрульным и наезжал девяносто тысяч миль в год по дорогам северного и западного Техаса.

— Гораций, — сказал он после взаимного обмена любезностями, — сделай мне одолжение.

— Маленькое или большое?

— Среднее. Но дело будет деликатное.

Кинни расхохотался:

— Если нужна деликатность, звони в Коннектикут или Нью-Йорк. У нас тут Техас, все по-простому. Так что тебе нужно?

Ральф объяснил. Кинни ответил, что у него есть подходящий парнишка и он сейчас должен быть в том районе.

10

Около трех часов дня Сэнди Макгилл, диспетчер полицейского управления Флинт-Сити, удивленно уставилась на детектива Джека Хоскинса, который встал у ее стола к ней спиной.

— Джек? Тебе что-то нужно?

— Посмотри, что у меня на шее.

Сэнди озадаченно нахмурилась, но поднялась и посмотрела.

— Повернись к свету. Ой, кажется, ты обгорел на солнце. Причем сильно. Зайди в аптеку, купи мазь с алоэ.

— Думаешь, поможет?

— Со временем это пройдет само, но мазь снимет жжение.

— Но это точно солнечный ожог?

Она снова нахмурилась:

— Ну да. Только он сильный, даже есть волдыри. Это ты на рыбалке так обгорел? А почему ты не мажешься солнцезащитным кремом? Хочешь заработать рак кожи?

От этих слов Сэнди жжение на шее сделалось еще сильнее.

— Наверное, просто забыл намазаться.

— А руки тоже обгорели?

— Не сильно. — На самом деле руки не обгорели вообще. Только шея. В том месте, где кто-то к ней прикоснулся в тот вечер у заброшенного амбара. Прикоснулся легонько, кончиками пальцев. — Спасибо, Сэнди.

— Блондины и рыжие легко обгорают. Если не станет лучше, надо сходить к врачу.

Он ушел, ничего не сказав. Он думал о ночном госте из сна. О ночном госте, который скрывался за душевой шторкой.

Я тебе его дал, но могу и забрать. Хочешь, чтобы я его забрал?

Джек подумал: *Он пройдет сам. Как любой солнечный ожог.*

Может быть. А может, и нет. Сегодня жжение стало сильнее. Каждое прикосновение отдавалось настоящей болью, и Джек постоянно вспоминал незаживавшие язвы на маминой коже. Поначалу рак распространялся медленно, а потом вдруг взял верх, и процесс уже было не остановить. Под конец он разъел ей гортань и голосовые связки, и мама уже не кричала, а только стонала, но одиннадцатилетний Джек Хоскинс, стоявший под дверью родительской спальни, все равно слышал, как мать умоляла отца избавить ее от страданий. *Собаку ты бы пожалел,* хрипела она. *Почему не жалеешь меня?*

— Просто солнечный ожог, — произнес он вслух, садясь в машину. — Обычный гребаный *солнечный ожог.*

Ему срочно надо было выпить.

11

Ровно в пять часов вечера машина техасского дорожного патруля подъехала к дому номер 2 по Рурал-Старрут и свернула на дорожку у почтового ящика 397. Люба Болтон сидела на крыльце с сигаретой в руке. Рядом с ее креслом-качалкой стояла тележка с кислородным баллоном.

— Клод! — хрипло крикнула Люба. — У нас гости! Дорожный патруль! Иди сюда! Узнай, что ему нужно!

Клод был на заднем дворе: снимал с веревок белье и аккуратно складывал в плетеную корзину. Мамина стиральная машина работала нормально, но сушилка приказала долго жить перед самым приездом Клода, а маме было тяжеловато развешивать постиранное белье — она сразу же задыхалась. Клод собирался купить ей новую сушилку, но все откладывал. А теперь к ним пожаловала полиция, если мама не ошибалась. И, наверное, не ошибалась. У нее было много проблем со здоровьем, но на зрение она не жаловалась никогда.

Клод обошел дом и увидел высокого полицейского, выходившего из черно-белого патрульного джипа. На дверце машины красовалась золотая эмблема полиции Техаса, и Клод внутренне напрягся. Он уже очень давно не совершал ничего такого, за что его можно было бы арестовать, но напряжение так и осталось на уровне рефлекса. Он запустил руку в карман и прикоснулся к своему медальону шестилетнего членства в группе анонимных наркоманов, как часто делал в минуты стресса, сам того не осознавая.

Патрульный снял темные очки и убрал их в нагрудный карман. Люба Болтон попыталась встать с кресла.

— Нет, мэм, не вставайте, — сказал патрульный. — Я того не стою.

Она хрипло засмеялась и села на место.

— Какой вежливый молодой человек! Как вас зовут, офицер?

— Сайп, мэм. Младший сержант Оуэн Сайп. Рад познакомиться.

Он пожал ей руку — ту, в которой не было сигареты, — щадя распухшие старческие суставы.

— Взаимно, сэр. А это мой сын, Клод. Приехал ко мне из Флинт-Сити, помочь по хозяйству.

Сайп повернулся к Клоду, который отпустил свой медальон и протянул руку.

— Рад познакомиться, мистер Болтон. — Сайп на миг задержал руку Клода в своей руке. — Я смотрю, у вас татуировка. Надпись со смыслом?

— Нужно видеть два слова, и тогда будет смысл, — сказал Клод и вытянул перед собой вторую руку. — Я сам их набил. Когда сидел в тюрьме. Хотя вы, наверное, в курсе, раз приехали сюда.

— «НЕМОГУ» и «НАДО», — прочитал Сайп, пропустив мимо ушей последнее замечание Клода. — Таких надписей я не видел больше ни у кого.

— В этих надписях целая история, — сказал Клод, — и я всегда пользуюсь случаем ее рассказать. Это история моего исправления. Я завязал с наркотой, но это было непросто. Очень непросто. Я начал ходить на собрания анонимных наркоманов и анонимных алкоголиков еще в тюрьме. Поначалу — только из-за того, что там давали пончики из «Криспи крим», но постепенно меня проняло. Любой наркоман знает о себе две вещи: ему *надо* завязать, но завязать он *не может*. Или можно сказать по-другому: ему *нужна* наркота, но дальше так продолжаться *не может*. Это как узел в сознании, в голове. Его нельзя развязать и нельзя разрубить, поэтому надо оставить его позади и идти дальше. Это возможно, главное — выбрать правильное *надо* и правильное *не могу*.

— Ясно, — сказал Сайп. — Получается вроде притчи, да?

— Он больше не пьет и не употребляет наркотики, — сообщила Люба из своего кресла-качалки. — Он даже не курит эту дрянь. — Она швырнула окурок на землю. — Он хороший мальчик.

— Никто и не думает, что вы сделали что-то плохое. Я приехал совсем по другому поводу, — сказал Сайп, и Клод немного расслабился. Совсем чуть-чуть. Не стоит слишком уж расслабляться, когда к тебе в дом неожиданно заявляется полицейский. — Нам позвонили из Флинт-Сити. Как я понял, они закрывают какое-то дело и им нужно проверить какие-то данные о человеке по имени Терри Мейтленд.

Сайп достал из кармана телефон, развернул фотографию на весь экран и показал ее Клоду:

— Это та самая пряжка, что была на ремне у Мейтленда в тот вечер, когда вы его видели? И не спрашивайте у меня, что это значит, потому что я сам не знаю. Мне поручили узнать, вот я и приехал узнать.

На самом деле Сайпу поручили узнать совершенно другое, но, передавая ему просьбу Ральфа Андерсона, капитан Гораций Кинни особо подчеркнул, что встреча должна проходить в дружеской обстановке, чтобы ни у кого не возникло никаких подозрений.

Клод рассмотрел фотографию и вернул телефон Сайпу.

— Я не уверен на сто процентов — прошло немало времени, — но вообще да. Похожа.

— Большое спасибо. Спасибо вам обоим. — Сайп убрал телефон в карман и развернулся, чтобы уйти.

— И вы проделали такой путь, чтобы задать мне один-единственный вопрос? — спросил Клод.

— Если вкратце, то да. Видимо, кому-то не терпится закрыть дело. Спасибо, что уделили мне время. Я передам информацию начальству на обратном пути в Остин.

— Путь неблизкий, офицер, — сказала Люба. — Может быть, зайдете в дом, выпьете сладкого чаю? Чай из пакетиков, но неплохой.

— Зайти не смогу, потому что хочу вернуться домой еще засветло, но с удовольствием выпью чай прямо здесь, если вы не возражаете.

— Конечно, не возражаем. Клод, пожалуйста, принеси этому милому юноше стаканчик чая.

— Только *маленький* стаканчик, — попросил Сайп и показал, насколько маленький, чуть раздвинув большой и указательный пальцы. — Два глоточка, и мне надо ехать.

Клод ушел в дом. Сайп остался стоять у крыльца, глядя на добродушное морщинистое лицо Любы Болтон.

— Как я понимаю, у вас очень заботливый сын.

— Без него я бы пропала, — ответила Люба. — Он присылает мне деньги два раза в месяц и приезжает, когда есть возможность. Хочет, чтобы я переехала в дом престарелых в Остине, и я, в общем, не против. Я бы прямо сейчас переехала, если бы у него были деньги, чтобы это устроить. Но сейчас у него таких денег нет. Клод — замечательный сын, офицер Сайп. В юности он попортил мне нервы, но теперь исправился.

— Да, я слышал, — сказал Сайп. — А он вас возил в «Большую семерку» тут неподалеку? Там готовят отменные завтраки.

— Я как-то не доверяю придорожным кафе, — сообщила она, выуживая из кармана халата пачку сигарет. Помню, в семьдесят четвертом я отравилась в одном придорожном кафе у Абилина и чуть не отправилась на тот свет. Когда Клод приезжает, он стряпает сам. Он, конечно, не Эмерил Лагасси, но готовит неплохо. Отличает кастрюлю от сковородки. Никогда не сжигает бекон. — Она прикурила и подмигнула Сайпу. Тот улыбнулся, очень надеясь, что у ее кислородного баллона крепкий вентиль и что она не взорвет их обоих к чертям собачьим.

— Наверное, он и сегодня приготовил вам завтрак, — сказал Сайп.

— Да, приготовил. Кофе, тост и яичница на сливочном масле, как я люблю.

— Обычно вы рано встаете, мэм? Я спрашиваю потому, что у вас кислородный баллон...

— Мы с Клодом оба ранние пташки. Встаем вместе с солнцем.

Клод вернулся с подносом, на котором стояли три стакана с холодным чаем, два больших и один маленький. Оуэн Сайп выпил свой чай в два глотка, причмокнул губами и сказал, что ему надо ехать. Клод присел на верхнюю ступеньку крыльца и нахмурился, наблюдая, как патрульный джип выруливает с их подъездной дорожки на улицу.

— Видишь, какие они любезные, когда ты не сделал ничего плохого? — сказала Люба.

— Ага, — кивнул Клод.

— Подумать только! Человек проделал такой долгий путь, чтобы спросить про какую-то пряжку!

— Он не за этим сюда приезжал, мам.

— Да? А зачем?

— Я не знаю, но точно не из-за пряжки. — Клод поставил стакан на ступеньку и посмотрел на свои руки. На слова «НЕМОГУ» и «НАДО», на узел, который наконец оставил позади. Он резко поднялся на ноги. — Пойду сниму оставшееся бельё. А потом съезжу к Джорджу, спрошу, не нужна ли ему помощь. Он собирался перестилать крышу.

— Ты хороший мальчик, Клод, — сказала Люба со слезами на глазах. Клод был тронут. — Иди сюда, обними маму.

— Да, мэм, — ответил Клод и обнял маму.

12

Ральф и Дженни уже собрались ехать на встречу в офисе Хоуи Голда, когда у Ральфа зазвонил мобильный. Это был Гораций Кинни. Пока Ральф с ним говорил, Дженни успела надеть серёжки и переобуться для выхода.

— Спасибо, Гораций. Я твой должник, — сказал Ральф и завершил разговор.

Дженни с нетерпением обернулась к нему:

— Ну что?

— Гораций отправил патрульного к дому Болтонов в Мэрисвилле. У него была история для прикрытия, но вообще ему надо было узнать...

— Я знаю, что ему надо было узнать.

— Ну да. По словам миссис Болтон, сегодня Клод приготовил ей завтрак около шести утра. Если ты видела Болтона у нас в доме в четыре утра...

— Я посмотрела на часы, когда пошла в туалет, — сказала Дженни. — Было шесть минут пятого.

— Я проверил по электронным картам. От Флинт-Сити до Мэрисвилла — четыреста тридцать миль. Он не мог доехать отсюда до дома к шести утра.

— Если его мать не солгала, — заметила Дженни, но без особой уверенности.

— Сайп — патрульный, которого Гораций отправил к Болтонам, — сказал, что ему это показалось правдой. Сказал, что почувствовал бы ложь.

— Значит, опять повторяется история с Терри, — заявила она. — Человек находится в двух местах одновременно. Потому что он был у нас в доме, Ральф. Он здесь *был*.

Прежде чем Ральф нашелся с ответом, раздался звонок в дверь. Ральф быстро надел пиджак, чтобы прикрыть кобуру на поясе, и спустился в прихожую. На крыльце стоял окружной прокурор Билл Сэмюэлс, совсем не похожий на себя в простой синей футболке и джинсах.

— Ховард мне позвонил. Сказал, что у вас намечается совещание. «Неформальная встреча по делу Мейтленда», так он это назвал. Он пригласил меня. Я подумал, мы можем поехать вместе. Если ты не возражаешь.

— Я не возражаю, — ответил Ральф. — Только послушай, Билл... Ты кому-то об этом рассказывал? Шефу Геллеру? Шерифу Дулину?

— Я никому ничего не рассказывал. Я, конечно, не гений, но и не совсем идиот.

Дженни вышла в прихожую, на ходу проверяя сумочку.

— Привет, Билл. Не ожидала тебя здесь увидеть.

Сэмюэлс невесело улыбнулся:

— Если честно, я тоже не ожидал, что приду. Но это дело, оно как зомби, который не желает лежать в могиле.

— А что твоя бывшая думает по этому поводу? — спросил Ральф и быстро добавил, увидев, как нахмурилась Дженни: — Извини, если я лезу не в свое дело.

— Мы с ней все обсудили, — сказал Сэмюэлс. — Вернее, *она* обсуждала, а я слушал. Она считает, что Мейтленда убили и по моей вине тоже, и отчасти она права. — Он попробовал улыбнуться, но попытка не удалась. — Но откуда нам было знать, Ральф? Скажи мне. Все улики указывали на него, разве нет? Уже теперь, задним числом... зная, как все обернулось... скажи мне честно, разве ты поступил бы иначе?

— Да, — сказал Ральф. — Я бы не стал арестовывать Мейтленда на глазах у всего города, и я настоял бы на том, чтобы его провели в здание суда с черного хода. Ладно, пойдемте. А то опоздаем.

«МЕЙСИС» И «ГИМБЕЛС» ДЕЛЯТСЯ ТАЙНАМИ

25 июля

1

Холли все-таки не полетела бизнес-классом, хотя и могла бы, если бы взяла билет на прямой рейс «Дельты» с отправлением в 10:15 и прибытием в Кэп-Сити в 12:30. Но ей хотелось проверить еще кое-что в Огайо, и потому пришлось выстроить сложный трех-этапный маршрут с двумя стыковочными пересадками на крошечных самолетах местных авиалиний, которые наверняка будет трясти на протяжении всего полета. Впрочем, это было терпимо. Гораздо больше ее беспокоило, что в Кэп-Сити она прилетит в 18:00, при условии, что нигде не задержат рейсы. Встреча в офисе адвоката Голда была назначена на 19:00. Холли терпеть не могла опаздывать, особенно — на важные встречи. Это не лучшее начало знакомства.

Она собрала вещи, выписалась из отеля, села в машину и поехала в Реджис, городок в тридцати милях от Дейтона. Первым делом она направилась к дому матери Хита Холмса, где тот провел свой последний отпуск. Дом пустовал. Окна были заколочены досками, видимо, потому, что вандалы били стекла камнями. На лужайке, которую давно надо было подстричь, стояла табличка: «ПРОДАЕТСЯ. ОБРАЩАТЬСЯ В ПЕРВЫЙ НАЦИОНАЛЬНЫЙ БАНК ДЕЙТОНА».

Холли смотрела на дом, доподлинно зная, что скоро местные ребятишки станут шептаться (если уже не шепчутся), что здесь водятся привидения, и размышляла о природе трагедии. Она тоже заразна, как корь, свинка или краснуха. Но в отличие от этих болезней против нее нет вакцины. Смерть Фрэнка Питерсона во Флинт-Сити заразила всю его злосчастную семью и распространилась по городу. Возможно, здесь, в Реджисе, дело обстояло иначе и пострадала только семья Холмсов, но, как бы то ни было, их больше нет, и все, что после них осталось, — это пустой дом.

Она колебалась, стоит ли фотографировать дом с заколоченными окнами и табличкой «ПРОДАЕТСЯ» на переднем плане — пронзительная иллюстрация утраты и скорби, — и решила, что лучше не надо. Возможно, кто-то из тех, с кем она встретится сегодня вечером, сможет понять и прочувствовать, но большинство наверняка ничего не поймет. Для них это будет просто картинка.

От дома Холмсов она поехала на кладбище, располагавшееся на окраине городка. Здесь семья Холмсов воссоединилась: отец, мать и единственный сын. Цветов на могилах не было. Надгробная плита, обозначавшая место последнего упокоения Хита Холмса, была опрокинута. Холли подумала, что наверняка что-то подобное произошло и с надгробием Терри Мейтленда. Горе заразно; и ярость тоже. Плита была маленькой, скромной: только имя, даты жизни и какое-то засохшее пятно — возможно, след от брошенного яйца. Приложив некоторые усилия, Холли подняла опрокинутую плиту и поставила ее на место. Она не питала иллюзий, очень скоро надгробие снова повалят, но человек делает то, что может.

— Вы никого не убивали, да, мистер Холмс? Просто вам не повезло оказаться в неудачное время в неудачном месте. — Она подняла несколько цветов с ближайшей могилы и переложила на могилу Хита. Сорванные цветы — не самые подходящие знаки памяти. Они уже умерли. Но это все-таки лучше, чем ничего. — Но все так и будут считать вас убийцей. Здесь никто не поверит в правду. И люди, с которыми я встречаюсь сегодня, наверное, тоже в нее не поверят.

Но она все равно постарается их убедить. Человек делает то, что может: поднимает опрокинутые надгробные плиты или пытается убедить людей двадцать первого века, что по земле ходят чудовища, чье главнейшее преимущество заключается в том, что разумные люди не верят в их существование.

Холли огляделась по сторонам и заметила каменный склеп на вершине ближайшего невысокого холма (в этой части Огайо все холмы невысокие). Она поднялась к склепу, прочла имя, выбитое над входной аркой — МОГИЛЬ, как это уместно, — спустилась по трем ступенькам, заглянула внутрь и увидела каменные скамьи, где можно было присесть и подумать о некогда живших Могилях, теперь похороненных здесь. Не тут ли скрывался чужак, покончив со своим грязным делом? Скорее всего нет. Потому что любой, кто приходит на кладбище — те же вандалы, повалившие надгробие Хита Холмса, — мог подняться сюда и заглянуть в склеп. К тому же после полудня солнце наверняка светит внутрь, целый час или два согревая холодные камни. Если чужак был тем, чем думала Холли, он предпочитает темноту. Не всегда, нет. Только в определенные периоды времени. Принципиально важные периоды. Холли еще не закончила собирать информацию, но в этом она была почти уверена. И еще кое в чем: убийства нужны ему для жизни, но питается он печалью. Печалью и гневом.

Нет, в склепе он не скрывался. Но он побывал здесь, на кладбище, возможно, еще до того, как не стало Мэвис Холмс и ее сына. Холли казалось, она чувствует запах его присутствия. Да, она понимала, что это игра ее воображения, но от Брейди Хартсфилда исходил тот же запах: неприятный душок противоестественного. Билл его чувствовал. Его чувствовала медсестра, которая ухаживала за Хартсфилдом в больнице, и это при том, что он вроде бы был в коме.

Она вернулась на маленькую стоянку у кладбищенских ворот, где на июльской жаре дожидался ее одинокий «приус». Но Холли не стала садиться в машину, а прошла мимо, остановилась у самой дороги и медленно повергнулась на месте, рассматривая окружающие пейзажи. Где-то неподалеку начинались фермерские угодья — она чувствовала запах удобрений, — но здесь был заброшенный промышленный пригород, пустынный и мрачный. Такие районы не фотографируют для рекламных брошюр Торговой палаты (если в Реджисе вообще имелась Торговая палата). Здесь нет ничего интересного. Ничего, что привлекло бы взгляд; здесь во всем чувствовалось отторжение, словно сама земля говорила: *идите прочь, здесь для вас ничего нет, до свидания, уходите и больше не возвращайтесь.* Да, здесь было кладбище, но с наступлением зимы сюда будут приходить считаные единицы, и студеный северный ветер быстро прогонит тех немногих, кто все же явится отдать дань уважения мертвым.

Чуть дальше к северу тянулись железнодорожные пути, но рельсы давно проржавели, а между шпалами разрослись сорняки. Была там и заброшенная станция: маленькое одноэтажное здание с окнами, заколоченными досками, как в доме Холмсов. В тупичке на задах здания стояли два одиноких товарных вагона с колесами, утонувшими в стеблях. Похоже, они пребывали здесь еще со времен войны во Вьетнаме. Рядом с пустынной станцией располагались заброшенные склады и ремонтные ангары. За ними высилось полуразрушенное фабричное здание в окружении кустов и подсолнухов. На бледно-розовых крошащихся кирпичах, когда-то бывших красными, виднелась свастика. У шоссе в направлении города стоял покосившийся рекламный щит с надписью: «АБОРТ — ЭТО УБИЙСТВО! **ВЫБИРАЙ ЖИЗНЬ!**» На другой стороне располагалось длинное низкое здание с вывеской «А ТОМАТ ЧЕСКАЯ АВТОМОЙКА». На совершенно пустой стоянке красовалась табличка с объявлением о продаже. Сегодня Холли такую уже видела: «ПРОДАЕТСЯ. ОБРАЩАТЬСЯ В ПЕРВЫЙ НАЦИОНАЛЬНЫЙ БАНК ДЕЙТОНА».

Да, мне кажется, ты здесь побывал. Не в самом склепе, но где-то поблизости. Где-то, где ты чуял слезы, когда ветер дул в правильном направлении. Где тебе было слышно, как смеются мальчишки или взрослые мужчины, которые

повалили надгробный камень Хита Холмса, а потом, веро-
ятно, нассали на его могилу.

Несмотря на жару, Холли пробил озноб. Будь у нее
больше времени, она бы обследовала эти заброшенные
постройки. Опасности никакой нет; чужак давно покинул
Огайо. И весьма вероятно, покинул Флинт-Сити.

Она сделала четыре снимка: железнодорожная станция, брошенные вагоны, фабрика, автомойка. Быстро
просмотрела получившиеся фотографии и решила, что их
вполне хватит. А теперь ей пора ехать в аэропорт, чтобы
не опоздать на самолет.

*И чтобы встретиться с людьми, которых тебе предсто-
ит убедить.*

Если получится, вот в чем дело. Прямо сейчас она чувствовала себя очень маленькой и одинокой. Было нетрудно
представить, как над ней будут смеяться и украдкой кру-
тить пальцем у виска. Ей будет очень непросто. Но она все
равно попытается. Должна попытаться. Ради убитых детей — да, ради Фрэнка Питерсона, и сестер Ховард, и всех
детишек, которые были до них, — но также ради Терри
Мейтленда и Хита Холмса. Человек делает то, что может.

Ей требовалось заехать еще в одно место. К счастью,
это было по пути.

2

Старик, сидевший на лавочке в общественном парке
Тротвуда, с готовностью подсказал Холли, как добраться
до того места, где нашли тела «этих бедных девчушек».
Это недалеко, сказал он, и Холли сразу же его узнает.

Да, она сразу его узнала.

Холли вышла из машины и встала на краю оврага, который скорбящие — а также любители острых ощущений,
маскирующиеся под скорбящих, — превратили в некое
подобие святилища. Там были усыпанные блестками от-
крытки с надписями вроде «СКОРБИМ» или «НА НЕБЕ-
САХ». Там были воздушные шары, и уже спущенные, и

совсем новые, хотя после гибели Эмбер и Джолин Ховард прошло три месяца. Там была статуя Девы Марии, которой какой-то шутник подрисовал усы. Там был плюшевый мишка, от вида которого Холли бросило в дрожь. Он был сплошь покрыт плесенью.

Она достала из сумки айпад и сделала несколько снимков.

Здесь не ощущалось того запаха, который Холли почувствовала (или вообразила, что чувствует) на кладбище, но она даже не сомневалась, что чужак побывал тут вскоре после того, как нашлись тела Эмбер и Джолин. Он приходил к этому импровизированному святилищу, чтобы отведать печали паломников. Он пил эту печаль, словно отменное старое бургундское вино. А также возбуждение тех немногих — да, их было немного, но они все-таки были, — кого будоражили мысли об ужасах, сотворенных над сестрами Ховард: каково было бы сотворить что-то подобное самому, каково было бы слушать их крики?

Да, ты сюда приходил. Но не сразу. Тебе пришлось подождать, чтобы не привлекать нежелательного внимания. Как в тот день, когда брат Фрэнка Питерсона застрелил Терри Мейтленда.

— В тот раз ты не смог устоять, да? — пробормотала Холли. — Не смог пропустить такой пир?

Рядом с «приусом» Холли остановился микроавтобус. На одной стороне его заднего бампера красовалась наклейка «МАМИНО ТАКСИ». На другой — «Я ВЕРЮ ВО 2-Е ПРИШЕСТВИЕ И **ХОЖУ НА ВЫБОРЫ**». Из микроавтобуса вылезла симпатичная полноватая женщина лет тридцати, хорошо одетая. С букетом цветов в руках. Встав на колени, она возложила цветы к деревянному кресту, на котором было написано: «ЭТИ ДЕВОЧКИ ПРЕБЫВАЮТ С ИИСУ-СОМ». Потом поднялась и обратилась к Холли:

— Какой ужас, да?

— Да.

— Я христианка, но я рада, что этот злодей уже мертв. *Я рада.* И я рада, что теперь он в аду. Это, наверное, не по-христиански?

— Он не в аду, — возразила Холли.

Женщина отшатнулась, словно ее ударили по лицу.

— Он *и есть* ад.

Холли села в машину и поехала в Дейтонский аэропорт. Время уже поджимало, но она поборола желание превысить скорость. Закон есть закон, и законы придуманы не просто так.

3

В путешествиях местными авиалиниями («Вас приветствует авиакомпания "Консервная банка"», — шутил в таких случаях Билл) есть свои плюсы. Во-первых, Холли прилетела в региональный аэропорт округа Флинт и ей не пришлось ехать семьдесят миль от Кэп-Сити. Во-вторых, краткие промежутки между стыковочными рейсами она потратила, чтобы подключиться к Интернету в аэропорту и накачать информации. В полете Холли сосредоточенно изучала все, что сумела найти. Погрузившись в чтение, она даже не заметила, как во время второго рейса самолет (турбовинтовое корыто на тридцать пассажирских мест) ухнул в воздушную яму.

Она прибыла на место с опозданием всего в пять минут и первой примчалась к стойке проката автомобилей, заслужив неприязненный взгляд некоего обвешанного багажом коммивояжера, которого обошла на финишной прямой. По пути в город, понимая, что времени остается в обрез, она все же превысила разрешенную скорость. Но всего лишь на пять миль в час.

4

— Это она. Больше некому.

Хоуи Голд и Алек Пелли стояли у входа в здание, где располагалась контора Голда. Хоуи показал пальцем на худощавую женщину в сером брючном костюме и белой блузке, с большой дорожной сумкой на плече. Женщина шла быстрым шагом по направлению к ним. У нее была аккуратная короткая стрижка с седеющей челкой до бровей. Лицо почти без косметики, только губы чуть тронуты помадой. Солнце уже садилось, но все равно было жарко. По щеке женщины стекала тонкая струйка пота.

— Мисс Гибни? — спросил Хоуи, шагнув ей навстречу.

— Да, — сказала она, запыхавшись. — Я не опоздала?

— Вы пришли даже раньше на две минуты, — сообщил Алек. — Давайте мне вашу сумку. С виду она тяжелая.

— Спасибо, мне не тяжело. — Холли перевела взгляд с коренастого лысеющего адвоката на детектива, который нанял ее от имени своего босса. Пелли был дюймов на шесть выше Голда. Почти седые волосы зачесаны назад. Светлые летние брюки и белая рубашка, расстегнутая у ворота. — Все уже собрались?

— Почти все, — ответил Алек. — Детектив Андерсон... О, вспомнишь черта, он и появится.

Холли обернулась и увидела троих людей, приближавшихся к зданию. Двое мужчин, одна женщина, в юности явно бывшая красавицей, хотя темные круги под глазами, проступавшие из-под слоя тонального крема и пудры, свидетельствовали о недавних проблемах со сном. Слева от женщины шел нервный худощавый мужчина с мальчишеским хохолком на макушке, выбивавшимся из приглаженной прически. А справа...

Детектив Андерсон был высоким, со слегка сгорбленными плечами и намечавшимся животом, грозившим вырасти в полноценное брюхо, если он не начнет уделять больше времени физическим упражнениям и не будет следить за питанием. Голова наклонена вперед, цепкий взгляд ярко-голубых глаз сразу же охватил Холли с головы до ног. Конечно, это был не Билл. Билл умер два года назад и уже никогда не вернется. К тому же Андерсон был гораздо моложе, чем Билл, когда Холли с ним познакомилась. Но в его взгляде читалось точно такое же неуемное любопытство. Да, абсолютно такое же. Он держал женщину за руку, что позволяло предположить, что это его жена, миссис Андерсон. Интересно, зачем она пришла с ним?

Они все представились друг другу. Худощавый мужчина с мальчишеским хохолком, назвавшийся Уильямом («Зовите меня просто Билл») Сэмюэлсом, оказался окружным прокурором округа Флинт.

— Пойдемте наверх, пока мы тут не сварились, — предложил Хоуи.

Миссис Андерсон — Джанет — спросила у Холли, хорошо ли та долетела. Холли ответила с подобающей вежливостью. Потом спросила Хоуи, есть ли у него в офисе оборудование для просмотра видеоматериалов. Он сказал, что, конечно, есть и им можно будет воспользоваться. Когда они вышли из лифта, Холли поинтересовалась, где здесь женский туалет.

— Я вас покину на пару минут. Я приехала прямо из аэропорта.

— Конечно. В конце коридора, дверь слева. Должна быть открыта.

Холли боялась, что миссис Андерсон вызовется пойти с ней, но Джанет не стала навязываться в провожатые. И хорошо, что не стала. Холли действительно надо было сходить по-маленькому («потратить пенни», как всегда говорила мама), но вообще-то она хотела уединиться для более важного дела, очень личного.

Она заперлась в кабинке, поставила сумку на пол, села на унитаз и закрыла глаза. Памятуя о том, что выложенные кафелем помещения действуют как усилители звука, Холли молилась про себя.

Это опять Холли Гибни, и мне нужна помощь. Я знаю, мне трудно общаться с малознакомыми людьми даже один на один, а сегодня их шестеро. Даже семеро, если придет вдова мистера Мейтленда. Я не то чтобы в ужасе, но врать не буду: мне страшно. У Билла все получалось отлично, но я — не Билл. Господи, помоги мне провести эту беседу, как ее провел бы он сам. Помоги мне понять их естественное недоверие и не бояться его.

Она закончила вслух, но шепотом:

— Боже, пожалуйста, сделай так, чтобы я не облажалась. — И, секунду помедлив, добавила: — Я не курю.

5

Хоуи Голд пригласил всех в конференц-зал, который был меньше аналогичного зала в «Хорошей жене» (Холли уже посмотрела все семь сезонов и теперь перешла к продолжению), но обставлен не хуже. Подобранные со вкусом картины, полированный стол из красного дерева, кожаные кресла. Миссис Мейтленд тоже пришла на собрание. Она села справа от мистера Голда, который занял свое место во главе стола и спросил Марси, кто присматривает за девочками.

Марси вымученно улыбнулась.

— Лукеш и Чандра Пателы. Их сын тренировался у Терри. Байбир был на поле, на третьей базе, когда... — она посмотрела на детектива Андерсона, — когда ваши люди его арестовали. Байбир был в шоке. Он просто не понял, что происходит.

Андерсон скрестил руки на груди и ничего не сказал. Жена положила ладонь ему на плечо и что-то шепнула на ухо. Андерсон кивнул.

— Назначаю себя председателем, — сказал мистер Голд. — Как таковой повестки дня у нас нет, но, быть может, наша гостья захочет выступить первой? Это Холли Гибни, частный детектив. Алек нанял ее расследовать дейтонскую половину интересующего нас дела, при условии, что эти два преступления действительно связаны между собой. Возможно, сегодня мы это выясним.

— Я не частный детектив, — возразила Холли. — Лицензия частного детектива есть только у Питера Хантли, моего партнера. Наше агентство занимается в основном поиском пропавших без вести и розыском должников. Иногда мы беремся за уголовные дела, но это скорее исключение, чем правило. К примеру, у нас хорошо получается находить пропавших домашних животных.

Все это прозвучало убого, и Холли почувствовала, что краснеет.

— Мисс Гибни слишком скромничает, — сказал Алек. — Насколько я знаю, вы принимали участие в розыске и поимке особо опасного преступника по имени Моррис Беллами.

— Это дело вел мой партнер, — ответила Холли. — Мой *первый* партнер. Билл Ходжес. Его больше нет с нами, как вы знаете, мистер Пелли... Алек.

— Да, — сказал Алек. — Еще раз примите мои соболезнования. Это большая потеря.

Молодой латиноамериканец, которого детектив Андерсон представил как Юнела Сабло, детектива полиции штата, кашлянул, прочищая горло.

— Как я понимаю, — начал он, — вы с мистером Ходжесом также проводили расследование по делу о массовых убийствах с применением транспортных средств и предотвратили террористический акт. Дело Хартсфилда. Лично вы, мисс Гибни, обезвредили этого психопата и помешали ему взорвать бомбу в зрительном зале, где находилось несколько тысяч человек. В основном молодежь.

Вокруг стола пробежал шепоток. У Холли горели щеки. Ей хотелось сказать им правду: она никого не обезвредила. Вернее, обезвредила, но только на время, а потом Брейди вернулся и убил еще многих, пока его не уничтожили окончательно. Но сейчас было не самое подходящее время для таких откровений.

Лейтенант Сабло еще не закончил:

— И вы тогда получили награду от города?

— Нас всех троих наградили, но это был символический золотой ключ и проездной на автобус сроком на десять лет. — Она оглядела собравшихся, с ужасом понимая, что у нее все еще горят щеки как у шестнадцатилетней девчонки. — Это было давно. А что касается текущего дела, лучше я выскажусь в самом конце. И изложу свои выводы.

— Как в последней главе старых британских детективов, — сказал мистер Голд и улыбнулся. — Мы все расскажем, что знаем, а потом встанете вы и сообщите нам, кто преступник и как именно он совершил свое черное дело.

— Флаг вам в руки, — вставил Билл Сэмюэлс. — Лично мне становится дурно при одной только мысли о деле Питерсона.

— Я уверена, что почти все кусочки этого пазла у нас уже есть, — сказала Холли. — И все-таки некоторых не хватает. Я все вспоминаю... наверняка это покажется вам глупым, но я вспоминаю одну старую поговорку. «Мейсис» и «Гимбелс» не делятся тайнами. Однако теперь «Мейсис» и «Гимбелс» собрались за одним столом...

— А также «Сакс», «Нордстромс» и «Нидлес маркап», — ответил Хоуи и тут же добавил, увидев, какое лицо стало у Холли: — Я не подшучиваю над вами, мисс Гибни. Я с вами соглашаюсь. Что ж, давайте приступим. Как говорится, карты на стол. Кто начнет?

— Юн, — сказал Андерсон. — Поскольку я в принудительном отпуске.

Юн кивнул и достал из портфеля ноутбук.

— Мистер Голд, вы мне поможете настроить проектор?

Пока Хоуи объяснял Юну, что надо делать, Холли внимательно слушала и наблюдала, чтобы потом, когда придет ее очередь, больше не переспрашивать. Когда все нужные провода были подключены, Хоуи слегка приглушил свет.

— Ладно, — сказал Юн. — Прошу прощения, мисс Гибни, если я буду использовать информацию, которую вы нашли в Дейтоне.

— Я нисколько не против, — ответила Холли.

— Я говорил с капитаном Биллом Дарвином из полицейского управления Дейтона и с сержантом Джорджем Хайсмитом из управления Тротвуда. Сказал им обоим, что у нас во Флинт-Сити произошло похожее убийство и что, возможно, эти убийства связаны через украденный микроавтобус, который и в том и в другом случаях был обнаружен неподалеку от места преступления. Они согласились помочь, и благодаря магии современных телекоммуникаций вся информация уже у меня. Сейчас будем смотреть. Если эта штуковина заработает.

На экране возник рабочий стол ноутбука Юна. Юн щелкнул по файлу «ХОЛМС». Появилась фотография молодого мужчины в оранжевой арестантской робе. У него были короткие темно-рыжие волосы и густая щетина на щеках. Глаза немного косили, из-за чего его взгляд казался то ли зловещим, то ли попросту ошеломленным столь неожиданным жизненным поворотом. Холли уже видела этот снимок на первой полосе «Дейтон дейли ньюз» от 30 апреля.

— Это Хит Джеймс Холмс, — сказал Юн. — Тридцать четыре года. Арестован по обвинению в убийстве сестер Эмбер и Джолин Ховард. У меня есть фотографии с места преступления, но я их вам не покажу. Иначе вы не заснете сегодня ночью. Таких жутких увечий я в жизни не видел.

Все молчали. Дженни сидела, вцепившись в руку мужа. Марси как завороженная смотрела на экран, прижимая ладонь ко рту.

— У Холмса была одна судимость, но давно, еще в юности. Угон автомобиля и пара превышений скорости. Никаких серьезных взысканий. Профессиональная аттестация дважды в год — сначала в дейтонском медцентре «Киндред», потом в пансионате Хейсмана — всегда на «отлично». Сослуживцы и пациенты отзывались о нем хорошо. Говорили, что он всегда дружелюбный, заботливый, болеет душой за своих подопечных и делает даже больше, чем это необходимо по долгу службы.

— То же самое говорили о Терри, — прошептала Марси.

— Это еще ничего не значит, — возразил Сэмюэлс. — То же самое говорили о Теде Банди.

Юн продолжил:

— Холмс сказал сослуживцам, что проведет свой недельный отпуск у мамы в Реджисе. Это маленький городок в тридцати милях к северу от Дейтона и Тротвуда.

Посреди его отпускной недели местный тротвудский почтальон обнаружил тела сестер Ховард. Он увидел стаю ворон, круживших над оврагом в миле от дома Ховардов, и пошел посмотреть, что там такое. Лучше бы не ходил.

Он переключил кадр, и фотопортрет Хита Холмса сменился фотографией двух светловолосых девочек. Снимок был сделан в парке аттракционов; на заднем плане виднелась наклонная карусель. Эмбер и Джолин улыбались и держали в руках шары сахарной ваты.

— Никто не возлагает вину на самих жертв преступления, но сестры Ховард были те еще оторвы. Семья проблемная, малоимущая. Мать — законченная алкоголичка, отца нет и в помине. Дешевое муниципальное жилье, злачный район. В школьных характеристиках у обеих была отметка «группа риска». Они часто прогуливали занятия. В понедельник, двадцать третьего апреля, они тоже сбежали с уроков. Примерно в десять утра. У Эмбер было «окно», а Джолин отпросилась в туалет и потихонечку смылась. Вероятно, они спланировали все заранее.

— Прямо побег из Алькатраса, — сказал Билл Сэмюэлс. Никто не засмеялся.

Юн продолжил:

— Около полудня их видели в маленькой бакалейной лавке примерно в пяти кварталах от школы. Вот кадр с записи камеры видеонаблюдения в магазине.

Картинка была черно-белой и очень четкой — как в старых фильмах нуар, подумала Холли, глядя на двух белокурых девчонок на снимке. Одна держала в руках две банки с газировкой, другая — два шоколадных батончика. Обе были в футболках и джинсах. Обе стояли с недовольным видом. Та, что держала батончики, куда-то показывала, нахмурившись и открыв рот.

— Продавец знал, что им в это время положено быть на уроках, и не стал их обслуживать, — объяснил Юн.

— В самом деле, — сказал Хоуи. — Я прямо слышу, как старшая дает ему жару.

— Да, — согласился Юн, — но это не самое интересное. Обратите внимание на верхний правый угол картинки. Кто там с улицы заглядывает в витрину? Я сейчас увеличу изображение.

Марси что-то шепнула себе под нос. Что-то похожее на: *О господи*.

— Это он, да? — спросил Сэмюэлс. — Это Холмс. Наблюдает за ними.

Юн кивнул.

— Продавец в бакалейной лавке был последним, кто видел Эмбер и Джолин живыми. Но их записала еще как минимум одна камера наблюдения.

На экране появился кадр из видеозаписи с камеры, установленной на автозаправке. В нижнем углу были дата и время: 23 апреля, 12:19. Холли подумала, что это, наверное, та самая запись, о которой говорила Кэнди Уилсон. Кэнди предположила, что Холмс приезжал на своем «навороченном» «шевроле-тахо», но она ошиблась. Хит Холмс был заснят рядом с автофургоном с надписью «ДЕЙТОН: ЛАНДШАФТНЫЙ ДИЗАЙН И БАССЕЙНЫ» на боку. Видимо, он уже заплатил за бензин и вернулся с газировкой. Эмбер, старшая из сестер Ховард, тянулась к банкам в его руках, высунувшись из водительского окна.

— Когда был угнан этот фургон? — спросил Ральф.

— Четырнадцатого апреля, — ответил Юн.

— Значит, он его где-то прятал. И это было спланированное преступление.

— Да, похоже на то.

Дженни сказала:

— И эти девочки... просто сели к нему в машину?

Юн пожал плечами.

— Повторюсь, никто ни в чем не винит пострадавших — в таком возрасте дети часто ошибаются, — но, судя по этому кадру, они поехали с ним добровольно. Во всяком случае, поначалу. Миссис Ховард сказала сержанту Хайсмиту, что ее старшая дочь постоянно «катается на попутках», когда ей нужно куда-то добраться, хотя ей сто раз говорили, что это опасно.

Холли подумала, что по этим двум кадрам можно восстановить всю незамысловатую историю. Чужак увидел, что девочкам не продали конфеты и газировку, и предложил купить им угощение, но не здесь, а чуть дальше, на автозаправке. Наверное, пообещал, что потом отвезет их домой или туда, куда им нужно. Просто добрый дяденька, решивший помочь двум девчонкам-прогульщицам, ведь он сам когда-то был школьником.

— В следующий раз Холмса видели вечером, в самом начале седьмого, — продолжил Юн. — Он зашел в «Вафл-Хаус» на окраине Дейтона. У него на лице была кровь. На лице, на руках и на рубашке. Он сказал официантке и повару, что у него пошла носом кровь и ему надо умыться. Посетил туалет, потом заказал что-то навынос. Когда он уходил, повар и официантка увидели, что его рубашка и джинсы испачканы кровью сзади. Это плохо согласовывалось с носовым кровотечением, поскольку носы у большинства людей расположены спереди. Официантка записала номер его машины и позвонила в полицию. Потом они оба — и официантка, и повар — опознали Холмса по фотографии. Его трудно с кем-нибудь перепутать, с такими-то рыжими волосами.

— А на чем он приехал в «Вафл-Хаус»? Все на том же фургоне? — спросил Ральф.

— Да, на нем. Фургон потом обнаружили на муниципальной стоянке в Реджисе, вскоре после того, как нашли тела девочек. Весь кузов был залит кровью. И повсюду — отпечатки пальцев. И Холмса, и обеих сестер. Некоторые оставлены кровью. Опять же, тут явное сходство с убийством Фрэнка Питерсона. Поразительное сходство.

— Далеко ли от дома Холмсов обнаружили фургон? — спросила Холли.

— Меньше чем в полумиле. Полиция предполагает, что он бросил фургон на стоянке, добрался до дома пешком, переоделся в чистое и приготовил матушке ужин. Они почти сразу нашли совпадения его отпечатков по базе, но имя узнали лишь через несколько дней, когда закончилась вся бумажная волокита.

— Потому что на тот момент, когда Холмса привлекли к ответственности, он был несовершеннолетним, — сказал Ральф.

— Sí, señor*. Двадцать шестого апреля Холмс приехал в дейтонский пансионат Хейсмана. Когда главный администратор — миссис Джун Келли — спросила, что он делает на работе во время отпуска, он сказал, что ему нужно забрать кое-что из его личного шкафчика и заодно навестить пациентов, раз уж он здесь. Миссис Келли тогда удивилась: личные шкафчики положены только медсестрам. Санитары хранят свои вещи в пластмассовых ящиках в комнате отдыха для персонала. Также сотрудникам пансионата строго предписано называть платных клиентов «жильцами», а сам Холмс всегда называл их «мои мальчики и девочки». По-домашнему. В общем, одним из «мальчиков», которых в тот день навещал Холмс, был отец Терри Мейтленда, и полиция нашла у него в туалете светлые волосы. Экспертиза установила, что они принадлежали Джолин Ховард.

— Как удачно, — заметил Ральф. — И никто не подумал, что это может быть подстава?

— Учитывая, сколько там набралось улик, они решили, что это была просто неосторожность или он сам хотел, чтобы его поймали, — ответил Юн. — Фургон, отпечатки пальцев, видеозапись с камер наблюдения... девчачьи трусики в подвале... и завершающий штрих, ДНК-экспертиза. Образец ДНК, взятый у Холмса в тюрьме, совпал с ДНК спермы, обнаруженной на месте убийства.

— О боже, — произнес Билл Сэмюэлс. — Прямо-таки дежавю.

— С одним большим исключением, — возразил Юн. — Хиту Холмсу не повезло засветиться на видеозаписи публичной лекции, проходившей в то же самое время, когда были похищены и убиты сестры Ховард. Его мать клятвенно уверяла, что всю ту неделю, когда сын гостил у нее, он никуда не выезжал из Реджиса: не ездил в пансионат

---

* Да, сеньор (*исп.*).

и уж точно не ездил в Тротвуд. «С чего бы ему туда ехать? — сказала она. — Паршивенький городишко, паршивые люди».

— Ее показания ничего не стоили бы на суде, — сказал Сэмюэлс. — Какая мать не солжет ради сына?

— На той неделе его видели многие соседи, — продолжил Юн. — Он косил лужайку перед маминым домом, чинил водостоки, красил крыльцо. Помогал женщине напротив сажать цветы. Кстати, в тот самый день, когда были похищены сестры Ховард. Да и джип у него слишком заметный. Соседи бы точно не пропустили его отъезд.

Хоуи спросил:

— Известно точное время, когда он садовничал у соседки из дома напротив?

— Она говорит, где-то в десять утра. Близко к алиби, но не совсем. Реджис ближе к Тротвуду, чем Флинт — к Кэп-Сити. Полиция думает, что он помог соседке с петуниями, или что они там сажали, потом доехал на своем «тахо» до муниципальной стоянки, пересел в фургон и отправился на охоту.

— Терри *действительно* повезло больше, чем мистеру Холмсу, — произнесла Марси и посмотрела сначала на Ральфа, потом на Билла Сэмюэлса. Ральф выдержал ее взгляд; Сэмюэлс то ли не смог, то ли не захотел. — Но везения все равно не хватило.

Юн сказал:

— У меня есть еще кое-что... еще один кусочек пазла, как сказала бы мисс Гибни... но его я приберегу на потом. Сначала пусть Ральф расскажет о следствии по делу Мейтленда.

Ральф был краток, говорил сжато и по существу, словно давал показания на суде. Он особо отметил тот факт, что когда Терри и Клод Болтон пожимали друг другу руки, Терри оцарапал Клода ногтем. Рассказав об одежде, найденной в заброшенном амбаре в Каннинге — там были джинсы, трусы, носки и кроссовки, но не было рубашки, — он вернулся к обожженному человеку, которого видел у здания суда. Сказал, что не уверен на сто процентов, точно ли тот человек прикрывал голову (предположительно обгоревшую и безволосую) желтой рубашкой, в которой Терри Мейтленд был замечен на вокзале в Даброу, но вероятность, с его точки зрения, достаточно велика.

— Наверняка были телетрансляции от здания суда, — сказала Холли. — Вы проверили записи?

Ральф с лейтенантом Сабло переглянулись.

— Мы проверили, — ответил Ральф. — Его нет ни в одном репортаже.

Все одновременно зашевелились. Дженни снова положила руку на плечо мужа — на самом деле вцепилась ему в плечо. Ральф ободряюще похлопал ее по ладони, но он смотрел не на жену. Он смотрел на женщину, прилетевшую из Дейтона. Холли не выглядела озадаченной. Она выглядела довольной.

6

— Человек, похитивший и убивший сестер Ховард, увез их на краденом фургоне, — сказал Юн, — а потом бросил фургон на муниципальной стоянке, где его будет легко обнаружить. Человек, похитивший и убивший Фрэнка Питерсона, поступил точно так же с микроавтобусом, на котором увез парнишку; и даже специально привлек внимание, бросив микроавтобус на служебной стоянке у бара «Шорти» и заговорив с очевидцами. Точно так же, как Холмс заговорил с поваром и официанткой в «Вафл-Хаусе». Полиция Огайо обнаружила множество «пальчиков» в брошенном фургоне: отпечатки, принадлежавшие и убийце, и жертвам. Мы обнаружили множество «пальчиков» в микроавтобусе: часть из них принадлежала Мейтленду, часть — Фрэнку Питерсону. Но в микроавтобусе был как минимум один комплект отпечатков, остававшихся неопознанными. До сегодняшнего дня.

Ральф наклонился вперед, весь обратившись в слух.

— Давайте посмотрим. — Юн вывел на экран изображение двух отпечатков пальцев. — Это отпечатки парнишки, угнавшего микроавтобус в штате Нью-Йорк. Один отпечаток — из микроавтобуса, второй — из личного дела, оформленного в полицейском участке в Эль-Пасо, где парня арестовали. А теперь смотрите.

Юн нажал кнопку, и отпечатки идеально совпали.

— С Мерлином Кессиди все ясно. Теперь смотрим на Фрэнка Питерсона. Один отпечаток — из отчета судмедэкспертов, другой — из микроавтобуса.

Отпечатки, наложенные друг на друга, вновь идеально совпали.

— Теперь Мейтленд. Один отпечаток — из микроавтобуса. Другой снят сразу после ареста в полицейском участке Флинт-Сити.

Юн совместил две картинки, и отпечатки снова совпали. Марси тихо вздохнула.

— А теперь приготовьтесь к взрыву мозга. Слева — неопознанные отпечатки из микроавтобуса, справа — отпечатки Хита Холмса, снятые после *его* ареста в округе Монтгомери, штат Огайо.

Он сдвинул картинки. На этот раз совпадение было не идеальным, но очень близким. Холли подумала, что суд согласился бы с тем, что отпечатки принадлежат одному и тому же человеку. Лично она согласилась бы, не задумываясь.

— Есть незначительные различия, — сказал Юн. — Отпечатки Холмса в микроавтобусе как бы немного размылись, вероятно, от времени. Но совпадений достаточно, чтобы идентифицировать принадлежность. На каком-то этапе Хит Холмс побывал в этом микроавтобусе. Это уже что-то новенькое.

Никто не произнес ни слова.

Юн вывел на экран еще одну пару «пальчиков». Отпечаток на левой картинке был очень четким и ясным. Холли поняла, что они его уже видели. Ральф тоже его узнал.

— Терри, — сказал он. — Из микроавтобуса.

— Так точно. А справа — отпечаток на пряжке ремня, найденного в амбаре.

Узоры на правой картинке были точно такими же, как на левой, но местами странно поблекли. Когда Юн совместил две картинки, отпечатки из микроавтобуса идеально заполнили пустоты на отпечатках с пряжки.

— Несомненно, это отпечатки одного и того же человека, а именно Терри Мейтленда, — сказал Юн. — Но отпечаток на пряжке как будто принадлежит глубокому старику.

— Как такое возможно? — спросила Дженни.

— Никак, — ответил Сэмюэлс. — Я видел отпечатки Мейтленда на протоколе ареста... через несколько дней *после* того, как он в последний раз прикасался к той пряжке. Отчетливые, рельефные отпечатки.

— На пряжке имелся один неопознанный отпечаток, — сказал Юн. — Вот смотрите.

Такой отпечаток суд не принял бы точно: просто смазанное пятно с несколькими едва различимыми петельками и бороздками.

Юн продолжил:

— Точно сказать нельзя при таком низком качестве, но вряд ли этот отпечаток принадлежит мистеру Мейтленду. И это *точно* не отпечаток Холмса, поскольку Холмс умер задолго до того дня, когда эта пряжка впервые возникла на видеозаписи с камеры наблюдения на вокзале. И все же... Хит Холмс как-то связан с микроавтобусом, на котором похитили мальчика Питерсона. Я не знаю как именно, почему и когда, но я отдал бы тысячу долларов, чтобы узнать, кто оставил тот смазанный отпечаток на пряжке, и как минимум пятьсот долларов, чтобы узнать, почему отпечаток Мейтленда на той же пряжке выглядит таким старым.

Он выключил свой ноутбук и сел.

— Да, кусочков пазла у нас хватает, — заметил Хоуи. — Еще бы понять, как составить из них картинку. Кто-нибудь хочет что-то добавить?

Ральф повернулся к жене и сказал:

— Расскажи им. Расскажи, кто побывал у нас в доме в твоем сне.

— Это был не сон, — возразила она. — Сны забываются, явь остается.

Поначалу медленно и нерешительно, потом все увереннее и увереннее она рассказала, как проснулась под утро, вышла из спальни, увидела свет внизу в кухне, спустилась туда — и там был человек. Он сидел в темной гостиной, у двери. На стуле, взятом из кухни. Человек велел Дженни передать мужу предупреждение — даже не предупреждение, а угрозу — и подчеркнул эту угрозу, продемонстрировав бледную татуировку у себя на руке. *Тебе НАДО сказать ему, чтобы он остановился.*

— Я упала в обморок. Впервые в жизни.

— Она проснулась в кровати, — добавил Ральф. — Никаких следов взлома. Сигнализация была включена.

— Просто сон, — решительно заявил Сэмюэлс.

Дженни так яростно покачала головой, что ее волосы разметались по плечам:

— Нет, не сон. Он *был* у нас в доме.

— *Что-то* все-таки произошло, — сказал Ральф. — Уж в этом я не сомневаюсь. У того человека с обожженным лицом были татуировки на пальцах...

— У человека, которого нет ни на одной видеозаписи, — заметил Хоуи.

— Да, звучит дико, я знаю. Но татуировки на пальцах есть еще у одного человека, имеющего отношение к этому делу, и я наконец вспомнил, кто это. Я попросил Юна прислать мне фотографию, и Дженни его опознала. Человек, которого Дженни видела во сне — или у нас в доме, — это Клод Болтон, вышибала из стрип-клуба «Джентльмены, для вас». Тот самый, кого поцарапал Мейтленд, когда пожимал ему руку.

— Точно так же, как самого Терри поцарапал тот санитар, когда они столкнулись в коридоре, — сказала Марси. — Это был Хит Холмс, да?

— Разумеется, — почти рассеянно произнесла Холли, глядя на одну из картин на стене. — Кто же еще?

— Вы не проверили, где был Болтон прошлой ночью? — спросил Алек Пелли.

— Я все проверил, — ответил Ральф. — Он сейчас в западном Техасе, в городке под названием Мэрисвилл, за четыреста миль отсюда, и там же он был прошлой ночью, когда Дженни видела его у нас в доме. Если только у него где-нибудь не припрятан частный самолет.

— Если только *его* мама не врет, — возразил Сэмюэлс. — Как я уже говорил, матери часто лгут ради сыновей.

— Дженни тоже об этом подумала, но здесь, кажется, не тот случай. Патрульный, который с ними беседовал, сказал, что они оба были расслаблены и спокойны. Никакой виноватой испарины.

Сэмюэлс скрестил руки на груди.

— Меня это не убеждает.

— Марси? — сказал Ховард. — Думаю, теперь твоя очередь.

— Я... я не хочу говорить. Пусть детектив все расскажет. Он беседовал с Грейс.

Хоуи взял ее за руку:

— Ради Терри.

Марси вздохнула:

— Ну ладно. Грейс тоже видела странного человека. Видела дважды. Второй раз — в доме. Я думала, что ей снятся кошмары после смерти отца... любому ребенку снились бы кошмары... — Она умолкла и прикусила нижнюю губу.

— Пожалуйста, миссис Мейтленд, продолжайте, — сказала Холли. — Это очень важно.

— Да, — кивнул Ральф. — Это важно.

— Я была уверена, что он ей приснился! Абсолютно уверена!

— Она описала того человека? — спросила Дженни.

— Да. В первый раз это было, наверное, неделю назад. Они с Сарой легли спать вдвоем в комнате Сары, и Грейс говорила, что он висел в воздухе за окном. Она говорила, что у него было лицо, словно слепленное из пластилина, а вместо глаз — соломины. *Любой* бы подумал, что ребенку приснился кошмар, разве нет?

Никто ничего не сказал.

— Во второй раз она видела его в воскресенье. Прилегла вздремнуть после обеда, потом проснулась, и он сидел у нее на кровати. Она говорит, что тогда у него уже были настоящие глаза, а не солома. Говорит, это были глаза отца, но она все равно испугалась. У него были татуировки, много татуировок. На руках и на тыльных сторонах ладоней.

Марси опять замолчала, и Ральф сказал:

— Грейс мне говорила, что во второй раз у него не было пластилинового лица. Еще она говорила, что у него были короткие черные волосы, торчавшие во все стороны. И маленькая бородка.

— Эспаньолка, — сказала Дженни. У нее был такой вид, словно ее сейчас вырвет. — Это он. Тот самый, кто приходил к нам. В первый раз ей, может быть, и приснился кошмар, но во второй... это был Болтон. Наверняка это он.

Марси прижала пальцы к вискам, будто у нее разболелась голова.

— И *все-таки* это был сон. Она говорила, что его футболка меняла цвет, а наяву так не бывает. Может быть, детектив Андерсон доскажет все остальное?

Ральф покачал головой:

— Ты отлично справляешься.

Марси быстро смахнула слезы.

— Она говорит, он над ней потешался. Называл ее маленькой плаксой и говорил, что ему хорошо от того, что ей грустно. Потом он велел Грейс передать сообщение детективу Андерсону. Что ему надо немедленно остановиться, иначе случится что-то плохое.

— Грейс говорит, — сказал Ральф, — что когда она видела того человека в первый раз, он был как бы незавершенным. Недоделанным, недолепленным. Когда же он появился во второй раз, если судить по ее описанию, это был вылитый Клод Болтон. Только Болтон сейчас в Техасе. Думайте что хотите.

— Если Болтон сейчас *там*, значит, *здесь* его быть не могло, — раздраженно произнес Билл Сэмюэлс. — Это вполне очевидно.

— Это было вполне очевидно и с Терри Мейтлендом, — возразил Хоуи. — И как выяснилось, с Хитом
Холмсом. — Он повернулся к Холли. — У нас нет мисс
Марпл, но есть мисс Гибни. Вы сложите все кусочки в
цельную картинку?

Холли, похоже, его не услышала. Она так и сидела
в глубокой задумчивости, уткнувшись взглядом в картину
на стене.

— Солома вместо глаз, — пробормотала она. — Да.
Конечно. Солома... — Она снова умолкла.

— Мисс Гибни? — окликнул ее Хоуи. — Вы нам что-
нибудь скажете или нет?

Холли очнулась.

— Да. Я могу объяснить, что происходит. Я только
прошу, чтобы вы меня выслушали непредвзято. Думаю,
будет быстрее и проще, если я покажу вам кусочек фильма. Диск у меня с собой.

Вознеся краткую мольбу о силе и выдержке (и о под-
держке со стороны Билла Ходжеса, когда ее слушатели
выразят недоверие, а может, и негодование), Холли поднялась со своего места и пересела вместе с ноутбуком на
тот край стола, где стоял проектор. Потом достала из сумки внешний DVD-привод и подключила его к ноутбуку.

7

Джек Хоскинс подумывал отпроситься с работы на несколько дней, вроде как взять больничный из-за солнеч-
ного ожога — можно было бы объяснить, что у него на-
следственная предрасположенность к раку кожи и ему
следует поберечься, — но быстро сообразил, что это плохая идея. Ужасная на самом деле. Шеф Геллер наверняка
скажет, чтобы он валил из его кабинета ко всем чертям,
а потом по всему управлению пойдут слухи (Родни Геллер
любил почесать языком), и детектив Хоскинс станет все-
общим посмешищем. Если же случится чудо и шеф все
же прислушается к его просьбе, он будет настаивать, что-

бы Джек обратился к врачу, а к врачу обращаться совсем не хотелось.

К тому же его сорвали из отпуска на три дня раньше, что было особенно несправедливо, если учесть, что заявление на отпуск он подавал еще в мае. Поэтому Джек посчитал себя вправе (в *своем исключительном* праве) устроить в эти три дня отпуск «на дому», как выразился бы Ральф Андерсон. В среду после обеда он устроил себе грандиозный забег по барам, и уже на третьей промежуточной остановке у него почти получилось забыть о пугающем происшествии в области Каннинг, а на четвертой он почти перестал беспокоиться о своем странном солнечном ожоге, который, похоже, случился ночью, когда солнца не было и в помине.

Пятым пунктом в программе был бар «Шорти». Там Джек попросил симпатичную барменшу — он напрочь забыл имя, но не длинные стройные ноги в джинсах в обтяжку — посмотреть, что у него там на шее. Она посмотрела и сказала:

— Кажется, вы сожгли кожу на солнце.

— Значит, там *просто* солнечный ожог?

— Да, просто ожог. — Она секунду помедлила. — Но какой-то уж очень сильный. Даже есть волдыри. Вам нужна...

— Мазь с алоэ, я знаю.

После пятой (или, может, шестой) водки с тоником он поехал домой, стараясь сидеть за рулем очень прямо и не превышать скорость. Если его остановят, будет нехорошо. В этом штате все строго: больше 0,08 промилле — и можешь прощаться с правами.

Он добрался до дома примерно тогда, когда Холли Гибни начала свое выступление в конференц-зале в конторе Ховарда Голда. Дома Хоскинс разделся до трусов — не забыв предварительно запереть входную дверь на все замки — и помчался в ванную опорожнить мочевой пузырь. Покончив с этим насущным делом, он снова взял зеркальце и проверил, что там с ожогом на шее. Наверняка воспаление уже начало проходить. Но нет. Стало не лучше, а хуже. Ожог почернел, кожа потрескалась. Глубокие, жуткие трещины местами сочились белесым гноем. Хоскинс застонал, крепко зажмурился, потом с опаской приоткрыл глаза и вздохнул с облегчением. Никакой черной кожи. Никаких трещин и гноя. Но шея *и вправду* была ярко-красной, а кожа пошла волдырями. Прикасаться к ожогу было не так больно, как раньше, но чему удивляться? Он же принял изрядную дозу русской анестезии.

Надо меньше пить, подумал Хоскинс. *Когда тебе начинает мерещиться то, чего нет, это уже недвусмысленный сигнал. Можно сказать, предупреждение.*

У него не было мази с алоэ, поэтому он намазал ожог гелем с арникой. Гель был жгучим, но боль быстро прошла (во всяком случае, превратилась в тупую пульсацию). Это же хорошо, да? Чтобы не испачкать подушку, Хоскинс обернул ее полотенцем, потом лег и выключил свет. Но в темноте стало хуже. В темноте боль ощущалась сильнее, и было очень легко представить, что где-то в сумраке затаилось незримое, страшное существо. То же самое существо, которое стояло у него за спиной у амбара в Каннинге.

Тебе просто почудилось. Как почудилась черная кожа. И трещины с гноем.

Да, так и есть. Но все равно ему стало гораздо спокойнее, когда он включил лампу на прикроватной тумбочке. Последнее, о чем он подумал, прежде чем провалиться в сон: утро вечера мудренее.

8

— Выключить свет? — спросил Хоуи.

— Нет, не надо, — ответила Холли. — Это не развлечение, а информация. Хотя фильм короткий, всего восемьдесят семь минут, мы не будем смотреть его весь. Только самое начало. — Она боялась, что будет нервничать, но, как ни странно, нервозности не было. По крайней мере пока. — Но прежде чем мы приступим к просмотру, мне нужно кое-что вам объяснить. Наверняка вы уже сами все поняли. Хотя, возможно, ваш разум еще не готов принять правду.

Они все молча смотрели на нее. Эти взгляды, эти глаза... Ей самой с трудом верилось, что она решилась на такое отчаянное предприятие: она, Холли Гибни, робкая серая мышка, которая в школе всегда сидела на задней парте и никогда не поднимала руку, а в те дни, когда у них была физкультура, надевала спортивную форму под школьную, чтобы не раздеваться перед одноклассницами. Холли Гибни, которая, даже будучи взрослой девушкой за двадцать, никогда не решалась перечить матери. Холли Гибни, которая дважды теряла рассудок.

Но это было до встречи с Биллом. Билл в меня верил, и ради него я сумела стать лучше. Сумела преодолеть свою слабость. И сумею сейчас, ради этих людей.

— Терри Мейтленд не убивал Фрэнка Питерсона, а Хит Холмс не убивал сестер Ховард. Эти убийства совершены чужаком. Я называю его чужаком, потому что он *не отсюда*. Сейчас вы поймете, что я имею в виду. Он использует против нас нашу собственную современную науку, нашу собственную современную криминалистику, но его главное оружие — наше неверие. Наш отказ в него верить. Мы привыкли опираться на факты, и иногда, когда факты противоречат друг другу, мы чуем след чужака, но никогда не идем по следу. Он это знает. Он этим пользуется.

— Мисс Гибни, — произнесла Дженни Андерсон, — вы хотите сказать, что этот чужак — сверхъестественное существо? Что-то вроде вампира?

Холли задумалась, кусая губы.

— Я пока не готова ответить на этот вопрос. Давайте вернемся к нему чуть позже. Сначала я покажу вам фрагмент фильма. Это мексиканский фильм. Он был дублирован полвека назад, и здесь, в Америке, его крутили на двойных сеансах в автокинотеатрах. По-английски он называется «Мексиканские девушки-борцы сражаются с монстром», но по-испански...

— О господи, — сказал Ральф. — Что за бред?

— Замолчи, — шикнула на него Дженни. Она говорила вполголоса, но все равно было слышно, что она не на шутку рассержена. — Дай ей договорить.

— Но...

— Ты не видел его прошлой ночью, когда он заявился к нам в дом. А я видела. *Пусть она договорит*.

Ральф скрестил руки на груди, точно так же, как Сэмюэлс. Это был выразительный жест. Холли хорошо знала, что он означает. *Я все равно не стану слушать*. Она продолжила свой рассказ:

— По-испански фильм называется «Rosita Luchadora e Amigas Conocen El Cuco». Если перевести дословно...

— Точно! — воскликнул Юн, и все подпрыгнули от неожиданности. — А я не мог вспомнить, как его звали. Помнишь, Ральф? Когда мы с тобой завтракали в ресторане в субботу. Страшная сказка, которой abuela пугала мою жену, когда та была совсем pequeña*!

— Еще бы я не помнил, — сказал Ральф. — Человек с черным мешком, который убивает детишек и растирается их жиром... — Он резко умолк, задумавшись — вопреки собственной воле — о Фрэнке Питерсоне и сестрах Ховард.

— Что он делает? — переспросила Марси Мейтленд.

— Пьет их кровь и растирается их жиром, — ответил Юн. — Если верить легендам, это дает ему вечную молодость. Эль Куко. Так его зовут. Эль Куко или Эль Кукуй.

— Да, — сказала Холли. — В Испании его называют El Hombre con Saco. Человек с мешком. В Португалии — Тыквенная Голова. Когда детишки в Америке вырезают из тыкв фонари на Хэллоуин, они вырезают портреты Эль Куко, точно так же, как делали дети в Иберии сотни лет назад.

— Есть еще детская песенка об Эль Куко, — добавил Юн. — Abuela иногда пела ее на ночь. Duérmete, niño, duérmete ya... Дальше не помню.

---

* Маленькая (*исп.*).

— Спи, детка, спи, — сказала Холли. — Эль Куко прячется на чердаке, он пришел тебя съесть.

— Отличная колыбельная песенка, — заметил Алек. — Чтобы малышам сладко спалось.

— Господи, — прошептала Марси. — И что-то подобное проникло *к нам в дом*? И сидело на *кровати* моей дочери?

— Да и нет, — ответила Холли. — Давайте посмотрим фильм. Первые десять минут. Думаю, этого будет достаточно.

9

Джеку Хоскинсу снилось, что он едет по пустынному двухполосному шоссе. С обеих сторон дороги — пустота и безлюдье, сверху — тысяча миль голубого неба. Он сидит за рулем большого грузовика. Видимо, бензовоза, потому что в кабине ощутимо воняет бензином. Рядом с ним, на пассажирском сиденье — молодой человек с короткими черными волосами, эспаньолкой и руками, сплошь покрытыми татуировками. Джек с ним знаком, потому что часто наведывается в «Джентльмены, для вас» (но лишь в редких случаях — по долгу службы), и они с Клодом Болтоном очень даже приятно общались. Болтон — неплохой парень. В юности у него были проблемы с законом, но потом он исправился, взялся за ум. Только теперь, в этом сне, Болтон был плохим парнем. *Очень* плохим. Именно он, *этот* Клод, прятался за душевой шторкой в ванной у Хоскинса. Джек помнил татуировку на его пальцах: «НЕМОГУ».

Они проехали знак «МЭРИСВИЛЛ, НАСЕЛЕНИЕ 1280 ЧЕЛОВЕК».

— Этот рак распространяется быстро, — сказал Клод из сна. Да, это был тот же голос, что звучал из-за шторки. — Посмотри на свои руки, Джек.

Джек посмотрел. Его руки на руле были черными. В ужасе он наблюдал, как они сморщились и отвалились.

Бензовоз потерял управление, съехал с дороги, накренился и начал заваливаться на бок. Джек понял, что цистерна сейчас взорвется, и неимоверным усилием воли заставил себя проснуться прежде, чем это произойдет.

— Господи, — прошептал он, хватая ртом воздух. Потом проверил, на месте ли его руки. Да, на месте. И часы тоже. Как оказалось, он спал меньше часа. — Господи боже...

Кто-то зашевелился в кровати слева от Джека. У него даже мелькнула мысль, что он, наверное, привел домой ту длинноногую симпатичную барменшу из «Шорти». Но нет. Домой он приехал один. Такая красивая молодая девчонка не стала бы связываться с Джеком Хоскинсом. Для нее он был просто не в меру упитанным сорокалетним пьяницей, у которого явно не в порядке с...

Он посмотрел влево. Женщиной в постели была его мать. Он узнал ее лишь по черепаховой заколке, еле державшейся на остатках волос. С этой же заколкой она лежала в гробу. В морге ей сделали макияж, превратили ее лицо в личико восковой куклы, хотя в целом это смотрелось не так уж и плохо. Сейчас у нее почти не осталось лица: просто череп в лохмотьях гниющей кожи. Ее ночная рубашка прилипла к телу, потому что промокла от гноя. Над ней витал запах тухлого мяса. Джек хотел закричать и не смог.

— Этот рак поджидает тебя, сынок, — сказала она. Он слышал, как щелкают ее зубы. *Видел*, как щелкают ее зубы, потому что у нее не было губ. — Он пожирает тебя изнутри. Тот человек еще может забрать его, но лучше не медлить, иначе будет поздно. И тогда даже он будет бессилен. Ему нужно, чтобы ты кое-что для него сделал. Ты же сделаешь, да?

— Да, — прошептал Хоскинс. — Все, что угодно.

— Тогда слушай внимательно.

Джек Хоскинс слушал очень внимательно.

10

Перед фильмом, который поставила Холли, не было заставки с уведомлением об авторских правах, что совершенно не удивило Ральфа. Кого интересовали авторские права на такое старье и к тому же откровенную муть? Музыка — гремучая смесь плачущих скрипок и раздражающе бодрых аккордеонов а-ля нортенья. Картинка вся исцарапана, словно на заезженной пленке, которая явно хранилась не в лучших условиях.

Неужели я это смотрю? — подумал Ральф. *Дурдом.*

Но Марси Мейтленд и его собственная жена смотрели на экран с сосредоточенностью примерных студенток, готовящихся к последнему экзамену, да и все остальные, хоть и не столь поглощенные действом, тоже не отрывали глаз. Юн Сабло даже слегка улыбался. И это была не скептическая улыбочка человека, которого заставляют смотреть всякую ерунду, а мечтательная улыбка взрослого, погруженного в воспоминания о детстве.

Фильм начинался со сцены на ночной улице, где работали только какие-то сомнительные заведения: то ли бары, то ли публичные дома, то ли и то и другое. Камера держала в фокусе красивую женщину в платье с глубоким вырезом. Женщина шла по улице, ведя за руку дочку лет четырех. Возможно, эта ночная прогулка по злачным кварталам вместе с ребенком, которому давно пора спать, объяснялась по ходу фильма, но Ральф и остальные до этого объяснения не досмотрели.

Какой-то пьяный мужчина попытался заступить женщине дорогу, и пока губами он говорил одно, актер английской озвучки произнес: «Эй, красотка, пойдешь со мной?» — с ярко выраженным мексиканским акцентом, как у Спиди Гонзалеса. Женщина оттолкнула его и пошла дальше. Из темного переулка на сумрачном пятачке между двумя фонарями ей навстречу вынырнул некто в длинном черном плаще, позаимствованном прямиком из фильмов о Дракуле. В одной руке он держал большой черный мешок. Незнакомец схватил девочку и побежал.

Мать закричала и бросилась за ним. Она догнала его у следующего фонаря и вцепилась в мешок. Негодяй обернулся, и фонарь высветил его лицо. Оказалось, что это мужчина вполне заурядной наружности, немолодой, но и не совсем старый, со шрамом на лбу.

Мистер Черный Плащ оскалился, показав накладные клыки. Женщина отшатнулась и вскинула руки, не как охваченная ужасом мать, а скорее как оперная примадонна, приступившая к арии Кармен. Похититель набросил полу плаща на оцепеневшего ребенка, и в этот момент из ближайшего бара вышел мужчина, произнесший все с тем же кошмарным акцентом Спиди Гонзалеса:

— Профессор Эспиноза! Какая встреча! Позвольте угостить вас стаканчиком!

В следующей сцене мать приходит в городской морг (EL DEPOSITO DE CADAVERES, — написано на матовой стеклянной двери) и вполне предсказуемо бьется в наигранной истерике, когда сотрудник морга поднимает простыню, под которой лежит предположительно изувеченное тело похищенной девочки. Дальше идет арест человека со шрамом, оказавшегося почтенным преподавателем местного университета.

Потом суд, наверное, самый стремительный в истории кинематографа. Мать дала показания; показания дали и двое с акцентом Спиди Гонзалеса, включая того, кто предлагал угостить профессора выпивкой. Суд удалился на совещание. Все вполне предсказуемо, не считая одной сюрреалистично-бредовой детали: на заднем ряду в зале суда сидели пять женщин в костюмах супергероев и причудливых масках. Никто — в том числе судья, — кажется, не счел такой маскарад неуместным.

Суд вернулся и огласил приговор: профессор Эспиноза виновен в убийстве с особой жестокостью. Профессор виновато склонил голову. Одна из женщин в причудливой маске вскочила на ноги и объявила:

— Это ошибка! Профессор Эспиноза никогда не причинил бы вреда ребенку!

— Но я его видела! — крикнула мать. — В этот раз ты ошиблась, Розита!

Женщины в костюмах супергероев дружно поднялись и вышли из зала суда, стуча высокими каблуками. Смена кадра: веревочная петля крупным планом. Камера отъезжает, и на экране возникает виселица на эшафоте, окруженном толпой зевак. Профессора Эспинозу заводят на эшафот и надевают ему на шею петлю. Его взгляд прикован к человеку в монашеской рясе с капюшоном на дальнем краю толпы. У ног монаха, обутых в сандалии, лежит большой черный мешок.

Дурацкий фильм, отвратительно снятый. Но по спине Ральфа все равно побежали мурашки, и когда Дженни притронулась к его руке, он накрыл ее руку ладонью. Он точно знал, что сейчас будет в фильме. Монах откинул капюшон, открывая лицо — лицо профессора Эспинозы со шрамом на лбу. Он ухмыльнулся, показав идиотские пластиковые клыки... указал пальцем на свой мешок... и рассмеялся.

— *Вот он!* — закричал настоящий профессор на эшафоте. — *Вот он, там!*

Толпа обернулась, но человек с черным мешком исчез. Эспинозе тоже достался черный мешок: его надели ему на голову. Профессор кричал из-под черной ткани:

— Монстр! Монстр! Мон...

У него под ногами открылся люк, и тело несчастного ухнуло вниз.

В следующей сцене женщины в масках гнались за лжемонахом по каким-то крышам, и тут Холли нажала паузу.

— Двадцать пять лет назад я видела этот фильм на испанском с английскими субтитрами, — сказала она. — В оригинале профессор кричал в самом конце: *Эль Куко, Эль Куко.*

— Ну да, — кивнул Юн. — Господи, в последний раз я смотрел фильмы о luchadoras еще в детстве. Их было много, не меньше дюжины. — Он рассеянно огляделся, словно только что проснулся. — Las luchadoras — девушки-борцы. А эта Розита, их главная, была знаменитостью. Вы бы видели ее без маски. Ay caramba*. — Он тряхнул рукой, будто притронулся к чему-то горячему.

— Их было не меньше пятидесяти, — тихо сказала Холли. — В Мексике любили las luchadoras. Это была местная вариация фильмов о супергероях. Разумеется, при меньшем бюджете.

Ей хотелось рассказать им подробнее об этой чарующей (для нее) странице в истории кинематографа, но сейчас было явно не время для просветительских лекций — достаточно было посмотреть на детектива Андерсона, который кривился так, словно его накормили какой-то гадостью. И Холли уж точно не собиралась говорить этим людям, что она тоже любила фильмы о luchadoras. Их показывали на местном кливлендском телеканале субботними вечерами, и подвыпившие студенты смотрели их ради смеха, чтобы поржать над убогим дубляжом и примитивными костюмами, но для робкой, вечно напуганной и несчастной старшеклассницы Холли Гибни в luchadoras не было ничего смешного. Карлотта, Мария и Розита были сильными, смелыми и справедливыми. Они всегда помогали бедным, униженным и оскорбленным. Розита Муньос, самая знаменитая luchadora, с гордостью называла себя cholita**, а именно так и ощущала себя напуганная и несчастная старшеклассница Холли Гибни. Полукровка. Уродина.

— Почти все мексиканские фильмы о девушках-борцах представляют собой переделки древних легенд. И этот фильм — не исключение. Вы же видите, как он подходит ко всему тому, что нам известно об этих убийствах?

— Идеально подходит, — сказал Билл Сэмюэлс. — Я даже не спорю. Проблема в том, что это чистой воды безумие. Прошу прощения, мисс Гибни, но если вы верите в Эль Куко, то вы сами немного ку-ку.

---

* Черт побери (исп.).

** Метиска (исп.).

Говорит человек, который рассказывал мне об исчезнувших следах на песке, подумал Ральф. Он не верил в Эль Куко, но искренне восхищался смелостью этой женщины, которая показала им фильм, наверняка зная заранее, какова будет реакция. Ему было интересно послушать, что ответит мисс Гибни из «Найдем и сохраним».

— В легендах Эль Куко питается кровью и жиром детей, — сказала Холли, — но в реальности — в нашей реальности — он выживает не только за счет питания, но и за счет людей, которые думают так же, как вы, мистер Сэмюэлс. Как, полагаю, все здесь присутствующие. Позвольте, я покажу вам еще одну сцену. Очень короткую.

Она переключилась на девятый раздел DVD, предпоследний. В этой сцене одна из luchadoras — Карлотта — гналась за лжемонахом на каком-то заброшенном складе. Он пытался сбежать по пожарной лестнице. Карлотта поймала его за полу развевающегося плаща, рванула на себя и легко перебросила через плечо. Он кувырнулся в воздухе и упал на спину. Капюшон свалился с его головы, открывая лицо — вернее, комковатую пустоту на том месте, где должно было быть лицо. Карлотта закричала. Два тонких блестящих щупальца выстрелили оттуда, где следовало находиться глазам. Видимо, в этих отростках заключалась какая-то злая сила, потому что Карлотту отбросило к дальней стене, и она подняла руки, защищаясь.

— Хватит, — сказала Марси. — Пожалуйста. Хватит.

Холли нажала кнопку на своем ноутбуке, и экран погас. Но картинка с блестящими щупальцами так и стояла у Ральфа перед глазами: спецэффект примитивный по сравнению с нынешней компьютерной графикой, но достаточно действенный, если держать в голове рассказ одной маленькой девочки о незнакомце, проникшем к ней в спальню.

— Как по-вашему, миссис Мейтленд, может быть, это и видела ваша дочь? — спросила Холли. — То есть не именно это, но...

— Да. Конечно. Вместо глаз — соломины. Она так и сказала. Вместо глаз — соломины.

11

Ральф встал. Его голос был очень спокойным и ровным:

— При всем уважении, мисс Гибни, и если принять во внимание ваши прошлые... э... достижения... у меня нет сомнений, что уважение заслужено, но никаких сверхъестественных монстров не существует. Никаких Эль Куко, пьющих кровь детей. Я ни в коем случае не отрицаю, что в этом деле — в обоих делах, поскольку, как представляется очевидным, они тесно связаны между собой, — есть много странного. Но вы пытаетесь направить нас по ложному следу.

— Дай ей закончить, — сказала Дженни. — Прежде чем окончательно отказываться верить, бога ради, дай ей договорить.

Ральф видел, что жена рассердилась всерьез. Еще немного, и она придет в ярость. Он понимал почему. И даже сочувствовал. Дженни считала, что отказ Ральфа поверить в эту нелепую историю об Эль Куко явно подразумевает, что он не верит и ей. Не верит, что она видела незнакомца у них в доме сегодня ночью. Ральф хотел ей поверить. И не только потому, что любил ее и уважал, но еще и потому, что ее описание ночного гостя полностью совпадало с описанием Клода Болтона и он не мог найти этому объяснения. И все же он закончил свою мысль, обращаясь ко всем присутствующим и прежде всего — к Дженни. Он должен был закончить. Это была фундаментальная истина, основа основ. Краеугольный камень, на котором держалась вся его жизнь. Да, в канталупе было полно личинок, но этому наверняка имелось какое-то естественное объяснение. Незнание не отменяло той основной, непреложной истины.

Ральф сказал:

— Если мы поверим в сверхъестественных монстров, как нам понять, во что верить?

Он сел на место и попытался взять Дженни за руку. Но Дженни отстранилась.

— Я понимаю ваши чувства, — сказала Холли. — Поверьте, понимаю. Но я сама лично сталкивалась с такими вещами, детектив Андерсон, которые необъяснимы с точки зрения обычной логики. Не в фильмах, нет. И не в легендах, по которым снимаются фильмы. Однако в каждой легенде есть доля правды. Давайте пока на этом и остановимся. Перед вылетом из Дейтона я набросала схему хронологии событий и хочу вам ее показать. Можно? Это не займет много времени.

— Разумеется, можно, — слегка озадаченно произнес Хоуи.

Холли открыла файл у себя на ноутбуке и вывела его на экран на стене. Схема была компактной, но наглядной. Ральф подумал, что ее принял бы к рассмотрению любой суд. Надо было отдать должное мисс Гибни.

— Четверг, девятнадцатое апреля. Мерлин Кесседи бросает микроавтобус на дейтонской муниципальной стоянке. Я уверена, микроавтобус был угнан заново в тот же день. Мы не будем называть угонщика Эль Куко, назовем его просто чужаком. Так будет комфортнее детективу Андерсону.

Ральф промолчал, и на этот раз, когда он попытался взять Дженни за руку, она не стала сопротивляться. Хотя и не стиснула его руку в ответ.

— Где он его прятал? — спросил Алек. — Есть какие-то соображения?

— Мы еще до этого дойдем, а пока продолжим с дейтонской хронологией, хорошо?

Алек поднял руку, соглашаясь.

— Суббота, двадцать первое апреля. Мейтленды прилетают в Дейтон и поселяются в отеле. Хит Холмс — настоящий Хит Холмс — гостит у мамы в Реджисе. Понедельник, двадцать третье апреля. Сестры Эмбер и Джолин Ховард похищены и убиты. Чужак поедает их плоть и пьет кровь. — Холли взглянула на Ральфа. — Нет, я не знаю наверняка. В газетах об этом не писали. Но если читать между строк, можно с большой долей уверенности предположить, что у убитых отсутствуют части тел, а сами тела обескровлены. С мальчиком Питерсоном было так же?

Ей ответил Билл Сэмюэлс:

— Поскольку дело Мейтленда закрыто и у нас идет неофициальное обсуждение, не вижу причин молчать. У Фрэнка Питерсона были вырваны куски плоти на шее, на правом плече, на правой ягодице и левом бедре.

Марси приглушенно вскрикнула. Дженни подалась к ней, но Марси отмахнулась:

— Со мной все в порядке. То есть... нет, не в порядке. Но меня не стошнит, и я не упаду в обморок.

Глядя на ее пепельно-бледное лицо, Ральф засомневался.

Холли сказала:

— Чужак бросил фургон, на котором похитил сестер Ховард, неподалеку от дома Холмсов в Реджисе. — Она улыбнулась. — Где его точно найдут, и он станет еще одной неопровержимой уликой для обвинения человека, которого этот чужак выбрал козлом отпущения. Он также пробрался в подвал дома Холмсов и оставил там нижнее белье убитых девочек — еще один кирпич в стену. Идем дальше. Среда, двадцать пятое апреля. Тела сестер Ховард обнаружены в Тротвуде, между Дейтоном и Реджисом. Четверг, двадцать шестое апреля. Пока настоящий Хит Холмс помогает матери по хозяйству в Реджисе, чужак едет в дейтонский пансионат Хейсмана. Специально ли он искал встречи с мистером Мейтлендом, или на месте мистера Мейтленда мог быть кто угодно? Я не знаю наверняка, но мне кажется, он держал Терри Мейтленда на примете, потому что знал, что Мейтленды живут в другом штате, далеко от Дейтона. Чужак, обычный или сверхъестественный, мало отличается от типичных серийных убийц. Он не задерживается подолгу на одном месте. Миссис Мейтленд, *мог ли* Хит Холмс знать, что ваш муж собирался навестить отца?

— Да, наверное, — сказала Марси. — Дирекция пансионата просит заранее сообщать о визите родных из других штатов. Они специально готовятся к встрече, приглашают к пациентам парикмахера, организуют прогулку в город, если состояние пациента это позволяет. Однако состояние отца Терри этого не позволяло. Болезнь зашла слишком далеко. — Она наклонилась вперед, пристально глядя на Холли. — Но если этот чужак — не настоящий Холмс, пусть даже он и *выглядел* точно как Холмс, откуда *ему* знать?

— Ну, это просто, если принять основной посыл, — ответил Ральф. — Если он *копировал* Холмса, то, возможно, у него был доступ и к воспоминаниям Холмса. Я правильно понимаю, мисс Гибни? Именно так все и было?

— Допустим, что да. В какой-то мере. Но давайте не будем заострять на этом внимание. Мы все устали, и миссис Мейтленд, наверное, хочет скорее вернуться домой, к своим детям.

Будем надеяться, она сделает это прежде, чем упадет в обморок, подумал Ральф.

Холли продолжила:

— Чужак знает, что в пансионате Хейсмана его заметят и непременно запомнят. Собственно, это ему и нужно. Засветиться в пансионате и оставить еще одну улику, которая изобличит настоящего мистера Холмса: волосы одной из убитых девочек. Но я уверена, что основная причина, по которой чужак приезжал в пансионат двадцать шестого апреля, заключалась в том, чтобы поранить Терри Мейтленда до крови, точно так же, как потом он поранил до крови мистера Клода Болтона. Сценарий всегда один и тот же. Сначала он убивает. Потом помечает следующую жертву. Можно сказать, свое следующее «я». Затем он на время уходит в подполье. Это похоже на медвежью спячку. Он залегает в берлоге, которую подбирает заранее, и отдыхает, пока его тело меняется и обретает новый облик. Может быть, иногда он ненадолго выходит, но в основном прячется и ждет.

— В легендах это преображение занимает десятки лет, если не сотни, — сказал Юн. — Но это в легендах. Вы считаете, все происходит быстрее, мисс Гибни?

— Я думаю, это происходит за считаные недели. В крайнем случае — месяцы. На каком-то этапе в процессе преображения из Терри Мейтленда в Клода Болтона его лицо могло выглядеть так, словно оно плохо слеплено из пластилина. — Она повернулась к Ральфу и посмотрела ему в глаза. Это было непросто, но иногда *надо* найти в себе силы. — Или словно обгорело.

— Не верю, — решительно заявил Ральф. — И это еще мягко сказано.

— Тогда почему того обожженного человека не было на видеозаписях? — спросила Дженни.

Ральф вздохнул:

— Я не знаю.

Холли сказала:

— В легендах есть доля правды, но легенды — *не* правда, если вы понимаете, что я имею в виду. В легендах Эль Куко питается кровью и плотью детей, как вампир, но мне кажется, он питается еще и человеческим горем. *Кровью души.* — Она повернулась к Марси: — Он сказал вашей дочери, что ему хорошо от того, что ей плохо. Я уверена, он сказал правду. Он *ел* ее скорбь.

— И мою, — ответила Марси. — И скорбь Сары.

— Я ни в коем случае не утверждаю, что это правда, — сказал Хоуи, — но семья Питерсонов тоже подходит под этот сценарий. Они все погибли, кроме отца, который сейчас пребывает в глубокой коме и вряд ли очнется. Существо, живущее за счет несчастья других — не пожиратель грехов, а пожиратель печали, — было бы очень довольно таким положением дел.

— А этот цирк у здания суда? — добавил Юн. — Если действительно существует чудовище, которое питается негативными эмоциями, для него это был бы обед ко Дню благодарения.

— Люди, вы себя слышите? — спросил Ральф. — В смысле, что вы несете?

— Очнись, — резко произнес Юн, и Ральф дернулся, как от удара. — Я знаю, *как* это звучит, мы все знаем, не надо нас вразумлять, словно ты тут единственный в здравом уме, а все остальные — пациенты психушки. Но в этом деле много всего, что лежит за пределами нашего опыта. И тот человек у здания суда, человек, которого нет ни на одной видеозаписи, — лишь одна странность из многих.

Ральф почувствовал, что краснеет, но промолчал.

— Не надо сопротивляться на каждом шагу, — продолжил Юн. — Иначе мы вообще никуда не дойдем. Я знаю, тебе не нравится этот пазл. Мне он тоже не нравится. Но хотя бы признай, что кусочки подходят один к одному. Тут есть цепочка. От Хита Холмса — к Терри Мейтленду и дальше к Клоду Болтону.

— Мы знаем, где сейчас Болтон, — сказал Алек. — Логично было бы съездить к нему в Техас и посмотреть, что да как.

— Зачем ехать в Техас? — спросила Дженни. — Я видела человека, в точности похожего на него, *здесь*, во Флинт-Сити. Сегодня ночью.

— Мы еще это обсудим, — сказала Холли. — Но сначала я задам миссис Мейтленд один вопрос. Где похоронен ваш муж?

Марси испуганно вздрогнула.

— Где?.. Ну, здесь. Во Флинт-Сити. На городском кладбище. Мы не... мы не думали, где будем его хоронить. Зачем нам было об этом думать? В декабре Терри должно было исполниться сорок... и мы были уверены, что он будет жить долго... что он заслуживает долгой жизни, как и всякий хороший человек...

Дженни достала из сумки носовой платок и передала его Марси. Медленно, словно в трансе, Марси вытерла слезы.

— Я не знала, что делать... я была просто оглушена... никак не могла свыкнуться с мыслью, что его больше нет. Мистер Донелли, владелец похоронной конторы, предложил городское мемориальное кладбище, потому что Хиллвью почти переполнено... и оно на другом конце города, и...

Ральф хотел сказать Холли: *Вели ей остановиться. Это больно и бессмысленно. Какая разница, где он похоронен? Это важно только для Марси и ее дочерей.*

Но он опять промолчал. Потому что это тоже был выговор. Пусть даже Марси Мейтленд не имела в виду ничего такого. Он утешал себя тем, что когда-нибудь это закончится и он сможет жить дальше, освободившись от этого клятого Терри Мейтленда. Он очень на это надеялся.

— Я знала про это другое место, — продолжила Марси. — Конечно, знала. Но не стала говорить о нем мистеру Донелли. Терри однажды меня свозил... но это так далеко от города... и там так одиноко...

— Что это за место? — спросила Холли.

Перед мысленным взором Ральфа встала непрошеная картинка: шесть ковбоев несут на плечах деревянный гроб. Он почувствовал приближение еще одной конфлюэнции.

— Старое кладбище в области Каннинг, — сказала Марси. — Терри однажды свозил меня туда. Оно совсем заброшенное. Там уже давно никого не хоронят. И кажется, там никто не бывает. Там нет ни цветов на могилах, ни мемориальных флажков. Просто крошащиеся надгробия. На некоторых даже имени не прочесть.

Ральф встревоженно посмотрел на Юна, и тот едва заметно кивнул.

— Вот почему его заинтересовала та книга в киоске, — тихо произнес Билл Сэмюэлс. — «Иллюстрированная история округа Флинт, округа Дорей и области Каннинг».

Марси снова вытерла слезы платком Дженни.

— Такая книга его бы точно заинтересовала. Мейтленды поселились в этих краях еще во времена Земельных гонок, в тысяча восемьсот восемьдесят девятом. Прапрадед Терри — или даже прапрапрадед, я точно не знаю, — построил дом в Каннинге.

— Не во Флинт-Сити? — спросил Алек.

— Тогда еще *не было* никакого Флинт-Сити. Просто крошечная деревушка под названием Флинт. Несколько домиков у проезжего тракта. Еще в начале двадцатого века Каннинг был самым крупным из всех городов в здешней округе. Он был назван по имени крупнейшего землевладельца. Мейтленды занимали то ли второе, то ли третье место по площади земельных владений. Каннинг был одним из важнейших городов штата, пока пыльные бури в двадцатых и тридцатых годах не сдули практически всю плодородную почву. Сейчас там один магазин и одна церковь, куда почти никто не ходит.

— И кладбище, — добавил Алек. — Где жители Каннинга хоронили своих родных, пока город не вымер. Включая и предков Терри.

Марси невесело улыбнулась:

— Это кладбище... там так жутко. Как в пустом доме, который все бросили и забыли.

Юн сказал:

— Если в ходе преображения этот чужак вбирал в себя мысли и воспоминания Терри, он должен был знать про то кладбище. — Он о чем-то задумался, рассеянно глядя на стену, и Ральф, кажется, догадался о чем. Потому что сам об этом думал. Об амбаре на ферме. О брошенной там одежде.

— Согласно легендам — а в Интернете их несколько дюжин, — Эль Куко нравятся кладбища, — заметила Холли. — Они там себя чувствуют как рыба в воде.

— Для тварей, которые питаются горем, — пробормотала Дженни, — кладбище — шикарный ресторан.

Ральф отчаянно пожалел, что взял Дженни с собой. Будь он один, уехал бы домой еще десять минут назад. Да, тот амбар, где нашли одежду, располагался неподалеку от старого, запыленного кладбища. Да, вещество, от которого почернело сено, было загадочным и непонятным. Да, возможно, существовал какой-то чужак, приехавший издалека. Эту версию Ральф готов был принять, по крайней мере на данный момент. Она многое объясняла. Чужак, который целенаправленно воссоздавал древнюю мексиканскую легенду... Это многое объясняло, но не то, почему обожженный человек у здания суда исчез со всех видеозаписей, и не то, как Терри Мейтленд мог оказаться в двух местах одновременно. Эти вопросы не давали ему покоя. Они застряли в голове, как кость в горле.

Холли сказала:

— Я покажу вам фотографии окрестностей другого кладбища. Возможно, это задаст направление для более привычных следственных действий. Если детектив Андерсон или лейтенант Сабло согласятся переговорить с полицией округа Монтгомери, штат Огайо.

Юн ответил:

— Я уже готов разговаривать с самим папой римским, если это поможет прояснить ситуацию.

Холли вывела на экран несколько снимков, один за другим: железнодорожная станция, полуразрушенное фабричное здание со свастикой, заброшенная автомойка.

— Я сделала эти снимки со стоянки рядом с кладбищем в Реджисе, где похоронен Хит Холмс и его родители.

Она еще раз показала фотографии: железнодорожная станция, фабрика, автомойка.

— Я думаю, что чужак спрятал микроавтобус, угнанный с муниципальной стоянки в Дейтоне, в одном из этих зданий. Возможно, там сохранились следы, и полиция округа Монтгомери их найдет, если вы сможете убедить коллег обыскать эти постройки. Возможно, там будут следы и *его самого*. Либо там, либо здесь.

Она вывела на экран фотографию старых товарных вагонов в тупичке на задах станции.

— Микроавтобус в вагонах не спрячешь, но *сам* он мог прятаться в одном из них. Они расположены еще ближе к кладбищу.

Ну наконец-то хоть что-то конкретное, подумал Ральф. Что-то, с чем можно работать. Что-то реальное.

— Закрытые помещения. Там *действительно* могут остаться следы. Даже через три месяца.

— Следы от протекторов, — добавил Юн. — Возможно, брошенная одежда.

— И кое-что еще, — сказала Холли. — Вы попросите их проверить? И пусть будут готовы провести тест на кислую фосфатазу.

Следы спермы, подумал Ральф, вспомнив о странном веществе из амбара. Как там говорил Юн? Ночная поллюция, достойная войти в «Книгу рекордов Гиннесса».

— Вы знаете свое дело, мэм, — с искренним восхищением заметил Юн.

Холли покраснела и опустила взгляд.

— Билл Ходжес был замечательным сыщиком. Он меня многому научил.

— Если хотите, я могу позвонить прокурору округа Монтгомери, — сказал Сэмюэлс. — Он поручит кому-нибудь из полицейского управления, в чьей юрисдикции находится этот город — Реджис? — скоординировать действия с полицией штата. Судя по тому, что этот парнишка Элфман нашел в амбаре в Каннинге, проверка явно не помешает.

— Что он нашел? — спросила Холли, вмиг оживившись. — Что он нашел, кроме пряжки ремня с отпечатками пальцев?

— Кучу одежды, — ответил Сэмюэлс. — Джинсы, трусы, кроссовки. В пятнах какой-то засохшей слизи. Пятна были и на одежде, и на сене вокруг. Сено от них почернело. — Он помедлил. — Но рубашки там не было.

Юн сказал:

— Возможно, именно эту рубашку использовал вместо банданы тот обожженный человек, которого видели у здания суда.

— Далеко ли этот амбар от кладбища? — спросила Холли.

— Меньше полумили, — ответил Юн. — Вещество на одежде с виду было похоже на сперму. Вы тоже об этом подумали, мисс Гибни? Поэтому вы и хотите, чтобы полиция в Огайо провела тест на кислую фосфатазу?

— Это не может быть сперма, — сказал Ральф. — Ее слишком много.

Юн словно его не услышал. Он смотрел на Холли как завороженный.

— Или вы думаете, что это какие-то выделения, связанные с его преображением? Образцы из амбара сейчас на экспертизе, но результаты еще не готовы.

— Я не знаю, что и думать, — ответила Холли. — На данный момент вся моя информация об Эль Куко — это легенды, найденные в Интернете. Как вы понимаете, это не самый надежный источник. Легенды передавались из уст в уста, от одного поколения к другому, задолго до появления научной криминалистики. Я просто прошу, чтобы полиция Огайо обыскала все здания с моих фотографий. Возможно, они ничего не найдут... Но мне кажется, что найдут. Я на это надеюсь. Следы, как сказал детектив Андерсон.

— Вы закончили, мисс Гибни? — спросил Хоуи.

— Да, наверное. — Холли села на место. Ральф подумал, что вид у нее усталый. Впрочем, чему удивляться? Последние несколько дней у нее выдались очень загруженными. Да и сумасшествие — изнурительная болезнь.

Хоуи сказал:

— Леди и джентльмены, есть какие-то соображения, как действовать дальше? Предлагайте свои варианты.

— По-моему, это вполне очевидно, — ответил Ральф. — Этот чужак, вероятно, сейчас во Флинт-Сити, о чем свидетельствуют показания моей жены и Грейс Мейтленд. Но кто-то должен поехать в Техас и побеседовать с Клодом Болтоном. Выяснить, что он знает. Если вообще что-то знает. Я предлагаю свою кандидатуру.

Алек сказал:

— Я поеду с тобой.

— Мне бы тоже хотелось поехать, — добавил Хоуи. — Лейтенант Сабло?

— Я бы поехал, но у меня сейчас целых два дела в суде. Если я не дам показания, двое очень плохих парней могут быть признаны невиновными. Я позвоню помощнику прокурора в Кэп-Сити, спрошу, можно ли перенести заседания, но я бы не стал на это надеяться. Вряд ли стоит ему объяснять, что я вышел на след мексиканского монстра-оборотня.

Хоуи улыбнулся:

— Да, лучше не надо. А вы, мисс Гибни? Не хотите прокатиться чуть дальше на юг? Разумеется, все ваши расходы будут оплачены.

— Да, я поеду. Возможно, мистер Болтон знает что-то, что нам очень пригодится. Если мы сумеем задать правильные вопросы.

Хоуи спросил:

— А ты, Билл? Хочешь поехать с нами?

Сэмюэлс слабо улыбнулся, покачал головой и поднялся из-за стола.

— Это все интересно, в каком-то безумном смысле, но дело закрыто. Я позвоню в полицию Огайо, однако на этом мое участие в данном мероприятии завершится. Миссис Мейтленд, примите мои соболезнования. Я сожалею о вашей утрате.

— Еще бы ты не сожалел, — сказала Марси.

Сэмюэлс поморщился, но продолжил:

— Мисс Гибни, это было потрясающе. Я восхищен вашей работой и вашим усердием. Ваши доводы на удивление убедительны. Вам надо писать фантастические романы, и я говорю это без всякой иронии. Но сейчас я поеду домой, возьму из холодильника бутылочку пива и постараюсь забыть это дело, как страшный сон.

Он подхватил свой портфель и направился к выходу. Хохолок у него на макушке качался, словно грозящий палец.

Когда Сэмюэлс вышел за дверь, Хоуи объявил, что сейчас же займется приготовлениями к поездке.

— Я забронирую нам самолет местных авиалиний. Пилоты знают ближайшую взлетно-посадочную полосу. Также я арендую машину. Поскольку нас всего четверо, думаю, обойдемся седаном или маленьким внедорожником.

— Придержите мне место, — попросил Юн. — На всякий случай. Вдруг все же получится перенести заседания.

— Конечно.

Алек Пелли предложил:

— Надо сегодня же позвонить мистеру Болтону и сказать, чтобы ждал гостей.

Юн поднял руку:

— Я ему позвоню.

— Главное, чтобы он понял, что его никто ни в чем не обвиняет, — сказал Хоуи. — Как-то не хочется, чтобы он пустился в бега.

— Позвони мне, когда поговоришь с Болтоном, — попросил Юна Ральф. — В любое время, даже поздно ночью. Мне интересна его реакция.

— Мне тоже, — сообщила Дженни.

— И скажите ему, чтобы был осторожнее, — добавила Холли. — Потому что, если я права, он следующий.

12

Ральф и остальные вышли из офиса Хоуи Голда, когда на улице было уже темно. Хоуи задержался у себя в кабинете и занялся приготовлениями к завтрашней поездке. Алек остался с ним. Интересно, подумал Ральф, о чем они говорят наедине?

— Мисс Гибни, где вы остановились? — спросила Дженни.

— В мотеле «Флинт-Люкс». Я забронировала себе номер.

— Ой, только не в «Люксе», — сказала Дженни. — Это такая дыра! Единственный люкс в этом «Люксе» — только в названии.

Холли, похоже, пришла в замешательство.

— Ну, здесь же есть и другие гостиницы...

— Можете остановиться у нас, — предложил Ральф, опередив Дженни и надеясь, что это рвение зачтется ему в дальнейшем. Видит бог, несколько очков ему точно не повредят.

Холли не знала, что на это ответить. Она всегда чувствовала себя неуютно в чужих домах. Она чувствовала себя неуютно даже в доме своего детства, когда ездила к маме раз в квартал, исполняя дочерний долг. Она знала, что в доме этих незнакомых людей она очень долго не сможет заснуть и проснется еще до рассвета, вслушиваясь в непривычные скрипы, и шорохи, и приглушенные голоса Андерсонов, которые наверняка будут ее обсуждать... да, почти наверняка. А если ей ночью захочется в туалет, она будет мучиться мыслью, что хозяева ее услышат. К тому же ей надо выспаться. Встреча в офисе Хоуи Голда оказалась достаточно напряженной, и постоянный отпор со стороны скептически настроенного детектива Андерсона был хоть и понятен, но весьма утомителен.

Но было одно «но», как сказал бы Билл Ходжес. Было одно «но».

Неверие Андерсона и было этим «но». Вот почему ей *придется* принять приглашение.

— Спасибо, это очень любезно. Но сначала мне нужно кое-что сделать. Это не займет много времени. Дайте мне адрес, и мой навигатор меня приведет.

— Я могу вам помочь? — спросил Ральф. — Если вам нужна помощь, я с радостью...

— Нет, спасибо. Я справлюсь сама. — Она пожала Юну руку. — Все-таки постарайтесь поехать с нами, лейтенант Сабло. Я уверена, вам самому этого хочется.

Юн улыбнулся:

— Еще бы! Но как сказал поэт... должен я вернуться в срок.

Марси Мейтленд стояла в стороне совсем одна и прижимала сумку к животу с совершенно потерянным видом. Дженни решительно подошла к ней. Ральф наблюдал, как Марси сначала вся напряглась, словно в испуге, а потом позволила себя обнять. И даже сама — после короткой заминки — обняла Дженни. Марси была похожа на растерянного усталого ребенка. Когда женщины разомкнули объятия, оказалось, что обе плачут.

— Я очень сочувствую твоему горю, — сказала Дженни.

— Спасибо.

— Если я могу что-нибудь для тебя сделать, для тебя и для девочек...

— Ты, наверное, нет. А *он* — да. — Марси повернулась к Ральфу, и хотя слезы по-прежнему текли из глаз, ее взгляд был жестким и холодным. — Найди этого чужака.

Не дай ему скрыться лишь потому, что ты в него не веришь. Сможешь?

— Я не знаю, — ответил Ральф. — Но я постараюсь.

Марси больше ничего не сказала. Она оперлась на руку Юна Сабло, и он проводил ее до машины.

13

На расстоянии в полквартала от офиса Голда стояла у давно закрывшегося «Вулворта» машина Джека Хоскинса. Прихлебывая из фляжки, Джек наблюдал за группой людей на тротуаре. Знакомые все лица. Только одна незнакомая тощая женщина в деловом брючном костюме. Короткая стрижка. Седая челка немного неровная, как будто она стригла себя сама. У нее на плече висела большая дорожная сумка, куда запросто влез бы немалых размеров радиоприемник. Женщина наблюдала, как Сабло, латинос из полиции штата, галантно провожает миссис Мейтленд к ее машине. Потом незнакомка уселась в свою машину, невзрачную и неприметную, наверняка взятую в пункте проката в аэропорту. На мгновение Хоскинс задумался, не проследить ли за ней, но решил держаться первоначального плана и проследить за Андерсонами. В конце концов, он приперся сюда из-за Ральфа, а, как говорится, кто девчонку танцует, тот и ведет ее домой.

К тому же за Ральфом стоит понаблюдать. Хоскинсу он никогда не нравился, а после той гадостной характеристики из двух слов (*Мнения нет*, написал Ральф... как будто его дерьмо не пахло) Джек его возненавидел. Он ужасно обрадовался, когда Андерсон лажанулся с арестом Мейтленда, и его вовсе не удивило, что этот самодовольный ханжа теперь лезет туда, куда лезть не стоит. Например, в закрытое дело.

Джек потрогал шею, поморщился и завел двигатель. Подумал, что, наверное, можно будет вернуться домой, когда он убедится, что Андерсоны тоже добрались до дома, но потом рассудил, что лучше все-таки припарковаться где-нибудь неподалеку и понаблюдать. На всякий случай. Если ему вдруг приспичит поссать, у него есть пустая пластиковая бутылка. Может, он даже немного подремлет в машине, если боль в шее позволит заснуть. Ему уже доводилось ночевать в машине, и неоднократно, с тех пор, как от него ушла жена.

Джек не знал, что будет дальше, но основную задачу он представлял четко: помешать Андерсону. В *чем именно* надо ему помешать, он не знал. В чем-то, связанном с мальчиком Питерсоном. И старым амбаром в области Каннинг. Пока что этого было достаточно. И — если забыть на минутку о жгучем ожоге, если забыть о вероятном раке кожи — его начинало мучить любопытство.

Он был уверен, что когда придет время действовать, ему подскажут, что надо делать.

14

С помощью приложения-навигатора Холли быстро нашла местный «Уолмарт». Она любила «Уолмарты», любила их огромные пространства, их анонимность. Здесь покупатели не таращились друг на друга, как в других магазинах; каждый словно был заключен в герметичную капсулу, покупая одежду, видеоигры или огромные упаковки туалетной бумаги. И здесь даже не требовалось общаться с кассиром: все «Уолмарты» были оборудованы кассами самообслуживания. Холли всегда пользовалась только ими. С покупками она управилась быстро, потому что пришла за конкретными вещами и точно знала, где их найти. Она начала с КАНЦЕЛЯРСКИХ ТОВАРОВ, потом зашла в МУЖСКУЮ ОДЕЖДУ и наконец — в ТОВАРЫ ДЛЯ АВТОЛЮБИТЕЛЕЙ. Расплатившись в кассе самообслуживания, она аккуратно убрала чек в кошелек. Это были рабочие расходы, и она ожидала, что их возместят. Если она доживет до расчетов. Она почему-то не сомневалась (*знаменитая интуиция Холли*, как однажды выразился Билл), что вероятность остаться в живых напрямую зависела от Ральфа Андерсона — который во многом был похож на Билла, а во многом совсем не похож, — от того, сможет ли он преодолеть свои внутренние разногласия.

Она вернулась к машине и поехала к Андерсонам. Но прежде чем вырулить со стоянки, мысленно помолилась. За них всех.

15

Как только Ральф с Дженни вошли в дом, у Ральфа зазвонил мобильный. Это был Юн. Он раздобыл мэрисвиллский номер Любы Болтон у Джона Зеллмана, владельца клуба «Джентльмены, для вас», и дозвонился до Клода без всяких проблем.

— Что ты ему сказал? — спросил Ральф.

— Все, о чем мы договаривались у Хоуи. Что нам надо срочно с ним поговорить, потому что у нас есть сомнения в виновности Терри Мейтленда. Что самого Болтона никто ни в чем не обвиняет и что люди, которые приедут к нему, действуют исключительно как частные лица и по частной инициативе. Он спросил, будешь ли среди них ты. Я сказал, да. Надеюсь, ты не против. Он был не против, как мне показалось.

— Я тоже не против. — Дженни уже поднялась наверх, и Ральф услышал, как звякнул, включившись, домашний компьютер. — Что еще?

— Я сказал, что, возможно, Мейтленда подставили и что у нас есть основания полагать, что Болтона тоже могут подставить. Особенно если учесть его криминальное прошлое.

— Как он на это отреагировал?

— Нормально. Не напрягся, не стал оправдываться. Но потом он сказал кое-что интересное. Спросил, уверен ли я, что это точно был Терри Мейтленд. Тот человек, которого он видел в клубе в день убийства Питерсона.

— Он так сказал? Почему?

— Потому что Мейтленд вел себя странно. Как будто они незнакомы. И когда Болтон спросил, как настрой у бейсбольной команды, Мейтленд отделался общими фразами. Без всяких подробностей, хотя его команде предстояло играть в полуфинале Городской молодежной лиги. Еще он сказал, что у Мейтленда были слишком уж модные кроссовки. «Из тех, на которые копят детишки, чтобы косить под крутых рэперов» — так он выразился. И еще он сказал, что никогда раньше не видел, чтобы Мейтленд такое носил.

— Это те самые кроссовки, которые нашли в амбаре?

— У нас нет доказательств, но я уверен, что да.

Наверху со стоном и треском включился старый принтер. Интересно, подумал Ральф, что там затеяла Дженни?

Юн сказал:

— Помнишь, мисс Гибни рассказывала о волосах одной из убитых девочек, которые нашли в палате отца Мейтленда в дейтонском пансионате?

— Конечно, помню.

— Спорим, что если мы возьмем выписку о покупках по банковской карте Мейтленда, там как раз и всплывут эти кроссовки? И найдется квитанция с подписью, точно такой же, как подпись Мейтленда.

— Наверное, этот гипотетический чужак мог провернуть что-то подобное, — сказал Ральф. — Но только если он выкрал одну из банковских карточек Терри.

— Собственно, а зачем ему карта? Мейтленды живут во Флинт-Сити всю жизнь. Вероятно, у них есть счета во многих магазинах. Так что этот чужак мог спокойно зайти в спорттовары, выбрать модные кроссовки и расписаться на чеке. Кто бы стал в нем сомневаться? Мейтленда знает весь город. Это как с волосами в палате и бельем девочек в подвале у Холмса. Понимаешь, да? Он надевает их лица, как маски, и делает свое черное дело. Но ему этого мало. Ему нужно, чтобы их осудили и вынесли приговор. И чтобы их близкие тоже страдали. Потому что он питается человеческим горем. *Он питается человеческим горем!*

Ральф на секунду закрыл глаза и сжал виски одной рукой, большим пальцем с одной стороны, остальными — с другой.

— Ральф? Ты слушаешь?

— Да. Но, Юн... ты делаешь скачки, к которым я не готов.

— Я понимаю. Я и сам не готов, если честно. Но нужно хотя бы держать в голове такую возможность.

Но это невозможно, подумал Ральф. *Невозможно.*

Он спросил Юна, сказал ли тот Болтону, что ему надо быть осторожным.

Юн усмехнулся:

— Сказал. Он рассмеялся. Ответил, что у них дома аж три ствола: две винтовки и пистолет. И его мама, даже с эмфиземой, стреляет лучше его. Эх, я бы многое отдал, чтобы поехать с вами.

— Ну, так постарайся поехать.

— Я постараюсь.

Когда Ральф завершил разговор, Дженни спустилась вниз с тонкой пачкой бумаги в руках.

— Я поискала Холли Гибни в Интернете. Знаешь, для такой робкой, стеснительной дамы, к тому же совсем не умеющей одеваться, она очень даже крутая.

Она вручила Ральфу распечатки, но тут на подъездную дорожку свернула машина, осветив двор фарами. Дженни выхватила у Ральфа листы, и он успел прочесть только газетный заголовок на самом верхнем: «**ПОЛИЦЕЙСКИЙ В ОТСТАВКЕ И ДВОЕ ПОМОЩНИКОВ СПАСАЮТ ЖИЗНИ НЕСКОЛЬКИХ ТЫСЯЧ ЗРИТЕЛЕЙ В АУДИТОРИИ МИНГО**». Видимо, одним из помощников была мисс Холли Гибни.

— Помоги ей с вещами, — сказала Дженни. — Почитаешь потом, перед сном.

16

Вещей у Холли оказалось немного: сумка с ноутбуком через плечо, дорожная сумка довольно компактных размеров, чтобы помещалась в багажный отсек в самолете, и полиэтиленовый пакет из «Уолмарта». Холли отдала Ральфу дорожную сумку, но сумку с ноутбуком и пакет с покупками оставила у себя.

— Еще раз спасибо за то, что вы меня приютили, — сказала она Дженни.

— Не за что. Вам спасибо, что приняли приглашение. Можно вас называть просто Холли?

— Конечно, можно.

— Гостевая комната у нас наверху, в конце коридора. Я постелила свежее белье, и там есть своя ванная. Только не споткнитесь посреди ночи о стол с моей швейной машинкой.

Холли улыбнулась с явным облегчением:

— Я постараюсь.

— Хотите какао? Или, может быть, чего-то покрепче?

— Лучше я сразу лягу. Не хочу показаться невежливой, но у меня был длинный день.

— Да, я понимаю. Пойдемте, я вас провожу.

Однако Холли на миг задержалась у арки, ведущей в гостиную.

— Когда вы ночью спустились вниз, он сидел здесь? Ваш незваный гость?

— Да. На стуле, взятом из кухни. — Дженни зябко обняла себя за плечи. — Сначала я увидела только ноги от колен и ниже. Потом его татуировку на руке. Слово «НАДО». И уже в самом конце он наклонился вперед, и я увидела его лицо.

— Лицо Болтона.

— Да.

Холли на секунду задумалась, потом вдруг просияла, что удивило и Ральфа, и его жену. С такой улыбкой Холли выглядела намного моложе.

— Прошу меня извинить, но мне пора в страну снов.

Дженни проводила ее наверх, непринужденно болтая. *Помогает гостье освоиться, чтобы ей было спокойнее и комфортнее. Я бы так не сумел*, подумал Ральф. *Это талант, и, возможно, он подействует даже на эту очень своеобразную женщину.*

Но при всех ее странностях Холли Гибни была на удивление обаятельной и сразу же располагала к себе, несмотря на бредовые идеи о Терри Мейтленде и Хите Холмсе.

Бредовые идеи, которые соответствуют фактам.

Что невозможно.

Идеально соответствуют фактам.

— Все равно невозможно, — пробормотал он.

Сверху донесся смех обеих женщин. Ральф улыбнулся. Дождавшись, когда Дженни выйдет от Холли и пойдет в спальню, он сам поднялся наверх. Дверь гостевой спальни в конце коридора была плотно закрыта. Распечатки — плоды поспешных поисков Дженни — лежали на его подушке. Ральф разделся, забрался в постель и начал читать о мисс Холли Гибни, совладелице частного детективного агентства «Найдем и сохраним».

17

Со своего наблюдательного пункта в квартале от дома Андерсонов Джек Хоскинс видел, как к дому подъехала женщина в сером костюме. Андерсон вышел во двор и помог ей занести вещи в дом. Вещей было немного. Она путешествовала налегке. Джек приметил пакет из «Уолмарта». Так вот куда она ездила, в магазин. Наверное, купила ночную рубашку и зубную щетку. Судя по ее виду, рубашка должна быть уродской, а щетка — предельно жесткой, раздирающей десны до крови.

Джек поднес фляжку к губам, сделал глоток, поплотнее закрутил крышку и уже собрался ехать домой (почему нет, раз все послушные детки отправились спать), но вдруг обнаружил, что в машине он не один. Кто-то сидел на пассажирском сиденье. Хоскинс видел его краем глаза. Это было невозможно, однако раньше его точно там не было. Ведь так?

Хоскинс смотрел прямо перед собой. Ожог на шее, который до этого почти не болел, вновь запульсировал жгучей болью.

Краем глаза он увидел руку. Странную, почти прозрачную. На пальцах синели бледные, но все равно хорошо различимые буквы: «НАДО». Хоскинс зажмурился, молясь о том, чтобы эта рука к нему не прикоснулась.

— Тебе надо кое-куда съездить, — сказал призрачный гость. — Если не хочешь умереть в муках, как умерла твоя мать. Помнишь, как она кричала?

Да, Джек помнил, как она кричала. А потом не могла даже кричать.

— А потом не могла даже кричать, — сказал пассажир, легко коснувшись бедра Хоскинса. Джек знал, что совсем скоро кожа на этом месте начнет гореть, как сейчас горит на шее. Штаны не спасут, яд запросто проникнет сквозь ткань. — Да, ты помнишь. Как такое забыть?

— Куда надо ехать?

Пассажир объяснил. Кошмарная рука, прикасавшаяся к бедру Джека, исчезла. Джек открыл глаза и медленно повернул голову. На пассажирском сиденье никого не было. Свет в окнах Андерсонов уже не горел. Джек взглянул на часы. Без пятнадцати одиннадцать. Наверное, он задремал. Он почти верил, что это был сон. Страшный сон. Если бы не одно маленькое обстоятельство.

Он завел двигатель и тронулся с места. Он решил, что остановится на заправке, сразу за городом, на шоссе номер 17. Да, именно на той заправке, потому что у сотрудника ночной смены — его зовут Коди — всегда есть запас маленьких белых таблеток. Коди продает их дальнобойщикам, едущим на север в Чикаго или на юг в Техас. Джеку Хоскинсу, детективу полиции Флинт-Сити, эти пилюльки всегда достаются бесплатно.

На приборной панели лежал толстый слой пыли. На первом же светофоре, пока горел красный, Джек наклонился и стер с правой половины панели всю пыль вместе со словом, которое там написал призрачный пассажир.

НАДО.

НЕТ КОНЦА У ВСЕЛЕННОЙ
26 июля

1

Спалось Ральфу плохо. Ему снилась всякая жуть. В одном из кошмаров Терри Мейтленд умирал у него на руках со словами: «Ты ограбил моих детей».

Ральф проснулся в половине пятого утра и понял, что больше уже не заснет. У него было странное ощущение, словно он вышел на некий новый, небывалый план бытия, но он твердо сказал себе, что это все от недосыпа. Каждый чувствует себя странно, когда просыпается до рассвета. Этого мысленного внушения хватило, чтобы заставить себя подняться, дойти до ванной и почистить зубы.

Дженни спала, как всегда, плотно закутавшись в одеяло. В ее волосах, разметавшихся по подушке, проглядывала седина. Как и в волосах Ральфа. Еще не так много, но скоро будет больше. Впрочем, это не страшно. Ход времени всегда остается для нас загадкой, но это *нормальная*, естественная загадка.

Поток прохладного воздуха из кондиционера сдул на пол несколько листов, распечатанных Дженни. Ральф положил их обратно на тумбочку. Потом взял со стула вчерашние джинсы, рассудив, что их вполне можно надеть и сегодня (особенно если тебе предстоит поездка на запыленный техасский юг), и с ними в руках подошел к окну. Небо уже начинало светлеть. Днем будет жарко, а в Техасе, куда они едут, и того жарче.

Он увидел, нисколько не удивившись — хотя и не смог бы сказать почему, — что Холли Гибни, тоже в джинсах, сидит в саду на заднем дворе на том же шезлонге, на котором сам Ральф сидел чуть больше недели назад, когда к нему приходил Билл Сэмюэлс. В тот вечер Билл рассказал ему историю об исчезнувших следах на песке, а Ральф ответил историей о канталупе, полной личинок.

Он надел джинсы и футболку с эмблемой «Оклахома-Сити тандер», еще раз взглянул на спящую Дженни и вышел из спальни, держа в руках старые стоптанные мокасины, которые носил дома вместо тапочек.

2

Минут через пять Ральф вышел в сад. Холли услышала его шаги и обернулась. Ее узкое лицо было настороженным, но все же (ему хотелось надеяться) вполне дружелюбным. Увидев чашки, которые Ральф принес на старом подносе с рекламой «Кока-колы», она радостно улыбнулась:

— Это то, о чем я мечтала?

— Если вы мечтали о кофе, то да. Я сам пью черный, но принес сахар и сливки на всякий случай. Моя жена любит с сахаром и молоком. Говорит, кофе должен быть белым и сладким, как я. — Ральф улыбнулся.

— Я тоже пью черный. Большое спасибо.

Ральф поставил поднос на столик для пикников. Холли села напротив него, взяла одну чашку и отпила глоточек.

— Какое блаженство. Крепкий и ароматный. Нет ничего лучше, чем чашка крепкого черного кофе с утра пораньше. Ну, то есть я так считаю.

— Давно вы проснулись?

— Я вообще мало сплю, — сказала она, увильнув от ответа. — Здесь у вас так хорошо. Такой свежий воздух.

— Не такой уж и свежий, когда дует западный ветер, поверьте. Даже сюда доносится запах нефтеперерабатывающих заводов в Кэп-Сити. У меня каждый раз начинает болеть голова.

Он помедлил, пристально глядя на Холли. Она отвела взгляд, прикрыв лицо чашкой, словно щитом. Ральфу вспомнился вчерашний вечер. Вспомнилось их знакомство, когда ему показалось, что Холли жутко стесняется и собирается с духом перед каждым рукопожатием. Вот и теперь он подумал, что многие повседневные ритуалы общения и взаимодействия между людьми вызывают у нее определенные сложности. И все-таки она совершала удивительные поступки.

— Я вчера почитал о ваших достижениях. Алек Пелли был прав. У вас поразительный послужной список.

Она ничего не сказала.

— Вдобавок к тому, что вы помешали этому психопату Хартсфилду взорвать бомбу в переполненном концертном зале, вы с вашим партнером, мистером Ходжесом...

— *Детективом* Ходжесом, — поправила его Холли. — В отставке.

Ральф кивнул.

— Вы с детективом Ходжесом спасли девочку, похищенную сумасшедшим маньяком по имени Моррис Беллами. Во время спасательной операции Беллами был убит. Вы также участвовали в перестрелке с врачом, который внезапно свихнулся и убил собственную жену. А в прошлом году вы раскрыли преступную группировку похитителей собак редких пород, которые либо требовали за них выкуп, либо продавали псов кому-то другому, если бывшие хозяева не могли заплатить. Вы не шутили, когда сказали, что у вас хорошо получается находить пропавших домашних животных.

Холли опять покраснела, от основания шеи до корней волос. Было вполне очевидно, что ей неприятен этот разговор. Категорически неприятен.

— В основном это были заслуги Билла Ходжеса. Я просто ему помогала.

— Но не в деле о похищении собак. Билл скончался годом раньше.

— Да, но тогда у меня уже был Пит Хантли. Бывший *детектив* Хантли. — Она посмотрела на него в упор. Заставила себя посмотреть. У нее были ярко-голубые глаза. — Пит очень хороший, без него мне, наверное, пришлось бы закрыть агентство. Но Билл был лучше. Я стала тем, кем я стала, только благодаря Биллу. Я обязана ему жизнью, и это не просто слова. Я бы многое отдала, чтобы сейчас он был здесь.

— Вместо меня, вы хотите сказать?

Холли промолчала. Что *само по себе* было ответом.

— Он бы поверил в этого оборотня Эль Куко?

— О да, — сказала она без раздумий. — Потому что ему... и мне тоже... и нашему другу Джерому Робинсону, который был с нами... нам пришлось столкнуться с такими вещами, с которыми вы никогда не сталкивались. Хотя, возможно, еще столкнетесь. Смотря как все обернется в ближайшие дни. Может быть, даже сегодня.

— Можно к вам?

Это Дженни вышла во двор со своей чашкой кофе. Взмахом руки Ральф пригласил ее сесть.

— Если мы вас разбудили, прошу прощения, — сказала Холли. — Вы так любезно меня пригласили.

— Меня разбудил Ральф, — ответила Дженни. — Вышел на цыпочках, топая, как стадо слонов. Может, я бы и заснула снова, но почуяла запах кофе и не устояла. О, отлично! Есть сахар и сливки.

Холли сказала:

— Это был не врач.

Ральф удивленно приподнял брови:

— Прошу прощения?

— Его звали Бэбино, и он действительно обезумел, но лишь потому, что у него силой отняли рассудок. Он не убивал миссис Бэбино. Ее убил Брейди Хартсфилд.

— Насколько я понял по тем газетным статьям, которые нашла в Интернете моя жена, Хартсфилд умер в больнице раньше, чем вы с Ходжесом выследили Бэбино.

— Я знаю, что писали в газетах, но они просто не знали всей правды. Позвольте мне рассказать, как все было на самом деле. Я не люблю об этом рассказывать и не хочу лишний раз вспоминать, но вам нужно послушать. Мы приступаем к опасному делу, и если вы так и будете думать, что мы выслеживаем обычного человека — извращенца, убийцу, маньяка, но все-таки человека, — это может дорого вам обойтись. Потому что вы недооцениваете опасность.

— Куда уж опаснее, — возразила Дженни. — Этот чужак, который выглядит в точности как Клод Болтон... Я его видела *здесь*. Я же вчера говорила!

Холли кивнула:

— Да, он был здесь. Возможно, я даже смогу вам это доказать. Но я не думаю, что он был здесь *целиком*. И сейчас его точно здесь нет. Он *там*, в Техасе, потому что там Болтон, а чужаку надо держаться поближе к нему. Потому что... — Она на секунду задумалась, кусая губы. — Я думаю, он истощил свои силы. Он не привык прятаться от людей. Не привык, что люди охотятся *на него*. Или знают о нем.

— Я не понимаю, — сказала Дженни.

— Можно, я все-таки расскажу вам историю Брейди Хартсфилда? Может быть, это как-то поможет. — Она посмотрела на Ральфа и, пересилив себя, вновь попыталась поймать его взгляд. — Скорее всего вы не поверите, но хотя бы поймете, почему верю *я*.

— Я слушаю, — сказал Ральф.

Холли начала говорить, а когда завершила рассказ, на востоке уже взошло солнце.

3

— Очуметь, — сказал Ральф. Других слов у него не нашлось.

— Это правда? — спросила Дженни. — Брейди Хартсфилд, он... что? Перенес свое сознание в голову лечащего врача?

— Да. Возможно, тут сыграли роль экспериментальные лекарственные препараты, которыми его накачивал Бэбино, но я уверена, что это была не единственная причина. Что-то сидело в Хартсфилде изначально, таилось где-то внутри и вышло наружу, когда я его треснула по голове. Я верю, что так и было. — Холли обернулась к Ральфу. — Но *вы* не верите, да? Можно попробовать позвонить Джерому, и он все подтвердит. Но какой смысл? Вы все равно не поверите.

— Я не знаю, чему верить, — ответил Ральф. — Эта волна самоубийств, вызванных закодированными приказами в видеоиграх... Об этом писали в газетах?

— И в газетах, и в Интернете, и по телевизору были сюжеты. Все сохранилось, все можно проверить.

Холли замолчала и уставилась на свои руки. Маникюра не было, но она прекратила грызть ногти. И смогла бросить курить. Избавилась от вредных привычек. Иногда ей приходила в голову мысль, что ее трудный путь хоть к какому-то подобию психической стабильности (если не к полному психическому здоровью) размечен ритуальными отказами от многих прежних привычек. Расставание с ними далось тяжело. Они были друзьями.

Она заговорила, глядя не на собеседников, а куда-то в пространство:

— У Билла диагностировали рак поджелудочной железы, как раз когда он занимался делом Бэбино и Хартсфилда. Потом он лежал в больнице, а затем его выписали домой. Мы уже знали, что ему осталось недолго... и сам Билл тоже знал, но никогда об этом не говорил и боролся до самого конца. Я приходила к нему каждый вечер, почти каждый вечер. Отчасти чтобы убедиться, что он хоть что-то ест. Отчасти чтобы составить ему компанию, как-то развлечь. Но еще и для того... Я даже не знаю...

— Чтобы подольше побыть рядом с ним? — подсказала Дженни. — Пока есть возможность?

Холли опять улыбнулась своей лучезарной улыбкой, которая очень ее молодила.

— Да, именно так. Однажды вечером — незадолго до того, как он опять лег в больницу, — во всем квартале, где он жил, отключилось электричество. Не знаю, что там случилось. Наверное, упавшее дерево оборвало провода.

Когда я пришла к Биллу, он сидел на крыльце и смотрел на звезды. «Когда горят фонари, столько звезд не увидишь, — так он сказал. — Смотри, как их много! Какие яркие!» Казалось, в ту ночь в небе был виден весь Млечный Путь. Минут пять мы сидели и просто смотрели на звезды, а потом Билл сказал: «Ученые приходят к мысли, что Вселенная бесконечна. У нее нет ни конца, ни начала. На прошлой неделе была большая статья в «Нью-Йорк таймс». И когда смотришь на звезды, и видишь, сколько их в небе, и знаешь, что за пределами видимых звезд есть еще больше невидимых, в это очень легко поверить». С тех пор как стало известно о болезни Билла, мы с ним почти не говорили о Брейди Хартсфилде и о том, что он сделал с Бэбино, но почему-то мне кажется, что в тот вечер Билл говорил именно об этом.

— «Есть многое на свете, друг Горацио, что и не снилось нашим мудрецам», — сказала Дженни.

Холли улыбнулась:

— Да, лучше и не скажешь. У Шекспира много прекрасных высказываний.

— Может быть, он говорил не о Хартсфилде и Бэбино, — сказал Ральф. — Может быть, он пытался как-то смириться со своей собственной... ситуацией.

— Конечно, — согласилась Холли. — Он говорил прежде всего о себе. Но еще и о тайнах за пределами нашего понимания. И нам сейчас нужно...

У Холли пискнул мобильный. Она достала его из кармана и прочла сообщение.

— Это от Алека Пелли, — сказала она. — Самолет, который зафрахтовал мистер Голд, будет готов к вылету в половине десятого. Вы все еще собираетесь ехать, мистер Андерсон?

— Разумеется, собираюсь. И раз уж мы с вами теперь заодно — понять бы еще, *в чем* именно, — зовите меня Ральф. — Он в два глотка допил кофе и поднялся из-за стола. — Я договорюсь, чтобы к нам прислали наряд полиции. Пусть присмотрят за домом, пока меня не будет. Есть возражения, Дженни?

Дженни захлопала ресницами:

— Только пусть пришлют ребят посимпатичнее.

— Я попробую вызвать Троя Рэмиджа и Тома Йейтса. Не голливудские красавцы, но это они производили арест Терри Мейтленда во время матча. Пусть тоже примут хотя бы косвенное участие в этом деле. Мне кажется, так будет правильно.

Холли сказала:

— Мне нужно кое-что проверить, и лучше прямо сейчас, пока окончательно не рассвело. Мы можем вернуться в дом?

4

По просьбе Холли Ральф опустил жалюзи в кухне, а Дженни поплотнее задернула шторы в гостиной. Сама Холли уселась за кухонный стол и принялась колдовать над своим айфоном. Она заклеила вспышку двумя слоями прозрачного скотча, приобретенного в канцелярском отделе «Уолмарта», и закрасила их синим маркером, купленным там же. Потом оторвала еще один кусочек скотча и наклеила поверх синей полоски. Этот кусочек она закрасила красным.

Затем она встала и показала на ближайший к арке стул:

— Он сидел на этом стуле?

— Да.

Холли дважды сфотографировала стул со вспышкой, уделив особое внимание сиденью. Потом подошла к арке и спросила, указав пальцем:

— А стул стоял здесь?

— Да, здесь. Но на ковре не осталось следов. Вчера утром Ральф проверял.

Холли опустилась на одно колено, сделала четыре снимка ковра и поднялась.

— Ладно. Наверное, хватит.

— Ральф? — спросила Дженни. — Ты знаешь, что она делает?

— Фотографирует в невидимой части спектра. — *Я мог бы и сам это сделать, еще вчера. Если бы поверил жене. Это известный прием. Я о нем знаю уже лет пять, если не больше.* — Вы ищете пятна, да? Вроде тех, что обнаружили в амбаре в Каннинге?

— Да. Но если здесь что-то осталось, то очень мало. Иначе пятна были бы видны невооруженным глазом. Сейчас продаются специальные наборы для такой съемки, но со скотчем тоже должно получиться. Билл меня научил. Давайте посмотрим, что у нас есть. Если вообще что-то есть.

Они обступили ее с двух сторон, встали почти вплотную, но сейчас Холли не возражала против такого вторжения в ее личное пространство. Она была слишком увлечена. Увлечена и полна надежд. *Холли никогда не теряет надежды*, сказала она себе.

Пятна действительно были. Бледные желтоватые разводы на сиденье стула, где сидел ночной гость Дженни Андерсон, и несколько мелких пятнышек — словно капли от краски — на ковре в гостиной.

— Черт возьми! — пробормотал Ральф.

— Посмотрите на это пятно. — Холли увеличила снимок ковра. — Видите, как оно загибается под прямым углом? Это от ножки стула.

Она подошла к стулу и сделала еще один снимок со вспышкой, на этот раз наведя объектив камеры на нижнюю часть ножек. И снова все трое склонились над айфоном. Холли увеличила изображение, и ножка стула заполнила весь экран.

— Вот отсюда оно и стекло. Думаю, уже можно поднять жалюзи и раздвинуть шторы.

Когда кухня снова наполнилась утренним светом, Ральф взял айфон Холли и еще раз просмотрел снимки, от первого до последнего и обратно. Он буквально чувствовал, как крошится стена его неверия. И потребовались для этого лишь несколько снимков на маленьком экране смартфона.

— И что это значит? — спросила Дженни. — В практическом смысле. Он здесь был или нет?

— Как я уже говорила, у меня не было времени разобраться с этим вопросом настолько, чтобы сейчас дать ответ, в котором я буду уверена. Могу только высказать свою догадку. И то и другое.

Дженни тряхнула головой, словно пытаясь привести мысли в порядок.

— Я не понимаю.

Ральф подумал о запертых дверях и окнах. О включенной сигнализации, которая не сработала.

— Вы хотите сказать, что он был...

Привидением, вот что первым пришло на ум, но это было не самое верное слово.

— Я ничего не хочу сказать, — ответила Холли, и Ральф подумал: *Конечно, не хочешь. Ты хочешь, чтобы сказал я.*

— Что он был проекцией? Или, может быть, аватаром? Как в компьютерных играх нашего сына?

— Интересная мысль, — задумчиво произнесла Холли. Ее глаза сияли. Ральфу даже показалось (и его взяла злость), что она прячет улыбку.

— После него остались какие-то пятна, но на ковре не было следов от ножек стула, — пробормотала Дженни. — Если он приходил сюда, к нам, как физическое существо, он должен был быть... очень легким. Может быть, не тяжелее, чем перьевая подушка. И вы говорили, что эта... эта проекция... отняла у него много сил?

— Мне кажется, это вполне логично, — сказала Холли. — Как бы там ни было, в одном можно не сомневаться: *что-то* побывало здесь вчерашней ночью. Вы согласны, детектив Андерсон?

— Да, я согласен. И если вы прямо сейчас не начнете звать меня Ральфом, Холли, мне придется вас арестовать. За неподчинение полиции.

— А как я потом оказалась в спальне? — спросила Дженни. — Только, пожалуйста, не говорите, что он отнес меня наверх, когда я потеряла сознание.

— Это вряд ли, — ответила Холли.

— Может, какое-то гипнотическое внушение? — сказал Ральф. — Это просто догадка. Мысли вслух.

— Я не знаю. Возможно, мы никогда этого не узнаем. Возможно, мы многого не узнаем. Мне хотелось бы принять душ, если можно.

— Конечно, — сказала Дженни. — Я пока приготовлю яичницу. О боже...

Холли остановилась в дверях.

— Свет над плитой. Он горел. Вот выключатель, на вытяжке. — Когда они вместе рассматривали фотографии, Дженни казалась взволнованной, но не испуганной. Однако теперь стало видно, что ей очень страшно. — На него нужно нажать посильнее, чтобы лампа зажглась. Значит, этот чужак был достаточно материальным, раз сумел включить свет.

Холли ничего не ответила. Ральф тоже.

<h1 style="text-align:center">5</h1>

После завтрака Холли ушла к себе в комнату, якобы собирать вещи. Но Ральф подумал, что на самом деле она просто давала им с Дженни возможность проститься наедине. При всех ее многочисленных странностях Холли Гибни была человеком весьма деликатным и очень неглупым.

— Рэмидж и Йейтс будут следить за домом круглые сутки, — сказал он Дженни. — Они специально взяли отгулы.

— Ради тебя?

— И ради Терри, мне кажется. Их тоже мучает совесть из-за случившегося.

— Ты берешь пистолет?

— Еще с вечера положил в сумку. Как только прибудем в Техас, сразу повешу кобуру на пояс. Алек тоже берет оружие. И ты достань пистолет из сейфа. Держи при себе.

— Ты действительно думаешь...

— Я не знаю, что и думать. В этом я солидарен с Холли. Просто держи пистолет при себе. Только не пристрели почтальона.

— Послушай, Ральф. Может, мне стоит поехать с тобой?

— Лучше не надо.

Сегодня им не следовало находиться вдвоем в одном месте. Но Ральф не стал говорить этого Дженни, чтобы не напугать ее еще больше. Нужно было подумать о сыне, который сейчас отдыхает в лагере, играет в бейсбол, или стреляет из лука по мишеням на стогах сена, или плетет пояса с бусинами. О Дереке, который был ненамного старше Фрэнка Питерсона. Дереке, который был уверен — как почти каждый ребенок, — что его родители бессмертны.

— Да, наверное, — сказала она. — Если Дерек вдруг позвонит, кто-то должен быть дома.

Ральф кивнул и поцеловал ее в щеку.

— Я тоже об этом подумал.

— Будь осторожен. — Она смотрела на него широко раскрытыми глазами, и Ральфа внезапно пронзило воспоминание об этих глазах, глядевших на него с той же нежностью и любовью, с той же надеждой и легкой тревогой в день свадьбы. В тот самый день, когда они с Дженни, стоя у алтаря, поклялись заботиться друг о друге.

— Конечно. Я всегда осторожен.

Он разжал объятия и отстранился, но Дженни вцепилась в него мертвой хваткой и опять притянула к себе.

— Да, но этот случай особый. Теперь мы знаем, что он особый. Если ты сможешь его уничтожить, уничтожь не раздумывая. Но если не сможешь... если поймешь, что тебе с ним не справиться... тогда отступись. Бросай эту затею и возвращайся домой. Возвращайся ко мне. Ты меня понял?

— Я тебя услышал.

— Не говори, что услышал меня, скажи, что так и сделаешь.

— Я так и сделаю. — Ральф снова подумал о дне, когда они дали клятвы у алтаря.

— Надеюсь, ты сказал правду. — Все тот же пронзительный, пристальный взгляд, полный любви и тревоги.

Взгляд, говоривший: *Я связала с тобой свою жизнь и судь-бу, пожалуйста, сделай так, чтобы я об этом не пожале-ла.* — Мне нужно сказать тебе важную вещь. Очень важ-ную. Ты меня слушаешь?

— Да.

— Ты хороший человек, Ральф. Хороший человек, совершивший ошибку. Не ты первый и не ты послед-ний. От ошибок не застрахован никто. Придется теперь с этим жить, и я тебе помогу. Если сможешь хоть что-то исправить, исправь. Но пожалуйста, не сделай хуже. *По-жалуйста*.

Холли уже спускалась по лестнице, топая нарочито громко, чтобы Ральф с Дженни ее услышали. Ральф по-медлил еще секунду, глядя Дженни прямо в глаза — такие же невероятно красивые, как и много лет назад, — поце-ловал ее и отступил. Она на мгновение стиснула его руку, потом отпустила.

6

Ральф с Холли поехали в аэропорт на машине Ральфа. Холли сидела, держа на коленях сумку с ноутбуком. Спи-на прямая, колени плотно сжаты.

— У вашей жены есть огнестрельное оружие?

— Да. И она прошла курс по стрельбе в тире нашего полицейского управления. У жен и дочерей сотрудников есть такая возможность. А у вас есть оружие, Холли?

— Конечно, нет. На чартерных рейсах запрещено про-возить оружие.

— Мы вам что-нибудь найдем. Мы все-таки едем в Те-хас, а не в Нью-Йорк.

Она покачала головой:

— В последний раз я стреляла из пистолета, когда Билл был еще жив. В ходе нашего последнего совместно-го дела. И не попала.

Потом они замолчали и возобновили беседу уже после того, как Ральф выехал на шоссе и вклинился в плотный поток машин, направлявшихся в сторону аэропорта и Кэп-Сити. Осуществив этот небезопасный маневр, Ральф сказал:

— Образцы вещества, обнаруженного в амбаре, были отправлены в лабораторию полиции штата. Как вы думаете, что выявят криминалисты, когда наконец удосужатся провести экспертизу? Есть какие-то мысли?

— Судя по тому, что обнаружилось на ковре и на стуле, я бы сказала, что неопознанное вещество будет состоять в основном из воды, но с высоким pH. Вероятно, там будут следы слизи вроде секреций бульбоуретральных желез, называемых также куперовыми железами, в честь английского анатома Уильяма Купера, который...

— То есть, по-вашему, это все-таки сперма?

— Больше похоже на предэякулят, — сказала Холли и слегка покраснела.

— Вы хорошо знаете свое дело.

— Я окончила курсы судебной медицины, уже после того, как Билла не стало. Собственно, я окончила несколько курсов. Учебные курсы... они хорошо убивают время.

— На бедрах у Фрэнка Питерсона была сперма. Достаточно много, но не в аномальных количествах. ДНК совпала с ДНК Терри Мейтленда.

— Вещество, обнаруженное в амбаре, и вещество у вас дома — это не сперма и не предэякулят, несмотря на их сходство. Когда проведут экспертизу, я уверена, что в веществе из Каннинга найдут неизвестные компоненты и отбросят их как загрязнения, несущественные для дела. Криминалисты пожмут плечами и тихо порадуются, что им не нужно предъявлять образцы на суде. Никому даже в голову не придет, что к ним в руки попала неизвестная науке материя: вещество, которое он выделяет — которым он истекает — в ходе преображения. А что касается спермы на теле Питерсона... Уверена, что чужак пролил сперму и после убийства сестер Ховард. Либо на их одежду, либо на их тела. Еще одна улика. Еще одна визитная карточка, как клок волос в ванной у мистера Мейтленда и многочисленные отпечатки пальцев.

— И не забудем о показаниях свидетелей.

— Да, — согласилась она. — Чужак любит свидетелей. Почему бы и нет, если он носит чужие лица, как маски?

Они уже подъезжали к аэропорту, и Ральф высматривал указатели к терминалу частной авиакомпании, чьими услугами пользовался Ховард Голд.

— То есть вы полагаете, это преступления не на сексуальной почве? Просто их так обставили?

— Я бы не стала этого утверждать, но... — Она повернулась к нему. — Сперма на бедрах у мальчика, но... э... *внутри* ее не было?

— Нет. Проникновение — изнасилование — было совершено веткой дерева.

— Ох. — Холли поморщилась. — Я почти уверена, что при вскрытии тех двух девочек никакой спермы внутри тоже не обнаружили. Я думаю, в этих убийствах, вероятно, был элемент сексуального насилия, но, возможно, чужак не способен на полноценный половой контакт.

— То же самое верно и для многих нормальных серийных убийц, — сказал Ральф и сам рассмеялся этому сочетанию несочетаемого. Но он не стал поправляться, потому что единственным, что пришло ему в голову на замену, было *человеческих* серийных убийц.

— Если он питается человеческим горем, то наверняка поедает и боль своих жертв, когда те умирают. — Румянец сошел со щек Холли, ее лицо стало бледным как полотно. — Может быть, для него это особый деликатес. Как глоток старого шотландского виски. И да, скорее всего это его возбуждает. Мне не нравится размышлять о таких вещах, но я считаю, что надо знать своего врага. Мы... По-моему, здесь нужно свернуть налево, детектив Андерсон. — Она показала куда.

— Ральф.

— Да. Здесь налево, Ральф. Видите указатель?

7

Хоуи и Алек уже были на месте.

— Вылет немного откладывается, — сообщил Хоуи. — Мы ждем Сабло. Он уже едет.

— Как ему удалось вырваться? — спросил Ральф.

Хоуи улыбнулся:

— Моими стараниями. Ну, отчасти моими. Судья Мартинес попал в больницу с прободением язвы. Это прямо божий промысел, не иначе. Или злоупотребление острым соусом. Я сам уважаю «Техасского остряка», но когда вижу, как господин судья *наливает* его в тарелку, у меня аж мурашки по коже. Что касается второго судебного слушанья, на котором должен свидетельствовать лейтенант Сабло... помощник прокурора пошел мне навстречу, поскольку был у меня в долгу.

— Можно поинтересоваться, за что? — спросил Ральф.

— Нельзя, — сказал Хоуи и широко улыбнулся, продемонстрировав зубы.

В ожидании Юна они уселись в зале вылета — скромном и крошечном по сравнению с залом вылета в главном здании аэропорта — и стали смотреть, как взлетают и садятся самолеты. Хоуи сказал:

— Вчера вечером я читал в Интернете о доппельгангерах. Потому что, по сути, этот чужак и есть доппельгангер. Как вы считаете?

Холли пожала плечами:

— Можно и так сказать.

— Самый известный литературный двойник — Вильям Вильсон из рассказа Эдгара Аллана По.

— Дженни тоже о нем вспоминала, — заметил Ральф. — Мы с ней его обсуждали.

— Но и в жизни их было немало. Как я понял, известны сотни случаев. Например, на «Лузитании». Там была пассажирка по имени Рейчел Уизерс, которая путешествовала первым классом, и несколько человек видели во время рейса еще одну женщину, точную копию мисс Уизерс, вплоть до седой пряди в прическе. Одни утвер-

ждали, что эта вторая женщина была пассажиркой третьего класса. Другие — что она из обслуживающего персонала. Мисс Уизерс и ее спутник попытались ее разыскать
и якобы даже нашли. Буквально за считаные секунды до
того, как в корабль попала торпеда с немецкой подводной
лодки. Мисс Уизерс погибла, но ее спутник спасся и потом говорил, что доппельгангер была «предвестницей
беды». Французский писатель Ги де Мопассан однажды
встретил своего двойника на улице в Париже: тот же рост,
та же прическа, те же глаза, те же усы, тот же акцент.

— А чего еще ждать от французов? — пожал плечами
Алек. — Де Мопассан наверняка угостил его бокалом
вина.

— Самый известный случай произошел в тысяча восемьсот сорок пятом году, в школе для девочек в Латвии.
Учительница что-то писала на доске, и вдруг в класс вошла ее точная копия, встала рядом с учительницей и принялась повторять все ее движения, только без мела в руке.
Потом она вышла из класса. Это видели девятнадцать уче-
ниц. Потрясающе, правда?

Никто не ответил. Ральф подумал о канталупе, полной
личинок, об оборвавшейся цепи следов на песке и о словах покойного друга Холли: *Нет конца у Вселенной*. Наверное, есть люди, которым эта идея покажется вдохновляю-
щей, окрыляющей и даже красивой. Но самого Ральфа,
человека во всех отношениях приземленного и признаю-
щего только факты, она просто пугала.

— Лично *мне* кажется, что потрясающе, — немного
обиженно заявил Хоуи.

Алек сказал:

— Скажите мне, Холли, если этот чужак, преобража-
ясь в своих жертв, вбирает в себя их воспоминания и мысли — возможно, через какое-то необъяснимое перелива-
ние крови, — то почему он не знал, где находится ближайший травмпункт? И в разговоре с той дамой-таксистом,
Ивой Дождевой Водой... Мейтленд был с ней знаком, не
раз посещал матчи ее детской баскетбольной команды
в Юношеской христианской ассоциации, однако тот че-

ловек, которого она везла в Даброу, обращался к ней так, словно видит впервые в жизни. Он называл ее «мэм». Не Ива, не мисс Дождевая Вода. Просто «мэм».

— Я *не знаю*, — ответила Холли почти сердито. — Все свои знания я набрала на лету в прямом смысле слова: читала все, что сумела найти, в самолетах, пока летела сюда. Я могу только строить догадки, а я уже утомилась их строить.

— Может, тут так же, как со скорочтением, — сказал Ральф. — Люди, владеющие скорочтением, очень гордятся своим умением прочитать толстую книжку от корки до корки в один присест, но после такого прочтения в голове мало что остается, разве что общая суть. Начнешь расспрашивать их о деталях, и выясняется, что они ничего не помнят. — Он секунду помедлил. — То есть так говорила моя жена. Она состоит в книжном клубе, и у них есть одна дама, которая любит похвастаться своей скоростью чтения. Дженни это бесит.

В окно было видно, как наземная команда техников заливает горючее в бак самолета, зафрахтованного Хоуи для полета в Техас, и как двое пилотов проводят предполетный осмотр. Холли достала из сумки айпад и погрузилась в чтение (наблюдая за ней, Ральф подумал, что она *очень* быстро читает). Без четверти десять на стоянку перед терминалом въехал «субару-форестер», из которого вышел Юн Сабло с камуфляжным рюкзаком на плече. Юн говорил по мобильному телефону и завершил разговор, когда вошел внутрь.

— Amigos! Cómo están?*

— Вроде нормально. — Ральф поднялся со стула. — Ну что, все в сборе, пора на выход.

— Я сейчас говорил с Клодом Болтоном. Он нас встретит в аэропорту в Плейнвилле. Это примерно в шестидесяти милях от Мэрисвилла, где он живет.

Алек удивленно приподнял брови:

— С чего бы ему нас встречать?

---

* Друзья! Как дела? (*исп.*)

— Он беспокоится. Говорит, всю ночь почти не спал и у него было чувство, что кто-то наблюдает за домом. Говорит, нечто похожее было в тюрьме, когда все знали, что должно что-то произойти, но никто точно не знал, что именно. Однако явно что-то плохое. Он сказал, его мама тоже тревожится непонятно с чего. Он прямо спросил, что происходит, и я сказал, что мы все объясним по приезде.

Ральф повернулся к Холли:

— Если этот чужак существует и если он находился где-то поблизости от Болтона, мог ли Болтон почувствовать его присутствие?

В этот раз Холли не стала ворчать, что ее заставляют строить догадки. Она ответила тихо, но твердо:

— Я уверена, что да.

BIENVENIDOS A TEJAS*
26 июля

1

Д жек Хоскинс пересек границу с Техасом около двух часов ночи 26 июля и вписался в клоповник под названием «Индейский мотель», когда на востоке уже забрезжила заря. Хоскинс сообщил сонному портье, что задержится на неделю, расплатился кредитной картой «Мастер-кард», единственной, на которой еще не был превышен лимит, и попросил дать ему номер в самом дальнем конце коридора.

В номере пахло перегаром и застарелым сигаретным дымом. Покрывало на продавленной кровати было истертым почти до дыр, наволочка на подушке пожелтела то ли от времени, то ли от пота прошлых постояльцев, то ли от того и другого сразу. Усевшись на единственный стул, Хоскинс быстро и безо всякого интереса пробежался по текстовым сообщениям и сообщениям голосовой почты у себя в телефоне (сообщения перестали приходить около четырех утра, когда почтовый ящик заполнился до предела). Все они были из управления, многие — от самого шефа Геллера. В Вест-Сайде случилось двойное убийство. Поскольку Ральф Андерсон и Бетси Риггинс временно не работали, Хоскинс остался единственным действующим детективом на весь Флинт-Сити, где его носит, ему следует немедленно прибыть на место преступления, бла-бла-бла.

Он лег на кровать, сначала на спину, но ожог немедленно разболелся от соприкосновения с подушкой. Он

---

* Добро пожаловать в Техас (*исп.*).

перевернулся на бок, кроватные пружины протестующе заскрипели под его немалым весом. *Если рак пересилит, я сброшу вес*, подумал он. *Под конец мать превратилась в скелет, обтянутый кожей. В скелет, который кричал.*

— Со мной этого не случится, — сказал он, обращаясь к пустой комнате. — Мне просто надо поспать. Все наладится, непременно наладится.

Четырех часов будет достаточно. Пяти, если повезет. Но его взбудораженный мозг не желал отключаться; он гудел, словно мотор на холостых оборотах. У Коди, этого крысеныша-дилера на автозаправке, нашлись и волшебные белые пилюльки, и неслабый запас кокаина, по его утверждению, почти совсем чистого. Судя по нынешним ощущениям Джека, лежавшего на этом убогом подобии кровати (он не стал раздеваться и забираться в постель, бог его знает, что там копошится на простынях), Коди ему не соврал. По пути Джек вынюхал лишь пару дорожек, уже после полуночи, когда ему стало казаться, что эта поездка вообще никогда не закончится. Теперь же у него было чувство, что он вообще никогда не заснет: сейчас он бы запросто перестелил какую-нибудь крышу, а потом пробежал пять миль. Но в итоге он все же заснул, хотя сон был беспокойным и его донимали кошмары о матери.

Он проснулся после полудня. В номере было жарко и душно, несмотря на работавший кондиционер. То есть жалкое подобие кондиционера. Джек пошел в ванную, помочился, а потом долго вертелся перед зеркалом, пытаясь рассмотреть свою шею, пульсировавшую тупой болью. У него ничего не вышло, и, наверное, это было к лучшему. Вернувшись в комнату, он сел на кровать, чтобы надеть ботинки. Один ботинок нашелся сразу, а второй куда-то запропастился. Джек наклонился и принялся вслепую шарить под кроватью. Ботинок сам прыгнул в руку, как будто кто-то его подтолкнул.

— Джек.

Он застыл, его руки покрылись гусиной кожей, волосы на затылке встали дыбом. Человек, говоривший с ним из-за душевой шторки во Флинт-Сити, теперь прятался у него под кроватью. Как те чудовища, которых Джек боялся в детстве.

— Слушай меня, Джек. Я расскажу, что надо делать.

Когда голос из-под кровати умолк, Джек вдруг осознал, что боль в шее прошла. Ну, то есть... почти прошла. И полученные им инструкции были четкими и простыми, пусть и несколько радикальными. Но его это совсем не пугало, потому что он был уверен, что ему все сойдет с рук, а уж прикончить Андерсона будет одно удовольствие. Андерсон, мистер Мнения-Нет, сам напрашивался на пулю. Потому что не надо соваться, куда не просят. Да, остальных, может, и жалко. Они не сделали Джеку ничего плохого. И если бы не Андерсон, они бы и думать забыли об этом деле. Это он всех разбередил.

— Скверная история, — пробормотал Джек.

Надев ботинки, он встал на колени и заглянул под кровать. Там лежал толстый слой пыли, местами вроде бы потревоженный, но ничего больше. И это было прекрасно. Это утешало. Джек ни капельки не сомневался, что жуткий гость ему *не померещился*, как не сомневался в том, что явственно видел синие буквы на руке, подтолкнувшей ему ботинок: «НЕМОГУ».

Теперь, когда ожог на шее почти не болел, а в голове относительно прояснилось, Джек подумал, что надо бы что-то съесть. Может, бифштекс и яичницу. Ему предстояла работа, и требовалось набраться сил. Человек должен питаться не только пилюльками и порошком. Если как следует не подкрепиться, можно грохнуться в обморок на жаре, и тогда он точно обгорит на солнце.

Кстати о солнце. Его обжигающие лучи буквально обрушились на Джека, когда тот вышел на улицу, и больное место на шее предупреждающе запульсировало. Джек с ужасом понял, что у него кончился солнцезащитный крем, а мазь с алоэ осталась дома. Хотя, возможно, в кафе при мотеле продается что-то подобное наряду с остальной ерундой для туристов, которой обычно торгуют в подобных местах: футболки, бейсболки, диски с музыкой кантри и изделия индейцев навахо, произведенные в Камбодже. Наверняка здесь должны продаваться и какие-то необходимые вещи, потому что до ближайшего города...

Джек резко остановился перед стеклянной дверью кафе. Они сидели внутри. Андерсон и вся его банда, включая худосочную женщину с седой челкой. Плюс какая-то старая клюшка в инвалидной коляске и молодой мускулистый мужчина с короткими черными волосами и эспаньолкой. Старая клюшка рассмеялась над чем-то, а потом хрипло закашлялась. Кашель был слышен даже снаружи и напоминал рев экскаватора на низкой передаче. Человек с эспаньолкой похлопал старуху по спине, и все рассмеялись.

Смейтесь-смейтесь, подумал Джек. *Посмотрим, как вы засмеетесь, когда я до вас доберусь.* Хотя их смех был ему на руку. Иначе они могли бы его заметить.

Джек развернулся и пошел прочь, пытаясь осмыслить увиденное. Не развеселую компанию — хрен бы с ней, — но человека с эспаньолкой. Когда он вытянул руку, чтобы похлопать старую перечницу по спине, Джек заметил татуировку на его пальцах. Стекло было грязным, синие чернильные буквы выцвели, но Джек Хоскинс сразу понял, что там написано: «НЕМОГУ». Он совершенно не представлял, как человек, прятавшийся у него под кроватью, сумел так быстро добраться до кафе, и ему не хотелось об этом думать. Сейчас у него были другие задачи. Ему предстояла большая работа, и избавиться от рака, уже разраставшегося на коже, — это только полдела. Надо еще и избавиться от Андерсона, чем он и займется с превеликим удовольствием.

Так-то, мистер Мнения-Нет.

2

Плейнвиллский аэродром располагался на кустистом пустыре на окраине крошечного сонного городка. Весь аэродром состоял из единственной взлетно-посадочной полосы, на взгляд Ральфа, до жути короткой. Как только колеса коснулись земли, пилот применил полное торможение, и все незакрепленные предметы попадали на пол. Самолет остановился у желтой линии в конце узкой гудронной полосы, буквально в тридцати футах от канавы, заросшей сорняками и забитой пустыми пивными банками.

— Добро пожаловать в никуда, — сказал Алек, когда самолет подкатился к блочному зданию аэровокзала, настолько хлипкому с виду, что казалось, при первом же сильном ветре его просто сдует. У здания их дожидался пыльный фургон «додж». Ральф узнал модель с выдвижным пандусом для инвалидов-колясочников еще до того, как увидел номерной знак со значком «Инвалид». Рядом с фургоном стоял Клод Болтон, высокий и мускулистый, в выцветших джинсах, синей рубашке, потертых ковбойских сапогах и бейсболке с эмблемой «Техасских рейнджеров».

Ральф первым вышел из самолета и протянул Клоду руку. После секундной заминки Клод пожал ее. Ральф не смог удержаться и скользнул взглядом по бледно-синим буквам: «НЕМОГУ».

— Спасибо, что облегчаете нам задачу, — сказал он. — Вы совсем не обязаны это делать, и мы вам очень признательны. — Он представил Клоду всех остальных.

Холли пожала ему руку самой последней и спросила:

— Ваши надписи-татуировки... это про алкогольную зависимость?

Точно, подумал Ральф. *А я и забыл вытащить из коробки этот кусочек пазла.*

— Да, мэм, все верно. — Болтон говорил, как учитель, преподающий любимый предмет. — Большой парадокс, так это называется на собраниях анонимных алкоголиков. Я впервые об этом услышал еще в тюрьме. Ты *не можешь* не пить, но со спиртным *надо* завязывать.

— У меня были такие же чувства, когда я бросала курить, — сказала Холли.

Болтон улыбнулся, и Ральф подумал, как странно все получается: Холли, главный социофоб в их компании, сразу нашла общий язык с Болтоном и помогла ему расслабиться. Не то чтобы Болтон был сильно встревожен; скорее насторожен, и тем не менее.

— Да, мэм, сигареты — тяжелая штука. Как вы справляетесь?

— Уже почти год не курю, — ответила Холли. — Не скажу, что не тянет, но как-то держусь. *Не могу* и *надо*. Мне нравится.

Ральф так и не понял, действительно ли Холли не знала, что означают татуировки на руках Клода, или просто притворилась.

— Единственный способ разрешить парадокс «не могу — надо» — положиться на помощь свыше или же изыскать внутренние резервы. Так что пришлось изыскивать. И я всегда держу при себе медальон трезвости. Так меня научили: если захочется выпить, положи медальон в рот. Если он растворится, значит, можно и выпить.

Холли улыбнулась — той самой лучезарной улыбкой, которая так нравилась Ральфу.

Боковая дверца фургона открылась, и наружу выдвинулся ржавый пандус, по которому съехала в инвалидной коляске крупная дама преклонных лет с пышной короной седых волос. На коленях она держала небольшой зеленый кислородный баллон с гибким шлангом, шедшим к раздвоенной трубке у нее в ноздрях.

— Клод! Что ты держишь людей на жаре? Если мы едем, значит, едем. Уже почти полдень.

— Это моя мама, — сказал Клод. — Мам, это детектив Андерсон, он ведет дело, о котором я тебе рассказывал. А всех остальных я не знаю.

Хоуи, Алек и Юн по очереди представились матери Клода. Холли заговорила последней:

— Очень приятно с вами познакомиться, миссис Болтон.

Люба рассмеялась:

— Посмотрим, что вы скажете, когда узнаете меня поближе.

— Пойду возьму машину, — сказал Хоуи. — Думаю, это она и есть. — Он указал на средних размеров джип темно-синего цвета, припаркованный у входа в здание аэровокзала.

— Я поеду впереди, буду показывать дорогу, — сообщил Клод. — Вряд ли вы потеряетесь. На мэрисвиллской дороге почти нет движения.

— Может, поедете с нами, голубушка? — спросила у Холли Люба Болтон. — Составите старухе компанию.

Ральф думал, что Холли откажется, но она сразу же согласилась.

— Только дайте мне пару минут.

Она выразительно посмотрела на Ральфа, и они вместе отошли к взлетно-посадочной полосе. Клод наблюдал, как его мама разворачивает коляску и въезжает обратно в фургон. Маленький самолет разгонялся для взлета, и Ральф не услышал вопроса Холли. Он наклонился поближе к ней.

— Что мне им говорить, Ральф? Они наверняка будут спрашивать, зачем мы приехали.

Он на секунду задумался и сказал:

— Скажите им правду. В общих чертах, без подробностей.

— Они мне не поверят!

Ральф улыбнулся:

— Холли, вы отлично справляетесь с неверием.

3

Как многие бывшие заключенные (во всяком случае, те, которым не хочется вновь загреметь за решетку), Клод Болтон неукоснительно соблюдал скоростной режим. Ровно через полчаса после выезда из Плейнвилла он свернул к придорожному кафе рядом со зданием с вывеской «Индейский мотель», вышел из фургона и, почти извиняясь, обратился к Хоуи, сидевшему за рулем джипа:

— Надеюсь, вы не будете против, если мы остановимся перекусить. Маме нужно питаться строго по часам, и она не успела приготовить сэндвичи в дорогу. Я ее торопил, боялся, что мы опоздаем вас встретить. — Он понизил голос, словно признаваясь в чем-то постыдном: — Если она вовремя не поест, у нее падает уровень сахара в крови. И она может потерять сознание.

— Мы бы тоже не отказались перекусить, — ответил Хоуи.

— Эта история, которую нам рассказала ваша коллега...

— Давайте мы все обсудим, когда доберемся до вашего дома, — перебил его Ральф.

Клод кивнул:

— Да, наверное, так будет лучше.

В кафе пахло — и даже приятно — раскаленным жиром, фасолью и жареным мясом. Играла музыка: Нил Даймонд пел на испанском «I Am, I Said». За прилавком у кассы висел список фирменных блюд (без особых изысков). Над проходом в кухню красовалась разрисованная фотография Дональда Трампа. Его светлые волосы были закрашены черным; кто-то пририсовал ему жидкую челку и усы, а внизу написал: *Yanqui vete a casa*. «Янки, валите домой». Сначала Ральф удивился: Техас — сугубо республиканский штат. Потом вспомнил, что здесь, вблизи от границы, белые если и не были меньшинством, то лишь ненамного превосходили по численности мексиканцев.

Они уселись в дальнем углу, Алек и Хоуи — за маленький столик на двоих, все остальные — за соседний столик побольше. Ральф заказал гамбургер; Холли — овощной салат, который, как выяснилось, состоял в основном из увядших листьев салата айсберг; Юн и Болтоны отдали предпочтение «Мексиканскому миксу», включавшему в себя тако, буррито и эмпанаду. Официантка по своей инициативе поставила им на стол большой кувшин с холодным чаем.

Люба Болтон смотрела на Юна во все глаза, блестящие, как у птицы.

— Вы говорили, вас зовут Сабло? Нечасто встретишь такую фамилию.

— Да, нас немного, — сказал Юн.

— Вы из Мексики или родились уже здесь?

— Уже здесь, — ответил Юн и откусил зараз половину своего тако. — Американец во втором поколении.

— Замечательно! Сделано в США! Знавала я одного Августина Сабло, когда жила дальше к югу, еще до замужества. Он был водителем хлебовозки в Ларедо и Нуэво-Ларедо. Когда он проезжал мимо нашего дома, мы с сестрами кричали ему: «Дай-ка нам churro éclairs*». Вы с ним, случайно, не родственники?

Юн не то чтобы покраснел, но его оливково-смуглые щеки немного потемнели, и он покосился на Ральфа.

— Да, мэм, это мой папа.

— Как тесен мир! — воскликнула Люба и рассмеялась. Смех обернулся надрывным кашлем, и она начала задыхаться. Клод похлопал ее по спине, причем так сильно, что трубка выпала у нее из носа и свалилась в тарелку. — Ох, сынок. Посмотри, что ты наделал, — сказала Люба, отдышавшись. — Теперь у меня весь буррито в соплях. — Она вернула трубку на место. — Хотя черт с ним. Из меня вышло, в меня же вернется. Ничего страшного. — Она откусила кусок буррито и принялась жевать.

Ральф рассмеялся первым, к нему присоединились все остальные. Даже Хоуи и Алек, хотя они почти все пропустили. Ральф подумал, что смех действительно объединяет людей. Как хорошо, что Клод взял с собой маму. Она у него просто бомба.

— Да уж, мир тесен, — повторила Люба Болтон и наклонилась вперед, сдвинув тарелку своим внушительным бюстом. Она по-прежнему смотрела на Юна, сверкая птичьими глазами. — Ты же знаешь историю, которую она нам поведала? — Она указала взглядом на Холли, которая задумчиво ковырялась вилкой в салате.

---

* Мексиканская сладкая выпечка, что-то среднее между эклером и чуррос с корицей.

— Да, мэм.

— Ты в нее веришь?

— Я не знаю. Я... — Юн понизил голос: — Скорее да.

Люба кивнула и тоже понизила голос:

— Ты когда-нибудь видел парад в Нуэво? Processo dos Passos*? Может быть, еще в детстве?

— Sí, señora**.

Она еще больше понизила голос:

— Ты помнишь *его*? Farnicoco***? Ты его видел?

— Sí, — сказал Юн, и Ральф отметил, что хотя Люба Болтон была совершенно белой, Юн Сабло без малейших раздумий перешел на испанский.

Она спросила совсем тихим шепотом:

— Тебе потом снились кошмары?

Юн на секунду замялся и кивнул:

— Sí. Muchas pesadillas****.

Люба откинулась на спинку стула, удовлетворенная, но очень серьезная. Посмотрела на Клода.

— Слушай этих людей, сынок, — сказала она. — Кажется, у тебя назревают большие проблемы. — Она подмигнула Юну, но не шутливо. Ее лицо было мрачным. — Muchos.

4

Когда они снова выехали на шоссе, Ральф спросил Юна о processo dos Passos.

— Костюмированный парад на Страстной неделе, — ответил Юн. — Церковь не одобряет, но и не препятствует.

— А кто такой Farnicoco? Тот самый Эль Куко Холли?

— Хуже, — мрачно сказал Юн. — Хуже Человека с мешком. Farnicoco — Человек в капюшоне. Сам сеньор Смерть.

---

* Процессия идущих (*исп.*).

** Да, сеньора (*исп.*).

*** Персонаж мексиканского фольклора.

**** Да, много кошмаров (*исп.*).

5

До дома Болтонов в Мэрисвилле они добрались около трех часов дня, когда жара стала невыносимой. Расселись в крошечной гостиной, где старенький кондиционер — шумный, сотрясавший стекла агрегат, которому, с точки зрения Ральфа, уже давно пора было в утиль, — честно старался хоть как-то охладить воздух, нагретый столькими разгоряченными телами. Клод принес с кухни набитый льдом пенопластовый холодильник, откуда достал банки с колой.

— Если кому-то хотелось пива, то придется потерпеть, — сказал он. — Я не держу дома спиртное.

— И правильно, — ответил Хоуи. — Не думаю, что мы будем пить спиртное, пока не разберемся с этим загадочным делом. В меру наших возможностей. Расскажите, что было сегодня ночью.

Болтон посмотрел на маму. Та скрестила руки и кивнула.

— Ну, — сказал он, — теперь-то понятно, что ничего особенного. Я пошел спать, как всегда, после вечерних новостей, и все было нормально...

— Ничего подобного, — перебила Люба. — Ты с приезда сам не свой. Беспокойный... — Она обвела взглядом гостей. — Плохо ест... разговаривает во сне...

— Мам, кто будет рассказывать, ты или я?

Она махнула на него рукой и отпила колы из банки.

— Вообще мама права, — сказал Болтон, — но лучше, чтобы на работе об этом не знали. Сотрудникам службы охраны в «Джентльмены, для вас» вроде как не полагается бояться. А я не то чтобы боялся, но тревожился. Сам не знаю с чего. И прошлой ночью меня особенно проняло. Мне приснился кошмар, и я проснулся около двух. Встал и пошел запирать двери. Мы их обычно не запираем, тем более если я здесь, хотя я всегда говорю маме, чтобы она закрывалась на все замки, когда она тут одна и когда помощница из соцслужбы Плейнвилла уезжает в шесть вечера.

— Что вам снилось? — спросила Холли. — Вы помните?

— Что кто-то прячется у меня под кроватью. Это все, что я помню.

Холли кивнула, чтобы он продолжал.

— Прежде чем запереть дверь, я на минутку вышел на крыльцо и сразу заметил, как тихо на улице. Койоты не выли. Обычно они начинают концерт, как только восходит луна.

— Это если поблизости никого нет, — возразил Алек. — А если кто-то есть, они умолкают. И сверчки тоже.

— Кстати, да. В саду за домом полно сверчков, но я их тоже не слышал. Я запер дверь и вернулся в постель, но заснуть так и не смог. Я вспомнил, что не запер окна, и пошел их запирать. Щеколды скрипели, и мама проснулась. Спросила меня, что я делаю, и я сказал: все нормально, спи дальше. Снова лег и даже почти заснул — я не смотрел на часы, но, наверное, время близилось к трем, — но тут вспомнил, что забыл запереть окно в ванной. Мне почему-то казалось, что кто-то лезет к нам в дом через это окно. Я побежал проверять. Я знаю, это звучит по-идиотски, но...

Он посмотрел на гостей и не увидел ни улыбок, ни скептических взглядов.

— Да, раз вы проделали такой путь, то, наверное, *не считаете*, что это глупо. В общем, я налетел в темноте на мамин пуфик для ног, и тогда она проснулась уже окончательно. Спросила, что происходит, не пытался ли кто-то пробраться в дом, и я сказал, что нет, однако ей лучше не выходить из комнаты.

— Но я, разумеется, вышла, — самодовольно сообщила Люба. — Командовать мной дозволялось только мужу, а он давно нас покинул.

— В ванной никого не было, и никто не пытался залезть в окно, но у меня было чувство — и сильное, — что непрошеный гость где-то рядом, прячется в темноте и выжидает удобного случая.

— Но не у вас под кроватью? — уточнил Ральф.

— Нет, под кроватью я сразу проверил. Глупо, я понимаю... — Он на секунду умолк. — Уже светало, когда я заснул. А потом мама меня разбудила и сказала, что пора ехать в аэропорт, встречать вас.

— Дала ему подольше поспать, — сказала Люба. — Потому и не сделала сэндвичи нам в дорогу. Хлебница на холодильнике, а мне трудно туда дотянуться. Сразу задыхаюсь.

— Как вы себя чувствуете сейчас? — спросила Холли у Клода.

Он вздохнул и провел рукой по щеке. Все услышали звук скрежета щетины о ладонь.

— Как-то странно. Я перестал верить в чудовищ примерно тогда же, когда перестал верить в Санта-Клауса. Но мне как-то тревожно, и, кажется, у меня развивается паранойя. Точно такие же ощущения я испытывал, когда сидел на коксе. Он меня преследует? Вы действительно в это верите?

Он обвел испытующим взглядом лица гостей. Ему ответила Холли.

— *Я* верю, — сказала она.

6

Какое-то время они молчали, погрузившись в свои мысли. Люба заговорила первой.

— Вы назвали его Эль Куко, — сказала она, обращаясь к Холли.

— Да.

Люба кивнула и снова задумалась, стуча распухшими от артрита пальцами по баллону с кислородом.

— Когда я была маленькой, мексиканские дети называли его Кукуем, а белые — Кукой. У меня даже была книжка с картинками об этом страшилище.

— У меня тоже, — сказал Юн. — Наверняка точно такая же. Мне ее дала abuela. Такой великан с одним большим красным ухом?

— Sí, mi amigo*. — Люба достала сигареты и закурила. Выпустила дым, откашлялась и продолжила: — В той

---

* Да, друг мой (*исп.*).

сказке было три сестры. Младшая готовила, убиралась и делала всю остальную работу по дому, а ленивые старшие сестры только над ней насмехались. Пришел Эль Кукуй. Дверь была заперта, но он выглядел в точности как их отец, поэтому сестры его впустили. Он забрал злых сестер, чтобы их проучить. И не тронул младшую, которая так старалась для отца, растившего дочерей в одиночку. Помнишь, да?

— Да, конечно, — ответил Юн. — Услышанные в детстве сказки хорошо запоминаются. В той книжке Эль Кукуй вроде как был хорошим, наказал злых сестер, восстановил справедливость. Но я помню, как мне было страшно, когда он тащил девочек в свою пещеру в горах. Las niñas lloraban y le rogaban que las soltara. Девочки плакали и умоляли отпустить их.

— Да, — сказала Люба. — И он их отпустил, и они сразу исправились и стали хорошими, добрыми сестрами. Так было в книжке. Но настоящий Кукуй никогда не отпускает детей, как бы они ни рыдали. И вы это знаете, да? Вы видели, что он с ними делает.

— Значит, вы тоже верите, — сказал Хоуи.

Люба пожала плечами.

— Как говорится, quien sabe*? Верю ли я в чупакабру? В это чудище, которого старые los indios** называют козлососом? — Она фыркнула. — Нет, не верю. И в снежного человека тоже не верю. Но в мире творится немало странного. Однажды в Страстную пятницу, в церкви Святого Причастия на Галвестон-стрит, я видела, как статуя Девы Марии плакала кровавыми слезами. Мы все это видели. Потом отец Хоаким говорил, что это ржавая вода с протекающей крыши капала ей на лицо, но мы-то знали, как оно было на самом деле. И святой отец тоже знал. По глазам было видно. — Она опять обратилась к Холли: — И вы говорили, что сами видели много странного.

---

* Кто знает (*исп.*).
** Индейцы (*исп.*).

— Да, — тихо ответила Холли. — Я верю в нечто подобное. Может быть, не Эль Куко из народных легенд, но некая тварь, на которой основаны эти легенды.

— Мальчик и те две сестренки, о которых вы говорили... Он пил их кровь и ел мясо? Этот чужак?

— Скорее всего, — сказал Алек. — Исходя из состояния тел это вполне вероятно.

— А теперь он стал мной, — произнес Болтон. — Вот что вы думаете. И все, что ему понадобилось, это капелька моей крови. Он что, слизнул ее с пальца?

Никто не ответил, но Ральф живо представил, как тварь, принявшая облик Терри Мейтленда, облизывает палец, испачканный в крови Болтона. Да, очень живо представил. Похоже, это безумие добралось и до него.

— Это он вчера ночью бродил вокруг дома?

— Может быть, не в физическом воплощении, — сказала Холли. — И может быть, он еще не стал вами. Может, он только *становится* и процесс еще не завершился.

— Может, он приходил осмотреться, — предположил Юн.

Или хотел разузнать насчет нас, подумал Ральф. *И наверняка разузнал. Клод был в курсе, что мы приезжаем.*

— И что теперь? — спросила Люба. — Он убьет еще одного ребенка где-нибудь в Плейнвилле или Остине и попытается свалить все на моего мальчика?

— Скорее всего нет, — ответила Холли. — Думаю, он еще не настолько силен. Между Хитом Холмсом и Терри Мейтлендом прошло несколько месяцев. И он был... слишком активным в последнее время.

— И еще один фактор, — добавил Юн. — Чисто практический. В этих краях ему явно становится жарковато. Если он не дурак — а он далеко не дурак, иначе бы не продержался так долго, — то наверняка понимает, что пора двигаться дальше.

В этом был смысл. Ральф представил себе, как чужак с лицом и мускулистым телом Клода Болтона садится в автобус или на поезд в Остине и едет на Золотой Запад. Может, в Лас-Вегас. Или в Лос-Анджелес. Где произойдет очередное случайное столкновение с каким-нибудь парнем (или даже с какой-нибудь женщиной — кто его знает) и снова прольется немножко крови. Еще одно звено в цепочке.

Из нагрудного кармана Юна донеслись первые такты «Baila Esta Cumbia» Селены. Юн вздрогнул.

Клод улыбнулся:

— Да, в нашей глуши есть мобильная связь. Прогресс.

Юн достал телефон из кармана, взглянул на экран и сказал:

— Полиция округа Монтгомери. Надо ответить. Прошу прощения.

Он встал и вышел на крыльцо со словами:

— Лейтенант Сабло слушает.

Холли извинилась и последовала за ним.

Хоуи сказал:

— Может быть, это насчет...

Ральф покачал головой, сам не зная почему.

— А где этот округ Монтгомери? — спросил Клод.

— В Аризоне, — ответил Ральф, опередив Хоуи и Алека. — Еще одно дело. Никак не связанное с нашим.

— А что делать *нам*? — спросила Люба. — Вы уже знаете, как поймать этого красавца? У меня никого нет, кроме сына.

Холли вернулась в гостиную. Подошла к Любе, наклонилась и что-то шепнула ей на ухо. Клод тоже склонился послушать, но Люба махнула рукой.

— Сходи на кухню, сынок, принеси шоколадное печенье. Если оно не расплавилось на жаре.

Клод, очевидно, привыкший слушаться маму, без возражений пошел на кухню. Холли продолжала шептать Любе на ухо. Люба слушала, широко раскрыв глаза. Потом молча кивнула. Клод вернулся в гостиную одновременно с Юном, который убрал телефон в карман и сказал:

— Это звонил... — Он умолк на полуслове. Холли слегка повернулась, чтобы встать спиной к Клоду, поднесла палец к губам и покачала головой. — Звонил местный шеф, — на ходу перестроился Юн. — Они арестовали какого-то парня, но это не тот, кто нам нужен.

Клод поставил на стол целлофановый пакет с печеньем (которое выглядело безнадежно подтаявшим) и с подозрением огляделся:

— Вы собирались сказать что-то другое. Что здесь происходит?

Ральф подумал, что это хороший вопрос. По дороге у дома проехал пикап, яркий солнечный блик, отразившийся от ящика в кузове, заставил Ральфа поморщиться.

— Сынок, — сказала Люба. — Сделай мне одолжение, съезди в Типпит и возьми нам куриных обедов в «Придорожном раю». У них неплохо готовят. Накормим наших гостей, и они поедут устраиваться на ночлег. «Индейский мотель» — конечно, не лучшее место, но все-таки крыша над головой.

— До Типпита сорок миль! — возразил Клод. — Если брать семь обедов, это выйдет недешево, и все остынет, пока я доеду!

— Мы их разогреем в духовке, — спокойно ответила Люба, — и будут как новенькие. Давай, сынок, не упрямься.

Ральфу понравилось, как Клод упер руки в бедра и посмотрел на нее с наигранным негодованием:

— Ты просто пытаешься меня сплавить! У вас тут какие-то тайны.

— Все верно, — сказала она, затушив сигарету в жестяной пепельнице, полной окурков. — Потому что если мисс Холли права, то *он* знает все, что знаешь *ты*. Может быть, это не важно и шила в мешке не утаишь, а может, и утаишь. Поэтому лучше перестраховаться. Так что послушай маму, как хороший, примерный сын, и привези нам куриных обедов из Типпита.

Хоуи достал из кармана бумажник:

— Позвольте, я заплачу, Клод.

— Я сам заплачу, — проворчал Клод, насупившись. — У меня есть деньги.

Хоуи улыбнулся своей фирменной адвокатской улыбкой:

— Простите, но я настаиваю!

Клод взял деньги и убрал их в кошелек на поясе. Потом обвел взглядом гостей, старательно хмуря брови, но все же не выдержал и рассмеялся.

— Мама всегда добивается своего, — сказал он. — Как вы, наверное, уже догадались.

7

Объездная дорога Болтонов, Рурал-Стар-рут, выходила на шоссе, но прежде от нее ответвлялась вправо грунтовая дорога, четырехполосная, однако явно нуждавшаяся в капитальном ремонте. На развилке стоял рекламный щит, тоже обветшавший. На нем было изображено счастливое семейство, спускавшееся в темноту по винтовой лестнице. Они держали в руках газовые фонари, освещавшие благоговейные лица, запрокинутые к сталактитам, что свисали с высокого потолка пещеры. Под картинкой шла надпись: «ПОСЕТИТЕ МЭРИСВИЛЛСКИЙ ПРОВАЛ, ОДНО ИЗ ВЕЛИЧАЙШИХ ЧУДЕС ПРИРОДЫ». Клод знал, что там написано, еще с тех времен, когда был беспокойным подростком, мечтавшим сбежать из Мэрисвилла, но сейчас от всей фразы осталось лишь «ПОСЕТИТЕ МЭРИС» и «УДЕС ПРИРОДЫ». Все остальное было заклеено широкой полосой с надписью (тоже поблекшей): «ЗАКРЫТО НА НЕОПРЕДЕЛЕННЫЙ СРОК».

Когда Клод проезжал мимо развилки (местные мальчишки, фыркая, называли дорогу к Мэрисвиллскому провалу «дорогой в дырку»), у него слегка закружилась голова. Но он включил кондиционер посильнее, и головокружение сразу прошло. Хотя Клод возмущался, что его пытаются сплавить, на самом деле он был даже рад хоть ненадолго уехать из дома. Неприятное ощущение, что за ним наблюдают, прошло. Он включил радио, нашел кантри, попал прямо на Уэйлона Дженнингса (отлично!) и принялся подпевать.

Быть может, куриные обеды из «Придорожного рая» — это не такая уж плохая идея. Клод решил, что возьмет себе большую порцию луковых колечек и съест их на обратном пути, пока они еще сочные и горячие.

8

Джек ждал у себя в номере, выглядывая сквозь щелочку в задернутых шторах, и наконец фургон с номерным знаком для инвалидов выехал на шоссе. Очевидно, это была старая клюшка. А в синем джипе, который последовал за инвалидным фургоном, несомненно, сидела веселая компания из Флинт-Сити.

Когда они скрылись из виду, Джек пошел в кафе, плотно подкрепился и изучил ассортимент «сопутствующих товаров». Никакой мази с алоэ тут не было и в помине, как и солнцезащитного крема, но Джек купил две бутылки воды и пару возмутительно дорогих бандан. Не самая надежная защита от лютого техасского солнца, но все-таки лучше, чем ничего. Он сел в машину и поехал на юго-запад, туда же, куда укатила компания любителей лезть не в свое дело. Добравшись до развилки, где стоял старый рекламный щит, он свернул к Мэрисвиллскому провалу.

Примерно через четыре мили он подъехал к покосившейся дощатой кабинке, стоявшей прямо посреди дороги. Наверное, раньше эта кабинка служила билетной кассой. Когда-то она была ярко-красной, но теперь краска выцвела и стала розовой, словно кровь, расплывшаяся в воде. На закрытом окошке висела табличка: «АТТРАКЦИОН НЕ РАБОТАЕТ. РАЗВЕРНИТЕСЬ». Дорога была перекрыта цепью. Джек объехал ее по обочине, сминая колесами перекати-поле и лавируя между кустами полыни, и снова вырулил на дорогу... если ее можно было назвать дорогой. По ту сторону цепи полоса плотного грунта представляла собой сплошные ухабы, и выбоины, густо заросшие сорной травой, и глубокие ямы, которые никто не пытался заделывать. Впрочем, его «додж-рэм» — с высоким дорожным просветом и полным приводом — легко преодолевал все препятствия. Камни и куски сухой грязи так и летели из-под колес.

Две медленные мили, и десять минут спустя он подъехал к пустой стоянке площадью около акра. Когда-то желтые линии разметки выцвели, асфальт потрескался и раскрошился. Слева, у подножия довольно крутого холма, поросшего кустарником, стоял заброшенный магазинчик. Упавшая вывеска валялась вверх ногами: «СУВЕНИРЫ И ПОДЛИННЫЕ ИЗДЕЛИЯ ИНДЕЙСКИХ РЕМЕСЕЛ». Прямо по курсу виднелись остатки широкой бетонной дорожки, ведущей к входу в пещеру на склоне холма. Вход был наглухо заколочен досками и увешан табличками: «НЕ ВХОДИТЬ», «ВХОД ЗАПРЕЩЕН», «ЧАСТНАЯ СОБСТВЕННОСТЬ» и «ТЕРРИТОРИЯ ПАТРУЛИРУЕТСЯ ОКРУЖНЫМ ШЕРИФОМ».

Еще как патрулируется, подумал Джек. *Наверняка заезжают сюда на минутку каждое двадцать девятое февраля.*

Еще одна раскрошившаяся бетонная дорожка огибала сувенирную лавку, поднималась на холм и спускалась с другой стороны. Сначала она привела Джека к группе заброшенных туристических домиков (тоже закрытых и заколоченных досками), потом — к зданию типа склада или гаража, где, наверное, прежде хранилось различное оборудование или стояли служебные автомобили. Здесь тоже висели таблички «НЕ ВХОДИТЬ», но теперь к ним прибавились ярко-красные предупреждения: «ОПАСАЙТЕСЬ ГРЕМУЧИХ ЗМЕЙ».

Джек поставил пикап в чахлой тени склада. Прежде чем выбраться из машины, повязал голову банданой (что придало ему странное сходство с человеком, которого Ральф видел в толпе у здания суда, когда был убит Терри Мейтленд). Вторую бандану он обвязал вокруг шеи, чтобы не усугублять чертов ожог. Джек открыл ящик в багажнике и благоговейно достал оттуда оружейный футляр, в котором лежало его сокровище, его радость и гордость: винчестер под патрон «магнум» калибра .300, точно такая же, как у Криса Кайла (Джек смотрел «Снайпера» восемь раз). С оптическим прицелом «Leupold VX-1» он попадал в мишень с расстояния в две тысячи ярдов. Ну, если по правде, четыре раза из шести в удачный день без ветра, но здесь стрелять придется с более близкого расстояния. Если придется.

Он заметил в сорняках несколько брошенных инструментов и подобрал ржавые вилы. Пригодятся от гремучих змей. За складским зданием начиналась тропинка, ведущая к вершине холма с противоположной от входа в провал стороны. Здесь было мало растительности — сплошные камни, словно это не холм, а какой-то утес. Вдоль тропинки валялись пустые банки из-под пива, на некоторых валунах красовались надписи вроде «СПЭНКИ 11» и «ЗДЕСЬ БЫЛ ДОДИК».

Где-то на середине подъема дорожка раздваивалась. Вторая тропинка изгибалась и, очевидно, вела обратно к парковке и закрытой сувенирной лавке. Здесь стоял изрядно побитый погодой, изрешеченный пулями деревянный щит с изображением индейского вождя в головном уборе из перьев. Под ним была нарисована стрелка. Надпись у стрелки выцвела почти полностью: «ЛУЧШИЕ ПИКТОГРАММЫ — ТУДА». Не так давно кто-то пририсовал вождю пузырь, как в комиксах, и написал внутри маркером: «КЭРОЛИН АЛЛЕН СОСЕТ МОЙ КРАСНОКОЖИЙ ЕЛДАК».

Эта тропинка была шире, но Джек приехал не для того, чтобы любоваться искусством коренных американцев, а потому продолжил путь к вершине холма. Подъем был неопасным, но в последние годы Джек совершенно забросил тренировки и упражнял только руку, подносившую ко рту стакан. Преодолев три четверти пути, он совсем запыхался. Рубашка и обе банданы насквозь промокли от пота. Он остановился, положил на землю чехол с винтовкой и вилы, согнулся пополам, держась за колени, и стоял так, дожидаясь, когда черные мушки перестанут кружиться перед глазами, а сердцебиение придет в норму. Он приехал сюда для того, чтобы спастись от кошмарной смерти от ненасытного рака кожи, сожравшего его мать. И если в процессе он умрет от инфаркта миокарда, это будет поистине злая шутка.

Он уже собрался выпрямиться, но помедлил, прищурившись. В тени под скалистым уступом, на камнях, более-менее защищенных от непогоды, было еще больше граффити. Но если их рисовали детишки, то эти детишки давно мертвы. Может быть, много сотен лет. На одном из рисунков человечки из палочек с палками-копьями окружали животное — видимо, антилопу. В общем, кого-то с рогами. На другом человечки из палочек стояли перед какой-то штуковиной, напоминавшей вигвам. На третьем — выцветшем и едва различимом — человечек из палочек победно вскинул копье, стоя над другим человечком из палочек, распростертым у его ног.

Пиктограммы, подумал Джек, *причем не самые лучшие, если верить вождю на щите-указателе. Детишки из детского сада справились бы не хуже, но они останутся, а я исчезну. Особенно если рак возьмет верх.*

Эта мысль его разозлила. Он поднял с земли острый камень и колотил по пиктограммам до тех пор, пока от них ничего не осталось.

Вот так-то, подумал он. *Вас больше нет, а я есть. Значит, я победил.*

Ему вдруг пришло в голову, что, возможно, он сходит с ума... или уже сошел. Отмахнувшись от этой мысли, он продолжил подъем. Как оказалось, с вершины холма открывался отличный вид на стоянку, сувенирную лавку и заколоченный вход в Мэрисвиллский провал. Человек с татуировками на руках не был уверен, что Андерсон и компания доберутся сюда, но если все-таки доберутся, Джек должен устроить им теплую встречу. И уж он устроит, можете не сомневаться. Винчестер не подведет. Если они не приедут — если вернутся во Флинт-Сити сразу, как только поговорят с человеком, с которым приехали поговорить, — значит, и Джек сможет ехать домой. В любом случае, заверил его татуированный гость, Джек будет как новенький. Никакого рака.

А если он врет? Если умеет наделять болезнями, но не умеет забирать их назад? А может, и нет никакого рака? И его тоже нет? Может, я просто схожу с ума?

Эти мысли он тоже прогнал. Чем меньше думаешь, тем спокойнее. Он расчехлил винчестер и приладил оптический прицел. Стоянка и вход в пещеру были как на ладони. Если они все же приедут, то станут отличной мишенью.

Джек уселся в тени под скалистым уступом (предварительно убедившись, что там нет змей, скорпионов и прочей живности) и выпил воды, проглотив заодно и две волшебные пилюльки. Для закрепления эффекта нюхнул порошка из четырехграммового пузыречка, купленного у Коди (на колумбийский «снежок» льгот не было). Оставалось только наблюдать. На протяжении своей карьеры полицейского Джек неоднократно этим занимался. Несколько раз он почти засыпал с винчестером на коленях, но даже сквозь дрему держался настороже, чтобы среагировать на малейшее движение. Он просидел так весь день, пока солнце не опустилось к самому горизонту. И только тогда поднялся на ноги, морщась от боли в затекших мышцах.

— Они не приедут, — сказал он вслух. — Сегодня уж точно.

Нет, не приедут, согласился человек с татуировками на руках. (Или Джеку просто почудилось.) *Но завтра ты снова вернешься сюда, да?*

Конечно, вернется. И завтра, и послезавтра, и всю неделю, если так будет нужно. Да хоть целый месяц.

Он спустился к машине, стараясь шагать медленно и осторожно. После стольких часов на жаре не хватало еще подвернуть ногу. Джек убрал винчестер в багажник, выпил воды из бутылки, оставшейся в машине (вода нагрелась и стала почти горячей), и поехал обратно к шоссе. Там он свернул в сторону Типпита, надеясь, что в городе можно будет купить все необходимое. Прежде всего, солнцезащитный крем. И может быть, бутылку водки. Небольшую бутылку — все-таки надо ответственно подходить к делу, — просто чтобы лечь на паршивую кровать, и спокойно заснуть, и не думать о том, как ему в руку подтолкнули ботинок. Господи, вот на хрена он поперся к тому треклятому амбару в Каннинге?

На дороге Джек разминулся с машиной Клода Болтона, который возвращался в Мэрисвилл. Они не обратили друга на друга внимания.

9

— Ладно, — сказала Люба Болтон, когда Клод уехал. — К чему все это? Что вы хотели сказать такого, чего не должен слышать мой мальчик?

Юн сначала обратился к своим коллегам:

— Шериф округа Монтгомери отправил людей проверить постройки, которые сфотографировала Холли. В здании заброшенной фабрики со свастикой обнаружилась куча окровавленной одежды, в частности, медицинская куртка с биркой «СОБСТВЕННОСТЬ ДПХ».

— Дейтонский пансионат Хейсмана, — сказал Хоуи. — Экспертиза, конечно же, покажет, что кровь на одежде принадлежит одной из сестер Ховард. Или сразу обеим.

— А если там есть отпечатки пальцев, то они принадлежат Хиту Холмсу, — добавил Алек. — Возможно, они будут смазанные, если он уже начал преображаться.

— Не факт, — возразила Холли. — Мы не знаем, сколько длится превращение. Не исключено, что оно каждый раз занимает разное время.

— У местного шерифа возникли вопросы, — сказал Юн. — Я пока отговорился. Если учесть, с чем мы, возможно, имеем дело, надеюсь, продолжения не будет.

— Хватит болтать друг с другом. Пора ввести меня в курс дела, — вмешалась Люба. — Пожалуйста. Я переживаю за своего мальчика. Он ни в чем не виноват, и те двое тоже были невиновны, но они оба мертвы.

— Я понимаю ваше беспокойство, — ответил Ральф. — Дайте нам еще минутку. Холли, когда вы говорили с Болтонами по пути из аэропорта, вы же не упоминали кладбища?

— Нет. Я рассказала лишь самое основное. Не вдаваясь в подробности, как мы и решили.

— Так, погодите, — сказала Люба. — Я кое-что вспомнила. Я смотрела фильм, еще в детстве, в Ларедо. Один из фильмов о девушках-борцах...

— «Мексиканские девушки-борцы сражаются с монстром», — кивнул Хоуи. — Мы его видели. Мисс Гибни привезла диск. На «Оскар» не тянет, но все равно любопытный.

— Этот был один из фильмов с Розитой Муньос, — сказала Люба. — Cholita luchadora. Все девчонки хотели быть похожими на нее. Однажды я нарядилась Розитой на Хэллоуин. Мама сделала мне костюм. Этот фильм про Эль Куко был страшный. Там был профессор... или ученый... я точно не помню, но Эль Куко взял себе его внешность, его лицо. И когда luchadoras его выследили, он прятался в склепе на местном кладбище. Я права?

— Да, — ответила Холли. — Это часть легенды, во всяком случае, ее испанской версии: Эль Куко спит с мертвецами. Как вампир.

— Если он все-таки существует, — сказал Алек, — он *и есть* вампир. Ему нужна кровь, чтобы создать следующее звено в цепочке. Чтобы продлить свое существование.

Ральф снова подумал: *Люди, вы себя слышите?* Ему нравилась Холли Гибни, но лучше бы им никогда не встречаться. Из-за нее у него в голове началась непримиримая война, а ему очень хотелось покоя и мира.

Холли повернулась к Любе:

— Здание заброшенной фабрики, где полиция Огайо обнаружила окровавленную одежду, находится неподалеку от кладбища, где похоронен Хит Холмс и его родители. Брошенная одежда также была обнаружена в амбаре близ старого кладбища, где похоронены предки Терри Мейтленда. Отсюда вопрос: здесь поблизости есть кладбище?

Люба задумалась. Все молча ждали. Наконец она сказала:

— Ближайшее кладбище — только в Плейнвилле. В Мэрисвилле кладбища нет. У нас даже нет церкви. Раньше была. Церковь Девы Марии Всепрощающей. Но она сгорела лет двадцать назад.

Хоуи чертыхнулся.

— Может, какой-то семейный участок? — спросила Холли. — Иногда люди хоронят родных прямо на собственной земле.

— Насчет других не знаю, — ответила Люба, — но *мы* никогда так не делали. Мои родители похоронены в Ларедо, и их родители тоже. А еще раньше все наше семейство жило в Индиане, куда перебралось после Гражданской войны.

— А ваш муж? — спросил Хоуи.

— Джордж? Он сам из Остина, и родня у него из Остина. Там он и похоронен, рядом с родителями. Раньше я ездила к нему на могилу на автобусе. Обычно в день его рождения, привозила цветы. А теперь не езжу. С тех пор как у меня обнаружили это чертово ХОЗЛ*.

— Значит, тупик, — сказал Юн.

Люба как будто его не услышала.

— Я хорошо пела. Когда еще могла петь. И на гитаре играла. Приехала в Остин из Ларедо сразу же после школы. Думала, займусь музыкой. Буду петь в кабаках, а там, глядишь, что-то и сложится. Устроилась работать на бумажную фабрику на Бразос-стрит, ждала большого прорыва в «Карусели» или «Сломанной спице». Клеила конверты. Большого прорыва так и не случилось, но я вышла замуж за бригадира. За Джорджа. Ни секунды о том не жалела, пока он не вышел на пенсию.

— Кажется, мы отклонились от темы, — заметил Хоуи.

— Пусть говорит, — сказал Ральф. Что-то свербило внутри, что-то подсказывало ему, что они приближаются к чему-то важному. Это важное еще даже не брезжило на горизонте, но направление было верным. — Продолжайте, миссис Болтон.

---

* Хроническое обструктивное заболевание легких.

Она с сомнением покосилась на Хоуи, но Холли кивнула ей и улыбнулась. Люба улыбнулась в ответ, закурила очередную сигарету и продолжила свой рассказ:

— В общем, Джордж отработал свои тридцать лет, вышел на пенсию, и тут ему стукнуло перебраться в эту дремучую глушь. Клоду тогда было всего двенадцать — он у нас поздний ребенок, родился, когда мы уже и надеяться перестали. Клоду не нравилось в Мэрисвилле, он скучал по большому городу и по своим бестолковым друзьям — по юности моего мальчика вечно тянуло в плохую компанию. Поначалу мне тоже было тоскливо, но потом даже понравилось. С годами хочется тишины и покоя. Что еще нужно в старости! Вам сейчас трудно в это поверить, но поживете с мое, и поймете. И кстати, семейное кладбище прямо на заднем дворе — не такая плохая мысль, если подумать. Я бы не отказалась упокоиться где-нибудь здесь, но Клод все равно повезет мою тушку в Остин, чтобы я легла рядом с мужем, как было при жизни. Ну, ничего. Ждать осталось недолго.

Она закашлялась, с отвращением посмотрела на сигарету и сунула ее в переполненную пепельницу, где окурок продолжил зловеще тлеть.

— А знаете, почему Джорджу вздумалось переехать в Мэрисвилл? Он решил разводить альпака. Когда они все передохли, а передохли они очень быстро, он занялся разведением голдендудлей. Это помесь золотистого ретривера и пуделя, если вы вдруг не знаете. Как по-вашему, ева-люция одобряет такое диво? Что-то я сомневаюсь. Это все его братец. Он подал Джорджу идею. На всем белом свете не было такого безмозглого дуралея, как Роджер Болтон, но Джордж рассудил, что у них все получится и они мигом разбогатеют. Роджер с семьей переехал сюда, и они на пару открыли собачий питомник. Но щенки тоже сдохли, как альпака. После этого у нас с Джорджем стало туго с деньгами, однако на жизнь как-то хватало. А Роджер остался вообще без гроша, он вложил в эту безумную затею все свои сбережения, так что пришлось ему искать работу, и...

Она умолкла, широко раскрыв глаза.

— Так что стало с Роджером? — спросил Ральф.

Люба тихо выругалась.

— Я, конечно, старая клюшка, но это не оправдание. Вот же оно, прямо под носом.

Ральф подался вперед и взял ее за руку.

— Вы о чем, Люба? — Он обратился к ней по имени, как всегда делал на допросах свидетелей.

— Роджер Болтон и двое его сыновей — двоюродных братьев Клода — похоронены в четырех милях отсюда. Вместе с еще четырьмя мужчинами. Или, может, пятью. И конечно, теми детишками. Близнецами. — Она медленно покачала головой. — Я так психовала, когда Клод загремел на полгода в Гейтсвиллскую колонию за воровство. Мне было так стыдно. Тогда он и пристрастился к наркотикам. Но потом я поняла, что это была Божья милость. Бог отвел от него беду. Потому что Клод тоже пошел бы с ними. Джордж не пошел лишь потому, что уже перенес два сердечных приступа и сам понимал, что ему там делать нечего. Но Клод, будь он здесь... да, он бы точно пошел.

— Куда? — спросил Алек, пристально глядя на Любу.

— В Мэрисвиллский провал, — сказала она. — Там они все погибли и там же остались.

10

По словам Любы, это было похоже на «Приключения Тома Сойера», когда Том и Бекки заблудились в пещере. Только Том с Бекки в конце концов вышли наружу целыми и невредимыми, а одиннадцатилетние близнецы Джеймисоны сгинули навсегда. Как и те, кто пошел их спасать. Мэрисвиллский провал забрал всех.

— Ваш деверь устроился туда на работу, когда прогорел бизнес с собачьим питомником? — уточнил Ральф.

Люба кивнула:

— Он и раньше исследовал эти пещеры — не те участки, куда водили экскурсии, а с другой стороны, на склоне

Ахиги, — поэтому когда он пришел и сказал, что хочет устроиться экскурсоводом, его сразу же взяли. Их там было несколько. Они водили туристов в пещеры группами по десять-двенадцать человек. Это самая крупная система пещер в Техасе, и люди приезжали со всей страны, чтобы на нее посмотреть. Особенно на главный зал. Место действительно впечатляющее. Как собор. Его называли Чертогом звука из-за этой... как же ее... из-за акустики. Кто-то из экскурсоводов стоял в самом низу и читал шепотом клятву на верность флагу, а туристы, стоявшие наверху, в пяти сотнях футов над полом, слышали каждое слово. Эхо там казалось бесконечным. А все стены были покрыты рисунками. Давным-давно их рисовали индейцы. Забыла, как они правильно называются.

— Пиктограммы, — подсказал Юн.

— Да, они самые. Идешь с газовой лампой, хочешь — рассматриваешь рисунки, хочешь — светишь повыше, на сталактиты, свисающие с потолка. Там в главном зале была чугунная винтовая лестница от пола до самого верха. Четыре сотни ступенек, если не больше. Не удивлюсь, если она до сих пор там стоит, хотя наверняка уже вся проржавела. В пещерах высокая влажность, а чугун влаги не любит. Единственный раз, когда я решилась спуститься по этой лестнице, у меня жутко кружилась голова. Я даже вверх не смотрела, на сталактиты. Всю красоту пропустила. Обратно уже поднималась на лифте. Спускаться — это одно, но кто в здравом уме будет карабкаться вверх по крутой лестнице, если можно подняться на лифте? Сам главный зал — двести ярдов в диаметре. Или, может, все триста. Там была разноцветная подсветка, чтобы высвечивались минеральные вкрапления в камнях. Там же работал буфет, и из главного зала выходило шесть или восемь коридоров, куда тоже водили туристов. У каждого было свое название. Всех я не вспомню, но там точно была Галерея навахо — коридор, где больше всего пиктограмм, — и Чертова горка, и Змеиное брюхо, где надо было идти согнувшись, а местами и вовсе ползти. Представляете ощущения?

— Да, — сказала Холли. — Б-р-р.

— От больших коридоров отходили коридоры поменьше, но они были перегорожены и закрыты, чтобы никто из туристов случайно туда не забрел. Как я уже говорила, Мэрисвиллский провал — это большая система пещер, они уходят далеко в глубь земли, и их большую часть никогда не исследовали.

— Легко потеряться, — заметил Алек.

— Еще бы. Что, собственно, и произошло. От Змеиного брюха отходило несколько мелких тоннелей, *незакрытых* тоннелей. Их не стали перекрывать, потому что сочли слишком узкими, чтобы с ними возиться.

— Узкими для взрослого человека, но не для одиннадцатилетних мальчишек, — предположил Ральф.

— В самую точку, сэр, в самую точку. Карл и Кэлвин Джеймисоны. Те еще мелкие сорванцы в вечных поисках приключений на свою голову. И уж они сыскали приключение. Они были с группой, которую вели по Змеиному брюху. Шли в самом конце колонны, сразу за мамой и папой. Но наружу не вышли. Их родители... Надо ли говорить, как они перепугались? Эту группу, с которой были Джеймисоны, вел кто-то другой, не мой деверь. Но Роджер пошел с поисковым отрядом. Думаю, он и возглавил отряд, хотя точно не знаю, а теперь уже и никогда не узнаю.

— И сыновья были с ним? — спросил Хоуи. — Двоюродные братья Клода?

— Да, сэр. Они сами работали на полставки в экскурсионном бюро и сразу примчались, как только узнали. Известие распространилось мгновенно, и многие местные вызвались помочь в поисках. Поначалу казалось, что никаких проблем быть не должно. Спасатели слышали голоса потерявшихся мальчиков и точно знали, в какой из тоннелей они забрались. Когда посветили туда фонарем, там лежала пластмассовая фигурка вождя Ахиги, которую мистер Джеймисон купил кому-то из сыновей в сувенирной лавке. Видимо, выпала из кармана, когда парнишка полз по тоннелю. Как я уже говорила, близнецов было слышно, но никто из взрослых спасателей просто физически не помещался в такой узкий лаз. Они даже Ахигу забрать не смогли, не дотянулись. Они кричали мальчишкам, чтобы те шли на звук голосов, а если в тоннеле нельзя развернуться, чтобы просто ползли задним ходом. Они светили в тоннель фонарями, и сперва им казалось, что голоса потерявшихся близнецов стали громче, вроде как мальчики приближались, но потом голоса начали затихать и звучали все тише и тише, пока не умолкли совсем. Лично мне кажется, что они изначально были не так уж близко, как думали спасатели.

— Каверзная акустика, — сказал Юн.

— Sí, señor. И тогда Роджер сказал, что надо проверить другой вход в пещеры, со склона Ахиги, который он хорошо изучил по своим прежним спе-ле-оло-гическим вылазкам. И действительно: на той стороне они снова услышали близнецов, четко и ясно как день. Быстренько сбегали за снаряжением, взяли веревку и фонари и отправились вызволять пацанов. Вроде бы правильное решение, но в итоге оно привело их к погибели.

— Что случилось? — спросил Юн. — Вы знаете? Кто-нибудь знает?

— Как я уже говорила, эти пещеры — тот еще лабиринт, в котором сам черт ногу сломит. Один из спасателей остался снаружи, чтобы травить и, если понадобится, надвязать веревку. Это был Ив Бринкли. Он потом почти сразу уехал из Мэрисвилла. Перебрался в Остин. Совершенно убитый горем, но хотя бы живой. А все остальные... — Люба тяжко вздохнула. — Так и сгинули в этих пещерах.

Ральф представил себе эту жуткую смерть, и ему стало страшно. По-настоящему страшно. Судя по лицам всех остальных, они сейчас думали о том же самом.

— Когда от большого мотка веревки оставалась последняя сотня футов, Ив услышал какой-то грохот. Он говорил, это было похоже на взрыв петарды в унитазе, закрытом крышкой. Видимо, какой-то придурок решил пальнуть из ружья в надежде, что потерявшиеся мальчишки придут на звук, и в пещере случился обвал. Не знаю, кто это сделал, но точно не Роджер. Ставлю хоть тысячу долларов, что не Роджер. Он, конечно, был знатным придурком, но все-таки не настолько, чтобы стрелять из ружья в пещере, где пуля может отрикошетить куда угодно.

— И где от громкого звука может обвалиться часть потолка, — добавил Алек. — Как в горах, где звук выстрела может вызвать лавину.

— Значит, их раздавило, — сказал Ральф.

Люба вздохнула и поправила трубку в носу.

— Нет. Может, было бы лучше, если бы раздавило. По крайней мере это было бы быстро. Но люди, ждавшие в главном зале — в Чертоге звука, — слышали, как они звали на помощь. Точно так же, как те потерявшиеся близнецы. К тому времени там собралось уже человек шестьдесят или семьдесят. Все хотели помочь. Мой Джордж тоже рвался туда — все-таки среди тех, кого завалило, были его родной брат и племянники. Я сначала пыталась его удержать, но в итоге сдалась. Я, конечно, пошла вместе с ним. Чтобы быть уверенной, что он не наделает глупостей и не полезет, куда не надо. Это бы точно его убило.

— И когда это произошло, — сказал Ральф, — Клод был в колонии?

— В Гейтсвиллском трудовом интернате, кажется, так он назывался. Но по сути, в колонии, да.

Холли достала из сумки блокнот с желтыми разлинованными страницами и что-то сосредоточенно в нем писала.

— Когда мы с Джорджем добрались до Провала, уже стемнело. Там довольно большая стоянка, но она была переполнена. У главного входа в пещеру установили прожекторы на столбах, и подогнали какие-то грузовики, и люди носились туда-сюда, и впечатление было такое, будто там снимают фильм. Новый отряд спасателей вошел в пещеры через вход Ахиги. У них были каски, и мощные поисковые фонари, и специальные куртки вроде бронежилетов. Они шли по веревке и добрались до завала. Идти пришлось долго, местами сквозь полузатопленные участки. Завал разбирали всю ночь и половину утра. Но к тому времени крики о помощи прекратились.

— Как я понимаю, ваш деверь и его отряд не дождались спасателей? — сказал Юн.

— Нет, не дождались. Наверное, Роджер — или кто-то другой — решил, что знает дорогу к главной пещере. Или, может быть, они боялись, что обвал повторится. Трудно сказать. Но они отмечали свой путь. По крайней мере вначале. Оставляли отметки на стенах, бросали на пол монетки и кусочки бумаги. Кто-то даже бросил свою карточку из боулинг-клуба в Типпите. Еще одна отметка, и ему полагалась бы бесплатная партия. Об этом писали в газете.

— Как Гензель и Гретель с их хлебными крошками, — задумчиво произнес Алек.

— А потом все следы оборвались, — сказала Люба. — Прямо посреди тоннеля. Никаких больше отметок на стенах, ни монеток, ни шариков смятой бумаги. Ни с того ни с сего. Оборвались — и все.

Как те следы на песке в истории Билла Сэмюэлса, подумал Ральф.

— Второй поисковый отряд пошел дальше. Они долго ходили, звали пропавших, размахивали фонарями, но никто не ответил. Репортер из остинской газеты потом беседовал с теми, кто был в этой второй спасательной группе, и все они говорили одно и то же: слишком много тоннелей и ответвлений, и все ведут вниз и вглубь, некоторые — в тупик, некоторые — к колодцам сплошной темноты. Кричать было нельзя, чтобы опять не случился обвал, но кто-то все-таки крикнул, и, конечно, кусок потолка обвалился. Тогда-то они и решили, что пора выбираться наружу.

— Но ведь они не оставили поиски после первой попытки, — сказал Хоуи.

— Разумеется, нет. — Люба достала из холодильника еще одну банку колы, открыла ее и наполовину осушила одним глотком. — В горле совсем пересохло. Я отвыкла так много говорить. — Она проверила свой кислородный баллон. — И кислород почти на исходе. Но у меня есть запас. В ванной, в аптечке, среди чертовой кучи медикаментов должен быть еще один. Если кто-то его принесет, буду очень признательна.

Эту задачу взял на себя Алек Пелли, и Ральф вздохнул с облегчением, когда стало ясно, что Люба не собирается закуривать, пока Алек меняет баллоны. Как только кислород снова начал поступать, Люба возобновила рассказ:

— Поиски продолжались *годами,* вплоть до землетрясения в две тысячи седьмом. Потом все свернули. Решили, что слишком опасно. Землетрясение само по себе было не очень сильным, три-четыре балла. Но пещеры, они же хрупкие. Чертог звука выстоял, хотя с потолка сорвалось несколько сталактитов. Часть тоннелей обрушилась. Галерея навахо обрушилась точно. После землетрясения Мэрисвиллский провал закрыли. Главный вход заколочен и опечатан, и вход Ахиги, я думаю, тоже.

Воцарилось молчание. Ральф не знал, о чем думают остальные, но сам он думал о медленной смерти глубоко под землей, в темноте. Ему не хотелось об этом думать, но и не думать не получалось.

Люба произнесла:

— Знаете, что сказал мне однажды Роджер? За полгода до гибели. Он сказал, что Мэрисвиллский провал тянется глубоко в недра земли и, наверное, доходит до самого ада. Вполне подходящее местечко для этого вашего чужака, как вам кажется?

— Ни слова об этом, когда Клод вернется домой, — сказала Холли.

— Так он же все знает, — ответила Люба. — Там погибли его родные. Дядя и двоюродные братья. С братьями он не особенно ладил — они были старше и частенько над ним издевались, — но все-таки это родная кровь.

Холли улыбнулась, но одними губами; ее глаза не улыбались.

— Конечно, он знает. Но он не знает, что *мы* тоже знаем. И ему совершенно не нужно об этом знать.

11

Люба — теперь она выглядела уставшей, почти изможденной, — сказала, что на их маленькой кухне не поместятся семь человек, и предложила накрыть стол в садовой беседке за домом. Она сообщила (с гордостью), что Клод построил беседку сам, своими руками.

— Днем там жарковато, но к вечеру поднимается ветерок. И там стоят сетки от насекомых.

Холли предложила Любе прилечь отдохнуть. Сказала, что стол они как-нибудь накроют сами.

— Но вы же не знаете, где что лежит!

— Не волнуйтесь, — сказала Холли. — Уж искать я умею. Собственно, этим и зарабатываю на жизнь. И джентльмены, я думаю, мне помогут.

В конце концов Люба сдалась и уехала в спальню. Им было слышно, как она ворчит и кряхтит, выбираясь из инвалидной коляски и укладываясь на кровать.

Ральф вышел на крыльцо и позвонил Дженни. Она ответила после первого же гудка и бодро произнесла:

— Инопланетянин звонит домой.

— Дома все тихо?

— Все, кроме телевизора. Офицеры Рэмидж и Йейтс смотрели НАСКАР. Не знаю, делали они ставки или нет, но знаю точно, что они сожрали у нас все печенье.

— Печенья, конечно, жалко.

— Да, чуть не забыла! Заходила Бетси Риггинс. Хвасталась новорожденным. Я ей этого не сказала, но он вылитый Уинстон Черчилль.

— Ясно. Слушай, пусть Трой или Том останется на ночь.

— Пусть останутся оба. Завалимся спать втроем. Устроим обнимашки. Или, может, еще что-нибудь учиним.

— Жалко, я этого не увижу. Но вы обязательно сделайте фотографии. — На подъездную дорожку свернула машина; Клод Болтон вернулся из Типпита и привез куриные обеды. — Не забудь запереть двери и окна и включить сигнализацию.

— В прошлый раз это не помогло.

— И все-таки сделай мне одолжение, ладно?

Человек, который выглядел точно так же, как ночной гость, напугавший жену Ральфа, уже выходил из машины, и на мгновение у Ральфа возникло странное ощущение, словно у него двоилось в глазах.

— Ладно. Ты что-нибудь выяснил?

— Пока трудно сказать. — Ральф не хотел говорить жене правду. На самом деле он выяснил много интересного, но ничего хорошего. — Я попробую позвонить позже. Сейчас мне надо идти.

— Хорошо. Будь осторожен.

— Обязательно. Люблю тебя.

— Я тебя тоже люблю. И я серьезно: *будь осторожен*.

Ральф спустился с крыльца, чтобы помочь Клоду занести в дом полдюжины полиэтиленовых пакетов из «Придорожного рая».

— Все остыло, как я и говорил. Но разве она слушает? Никогда, ни за что. Хоть убейся.

— Ничего страшного. Сейчас разогреем.

— Разогретая курица напоминает резину. И я взял на гарнир картофельное пюре, потому что разогретый картофель фри... нет, спасибо.

Они подошли к дому. Ральф поднялся на крыльцо, но Клод остановился на нижней ступеньке.

— Вы поговорили с мамой, пока меня не было?

— Да, — ответил Ральф, совершенно не представляя, как вести себя дальше. Но Клод все понял.

— Только не надо рассказывать мне. А то вдруг он прочтет мои мысли.

— Значит, вы в него верите? — Ральфу было действительно любопытно.

— Я верю в то, во что верит она. Эта Холли. И я верю, что вчера ночью кто-то бродил вокруг дома. Поэтому о чем бы вы ни говорили, я не хочу ничего знать.

— Да, наверное, так будет лучше. Но знаете, Клод... Мне кажется, что кому-то из нас сегодня надо остаться тут на ночь, с вами и вашей мамой. Думаю, лейтенант Сабло — вполне подходящая кандидатура.

— Вы ждете каких-нибудь неприятностей? Потому что прямо сейчас у меня лично нет плохих предчувствий. Разве что жутко хочется есть.

— Я не жду неприятностей, — сказал Ральф. — Я просто подумал, что если где-то поблизости произойдет что-то плохое и там будет свидетель, который скажет, что видел вероятного преступника, прямо вылитого Клода Болтона, вам было бы очень кстати иметь под рукой полицейского, способного подтвердить, что вы всю ночь провели в мамином доме и никуда не выезжали.

Клод ненадолго задумался.

— Вообще дельная мысль. Единственное, у нас нет гостевых комнат. Диван в гостиной раскладывается, но когда мама не может заснуть, она допоздна смотрит телевизор. Ей нравятся эти дурацкие проповедники, которые вечно просят денег. — Он улыбнулся. — Но у нас есть лишний матрас, а ночь будет теплой. Он может заночевать прямо в саду.

— В беседке?

Клод просиял:

— Да! Я сам ее построил, своими руками.

12

Холли поставила курицу в духовку на пять минут, и еда прекрасно разогрелась. Они всемером поужинали в беседке — там был пандус для инвалидной коляски Любы. Разговор был веселым и оживленным. Клод оказался прекрасным рассказчиком, и у него было много забавных историй о красочных буднях «сотрудника службы безопасности» в «Джентльмены, для вас». Историй и вправду смешных, но не злых и не пошлых, и громче всех над ними смеялась Люба. А когда Хоуи рассказал об одном из своих клиентов, который пытался разыгрывать сумасшествие, чтобы его признали невменяемым, для чего снял штаны прямо в зале суда и принялся размахивать ими перед носом судьи, Люба смеялась так сильно, что ее снова накрыл приступ кашля.

Никто даже не упомянул о причинах их приезда в Мэрисвилл.

После ужина Люба объявила, что она устала и ей надо прилечь.

— Чем хороши эти обеды навынос, — сказала она, — не надо потом мыть посуду. А чашки и вилки я вымою утром. Я уже приноровилась сидеть у раковины прямо в коляске. В общем, даже удобно. Только надо следить, чтобы этот чертов баллон с кислородом никуда не свалился. — Она повернулась к Юну: — Вы уверены, что вам здесь будет нормально, офицер Сабло? А вдруг кто-то снова явится к дому, как прошлой ночью?

— Я при оружии, мэм, — ответил Юн. — И мне здесь нравится.

— Ну, хорошо... Но если что, не стесняйтесь, заходите в дом. По ночам иногда поднимается сильный ветер. Задняя дверь будет заперта, но ключ лежит под тем olla de barro. — Она указала на старый глиняный горшок. Потом скрестила руки на своей пышной груди и слегка поклонилась. — Вы хорошие люди, и я очень вам благодарна за то, что вы приехали помочь моему мальчику. — Она развернула коляску и укатила в дом. Клод остался с гостями.

— Замечательная у вас мама, — сказал ему Алек.

— Да, — согласилась Холли. — Прекрасная женщина.

Клод закурил «Типарильо».

— Полиция на моей стороне, — произнес он. — Такого со мной еще не было. Мне нравится.

Холли спросила:

— Мистер Болтон, в Плейнвилле есть «Уолмарт»? Мне нужно кое-что купить, а я люблю «Уолмарты».

— Нет, что, наверное, и к лучшему. Потому что мама тоже их любит и ее так просто оттуда не вытащишь. В здешних краях из больших магазинов есть только «Хоум депо» в Типпите.

— Надеюсь, это подойдет, — сказала Холли, поднимаясь из-за стола. — Сейчас мы вымоем посуду, чтобы Любе с утра не пришлось с ней возиться, и поедем в мотель. Завтра заберем лейтенанта Сабло и вернемся домой. Я считаю, мы сделали все, что хотели. Вы согласны, Ральф?

Ее взгляд подсказал ему, как надо ответить. Ральф кивнул:

— Да, конечно.

— Мистер Голд? Мистер Пелли?

— Я думаю, да, — сказал Хоуи.

Алек тоже кивнул:

— Сделали все, что хотели.

13

Они вернулись в дом буквально через пятнадцать минут после Любы Болтон, но из ее спальни уже доносился раскатистый храп. Юн наполнил кухонную раковину горячей мыльной водой и принялся за посуду. Ральф вытирал ее насухо, Холли убирала в буфет. Уже смеркалось, но до темноты было еще далеко, и Клод, Хоуи и Алек решили пройтись по участку, посмотреть, не осталось ли где следов вчерашнего гостя... если кто-то и вправду наведывался сюда ночью.

— Я мог бы оставить оружие дома, — заметил Юн. — Я прошел через спальню миссис Болтон, когда ходил в ванную за кислородным баллоном. У нее там целый арсенал. Одиннадцатизарядный «ругер-американ» на комоде, вместе с дополнительным магазином. В углу — дробовик «ремингтон» двенадцатого калибра, прямо за пылесосом. Не знаю, что там у Клода, но наверняка что-то есть.

— Так у него же судимость, — сказала Холли.

— Да, — кивнул Ральф. — Но это Техас. К тому же, мне кажется, он исправился.

— Да, — согласилась с ним Холли. — Мне тоже так кажется.

— И мне, — подтвердил Юн. — Похоже, наш друг Клод Болтон сумел начать новую жизнь. С бывшими алкоголиками и наркоманами так бывает. Не у всех получается, но когда получается, это поистине чудо. И все-таки этот чужак выбрал на редкость удачную кандидатуру. Как будто знал, кем обернуться, чтобы вернее его подставить. Кто поверит в невиновность бывшего наркомана и торговца наркотиками, отсидевшего срок? Я уже не говорю о его прошлых связях с бандой «Сатанинской семерки».

— Терри Мейтленду тоже никто не поверил, — мрачно произнес Ральф. — А у Терри была безупречная репутация.

14

До «Хоум депо» в Типпите они добрались уже в сумерках и вернулись в «Индейский мотель» в начале десятого (Джек Хоскинс наблюдал за ними сквозь щелочку в плотно задернутых шторах и как одержимый растирал зудящую кожу у себя на шее).

Они отнесли все покупки в номер к Ральфу и разложили их на кровати: пять ультрафиолетовых фонариков (с запасными аккумуляторами) и пять желтых строительных касок.

Хоуи взял фонарик, включил его и поморщился от яркого лилового света.

— Эта штука действительно высветит его следы? Его выделения?

— Да, если они там есть, — ответила Холли.

— Гм. — Хоуи вернул фонарик на место, нахлобучил на голову каску, подошел к зеркалу над комодом, посмотрел на себя и сказал: — Вид у меня идиотский.

Никто не стал возражать.

— Мы и вправду собрались туда идти? Между прочим, это не риторический вопрос. Я просто пытаюсь уложить все это в голове.

— Меня больше волнует, как мы будем объясняться с техасской полицией, если нам понадобится их содействие, — мягко заметил Алек. — Что мы им скажем? Что, по нашему мнению, в Мэрисвиллском провале скрывается монстр?

— Если мы его не остановим, — сказала Холли, — он продолжит убивать детей. Он этим живет.

Хоуи резко обернулся и посмотрел на нее почти осуждающе:

— Как мы попадем внутрь? Миссис Болтон говорит, там все закупорено надежнее, чем исподнее у монашки. Но даже если у нас получится туда войти, как насчет веревки? В «Хоум депо» ведь продается веревка? Должна продаваться.

— Нам не понадобится веревка, — тихо ответила Холли. — Если он там — а я почти уверена, что он там, — он не пойдет глубоко. Во-первых, побоится заблудиться или попасть под обвал. Во-вторых, он еще слаб. Сейчас у него период спячки, когда он должен копить силы, а не тратить.

— Создавая проекции? — спросил Ральф. — Вы так считаете?

— Да. То, что видела Грейс Мейтленд, то, что видела ваша жена... Думаю, это были проекции. Вероятно, какая-то малая часть его физического естества тоже присутствует в тех местах, куда он себя проецирует. Вот почему в вашей гостиной остались следы, вот почему он сумел сдвинуть стул и включить свет над плитой. Но при этом ему не хватило веса даже на то, чтобы оставить вмятины на новом ковре. Наверняка эти проекции отнимают много сил. Я думаю, полностью во плоти он появился единственный раз: у здания суда, в тот день, когда застрелили Терри Мейтленда. Потому что он был голодный и знал, что там будет много еды.

— Он приходил во плоти, но его нет ни в одном телевизионном сюжете, — сказал Хоуи. — То есть он не появляется на видеозаписях? Как вампир, который не отражается в зеркалах?

Судя по его тону, он ждал, что Холли начнет возражать. Но Холли согласно кивнула:

— Да, именно так.

— Значит, вы думаете, что чужак — сверхъестественное существо?

— Я не знаю, что он такое.

Хоуи снял каску и швырнул ее на кровать.

— Да, я помню. Вы можете только строить догадки.

Холли задели его слова. Она растерялась, не зная, что на это ответить. Ральф подумал, что она, кажется, не понимает того, что было вполне очевидно и ему самому, и, наверное, Алеку Пелли: Ховард Голд был очень сильно напуган. Если что-то пойдет не так, тут не получится обратиться с протестом к судье. Не получится заявить о судебной ошибке.

Ральф сказал:

— Я сам не очень-то верю в Эль Куко и в оборотней, пьющих кровь, но какой-то чужак все-таки есть, этого я уже не отрицаю. Из-за связи с Огайо и из-за того, что Терри Мейтленд просто не мог находиться в двух местах одновременно.

— С Терри чужак прокололся, — заметил Алек. — Он не знал, что Терри поедет на конференцию в Кэп-Сити. У всех остальных, кого он назначал козлами отпущения, алиби было дырявым, как решето. Взять того же Хита Холмса.

— Тогда получается неувязка, — сказал Ральф.

Алек вопросительно приподнял брови.

— Если чужак получил доступ к... я не знаю, как это назвать. К воспоминаниям Терри. Но *не только* воспоминаниям, а еще вроде как...

— Вроде как к топографической карте его сознания, — тихо подсказала Холли.

— Ладно, пусть будет карта, — согласился Ральф. — Я допускаю, что он мог бы и не заметить какие-то мелочи, как люди, владеющие скорочтением, пропускают детали, но конференция в Кэп-Сити — это явно не мелочь. Наверняка для Терри это было большое событие.

— Тогда почему этот Куко все равно... — начал было Алек, но Холли его перебила:

— Может, у него просто не было выбора. — Она взяла в руки фонарик, рассеянно включила его и направила на стену, где ультрафиолетовые лучи высветили призрачный отпечаток ладони кого-то из прежних постояльцев. По мнению Ральфа, зрелище было не из приятных. — Может, он был слишком голоден и не мог ждать до лучших времен.

— Или он был уверен, что ему все сойдет с рук, — сказал Ральф. — Так бывает со многими серийными убийцами. В какой-то момент, уверившись в собственной безнаказанности, они теряют всяческую осторожность, обычно как раз перед тем, как их ловят. Банди, Спек, Гейси... Они все считали, что уж для них-то закон не писан. Что они выше других людей, чуть ли не равны богам, и потому им все позволено. А этот чужак... он не слишком-то рисковал. Подумайте сами. Мы собирались предъявить Терри Мейтленду обвинение в убийстве Фрэнка Питерсона и предать его суду, несмотря на многочисленные неувязки, возникшие в деле. У него было железное алиби, но мы не сомневались, что это липа.

И мне до сих пор хочется в это верить. Потому что иначе мой мир — все мое понимание мира — перевернется с ног на голову.

Его лихорадило и немного подташнивало. Здравомыслящему человеку, живущему в двадцать первом веке, невозможно поверить в существование сверхъестественных монстров-оборотней. Если ты веришь в этого чужака Холли Гибни, если веришь в ее Эль Куко, значит, можно поверить во что угодно. Нет конца у Вселенной.

— Он уже не настолько самоуверен, — тихо произнесла Холли. — Раньше после убийства он несколько месяцев оставался на одном месте. Ждал, когда завершится преображение. И только потом перебирался куда-то еще. Я так думаю исходя из того, что успела прочесть и что узнала в Огайо. Но в этот раз все пошло не по плану, и обычная схема разладилась. Ему пришлось срочно бежать из

Флинт-Сити, когда тот парнишка нашел одежду в амбаре и раскрыл его логово. Чужак знал, что полиция явится очень скоро. Видимо, он перебрался в Техас, чтобы быть ближе к Клоду Болтону. И нашел идеальное убежище.

— Мэрисвиллский провал, — сказал Алек.

Холли кивнула.

— Но он не знает, что мы знаем. И это дает нам преимущество. Да, Клод знает, что тела его дяди и братьев остались где-то в пещерах. Но он не знает, что чужак залегает в спячку либо среди мертвецов, либо где-то поблизости, и предпочтительно, чтобы в числе этих мертвых были кровные родственники человека, в которого он собирается преобразиться. Или человека, чей облик уже был использован. Именно так все и происходит, я уверена.

Потому что тебе этого хочется, подумал Ральф. И все же, как он ни старался, ему не удавалось найти в ее логике ни единого изъяна. Разумеется, при условии, что ты готов согласиться с основным постулатом о сверхъестественном существе, которое неукоснительно соблюдает определенные правила, либо в силу традиции, либо подчиняясь некоему неизвестному императиву, которого им никогда не постичь.

— А вы уверены, что Люба ему ничего не расскажет? — спросил Алек.

— Я думаю, не расскажет, — ответил Ральф. — Будет молчать для его же блага.

Хоуи взял фонарик и посветил на дребезжащий кондиционер, обнаружив целую россыпь призрачных отпечатков пальцев. Выключил фонарик и сказал:

— А вдруг у него есть помощник? У графа Дракулы был Ренфилд. У доктора Франкенштейна — слуга-горбун Игорь...

Холли сказала:

— Это распространенное заблуждение. В оригинальном фильме «Франкенштейн» помощника доктора звали Фрицем, его играл Дуайт Фрай. Уже потом Бела Лугоши...

— Признаю свою ошибку, — перебил Хоуи, — но вопрос остается: а вдруг у этого чужака есть помощник?

Кто-то, кого он оставил за нами следить? В этом есть смысл, вам не кажется? Даже если чужак не знает, что мы знаем о Мэрисвиллском провале, мы сейчас слишком близко, и это должно его насторожить.

— Я понимаю твои опасения, Хоуи, — сказал Алек, — но серийные убийцы обычно действуют в одиночку, и дольше всех на свободе гуляют те, кто постоянно переезжает с места на место. Бывают исключения, но наш приятель к ним вряд ли относится. Он приехал во Флинт-Сити из Дейтона. Если пойти по обратному следу из Огайо, возможно, мы обнаружим убитых детей в Тампе, штат Флорида, или в Портленде, штат Мэн. Есть одна африканская поговорка: *всех быстрее ходит тот, кто идет в одиночку*. И вообще, если подумать, кто взялся бы за такую работу?

— Какой-нибудь псих, — предположил Хоуи.

— И где он его нашел? — спросил Ральф. — Зашел в ближайшую психушку и подобрал подходящего?

— Ладно, — сказал Хоуи. — Будем считать, что он сам по себе. Прячется в Мэрисвиллском провале и ждет, когда мы придем и начнем его истреблять. Кстати, а как его истребить? Вытащить на солнечный свет и вонзить кол ему в сердце?

— В романе Стокера, — ответила Холли, — Дракуле отрезали голову и набили ему рот чесноком.

Хоуи швырнул фонарик на кровать и вскинул руки.

— Ну, нормально. Завтра заедем в ближайший супермаркет и купим чеснока. И топорик для мяса, раз уж мы не подумали взять пилу в «Хоум депо».

Ральф сказал:

— Мне кажется, хватит и пули в голову.

Все задумчиво умолкли, а потом Хоуи объявил, что идет спать.

— Но сначала хотелось бы определиться с планами на завтра.

Ральф думал, что отвечать будет Холли, но она выжидающе посмотрела на Ральфа. Его поразили и тронули темные круги у нее под глазами и морщинки в уголках губ. Морщинки, которых не было утром. Ральф тоже устал — очевидно, они все устали, — но Холли Гибни была совершенно измучена и держалась только на нервах. Ральф подумал, что для нее, человека стеснительного и замкнутого, все это так же приятно, как ходить босиком по колючкам. Или по битому стеклу.

— Спим до девяти, — сказал Ральф. — Нам всем нужно как следует выспаться. Потом собираемся, освобождаем номера и едем к Болтонам за Юном. А оттуда — прямиком в Мэрисвилльский провал.

— Не в ту сторону, — возразил Алек. — Нам нужно чтобы Клод был уверен, что мы улетаем домой. Он наверняка удивится, почему мы не едем в Плейнвилл.

— Мы скажем Клоду и Любе, что сначала нам надо заехать в Типпит, потому что... э... даже не знаю. Еще что-то купить в «Хоум депо»?

— Неубедительно, — сказал Хоуи.

Алек спросил:

— Ты не помнишь, как зовут того полицейского, который приезжал к Клоду в Мэрисвилл?

Ральф не помнил, но все было записано в его заметках на айпаде. Порядок есть порядок, даже если гоняешься за фантастическими чудовищами.

— Его зовут Оуэн Сайп. Младший сержант Оуэн Сайп.

— Хорошо. Мы скажем Болтону и его маме... А это практически то же самое, что сказать чужаку напрямую, если он и вправду способен проникать в мысли Клода. Так вот, мы им скажем, что тебе позвонил младший сержант Сайп и сообщил, что полицией Типпита разыскивается человек, приблизительно подходящий под описание Клода Болтона, по обвинению в ограблении, или в угоне автомобиля, или, может быть, в краже со взломом. Юн сможет подтвердить, что Клод этой ночью был дома...

— Не сможет, если он спал в беседке, — возразил Ральф.

— Хочешь сказать, он не услышал бы, как Клод заводит свой драндулет со сдохшим глушителем, который давно пора заменить?

Ральф улыбнулся:

— Согласен.

— В общем, мы скажем, что сначала нам надо заехать в Типпит, выяснить, что там и как, и если это вообще не по нашему делу, мы спокойно вернемся во Флинт-Сити. Как вам такой вариант?

— Замечательно, — сказал Ральф. — Главное, чтобы Клод не заметил эти каски и фонари.

15

Уже в двенадцатом часу ночи Ральф лежал на скрипучей кровати в своем гостиничном номере и никак не мог заставить себя выключить свет. Прежде чем ложиться в постель, он позвонил Дженни, и они проговорили почти полчаса: немного о деле, немного о Дереке, но в основном просто о пустяках. Потом он попытался посмотреть телевизор, памятуя о полуночных проповедниках Любы, которые, как он надеялся, заменят ему снотворное — или хотя бы помогут остановить бешеную гонку мыслей, — но телевизор даже не включился. Вернее, включился на заставке: «НАШИ СПУТНИКОВЫЕ КАНАЛЫ ВРЕМЕННО НЕ РАБОТАЮТ. БЛАГОДАРИМ ЗА ТЕРПЕНИЕ».

Он уже потянулся к лампе на тумбочке, чтобы все-таки выключить свет, и тут раздался тихий стук в дверь. Ральф уже было взялся за ручку, но потом передумал и посмотрел в глазок. Как оказалось, без толку. Глазок был плотно забит то ли грязью, то ли вообще непонятно чем.

— Кто там?

— Это я, — произнесла Холли голосом таким же тихим, каким был ее стук.

Ральф открыл дверь. Футболка Холли была не заправлена в джинсы, пиджак, который она набросила на плечи, спасаясь от ночной прохлады, нелепо перекосился на одну сторону. Поднявшийся ветер растрепал ее короткие седые волосы. В руках она держала айпад. Ральф вдруг осознал, что стоит перед ней в одних семейных трусах, и прорезь на ширинке наверняка разошлась. Ему вспомнилась фраза из детства: *А у тебя есть разрешение на торговлю хот-догами?*

— Я вас разбудила, — сказала Холли.

— Нет, я не спал. Заходите.

Она замялась, но все-таки вошла в номер и уселась на единственный стул, пока Ральф натягивал джинсы.

— Вам обязательно надо поспать, Холли. Вид у вас очень усталый.

— Да, я устала. Но иногда так бывает, что чем сильнее устаешь, тем труднее заснуть. Особенно когда тебя что-то тревожит.

— А снотворное не помогает?

— Снотворное не рекомендуется принимать одновременно с антидепрессантами.

— Понятно.

— Я собрала информацию. Иногда поиски в Интернете помогают заснуть. Я начала с газетных статей о трагедии в Мэрисвиллском провале, о которой нам рассказала миссис Болтон. Статей было много. И о самом происшествии, и о его предыстории. Я подумала, вам это будет интересно.

— Это нам как-то поможет?

— Думаю, да.

— Тогда интересно.

Ральф сел на кровать, и Холли сдвинулась на самый краешек стула, плотно сжав колени.

— Хорошо. В своем рассказе Люба не раз упомянула вход Ахиги. И сказала, что один из близнецов Джеймисонов обронил пластмассовую фигурку вождя Ахиги. — Она включила айпад. — Этот снимок был сделан в тысяча восемьсот восемьдесят восьмом.

На фотографии с эффектом сепии был изображен благородного вида индеец, стоявший в профиль к зрителям. Его головной убор из перьев спускался до середины спины.

— Какое-то время вождь Ахига жил с небольшой группой навахо в резервации Тигуа близ Эль-Пасо, потом женился на белой женщине и переехал сначала в Остин, где к нему относились как к человеку второго сорта, а потом — в Мэрисвилл, где его приняли в общество, когда он постригся и перешел в христианскую веру. У его жены было немного денег, и они открыли Мэрисвиллский торговый пост, который потом превратился в «Индейский мотель».

— Дом, милый дом, — сказал Ральф, обводя взглядом обшарпанный номер.

— Да. А это вождь Ахига в тысяча девятьсот двадцать шестом, за два года до смерти. К тому времени он поменял имя и стал Томасом Хиггинсом. — Холли вывела на экран следующую фотографию.

— Обалдеть. — Ральф покачал головой. — Я бы сказал, что он заделался коренным американцем, хотя тут все было с точностью до наоборот.

На снимке красовался все тот же благородный профиль, но повернутая к зрителю щека была изрезана глубокими морщинами, а головной убор из перьев пропал. Теперь бывший вождь навахо носил очки без оправы, белую рубашку и галстук.

Холли сказала:

— Вдобавок к своему торговому предприятию — единственному процветающему предприятию во всем Мэрисвилле, — вождь Ахига, он же Томас Хиггинс, обнаружил Провал и организовал экскурсионные туры по пещерам. Они пользовались популярностью.

— Но пещеры назвали не в его честь, а в честь города, — заметил Ральф. — Что характерно. Будь он хоть трижды добрым христианином и преуспевающим предпринимателем, для здешнего общества он оставался дикарем, краснокожим. Хотя, видимо, здесь к нему относились добрее, чем в Остине. Отдадим должное жителям Мэрисвилла. Давайте дальше.

Холли показала ему еще один снимок. Деревянный щит с нарисованным вождем Ахиги в индейском головном уборе и надписью снизу: «ЛУЧШИЕ ПИКТОГРАММЫ — ТУДА». Холли увеличила часть фотографии, и Ральф разглядел каменистую тропинку, ведущую сквозь валуны.

— Пещеры назвали в честь города, — сказала Холли, — и все-таки вождю кое-что досталось. В его честь назван вход на другой стороне холма. Там все было не так грандиозно, как в Чертоге звука, но Чертог напрямую соединялся с входом Ахиги. Через него сотрудники заносили в пещеры снаряжение. И это был запасной выход на экстренный случай.

— И через него же входили отряды спасателей в надежде найти другой путь к потерявшимся близнецам?

— Верно. — Холли подалась вперед, ее глаза блестели. — Главный вход не просто заколотили досками, Ральф. Его залили бетоном. Чтобы больше никто уж точно не потерялся в пещерах. Вход Ахиги — так сказать, заднюю дверь — тоже заколотили досками, но я не нашла ни одного упоминания о том, что он забетонирован.

— Но это не значит, что он не заделан.

Она раздраженно тряхнула головой:

— Да, я знаю. Но *если* все-таки не заделан...

— Значит, там-то он и проник внутрь. Этот чужак. Вы так думаете.

— Нужно сначала подняться туда. И если там обнаружатся следы взлома...

— Я понял, — сказал Ральф. — Мне нравится этот план. Отлично, Холли. Вы чертовски хороший детектив.

Она опустила взгляд и произнесла немного растерянно, как человек, не привыкший получать комплименты:

— Спасибо на добром слове.

— Это не доброе слово, а факт. Вы лучше, чем Бетси Риггинс, и *в сто раз* лучше пустого места по имени Джек Хоскинс. Он скоро выходит на пенсию, и если бы я решал кадровые вопросы, я взял бы вас к нам в отдел, не задумываясь.

Холли покачала головой, но все-таки улыбнулась.

— Мне достаточно поисков угнанных автомобилей и пропавших домашних животных. Не хочу больше участвовать в расследовании убийств.

Ральф встал.

— Наверное, вам пора возвращаться к себе. Попытайтесь заснуть. Если вы правы, завтра нас ждет очень непростой день.

— Одну минутку. Я пришла сюда еще по одной причине. Лучше вам сесть.

16

Хотя Холли стала намного увереннее в себе и сильнее характером, чем в тот день, когда ей посчастливилось встретить Билла Ходжеса, ей все равно было сложно говорить людям, что они в чем-то не правы и им следует пересмотреть свое отношение к тем или иным вопросам. Та, прежняя Холли была вечно испуганной, робкой мышкой, которая нередко задумывалась о том, что, возможно, самоубийство станет спасением от постоянного ужаса перед жизнью, ощущения собственной никчемности и непреходящего чувства стыда. В тот день, когда Билл присел рядом с ней на скамейку у здания похоронной конторы, куда она не могла заставить себя войти, Холли мучило ощущение, что она потеряла что-то критически важное; не просто бумажник с кредитными картами, а целую жизнь, которую она могла бы прожить, если бы все сложилось чуть-чуть иначе или если бы Бог посчитал нужным добавить в ее организм каких-то важных гормонов.

Кажется, это ваше, сказал Билл одним взглядом. *Вот, уберите поглубже в карман.*

Но теперь Билла нет, а есть совершенно другой человек, во многом похожий на Билла: такой же умный, такой же добрый, временами веселый и, самое главное, такой же упорный. Холли не сомневалась, что Биллу понравился бы детектив Ральф Андерсон, потому что Ральф, как и сам Билл, не бросал начатое расследование и стремился восстановить справедливость.

И все же они очень разные. Причем дело не только в значительной разнице в возрасте: Ральф был на тридцать лет младше Билла в год его смерти. Билл никогда бы не совершил ту ошибку, которую совершил Ральф, поторопившись арестовать Терри Мейтленда на глазах всего города, предварительно не разобравшись со всеми деталями дела. И это только одно из многих различий между ними, и, наверное, даже не самое важное, как бы Ральф ни терзался.

Господи, помоги мне сказать ему все, что нужно, потому что другого шанса уже не будет. И пусть он меня услышит. Господи, пожалуйста, пусть он меня услышит.

Она сказала:

— Вы и все остальные всегда говорите о чужаке в сослагательном наклонении.

— Я не совсем понимаю, о чем вы, Холли.

— Мне кажется, понимаете. *«Если* он существует». *«Допустим*, что он существует». *«При условии*, что он существует».

Ральф молчал.

— Мне все равно, что думают остальные, но мне нужно, чтобы вы поверили, Ральф. *Мне нужно, чтобы вы поверили.* Я сама верю, но одной меня мало.

— Холли...

— Нет, — яростно сказала она. — *Нет.* Пожалуйста, выслушайте меня. Я понимаю, как это звучит. Как бред сумасшедшего. Для вас мысль об Эль Куко — дикая и неприемлемая, но чем она отличается от мыслей обо всех других ужасах, творящихся в мире? Я говорю не об авариях или стихийных бедствиях. Я говорю о людях. О том, что люди делают с людьми. Разве Тед Банди — не тот же Эль Куко, не тот же оборотень с двумя лицами: одним — для родных и знакомых и совершенно другим — для тех женщин, которых он убивал? Последним, что эти женщины видели в жизни, было его лицо, его *внутреннее* лицо, лицо Эль Куко. И он такой не один. Есть и другие. Они среди нас. Совсем рядом. Вы сами знаете, должны знать. Это не люди, это инопланетяне. Чудовища за пределами нашего понимания. В *них* вы верите. Кого-то вы лично отправили в тюрьму. Может быть, видели их казнь.

Ральф молчал, размышляя над ее словами.

— Позвольте задать вам вопрос, — сказала Холли. — Если бы того мальчика убил *Терри Мейтленд*, если бы *Терри Мейтленд* разорвал в клочья ребенка и изнасиловал его веткой дерева, это было бы объяснимо? Вам было бы проще поверить в зло, что скрывается в человеке, чем в эту тварь, прячущуюся в пещерах? Вы смогли бы сказать себе: «Я понимаю, какая тьма скрывалась под маской тренера детской спортивной команды и законопослушного гражданина. Я точно знаю, что пробудило в нем зверя»?

— Нет. Я не раз сталкивался с людьми, совершавшими страшные, жуткие преступления — одна женщина утопила в ванне свою новорожденную дочь, — но я *никогда* не понимал, что ими движет. Как правило, они сами не понимали.

— Я тоже не понимала, почему Брейди Хартсфилд задался целью убить себя на концерте и забрать с собой тысячу невинных детей. Я прошу очень немногого, но это важно. Поверьте в него. Хотя бы на ближайшие двадцать четыре часа. Вы сможете выполнить мою просьбу?

— Если я скажу «да», вам удастся заснуть?

Она кивнула, не сводя с него пристального взгляда.

— Тогда я верю. На ближайшие двадцать четыре часа. Эль Куко существует. Пока непонятно, прячется он в Мэрисвиллском провале или нет, но он существует.

Холли шумно выдохнула и поднялась со стула. Вся взъерошенная, растрепанная, футболка навыпуск, пиджак перекошен на одну сторону. Такая милая и до ужаса хрупкая, подумал Ральф.

— Хорошо. Я иду спать.

Ральф проводил ее до двери. Когда Холли шагнула за порог, он сказал:

— Нет конца у Вселенной.

Она серьезно кивнула:

— Все верно. Ни конца, ни края. Спокойной ночи, Ральф.

МЭРИСВИЛЛСКИЙ ПРОВАЛ
27 июля

1

Джек проснулся в четыре утра.

За окном дул сильный ветер, и у Джека болело все тело. Не только шея, но и руки, и ноги, и зад, и живот. Как будто он весь обгорел на солнце. Он откинул одеяло, сел на край кровати и включил тусклую лампу на тумбочке. На коже ничего не было, но боль была. Она шла *изнутри*.

— Я сделаю все, что ты хочешь, — сказал он своему незримому гостю. — Я их остановлю. Честное слово.

Гость ничего не ответил. То ли не захотел отвечать, то ли его просто не было рядом. Во всяком случае, сейчас. Но раньше он был, точно был. У этого чертова амбара в Каннинге. Одно легкое, почти нежное касание, но и этого хватило. Теперь отрава распространилась по всему его телу. *Канцерогенная* отрава. И сейчас, сидя в номере в этом паршивом мотеле, задолго до рассвета, Джек уже не был уверен, что таинственный гость действительно сможет забрать назад свой зловещий подарок, но что ему оставалось? Придется попробовать. И если его опасения оправдаются...

— Я застрелюсь? — От этой мысли ему стало чуть легче. У его матери такой возможности не было. Он повторил уже решительнее: — Я застрелюсь.

Больше никаких похмелий. Никаких возвращений домой с тщательным соблюдением скоростного режима и остановками на всех светофорах, никаких страхов, что его остановит дорожный патруль и он надышит им в трубку не меньше одного промилле, а то и одну целую две десятых. Никаких звонков от бывшей жены с напоминанием, что он снова задерживает ежемесячный чек. Как будто он сам не знает. Вот интересно, что она станет делать, когда эти выплаты прекратятся? Ей придется устроиться на работу. Вот досада! И она больше не будет целыми днями просиживать дома и смотреть «Эллен» и «Судью Джуди». Какая жалость.

Он оделся и вышел на улицу. Ветер был не то чтобы холодным, но все равно пробирал до костей. Когда Джек уезжал из Флинт-Сити, там было жарко, и он не подумал о том, чтобы взять куртку. И смену одежды. И даже зубную щетку.

В этом весь ты, дорогой. Он прямо слышал голос бывшей жены. *В этом весь ты. Вечно не вовремя и без гроша в кармане.*

Легковушки, пикапы и несколько кемперов стояли, уткнувшись носами в здание мотеля, точно щенки, сосущие материнское молоко. Джек прошелся вдоль ряда машин и убедился, что синий внедорожник Андерсона и его веселой компании все еще здесь. Значит, они спят у себя в номерах и наверняка видят приятные сны, в которых нет боли. Пару минут он развлекал себя мыслью о том, чтобы пройтись по их комнатам и пристрелить всех до единого, одного за другим, прямо сейчас. Мысль была привлекательной, но совершенно дурацкой. Во-первых, он не знал, где именно они расположились. Во-вторых, кто-нибудь (не обязательно Андерсон) непременно начнет отстреливаться. Это Техас. Местным нравится думать, что они до сих пор живут во времена лихих ковбоев и бравых стрелков.

Нет, лучше дождаться в засаде там, куда, по словам его гостя, Андерсон и компания могут приехать в любой момент и где он быстро положит их всех и уйдет безнаказанным; там, где на мили вокруг — ни единой живой души. Если гость сможет забрать свою убийственную отраву, когда Джек исполнит его поручение, все закончится хорошо. Если нет, Джек возьмет табельный «глок», сунет ствол в рот и нажмет спусковой крючок. Мысли о бывшей женушке, которой придется устроиться официанткой или швеей на перчаточную фабрику и вкалывать еще лет двадцать, грели душу, но не являлись решающим фактором. Он не хотел умирать так же страшно, как умирала мать, когда ее кожа лопалась при малейшей попытке пошевелиться. Вот он, решающий фактор.

Дрожа, словно в ознобе, он сел в машину и поехал к Мэрисвиллскому провалу. Луна, похожая на холодный белый камень, опустилась к самому горизонту. Джека трясло, колотило так сильно, что он пару раз выезжал на встречную полосу. Но это было не страшно; все фуры ездили либо по федеральной трассе, либо по шоссе номер 190. На проселочной дороге в этот безбожно ранний час не было никого, кроме Джека Хоскинса.

Когда двигатель прогрелся, Джек включил печку на полную мощность, и ему стало легче. Боль в ногах вроде бы отпустила. Однако шея болела по-прежнему, и когда он растер ее, на ладони остались чешуйки отмершей кожи. Ему пришло в голову, что, может быть, жгучее пятно на шее — это и вправду самый обыкновенный солнечный ожог, а все остальное он просто додумал. Все у него в голове. Психосоматика, как мигрени его бывшей женушки. Могут ли психосоматические боли вырвать человека из крепкого сна? Этого Джек не знал, но знал, что ночной гость, прятавшийся за душевой шторкой, действительно был в его доме — настоящий, взаправдашний, — и с такими гостями шутить не стоило. Таких гостей надо слушаться беспрекословно.

К тому же был еще Ральф, мать его, Андерсон, который вечно к нему придирался. Мистер Мнения-Нет, из-за которого Джека сорвали из отпуска на три дня раньше. Потому что малыша Ральфи отстранили от дел, да, именно что *отстранили*. Никакой это не принудительный отпуск, что бы там ни говорили. Именно из-за Ральфа, мать его, Андерсона Джеку пришлось ехать в область Каннинг вместо того, чтобы спокойно сидеть в маленьком домике, смотреть кино на DVD и пить водку с тоником.

Когда он свернул у рекламного щита («ЗАКРЫТО НА НЕОПРЕДЕЛЕННЫЙ СРОК»), его внезапно осенило: *Ральф, мать его, Андерсон нарочно отправил его в Каннинг!* Он наверняка знал, что там дожидается гость, и знал, что этот гость собирается сделать. Малыш Ральфи давно мечтает избавиться от Джека, и если включить этот фактор в расчеты, все сразу становится на свои места. Эта логика не вызывала сомнений. Вот только малыш Ральфи не учел, что человек с татуировками его надует.

Чем теперь все закончится, можно лишь гадать. Джеку виделось три вероятных исхода. Вариант номер раз: может быть, гость все же избавит его от отравы, разъедающей тело изнутри. Вариант номер два: если это психосоматика, все пройдет само собой. И вариант номер три: это не психосоматика, это по-настоящему, и гость *не сможет* забрать болезнь.

Но как бы все ни обернулось, мистеру Мнения-Нет живым не уйти. Джек пообещал это себе, не гостю. Себе. Андерсон отправится в небытие, и остальные вместе с ним. Он уложит их всех. Джек Хоскинс, американский снайпер.

Он подъехал к заброшенной билетной кассе и обогнул заградительную цепь. Возможно, ветер утихнет, когда взойдет солнце и температура начнет подниматься, но пока что он дул — и достаточно сильно, — взметая в воздух облака пыли. И это было очень кстати. Ральф и компания не заметят его следов. Если вообще приедут.

— А если они не приедут, ты все равно меня вылечишь? — спросил он вслух, не ожидая ответа. Но ответ пришел.

Обязательно. Будешь как новенький.

Это был его собственный голос или чей-то еще? Какая разница?

2

Джек проехал мимо заброшенных туристических домиков, искренне не понимая людей, тративших деньги — и, наверное, немалые, — чтобы провести отпуск, разгуливая по пещерам в техасской глуши. Им что, больше некуда было поехать? Йосемитский национальный парк? Большой каньон? Даже самый большой в мире моток бечевки и то интереснее каких-то пещер в Пыльной Заднице, штат Техас.

Он поставил машину там же, где и вчера, рядом со зданием служебного гаража. Достал из бардачка фонарик, из багажника — винчестер и коробку патронов. Рассовав патроны по карманам, направился к дорожке, ведущей наверх, но передумал, вернулся к заброшенному гаражу и посветил фонариком в пыльное окошко в подъемной двери, рассудив, что внутри может быть что-то, что ему пригодится. Ничего годного там не оказалось, но Джек все равно улыбнулся, увидев покрытую слоем пыли малолитражку. Может быть «хонду». Или «тойоту». На заднем стекле была надпись: «МОЙ СЫН — ЛУЧШИЙ УЧЕНИК В СРЕДНЕЙ ШКОЛЕ ФЛИНТ-СИТИ!» Несмотря на отраву, рудиментарные детективные навыки Джека все же остались при нем. Гость где-то здесь; он приехал из Флинт-Сити на этой машине, безусловно, украденной.

Чувствуя себя гораздо бодрее (и даже проголодавшись, впервые с той ночи, когда эта жуткая татуированная рука взялась за краешек душевой шторки), Джек вернулся к машине и залез в бардачок. Там нашлась упаковка печенья с арахисовой пастой и полпачки мятных пастилок. Явно не завтрак для чемпионов, но все-таки лучше, чем ничего. Он пошел вверх по тропинке, жуя на ходу. Винчестер он держал в левой руке. На чехле был ремень, но Джек побоялся вешать его на плечо. А вдруг ремень натрет шею? Может быть, даже до крови? Набитые патронами карманы бились о ноги при каждом шаге.

У деревянного щита с индейцем (вождь Ваху подтверждал, что Кэролин Аллен сосет его краснокожий елдак) Джек остановился, пораженный внезапной мыслью. Любой, кто поднимется по дорожке, ведущей к туристическим домикам, увидит его внедорожник, припаркованный у гаража, и наверняка удивится. Джек подумал, что, наверное, стоит вернуться и переставить машину, но решил, что зря беспокоится. Если Ральф и компания все же заявятся, они остановятся у главного входа. Как только они выйдут из машины, чтобы осмотреться, Джек откроет огонь с вершины холма и уложит двоих или даже троих, прежде чем они сообразят, что происходит. Остальные разбегутся, как курицы в грозу. Но спрятаться не успеют. Джек достанет их раньше. Незачем волноваться, что они увидят его машину со стороны домиков. Мистер Мнения-Нет и компания не пройдут дальше парковки.

3

В темноте, даже с фонариком, подъем к вершине холма оказался коварным. Поэтому Джек не спешил. Проблем хватает и так, и лучше бы обойтись без падений и переломов. Когда он добрался до своего наблюдательного поста под каменистым уступом, в небе уже показались первые робкие проблески рассвета. Луч фонарика высветил ржавые вилы, которые Джек здесь оставил вчера. Он хотел их поднять, но тут же отдернул руку. Будем надеяться, это не знак свыше. Не предзнаменование на сегодняшний день. Однако ирония ситуации не укрылась от Джека даже в его теперешнем положении.

Он взял эти вилы, чтобы отгонять змей, а теперь рядом с ними (и частично *на* них) лежала змея. Не какая-нибудь, а гремучая. И довольно большая, настоящий монстр. Он не мог в нее выстрелить. Во-первых, убить змею выстрелом с первого раза не так уж просто, и если он ее ранит, она разъярится и скорее всего нападет, а Джек, когда ездил в Типпит, не подумал купить сапоги или высокие ботинки и сейчас был в кроссовках. Во-вторых, пуля может отрикошетить куда угодно, в том числе и в него самого.

Держа винтовку за край приклада, он медленно вытянул руку, подцепил стволом дремлющую змею и резким рывком перебросил ее себе за спину. Она грохнулась на дорожку в двадцати футах от Джека, свернулась кольцом и начала издавать звуки, похожие на перестук бусин в погремушке из тыквы. Джек схватил вилы, шагнул вперед и ткнул ими в змею. Та уползла в щель между двумя валунами и скрылась из виду.

— Вот и правильно. Уходи, — сказал Джек. — И больше не возвращайся. Это *мое* место.

Он улегся на землю и посмотрел в оптический прицел. Вот стоянка с поблекшей желтой разметкой; вот заброшенная сувенирная лавка; вот заколоченный вход в пещеру, над которым висит выцветшая, но еще различимая вывеска: «ДОБРО ПОЖАЛОВАТЬ В МЭРИСВИЛЛСКИЙ ПРОВАЛ».

Теперь оставалось лишь ждать.

4

Спим до девяти, сказал Ральф, но уже в четверть девятого они собрались в кафе при мотеле. Ральф, Хоуи и Алек взяли на завтрак яичницу и бифштекс. Холли обошлась без бифштекса, но заказала омлет из трех яиц, и Ральфу понравилось, что она съела все до последнего кусочка. Она опять была в джинсах, футболке и пиджаке.

— Днем будет жарко, — заметил Ральф.

— Да, и пиджак мятый, но мне нужны большие карманы. Сумку я тоже беру с собой, но оставлю ее в машине. — Она наклонилась вперед и понизила голос: — В таких мотелях частенько случаются кражи.

Хоуи прикрыл рот рукой, то ли сдерживая отрыжку, то ли скрывая улыбку.

5

Когда они приехали к Болтонам в Мэрисвилл, Юн и Клод сидели на крыльце и пили кофе. Люба в своей инвалидной коляске занималась прополкой в небольшом садике: на коленях — кислородный баллон, во рту — дымящаяся сигарета, на голове — большая соломенная шляпа.

— Ночь прошла спокойно? — спросил Ральф.

— Да, — кивнул Юн. — Сначала ветер выл как сумасшедший, но потом я заснул и спал как младенец.

— А как у вас, Клод? Все нормально?

— Если вы спрашиваете, не было ли у меня ощущения, что кто-то пытался пробраться в дом, то нет. Не было. Ни у меня, ни у мамы.

— И вероятно, на то есть причина, — сказал Алек. — Ночью в Типпите было происшествие. Кто-то пытался проникнуть в частный дом. Хозяин услышал, как разбилось окно, схватил ружье и спугнул злоумышленника. Сказал полиции, что у мужчины, который залез к нему в дом, были черные волосы, черная эспаньолка и много-много татуировок.

Клод возмутился:

— Я был дома всю ночь! Даже из спальни не выходил!

— Мы в этом не сомневаемся, — сказал Ральф. — Возможно, это тот самый парень, которого мы ищем. Сейчас мы поедем в Типпит и попробуем разобраться на месте. Если его уже нет в городе — а скорее всего так и есть, — мы вернемся во Флинт-Сити и будем думать, что делать дальше.

— Хотя я не знаю, *что еще* можно сделать, — добавил Хоуи. — Если он не прячется где-то здесь или в Типпите, он может быть где угодно.

— И больше никаких зацепок? — спросил Клод.

— Никаких, — сказал Алек.

Люба подъехала к ним.

— Если решите лететь домой, заезжайте к нам по дороге в аэропорт. Я сделаю сэндвичи с оставшейся курицей. Если это вас устроит, конечно.

— Непременно заедем, — ответил Хоуи. — Спасибо вам обоим.

— Это я должен вас благодарить, — сказал Клод.

Он пожал руки всем по очереди, а Люба раскрыла объятия Холли. Холли как будто слегка испугалась, но все же позволила себя обнять.

— Обязательно возвращайся, — шепнула Люба ей на ухо.

— Я вернусь, — сказала Холли, надеясь, что сможет исполнить это обещание.

6

Хоуи сел за руль, Ральф — на переднее сиденье, все остальные устроились сзади. Солнце уже поднялось, и стало ясно, что день будет жарким.

— Интересно, — сказал Юн, — а как с вами связалась полиция Типпита? Я думал, никто из руководства не в курсе, что мы в Техасе.

— Они и не в курсе, — ответил Алек. — И никто с нами не связывался. Но если этот чужак существует на самом деле, лучше, чтобы у Болтонов не возникало вопросов, почему мы поехали не в ту сторону.

Ральф не умел читать мысли, но точно знал, о чем сейчас думает Холли: *Вы и все остальные всегда говорите о чужаке в сослагательном наклонении.*

Он обернулся.

— Послушайте меня. Никаких больше «если» и «может быть». Сегодня чужак *существует*. Сегодня он может читать мысли Клода Болтона в любое время, когда захочет, и сегодня он прячется в Мэрисвиллском провале, пока мы сами не убедимся в обратном. Никаких больше условий и допущений, просто поверьте. Справитесь?

Ответом была тишина. Потом Хоуи сказал:

— Я адвокат защиты, сынок. Я могу поверить во что угодно.

7

Они подъехали к рекламному щиту у развилки (семейство с газовыми фонарями в руках благоговейно взирает на сталактиты) и свернули на дорогу, ведущую к Мэрисвиллскому провалу. Хоуи ехал медленно, по возможности объезжая выбоины. Солнце уже пригревало. Температура приближалась к семидесяти*. И неуклонно росла.

— Видите холм впереди? — спросила Холли. — Главный вход в Мэрисвиллский провал расположен у его основания. То есть теперь входа нет, он запечатан. Надо его проверить. Если чужак все же пытался проникнуть в пещеры через главный вход, там, возможно, остались следы.

— Я не против, — ответил Юн, глядя по сторонам. — Господи, совершенно безлюдная местность.

— Когда погибли те мальчики и спасатели из первого поискового отряда, это стало ударом не только для их семей, — сказала Холли, — но и для всего Мэрисвилла. Провал обеспечивал местных рабочими местами. Когда пещеры закрыли, многие здешние жители разъехались кто куда.

Хоуи затормозил.

— Это, наверное, бывшая билетная касса. И я вижу, дорога перегорожена цепью.

— Объезжайте, — сказал Юн. — Заодно и проверим подвеску у этой красотки.

Хоуи свернул на обочину. Пристегнутые пассажиры тряслись и подпрыгивали на сиденьях.

— Ладно, граждане, мы официально нарушили границу частных владений.

Потревоженный койот выскочил из укрытия и бросился прочь, его тощая тень мчалась рядом с ним. Ральф мельком заметил на земле бледные, почти стершиеся отпечатки шин. Наверное, местные детишки — должны же здесь, в Мэрисвилле, остаться хоть какие-то дети — иногда приезжают сюда на квадроциклах. Но его основное внимание было сосредоточено на каменистом холме впереди, в недрах которого располагалась единственная достопримечательность Мэрисвилла. Его raison d'etre**, выражаясь высоким слогом.

---

* 21 °C.

** Смысл жизни (фр.).

— Как я понимаю, оружие есть у всех, — сказал Юн. Он сидел очень прямо, пристально глядя вперед, в состоянии полной боевой готовности. — Правильно?

Мужчины ответили утвердительно. Холли Гибни промолчала.

8

Со своего наблюдательного поста на вершине холма Джек увидел, как они подъезжают, задолго до того, как их внедорожник вырулил на стоянку у главного входа в пещеры. Джек проверил винтовку: полный магазин и один патрон в патроннике. Он заранее положил плоский камень на край обрыва и теперь лег, вытянувшись и пристроив ствол на камень. Глядя в прицел, навел перекрестье на лобовое стекло с водительской стороны. Солнечный блик отразился прямо в глаза, на мгновение ослепив Джека. Он поморщился, отодвинулся от прицела и растирал глаз, пока пляшущие перед ним черные мушки не исчезли совсем. Потом снова глянул в прицел.

Ну, давайте, подумал Джек. *Остановитесь посередине стоянки. Это было бы идеально. Остановитесь посередине и выходите.*

Но синий внедорожник проехал стоянку по диагонали и остановился у заколоченного входа в пещеру. Открылись все двери, и наружу выбрались пять человек: четверо мужчин и женщина. Вся пятерка настырных болванов, лезущих не в свое дело. В полном составе, какая прелесть. Жалко, стрелять неудобно. Совсем неудобно. При нынешнем положении солнца площадка у входа в пещеру лежала в густой тени. Возможно, Джек все равно бы рискнул (оптический прицел «Leupold» — чертовски хорошая штука), но ему мешал внедорожник, который сейчас загораживал как минимум троих, включая и мистера Мнения-Нет.

Джек лежал, прижимаясь щекой к прикладу винтовки, пульс бился в горле и груди спокойно и ровно. Он больше не чувствовал боли в шее; все его ощущения и мысли сосредоточились на этой пятерке, стоявшей под вывеской «ДОБРО ПОЖАЛОВАТЬ В МЭРИСВИЛЛСКИЙ ПРОВАЛ».

— Отойдите оттуда, — прошептал он. — Отойдите и осмотритесь. Вам же хочется осмотреться.

Он ждал, когда они сменят позицию.

9

Арочный вход в пещеру был перекрыт деревянными досками, прикрученными к бетонной пробке огромными ржавыми болтами. При такой мощной двойной защите от нежелательных посетителей необходимости в табличках «Вход воспрещен» не было, однако таблички имелись. И таблички, и несколько выцветших граффити — видимо, сделанных кем-то из местных детишек, подумал Ральф.

— Вроде бы никаких следов проникновения, — сказал Юн.

— Да, — согласился с ним Алек. — Мне вообще непонятно, зачем было возиться с досками. Чтобы пробить эту бетонную дуру, нужен немалый заряд динамита.

— Который заодно обрушит все то, что не обрушило землетрясение, — добавил Хоуи.

Холли огляделась по сторонам и сказала:

— Видите эту дорожку сбоку от сувенирной лавки? Она ведет к входу Ахиги. Туристам не разрешалось входить в пещеры с той стороны, но там есть интересные пиктограммы.

— Откуда вы знаете? — спросил Юн.

— В Интернете есть карта, которую выдавали туристам. В Интернете есть *все*.

— Это называется сбор информации, amigo, — добавил Ральф. — Попробуй как-нибудь на досуге.

Они вернулись в машину. Хоуи, снова севший за руль, медленно поехал через стоянку.

— Мне не нравится эта дорога, — заметил он. — Вы уверены, что там можно проехать?

— Я думаю, да, — ответила Холли. — На другой стороне холма стоят домики для туристов. В газетах писали, что в них базировались спасатели. И наверняка там собирались репортеры. И родственники пропавших.

— И толпы зевак, — добавил Юн. — Вероятно, они...

— Стой, Хоуи, — сказал Алек. — Погоди.

Они успели проехать чуть больше половины стоянки, направляясь к дорожке, которая вела вверх к туристическим домикам. И предположительно к заднему входу в пещеры.

Хоуи затормозил.

— Что такое?

— Может быть, мы создаем себе лишние сложности. Почему мы решили, что чужак обязательно будет сидеть в пещере? В Каннинге он скрывался в амбаре неподалеку от кладбища.

— И что?

— Мне кажется, надо проверить сувенирную лавку. Вдруг там есть следы взлома?

— Я этим займусь, — сказал Юн.

Хоуи распахнул свою дверцу.

— Пойдемте все вместе.

10

Пятеро недоумков наконец отошли от заколоченного входа и вернулись к машине. Один из них — лысый и коренастый — обошел внедорожник спереди, чтобы сесть за руль. Что дало Джеку возможность прицелиться. Он навел перекрестье прицела прямо на лицо лысого коротышки, сделал вдох, задержал дыхание и нажал спусковой крючок. Но тот не сдвинулся с места. На мгновение Джек испугался, что его винчестер вышел из строя, но потом сообразил, что забыл снять предохранитель. Это ж каким надо быть идиотом! Он попытался исправить ситуацию, не отрывая глаза от прицела. Большой палец, сальный от пота, соскользнул, и пока Джек возился с упрямым предохранителем, лысый успел сесть в машину и захлопнуть дверцу. И все остальные тоже.

— Черт, — прошептал Джек. — Черт, черт, *черт*!

С нарастающей паникой он наблюдал, как синий джип тронулся с места и поехал прямиком к дорожке, ведущей на вершину холма. Все дальше и дальше от линии огня. Стоит им миновать первый подъем, и они сразу увидят туристические домики, и служебный гараж, и пикап Джека, припаркованный рядом. Сможет ли Ральф Андерсон опознать этот пикап? Конечно, сможет. Если не по наклейкам с рыбами на боках, то уж точно по наклейке на заднем бампере: «БЛИЗКО ЗНАКОМ С ТВОЕЙ МАМОЙ».

Делай что хочешь, но не дай им подняться на холм.

Джек так и не понял, сам ли сформулировал эту мысль, или ее подсказал голос гостя. Впрочем, это не имело значения. В любом случае мысль была очень правильной. Синий джип надо остановить, и две-три пули в блок двигателя под капотом отлично справятся с этой задачей. Потом он возьмется за пассажиров. Ему придется стрелять по окнам, и из-за солнечных бликов на стеклах вряд ли получится уложить всех сразу, но сидящим слева уж точно не поздоровится.

Он положил палец на спусковой крючок, готовясь сделать первый выстрел, но джип остановился сам. Остановился у входа в закрытую сувенирную лавку с упавшей вывеской. Дверцы распахнулись.

— Спасибо, господи, — пробормотал Джек, пристально глядя в прицел в ожидании, когда покажется мистер Мнения-Нет. Они все здесь полягут, все до единого. Но главный затейник по имени Ральф Андерсон ляжет первым.

11

Гремучая змея выбралась из своего укрытия в расщелине между камнями и поползла к раскинутым на земле ногам Джека. Остановилась неподалеку, настороженно

пробуя воздух раздвоенным мельтешащим языком, и под-
ползла еще ближе. Змея не собиралась атаковать, она выбралась на разведку, но когда Джек начал стрелять, она
подняла кончик хвоста и угрожающе загремела своей по-
гремушкой. Джек — который забыл дома не только зубную щетку и смену белья, но еще и стрелковые беруши, —
ее не услышал.

12

Хоуи, выбравшийся из машины первым, встал, упер-
шись руками в бедра, и принялся разглядывать упавшую
вывеску: «СУВЕНИРЫ И ПОДЛИННЫЕ ИЗДЕЛИЯ ИНДЕЙ-
СКИХ РЕМЕСЕЛ». Алек и Юн вышли с водительской стороны. Ральф, сидевший на переднем пассажирском сиденье, вышел справа и открыл заднюю дверцу для Холли,
которая никак не могла справиться с ручкой. Он заметил
какой-то предмет, валявшийся на растрескавшемся асфальте.

— Ничего себе, — сказал он. — Вы посмотрите.

— Что там? — спросила Холли, когда Ральф наклонился. — Что? Что?

— Кажется, наконечник стре...

Грянувший выстрел напоминал резкий удар хлыста.
Похоже, стреляли из мощной винтовки. Ральф почувствовал движение пули; значит, она просвистела буквально
в дюйме от его головы. Боковое зеркало с пассажирской
стороны взорвалось осколками, брызнувшими во все стороны.

— *Ложись!* — крикнул Ральф, схватил Холли за плечи
и повалил ее на асфальт. — *Ложись! Ложись!*

Хоуи обернулся к нему с лицом одновременно испу-
ганным и озадаченным:

— Что? Ты хочешь сказать...

Прогремел еще один выстрел, и пуля снесла Хоуи Голду полголовы. Еще секунду Хоуи стоял, по его щекам текла кровь. Потом он упал. К нему рванулся Алек, но третий

выстрел отбросил его на капот джипа. Кровь хлестала из раны у него в животе. Юн бросился к нему. Раздался четвертый выстрел. Ральф увидел, как пуля разорвала Алеку шею, и тот рухнул на землю с другой стороны машины.

— *Юн, ложись!* — крикнул Ральф. — *Ложись! Стреляют сверху! С вершины холма!*

Юн упал на четвереньки и пополз к Ральфу и Холли. Еще три выстрела, один за другим. Зашипела пробитая пулей шина. Лобовое стекло пошло мелкими трещинами и просело вокруг пулевого отверстия над рулем. Третья пуля пробила заднее крыло с водительской стороны и вышла наружу с пассажирской, оставив дыру диаметром с теннисный мяч, совсем рядом с тем местом, где Ральф с Юном припали к земле, прикрывая Холли. Потом была пауза, затем новый залп. В этот раз — из четырех выстрелов. Задние стекла осыпались шуршащим дождем неопасных осколков. В задней части кузова образовалась еще одна дыра с рваными, зазубренными краями.

— Нам нельзя здесь оставаться. — Голос Холли звучал совершенно спокойно. — В нас он, может, и не попадет. Но попадет в бензобак.

— Она права, — сказал Юн. — Алек и Голд... Как вы считаете, есть ли шанс?

— Нет, — ответил Ральф. — Они...

Еще одна серия выстрелов. Все трое пригнулись и сморщились. Зашипела вторая пробитая шина.

— Они оба мертвы, — договорил Ральф, когда выстрелы отгремели. — Нам придется спрятаться в сувенирной лавке. Вы двое бегите, я вас прикрою.

— Лучше я вас прикрою, — возразил Юн. — А вы с Холли бегите.

Сверху донесся пронзительный крик стрелка — то ли ярости, то ли боли.

Не дожидаясь ответа Ральфа, Юн вскочил и начал стрелять по вершине холма, держа пистолет двумя руками.

— *Бегите!* — крикнул он. — *Быстрее! Бегите!*

Ральф и Холли поднялись на ноги. Так же, как в тот злополучный день, когда был убит Терри Мейтленд, восприятие Ральфа обострилось настолько, что казалось, он видит и слышит все сразу. Все, что происходило вокруг. Он обнимал Холли за талию. В небе над ними кружила птица. Шипели пробитые шины. Джип кренился на левый бок. На каменистой вершине холма что-то сверкало. Очевидно, блики солнца на оптическом прицеле. Ральф не знал, почему эти вспышки перемещаются туда-сюда такими судорожными рывками, да и не хотел знать. Сверху донесся новый крик, потом еще один, больше похожий на истошный визг. Холли схватила Юна за руку и резко рванула к себе. Он изумленно уставился на нее, как человек, внезапно разбуженный посреди ночи, и Ральф понял, что Юн готовился умереть. Юн был уверен, что ему предстоит умереть. Все трое помчались к зданию сувенирной лавки, и хотя расстояние между лавкой и смертельно раненным джипом не превышало двух сотен футов, им казалось, что они бегут в замедленной съемке, словно троица лучших друзей в конце глупой романтической комедии. Только в этих комедиях никому не приходится пробегать мимо двух мертвых людей, которые еще полторы минуты назад были живы. В этих комедиях никому не приходится наступать в лужи свежей крови и оставлять за собой ярко-красные следы. Грянул еще один выстрел, и Юн вскрикнул.

— Он меня ранил! Этот кретин меня ранил! — крикнул он и упал.

13

Джек перезаряжал винтовку, морщась от звона в ушах, когда змея решила, что с нее хватит. Она не потерпит докучливых чужаков на своей территории. Она метнулась вперед и впилась Джеку в правую голень. Острые зубы без труда прокусили тонкую хлопчатобумажную ткань легких брюк, а ядовитые железы были полны до отказа. Джек перекатился на спину, держа винтовку в вытянутой правой руке, и закричал, но не от боли — боль придет позже, — а при виде гремучей змеи, ползущей вверх по его ноге. Раздвоенный змеиный язык мелькал, крошечные глазки сверкали. На секунду Джек просто оцепенел от ужаса. Змея укусила его еще раз, теперь в бедро, и поползла дальше, продолжая греметь. Вероятно, следующий укус придется в мошонку.

— *Слезь с меня, гадина! Слезь с меня, на хрен!*

Джек понимал, что не стоит пытаться пристукнуть змею винтовкой — тварь легко увернется, — поэтому бросил оружие и схватил змею двумя руками. Она извернулась и вцепилась зубами в его правое запястье. В первый раз промахнулась, а во второй прокусила кожу до крови, оставив две дырки размером с двоеточие в газетном заголовке. Но яд у нее закончился. Джек об этом не знал. А даже если бы и знал, ему было уже все равно. Он выкручивал извивавшуюся змею, как мокрую тряпку, пока ее кожа не лопнула. Снизу кто-то стрелял — судя по звукам, из автоматического пистолета, — но на таком расстоянии пистолет был не опаснее рогатки. Джек отшвырнул змею. Она грохнулась на каменистую землю и уползла прочь.

Избавься от них, Джек.

— Да, хорошо. Я сейчас.

Он сказал это вслух или только подумал? Он не знал. Звон в ушах превратился в пронзительный гул, похожий на звучание натянутой стальной проволоки.

Джек схватил винтовку, перекатился обратно на живот, снова пристроил ствол на плоском камне и заглянул в прицел. Те трое, кого он еще не успел прикончить, бежали через стоянку к зданию закрытой сувенирной лавки. Женщина посередине, мужчины по бокам. Джек попытался навести перекрестье прицела на Андерсона, но у него так сильно дрожали руки — особенно правая, неоднократно укушенная змеей, — что прицел постоянно сбивался на смуглого парня-латиноса. Вот его-то Джек и подстрелил. Правда, не с первого раза, а со второго. Рука парня взметнулась над головой и ушла далеко за спину, словно у питчера, готовящегося к броску, потом он пошатнулся и упал боком на асфальт. Двое других остановились и бросились его поднимать. Это был шанс. Возможно, единственный и последний. Если он не уложит их прямо сейчас, они укроются за зданием магазина.

Боль от первого укуса уже растекалась по всей ноге. Джек чувствовал, как опухает голень. Но это было не самое страшное. Больше всего Джека пугал лихорадочный жар, охвативший тело, как при очень высокой температуре. При ожогах от адского пламени. Он выстрелил снова, и ему показалось, что он зацепил женщину. Но нет, промахнулся. Наверное, она просто дернулась сама по себе. Она вцепилась в здоровую руку упавшего парня. Андерсон обхватил его за пояс и рывком поднял на ноги. Джек нажал спусковой крючок, но вместо выстрела раздался только щелчок. Он нашарил в кармане патроны, вставил два в магазин, остальные рассыпал, но не стал подбирать. Руки уже начали неметь. Укушенная нога — тоже. Язык как будто распух и с трудом помещался во рту. Джек глянул в прицел и опять закричал, в этот раз — от досады. Пока он возился с патронами, его живые мишени исчезли. Он успел ухватить краем глаза их бегущие тени, а потом не стало и теней.

14

С помощью Холли и Ральфа Юн сумел добраться до сувенирной лавки и укрыться за ней, после чего рухнул на землю, привалившись спиной к стене здания. Он дышал хрипло и тяжело, его лицо было пепельно-серым, лоб покрылся испариной. Левый рукав рубашки пропитался кровью от локтя до манжеты.

Юн застонал и сказал:

— Вот же *повезло*, твою мать.

Стрелок пальнул еще раз. Пуля врезалась в асфальт.

— Сильно тебя зацепило? — спросил Ральф. — Дай-ка я посмотрю.

Хотя Ральф старался закатывать рукав Юна бережно, чтобы не потревожить рану, Юн все равно вскрикнул и оскалил зубы. Холли вынула из кармана мобильный телефон.

Рана оказалась не такой уж и страшной. Ральф боялся, что будет хуже. Видимо, пуля прошла по касательной. В кино Юн уже снова встал бы в строй, но реальная жизнь — совсем другое дело. Пуля, выпущенная из дальнобойной снайперской винтовки, сильно повредила локоть. Плоть вокруг раны уже распухла и побагровела, как после удара кувалдой.

— Скажи, что это просто вывих, — пробормотал Юн.

— Хорошо, если вывих. Мне кажется, все-таки перелом, — ответил Ральф. — Но ты и вправду везучий. Можно сказать, отделался легким испугом. Если бы пуля прошла чуть правее, тебе оторвало бы полруки. Не знаю, что у него за винтовка, но явно что-то убойное.

— Плечо точно вывихнуто, — сказал Юн. — Когда руку отбросило назад, я слышал, как оно хрустнуло. *Твою мать!* И что будем делать, amigo? Кажется, мы тут застряли надолго.

— Холли? — спросил Ральф. — Есть сигнал?

Она покачала головой.

— В доме у Болтонов было четыре полоски, а здесь вообще ни одной. «Слезь с меня», кажется, так он кричал? Вы слышали...

Грохнул еще один выстрел. Тело Алека Пелли дернулось и снова обмякло.

— *Я достану тебя,* Андерсон! — донеслось с вершины холма. — Я достану тебя, малыш Ральфи! Я достану вас всех!

Юн изумленно посмотрел на Ральфа.

— Мы ошиблись, — сказала Холли. — У чужака все-таки есть свой Ренфилд. И кем бы он ни был, он знает Ральфа. А вы его знаете?

Ральф покачал головой. Стрелок кричал что есть мочи, почти завывал, и ему вторило эхо, искажавшее голос. Это мог быть кто угодно.

Юн разглядывал рану у себя на руке. Кровотечение замедлилось, но отек стал сильнее. Скоро локтевого сустава вообще не будет видно.

— Больнее, чем зубы мудрости. Ральф, ты ведь знаешь, что делать?

Ральф выглянул за угол здания, поднес ко рту сложенные рупором ладони и крикнул:

— *Полиция уже едет, урод! Техасский дорожный патруль! Они не будут с тобой церемониться и уговаривать тебя сдаться! Сразу пристрелят, как бешеную собаку! Хочешь жить, бросай все и беги! Потом будет поздно!*

Секундная пауза — и еще один вопль с вершины холма. Либо крик боли, либо издевательский смех, либо то и другое сразу. Затем последовали два выстрела. Одна пуля вошла в деревянную стену прямо над головой Ральфа, осыпав его градом щепок.

Ральф быстро спрятался за угол и обернулся к своим товарищам:

— Кажется, он со мной не согласен.

— У него истерика, — заметила Холли.

— Полный псих, — согласился Юн и снова прижался затылком к стене. — Господи, как же тут жарко. Асфальт прямо раскаленный. А к полудню, наверное, станет еще горячее. Muy caliente*. Если мы здесь застрянем, то точно поджаримся.

Холли спросила:

— Вы правша, лейтенант Сабло?

— Да. И раз уж мы тут все вместе сидим на прицеле у психа с винтовкой, называйте меня просто Юн, как el jefe**.

— Хорошо. Перебирайтесь на угол, туда, где сейчас Ральф. А вы, Ральф, идите ко мне. Когда лейтенант Сабло откроет огонь, мы добежим до дороги, ведущей к туристическим домикам и входу Ахиги. Да, тут открытый участок, но он небольшой. Максимум пятьдесят ярдов. Мы его преодолеем секунд за пятнадцать. Может быть, за двенадцать.

— Холли, за двенадцать секунд он успеет прикончить кого-то из нас.

---

* Очень горячо (*исп.*).

** Шеф (*исп.*).

— Думаю, стоит рискнуть. — Она была абсолютно спокойна. Спокойна как слон. Как целое стадо невозмутимых слонов. Вот что самое поразительное. Буквально позавчера, на совещании в офисе Хоуи, она была такой напряженной и нервной, что казалось, любой громкий чих заставит ее подскочить до потолка.

Ей уже приходилось бывать в подобных ситуациях, подумал Ральф. *И может быть, именно в таких ситуациях и проявляется настоящая Холли Гибни.*

Раздался очередной выстрел, за которым последовал звонкий удар металла о металл. Потом еще один выстрел.

— Он стреляет по нашему бензобаку, — сказал Юн. — И как нам потом объясняться с прокатной конторой?

— Ральф, нам пора. — Холли смотрела на него в упор. Раньше ей было трудно смотреть людям в глаза. Но не теперь. Теперь — нет. — Представьте, скольких еще Фрэнков Питерсонов он убьет, если мы его не остановим. Эти детишки пойдут с ним сами, потому что подумают, что знают его. Или он им покажется милым и дружелюбным, каким, наверное, показался сестрам Ховард. Не тот, кто стреляет с вершины холма. А тот, кого он защищает.

Еще три быстрых выстрела, один за другим. Ральф увидел, что в заднем крыле их многострадального джипа появилось несколько новых дыр. Да, псих с винтовкой явно целился в бензобак.

— А что будем делать, если мистер Ренфилд спустится нам навстречу? — спросил Ральф.

— Может быть, он не захочет спускаться. Главное — добежать до дороги, а дальше уже будет проще. Но если он все-таки спустится раньше, чем мы доберемся до входа Ахиги, вы его пристрелите.

— С удовольствием. Если он первым меня не пристрелит.

— По-моему, с ним что-то не так, — задумчиво произнесла Холли. — Все эти крики...

Юн кивнул:

— «Слезь с меня». Я тоже слышал.

Следующий выстрел пробил бензобак джипа, и бензин полился на асфальт. Мгновенного взрыва не произошло, но если стрелок, засевший на вершине холма, попадет в бензобак еще раз, внедорожник наверняка взорвется.

— Хорошо, — сказал Ральф. Все равно выбор был невелик: либо делать, как предлагает Холли, либо тупо сидеть на месте и ждать, когда вооруженный сообщник чужака начнет палить по дощатой сувенирной лавке, разнося в щепки их единственное укрытие. — Юн? На тебя вся надежда. Прикрой нас, как сможешь.

Юн передвинулся к углу здания, морщась от боли при каждом рывке. Пистолет он держал в правой руке, прижимая его к груди. Холли с Ральфом встали у другого угла. Отсюда отлично просматривалась дорога, ведущая вверх по склону холма. В самом начале дороги, по обе стороны от нее, стояли огромные валуны. На одном был нарисован американский флаг, на другом — флаг Техаса с одинокой звездой.

Главное — забежать за тот камень с американским флагом, а дальше будет уже безопасно.

Да, почти наверняка. Но пятьдесят ярдов, отделявшие их с Холли от дороги, почему-то скорее напоминали пятьсот. Ральф подумал о Дженни, которая занималась дома йогой или поехала по делам в центр. Подумал о Дереке в летнем лагере, где тот отлично проводил время в компании новых друзей, за разговорами о видеоиграх, телесериалах и девчонках. У Ральфа даже нашлось несколько лишних секунд, чтобы задаться вопросом, о ком сейчас думала Холли.

Очевидно, о нем.

— Вы готовы?

Ответить он не успел. Психованный снайпер выстрелил снова, и бензобак джипа взорвался шаром оранжевого огня. Юн высунулся из-за угла и начал стрелять по вершине холма.

Холли рванула к дороге. Ральф бросился следом.

15

Джек увидел, как вспыхнул джип, и издал громкий победный вопль, хотя радоваться было рано; вот если бы они сидели в машине... тогда да, тогда это была бы победа. Какое-то движение внизу привлекло его взгляд: двое из трех уцелевших бежали к дороге, ведущей на холм. Женщина — впереди, Андерсон — следом за ней. Джек повернул ствол винтовки в их сторону и приник глазом к прицелу. Выстрелить он не успел. Совсем рядом раздался свист пуль. Осколки камня ударили Джека в плечо. Раненый парень открыл ответный огонь. Правда, стрелял он из пистолета, а на таком расстоянии толку от пистолета немного, и все же эта последняя пуля прошла слишком близко, *опасно* близко. Джек пригнулся, прижав подбородок к груди, и почувствовал шишки воспаленных, будто переполненных гноем лимфоузлов на шее. Голова раскалывалась от боли, кожа горела, на глаза давило изнутри.

Когда он снова заглянул в прицел, Андерсон уже скрылся за большим валуном в начале дороги. Черт. Он их упустил. Но была и другая проблема. Черный дым от горящего джипа поднимался густым столбом, и при полном отсутствии ветра он рассеется очень не скоро. А вдруг кто-то из местных увидит дым и позвонит в контору, которая заменяет пожарную часть в этом занюханном городишке?

Спускайся вниз.

На этот раз было сразу понятно, кому принадлежит голос.

Надо прикончить их прежде, чем они доберутся до тропы Ахиги.

Джек не знал, что такое Ахига, но нисколько не сомневался, что гость, поселившийся у него в голове, имеет в виду боковую дорожку за щитом с вождем Ваху. Он снова пригнулся, когда еще одна пуля снизу ударилась о ближайший скалистый выступ, потом поднялся на ноги, сделал шаг и упал. На мгновение боль ослепила его, заслонив собой весь мир. Потом он схватился за чахлый кустик между двумя валунами и кое-как поднялся. Оглядел себя и испугался. Нога, укушенная змеей, распухла почти в два раза. Штанина на ней туго натянулась. И что самое поганое, промежность тоже раздулась, словно ему в штаны засунули подушку.

Спускайся вниз, Джек. Быстрее. Убей их всех, и я заберу у тебя рак.

Увы, сейчас его больше волновала другая проблема. Он разбухал, словно пропитавшаяся водой губка.

И змеиный яд тоже. Я тебя вылечу.

Джек сомневался, можно ли верить словам человека в татуировках, но понимал, что выбора у него нет. Кроме того, был еще и Андерсон. Мистер Мнения-Нет ответит ему за все. Это из-за него Джек оказался в таком дерьме, и Андерсон не уйдет безнаказанным.

Джек заковылял вниз по дорожке, еле переставляя ноги и опираясь на винчестер, как на клюку. Второй раз он упал, когда левая нога заскользила по гравию, а правая — распухшая, пульсирующая жгучей болью — не смогла удержать вес тела сама по себе. На третьем падении штанина лопнула, открыв участок темно-багровой кожи, уже начавшей чернеть и отмирать. Джек поднялся, цепляясь за камни, обливаясь потом и задыхаясь. Он уже не сомневался, что умрет в этой богом забытой глуши, но черт бы его побрал, если он сделает это в одиночку.

16

Пригнувшись как можно ниже, Ральф с Холли взбежали по каменистой дорожке и остановились перевести дух лишь на вершине первого холма. Чуть левее и ниже стояли обветшавшие туристические домики. Справа виднелось длинное одноэтажное здание, то ли бывший гараж, то ли склад, где раньше хранилось туристическое снаряжение — в те далекие времена, когда Мэрисвиллский провал был открыт для туристов. Рядом со зданием стоял пикап. Ральф скользнул по нему взглядом, отвернулся, затем присмотрелся получше.

— О боже.

— Что? *Что такое?*

— Теперь понятно, откуда он меня знает. Это пикап Джека Хоскинса.

— Хоскинс? Другой детектив из Флинт-Сити?

— Он самый.

— Но зачем ему... — Холли умолкла на полуслове и покачала головой. — Хотя ладно, не важно. Он прекратил стрелять. Это значит, что он скорее всего идет вниз. Нам надо поторопиться.

— Может быть, Юн его застрелил, — сказал Ральф и тут же добавил в ответ на ее недоверчивый взгляд: — Да, согласен.

Они прошли мимо склада, и сразу за ним обнаружилась еще одна дорожка, ведущая на другую сторону холма.

— Я пойду впереди, — сказал Ральф. — У меня пистолет.

Холли не стала спорить.

Они пошли вверх по извилистой узкой дорожке, усыпанной щебнем, который скрипел и скользил под ногами, затрудняя подъем. Через две-три минуты Ральф услышал скрип щебня и стук мелких камешков, доносившийся сверху. Хоскинс действительно шел им навстречу.

Они обогнули скалистый выступ: Ральф с верным «глоком» в руке, Холли — на шаг позади, за его правым плечом. Дальше был ровный участок тропинки длиной около пятидесяти футов. Шаги Хоскинса вроде бы сделались громче, но в этом каменном лабиринте было невозможно понять, насколько он близко.

— Ну, и где этот вход Ахиги? — спросил Ральф. — А то он приближается. У нас тут прямо игра «Кто круче», как в том фильме с Джеймсом Дином.

— Да, «Бунтарь без причины». Я не знаю, но, наверное, уже близко.

— Если он выйдет к нам раньше, чем мы доберемся до входа в пещеры, встреча будет веселой. Со стрельбой и рикошетом. Как только увидите его, сразу падайте на землю...

Она стукнула Ральфа по спине.

— Если доберемся до нужной тропы, стрелять не придется. *Вперед!*

Ральф припустил со всех ног по прямому участку, уговаривая себя, что он еще вполне бодр, и у него даже открылось второе дыхание. Да, это был самообман, но надо учиться мыслить позитивно. Холли бежала следом, то и дело толкая Ральфа в плечо, то ли подгоняя его, то ли давая понять, что она рядом. Они добрались до следующего изгиба тропинки. Ральф осторожно выглянул за поворот, почти ожидая увидеть нацеленный на него ствол винтовки Хоскинса. Слава богу, Хоскинса он не увидел. Зато увидел большой деревянный щит-указатель с выцветшим портретом вождя Ахиги.

— Ладно, — сказал он. — Последний рывок.

Они почти добежали до указателя, и тут Ральф услышал хриплое, сбивчивое дыхание приближавшегося Хоскинса. Потом сверху донесся грохот камней и крик боли. Похоже, Хоскинс упал.

Отлично! Упал и лежи!

Но звук тяжелых, шаркающих шагов почти сразу возобновился. Уже совсем близко. Все ближе и ближе. Ральф схватил Холли за плечи и подтолкнул ее к расщелине между камнями, где начиналась тропа, ведущая к входу Ахиги. Бледное лицо Холли блестело от пота. Губы были сжаты в тонкую линию, руки спрятаны в карманах пиджака, припорошенного серой каменной пылью и забрызганного кровью.

Ральф поднес палец к губам. Холли молча кивнула. Ральф встал за дощатым щитом-указателем. На техасской жаре доски слегка покоробились, и сквозь одну из щелей была видна часть каменистого склона. Когда ковыляющий Хоскинс появился в поле зрения, Ральф первым делом подумал, что Юну все-таки повезло и как минимум одна его пуля попала в цель, но это не объясняло ни разорванную штанину Хоскинса, ни его чудовищно раздувшуюся правую ногу. *Неудивительно, что он грохнулся,* подумал Ральф. Удивительно, как он вообще смог спуститься по довольно крутой тропе. Винтовка, из которой он застрелил Голда и Пелли, теперь служила Хоскинсу вместо палки. Впрочем, Ральф сомневался, что сейчас Хоскинс сможет во что-то попасть даже с близкого расстояния. У него слишком сильно тряслись руки. Его налитые кровью глаза провалились глубоко в глазницы. Лицо под коркой затвердевшей каменной пыли превратилось в жутковатую маску кабуки, но в тех местах, где ее прорезали дорожки пота, кожа была воспаленной и красной, как будто от сыпи.

Ральф вышел из-за щита, держа «глок» двумя руками.

— Стой, Джек. И брось винтовку.

Джек поскользнулся, удержал равновесие и остановился в тридцати футах от Ральфа, не выпуская ствола винтовки. Ральфу это не понравилось, но он решил, что для начала сойдет и так. Если Хоскинс начнет поднимать оружие, Ральф застрелит его на месте.

— Зря ты сюда притащился, — сказал Джек Хоскинс. — Как говорил мой покойный дед, ты родился таким идиотом или специально тренировался?

— Избавь меня от своей болтовни. Ты убил двух человек и еще одного ранил. Из засады.

— Им не стоило сюда приезжать, — ответил Джек. — Если лезешь в чужие дела, будь готов получить. Вот они и получили.

— И чьи же это дела, мистер Хоскинс? — спросила Холли.

Хоскинс улыбнулся, и на его растрескавшихся губах показались крошечные капельки крови.

— Человека в татуировках. И ты сама это знаешь. Любопытная сучка.

— Ладно, ты высказался, отвел душу, а теперь брось винтовку, — сказал Ральф. — Только без глупостей. Ты и так много всего натворил. Просто бросай, не клади. Если наклонишься, точно упадешь. Тебя что, укусила змея?

— Змея — это так, маленькое дополнение. Уходи, Ральф. Уходите, вы оба. Иначе он вас отравит, как отравил меня. Уходите.

Холли приблизилась к Джеку еще на шаг.

— Как он вас отравил?

Ральф предостерегающе положил руку ей на плечо.

— Просто притронулся. Подошел со спины и притронулся к шее. Секундное дело. — Джек устало тряхнул головой. — У амбара в Каннинге. — Теперь его голос дрожал от злости. — Куда я поехал с *твоей* подачи.

Ральф покачал головой:

— Я вообще ничего не знал, Джек. Это шеф тебя послал. Я не буду повторять: брось винтовку. Хватит.

Джек задумался... или сделал вид, что задумался. Потом очень медленно поднял винтовку, перемещая ладони со ствола к спусковому крючку.

— Я не хочу умирать так же, как мать. Не хочу и не буду. Нет, сэр. Спасибо. Сначала я застрелю твою подругу, а потом и тебя, Ральф. Если ты меня не остановишь.

— Не надо, Джек. Это последнее предупреждение.

— Засунь свое предупреждение себе в...

Джек попытался прицелиться в Холли. Она даже не шелохнулась. Ральф шагнул вперед, закрывая ее собой, и выстрелил трижды. На небольшом пятачке среди скал грохот выстрелов прозвучал оглушительно громко. Одна пуля — за Хоуи, вторая — за Алека, третья — за Юна. Расстояние было великовато для пистолета, но «глок» — отличная пушка, и свой норматив по стрельбе Ральф всегда выполнял без проблем. Джек Хоскинс упал, и Ральфу показалось, что за секунду до смерти у него на лице отразилось искреннее облегчение.

17

Тяжело дыша, Ральф уселся на каменный выступ напротив щита-указателя. Холли подошла к Хоскинсу, опустилась на колени и перевернула труп на спину. Рассмотрела его и вернулась к Ральфу.

— Укус был не один.

— Наверняка гремучая змея. И явно немаленькая.

— Но еще раньше его отравило что-то другое. Что-то похуже любого змеиного яда. Он называл его человеком в татуировках, мы называем его чужаком. Эль Куко. Пора с этим покончить.

Ральф подумал о Хоуи и Алеке, лежавших мертвыми на другой стороне этого проклятого холма. У них были семьи. И у Юна — живого, но раненого, терпящего боль, возможно, уже впавшего в болевой шок, — тоже была семья.

— Да, вы правы. Хотите взять мой пистолет? А я возьму винтовку.

Холли покачала головой.

— Ну, ладно. Пойдем.

18

После первого поворота узкая тропинка, ведущая к входу Ахиги, расширилась и пошла под уклон. Выступы скал по обеим ее сторонам покрывали пиктограммы древних индейцев. Некоторые изображения были дополнены или полностью закрашены современными граффити.

— Он знает, что мы придем, — сказала Холли.

— Да. Жалко, что у нас нет фонаря.

Холли сунула руку в боковой карман пиджака — в тот, который сильнее всего оттопыривался, — и достала ультрафиолетовый фонарик, купленный вчера в «Хоум депо».

— Холли, вы потрясающая, — сказал Ральф. — А пары касок у вас там не завалялось?

— Не обижайтесь, Ральф, но с чувством юмора у вас проблемы. Надо над ним поработать.

На следующем повороте они вышли к естественному углублению в скале, расположенному на высоте около четырех футов над землей. Над ним виднелась поблекшая надпись черной краской: «НИКОГДА НЕ ЗАБУДЕМ». В нише стояла пыльная ваза с тонкими засохшими стеблями, похожими на пальцы скелета. Лепестки, когда-то крепившиеся к этим стеблям, давным-давно обратились в труху. Но кое-что сохранилось. Вокруг вазы лежало с полдюжины пластмассовых фигурок вождя Ахиги — вроде той, что выпала из кармана одного из близнецов Джеймисонов, когда они забрались глубоко в недра земли, где и сгинули навсегда. Игрушки растрескались на жарком солнце и пожелтели от времени.

— Люди сюда приходили, — заметила Холли. — Мальчишки, судя по граффити. Но эту нишу вандалы не тронули.

— Даже не прикасались к ней, судя по всему, — сказал Ральф. — Пойдем. Юн там один, с пулевым ранением и раздробленным локтем.

— Да, ему наверняка очень больно. Но нам нужно быть осторожнее. Это значит, что не стоит спешить.

Ральф взял Холли под локоть.

— Если этот чужак порешит нас обоих, Юн останется совсем один. Может быть, вам стоит вернуться?

Она подняла руку и показала на небо, на столб черного дыма, поднимавшегося от горящего джипа.

— Его видно издалека. Кто-нибудь увидит и приедет. И если с нами что-то случится, Юн будет единственным, кто знает правду.

Она стряхнула его руку и зашагала вперед. Ральф бросил прощальный взгляд на маленький самодельный алтарь, не потревоженный за столько лет, и последовал за Холли.

19

Когда Ральф уже начал думать, что тропа Ахиги приведет их обратно к сувенирной лавке, дорожка резко свернула влево, почти развернувшись в обратную сторону, и вышла к входу в пещеру, больше похожему на садовый сарай, притулившийся у скалы. Когда-то он был покрашен зеленой краской, теперь выцветшей и облупившейся. Дверь была приоткрыта. С двух сторон от двери висели предупреждающие таблички. Защитный пластик помут-

нел от времени, но надписи еще читались: «ВХОД КАТЕ-
ГОРИЧЕСКИ ВОСПРЕЩЕН» — слева и «ЗАКРЫТО ПО РАС-
ПОРЯЖЕНИЮ МЭРИСВИЛЛСКОГО ГОРОДСКОГО СОВЕ-
ТА» — справа.

Ральф подошел к двери, держа «глок» наготове. Он
сделал знак Холли, чтобы та встала сбоку, у каменистой
стены, потом рывком распахнул дверь и пригнулся, выставив пистолет перед собой. Внутри оказалась небольшая площадка, абсолютно пустая, если не считать сва-
ленных в кучу досок, явно отодранных от входа в узкую,
высотой около шести футов расщелину, ведущую в темноту. Обломанные концы досок так и торчали в скале,
прикрученные здоровенными, проржавевшими от времени болтами.

— Ральф, взгляните. Как интересно...

Придерживая дверь рукой, Холли склонилась над сломанным замком. Не просто сломанным, а раскуроченным,
подумал Ральф. Как будто его взломали не ломом
или монтировкой, а попросту раздолбили чем-то тяжелым
вроде камня.

— Что, Холли?

— Это односторонний замок. Запирается только снаружи. Они, наверное, надеялись, что близнецы Джеймисоны или кто-то из первой спасательной партии еще
живы и смогут найти этот выход. И позаботились, чтобы
дверь можно было легко открыть изнутри.

— Но никто так и не вышел.

— Да. — Холли подошла к входу в расщелину. — Чувствуете запах?

Да, Ральф чувствовал запах и знал, что они стоят на
пороге совершенно другого мира. Из темноты пахло про-
горклой сыростью и чем-то еще: чем-то едким и сладко-
ватым. Это был запах гниющей плоти — слабый, но различимый. Ральф подумал о канталупе из детства, о копо-
шившихся в ней личинках.

Они вошли в темную расщелину. Ральф был высоким,
но ему не пришлось пригибаться. Холли включила фонарик, посветила вперед, в глубину каменного коридора,

уходившего вниз, в недра холма, потом направила луч им под ноги. Они оба увидели вереницу блестящих капель, тянувшихся в темноту. Холли тактично не стала указывать Ральфу, что это было то же самое вещество, которое ее самодельная ультрафиолетовая вспышка высветила в гостиной Андерсонов.

Первые шестьдесят футов они прошагали плечом к плечу, но потом тоннель сузился. Холли отдала фонарик Ральфу. Он взял его в левую руку, потому что в правой был пистолет. Стены тоннеля сверкали вкраплениями минералов: красных, сиреневых, желтовато-зеленых. Изредка Ральф направлял луч фонарика вверх, чтобы убедиться, что Эль Куко не наблюдает за ними с потолка, прячась среди сталактитов. Здесь, внутри, было довольно тепло (Ральф где-то читал, что температура в пещерах держится примерно на уровне среднегодовой температуры того региона, где они расположены), но после жаркого солнца казалось, что холодно. Тем более если учесть, что они оба вспотели от страха. Откуда-то из глубины тянуло сквозняком, холодившим их разгоряченные лица и доносившим до них этот едва уловимый гнилостный запах.

Ральф резко остановился, и Холли налетела на него сзади.

— Что такое? — прошептала она.

Вместо ответа он посветил фонарем на щель в скалистой стене слева. Рядом с ней было написано краской из баллончика: «ПРОВЕРЕНО» и «НИКОГО».

Они двинулись дальше, медленно и осторожно. Ральф не знал, что сейчас чувствует Холли, но ему самому было страшно. Страх разрастался внутри вкупе с жуткой уверенностью, что он уже никогда не увидит жену и сына. И солнечный свет. Как удивительно быстро человек начинает скучать по свету солнца. Ему казалось, что если они все-таки выберутся отсюда, он будет пить солнечный свет, словно воду.

Холли прошептала:

— Ужасное место.

— Да. Вам лучше вернуться.

Вместо ответа она легонько подтолкнула его в спину.

Они прошли мимо еще нескольких ответвлений от главного коридора. Все были отмечены теми же двумя словами: «ПРОВЕРЕНО», «НИКОГО». Как давно их написали на этих стенах? Если в то время Клод Болтон был еще подростком, значит, прошло как минимум пятнадцать лет. Может быть, двадцать. И кто побывал здесь с тех пор, не считая их чужака? Зачем они приходили? Что они здесь забыли? Холли права: это ужасное место. Ральфа не покидало тягостное ощущение, будто он похоронен заживо, и с каждым шагом, с каждой секундой оно становилось все сильнее. Он заставлял себя вспоминать. Поляну в Хенли-парке. И Фрэнка Питерсона. И кровавые отпечатки пальцев на ветке, где наружный слой коры был содран из-за многократных проникающих ударов. И Терри Мейтленда, когда тот спросил Ральфа, как он облегчит свою совесть. Спросил за секунду до смерти.

Ральф шел вперед.

Внезапно тоннель сузился еще больше, но не потому, что сомкнулись стены, а потому, что по обеим сторонам громоздились груды каменных обломков. Ральф посветил вверх и увидел глубокую выемку в потолке, вызывавшую ассоциации с дыркой в десне после удаления зуба.

— Холли, смотрите. Вот здесь и случился обвал. Они, наверное, вытащили наружу все крупные обломки, когда разгребали завалы. А то, что осталось... — Ральф обвел лучом фонарика кучи камней, высветив сверкающие вкрапления минералов.

— То, что осталось, просто сгребли в сторону, — закончила за него Холли. — Чтобы не возиться.

— Да.

Они пошли дальше. Правда, широкоплечему Ральфу теперь пришлось продвигаться боком. Он вернул Холли фонарик и поднял правую руку к лицу, держа пистолет у щеки.

— Светите так, чтобы луч проходил у меня под рукой. Направляйте его прямо вперед. Чтобы никаких сюрпризов.

— Х-хорошо.

— Вы замерзли?

— Да. Говорите тише, а то он услышит.

— И что с того? Он знает, что мы идем. Вы правда считаете, что пуля его убьет? Вы...

— *Стойте, Ральф! Стойте!* Не наступите!

Он замер на месте с гулко колотящимся сердцем. Холли посветила фонариком ему под ноги. Рядом с последней грудой каменных обломков, за которой тоннель вновь расширялся, лежал труп собаки или койота. Наверное, все же койота. Понять было невозможно, потому что у трупа отсутствовала голова. Живот был разворочен, внутренности выскоблены дочиста.

— Вот откуда был запах, — сказала Холли.

Ральф осторожно перешагнул мертвого зверя. Но через десять шагов снова остановился. Да, это был койот. Вот его голова. Казалось, она смотрела на них с выражением крайнего изумления, и поначалу Ральф даже не понял, почему у него вдруг возникла такая мысль.

Холли сообразила быстрее.

— У него нет глаз, — сказала она. — Он съел все потроха, но ему не хватило. И он выел ему глаза. Бедный зверь.

— Значит, чужак питается не только человеческим мясом и кровью. И человеческим горем.

— Это все из-за нас, — тихо произнесла Холли. — Главным образом из-за вас и лейтенанта Сабло. Сейчас у него должно быть время спячки, а ему приходится бодрствовать и скрываться. У него нет возможности добыть пищу привычным способом. Наверное, он очень голоден.

— И слаб. Вы говорили, он должен быть слабым.

— Будем надеяться, — сказала Холли. — Все-таки жуткое место. Ненавижу замкнутые пространства.

— Вы всегда можете...

Она опять подтолкнула его в спину.

— Не стойте на месте. И смотрите под ноги.

ины. Холли посветила на по фонариком, и стали видны не только светящиеся капли, но и вполне земные отпечат-

20

След из бледных светящихся капель тянулся все дальше и дальше. Про себя Ральф называл их каплями пота чужака. Был ли это холодный пот страха, как у него самого? Ральф надеялся, что да. Он надеялся, что эта тварь, затаившаяся в темноте, очень сильно напугана.

Они с Холли миновали еще несколько расщелин в скалистых стенах, уже не отмеченных надписями. Слишком узко; сквозь такие тесные щели не протиснулся бы даже ребенок. Ни туда, ни обратно. Теперь Ральф и Холли снова шагали плечом к плечу, хотя места оставалось впритык. Им было слышно, как где-то вдали капает вода, и один раз Ральф почувствовал новый сквозняк, дувший откуда-то сбоку. Легкое прикосновение к левой щеке, словно ласка призрачных пальцев. Сквозняк шел из узкой расщелины, и движение воздуха создавало гулкий, стонущий звук, как будто кто-то невидимый в темноте дул в пустую стеклянную бутылку. Да, ужасное место. Даже не верится, что люди охотно платили деньги, чтобы войти в этот каменный склеп. Хотя эти люди, конечно, не знали того, что знал и во что теперь верил Ральф. Да, теперь он поверил. Здесь, в темноте, глубоко в недрах земли, можно поверить во что угодно, даже в то, что всегда представлялось тебе невозможным, совершенно нелепым и смехотворным.

— Осторожнее, — сказала Холли. — Там снова сюрприз.

На этот раз — пара сусликов, разодранных в клочья. И чуть дальше — останки гремучей змеи, несколько рваных лохмотьев кожи с характерным ромбовидным рисунком.

Вскоре Ральф с Холли вышли к вершине крутого спуска с таким гладким полом, словно его отполировали специально. Ральф подумал, что это может быть русло какой-нибудь древней подземной реки, существовавшей еще во времена динозавров и пересохшей задолго до рождества Христова. Вдоль одной стороны спуска тянулись вбитые в стену металлические перила, покрытые пятнами ржавчины. Холли посветила на них фонариком, и стали видны не только светящиеся капли, но и вполне четкие отпечатки ладоней и пальцев. Отпечатки, которые наверняка совпадут с отпечатками Клода Болтона, подумал Ральф.

— Сукин сын был осторожен. Не хотел поскользнуться и грохнуться, да?

Холли кивнула:

— Наверное, это тот самый тоннель, который Люба назвала Чертовой горкой. Смотрите под но...

Откуда-то снизу и сзади донесся грохот падающих камней, за которым последовал едва различимый глухой удар, отдавшийся дрожью у них в ногах. Ральф вспомнил, что где-то читал, что даже сплошные ледники иногда могут сдвигаться без всякой видимой причины. Холли испуганно посмотрела на него.

— Думаю, это нестрашно. Эти пещеры уже много веков беседуют сами с собой.

— Да, но беседа стала значительно оживленнее после землетрясения, о котором рассказывала Люба. Землетрясения в две тысячи седьмом.

— Вы всегда можете...

— Нет, не могу. Я должна дойти до конца.

Да, Ральф ее понимал.

Они осторожно спустились вниз, держась за перила, но стараясь не прикасаться к светящимся отпечаткам ладоней того, кто прошел здесь перед ними. У подножия спуска висела табличка:

ДОБРО ПОЖАЛОВАТЬ НА ЧЕРТОВУ ГОРКУ
СОБЛЮДАЙТЕ ОСТОРОЖНОСТЬ
ДЕРЖИТЕСЬ ЗА ПОРУЧЕНЬ

Внизу тоннель стал еще шире. Ральф с Холли остановились под высоким арочным сводом. Когда-то он был облицован досками, но теперь часть облицовки сгнила, обнажив голый камень — кости земли.

Холли сложила ладони рупором и негромко окликнула:

— Есть кто-нибудь?

Ее голос вернулся, размноженный эхом: *Кто-нибудь...
то-нибудь... то-нибудь...*

— Так я и думала, — сказала она. — Это Чертог звука.
Большая пещера, о которой говорила Люба...

— Привет.

Ривет... ивет... ивет...

Голос был тихим, но у Ральфа перехватило дыхание.
Холли вцепилась ему в плечо, впилась пальцами, словно
когтями.

— Раз уж вы здесь...

Уж вы... здесь... вы здесь... десь...

— ...и потратили столько сил, чтобы меня разыскать,
входите.

21

Они прошли под высоким каменным сводом бок о
бок. Холли держала Ральфа за руку, словно взволнованная
невеста перед алтарем. Фонарик был у нее, а у Ральфа был
«глок», и Ральф собирался выстрелить, как только увидит
цель. Но цели он не видел. Пока.

Они вышли на каменный выступ, нависавший балко-
ном над полом главной пещеры на высоте около семидесяти футов. Вниз можно было спуститься по металлической винтовой лестнице. Холли подняла взгляд, и у нее
закружилась голова. Лестница уходила вверх еще футов на
двести, минуя широкий пролом в скале (очевидно, выход
из основного тоннеля), до самого потолка, откуда свисали
гигантские каменные сосульки. Теперь стало понятно, что
изнутри холм был полым, как муляж торта в витрине кон-
дитерской. Участок лестницы ниже выступа, на котором
стояли Ральф с Холли, выглядел более-менее целым. Но
наверху одна секция частично сорвалась с державших ее
болтов и висела над пустотой.

Внизу, в круге света от самого обыкновенного элек-
трического торшера — из тех, что есть в каждой гостиной
в любом мало-мальски приличном доме, — их ждал чу-

жак. Змеившийся по полу провод торшера подсоединялся к тихо гудевшей красной коробке с надписью «ХОНДА». На самой границе света и тьмы виднелась раскладушка, накрытая одеялом.

За годы службы в полиции Ральф повидал немало преступников, скрывавшихся от правосудия, и этот чужак — эта тварь, за которой они охотились, — мог быть любым из таких беглецов: исхудавший, с ввалившимися глазами, потрепанный. Он был в джинсах, грязной белой рубашке, замшевой безрукавке и потертых ковбойских сапогах. На первый взгляд безоружный. Он смотрел на них снизу вверх, запрокинув голову с лицом Клода Болтона: короткие черные волосы, высокие скулы, намекавшие на примесь индейской крови, черная эспаньолка. С такой высоты Ральф не мог разглядеть татуировок на пальцах, но знал, что они есть.

Человек в татуировках, так называл его Хоскинс.

— Если вы и вправду хотите общаться, вам придется спуститься сюда. Меня лестница выдержала, но сразу предупреждаю: она не особенно прочная. — Его слова, произнесенные тихим будничным голосом, удвоились эхом, утроились, перекрывая друг друга, словно там был не один чужак, а целая группа чужаков, прячущихся в густом сумраке за пределами круга света от единственного торшера.

Холли шагнула к лестнице, но Ральф ее остановил:

— Я пойду первым.

— Лучше я, потому что я легче.

— Я пойду первым, — повторил он. — Когда я спущусь — если спущусь, — пойдете вы. — Он говорил тихо, но предполагал, что из-за здешней акустики чужак слышит каждое слово. *Будем надеяться*, подумал Ральф. — Но остановитесь в десяти-двенадцати ступенях до пола. Мне надо с ним поговорить.

Он пристально смотрел на нее, смотрел прямо в глаза. Она быстро взглянула на «глок» у него в руке, и Ральф едва заметно кивнул. Нет, он не собирался разговаривать с чужаком. Время для разговоров прошло. Один выстрел в голову, и можно будет идти домой. Если на них не обрушится потолок.

— Хорошо, — сказала она. — Только будьте осторожнее.

Осторожность тут не поможет — старая лестница либо выдержит, либо нет, — но по пути вниз Ральф упрямо твердил себе, что весит не так уж много. Лестница скрежетала и тряслась под ногами.

— Пока все неплохо, — сообщил чужак. — Держитесь ближе к стене, так безопаснее.

Езопаснее... паснее... паснее...

Ральф добрался до последней ступеньки. Чужак стоял неподвижно рядом со своим торшером, таким уютно-домашним и до ужаса неуместным в этих мрачных пещерах. Может быть, он купил этот торшер — и генератор, и раскладушку — в «Хоум депо» в Типпите? Да, наверное, подумал Ральф. Похоже, в этой дремучей техасской глуши все дороги ведут в «Хоум депо». Впрочем, это не имело значения. Лестница за спиной Ральфа снова заскрежетала и заходила ходуном: Холли начала спускаться.

Теперь, оказавшись лицом к лицу с чужаком, Ральф изучал его почти с любопытством ученого-натуралиста. С виду чужак выглядел как человек, но все равно было в нем что-то странное, что-то неуловимо неправильное. Как будто смотришь на картинку, немного скосив глаза. Ты точно знаешь, что изображено на картинке, но изображение выходит слегка перекошенным и чуть-чуть не таким, каким должно быть. Лицо Клода Болтона, но подбородок другой, не закругленный, а квадратный, с продольной ямочкой. Справа линия подбородка длиннее, чем слева, из-за этого лицо получается скошенным на одну сторону, почти гротескным. Волосы принадлежали Клоду, черные и блестящие, как вороново крыло, но в них пробивались пряди рыжевато-каштанового оттенка. Однако больше всего поражали глаза. Один — карий, как у Клода, другой — голубой.

Ральф узнал эту ямочку на подбородке и эти волосы, отдающие в рыжину. И самое главное — голубой глаз. Да и как было не узнать? Он видел, как остекленели глаза Терри Мейтленда, умершего у здания окружного суда не столь давним жарким июльским утром.

— Ты еще не закончил меняться. Та проекция, которую видела моя жена, может, и была точной копией Клода, но ты сам еще только в процессе, да? Ты еще *не готов*.

Он рассчитывал, что это будут последние слова, которые услышит чужак в своей жизни. Протестующий лязг металлической лестницы у него за спиной уже затих. Это значило, что Холли остановилась на безопасной высоте. Ральф поднял «глок» и обхватил правое запястье левой рукой.

Чужак раскинул руки навстречу выстрелу.

— Убей меня, если хочешь, детектив. Но заодно ты убьешь и себя, и свою подругу. Я не могу читать твои мысли, у меня нет к ним доступа, как к мыслям Клода, но я знаю, о чем ты думаешь. Ты думаешь, что один выстрел — это приемлемый риск. Я прав?

Ральф ничего не сказал.

— Конечно, прав. И скажу тебе, это *очень большой* риск. — Чужак возвысил голос и крикнул: — *МЕНЯ ЗОВУТ КЛОД БОЛТОН!*

Эхо, пронесшееся по пещере, казалось громче самого вопля. Холли испуганно вскрикнула. Кусок сталактита — возможно, уже надломленный и державшийся на честном слове — сорвался с потолка и обрушился вниз. Он упал далеко за пределами круга света, но Ральф понял намек.

— Раз вы сумели меня разыскать, то наверняка знаете, что здесь произошло. — Чужак опустил руки. — Но если не знаете, я расскажу: двое мальчишек потерялись в тоннелях, и когда их искали спасатели...

— Кто-то выстрелил из ружья, и в одном из тоннелей обрушился потолок, — сказала Холли с лестницы. — Да, мы знаем.

— Это случилось на Чертовой горке, где звук выстрела наверняка был приглушен. — Чужак улыбнулся. — Но кто знает, что произойдет, если детектив Андерсон выстрелит *здесь*? Весь потолок, может, и не обвалится. Однако часть сталактитов обрушится точно. Может быть, вам удастся от них увернуться. Но если нет, вас расплющит мгновенно. Не исключен и такой вариант, что вся вершина холма рухнет вниз и погребет под обвалом нас всех. Ты готов рискнуть, детектив? Мне показалось, ты был настроен решительно, когда спускался сюда, но шансы, как ты понимаешь, явно не в вашу пользу.

Лестница скрипнула. Холли спустилась еще на ступеньку. Может быть, на две.

Стой на месте, подумал Ральф, но он знал, что не сможет ее удержать, если она решит спуститься. Эта женщина сделает так, как сама сочтет нужным.

— И мы знаем, почему ты прячешься в этих пещерах, — сказала она. — Тут погиб дядя Клода. И его двоюродные братья. Их тела до сих пор где-то здесь.

— Да, они здесь. — Чужак широко улыбнулся, сверкнув золотым зубом. Это был золотой зуб Клода Болтона. И татуировки на руках чужака были татуировками Клода Болтона. — И не только они, но еще и другие, включая двух пацанов, которых они пытались спасти. Я их чувствую сквозь камни. Они совсем рядом. Роджер Болтон и его сыновья — вон там. — Он указал пальцем. — Буквально в двадцати футах под Змеиным брюхом. Я их чувствую сильнее всего. Не только потому, что они так близко. В них текла кровь того, кем я сейчас становлюсь.

— Но в пищу они не годятся, как я понимаю, — сказал Ральф, глядя на раскладушку и на пенопластовый холодильник, стоявший рядом с ней. Вокруг холодильника были разбросаны кости и кусочки звериных шкурок.

— Конечно, нет, — раздраженно ответил чужак. — Но от останков исходит... я даже не знаю... Обычно я ни с кем не обсуждаю такие вещи. Что-то вроде невидимого сияния. Некое излучение, которое чувствую только я. Даже от этих мальчишек исходит сияние, хотя у них оно слабое. Очень слабое. Потому что они глубоко под землей. Погибли, исследуя неизведанные территории Мэрисвиллского провала.

Он опять улыбнулся, на этот раз показав почти все свои зубы. От этой улыбки Ральфу стало не по себе. Наверняка точно так же чужак улыбался, когда убивал Фрэнка Питерсона, когда рвал зубами еще теплую плоть и пил боль умирающего ребенка вместе с его кровью.

— Сияние, как свет ночника? — спросила Холли. В ее голосе слышалось искреннее любопытство. Снова скрипнула лестница. Холли спустилась еще на пару ступенек. Ральф посылал ей отчаянные мысленные сигналы: стой на месте, а еще лучше — иди наверх. Наверх и наружу, обратно под жаркое техасское солнце.

Чужак только пожал плечами.

Возвращайся назад, думал Ральф, обращаясь к Холли. *Вот прямо сейчас развернись и иди. Когда я буду уверен, что ты уже вышла наружу, я все-таки выстрелю. Даже если моя жена станет вдовой, а сын лишится отца, я буду стрелять. Это мой долг перед Терри и перед всеми, кто был до него.*

— Ночник, — повторила она, спустившись еще на одну ступеньку. — Чтобы было уютнее спать. В детстве у меня был ночник.

Чужак смотрел на нее поверх плеча Ральфа. Сейчас, когда он стоял спиной к свету и его лицо скрывалось в тени, Ральф разглядел странный блеск в его разных глазах. Они как будто светились сами по себе. Вернее, они *испускали* свечение — тонкими, как бы колышущимися лучами, — и Ральф понял, что имела в виду Грейс Мейтленд, когда говорила, что вместо глаз у ее странного гостя были соломины.

— Уютнее? — задумчиво повторил чужак, словно не совсем понимая значение этого слова. — Да, наверное. Хотя я раньше не думал об этом в таком ключе. Мне важнее информация. Даже мертвые, они излучают *сущность Болтонов*.

— То есть воспоминания? — Еще шаг на ступеньку ниже. Ральф оторвал левую руку от правой и сделал знак Холли, чтобы она шла назад, хотя знал, что это бесполезно.

— Нет, не воспоминания. — Чужак раздраженно тряхнул головой, но в его голосе Ральф уловил характерное горячечное возбуждение. Он не раз с этим сталкивался на допросах. Конечно, не каждый подозреваемый проявляет желание говорить, но большинство проявляют, потому что их тяготит одиночество в замкнутом пространстве собственных мыслей. А этот чужак слишком долго пробыл наедине со своими мыслями. Всегда один. Неизменно один. Стоит только взглянуть на него, чтобы это понять.

— Тогда что? — Холли стояла на том же месте. Спасибо Господу за малые милости, подумал Ральф.

— Родство по крови. Это не просто воспоминания, передающиеся из поколения в поколение. И не внешнее сходство. Это способ существования. Образ бытия. Это не пища, но сила. Их души исчезли из мира, их *ка* больше нет, но что-то осталось, даже в их мертвых телах и мозгах.

— Как ДНК, — сказала Холли. — Может быть, память рода. Или расы.

— Да, наверное, можно сказать и так. — Чужак шагнул к Ральфу и поднял руку с надписью «НАДО». — Как эти татуировки. Они не живые, но в них содержится информа...

— *Стой!* — крикнула Холли, и Ральф подумал: *Господи, да она совсем близко. Я даже не слышал, как она спустилась.*

Все пространство как будто взорвалось эхом, и что-то с грохотом рухнуло вниз. На этот раз не сталактит, а кусок камня, сорвавшийся с неровной стены.

— Не надо так делать, — сказал чужак. — Не повышай голос, если не хочешь обрушить всю пещеру нам на голову.

Когда Холли снова заговорила, ее голос звучал тише, но все равно звенел от волнения:

— Вспомните, что стало с детективом Хоскинсом, Ральф. Не подпускайте его близко. Он отравляет одним своим прикосновением.

— Только на стадии преображения, — мягко произнес чужак. — Это естественная защита, и она редко убивает. Скорее как ядовитый плющ, а не как радиация. Разумеется, детектив Хоскинс был... скажем так, восприимчив. В силу природной предрасположенности. И, прикоснувшись к кому-нибудь, я могу... не всегда, но часто... проникнуть в их сознание. И в сознание их близких. Так вышло с семьей Фрэнка Питерсона. Я почти ничего и не делал, лишь слегка подтолкнул каждого в том направлении, куда они двигались сами.

— Стой где стоишь, — приказал Ральф.

Чужак поднял татуированные руки.

— Безусловно. Как я уже говорил, пистолет у тебя. Но я не могу вас отпустить. Я, знаете ли, устал бегать с места на место. Мне пришлось слишком рано сорваться и приехать сюда. И пришлось кое-что прикупить, а все эти хлопоты отняли немало сил. Похоже, мы в тупике.

— В который ты сам же себя и загнал, — сказал Ральф. — Ты уже понял, да?

Чужак, в чьем лице все еще оставались ускользающие черты Терри Мейтленда, посмотрел на него, но промолчал.

— С Хитом Холмсом все прошло как надо. Со всеми остальными до Холмса — тоже. Но с Мейтлендом ты прокололся.

— Да, похоже на то, — согласился чужак. Вид у него был слегка озадаченный, но все равно самодовольный. — И все-таки у меня было немало других, имевших железное алиби и безупречную репутацию. При явных уликах и показаниях многочисленных свидетелей алиби и репутация не стоят и ломаного гроша. Люди слепы к тому, что лежит за пределами их восприятия реальности. Вы не должны были меня разыскать. Не должны были даже *догадаться* о моем существовании, каким бы крепким ни было его алиби. И все-таки вы догадались. Потому что я пришел к зданию суда?

Ральф ничего не сказал. Холли уже спустилась с последней ступеньки и встала рядом с ним.

Чужак вздохнул.

— Да, тут я сглупил. Надо было подумать о телекамерах, но я был слишком голоден. И все же я *мог бы* и потерпеть. Получается, жадность меня погубила.

— А также чрезмерная самоуверенность, раз уж зашел такой разговор, — сказал Ральф. — Чрезмерная самоуверенность порождает неосторожность. Тебе это скажет любой полицейский.

— Да, наверное, так и есть. Но я думаю, что все равно смог бы уйти безнаказанным. — Чужак задумчиво посмотрел на бледную седую женщину, стоявшую рядом с Ральфом. — Вот кого надо благодарить за мое нынешнее положение. Холли. Клод говорит, что тебя зовут Холли. Что заставило тебя поверить? Как ты сумела уговорить сразу нескольких современных мужчин, не верящих ни во что, что лежит за пределами их пяти чувств, приехать сюда? Ты что-то знаешь? Ты встречала еще кого-то, подобного мне? — В его голосе явственно слышалось возбуждение.

— Мы пришли сюда не для того, чтобы отвечать на твои вопросы, — сказала Холли. В одной руке она держала фонарик, другую спрятала в карман пиджака. Фонарик был выключен; единственный свет шел от торшера. — Мы пришли тебя убить.

— Даже не представляю, как вы собираетесь это сделать... Холли. Будь мы только вдвоем с твоим другом, он, возможно, рискнул бы и выстрелил. Но почему-то мне кажется, что ему не захочется рисковать и твоей жизнью тоже. А если кто-то из вас попытается драться со мной врукопашную, вам меня не одолеть даже вдвоем. Я для вас слишком сильный. И как мы уже выяснили, ядовитый. Да, даже в нынешнем ослабленном состоянии.

— Сейчас мы в тупике, — сказал Ральф, — но это ненадолго. Хоскинс ранил лейтенанта Юнела Сабло из полиции штата. Ранил, но не убил. Юн уже вызвал подкрепление.

— Неплохая попытка, но мимо, — сообщил чужак. — Мобильной связи здесь нет на шесть миль к востоку и на двенадцать к западу. Думаешь, я не проверил?

Ральф на это надеялся, хотя и не слишком рассчитывал. Но у него в рукаве был еще один козырь.

— Хоскинс взорвал машину, на которой мы сюда приехали. Она горит, идет дым. Много дыма.

Он впервые заметил, как на лице чужака промелькнула тревога.

— Это меняет дело. Мне придется бежать. В моем нынешнем состоянии это будет непросто и очень болезненно. Если ты пытался меня разозлить, детектив, у тебя получилось...

— Ты спрашивал, не встречала ли я кого-то вроде тебя, — перебила его Холли. — Нет, точно такого же не встречала... но Ральф точно встречал. Да, ты умеешь менять обличье и крадешь память людей, и из глаз у тебя бьют лучи, но по сути ты — самый обыкновенный сексуальный садист и педофил.

Чужак дернулся, как от удара. Похоже, он даже забыл о горящей машине, посылающей дымовые сигналы в небо.

— Это смешно, оскорбительно и неверно. Чтобы жить, надо питаться. У меня своя пища, у вас — своя. Вы, люди, спокойно едите мясо коров и свиней, специально разводите их на убой. А для меня люди — те же коровы и свиньи.

— Врешь. — Холли сделала шаг вперед. Ральф попытался ее удержать, но она стряхнула с плеча его руку. На ее бледных щеках расцвели два лихорадочных красных пятна. — Твоя способность менять обличье, способность казаться не тем, кто ты есть — не тем, *что* ты есть, — гарантирует доверие окружающих. Ты мог бы выбрать любого из друзей мистера Мейтленда. Ты мог бы выбрать его *жену*. Но ты выбрал ребенка. Ты *всегда* выбираешь детей.

— У них самое нежное мясо! Ты ни разу не ела телятину? Или телячью печень?

— Ты не просто их ешь, ты поливаешь их спермой. — Холли с отвращением скривила губы. — Ты *кончаешь* прямо на них. — Она издала такой звук, словно ее сейчас вырвет.

— Чтобы оставить ДНК! — крикнул чужак.

— Можно было бы оставить ее как-нибудь по-другому! — крикнула Холли в ответ, и со сводчатого потолка гулкой пещеры сорвался еще один кусок сталактита. — Однако ты не суешь в них свою штуку. Не потому ли, что ты импотент? — Она подняла указательный палец и согнула его крючком. — Да? Я права? *Я права?*

— Замолчи!

— Ты выбираешь детей, потому что ты педофил, который даже не может орудовать собственным членом, и поэтому тебе приходится прибегать к...

Чужак бросился к ней. Его лицо исказилось от ненависти, и теперь в этом лице не осталось ничего от Клода Болтона или Терри Мейтленда; это было его собственное лицо, такое же черное, страшное и беспощадное, как те каменные глубины, где нашли свою смерть близнецы Джеймисоны. Ральф поднял пистолет, но Холли встала на линию огня, прежде чем он успел сделать выстрел.

— *Не стреляй, Ральф, не стреляй!*

Еще один кусок сталактита — и довольно большой — обрушился на раскладушку и холодильник чужака. Каменные осколки разлетелись по гладкому полу, искрясь вкраплениями минералов.

Холли достала что-то из оттопыренного бокового кармана пиджака. Длинную белую кишку, как будто набитую чем-то тяжелым. Одновременно Холли включила фонарик и направила ультрафиолетовый луч в лицо чужака. Он поморщился, рявкнул и отвернулся, продолжая тянуть к Холли руки с татуировками Клода Болтона. Она замахнулась белой кишкой и со всей силы ударила. Удар пришелся прямо в висок.

То, что Ральф увидел потом, наверняка будет сниться ему в кошмарах еще много лет. Левая часть головы чужака провалилась внутрь, будто была полой и слепленной из папье-маше. Карий глаз чуть не вылетел из глазницы. Чужак упал на колени, и его лицо потекло, словно сделавшись жидким. За считаные секунды по нему пронеслось около сотни стремительно сменявших друг друга черт: низкие лбы и высокие лбы; кустистые темные брови и тонкие, едва различимые светлые; глубоко посаженные глаза и глаза навыкате; тонкие и широкие губы. Зубы выпячивались и уходили обратно; подбородки выпирали и сглаживались. Но последнее из этих лиц — то, которое удержалось дольше всех, почти наверняка *настоящее* лицо чужака — оказалось совершенно непримечательным. Такие лица мы видим в толпе ежедневно, скользим по ним взглядом и мгновенно забываем.

Холли ударила еще раз, теперь — по скуле, превратив это невыразительное лицо в жутковатый скомканный полумесяц, напоминавший картинку для детской книжки, нарисованную сумасшедшим художником.

В итоге он просто никто, подумал Ральф. *Никто и ничто. Тварь, принимавшая облик Клода, и Терри, и Хита Холмса... полный ноль. Пустота. Только фальшивые фасады. Только сценические костюмы.*

Из пробитого черепа чужака, из ноздрей, из смятой дыры на том месте, где раньше был рот, полезли какие-то красноватые черви. Они хлынули на каменный пол пещеры сплошным корчащимся потоком. Тело Клода Болтона сперва задрожало, забилось в судорогах, а потом начало сморщиваться и ссыхаться.

Холли уронила фонарик и подняла повыше свое оружие (теперь Ральф увидел, что это носок, длинный белый мужской носок), держа его двумя руками. Третий, и последний, удар обрушился на голову чужака, прямо ему на макушку. Его лицо раскололось посередине, как гнилая тыква. В открывшейся полости черепа не было мозга: там копошились все те же красные черви, напомнившие Ральфу о личинках внутри совершенно нормальной с виду канталупы. Черви, которые уже вышли наружу, теперь ползли к ногам Холли, извиваясь на гладком полу.

Она попятилась, наткнулась на Ральфа, и у нее подкосились ноги. Он подхватил ее, не давая упасть. Ее лицо было белым как мел. По щекам текли слезы.

— Брось носок, — шепнул Ральф ей на ухо.

Она уставилась на него совершенно ошалелыми глазами.

— На нем эти красные твари.

Она даже не шелохнулась, а только растерянно заморгала, явно не понимая, чего от нее хотят. Ральф попытался отобрать у нее носок. Но она вцепилась в него мертвой хваткой и не отпускала. Он принялся разгибать ее сжатые пальцы, надеясь, что ему не придется их ломать. Но если будет нужно, он их сломает. Потому что иначе никак. Потому что нельзя, чтобы до нее добрались эти жуткие твари, чье прикосновение будет похуже ожога ядовитым плющом. А если они проникнут к ней *внутрь*...

Холли как будто пришла в себя — пусть и не до конца — и разжала руку. Носок ударился о каменный пол с глухим металлическим лязгом. Ральф попятился от червей, расползавшихся по пещере в слепых поисках нового пристанища (хотя, может быть, не таких уж и слепых; основная их масса двигалась прямиком к ним двоим), и ускорил шаг, увлекая за собой Холли. Он крепко держал ее за руку, все еще скрюченную. Холли взглянула себе под ноги, увидела, что происходит, и резко вдохнула.

— Не кричи, — сказал Ральф. — Лучше не рисковать, чтобы еще что-нибудь не упало. *Поднимайся.*

Он начал затаскивать Холли на лестницу. Через несколько ступеней она пошла сама, но им пришлось подниматься спиной вперед, чтобы следить за червями, которые все еще сыпались из проломленной головы чужака и из его смятого рта.

— Погоди, — прошептала Холли. — Посмотри на них. Они просто кружат на месте. Они не могут забраться на лестницу. И по-моему, они умирают.

Холли была права. Черви сделались вялыми, их движения замедлились, а огромная красная куча рядом с телом чужака не шевелилась совсем. Зато само тело еще шевелилось; в нем что-то дергалось. Какая-то сила, упорно цеплявшаяся за жизнь. Существо в облике Клода Болтона билось в конвульсиях, судорожно размахивая руками. Буквально у них на глазах его шея укоротилась. Голова — то, что осталось от головы, — съежилась и втянулась в ворот рубашки. Черные волосы Клода Болтона еще секунду торчали вверх, потом исчезли.

— Что происходит? — прошептала Холли. — Что это за *твари*?

— Не знаю и знать не хочу, — ответил Ральф. — Знаю только одно: теперь тебе никогда не придется платить за выпивку. По крайней мере когда я рядом.

— Я почти не пью, — сказала она. — Я принимаю лекарства, которые не сочетаются с алкоголем. Кажется, я уже говорила...

Она резко перегнулась через перила, и ее вырвало. Ральф поддержал ее.

— Прошу прощения, — сказала она.

— Ничего страшного. Давай...

— ...выбираться отсюда на хрен, — закончила за него Холли.

22

Солнечный свет никогда еще не был таким упоительным.

Они добрались до указателя с портретом вождя Ахиги, и только тогда Холли сказала, что у нее кружится голова и ей надо присесть. Ральф нашел плоский камень, где хватило бы места для них двоих, и сел рядом с Холли. Она посмотрела на распростертое на земле тело Джека Хоскинса, тихо шмыгнула носом и разрыдалась. Поначалу она еще пыталась сдерживать слезы, как будто кто-то сказал ей, что нельзя плакать в присутствии посторонних. Ральф приобнял ее за плечи, такие худенькие и хрупкие, что у него сжалось сердце. Она уткнулась лицом ему в грудь и разрыдалась по-настоящему. Он знал, что им нужно спешить. Нужно скорее вернуться к Юну, чья рана могла быть гораздо серьезнее, чем казалось на первый взгляд, — все-таки под обстрелом трудно с ходу поставить точный диагноз. Даже при самом лучшем раскладе у него сломан локоть и вывихнуто плечо. Но Ральф понимал, что надо дать Холли время прийти в себя. Она заслужила маленькую передышку. Она сделала то, чего не смог сделать он, здоровый мужик и полицейский детектив.

Через сорок пять секунд буря пошла на убыль. Ровно через минуту прекратилась совсем. Холли была крепкой. Сильной. Она посмотрела на Ральфа покрасневшими и припухшими от слез глазами, словно не совсем понимала, где находится. И кто он такой.

— Больше я так не смогу, Билл. Никогда. *Никогда!* Если он тоже вернется, как вернулся Брейди, я покончу с собой. Ты меня слышишь?

Ральф легонько встряхнул ее за плечи.

— Он не вернется, Холли. Даю тебе слово.

Она растерянно моргнула.

— Ральф. Я хотела сказать, Ральф. Ты видел, что из него полезло... Видел этих червей?

— Да.

Она издала такой звук, словно ее сейчас вырвет, и зажала рот ладонью.

— Кто тебя научил делать кистень из носка? И подсказал, что чем длиннее носок, тем сильнее удар? Билл Ходжес?

Холли кивнула.

— Что там было внутри?

— Шарики из подшипников, как у Билла. Я их купила в автомобильном отделе в «Уолмарте», во Флинт-Сити. Я не пользуюсь огнестрельным оружием. Просто не могу. Честно сказать, я не думала, что мне пригодится Веселый Ударник. Это был экспромт.

— Или интуиция. — Ральф улыбнулся, сам того не заметив. У него онемело все тело, и он продолжал оглядываться, чтобы убедиться, что ни один из этих кошмарных червей-паразитов не увязался за ними следом в отчаянном поиске новых хозяев. — Так ты его называешь? Веселый Ударник?

— Так его называл Билл. Ральф, нам надо идти. Юн...

— Да, я знаю. Но сначала мне нужно кое-что сделать. Ты пока посиди.

Он подошел к телу Хоскинса и заставил себя обшарить его карманы. Ключ от машины нашелся быстро. Ральф забрал его и вернулся к Холли.

— Теперь можно идти.

Они пошли вниз по тропинке. Один раз Холли споткнулась и чуть не упала, и Ральф ее поддержал. Потом споткнулся он сам, и теперь уже Холли поддержала его.

Словно парочка дряхлых калек, подумал Ральф. *Хотя после всего, что мы с ней пережили...*

— Мы еще очень многого не знаем, — сказала она. — Откуда он взялся. Что это были за черви — какие-нибудь паразиты или, может, инопланетная форма жизни. Кем были его прошлые жертвы — не только убитые дети, но и те люди, которых потом обвинили в убийствах. Их наверняка было много. *Очень много*. Ты видел, что было с его лицом в самом конце? Видел, как оно менялось?

— Да, — ответил Ральф. Он никогда этого не забудет.

— Мы не знаем, сколько ему было лет. Не знаем, как он себя проецировал. И *кем* он был.

— Это мы знаем, — ответил Ральф. — Он был Эль Куко. И мы знаем самое главное: сукин сын мертв.

23

Они прошли большую часть пути, когда раздался сигнал клаксона. Серия коротких гудков. Холли остановилась, кусая губы, которые и без того были искусаны почти до крови.

— Спокойно, — сказал Ральф. — Думаю, это Юн.

Ближе к подножию тропа становилась более широкой и пологой, и Холли с Ральфом прибавили ходу. Обогнув здание гаража, они убедились, что сигналил действительно Юн. Он сидел в пикапе Хоскинса, выставив ноги наружу, и нажимал клаксон здоровой правой рукой. Распухшая раненая рука лежала у него на коленях, как окровавленное бревно.

— Хватит бибикать, — сказал ему Ральф. — Мамочка с папочкой уже здесь. Ты как себя чувствуешь?

— Рука болит, как сто чертей, а в остальном нормально. Вы его грохнули? Эль Куко?

— Мы его грохнули, — подтвердил Ральф. — *Холли* его прибила. Это был не человек, но он мертв. Его время закончилось. Больше он никого не убьет.

— *Холли* его прибила? — Юн обернулся к ней. — Как?

— Мы еще успеем об этом поговорить, — сказала Холли. — Прямо сейчас меня больше волнует твое состояние. Ты не терял сознания? Голова не кружится?

— Немного кружилась, когда я поднимался сюда. Подъем занял целую вечность, и пришлось пару раз останавливаться, чтобы передохнуть. Я надеялся встретить вас, когда вы будете выходить. Точнее, молился об этом. А потом увидел пикап. Сразу подумал, что это машина стрелка. Джон П. Хоскинс, судя по документам. Это тот, о ком я думаю?

Ральф кивнул.

— Сотрудник полиции Флинт-Сити. *Бывший* сотрудник. Он тоже мертв. Я его застрелил.

Юн широко раскрыл глаза:

— Какого черта он здесь забыл?

— Его отправил сюда чужак. Как у него получилось, не знаю.

— Я подумал, что, может быть, он оставил ключи. Но увы. И в бардачке не нашлось никаких обезболивающих. Только регистрационная карточка, страховой полис и всякий хлам.

— Ключи у меня, — сказал Ральф. — Они были в его кармане.

— А у меня есть обезболивающие, — добавила Холли, выуживая из кармана большой аптечный пузырек из коричневого стекла. Без этикетки.

— А что еще у тебя есть в волшебных карманах? — спросил Ральф. — Походный примус? Кофейник? Коротковолновая рация?

— Все-таки тебе надо серьезно работать над чувством юмора, Ральф.

— Это не юмор, а искреннее восхищение.

— Присоединяюсь от всей души, — сказал Юн.

Холли открыла свою походную аптечку, высыпала на ладонь несколько разномастных таблеток и поставила пузырек на приборную панель.

— Это «Золофт»... «Паксил»... «Валиум», теперь я редко его принимаю... Ага, вот. — Она отложила две оранжевые таблетки, а все остальные аккуратно ссыпала обратно в пузырек. — «Мотрин». Я его принимаю от сильных головных болей и от болей, связанных с дисфункцией ВНЧС*, хотя с суставом уже полегче. С тех пор как я начала пользоваться ночной капой. У меня гибридная модель. Это недешево, но зато эффективно для... — Она осеклась, заметив, как они на нее смотрят. — Что?

Юн сказал:

— Все то же искреннее восхищение, querida**. Люблю женщин, готовых к любым неожиданностям. — Он взял таблетки, проглотил их всухую и закрыл глаза. — Спасибо. Большое спасибо. Пусть твоя ночная капа никогда тебя не подведет.

Холли с сомнением покосилась на Юна и убрала пузырек в карман.

— Если надо будет добавить, у меня есть еще две таблетки. Ты не слышал пожарных сирен?

— Нет, — ответил Юн. — Я уже начинаю думать, что никто не приедет.

— Приедет, — сказал Ральф, — только тебя уже здесь не будет. Тебе срочно надо в больницу. До Плейнвилла отсюда ближе, чем до Типпита. И Мэрисвилл по пути. Первым делом нужно заехать к Болтонам. Холли, ты сможешь вести машину, если я останусь здесь?

— Да, но зачем... — Холли умолкла на полуслове и хлопнула себя по лбу. — Мистер Голд и мистер Пелли.

— Да. Я не собираюсь их так оставлять.

— На месте преступления ничего трогать нельзя, — сказал Юн. — До приезда полиции. Как ты, наверное, знаешь.

---

* Височно-нижнечелюстной сустав.
** Милая (*исп.*).

— Да, но нельзя, чтобы два хороших человека запекались на жарком солнце рядом с горящей машиной. У тебя есть возражения?

Юн покачал головой. На его по-армейски подстриженных темных волосах блестели капельки пота.

— Por supuesto no*.

— Я отвезу нас на стоянку, а потом Холли сядет за руль. Как ты, amigo? «Мотрин» помогает?

— Кажется, помогает. Больно, но уже не так.

— Хорошо. Потому что нам надо поговорить.

— О чем?

— О том, как мы все это объясним, — ответила Холли.

24

Они выехали на стоянку у главного входа в пещеры, и Ральф вышел из машины. Холли тоже вышла, чтобы пересесть за руль. Они встретились перед капотом, и Холли порывисто обняла Ральфа. Объятие было недолгим, но крепким. Синий джип уже догорал. Дым понемногу редел.

Морщась от боли, Юн осторожно перебрался на переднее пассажирское сиденье. Когда Ральф наклонился к нему, он спросил:

— Ты уверен, что он мертв? — Ральф знал, что Юн спрашивает не о Хоскинсе. — Ты *уверен*?

— Уверен. Он не растаял, как Злая Ведьма Запада, но близко к тому. Когда сюда доберется полиция, они найдут только ворох одежды и, может быть, кучку дохлых червей.

— Червей? — нахмурился Юн.

— Если судить по тому, как быстро они погибали, — сказала Холли, — эти черви должны стремительно разлагаться. Но на одежде останется ДНК, которая наверняка совпадет с ДНК Клода.

— Или там будет смесь ДНК Клода и Терри, потому что преображение не завершилось. Ты же видела, да?

---

* Конечно, нет (*исп.*).

Холли кивнула.

— Такая смесь точно не может служить уликой. Я думаю, с Клодом все будет нормально. — Ральф достал из кармана мобильный телефон и отдал его Юну. — Звони сразу, как только появится связь, хорошо?

— Claro*.

— Ты помнишь, в каком порядке звонить?

Как только Юн начал перечислять всех, кому следует позвонить, откуда-то со стороны Типпита донесся слабый вой сирен. Значит, кто-то все же увидел дым и вызвал полицию и пожарных, но сам не помчался узнавать, что происходит. Наверное, это было к лучшему.

— Сначала звоню окружному прокурору Биллу Сэмюэлсу. Потом твоей жене. Затем шефу Геллеру, а после него — капитану Горацию Кинни из дорожной полиции Техаса. Все номера — у тебя в контактах. С Болтонами мы переговорим лично.

— Говорить буду *я*, — вмешалась Холли. — А ты сиди тихо и береги руку.

— Очень важно, чтобы Клод и Люба подтвердили нашу историю, — сказал Ральф. — Ладно, вам пора ехать. Лучше не дожидаться пожарных, иначе вы тут застрянете очень надолго.

Холли поправила зеркала и сиденье и повернулась к Юну и Ральфу, который так и стоял у пассажирской дверцы. Про себя Ральф отметил, что вид у Холли уставший, но все-таки не изможденный. Она больше не плакала. Ее лицо было решительным, сосредоточенным.

— Нужно, чтобы история была максимально простой, — сказала она. — И чем ближе к правде, тем лучше.

— Ты уже с таким сталкивалась, — произнес Юн. — Или с чем-то подобным. Да?

— Да. И они нам *поверят*, даже если останется много вопросов без ответов. Вы оба знаете почему. Ральф, сирены приближаются. Нам надо ехать.

Ральф закрыл пассажирскую дверцу и отошел от машины. Он стоял посреди залитой солнцем стоянки и смо-

---

* Хорошо (*исп.*).

трел вслед товарищам, уезжавшим в пикапе мертвого детектива полиции Флинт-Сити. Его слегка беспокоило, что Холли придется проехать по каменистому пустырю, чтобы обогнуть заградительную цепь, но он решил, что она справится и сумеет избежать крупных выбоин, чтобы не растрясти раненую руку Юна. Эта женщина не переставала его восхищать.

Сначала он занялся телом Алека, потому что к нему было сложнее подобраться. Джип почти догорел, но от него продолжал исходить лютый жар. Лицо и руки Алека обуглились и почернели, волосы на голове сгорели полностью. Ральф схватил его за ремень джинсов и потащил по асфальту к сувенирной лавке, стараясь не думать о тянущемся за ним следе из комков спекшейся кожи и мяса. Стараясь не думать о том, что теперь Алек стал до жути похож на того обожженного человека у здания суда. *Не хватает только желтой рубашки на голове*, мелькнула непрошеная мысль, которая стала последней соломинкой. Ральф отпустил ремень Алека и даже сумел отойти на двадцать шагов, прежде чем его вывернуло наизнанку. Покончив с этим, он вернулся к Алеку и оттащил его в тень сувенирной лавки. Сначала — Алека, потом — Хоуи Голда.

Он немного отдохнул, отдышался и осмотрел дверь магазина, запертую на висячий замок. Дверь была хлипкой и держалась на честном слове. Ральф выбил ее со второго удара. Внутри было сумрачно и убийственно жарко. На полках обнаружилась забытая стопка сувенирных футболок с надписью «Я ИССЛЕДОВАЛ МЭРИСВИЛЛСКИЙ ПРОВАЛ». Ральф взял две футболки и отряхнул от пыли. Сирены ревели уже совсем близко. Ральф подумал, что вряд ли пожарные захотят гробить свои дорогие машины на колдобинах и ухабах; они наверняка остановятся, чтобы разрезать заградительную цепь. У него еще оставалось немного времени.

Он встал на колени и накрыл лица Алека и Хоуи. Хорошие люди, им бы еще жить и жить. И они *должны были* жить, еще много лет. У обоих остались семьи, которые будут по ним горевать. Единственный плюс (если тут есть хоть какие-то плюсы): их горе не станет пищей для монстра.

Он сидел рядом с ними и думал, что и эти две смерти случились отчасти по его вине. Потому что цепочка событий неизменно возвращалась к его катастрофически неразумному решению о публичном аресте Терри Мейтленда. Но даже в нынешнем состоянии полного опустошения Ральф понимал, что нельзя принимать на себя *всю* вину за случившееся.

Они нам поверят, сказала Холли. *Вы оба знаете почему.*

Да, Ральф знал почему. Люди охотно поверят даже в самую шаткую, наспех слепленную историю, потому что следы не обрываются в никуда и личинки не проникают внутрь спелой дыни с плотной, неповрежденной кожицей. Люди поверят, потому что иначе им придется признать невозможное и само их представление о реальности окажется под вопросом. И вот что забавно: людское неверие, столько лет защищавшее чужака — всю его долгую жизнь, сотканную из кровавых убийств, — теперь защитит их самих.

Нет конца у Вселенной, размышлял Ральф, сидя в тени сувенирной лавки в ожидании пожарных.

25

Холли сосредоточенно вела машину — взгляд устремлен на дорогу, спина прямая, руки лежат на руле в положении «десять часов» и «два часа» — и слушала, как Юн разговаривал по телефону. Билл Сэмюэлс пришел в ужас, когда узнал, что случилось с Хоуи Голдом и Алеком Пелли, но Юн сразу пресек все вопросы. Вопросы будут потом, и ответы — потом, когда придет время. А сейчас Сэмюэлсу необходимо заново допросить всех свидетелей по делу Мейтленда, начиная с Ивы Дождевой Воды. Пусть скажет ей прямо, что у следствия возникли серьезные сомнения по поводу личности человека, которого Ива везла от стрип-клуба на вокзал в Дабро́у. Точно ли она уверена, что это был Терри Мейтленд?

— Нужно так повернуть разговор, чтобы у нее появились сомнения, — сказал Юн. — Справитесь?

— Конечно, — ответил Сэмюэлс. — Все последние пять лет я только этим и занимаюсь на всевозможных судебных слушаниях. И если судить по ее показаниям, у мисс Дождевой Воды *уже* есть сомнения. И у других свидетелей тоже, особенно после того, как в Сети появилась видеозапись с Терри на конференции в Кэп-Сити. Полмиллиона просмотров на одном только ютьюбе. А теперь расскажите о Хоуи и Алеке.

— Не сейчас. У нас мало времени, мистер Сэмюэлс. Допросите свидетелей, начиная с мисс Дождевой Воды. И еще кое-что: наша позавчерашняя встреча в офисе мистера Голда. Это *muy importante**, так что слушайте очень внимательно.

Сэмюэлс выслушал Юна, Сэмюэлс согласился, Юн попрощался и сразу же позвонил Дженни Андерсон. С ней он говорил дольше, потому что Дженни ждала подробного объяснения, и она его заслужила. Под конец разговора она расплакалась, но, наверное, больше от облегчения. Да, это ужасно — погибли люди, и сам Юн ранен, — но с ее мужем, отцом ее сына, все хорошо. Юн объяснил Дженни, что ей надо сделать, и она сказала, что прямо сейчас этим займется.

Юн уже собрался звонить третьему человеку по списку, начальнику полицейского управления Флинт-Сити Родни Геллеру, и тут раздался пронзительный вой приближающихся сирен. Две патрульные машины дорожной полиции Техаса вихрем промчались в сторону Мэрисвиллского провала.

— Если нам повезет, — сказал Юн, — среди этих патрульных будет тот парень, который беседовал с Болтонами. Стайп. Кажется, так его звали.

---

* Очень важно (*исп.*).

— Сайп, — поправила Холли. — Оуэн Сайп. Как твоя рука?

— По-прежнему адски болит. Наверное, надо принять еще пару таблеток «Мотрина».

— Нет. Лучше не превышать дозировку, если не хочешь посадить печень. Тебе нужно сделать еще два звонка. Но сначала зайди в «Недавние вызовы» и удали два последних. Мистеру Сэмюэлсу и миссис Андерсон.

— Из тебя получился бы знатный преступник, señorita.

— Просто я осторожная. Prudente. — Она ни на секунду не отрывала взгляда от дороги. Даже от абсолютно пустой. — Сделай, как я говорю, и звони остальным.

26

У Любы Болтон нашелся «Перкосет», который она принимала от болей в спине. Юн выпил две таблетки (вместо «Мортина»), и Клод, прошедший курс первой помощи во время своего третьего, и последнего, тюремного заключения, перевязал ему рану, пока Холли говорила. Она постаралась рассказать все побыстрее, и не только потому, что лейтенанта Сабло нужно было как можно скорее доставить в больницу. Очень важно, чтобы Болтоны уяснили, что им делать и говорить, пока сюда не явилась полиция. А полиция явится скоро, потому что у офицеров дорожного патруля наверняка будет много вопросов к Ральфу, и Ральфу придется отвечать. По крайней мере Клод с Любой поверили сразу; оба ощутили присутствие чужака позавчера ночью, а Клод — еще раньше. Смутное беспокойство, беспричинная тревожность, чувство, что за тобой наблюдают.

— Конечно, вы ощутили его присутствие, — мрачно произнесла Холли. — Он рылся в ваших мыслях.

— Вы его видели, — сказал Клод. — Он прятался в пещере, и вы его видели.

— Да.

— И он выглядел точно так же, как я?

— Почти так же.

— Но я бы их отличила? — робко спросила Люба.

Холли улыбнулась:

— С первого взгляда. Можете не сомневаться. Лейтенант Сабло... Юн... Ты готов? Можно ехать?

— Да. — Он поднялся на ноги. — Чем хороши сильнодействующие препараты: все болит, как болело, но тебе уже по барабану.

Клод расхохотался и нацелил на него палец.

— В точку, брат. — Он увидел, как нахмурилась Люба, и добавил: — Извини, мам.

— Вы запомнили, что должны говорить? — спросила Холли.

— Да, мэм, — ответил Клод. — Тут все просто. Окружной прокурор Флинт-Сити собирается возобновить дело Мейтленда, и вы приехали сюда к нам, чтобы заново меня допросить.

— И вы нам сказали, что... — Холли вопросительно умолкла.

— Что чем больше я думаю о нашей с ним встрече в клубе, тем сильнее убеждаюсь, что это был не тренер Терри, а кто-то очень на него похожий.

— Что еще? — спросил Юн. — Это очень важно.

Теперь ответила Люба:

— Сегодня утром вы заехали к нам попрощаться и спросить, вдруг мы еще что-то вспомнили. Когда вы уже собрались уезжать, вам позвонили.

— На ваш домашний телефон, — сказала Холли и добавила про себя: *Слава богу, у кого-то еще остались домашние телефоны.*

— Да, на домашний. Звонил какой-то мужчина, он сказал, что работает с детективом Андерсоном.

— И вы передали трубку Андерсону, — подсказала Холли.

— Все верно. Тот мужчина сказал, что преступник, которого вы искали, настоящий убийца, прячется в Мэрисвиллском провале.

— Вот этой версии мы и будем придерживаться, — произнесла Холли. — Спасибо вам.

— Нет, спасибо *вам*, — ответила Люба, раскрывая объятия. — Идите сюда, мисс Холли Гибни, дайте-ка я вас обниму.

Холли подошла к ней и склонилась над инвалидной коляской. После всего, что случилось в Мэрисвилльском провале, было так хорошо оказаться в крепких объятиях Любы Болтон. Хорошо и, наверное, даже необходимо. Холли не хотелось размыкать эти объятия.

27

После публичного ареста Терри, не говоря уже о его публичной казни, Марси Мейтленд стала бояться нежданных гостей. Вот почему, когда в дверь постучали, она не открыла сразу, а сперва выглянула в окно, отодвинув краешек занавески. На крыльце стояла жена детектива Андерсона, и ее глаза странно блестели, будто она только что плакала. Марси поспешила в прихожую и открыла дверь. Да, в глазах у Дженни стояли слезы, и как только она увидела встревоженное лицо Марси, они полились в три ручья.

— Что с тобой? Что случилось? С ними все хорошо?

Дженни шагнула через порог.

— Где твои девочки?

— В саду, на заднем дворе. Играют в криббидж. Они нашли доску Терри. Играли весь вечер и продолжили сегодня утром. Что-то случилось? Что-то плохое?

Дженни взяла ее за руку и отвела в гостиную.

— Наверное, тебе лучше сесть.

Но Марси не стала садиться.

— Расскажи, что случилось!

— Есть хорошие новости, но есть и плохие. Очень плохие. С Ральфом и этой женщиной, мисс Гибни, все хорошо. Лейтенант Сабло ранен, но без угрозы для жизни. А вот Хоуи Голд и мистер Пелли... они мертвы. Их застрелил из засады сослуживец моего мужа. Детектив. Его зовут Джек Хоскинс.

— Мертвы? Они *мертвы*? Как же так... — Она тяжело опустилась в любимое кресло Терри (хорошо хоть не рухнула на пол) и непонимающе уставилась на Дженни. — И что значит — хорошие новости? Откуда хорошие новости... Господи, все становится только *хуже*.

Она закрыла лицо руками. Дженни встала на колени и силой заставила ее опустить руки.

— Марси, послушай меня. Приди в себя, соберись.

— Я не могу. Мой муж мертв, а теперь и они тоже... Наверное, я уже никогда не сумею прийти в себя. Даже ради Сары и Грейс.

— Прекрати. — Дженни говорила негромко, почти шепотом, но Марси дернулась, как от пощечины. — Терри уже не вернешь, но двое хороших людей погибли ради того, чтобы восстановить его доброе имя, чтобы ни ты, ни твои девочки не стали изгоями в этом городе. У них тоже есть семьи, и мне еще предстоит говорить с Элейн Голд. Даже подумать страшно. Юн был ранен. Мой муж рисковал своей жизнью. Я знаю, как тебе больно. Но сейчас речь идет не о тебе, не только о тебе. Ральфу нужна твоя помощь. Ральфу и всем остальным. Так что возьми себя в руки и слушай внимательно.

— Да, хорошо.

Дженни стиснула руку Марси. Ее пальцы были холодными, как ледышки, и Дженни подумала, что ее собственная рука наверняка не намного теплее.

— Все, о чем говорила нам Холли Гибни, чистая правда. Чужак действительно *существовал*, и это был не человек. Не человек, а... что-то другое. Не важно, как мы его назовем: Эль Куко, Дракула, Сын Сэма или Сатаны. Важно, что его нашли и убили. Он скрывался в Техасе, в пещере. Ральф сказал, что он выглядел в точности как Клод Болтон, хотя настоящий Клод Болтон находился в нескольких милях оттуда. Прежде чем идти к тебе, я поговорила с Биллом Сэмюэлсом. Он считает, что если мы все будем рассказывать одно и то же, то все будет в порядке и мы сумеем восстановить доброе имя Терри. *Если все будем рассказывать одно и то же*. Ты согласна?

Дженни увидела, как глаза Марси Мейтленд наполнились надеждой, словно пересохший колодец — водой.

— Да. Конечно, согласна. Что я должна говорить?

— На той встрече у Хоуи Голда мы обсуждали, как можно восстановить доброе имя Терри. *Только* это и ничего больше.

— Да, я поняла.

— На той встрече Билл Сэмюэлс согласился повторно допросить всех свидетелей, проходивших по делу Терри, начиная с Ивы Дождевой Воды и продвигаясь в обратном порядке по списку. Правильно?

— Да, так и было.

— Этот повторный допрос надо было начать с Клода Болтона, но мистер Болтон сейчас в Техасе, навещает свою престарелую больную маму. Хоуи предложил съездить туда и допросить Клода на месте. Ехать вызвались сам Хоуи, Алек, Холли и мой муж. Юн сказал, что тоже поедет, если будет возможность. Ты же помнишь, да?

— Да, конечно. — Марси быстро закивала. — Мы все решили, что это отличная мысль. Я только не помню, почему на той встрече была мисс Гибни.

— Она детектив из частного сыскного агентства. Алек Пелли нанял ее, чтобы проверить все передвижения Терри в Огайо. Она заинтересовалась расследованием и приехала во Флинт-Сити предложить свою помощь. Теперь вспомнила?

— Да.

Держа Марси за руку, глядя Марси в глаза, Дженни сказала самое главное:

— Мы не обсуждали никаких оборотней, никаких Эль Куко, никаких призрачных проекций и вообще ничего сверхъестественного.

— Конечно, нет. Нам бы и в голову не пришло обсуждать такие вещи.

— Мы были уверены, что Питерсона убил человек, очень похожий на Терри. Убийца воспользовался этим сходством и попытался подстроить все так, чтобы выставить Терри виновным. Между собой мы называли его чужаком.

— Да, — сказала Марси, сжав руку Дженни. — Так мы его называли. Чужак.

ФЛИНТ-СИТИ
Позже

1

Самолет, арендованный ныне покойным Ховардом Голдом, приземлился на аэродроме Флинт-Сити в начале двенадцатого утра. Ни Хоуи, ни Алека не было на борту. После того как патологоанатом закончил свою работу, тела увезли во Флинт-Сити на катафалке, заказанном в Плейнвиллском похоронном бюро. Ральф, Юн и Холли поровну разделили расходы и оплатили еще один катафалк, который повез тело Джека Хоскинса. Юн выразил общее мнение, заявив, что сукин сын ни под каким видом не поедет домой вместе с убитыми им людьми.

Дженни Андерсон стояла у взлетно-посадочной полосы вместе с женой Юна и двумя его сыновьями. Как только Юн вышел из самолета, мальчишки бросились к нему (один из них, рослый крепыш по имени Гектор, чуть не сбил Дженни с ног). Юн, как мог, обнял сыновей одной рукой — вторая рука была в гипсе и висела на перевязи, — потом высвободился из их цепких объятий и помахал жене. Она побежала к нему со всех ног. Дженни тоже сорвалась с места, подлетела к мужу, как вихрь, и обняла его.

Семейство Сабло в полном составе и чета Андерсонов еще долго стояли, смеясь и обнимаясь, у входа в маленький частный терминал. Ральф наконец вспомнил о Холли, огляделся и увидел, что она держится в стороне, совсем одна, и наблюдает за ними. Она была в новом брючном костюме, который ей пришлось купить в плейнвиллском универмаге, поскольку ближайший «Уолмарт» располагался на окраине Остина, в сорока милях от Плейнвилла.

Ральф махнул ей рукой. Она подошла и застенчиво остановилась в нескольких футах от них, но Дженни решительно не согласилась с таким положением дел. Она взяла Холли за руку, притянула к себе и крепко ее обняла. Ральф обнял их обеих.

— Спасибо тебе, — шепнула Дженни на ухо Холли. — Спасибо, что он вернулся живым и здоровым.

Холли сказала:

— Мы собирались вернуться домой сразу после дознания, но врачи настояли, чтобы лейтенант Сабло — Юн — задержался в больнице еще на день. У него в руке обнаружился тромб, и его надо было убрать. — Она высвободилась из объятий Андерсонов, слегка раскрасневшаяся, но довольная. В десяти футах от них Габриэла Сабло уговаривала сыновей оставить папу в покое, пока они не сломали ему и другую руку.

— Дерек что-нибудь знает? — спросил Ральф у жены. — Ты с ним говорила?

— Он знает, что его отец участвовал в перестрелке в Техасе и что с тобой все в порядке. Знает, что два человека погибли. Он хочет вернуться домой пораньше.

— И что ты ему сказала?

— Сказала, пусть возвращается. Он приезжает на следующей неделе. Ты же не против?

— Конечно, нет.

Будет здорово снова увидеть Дерека — загорелого, повзрослевшего, нарастившего мышцы за целое лето занятий плаванием, греблей и стрельбой из лука. И самое главное, теперь ему будет не стыдно посмотреть сыну в глаза.

— Сегодня мы все ужинаем у нас дома, — сказала Дженни, повернувшись к Холли. — И ты опять переночуешь у нас. Возражения не принимаются. Я уже приготовила гостевую комнату.

— Я и не возражаю, — улыбнулась Холли. Но ее улыбка погасла, когда она повернулась к Ральфу. — Жалко, что с нами нет мистера Голда и мистера Пелли. Неправильно, что их нет. Так не должно быть. Это... это...

— Да, — сказал Ральф, обнимая ее за плечи. — Я знаю, что это такое.

2

Ральф поджарил стейки на гриле, который благодаря принудительному отпуску был вычищен почти до зеркального блеска. Также имелись салат и кукуруза в початках, а на десерт — яблочный пирог с мороженым.

— Очень американская еда, señor, — заметил Юн, пока жена резала для него стейк.

— Все было очень вкусно, — сказала Холли.

Билл Сэмюэлс похлопал себя по животу.

— В следующий раз я, наверное, проголодаюсь ко Дню труда, но не факт.

— Не говори ерунды, — фыркнула Дженни. Она достала бутылку пива из пенопластового холодильника, стоявшего рядом со столиком для пикников, и налила половину в стакан Сэмюэлса, а половину — себе. — Ты слишком худой. Тебе нужно срочно жениться, чтобы тебя как следует откормили.

— Может, когда я займусь частной практикой, мы с бывшей женой снова съедемся. Если она захочет ко мне вернуться. Сейчас в городе будет нужен хороший адвокат. Теперь, когда Хоуи... — Он резко умолк, осознав, что сказал что-то не то, и покраснел до самого хохолка на макушке (которого благодаря новой стрижке сейчас не было). — Я имею в виду, для хорошего адвоката всегда найдется работа.

На секунду воцарилась тишина, потом Ральф поднял бутылку с пивом:

— За отсутствующих друзей.

Все выпили молча. Холли очень тихо произнесла:

— Иногда жизнь бывает такой говняной.

Никто не засмеялся.

Вечерняя прохлада сменила гнетущий июльский зной, время самых докучливых насекомых уже прошло, и сад на заднем дворе Андерсонов был замечательным местом для отдыха. После ужина сыновья Юна и дочери Марси Мейтленд пошли играть в баскетбол на площадке у гаража.

— Ну, так что? — спросила Марси. Хотя дети, занятые игрой, никак не могли услышать ее на таком расстоянии, она все равно понизила голос. — Как идет следствие? Они поверили в нашу историю?

— Да, — сказал Ральф. — Хоскинс позвонил домой Болтонам и заманил нас в Мэрисвиллский провал. Когда мы приехали, он открыл огонь из засады, убил Хоуи и Алека и ранил Юна. Я заявил о своей убежденности в том, что его истинной целью был я. У нас с ним давно начались разногласия, и чем больше он пил, тем сильнее укреплялся в мысли, что от меня надо избавиться любой ценой. Предполагается, что с ним был сообщник, чья личность на данный момент еще не установлена, и этот сообщник достаточно долгое время снабжал его выпивкой и наркотическими веществами — на вскрытии у него в крови обнаружили кокаин — и подогревал его паранойю. Техасская полиция обыскала Чертог звука, но сообщника они не нашли.

— Нашли только брошенную одежду, — добавила Холли.

— Но вы уверены, что он мертв? — спросила Дженни. — Этот чужак. Вы *уверены*?

— Да, — сказал Ральф. — Если бы ты это видела, ты бы не сомневалась.

— И хорошо, что не видела, — заметила Холли.

— Но теперь все закончилось? — спросила Габриэла Сабло. — Для меня это самое главное. Теперь все закончилось?

— Нет, — ответила Марси. — Для меня и для девочек — нет. Пока Терри полностью не оправдают. И как такое возможно? Его убили еще до суда.

— Мы над этим работаем, — сообщил Сэмюэлс.

(1 августа)

3

На рассвете первого полного дня после их возвращения во Флинт-Сити Ральф Андерсон снова стоял у окна своей спальни, задумчиво глядя на Холли Гибни, которая снова сидела в шезлонге на заднем дворе. Убедившись, что Дженни спит (и тихонько похрапывает), Ральф вышел из спальни и спустился вниз. Он вовсе не удивился, увидев на кухне дорожную сумку Холли, уже собранную и готовую к отъезду. Да, эта женщина легка на подъем и всегда все решает сама. К тому же Ральф был уверен, что ей не терпелось скорее убраться из Флинт-Сити.

В прошлый раз, когда они с Холли беседовали в саду на рассвете, Дженни разбудил запах кофе, поэтому сегодня Ральф взял апельсиновый сок. Он любил свою жену и ценил ее общество, но есть вещи, которые должны остаться только между ним и Холли. После всего, что они пережили вместе, их связали незримые узы, связали раз и навсегда, даже если они никогда больше не встретятся.

— Спасибо, — сказала она и осушила одним глотком полстакана. — Нет ничего лучше, чем стакан апельсинового сока с утра пораньше. Кофе может и подождать.

— Во сколько у тебя самолет?

— В одиннадцать пятнадцать. Я уеду в восемь. — Она смущенно улыбнулась, заметив его удивленный взгляд. — Да, я патологически ранняя пташка. «Золофт» помогает справляться со многими проблемами, но тут он бессилен.

— Ты хоть чуть-чуть поспала?

— Да, немножко. А ты?

— Да, немножко.

Какое-то время они молчали. Где-то в глубине сада запела первая птица, выдав звонкую, нежную трель. Другая ответила.

— Плохие сны? — спросил Ральф.

— Да. У тебя тоже?

— Да. Эти черви...

— Мне долго снились кошмары после Брейди Хартсфилда. Оба раза. — Она легко коснулась его руки и тут же
убрала пальцы. — Сначала каждую ночь, потом все реже
и реже.

— Они когда-нибудь прекратятся совсем, как ты думаешь?

— Думаю, нет. И наверное, я не хочу, чтобы они пре-
кращались. Через сны мы прикасаемся к незримому миру.
Это особый дар.

— Даже плохие сны?

— Даже плохие.

— Мы будем на связи?

Кажется, она удивилась его вопросу.

— Конечно, мы будем на связи. Мне интересно, чем
все закончится. Я вообще любопытная. Иногда это дово-
дит меня до беды.

— А иногда и отводит беду.

Холли улыбнулась.

— Хотелось бы верить. — Она залпом допила сок. —
Вам предстоит еще многое сделать, и, думаю, мистер Сэмюэлс вам поможет. Он немного напоминает мне Скру-
джа после того, как тот увидел трех духов Рождества.
И ты, кстати, тоже.

Ральф рассмеялся:

— Билл сделает все, что сможет, для Марси и ее дочерей. И я ему помогу. Нам нужно хоть как-то загладить
свою вину.

Холли кивнула:

— Да, сделайте все возможное и даже больше, а потом... живите дальше. Не вините себя за прошлое, потому
что иначе былые ошибки сожрут вас живьем. — Она повернулась к нему и посмотрела прямо в глаза, что делала
очень редко. — Я знаю не понаслышке.

В кухне зажегся свет. Дженни проснулась и спустилась
вниз. Уже совсем скоро они втроем будут пить кофе, сидя
за столиком для пикников, но пока Ральф с Холли оставались вдвоем, ему надо было сказать ей кое-что еще.
Кое-что важное.

— Спасибо, Холли. Спасибо, что приехала сюда к нам. Спасибо, что поверила. И заставила *меня* поверить. Если бы не ты, мы бы его не нашли.

Она улыбнулась. Улыбнулась по-настоящему, той лучезарной улыбкой, что так нравилась Ральфу.

— Пожалуйста. Но я рада вернуться к розыску неплательщиков алиментов и пропавших домашних животных.

Дженни крикнула им с порога:

— Кто будет кофе?

— Все будут кофе! — крикнул в ответ Ральф.

— Я сейчас к вам приду! Займите мне место!

Холли произнесла так тихо, что Ральфу пришлось наклониться поближе, чтобы расслышать ее слова:

— Он был злом в чистом виде.

— Не буду спорить, — согласился Ральф.

— Но есть еще кое-что... Я все думаю об этом обрывке, который ты нашел в фургоне. Помнишь, мы обсуждали возможные объяснения, как он вообще там оказался?

— Да, помню.

— Мне они кажутся маловероятными. Его вообще не должно было быть там, в кабине, но он все-таки был. И если бы не этот обрывок — ниточка к событиям в Огайо, — эта тварь до сих пор разгуливала бы на свободе.

— Я не совсем понимаю, к чему ты ведешь.

— Все просто, — сказала Холли. — В мире есть силы зла, но есть и силы добра. Я так считаю, я в это верю. Отчасти, наверное, потому, что иначе я просто сошла бы с ума, размышляя об ужасах, творящихся в мире. Но еще и потому... даже не знаю, как это сказать... потому, что есть подтверждения. Разве нет? Не только здесь, но и повсюду. Везде и всегда. Как будто некая сила пытается восстановить равновесие. Когда тебе будут сниться кошмары, Ральф, вспоминай этот крошечный клочок бумаги.

Он не ответил, и Холли спросила, о чем он думает. Хлопнула задняя дверь: Дженни с кофе. Их время наедине почти истекло.

— Я думаю о Вселенной. Она действительно бесконечна и необъяснима, да?

— Да, — сказала она. — Нет смысла даже пытаться ее объяснить.

(10 августа)

4

Прокурор округа Флинт Уильям Сэмюэлс подошел к кафедре в конференц-зале окружного суда, держа в руке тонкую папку, и остановился перед микрофонами. Включились софиты. В ожидании, когда стихнет шум в зале, Сэмюэлс провел рукой по макушке, приглаживая хохолок (которого не было). Ральф сидел в первом ряду. Прежде чем начать выступление, Сэмюэлс коротко ему кивнул.

— Доброе утро, леди и джентльмены. Я сделаю краткое заявление в связи с убийством Фрэнка Питерсона, а после отвечу на ваши вопросы. Наверняка многим из вас известно, что существует видеозапись, подтверждающая присутствие Теренса Мейтленда на лекции в рамках учительской конференции, проходившей в Кэп-Сити в то же самое время, когда здесь, во Флинт-Сити, был похищен и впоследствии убит Фрэнк Питерсон. Подлинность записи не вызывает сомнений. Также нет оснований сомневаться в показаниях сослуживцев мистера Мейтленда, которые ездили на конференцию вместе с ним и подтвердили его присутствие в Кэп-Сити. Кроме того, в ходе расследования мы обнаружили отпечатки пальцев мистера Мейтленда в отеле в Кэп-Сити, где проходила учительская конференция, и получили неопровержимые свидетельские показания, согласно которым данные отпечатки оставлены практически в то же время, когда во Флинт-Сити был убит Фрэнк Питерсон. Таким образом, мистер Мейтленд не может рассматриваться в качестве подозреваемого.

Репортеры заволновались и зашумели. Один из них крикнул:

— Как вы тогда объясните, что на месте убийства обнаружены отпечатки Мейтленда?

Сэмюэлс нахмурился, одарив репортера своим лучшим прокурорским взглядом.

— Пожалуйста, не торопитесь с вопросами; я как раз к этому подхожу. По результатам дополнительной криминалистической экспертизы у нас есть основания полагать, что отпечатки, обнаруженные в микроавтобусе, на котором похитили мальчика, равно как и отпечатки на месте убийства в Хенли-парке, были подложными. Это не самая распространенная практика, но ничего удивительного в этом нет. Существуют различные техники и приемы для создания поддельных отпечатков пальцев, все они есть в Интернете, который является ценным источником сведений как для преступников, так и для правоохранительных органов. Однако из этого следует, что убийца изобретателен и хитер, а значит, особо опасен. Также не исключено, что он специально хотел навредить Терри Мейтленду. В настоящий момент следствие разрабатывает именно эту версию.

Он обвел взглядом зал, следя за реакцией слушателей и тихо радуясь, что ему не придется выставлять свою кандидатуру на пост окружного прокурора на следующих выборах; после такого «блестящего» дела его легко обойдет любой неуч, получивший диплом юриста заочно.

— Вы имеете полное право спросить, почему против мистера Мейтленда было возбуждено уголовное дело, если принять во внимание все факты, которые я только что изложил. Для этого есть две причины. Первая и наиболее очевидная: мы *не располагали* этими сведениями ни в день ареста мистера Мейтленда, ни в день предварительного судебного заседания, когда ему должно было быть предъявлено обвинение.

К тому времени, Билл, мы уже располагали почти всеми этими сведениями, подумал Ральф, сидя в первом ряду в своем лучшем костюме, со своей лучшей непроницаемой миной сурового стража закона.

— Вторая причина, — продолжил Сэмюэлс, — результат ДНК-экспертизы. На первый взгляд образцы ДНК преступника совпадали с ДНК мистера Мейтленда. Существует расхожее мнение, что ДНК-экспертиза никогда не ошибается, но это заблуждение, о чем подробно написано в научной статье «Вероятность ошибок ДНК-экспертизы в судебно-медицинской практике», опубликованной Советом по ответственной генетике. Например, при анализе смешанных образцов вероятность ошибки весьма велика, а образцы, взятые в Хенли-парке, содержали в себе ДНК как преступника, так и жертвы.

Он дождался, когда репортеры закончат строчить у себя в блокнотах, и продолжил:

— Кроме того, в ходе второй, независимой экспертизы упомянутые образцы случайно подверглись разрушительному воздействию ультрафиолетового излучения — и, по мнению прокуратуры, сделались непригодными для рассмотрения в суде. Проще сказать, образцы бесполезны для следствия.

Сэмюэлс сделал паузу и перевернул страничку в своей тонкой папке. Исключительно для бутафории, поскольку все листы в ней были чистыми.

— Мне хотелось бы вкратце коснуться событий в Мэрисвилле, штат Техас, произошедших после убийства Теренса Мейтленда. По нашему мнению, детектив Джон Хоскинс, бывший сотрудник полиции Флинт-Сити, состоял в грязном преступном сговоре с человеком, убившим Фрэнка Питерсона. Мы считаем, что Хоскинс помогал убийце скрываться и что, возможно, они замышляли еще одно столь же зверское убийство. Благодаря героическим усилиям детектива Ральфа Андерсона и всех остальных, кто был с ним, преступникам не удалось осуществить свои намерения. — Он обвел взглядом зал. — Ховард Голд и Алек Пелли погибли в Техасе. Это большая потеря для всех нас. Мы оплакиваем их гибель. Единственное, что утешает нас и их семьи: где-то живет и дышит ребенок, которого никогда не постигнет участь Фрэнка Питерсона.

Хороший ход, подумал Ральф. *В меру пафосно, без слезливой сентиментальщины.*

— Я уверен, у многих из вас есть вопросы о событиях в Мэрисвилле, но пока идет следствие, я не вправе на них отвечать. Скажу только, что расследование ведется объединенными силами дорожной полиции Техаса и полицейского управления Флинт-Сити. Координатором следственных мероприятий назначен лейтенант Юнел Сабло из полиции штата, и я уверен, что в надлежащее время он предоставит всю информацию прессе.

Хорош, мерзавец, подумал Ральф с искренним восхищением. *Попал во все ноты.*

Сэмюэлс закрыл папку, опустил голову, потом поднял и оглядел зал.

— Я не буду выставлять свою кандидатуру на следующих выборах, леди и джентльмены, так что сегодня у меня есть редкая возможность быть с вами предельно честным.

Еще лучше, подумал Ральф.

— Будь у нас больше времени для рассмотрения улик, прокуратура наверняка сняла бы обвинения, выдвинутые против мистера Мейтленда. Но даже если бы дело дошло до суда, я уверен, его признали бы невиновным. И наверное, нет нужды напоминать всем присутствующим, что на момент своей смерти мистер Мейтленд и *был невиновен* в соответствии с действующим законодательством. Однако тень подозрений, брошенная на него — и, следовательно, на всю его семью, — еще остается. Сегодня я собираюсь разогнать эту тень. По мнению окружной прокуратуры — и по моему личному убеждению, — Терри Мейтленд непричастен к смерти Фрэнка Питерсона. Поэтому я объявляю о возобновлении расследования. Хотя на данный момент все основные следственные мероприятия проходят в Техасе, работа также ведется и здесь, во Флинт-Сити, в округе Флинт и области Каннинг. А сейчас задавайте вопросы, и я постараюсь ответить на все.

Вопросов было немало.

5

В тот же день, ближе к вечеру, Ральф пришел к Сэмюэлсу в его кабинет. В скором времени отставной окружной прокурор сидел за столом, на котором стояла бутылка «Бушмилс». Сэмюэлс разлил виски по двум стаканам и протянул один Ральфу.

— «Как только завершится бой победой стороны одной...» Моя сторона явно не победила, и хрен бы с ней. Выпьем за завершение боя.

Они так и сделали.

— Ты отлично справился с вопросами прессы, — заметил Ральф. — Особенно если учесть, сколько лапши надо было навесить им на уши.

Сэмюэлс пожал плечами:

— Любой хороший юрист владеет искусством развески лапши. Не все в этом городе сразу поверят в невиновность Терри, Марси это понимает, но многие уже верят. Например, ее подруга Джейми Мэттингли. Марси звонила мне и сказала, что Джейми пришла извиняться. Они вместе поплакали. Главным образом тут помогла видеозапись из Кэп-Сити, но и мои слова об отпечатках и ДНК тоже сыграли свою роль. Марси решила остаться во Флинт-Сити. Думаю, у нее все получится.

— Кстати о ДНК, — сказал Ральф. — Экспертизу по тем образцам проводил Эд Боган, заведующий отделением патологической анатомии и серологии в нашей городской больнице. Речь идет о его репутации, и вряд ли он будет доволен, что его отделение выставили в таком свете.

Сэмюэлс улыбнулся:

— Конечно, он недоволен. Но дело в том, что по правде все было еще интереснее. Можно сказать, мы имеем еще один случай следов на песке, оборвавшихся в никуда. Образцы не подвергались воздействию ультрафиолетового излучения, но они начали разлагаться сами по себе. Покрылись какими-то белыми точками неизвестного происхождения и как будто самоуничтожились. Боган связался с криминалистами из полиции штата Огайо, и угадай, что ему сообщили? То же самое произошло с образцами Хита Холмса. Судя по фотографиям, они тоже разрушились. Прямо праздник для адвокатов защиты, да?

— А что со свидетелями?

Билл Сэмюэлс рассмеялся и налил себе еще виски. Предложил добавку Ральфу, но тот покачал головой — ему еще предстояло ехать домой.

— С ними было проще всего. Почти все решили, что ошиблись. Все, кроме Арлин Стэнхоуп и Джун Моррис. Эти остались при своем первоначальном мнении.

Ральфа это не удивило. Стэнхоуп, дама весьма преклонных лет, видела, как чужак заговорил с Фрэнком Питерсоном на стоянке у продуктового магазина «Джералд» и усадил его к себе в машину. Девятилетняя Джун Моррис видела, как чужак выходил из Хенли-парка в залитой кровью рубашке. Дети и старики видят острее и четче всех.

— И что теперь?

— Теперь мы допьем виски и пойдем каждый своей дорогой, — сказал Сэмюэлс. — У меня только один вопрос.

— Давай.

— Он был единственным? Или есть и другие?

Ральфу вспомнилось возбуждение в голосе чужака, когда он спрашивал Холли: «Ты что-то знаешь? Ты встречала еще кого-то, подобного мне?»

— Я думаю, нет, — сказал он. — Но мы не можем знать наверняка. В мире может быть что угодно. Теперь я это понял.

— Господи, надеюсь, ты заблуждаешься!

Ральф ничего не ответил. У него в голове явственно прозвучал голос Холли: *Нет конца у Вселенной.*

(21 сентября)

6

Ральф пошел бриться и взял с собой в ванную чашку с кофе. Он частенько пренебрегал ежедневным бритьем, пока был в принудительном отпуске, но две недели назад снова вышел на службу. Дженни готовила завтрак. Ральф чувствовал запах жарящегося бекона и слышал звуки фанфар, возвещавших начало программы «Сегодня утром», которую, как обычно, открывала ежедневная порция плохих новостей, после чего следовали сплетни о знаменитостях этой недели и реклама рецептурных лекарственных препаратов.

Он поставил чашку на маленький столик у раковины и оцепенел, глядя на красного червяка, выползшего из-под ногтя на его большом пальце. Он посмотрел в зеркало и увидел, что его лицо превращается в лицо Клода Болтона. Открыл рот, но вместо крика наружу хлынул поток жирных личинок и красных червей.

7

Он проснулся, резким рывком сев на постели. Сердце бешено колотилось в груди, кровь стучала в висках и в горле. Он зажимал рот руками, словно пытаясь сдержать рвущийся наружу крик... или что-то похуже крика, Дженни спала рядом. Значит, он все-таки не закричал.

Ни один из тех червяков к тебе даже не прикоснулся. Ты это знаешь.

Да, конечно, он знал. Он был там и перед тем, как вернуться на службу, прошел полный (и запоздалый) медицинский осмотр. У него обнаружился незначительный лишний вес и чуть повышенный уровень холестерина, но в остальном доктор Элви объявил его совершенно здоровым.

Ральф посмотрел на часы. Без пятнадцати четыре. Он лег и уставился в потолок. До рассвета еще далеко. Много времени на раздумья.

8

Ральф с Дженни всегда просыпались рано; Дерека будили в семь, чтобы не опоздал на школьный автобус. Ральф пришел в кухню в пижаме и сел за стол. Дженни включила кофеварку и достала ряд коробок с хлопьями, чтобы Дереку было из чего выбрать, когда он спустится к завтраку. Она спросила у Ральфа, как ему спалось. Он сказал: хорошо. Она спросила, как продвигаются поиски нового детектива на замену Джеку Хоскинсу. Он сказал, что поиски уже завершились. По рекомендации Ральфа и Бетси Риггинс шеф Геллер назначил на эту должность офицера Троя Рэмиджа.

— Он, конечно, не гений, но старательный, трудолюбивый и умеет работать в команде. Думаю, у него все получится.

— Хорошо. — Она налила ему кофе и легонько провела рукой по его щеке. — Мистер, вы весь колючий. Вам надо побриться.

Он взял чашку с кофе и пошел наверх. Но не в ванную, а в спальню. Плотно закрыв за собой дверь, снял с зарядки мобильный телефон и нашел нужный номер в контактах. Хотя было еще очень рано — до фанфар, возвещавших о начале «Сегодня утром», оставалось не меньше получаса, — Ральф знал, что Холли уже не спит. Обычно она отвечала после первого же гудка. И сегодняшний день не стал исключением.

— Привет, Ральф.

— Привет, Холли.

— Как тебе спалось?

— Плохо. Мне приснился кошмар про червей. А тебе как спалось?

— Сегодня нормально. Перед сном я смотрела кино, а потом сразу уснула. «Когда Гарри встретил Салли». Хороший фильм. Всегда меня смешит.

— Хорошо. Это хорошо. Чем ты сейчас занимаешься по работе?

— По большей части все тем же. — Ее голос оживился. — Но я нашла девушку, которая сбежала из дома полгода назад. Она сама из Тампы, и я нашла ее в молодежном хостеле. Мы с ней поговорили, и она едет домой. Она сказала, что согласна попробовать еще раз, хотя она ненавидит нового маминого ухажера.

— И ты, наверное, дала ей денег на автобус.

— Ну...

— И вероятно, она уже просадила их на наркоту.

— Они не всегда так поступают, Ральф. Надо...

— Я знаю. Надо верить.

— Да.

Мгновение на линии, соединявшей его место в мире и ее, царило молчание.

— Ральф...

Он ждал, что она скажет дальше.

— Эти... эти твари, которые из него вышли... к нам они не прикасались. Ты сам знаешь, да?

— Да, я знаю. Мне кажется, эти кошмары скорее связаны с канталупой, которую я разрезал — давно, еще в детстве, — и там внутри были личинки. Я же рассказывал, да?

— Да.

В ее голосе он услышал улыбку и улыбнулся в ответ, словно она была рядом и могла его видеть.

— Конечно, рассказывал. И наверное, не один раз. Иногда мне начинает казаться, что я потихоньку схожу с ума.

— Не сходишь. В следующий раз уже я буду звонить тебе и рассказывать, что мне приснился кошмар, будто он прятался у меня в спальне, в шкафу и у него было лицо Брейди Хартсфилда. А ты скажешь, что спал нормально.

Он знал, что Холли права. Потому что такое уже случалось.

— То, что ты чувствуешь... и то, что чувствую я... это *нормально*. Реальность — тонкий лед, и большинство людей просто скользят по нему, как на коньках, всю свою жизнь и не знают, что он может треснуть у них под ногами. Мы провалились под лед, но помогли друг другу выбраться. И до сих пор помогаем.

Ты помогаешь мне больше, Холли, подумал Ральф. *При всех твоих странностях и проблемах ты справляешься лучше меня. Намного лучше.*

— И с тобой все в порядке? — спросил он. — Честное слово?

— Да. Честное слово. И с тобой тоже все будет в порядке.

— Сообщение принято. Звони, если почувствуешь, как под ногами ломается лед.

— Да, конечно, — ответила она. — И ты тоже звони. Так мы и продержимся.

Дженни крикнула снизу:

— Завтрак готов!

— Мне надо идти, — сказал Ральф. — Спасибо, что ты где-то рядом.

— Пожалуйста, — сказала она. — Береги себя, Ральф. Все будет хорошо. Жди, когда прекратятся кошмары.

— Буду ждать.

— До свидания, Ральф.

— До свидания.

Он помедлил и добавил:

— Я люблю тебя, Холли. — Но уже после того, как завершил разговор. Он так делал всегда, зная, что если действительно скажет ей эти слова, она жутко смутится и станет стесняться. Он пошел в ванную бриться. Он был мужчиной средних лет, и первые вкрапления седины уже появились на темной щетине у него на щеках, но это были его щеки. Это было его лицо. То лицо, которое любили и знали его жена и сын. Оно всегда будет принадлежать ему, и это прекрасно.

Это прекрасно.

От автора

Спасибо Рассу Дорру, моему компетентному помощнику и консультанту, а также Уоррену и Дэниэлу Сильверам, отцу и сыну, которые помогли мне разобраться с юридическими аспектами этой истории: Уоррен почти всю жизнь прослужил адвокатом защиты в штате Мэн, а его сын Дэниэл, открывший сейчас частную практику, сделал блестящую карьеру в должности прокурора в Нью-Йорке. Спасибо Крису Лоттсу, который знает много всего об Эль Куко и las luchadoras; спасибо моей дочери Наоми, нашедшей для меня детскую книжку про Эль Кукуя. Спасибо Нэн Грэм, Сюзан Молдоу и Роз Липпел из «Scribner»; спасибо Филиппе Прайд из «Hodder & Stoughton». Отдельное спасибо Кэтрин «Кэти» Монагэн, которая прочитала первую сотню страниц этой книги прямо в самолете, когда мы ездили в турне, и сказала, что хочет еще. Это самые ободряющие слова, которые только может услышать писатель.

Как всегда, спасибо моей жене. Я люблю тебя, Табби.

И что касается места действия. Оклахома — прекрасный штат, там живут замечательные люди. Некоторые из этих прекрасных людей наверняка скажут, что я все напутал, и, вероятно, так оно и есть; для того чтобы проникнуться духом места, нужно прожить там не один год. Я старался, как мог. Если я где ошибся, прошу прощения. И разумеется, Флинт-Сити и Кэп-Сити — полностью вымышленные города.

Стивен Кинг

Содержание

Литературно-художественное издание

Кинг Стивен

ЧУЖАК

Роман

Ответственный редактор *А. Батурина*
Редакторы *К. Егорова, С. Тихоненко*
Художественный редактор *Е. Фрей*
Компьютерная верстка: *Р. Рыдалин*
Технический редактор *Т. Полонская*

Общероссийский классификатор продукции ОК-034-2014 (КПЕС 2008);
58.11.1 – книги, брошюры печатные

Произведено в Российской Федерации
Изготовлено в 2021 г.
Изготовитель: ООО «Издательство АСТ»

ООО «Издательство АСТ»
129085, г. Москва, Звёздный бульвар, дом 21, строение 1, комната 705, пом. I, 7 этаж.
Наш электронный адрес: **www.ast.ru**
E-mail: neoclassic@ast.ru
ВКонтакте: vk.com/ast_neoclassic
Инстаграм: instagram.com/ast_neoclassic

«Баспа Аста» деген ООО
129085, Мәскеу қ., Звёздный бульвары, 21-үй, 1-құрылыс, 705-бөлме, I жай, 7-қабат.
Біздің электрондық мекенжайымыз: www.ast.ru
E-mail: neoclassic@ast.ru

Интернет-магазин: www.book24.kz
Интернет-дүкен: www.book24.kz
Импортёр в Республику Казахстан ТОО «РДЦ-Алматы».
Қазақстан Республикасындағы импорттаушы «РДЦ-Алматы» ЖШС.
Дистрибьютор и представитель по приему претензий на продукцию в Республике Казахстан:
ТОО «РДЦ-Алматы»

Қазақстан Республикасында дистрибьютор
және өнім бойынша арыз-талаптарды қабылдаушының
өкілі «РДЦ-Алматы» ЖШС, Алматы қ., Домбровский көш., 3«а», литер Б, офис 1.
Тел.: 8(727) 2 51 59 89,90,91,92, факс: 8 (727) 251 58 12 вн. 107;
E-mail: RDC-Almaty@eksmo.kz
Өнімнің жарамдылық мерзімі шектелмеген.

Өндірген мемлекет: Ресей
Сертификация қарастырылмаған

Подписано в печать 28.12.2020
Формат 84x108^1/$_{32}$. Усл. печ. л. 30,24.
С.: Король на все времена. Тираж 11 000 экз. Заказ № 11628.
С.: КИНО. Доп. тираж 4000 экз. Заказ № 11629.

Отпечатано с готовых файлов заказчика
в АО «Первая Образцовая типография»,
филиал «УЛЬЯНОВСКИЙ ДОМ ПЕЧАТИ»
432980, Россия, г. Ульяновск, ул. Гончарова, 14

book 24.ru

Официальный
интернет-магазин
издательской группы
"ЭКСМО-АСТ"

16+

Литературно-художественное издание

Кинг Стивен
ЧУЖАК
Роман

Ответственный редактор А. Ветрова
Редактор К. Егорова, С. Тихоненко
Художественный редактор Е. Фрей
Компьютерная вёрстка Л. Решетина
Технический редактор Г. Лисоцкая

Общероссийский классификатор продукции ОК-034-2014 (КПЕС 2008);
58.11.1 — книги, брошюры печатные

Произведено в Российской Федерации
Изготовлено в 2021 г.
Изготовитель: ООО «Издательство АСТ»

Подписано в печать 28.12.2020
Формат 84×108¹/₃₂. Усл. печ. л. 30,24.
Об объёме из всех элементов. Тираж 11 000 экз. Заказ № 11625
С. КНИГ1 Доп. тираж 4000 экз. Заказ № 1 1525

16+